De Afvallige

Ander werk van Jan van Aken

Het oog van de Basilisk (roman, 2000)
De valse dageraad (roman, 2001)
De dwaas van Palmyra (roman, 2003)
Het Fluwelen Labyrint (roman, 2005)
Koning voor een dag (roman, 2008)

Jan van Aken

De Afvallige

Amsterdam · Antwerpen
Em. Querido's Uitgeverij BV
2013

De auteur ontving voor het schrijven van dit boek
een werkbeurs van het Nederlands Letterenfonds.

De auteur heeft dit boek gedeeltelijk geschreven
als Writer in Residence tijdens zijn verblijf in
het NIAS te Wassenaar.

Eerste, tweede (e-book), derde en vierde druk, 2013

Omslagontwerp Tessa van der Waals
Omslagbeeld Carel Willink, *Simeon de Pilaarheilige*, 1939
© Sylvia Willink-Quiël
Binnenwerk Hannie Pijnappels
Kaart Elaine Oey/Uccello Grafico
Foto auteur Lona Aalders

ISBN 978 90 214 4648 6 / NUR 301
www.querido.nl

Voor Ineke

Colonia
Agrippina
Augusta
Treverorum
Paris
RAETIË
PANNONIË
GALLIA
Mediolanum
Aquileia
Vienna
ILLYRI
Massillia
Corsica
Rome
Sardinië
Sicilië
Syrac
MAURETANIË
AFRIC

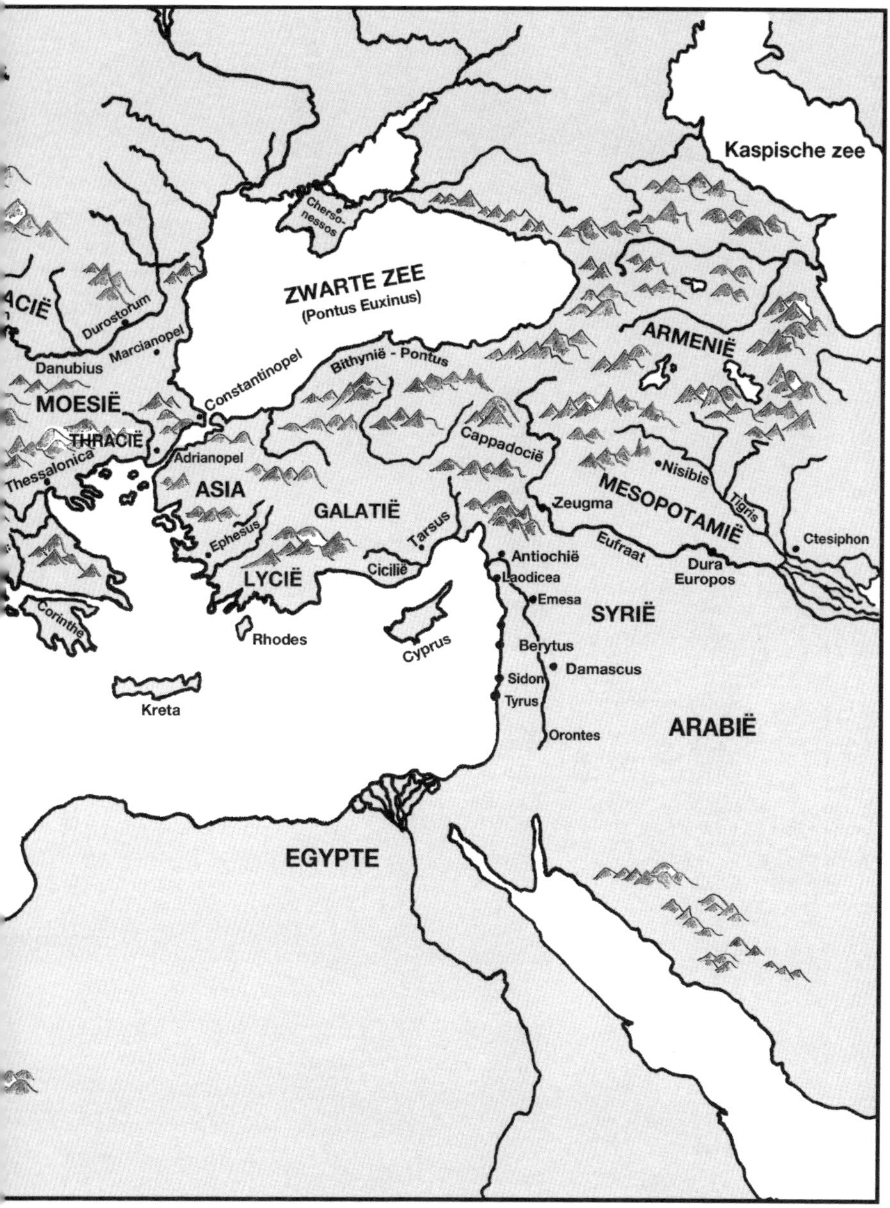
Kaspische zee
Cherso-
nessos
ZWARTE ZEE
(Pontus Euxinus)
Durostorum
Marcianopel
Danubius
MOESIË
Constantinopel
THRACIË
Bithynië - Pontus
ARMENIË
Cappadocië
Adrianopel
Thessalonica
ASIA
GALATIË
Nisibis
MESOPOTAMIË
Tigris
Zeugma
Ephesus
Tarsus
Antiochië
Eufraat
Ctesiphon
Dura
Europos
Cilicië
Laodicea
LYCIË
Emesa
SYRIË
Corinthe
Rhodes
Cyprus
Berytus
Damascus
Sidon
Tyrus
Kreta
Orontes
ARABIË
EGYPTE

Inhoud

Boek IV
Julianus' oorlog

Boek V
Vagebonden

Boek VI
Valens' oorlog

Proloog

Zuilzitter

(Damascus, 376 n.Chr.)

Op een dag besloot een man om op een zuil te gaan zitten en er niet meer af te komen totdat hij zijn leven had overdacht. De steenzuil waarop hij zat was dof geworden, oeroud, aan de schaduwzijde bemost en overdekt met scheurtjes en barsten waarin soms een grasspriet zijn bestaan probeerde te rekken. Stenen zijn geduldig en een steenzitter zal 's nachts baat hebben bij de opgeslagen warmte, terwijl overdag, als de woestijnzon onbarmhartig op hem neer schijnt, de ingetrokken nachtkoude verkoeling brengt. Swintharik hoopte dat de standvastigheid van de zuil zich langzaamaan zou voortzetten in zijn lichaam en geest, want hij zocht genezing voor een gruwelijke ziekte.

Hoe was hij hier gekomen? Hij schouwde in het ravijn van zijn verleden en steeds als de mist die daar hing oploste, meende hij een weefseldraad te zien. Een begin kon hij niet onderscheiden en om nu bij het einde te beginnen leek omslachtig, want zijn leven was verworden tot een eindeloze reeks herhalingen, zoals de rondgang van een blind gestoken muilezel die de maalsteen doet wentelen. Het verschil was dat hij zichzelf gedwee in die tredmolen had gevoegd.

Hoe goed daarentegen herinnerde hij zich de Nacht van de Dipsa.

Na de aanslag had hij zich, zoals afgesproken, verscholen in een grot, waar hij wachtte op zijn vrienden. Na twee dagen en nachten, toen hij begreep dat er niemand zou komen, kroop hij door de nauwe opening naar buiten en verstoorde daarbij een slang die voor de ingang lag te slapen. Te laat zag hij in het maanlicht het kronkelende lijf met over de lengte het bonte ruitpatroon – gekkenmozaïek bij uitstek – en de platte kop die naar zijn gezicht zweepte. En hij schreeuwde.

Hij krabbelde op en vluchtte naar het open veld, want alle mogelijke belagers en vervolgers leken hem opeens minder angstaanjagend dan dit ondier. Misselijkheid overweldigde hem. Hij wist nog hoe hij op handen en voeten de rivier bereikte, waar hij dronk tot hij zich niet meer kon bewegen.

Die nacht, dertien jaar geleden, had hij beseft dat geen duizend rivieren zijn dorst konden lessen, omdat hij was gebeten door de dipsaslang die haar slachtoffer eeuwige dorst bezorgt. Hij kende het dier uit de verhalen van zijn vader.

En het was diezelfde dorst die hem elke avond, na het invallen van het duister, deed afdalen van zijn pilaar en hem terugdreef in de troostende armen van de stad. Al was die stad maar Damascus.

Boek 1

De podeoon

I

De volksverplaatsing

(Durostorum, nazomer 376)

Twee grenssoldaten van het Elfde Legioen Claudia waren de eerste getuigen van de volksverplaatsing. Het was een kille zomerochtend; de zon liet zich nog niet zien hier aan de uiterste rijksgrens, in het stroomgebied van de lagere Danubius, die ook bekendstaat onder de naam *Hister*.

Quintus en Eleutherius hadden nachtdienst gelopen aan de oever en als de nevel niet zo dicht was geweest, hadden ze misschien de zwart uitgeslagen balken kunnen zien van het fort van Durostorum, een halve mijl stroomopwaarts, waar hun wapenbroeders nog moesten liggen slapen.

Quintus, de jongste van de twee, keek uit over de rivier – hij had in de loop van de nacht zijn onrust voelen groeien en hoewel het al tien jaar vrede was in de provincie, bleef hij op zijn hoede. Hij had het aan zijn collega onder woorden proberen te brengen; was niet het land noordelijk van de Hister bijna oneindig en tot diep in de ijzige vlakten waar de vrieskou alle leven deed stremmen, bevolkt door barbaarse stammen? Hoe immens was niet het aangrenzende gebied van de Goten?

'Die hebben hier niets te zoeken,' zei Eleutherius. 'Athanaric, de krijgsheer van de Tervingische Goten, heeft zelfs gezworen dat hij geen voet op Romeinse bodem zal zetten. Daarom tekende hij destijds de vrede op een schip in het midden van de rivier.'

Eleutherius, een reus van een kerel, had nog tegen de Gotische invallers gevochten, in de dagen vóór hun pacificatie. Hij spoog naar het water van de gezwollen stroom, maar kon de afstand niet overbruggen. 'Valens had nooit moeten toestemmen,' ging hij verder, 'hij had ze moeten terugjagen naar waar ze vandaan kwamen.'

'Waarvandaan is dat?' vroeg Quintus. 'Ik heb de bergen in het noordwesten alleen van op grote afstand gezien, toen wij daar vorig jaar patrouilleerden. Wat is er voorbij die bergen?'

De oudere man zette zijn lans tegen het wachthuisje en ging op een mijlsteen zitten, want de onzichtbaarheid van het fort werkte twee kanten op. 'Iedere keer vluchtten zij weer de Karpaten in,' zei hij hoofdschuddend. 'Hoe vaak hebben we niet achter die wilden aan gezeten? Reken maar dat je bang bent in die ravijnen, waar zij iedere steen, iedere spleet kennen. Gelukkig waren ze te stom om een geloofwaardige hinderlaag op te zetten; de goden weten dat ze vaak genoeg de kans hebben gehad. Ik zei het destijds al: Valens had muren moeten bouwen om ze buiten te houden. Met metalen poorten kun je de passen afsluiten, dat is eerder gedaan.'

'Heb je dat tegen keizer Valens zelf gezegd?' vroeg de jongeman vol ontzag.

Eleutherius zweeg en tuurde naar de nevelslierten die traag kolkten boven het rivierwater. Een onzichtbare watervogel snaterde luid en er klonk geklapper van sterke vleugels, dat zich snel verwijderde.

'Er komen vreemde geruchten uit de dorpen in het westen die met de Goten handeldrijven,' zei hij na een tijdje. Hij leek vergeten te zijn dat hij zijn maat zojuist nog had willen geruststellen. 'Er is beweging gekomen onder de barbaren, er schijnt iets gruwelijks in aantocht te zijn.' Hij keek zijn makker van opzij aan, lachte toen. 'Allemaal onzin natuurlijk. Ze zeggen zelfs dat Ermanaric, de grootkoning van de Goten, uit louter angst zelfmoord heeft gepleegd.' Toen de jongen niet reageerde, stootte hij hem aan en zei: 'Ermanaric! Die is over de honderd jaar oud en heeft in de strijd meer littekens opgelopen dan ons hele legioen bij elkaar.'

Nu lachte Quintus ook, want hij dacht dat Eleutherius een grapje had gemaakt. Een kille wind woei vanaf de hoogvlakte achter hen naar de rivier, zodat de rietkragen begonnen te ritselen.

'Hebben de Goten dan twee koningen?' vroeg Quintus ten slotte.

‘Ze hebben koningen, grootkoningen, krijgsheren, prinsen, rechters... Het zijn twee verschillende volkeren. Ze noemen zich Greuthungi en Tervingi – “Goten van de kiezelstranden” en “Woudgoten”. Maar als het erop aankomt, keren ze zich allemaal tegen ons.’ De veteraan probeerde de kou uit zijn knieën te wrijven. ‘Er is geen groter kwaad voor een soldaat dan vrede,’ mopperde hij.

‘Je kunt beter opstaan,’ zei Quintus. ‘Met deze wind trekt de mist snel op.’

‘En wat dan nog? Denk je werkelijk dat er iemand naar ons kijkt? Onze superieuren slapen en de wachters van het fort hebben op dit uur al moeite genoeg om hun eigen ogen open te houden.’ Toch kwam hij steunend overeind. ‘Laten we een stukje lopen om warm te worden.’

Quintus bewoog niet. Hij dacht dat hij iets had zien bewegen op het eiland, maar hij wilde zekerheid. Vroeg in de nacht had hij Eleutherius al wakker gemaakt omdat er een lijk voorbij was komen drijven. Hij had de geur geroken voor hij het naakte gezwollen kadaver in het oog kreeg. Eleutherius had hem toegesnauwd dat lijken in deze rivier net zo zeldzaam waren als ratten en geen bedreiging vormden voor de veiligheid van het rijk. Daarna sliep hij verder, staande, zoals een paard slaapt.

Nu echter volgde Eleutherius de blik van zijn makker. Hij had moeite om iets te onderscheiden in de donkere massa van het Histereiland – hij zag een uitsteeksel als van een afgeknotte boom, maar het was geen boom. Er stond een man op de oever aan de overkant... Nee, een groep mannen. Hij spande zijn ogen in om beter te zien. De snel uiteenwaaierende mistflarden onthulden een mensenmenigte; duizenden, tienduizenden barbaren stonden roerloos naar hen te kijken, terwijl het eerste zonlicht speelde op hun helmen en op de overal boven uitstekende lansen, die talrijk waren als rietstengels.

Goten. Ze moesten zich in de loop van de nacht verzameld hebben op het eiland en langs de weg die evenwijdig liep met de oever. Duidelijk zagen de legionairs nu vrouwen en kinderen, vee en wagens in lange rijen en het leek wel een wonder dat ze in de voorbije uren niets hadden gehoord. Zonder dat ze erover hoefden na te denken, brachten de twee hun lansen in positie, al was dat een zinloos gebaar.

'Is dit een aanval?' fluisterde Quintus.

Eleutherius overdacht de zaak. Ten slotte zei hij: 'Dat lijkt me niet; ze hebben hun families bij zich. Een grensoverschrijding is het ook niet, maar dat kan elk moment veranderen. We moeten meteen alarm slaan.'

Hij draaide zich om en zette het op een lopen. De jongeman volgde en haalde hem al snel in, want angst wordt pas echt ondraaglijk als je het gevaar de rug toekeert.

Tegen de tijd dat zij de poort doorgingen, hadden hun kreten het garnizoen gewekt, en inmiddels klonken de signaaltrompetten van de wachttoren. Paarden stampten op de binnenplaats, wapens kletterden en slaapdronken ruiters staken hun hoofden in de drinkbakken van de paarden om snel wakker te worden.

De wachtcommandant hield Eleutherius aan bij de poort. 'Soldaat! Meld je direct bij dux Maximus, hij verwacht je in de toren.'

Eleutherius bleef even staan om op adem te komen. Hij gebaarde Quintus om alvast voor paarden te zorgen, want hij was niet van plan om in het fort te blijven nu er eindelijk iets gebeurde.

'Haast je maar,' zei Quintus, 'voor hij besluit dat we de komende dagen ondergronds mogen doorbrengen.'

En zo, terwijl de ruiters hun rossen al bestegen voor een eerste verkenningstocht, beklom Eleutherius de trap naar de noordoostelijke wachttoren en bracht verslag uit.

Maximus, commandant van de grenstroepen, hield zijn mantel strak om zich heen geslagen en terwijl hij naar het verslag van de soldaat luisterde, bestudeerde hij de langgerekte zandbank in de rivier, waar het inmiddels krioelde van de mensen. Er waren twee mannen bij hem. Eleutherius, die wachtte op nadere bevelen, vermoedde dat de oudste van de twee een geestelijke was, al had hij niet kunnen zeggen waarom. Kwam het door de wijde vuilwitte mantel; door die scherpgesneden ascetenkop? De derde aanwezige, een jongeman, stond wat achteraf en speurde over de vlakte.

'Aan de overkant staan ze ook,' zei de geestelijke. Hij wees. Er kwamen nog altijd mensen bij, zelfs van hieruit konden ze zien hoe families op de oever samendromden. Zover het oog reikte, stonden volgepakte karren en wagens bespannen met ossen als een lange donkere muur op het pad langs de rivier. De eerste verkenners daverden de poort door.

'Hoe komt het dat jullie de opbouw van zo'n massa niet eerder hebben gezien?' vroeg Maximus aan Eleutherius.

'Door de mist, dux.'

Maximus knikte. De laatste restanten van de mistbanken dreven nog boven de rivier, verder naar het westen. 'De boodschappers zijn al onderweg naar *comes* Lupicinus,' zei hij tegen de geestelijke. 'We mogen ons gelukkig prijzen dat hij in de buurt is. Ik neem geen risico's met zo'n grote groep, al lijken zij vooralsnog niet vijandig.'

'Waarom denk je dat?' vroeg de geestelijke.

Maximus lachte. 'Omdat dit geen strijdmacht is, *presbyter* Vitalis.'

Eleutherius bekeek de man aandachtiger. Die naam had hij eerder gehoord. Vitalis, een bisschop uit verdienste, woonde in Durostorum en bezat een villa in de omgeving, maar een bisdom had hij niet. Hoewel er al jaren sprake van was dat de stad een zelfstandige bisschopszetel zou krijgen, was dat nog altijd niet gebeurd. Eleutherius had weinig verstand van kerkpolitiek, maar hij wist dat dit kwam door de richtingenstrijd. Zijn probleem was het niet.

'Het zijn er misschien wel honderdduizend,' zei Vitalis zenuwachtig. 'En als het geen aanval is, wat willen ze dan?'

De jongeman trad naar voren en legde een geruststellende hand op de schouder van de geestelijke – het was een misvormde hand, waaraan twee vingers ontbraken. Zijn mantel was zwart en rafelig en Eleutherius herkende hem; hij had de geruchten gehoord over deze Axylus. De grote soldaat huiverde, hoewel hij nog verhit was van zijn vlucht.

'Ze komen in vrede, zoveel is duidelijk, presbyter,' zei Axylus met een stem als dure balsem.

'We zullen het snel genoeg weten,' meende Maximus en hij wees naar een bootje dat zich had losgemaakt van het eiland en nu snel naar deze oever bewoog. Vier roeiers zaten aan de riemen, achterin stonden twee mannen; één van hen hield de handen geheven.

'Ze sturen een gezantschap,' ging Maximus verder. Hij richtte zich eerbiedig tot de geestelijke. 'Vitalis, kunnen wij op u rekenen? Wij zullen hen ontvangen en te woord staan.'

De drie liepen naar de trap en Eleutherius keek hen na. Hij vroeg zich af waarom een burger, een geestelijke, was betrokken bij militaire zaken. Hij richtte zijn blik op de andere oever, op de massa's die bivakkeerden langs de stroom die schitterde in de ochtendzon. Hij voelde zich opeens, ondanks de doorwaakte nacht, vol kracht en leven. Vrede of niet, met de barbaren in de buurt werd het altijd gedonder. Te lang was er niets gebeurd aan deze grens; dit kon alsnog een interessante zomer worden.

* * *

'Het kan geen kwaad als we hen een tijdje laten wachten,' zei Vitalis.

Zijn aanvankelijke angst was verdwenen, hij vermoedde dat de barbaren kwamen als smekelingen. Het gerucht dat de Goten in moeilijkheden zouden verkeren, had al de vorige zomer de kop opgestoken. Volkeren zouden zich hebben samengevoegd, anderen hadden zich juist opgesplitst, en de ene machtswisseling was nog niet voorbij of de volgende kondigde zich al aan. De verspieders hadden geen zicht gekregen op de werkelijke aard van de problemen, maar de algemene indruk was er een van totale verwarring.

Maximus overlegde zacht met zijn adjudant over de noodzaak om meer troepen samen te trekken langs de rivier. 'Vooralsnog willen ze praten, maar bij de Goten kan de stemming snel omslaan,' zei hij. 'Het lijkt me raadzaam te wachten tot comes Lupicinus hier is.'

'We zijn op alles voorbereid,' zei de adjudant.

Vitalis hoorde aan zijn stem dat hij daar zelf niet in geloofde, maar welke militair zou dat toegeven? Maximus wist het ook: 'Wat ook de bedoeling is van deze onderhandelingen, we zullen er tijd mee winnen. Lupicinus komt niet alleen en het zal eenieder duidelijk zijn wie de baas is aan deze kant van de Hister.'

Voor zover ze het vanaf de toren hadden kunnen zien, en op grond van berichten die binnenkwamen, betrof het een onbekende krijgsheer met zijn lijfwacht en een bisschop, althans, wat daar bij de Goten voor door moest gaan.

'Die bisschop, zou dat Wulfila zijn?' vroeg Vitalis zich hardop af.

Zijn raadgever Axylus, die hem als een schaduw was gevolgd, schudde het hoofd. 'Dat lijkt me niet,' zei hij, 'Wulfila is al jaren geleden, tijdens de godsdienstvervolgingen van Athanaric, met een deel van zijn volk aan deze kant van de grens komen wonen.'

Er viel niets meer te zeggen. De vier mannen zaten in gepeins verzonken en na een tijdje zei Maximus: 'Ik geloof dat het wel lang genoeg heeft geduurd, presbyter; het lijkt me weinig zinvol om hier te zitten wachten. We gaan hen begroeten.'

De woordvoerder was wel degelijk Wulfila, bisschop der Goten – zo stelde hij zich voor.

Wat was er in dat trotse volk gevaren, vroeg Vitalis zich af, dat ze een bisschop-in-ballingschap naar voren schoven? Vitalis' ervaring had hem geleerd dat juist volkeren die elke andere deugd ontbeerden, trots en eer voor hun hoogste waarde hielden. Of was deze bisschop de begaafdste spreker en onderhandelaar die ze konden vinden? Zijn Grieks was vloeiend, daar lag het niet aan. Hij moest een afstammeling zijn van Cappadocische slaven; waarschijnlijk had hij een Griekse moeder, want Vitalis kon zich niet voorstellen dat een Griek een barbaarse vrouw tot zich zou nemen.

Anders dan hij van plan was geweest, nam hij het voortouw. Hij begroette de bisschop als een gelijke. 'U bent hier onder vrienden, Wulfila,' zei hij. Tot zijn ergernis merkte hij dat de man terugdeinsde voor zijn omhelzing. Vriendelijkheid was aan deze mensen niet besteed.

'Men noemt mij Wulfila,' zei de bisschop nogmaals, 'ik kom als onderhandelaar, om te praten over samenwerking tussen onze volkeren.'

'Welke volkeren zijn dat?' vroeg Vitalis.

'Ik spreek voor de Tervingi en Greuthungi.'

'U bent op de vlucht,' constateerde Vitalis.

Wulfila fronste. 'Ik ben een vrije burger van deze provincie,' zei hij scherp. 'Men heeft mij verzocht om het woord te doen, omdat ik uw taal spreek en uw gebruiken ken.'

Vitalis verbaasde zich over de bijna onmenselijk felle, gele ogen van de oudere man. Zijn naam betekende 'wolfje' in het Gotisch. Opeens had hij het gevoel dat zijn knieën hem niet meer konden dragen. En het was pas ochtend. Naar de duivel met het protocol. 'Laten we naar binnen gaan,' zei hij somber, 'wij kunnen net zo goed iets eten onder het praten.'

'Mag ik vragen wat uw functie is?' vroeg Wulfila. Hij keek van Vitalis naar de beide commandanten, die hun mond nog niet hadden opengedaan. Vitalis besefte zijn vergissing, als burger mocht hij hier niet eens zijn. De commandant en zijn adjudant, al evenzeer in verwarring, begonnen tegelijk te spreken en zwegen toen abrupt.

Maximus hield zijn hand tegen zijn borst en zei: 'Ik ben Maximus, commandant van dit fort en wij verwachten spoedig Lupicinus hier, de bevelhebber in Thracië. Mijn vriend die u verwelkomde, heet Vitalis, hij is een geestelijke, een bisschop, net als u, en hij dient ons van advies. Volgt u mij naar binnen.'

Wulfila zei iets tegen zijn metgezellen. Een van hen, een opzichtig geklede man, wierp een woedende blik op Vitalis. Hij snauwde iets onverstaanbaars en zei toen in het Grieks: 'Ik onderhandel alleen met Valens, brengt u mij naar de keizer!' Hij hield zijn hand op het gevest van zijn zwaard. Legionairs omringden hem en grepen zijn armen. Vitalis snakte naar adem, niet omdat hij schrok, want Axylus zou de barbaar hebben neergestoken voor deze zijn zwaard kon trekken, maar om de onbeschaamdheid. 'Wie bent u, dat u de keizer denkt te kunnen spreken?' vroeg hij toen.

De man worstelde om los te komen, hij kwam pas tot rust toen Wulfila enkele woorden sprak in zijn eigen taal. Daarna stelde de bisschop de man voor: 'Dit is Catualda, vrijgeboren Tervingiër, bastaard uit het Balthinggeslacht en eedgenoot van *gunþi-reik* Fritigern.'

Catualda maakte zich lang. Vitalis boog lichtjes en de commandanten volgden zijn voorbeeld. Het was niet verstandig om moeizaam tot stand gekomen verdragen te verpesten door op de verkeerde tenen te trappen, en het Balthinggeslacht betekende dat de man koninklijk bloed had, al was de waarde daarvan moeilijk te bepalen. Reik of reiks betekende in elk geval *rex*, koning – maar niets was enigmatischer dan barbaarse dynastievorming.

'Ik ben zeer vereerd,' zei Maximus, 'maar ook een eedgenoot van Fritigern moet zijn zwaard inleveren, en dat geldt voor al uw metgezellen.'

Na enig redetwisten gaven de krijgers hun wapens af. Catualda zwoer echter dat zijn zwaard de schede niet zou verlaten vóór hij de rivier weer was overgestoken. Vitalis liet het zo; de man kon hier niets beginnen en hij had Axylus om hem te beschermen.

Zo zaten zij daar in de zaal waar dienaren in allerijl flambouwen aanstaken, luiken openden en een spartaans ontbijt klaarzetten. Ze keken elkaar zwijgend aan: de eedgenoot van Fritigern, de commandant van de grenstroepen, de krijgers van beide kanten, de bisschop der Goten, en Vitalis met zijn schaduw Axylus, die nooit zat, en die volgens de geruchten evenmin sliep. Hij had zich opgesteld achter Vitalis' zetel.

Een soldaat kwam haastig binnen om te melden dat comes Lupicinus in aantocht was met zijn escorte.

'Dan wachten we nog even,' zei Wulfila, hoewel dat niet aan hem was.

Lupicinus had zich gehaast, hij kwam binnenlopen met een hoogrood gezicht en gebaarde dat iedereen moest blijven zitten. Hij sprak een kort welkom uit en liet zich in een zetel zakken.

Wulfila nam het woord. 'Denk niet dat de Goten komen als smekelingen,' zei hij. 'Ze zijn vorig jaar begonnen aan een grote volksverplaatsing en hebben een verzoek aan de keizer.'

'Spreek vrijuit,' zei Lupicinus. 'Ik vertegenwoordig hier het gezag.'

De bisschop knikte. 'Misschien is het u ter ore gekomen dat er vorige zomer een gruwel uit het oosten is gekomen, een woest volk dat geen mededogen kent en alles doodt wat het op zijn weg vindt. Wij komen niet uit onmacht of wanhoop, maar willen deze verschrikking vanuit een sterke positie het hoofd kunnen bieden, in ons eigen belang en in het uwe. Sommige Gotische leiders zullen aan onze kant van de grens de confrontatie aangaan; de Tervingiërs onder leiding van Fritigern en Alavivus kiezen voor vrijwillige ballingschap. Wij verzoeken de keizer ons toe te laten in Thracië. Wij zullen het land bewerken en leven van de opbrengst – in ruil daarvoor zullen onze mannen dienstdoen in de legioenen.'

'U wilt het land pachten? En om hoeveel man gaat het?' vroeg Maximus.

'Wij willen niet pachten; wij zijn geen verslagenen, dus zullen we het land bewerken als vrije boeren. Alleen op die grond kan er vriendschap en loyaliteit bestaan tussen onze volkeren. Wij onderwerpen ons niet, we bieden de keizer een alliantie aan.'

'Waarom denkt u dat de keizer verlegen zit om manschappen?' vroeg Maximus.

De bisschop lachte. 'Is dat niet altijd zo geweest? En staan de grenzen niet aan alle kanten onder druk? Wij weten allemaal dat hij zijn handen vol heeft aan de Perzische dreiging. Daarnaast weet de keizer het nog niet, maar de Hunnen, die ons van onze woonsteden hebben verdreven, vormen een grotere bedreiging dan enig ander volk sinds mensenheugenis.'

'Duidelijk.' Lupicinus keek Maximus aan en ze stonden tegelijkertijd op.

'Wij trekken ons even terug om te overleggen,' zei de comes. 'Eet wat u wilt, wij zijn zo terug.'

Vitalis observeerde de bisschop tijdens het wachten. Na een tijdje zei hij, om de stilte te verbreken: 'Ik had geen bisschop verwacht als onderhandelaar. Nog niet zo lang geleden vervolgde uw koning de christenen; u woont toch al jaren aan deze kant van de grens?'

'Vervolgingen hebben wij al lang niet meer gehad.' Wulfila nam een stuk brood en doopte het in zijn wijn. 'De leiders die ik vertegenwoordig, zijn bereid de ware leer te erkennen; zij sturen mij omdat ik weet hoe ik met uw mensen moet spreken.'

'De ware leer? U bedoelt dat die leiders de leer van Arius volgen?'

Vitalis had 'ketterij' willen zeggen, maar hij wist zich te bedwingen. De Goten, die opportunisten waren, zoals alle barbaren, probeerden natuurlijk de keizer gunstig te stemmen door het aannemen van de ariaanse geloofsbelijdenis. En daar konden ze best succes mee hebben, Valens was gevoelig voor zulke zaken.

'Vanuit uw oogpunt is het ongetwijfeld een ketters standpunt, dus wij kunnen het beter laten rusten,' zei de Goot kortaf.

Vitalis keek hem snel aan. Hoe wist de man dat hij geen ariaan was?

'Er heerst harmonie in het rijk,' zei hij toen. 'Zelfs Damasus, die net als ik een katholiek is, staat niet per definitie afwijzend tegenover arianen. Het zou mij niet verbazen als we binnen enkele jaren tot een verzoening van standpunten komen.'

De Goot onderbrak hem: 'Ik ben niet gekomen om over theologische geschillen te praten, al juich ik een verzoening toe – als die ooit komt. Overigens voer ik met niemand strijd.' Hij zweeg even, schudde zijn hoofd, vroeg toen: 'Wie is Damasus?'

'De bisschop van Rome,' antwoordde Vitalis verbaasd. De Goten leefden geïsoleerd, maar ook zij waren al sinds een halve eeuw betrokken bij kerkelijke vergaderingen – al sinds het concilie van Nicaea, waar de ariaanse leer tot dwaling werd verklaard, een dwaling die nog altijd voortwoekerde, vooral in het oostelijke rijk en ook onder deze vervloekte Goten. 'Ik correspondeer met Damasus over de belangrijke vraagstukken van deze tijd,' ging hij verder. 'Al is het oosten grotendeels in handen van de arianen, hier in Durostorum leven we in een enclave van de rechte leer.'

'U bent ook bisschop,' zei Wulfila. 'Maar Durostorum is toch geen zelfstandig bisdom?'

Vitalis zuchtte. 'Bisschop uit verdienste, dat ben ik,' zei hij. 'Durostorum heeft inderdaad geen bisschopszetel, maar zal die in de toekomst zeker krijgen. Mijn status in deze contreien is vooralsnog niet officieel vastgesteld.' Hij wilde het pijnlijke onderwerp snel verlaten en zei: 'Aangezien het hier niet over theologie gaat, wil ik u een vraag stellen: wanneer is koning Ermanaric overleden? Hij was zeer oud, nietwaar?'

Wulfila deed zijn mond open om te antwoorden, toen vertrok zijn gezicht van smart en stroomden de tranen over zijn wangen. Tot zijn ontzetting zag Vitalis hoe allen die met hem waren, hartverscheurend begonnen te snikken. Vitalis draaide zich naar Axylus, maar zelfs zijn metgezel, voor wie het moorden alledaags was als brood, weende. Nog altijd stond hij daar als een stenen beeld, maar uit zijn ogen vloeiden tranen die een natuurlijke bedding vonden in de scherpe groeven van zijn gezicht.

Op dat moment kwamen de commandanten terug. 'Wat is hier aan de hand?' vroeg Lupicinus.

'Wij gedenken de grootkoning van ons broedervolk, de Greuthungi, waarmee we zijn verknoopt door duizend familiebanden,' zei Catualda.

Wulfila veegde zijn gezicht af. 'Wat is uw besluit, heer?' vroeg hij.

Maximus deed het woord: 'U zult begrijpen dat we niet voor de keizer kunnen spreken. U kunt een afvaardiging samenstellen die naar Antiochië zal reizen, waar keizer Valens verblijft. Wij sturen vandaag nog ijlboden uit om uw verzoek over te brengen, zodat het hof snel op de hoogte is. De Goten blijven, hangende het besluit, aan de overkant.'

Catualda sprak: 'Hoe moeten wij ons volk voeden? We hebben weinig voorraden mee kunnen nemen, langer dan een paar weken houden we het niet vol.'

'We zullen hier later over onderhandelen,' zei Lupicinus. 'Tegen betaling kan uw volk natuurlijk altijd voedsel krijgen, wij zullen vrijhandel niet belemmeren, mits die onder ons toezicht plaatsvindt.'

De bisschop knikte kort, maar zijn metgezellen gromden zachtjes alsof ze liever iets anders hadden gehoord.

'Waar is Antiochië?' wilde Catualda weten. 'Hoeveel dagreizen is dat hiervandaan?'

'Meer dan tien dagreizen voor een ervaren ruiter met wisselpaarden,' zei Vitalis. 'Een delegatie zal er natuurlijk veel langer over doen.'

De jonge Goot kwam overeind, zijn wijnkroes nog in de hand. 'Ik reis mee vooruit met uw boodschappers, als ambassadeur.'

Lupicinus keek Vitalis en Maximus aan. Niemand maakte bezwaar, dus antwoordde hij: 'U mag uw eigen zaak bij de keizer bepleiten, als uw koning u afvaardigt.'

Catualda ledigde zijn kroes in één teug. 'Dat zal hij,' zei hij. 'Over een uur ben ik hier, met mijn paard.'

Thuisgekomen trok Vitalis zich terug in zijn vertrekken, waar alleen Axylus hem mocht volgen. 'Het is een ramp,' zei hij, terwijl hij zich op een ligbank liet zakken. 'Heb je gezien met hoevelen ze zijn?'

Axylus knikte langzaam. 'Een ramp?' vroeg hij. 'Waarom zou het een ramp zijn?'

'Denk aan al onze inspanningen om de ariaanse dwaasheid terug te dringen. We maakten vorderingen in deze streken, we hebben volgelingen op invloedrijke posities gemanoeuvreerd. Ik meende al mijn bisdom te kunnen krijgen als bruggenhoofd tegen de duisternis. Maar de afgelopen drie jaren hebben we alleen vervolgingen gezien. De ene na de andere katholieke bisschop is in ballingschap gestuurd en vervangen door een door de keizer aangewezen ariaan. En nu zouden er ook nog in één klap honderdduizenden van die ketters de provincie in stromen?' Hij haalde diep adem en sloot zijn ogen, maar zelfs nu nog zag hij de onafzienbare massa barbaren voor zich. 'De keizer zal hen binnenlaten,' ging hij verder. 'Net wat hij nodig heeft: een massa rekruten voor zijn strijd tegen de Perzen en een nieuwe groep belastingbetalers om de lege schatkist bij te vullen – en allemaal zijn het arianen net als hij.'

Axylus schudde zijn hoofd. 'Wat heeft het afgelopen decennium ons, wat heeft het *Arachnion*, opgeleverd?' vroeg hij. 'Ondanks onze inspanningen hebben we geen el terrein gewonnen. De mensen willen geen verandering, ze houden van stabiliteit. Misschien komt daar nu een einde aan. Deze volksverplaatsing kon wel eens in ons voordeel werken.'

Vitalis probeerde zich voor te stellen hoe de situatie voordelig kon zijn. Hoe lang steunde hij nu al op Axylus? Afgezien van die rampzalige periode vlak na de moord op de Afvallige dertien jaar geleden, toen hij hem lange tijd uit het oog verloor – maar daaraan wilde hij niet denken. Hij kreunde, opende zijn ogen en kwam overeind. 'Hoe bedoel je?' vroeg hij. 'Wat winnen wij ermee als de keizer nog meer medestanders krijgt?'

'Valens kan hen goed gebruiken, het is waar,' zei Axylus langzaam. 'Het is een enorme menigte die aan de poort klopt. Maar het feit dat de Goten zich tot zijn geloofsgenoten verklaren, zegt niet veel; ze mogen zich ariaan noemen, het blijft een barbarenhorde, die niet overweg kan met de spitsvondige, haarklovende Grieken, die de meerderheid uitmaken van de ketters – al is Valens zelf geen Griek. Wij kunnen deze ramp doen omslaan in een zegening. Oorlog is geen probleem, mits wij bepalen waar die plaatsvindt en wie er profijt van heeft. U zou invloed kunnen uitoefenen op de gebeurtenissen en uw inspanningen zouden eindelijk vruchten kunnen afwerpen.'

'Vertel me hoe wij dat gaan doen,' zei Vitalis. Hij voelde zich al beter.

'Tegenover een verscheurend beest begin je niet veel.' Axylus lachte. 'Haal je er echter een tweede beest bij, dan kun je ze tegen elkaar opzetten.'

'Ga verder.'

'Vergeet niet dat de commandanten in deze provincie medestanders zijn. Allereerst moeten wij onze oude bondgenoten in de belangrijkste steden waarschuwen. Arachnion moet herleven! U moet een brief opstellen voor de keizer, waarin u de situatie uiteenzet en de nadruk legt op de voordelen van toelating tot het rijk van de barbaren. Ik zal vast een opzet maken.'

Vitalis zuchtte voldaan en hij liet zich neer op de kussens. Een opzet betekende bij Axylus dat de brief volmaakt zou zijn – hij hoefde zich geen zorgen te maken. Hij hoorde niet dat Axylus de kamer verliet, want in gedachten was hij al op een plek waar geen barbaren waren en geen legionairs, ver van deze uithoek van het rijk.

In halfslaap stelde hij zich voor hoe hij boven een donker land zweefde, over dit immense rijk dat hij tot in de uithoeken had doorkruist en bereisd. En opeens begonnen overal lichtjes op te gloeien die onderlinge verbindingen maakten door middel van vurige kronkellijnen. Hier en daar, vooral in het westen, vormden de lichtjes rode, smeulende opeenhopingen – maar ooit zou die gloed zich verbreiden tot in de verste uithoeken. Hij moest de somberheid die hem al vele maanden terneerdrukte overwinnen; er gloorde hoop.

Arachnion, het oude web, lag nog altijd als een visnet over het rijk gespannen. Hij voelde zich verbonden met zijn vrienden en hij wist weer, voor het eerst in lange tijd: wij zijn velen in getal. De dood gewaande vulkaan zou weer tot leven komen.

Tegen de tijd dat zijn bediende aanklopte met zijn maaltijd en een kan wijn, was hij klaarwakker. 'Neem dat maar weer mee,' zei hij. 'Geef door aan de keuken dat ik voortaan soldatenkost eet.' Hij riep hem nog na: 'Laat mijn paard zadelen, vanmiddag ga ik op pad.'

Het was tijd om in actie te komen.

2

De styliet van Damascus

(Damascus, nazomer 376)

In de late zomer hoorde Alêtis voor het eerst praten over de *styliet* van Damascus.

'Een styliet? Wat is in godsnaam een styliet?' vroeg ze aan de oude nomadenvrouw die een zandhoen voor haar ronddraaide aan een klein spit. De vrouw behoorde tot een van de stammen waarvan de leden alleen in de stad kwamen om iets te verkopen. Ze was een nomade, maar ze sprak redelijk Grieks. 'Het woord zegt het al,' antwoordde ze, 'iemand die op een steen zit.'

Alêtis vroeg niet verder. Ze bedroop haar vogeltje met honing en aanvaardde de kruk die de vrouw haar aanbood. Zo zat ze daar, voorzichtig etend, want de botjes waren scherp, en ze keek naar de mensen die door het kleine poortje de stad verlieten.

Twee jaar geleden had ze hier ook al gezeten; die poort was toen afgesloten geweest met een oeroud, ijzerbeslagen houtblok. Een schoenmaker die de sleutel bewaarde, had Alêtis destijds doorgang verleend, met de afspraak dat hij haar bij het vallen van de avond weer zou binnenlaten. Ze had een paar uur rondgedwaald tussen de brokkelige muren en halfbegraven voorraadpotten, tussen de vreemde godenbeelden en tempelzuilen uit vroeger tijden. Ze was slecht op de hoogte van de geschiedenis van dit gebied en de ruïnes misten de luister van de resten die zij in Egypte of het Tweestromenland had bezocht. Toch kwam ze die dag bijna te laat bij de poort, want hoe licht verliest een vrouw die niets te doen heeft zich niet in dromen?

De schoenlapper woonde er niet meer, zijn half ingestorte werkplaatsje diende als slaapplek voor zwerfhonden, maar het poortje was vernieuwd, de nieuwe deur gemaakt van blank, gladgeschuurd hout, en het beslag zag eruit of het zojuist was uitgehamerd.

'Iemand die op een steen zit,' had de vrouw gezegd. Nu, stenen waren er genoeg aan de andere kant van de stadsmuur: de weg liep er dood op een ruïneveld waar alleen uilen en jakhalzen huisden. Toch was haar nieuwsgierigheid gewekt. Ze gaf de vrouw een muntje en voegde zich in de stoet van pelgrims die naar de steenzitter gingen.

De steen was in werkelijkheid een pilaar.

Het volk verspreidde zich over een natuurlijke kom tussen de heuvels en hergroepeerde rond een afgebroken zuil, waarop een magere, in wit geklede man zat; een anachoreet. De zuil sloeg een langgerekte schaduw over de bezoekers, die, met samengeknepen ogen tegen de Syrische lentezon, de man gadesloegen. In de periferie van de massa was het niet zo stil, mensen kwamen en gingen, en verkopers deden goede zaken.

Alêtis staarde naar de man op zijn hoge zitplaats en vroeg zich af wat de bedoeling was van de voorstelling. Zij had wel interessanter zaken gezien tijdens haar omzwervingen dan een zittende asceet. Van jongs af was ze gewend aan heremieten, heilige mannen en wonderdoeners, en het enige mysterie hier was de menigte. Ze drapeerde haar kleed over haar knieën, vouwde haar benen onder zich en sloeg de mantel over haar hoofd, tegen het licht. Deze houding kon ze uren volhouden, ze kon zo zelfs slapen. Haast had ze niet en ze voelde er weinig voor om zich nu een weg te banen door de menigte; later, als het volk was verdwenen, zou ze terugkeren naar de stad.

De styliet had nog niet bewogen, alleen zijn kleed bolde af en toe zachtjes in de wind. Zou hij slapen, of was hij bezig met een oefening? Alêtis sloot haar ogen en liet de slaap over zich komen.

Toen zij haar ogen opende, was de zon al niet meer te zien; een groot deel van de mensen was inmiddels verdwenen. Er stonden nog wat groepjes mannen te praten, en een enkeling liep naar de styliet om van dichtbij een blik op hem te werpen. Een dikke magistraat kwam op Alêtis af. 'Ik blijf het indrukwekkend vinden,' zei hij. 'Is dit uw eerste keer?'

Alêtis knikte. 'Ik zie niet wat hier indrukwekkend aan is,' zei ze. 'Iemand die zit. En wat dan nog?'

Ze stond op, stijf van het lange zitten en klopte het zand van haar kleed. Toen ze opkeek, zag ze hoe de man haar keurend opnam, hij deed zelfs geen moeite zijn belangstelling te verbergen. Maar hij sprak nog altijd over de styliet. 'Iedereen komt voor onze pilaarheilige.'

'Zijn er nog grote daden van hem bekend, behalve dat hij op zijn achterste zit?' vroeg Alêtis.

'Dit is de 126e dag dat hij hier zit. Er gaan veel verhalen over hem. Ik nodig u uit voor een maaltijd in mijn huis, en dan vertel ik u alles.' Hij sloeg een pand van zijn toga om in een gebaar dat niets te raden liet.

'Kennelijk houdt u mij voor een lichtekooi,' zei Alêtis rustig. 'Ik waarschuw u, dat is een vergissing.' Zij was niet kwaad om de belediging; in een land waar vrouwen niet alleen over straat kunnen, verkeek men zich wel vaker op haar verschijning.

De man was hardleers, pakte haar bij de schouder. 'Komt u toch,' dreinde hij als een kind, maar zijn greep was die van een krijger. Alêtis rukte zich los en zei: 'Ik was ooit priesteres van de godin die zich verlustigt in de bloedende testikels van haar volgelingen. Ik zal die van u met liefde op haar altaar leggen.' Ze trok het blinkende sikkelmes uit haar gordel en hief het met beide handen als in een ritueel. De man trok wit weg, ademde diep in en verdween toen met grote passen.

Alêtis stak het vlijmscherpe mes weg. Meestal werkte het, al dachten sommigen dat ze blufte. De enkeling die het toch probeerde, zag zijn vergissing meestal te laat in. Ze liep naar de pilaar en keek van onderaf naar de styliet, die zijn ogen halfopen had, maar die staarden in het niets. Zijn lange haren waren zongebleekt, hij was verbrand in het gezicht en opeens viel het haar op dat hij een stoppelbaard had van niet meer dan een week. Een charlatan dus.

'Ik heb je door, maar ik begrijp niet wat je ermee opschiet,' zei ze, want nergens stonden handlangers om giften in ontvangst te nemen.

Uit niets bleek dat de asceet haar had gehoord.

Een jonge vrouw kwam naast Alêtis staan en zei: 'De pilaarheilige spreekt niet, hij heeft geen weet van de wereld.'

'Hij mag wel uitkijken,' zei Alêtis. 'Keizer Valens heeft de laatste jaren heel wat asceten en anachoreten opgepakt om ze in te lijven in zijn legioenen. En als ze ongeschikt zijn, stelt hij ze tewerk in de mijnen.'

De vrouw schudde haar hoofd. 'De pilaarheilige maalt niet om keizerlijke willekeur,' zei ze. 'Maar u kunt beter weggaan, aanstonds gaat de deur dicht, en u kunt vannacht geen andere poort bereiken.'

'Blijft er dan niemand 's nachts om te kijken?' vroeg Alêtis. De vrouw sperde haar ogen wijd open. 'O nee,' zei ze. 'In de nacht kruipen spooksels en demonen uit de krochten en holen. Dan voert de heilige een vreselijke strijd tegen de duivels die hem willen verleiden; u noch ik zouden het ook maar een hartenklop volhouden.'

'Daarnaast begint het fris te worden,' zei de ongelovige Alêtis. Zij sprak tegen een rug, want de vrouw verdween al in de richting van de stad.

Alêtis wierp nog een blik op de heilige man; ondanks de woestijnkou stond er zweet op zijn voorhoofd. Ze liep snel naar het pad, waar de laatste groepjes in de richting van de stadsmuren liepen. Het was niet vanwege de spoken, zij was bereid om het tegen elke Assyrische demon op te nemen, maar ze voelde niets voor een nacht in de kou. Daarnaast waren er, erger dan demonen, jakhalzen te duchten, misschien zelfs leeuwen. Niet voor het eerst vroeg ze zich af wat ze eigenlijk in dit land deed. Hoe lang was ze nu al in Damascus?

Diezelfde avond besloot ze om wat rond te kijken in de karavaanherbergen, want hoewel zij een hekel had aan grote gezelschappen, was het niet verstandig alleen te reizen.

Gekleed en gesluierd als een oude vrouw ging ze naar een gelegenheid waar ze eerder al eens een gezelschap naar Tripolis had gevonden. De buurten werden al armoediger en meer sinister, hoewel er nog veel volk op straat was. Alêtis negeerde de fluisterende schaduwen, – het gefluister was niet voor haar bestemd – en toen ze fluitmuziek hoorde en geroffel op een handtrommel, volgde ze het geluid en stapte over de uitgesleten drempel van een gelagkamer; het wijnhuis was veel groter dan het aan de buitenkant had geleken, maar in deze wijk waren de straten kronkelgangen tussen blinde muren, die slechts werden onderbroken door nissen en deuren.

Het was niet druk in de zaak, Alêtis liet zich op een bankje zakken en gebaarde naar een bediende om een beker wijn. Ze keek een tijdje naar de meisjes die vermoeid ronddraaiden, terwijl de muzikanten steeds hetzelfde melodietje speelden. Eentoniger muziek had zij zelden gehoord. In een hoek van de zaal zaten wat mannen te drinken en te brallen. Een van hen riep iets, waarop zijn drinkmaten in lachen uitbarstten. Hij ging voor de muzikanten staan en knikte hen toe, waarop de fluitist zijn instrument liet zakken en een berustend gebaar maakte; hierop trok de druktemaker een soort schalmei uit zijn gordel en begon te spelen. Zijn makkers probeerden te dansen, al konden ze nauwelijks rechtop staan.

De bediende kwam Alêtis ongevraagd een nieuwe beker brengen en fluisterde haar toe dat deze van het huis was. 'Wat doe je toch zo laat hier, moedertje, dit is geen zaak voor nette mensen.' Hij was een vriendelijke oude man, kreupel en met een gezicht vol littekens.

Alêtis wees met haar kin naar het groepje mannen. 'Wat bedoelt u? Die heren lijken mij onschuldig.'

De man schoot in de lach. 'Onschuldig? Jij zegt het moedertje, maar die man, die daar het hoogste woord voert, zie je die? Hij is een vreemdeling, al hoor je dat niet meteen. Hij komt hier elke avond en...'

'Wat is er met hem?'

'Ik heb vreemde kerels gekend, zoals de man die dacht dat hij een ezel was; hij balkte de hele dag en sloop met een listige grijns op zijn snuit bij de ezelinnen rond. Maar deze Swintharik, dat is een ander geval. Hij is een keizersmoordenaar, hij beweert althans dat hij degene was, die dertien jaar geleden de Apostaat heeft vermoord.'

'De Apostaat?' Opeens voelde Alêtis zich duizelig, ze greep de tafelrand vast.

'Julianus, de afvallige keizer.'

Alêtis had zich al hersteld. 'Ik weet wie de Apostaat was, ik vind het alleen vreemd dat iemand zichzelf presenteert als een keizersmoordenaar.' Een gek, ongetwijfeld. 'Spelen kan hij wel,' ging ze verder, 'hoe zei u dat hij heette?'

'Swintharik. Ik heb het ook niet verzonnen. Waar hij vandaan komt weet ik niet.' De oude man giechelde en schudde zijn hoofd. 'Ik ken niemand die zo veel drinkt. Om geld zit hij nooit verlegen! O ja, dan nog iets, hij is gebeten door de dipsaslang, en gedoemd om eeuwig dorst te lijden. Heb je ooit een sterker excuus gehoord van een dronkenlap? Slachtoffer van de dipsa?'

Hoofdschuddend liep hij weg.

Alêtis keek met hernieuwde belangstelling naar de schalmeispeler en vroeg zich af hoe zo'n gek overleefde in een stad als Damascus. Zijn familie zou hem wel verzorgen. Opeens keek de man haar recht in het gezicht en Alêtis besefte dat ze glimlachte. Snel trok ze haar gezicht in de plooi. Slachtoffer van de dipsa, vindingrijk was het wel!

Zij dronk haar beker leeg en wachtte op de bediende, om hem de weg te vragen naar haar eigen gasthuis, maar hij kwam niet. Uiteindelijk stond ze op, het groepje slempers was al vertrokken, en ook Swintharik had zijn instrument al weggestoken. De muzikanten waren opgehouden met spelen. Swintharik sprak met de oude en terwijl Alêtis op hen afliep, zag ze dat hij het gelag betaalde. De man groette en liep achter zijn kameraden aan. In het voorbijgaan wierp hij een vluchtige blik op het gesluierd oudje en Alêtis herkende de pilaarheilige, die zij nog maar enkele uren geleden van nabij had kunnen bestuderen.

Ze keek hem na. 'Hij komt hier elke avond,' had de bediende gezegd. En hoewel zij de pilaarheilige eigenlijk al uit haar hoofd had gezet, besloot ze nog eens terug te gaan naar de ruïnestad buiten de kleine, naamloze poort.

's Nachts kon ze de slaap niet vatten. Zij had meer wijn op dan ze gewend was en hoewel het niet warm was, nam ze haar bed op, verliet haar kamertje en beklom de buitentrap naar het platte dak om liggend te kijken naar maan en sterren en de gloeiende wolken die met grote snelheid langs het uitspansel gleden.

Onder een dakje van rietbundels lagen enkele kinderen te slapen, af en toe klonk er gekreun, een diepe zucht. Vlakbij sloeg een hond aan, het gehuil brak af, ging over in een verongelijkt gejank dat snel wegstierf. De stilte keerde weer. Alêtis keek naar de Melkweg en, zoals ze van kinds af gewend was, probeerde ze zich voor te stellen dat die grote werveling haar naar zich toe riep en opzoog, tot ze verdween in het zwarte niets achter de sterren, tot ze oploste in de diepten van het heelal.

Haar leermeester Tettix had haar veel bijgebracht over deze wereld en over de mogelijke werelden voorbij deze. En zeker zo belangrijk als kennis van de ware aard der dingen, zo had hij gezegd, was het om te weten hoe men *meende* dat die aard was, want een meningsverschil over de natuur kon een nietsvermoedende reiziger zomaar een doodvonnis opleveren.

'Hoe weten we dat onze mening de juiste is?' had Alêtis gevraagd. Tettix had gelachen. 'Dat weten we niet,' zei hij. 'Op grond van onze hypothesen doen wij voorspellingen over samenhangende verschijnselen, en als die blijken te kloppen, kan dat een aanwijzing zijn, maar zelfs dat is niet zeker.'

Alêtis nam niets aan, zelfs niet van hem. Zij wilde hoe dan ook trouw blijven aan haar doel. En zo, in de weerloosheid van haar halfslaap, dwaalden haar gedachten, die zojuist nog in de veilige galactische duisternis hadden vertoefd, terug naar de aarde, naar de tempel waar haar ouders haar op haar vierde jaar heen brachten, om haar te wijden aan een godin van wie ze zich zelfs de naam niet meer wenste te herinneren. Ze had er enkele jaren vredig geleefd in een kleine, afgezonderde wereld. Aan dit alles was in één dag een einde gekomen, en wel op zo grondige wijze dat, mét de tempel, al het andere instortte; het hele bouwwerk van Alêtis' opvoeding, haar zekerheden en kennis.

Haar geloof was op die dag verpletterd.

Eugalia had op die noodlottige dag al vroeg een einde gemaakt aan de taallessen voor de jongste meisjes; na de dood van de hiërodule Cyra had zij die taak op zich genomen. De meisjes liepen kwetterend als mussen naar de tempelvoorhof, waar ze in de schaduw zouden gaan zitten om zich te laten verkoelen door de wind. Alêtis was Eugalia de tuin in gevolgd, want ze had besloten dat ze zich wilde bekwamen in de geneeskunde. Eugalia, die de tuin onderhield en die dagelijks in de velden op zoek ging naar kruiden, had beloofd dat ze haar de grondbeginselen zou bijbrengen.

Alêtis was graag in de tuin. Het rook er zwaar naar bloemen en vers omgewoelde aarde, altijd vermengd met een vleugje rottenis. Eugalia woelde in het zand met haar hak, groef een wortel op, wees kruiden aan, noemde eigenschappen, ze wreef een blad fijn tussen haar handpalmen en liet haar kleine pupil ruiken of proeven. Eugalia was mooi en ze rook altijd lekker, omdat ze wierook mengde en oliën bereidde. De handel in reukstoffen was een belangrijke bron van inkomsten voor de tempel.

Alêtis drukte zich tegen de vrouw aan, bang als ze was voor de bijen die om hen heen zoemden, maar Eugalia lachte haar uit. Ze wees naar de korven van gevlochten stro, die in een rij stonden langs een van de paden. 'Bijen doen niets,' zei ze. 'Je moet alleen uitkijken dat ze niet onder je kleed komen. Als je het dan straktrekt, worden ze bang en gaan ze steken. Maar er zijn erger dingen dan een bijensteek, al zijn er mensen die al na één steek sterven; hun hart verdraagt geen bijengif.'

Ze trok een plantje met vlezige bladeren uit de grond en schudde de aarde van de wortels. 'Dit is de remedie. Je moet het fijnkauwen en vermengen met olijfolie. Dan moet de patiënt het eten. Hij zal nog dagenlang koorts houden.'

'Hoe heet het?' vroeg Alêtis.

Voor Eugalia kon antwoorden, klonk er een schreeuw uit de richting van de tempel. Vrouwen gilden, meteen daarop hoorden ze een mannenstem. Alêtis kon de woorden niet verstaan. 'Eugalia, wat roepen ze?' vroeg ze angstig. 'Wie zijn dat?'

Ze deed een stap in de richting van de tempel, maar Eugalia hield haar tegen, haar gezicht vertrokken van angst; ze trok Alêtis overeind en duwde haar ruw voor zich uit naar de smalle poort die toegang gaf tot het grafveld waar de oude hiërodule was bijgezet; de hijsinstallatie stond nog boven de grafsteen. Alêtis struikelde en haalde haar knie open. Eugalia luisterde niet naar haar protest, ze dwong het meisje naar het verse graf. 'Geen tegenspraak,' zei ze, 'doe precies wat ik zeg!'

Alêtis begon te huilen, maar ze hielp Eugalia met het draaien van het rad waardoor de massieve steenplaat omhoogkwam. De plotselinge stank uit het graf benam Alêtis de adem.

'Kruip erin,' zei Eugalia, toen de opening groot genoeg was. Ze wees naar het donkere gat. 'Probeer door de gangen weg te komen.'

Alêtis wilde nog liever sterven dan dat ze het graf in zou gaan van de hiërodule, die bij leven al angstaanjagend genoeg was geweest, maar Eugalia gaf haar een duw en ze viel languit op de sarcofaag van de oude Cyra. Terwijl ze nog in paniek overeind probeerde te komen, knarste de steen omlaag en klapte op zijn plaats.

Verstijfd van afschuw bleef ze even liggen in het aardeduister, toen grabbelde ze naar de stenen wanden op zoek naar een opening, want ze wist dat de gangen doorliepen onder de tuinen en in verbinding stonden met de crypten. Haar nagels braken en ze dacht dat ze stikte in de allesoverheersende lijklucht. Ze zag de zinloosheid van haar gespartel in en ontspande zich. Al was de stank verpletterend, ze besefte dat ze nog altijd kon ademen. Ze hervond haar kalmte, lag doodstil op de kist en concentreerde zich op haar ademhaling.

Nadenken.

Eugalia moest de touwen van de hijsinstallatie hebben doorgesneden met haar sikkelmes, en Alêtis zou de steen nooit kunnen optillen. Ze haalde zich de grafopening voor de geest, zoals ze die had gezien op de dag dat de kist van de hiërodule was bijgezet. Alleen de belangrijkste tomben waren van boven toegankelijk; de minder belangrijke doden lagen in windselen in de nissen van de gangen. Ook dit graf moest in verbinding staan met de gangen. Na enig tasten vond ze aan haar hoofdeinde een opening. Ze kon er alleen bij als ze de kist waarop ze lag een stukje in tegengestelde richting kon schuiven. Er kwam beweging in en Alêtis was de oude hiërodule dankbaar voor haar matigheid, want de vrouw was al bij leven uitgedroogd geweest als een krent en dood zou er niet meer van haar resten dan wat botten en een huid van perkament.

Nu ze een uitweg zag, merkte ze dat het ademen haar beter afging. Ze begreep dat de geur van rottenis, die altijd al deel had uitgemaakt van de ingewikkelde geurencompositie van de tuin, uit de grafkelders kwam. Generaties zusters voedden hier met hun lichamen de kruidentuin en de boomgaard.

Ze liet zich neer op de vochtige bodem van de gang en volgde die in de richting waar zij de tempel vermoedde. Het ging niet snel, want er hing een gordijn van fijne plantenwortels uit de lage zoldering, en ze veegde alles zoveel mogelijk opzij, terwijl ze voorthobbelde op haar kapotte knieën. Het plafond begon te stijgen en nu kon ze een vaag lichtschijnsel boven haar hoofd onderscheiden.

Voorzichtig kwam ze overeind tot ze, rechtopstaand, kon kijken door een grote kier tussen de stenen. Ze bevond zich nog steeds onder de begraafplaats. Vlakbij waren een paar onbekende mannen ergens mee bezig. Ze waren halfnaakt en een van hen lag achterover op een grafsteen; bij nader inzien bleek de liggende gestalte die van een vrouw te zijn en Alêtis besefte dat het Eugalia was; een van de mannen lag op haar; ze verzette zich niet en lag roerloos, alsof het leven al uit haar geweken was. Maar Alêtis wist dat ze niet dood was, want ze kon Eugalia's gezicht zien, haar ogen die zich even opensperden en die ze toen weer dichtkneep. Alêtis wilde roepen, de aandacht afleiden van haar vriendin, maar er kwam geen geluid uit haar keel en ze had geen keus dan toe te kijken.

De man die op Eugalia lag richtte zich op, een ander nam het over.

Hoe kon ze dit toelaten? Alêtis wist hoe sterk en snel de vrouw was, hoe onvermoeibaar in alles. Ze wist ook wat de mannen deden, ze had het vaak genoeg gezien bij de dieren. Deze man deed het als een hond, hij trok Eugalia op, sloeg haar hard in het gezicht, draaide haar om en dwong haar op de knieën. Hij had moeite haar overeind te houden, Eugalia was verslapt en even dacht Alêtis dat ze nu echt was bezweken onder de mishandelingen.

Een reus van een kerel, die naakt was, op een leren helm na, duwde zijn kameraad opzij, hielp Eugalia overeind en zei, zo hard, dat Alêtis het kon verstaan: 'Vertel ons waar de tempelschat is, hoer, en je bent vrij om te gaan. Zo niet, dan zul je wensen dat je nooit geboren was.'

De vrouw antwoordde niet.

'Jullie hebben verloren,' vervolgde de man. 'De orakels zwijgen, de goden zijn dood. Al je zusters zijn dood. Jullie keizer, de afvallige hoerenzoon, is dood. Hij is ter aarde gestort in Perzië, want de ware God kon niet langer aanzien dat een gruwel het purper droeg. In naam van de Gezalfde, sluit je bij ons aan; zeg me waar de schat is, want het oude is voorbij en alles wordt nieuw.'

Hij wachtte even, wendde zich toen tot zijn makkers: 'Ik leg een tang in het vuur. Ze is voor jullie, maar laat haar in leven. Ik krijg haar aan het praten, daar wil ik mijn zaligheid onder verwedden.'

De man die eerder was onderbroken, dwong de vrouw weer op haar knieën op de grafsteen, terwijl hij zijn halfverslapte geslacht met een melkende hand op volle sterkte bracht.

'Even geduld, meisje,' zei hij, 'bereid je maar voor op een echte man.'

Opeens gleed Eugalia onder zijn greep uit, ze draaide zich razendsnel om en plantte haar voet tegen zijn borst, waardoor de man omhoogkwam. Hoe kwam opeens die tuinhak in haar hand? Sneller dan het oog kon volgen, sloeg ze toe. De man schudde zijn hoofd en keek verbaasd naar de wonde tussen zijn benen, hij probeerde met zijn handen het bloeden te stelpen, maar het stroomde tussen zijn vingers door en vormde donkere, zich snel vertakkende riviertjes op zijn bleke benen.

De mannen begonnen te loeien en probeerden Eugalia te grijpen, maar zij schoot tussen hun handen door en wierp zich met haar volle gewicht tegen een van de bijenkorven, die op een stenen voetstuk stond tussen de bloembedden. Een voor een vielen nu alle korven in de rij om. De reus die Eugalia eerder had bedreigd, trok haar overeind. Hij schreeuwde iets en nog voor zijn schreeuw wegstierf, daalde een bijenzwerm op hem neer en bedekte hem van top tot teen. Hij liet de vrouw los, en zij, op wie geen bij was geland, trok hem de leren helm van het kale hoofd, zodat de bijen ook dit laatste stukje huid konden bedekken. De man schreeuwde nogmaals, maar de insecten vulden zijn mond en keel en smoorden het geluid.

Inmiddels renden alle mannen armwiekend rond om zich van hun kwelgeesten te bevrijden; zelfs de man van wie het geslachtsdeel was afgehakt zwaaide in het wilde weg om zich heen, zodat het bloed vrijelijk uit zijn wond spoot. Alles speelde zich af in het tijdsverloop van enkele hartslagen.

Een aanroep van Eugalia: '*Kubaba, potnia theron!*'

De mannen om haar heen, onherkenbaar onder de wriemelende bijenmassa's, wankelden en sloegen een voor een tegen de grond; de bijen vlogen op, streken meteen weer neer. Eugalia liet zich op een grafsteen zakken, ze leek uitgeput. Alêtis wilde naar haar toe komen, maar de vrouw keek haar opeens recht aan. 'Blijf waar je bent!' zei ze luid. Ze haalde een bij uit haar verwilderde haren, zette het diertje voorzichtig op haar handpalm en liet hem gaan. 'Je bent al dood, maar je weet het nog niet,' zei ze tegen de lucht. Ze liet zich op de steen zakken, een zware kramp doorvoer haar lichaam en toen ontspande ze. Bewegingloos bleef ze hangen, haar starre ogen gericht op niets.

Alêtis stond er nog toen het schemerde, alleen Eugalia's lijk bewees dat het geen droom was geweest. De angst die ze had gevoeld voor de doden, viel in het niet bij haar angst voor de levenden. Ze durfde niet verder; er moesten nog meer overvallers zijn en ze besloot om de nacht af te wachten. Ze had nu een idee waar ze de uitgang moest zoeken, maar eerst moesten de plunderaars weg zijn.

Urenlang zat ze daar, met gespitste oren en ook onder de sterrenkoepel, in het licht van de bleke maan, bleef ze nog rondturen of er vijanden rondliepen. Er bewoog niets dan de schaduwen van de bomen en die van haar verbeelding; de stilte van het graf heerste nu ook boven de grond. De hele volgende dag bleef ze zitten, te bang om zich te verroeren.

Toen wederom de nacht viel, klom Alêtis uiteindelijk, half waanzinnig van de honger, over puin en scherpe voorwerpen, door sluiers van boomwortels en langs de onzichtbare doden die ingezwachteld in hun nissen lagen, in de richting waar ze een doorgang vermoedde, en ze bereikte de sluitsteen waarvan ze wist dat die in de tempel uitkwam – die zat daar om in tijden van gevaar een vluchtweg te bieden aan de meisjes, al had niemand er gebruik van kunnen maken. Het lag er vol onzichtbare rommel, waardoor ze haar knieën opnieuw openhaalde en ze moest veel wegruimen voor ze erbij kon. Het kantelmechanisme, had ze geleerd, was zo afgesteld dat ook een kind de steen kon doen draaien en na enige inspanning – er bleek aan de andere kant een lijkje tegenaan te liggen – lukte het Alêtis om er beweging in te krijgen.

Even later stond ze in de doodstille, half ingestorte tempel, waarvan het dak was verdwenen, zodat er zich alleen wat zwartgeblakerde balken bevonden tussen haar en de sterren. Toen was ze het liefst weggekropen in de gangen die ze net verlaten had, want hier was de lijklucht sterker dan onder de grond en haar zusters lagen overal om haar heen, opgezwollen, verminkt, gemarteld, en de ontbinding had al ingezet.

Ze keek in het gat waar ze zojuist uit was gekropen; de sluitsteen stond nog halfopen, en nu pas zag ze de flonkeringen in het binnenvallende licht van de maan, want wat ze in het donker voor puin had aangezien, was de tempelschat, waarvoor haar zusters en vriendinnen een voor een waren doodgemarteld door de volgelingen van de Gezalfde. Haar benen begonnen te trillen, ze moest eerst op zoek naar voedsel en water.

Die nacht verrichtte Alêtis de allerlaatste godsdienstige handeling van haar leven: ze zette de doden in zithouding tegen de muren als getuigen en toen ze klaar was, sprak ze een zware vloek uit over zowel de moordenaars als over de goden, die deze slachtpartij hadden toegestaan.

Ze had het lichaam van Eugalia wel willen begraven, maar ze durfde niet terug naar de tuin waar alles zich had afgespeeld. Lang voor het eerste daglicht verliet ze de tempel waar ze zo lang had gewoond; de sluitsteen had ze op zijn plaats teruggeduwd, zodat die weer, bijna naadloos, deel uitmaakte van de muur.

* * *

De volgende dag bezocht Alêtis het ruïneveld opnieuw. Ditmaal waren er beduidend minder mensen aanwezig bij de pilaarheilige; een groepje mannen stond vlak bij de pilaar zachtjes te praten en hier en daar zaten nog wat mensen verspreid over de stenen en banken.

Alêtis, die zich voor de zekerheid weer als oude vrouw had gekleed, bestudeerde het gezicht van de pilaarzitter van dichtbij en ze moest wel constateren dat dit dezelfde man was als de dronkenlap van de vorige avond, of hij moest een tweelingbroer hebben, een krankzinnige. Dat zou een mooie combinatie zijn, een heilige en een gek in één familie. En Alêtis had voldoende heiligheid en waanzin gezien om te weten dat het niet veel verschil maakte.

Hij zweette ditmaal niet; onbewogen zat hij daar en zijn halfopen ogen staarden in het oneindige. Alêtis voelde haar weerzin groeien nu ze wist van het bedrog. Zij had hem graag in het openbaar aan de kaak willen stellen, maar dan zou ze de aandacht te veel op zichzelf vestigen. Haar ingesleten gewoonte om niet op te vallen was een tweede natuur geworden. Zij zou hem iets toefluisteren. 'Swintharik, ben jij het?' zou ze vragen, 'was jij niet die keizersmoordenaar? Swintharik? Was jij niet die dronkenlap, die bij avond, in de stad, de gebraden haan uithangt met zijn vrienden? Heb je je kater overdag al uitgezweet, slemper... huichelaar?'

Net toen ze haar besluit wilde uitvoeren, kwam er een bekende sensatie over haar. Gevoelig als ze was voor de getijden van het lot, merkte zij hoe ragfijne draden elkaar kruisten en verknoopt raakten, en nog voor de hatelijke syllaben over haar lippen konden komen, hoorde ze een man naast haar spreken, en het leek wel of hij Alêtis haar woorden had ontstolen.

'Swintharik? Ben jij het?'

Alêtis wierp een snelle blik op de spreker. Ze was zo in beslag genomen geweest door de pilaarzitter dat zij niet had gemerkt dat een jongeman naast haar was komen staan. Voorzichtig deed zij een stap terug, en nog een zijwaarts, zodat ze verdween in de lange schaduw van de pilaar. Toeval bestond niet; op zulke momenten was het wijs om af te wachten en toe te kijken.

'Swintharik, herken je me niet?' riep de jongeman. Hij was klein maar taai, als een van die onwrikbaar gewortelde woestijnstruiken, die jaren zonder water kunnen. 'Ik ben het, je vriend Dido,' ging de man verder. 'Je weet het toch nog wel? Wij leefden samen in het huis van presbyter Vitalis, in Constantinopel!'

Hij heette dus werkelijk Swintharik.

De jongeman legde een hand op de knie van de man en schudde die, om de aandacht van de heilige te trekken. En toen, Alêtis zag het goed, gingen de oogspleetjes van de pseudoasceet een heel klein beetje open, en de ogen richtten zich op de jongeman.

Op dat moment grepen de omstanders in. Zij trokken de rustverstoorder naar achteren, wrongen zijn polsen op zijn rug en begonnen boos door elkaar te roepen. 'Raak de anachoreet niet aan!'

'Sla hem dood!'

'Heiligschenner!'

Alêtis keek het even aan, besloot toen in te grijpen. Zij raapte een paar stenen van de grond en gooide ze met grote trefzekerheid tegen de hoofden van de grootste belagers, zodat die verdwaasd door de knieën gingen. De jongeman, die zich uit alle macht verzette, wist zich los te rukken en ging ervandoor. Een paar mannen achtervolgden hem nog een stukje, maar gaven het snel op.

Alêtis achtte het raadzaam om stilletjes te verdwijnen. Ze trok zich nog verder terug in de schaduwen, terwijl ze zocht naar een doorgang. Zouden ze haar niet zoeken? De mannen, die terugkeerden naar hun gewonde makkers, begonnen te roepen en wijzen, maar ze wezen niet naar haar. Zij volgde hun blikken, en zag dat de anachoreet niet meer op zijn plek zat; de pilaar was leeg.

Alêtis hoefde niet meer naar het ruïneveld te gaan om te weten dat de pilaarzitter niet zou terugkeren naar zijn steen, want de volgende dag ging het nieuwtje door de hele stad; het gonsde onder de luifels van de markten, het ging van mond tot mond in de drinkholen, en iedereen verkondigde een andere theorie.

De heersende opvatting was dat dit groot onheil betekende voor de stad, want hoewel hij er maar 127 dagen had gezeten, had Damascus niet eerder zo'n onmiskenbare heilige bezeten, zo'n zichtbare anachoreet, en de bisschop, die eerder niets had willen weten van deze heilige, liet weten dat de pilaarzitter teleurgesteld was over de liederlijkheid van de Damasceners, die liever in drankhuizen vertoefden dan in de kerk. Heel even mocht hij zich verheugen in hernieuwde belangstelling voor zijn missen.

Volgens een populaire variant van het verhaal had een demon in de gedaante van een knappe jongeman de heilige aangevallen en toen enkele Damasceners hem trachtten te ontzetten, waren andere duivels met stenen gaan gooien, waarna de dappere stadsbewoners machteloos moesten toekijken hoe hun heilige naar de hel werd gesleept, om daar voor eeuwig te worden gemarteld.

Alêtis ging nog één keer op zoek naar de herberg waar zij de man de avond voor zijn verdwijning had gezien, maar nadat zij een paar keer de weg was kwijtgeraakt, gaf ze het op. Het ging haar ook niet aan, hield ze zich voor, al bleef ze last houden van het onzichtbare, aanklevende spinrag, dat zich niet liet afwassen.

Op de vierde dag na de verdwijning van de pilaarheilige besloot ze de stad te verlaten. Zij had gezocht naar karavanen, maar de eerste zou pas tien dagen later vertrekken, en wel de verkeerde kant op.

'Reis naar de kust en neem een schip, het kan nog net,' zeiden de kooplieden met wie ze sprak, maar Alêtis omhing zich met haar oudewijvenvodden, hulde zich in een mottige reismantel en verliet Damascus door de oostelijke stadspoort, achter op de ossenkar van een boer die haar wel een paar dagreizen oostwaarts wilde brengen.

3

De Hoer van het Oosten

(Syria, nazomer-herfst 376)

Dido van Massilia, die dit schrijft, had gemeend dat hij een oude vriend weervond; de dood gewaande Swintharik op zijn pilaar leek vergroeid met het verweerde marmer, als een plant die zijn wortels verankert in de resten van een verlaten tempel. Toen Dido echter zijn naam riep, verdween Swintharik zonder een spoor achter te laten en Dido kreeg een pak slaag van een stel idioten, die Swintharik voor een heilige hielden.

Tegen de tijd dat Dido weer in staat was tot reizen, besloot hij de stad te verlaten. Hij begreep dat zijn vroegere vriend geen belangstelling had in een hereniging. En een ijlbode moet niet te lang op één plek blijven hangen, daarvan wordt hij traag.

Zoals een bijgeloof niet kan bestaan zonder een geloof, zo bestaat de bijnaam doorgaans naast de hoofdnaam. Bij mij is dit echter niet het geval.

'Mijn naam is Niemand,' zegt de dichter, maar in tegenstelling tot wat zijn protagonist beweert, had ik vader noch moeder die mij zo noemde; mijn kameraden van weleer noemden me bij mijn bijnaam en mijn vrouw, die mij bijstaat in mijn onderzoek naar de gebeurtenissen van onze tijd, heeft vele namen voor me, die ik u niet ga vertellen. Jaren geleden, toen we begonnen aan deze onderneming, vroeg ze me of ik ook over mijzelf schreef.

Helaas speel ik een rol in de geschiedenis, al kost het mij onvoorstelbaar veel moeite om juist over dat gedeelte te spreken. Ik geef er de voorkeur aan om deze weinig beduidende persoon op de achtergrond te houden.

In het verdere verloop van mijn kroniek zal ik dan ook over mijzelf spreken in de derde persoon, niet alleen omdat dit gebruikelijk is, maar vooral omdat dit verhaal niet over mij gaat.

Ik noemde mijzelf zojuist ijlbode en in essentie is dat wat ik ben; een boodschapper. En dat bedoel ik niet in religieuze zin. Ik bedoel iemand die een bericht doorgeeft van de ene instantie aan de andere. Hoe ongepast zou het dan zijn om steeds te spreken van 'ik'?

We leggen hem het zwijgen op en vervolgen onze geschiedenis.

Dido dus, nam de landroute langs de traag stromende Orontes in de langgerekte, groene vallei tussen Libanon en Antilibanon, want hij hield van die glooiende hellingen en wijngaarden en van de bergruggen in het westen met hun donkere cederbossen. 's Nachts sliep hij onder de blote hemel, en een enkele keer, wanneer hij naar comfort verlangde, in de villa van een landeigenaar, want het keizerlijk zegel opende elke deur, en de mensen hoorden graag nieuws uit woeliger rijksdelen; te lang had hier vrede geheerst.

Hij moest de aanvechting onderdrukken om onbekende oorden te bezoeken, zoals de ruïnes van het verwoeste Palmyra, die ver woestijninwaarts liggen, maar de risico's waren te groot. Daarbij had hij zijn bekomst van ruïnes.

Hij had geen boodschap meegekregen van de Damasceners en niets weerhield hem ervan om door te rijden naar Constantinopel, maar toen hij op een kille namiddag Antiochië binnenreed door de poort-met-de-cherubijnen, besloot hij zich daar te melden, want je kon nooit weten en hij miste de opwinding van een opdracht.

Hij vermeed de drukke straat van de colonnaden, sloeg meteen rechts af naar de wijk Kerateion waar de joden wonen, en bij de paardenmarkt steeg hij af bij het hospitium, waarvan hij inmiddels alle kamers al eens had bewoond. De uitbater, een oude legionair met de naam Filli, verwelkomde hem als een oude vriend: 'Dido!' riep hij, terwijl hij hinkend een zitbankje aanschoof. 'Je gezicht is bruiner dan ik zou verwachten gezien het weer. Waar kom je vandaan?'

'Damascus,' antwoordde Dido. 'Het is het reisstof dat mijn gezicht kleurt.'

'In het noorden en oosten is het al weken regen en storm. Ik hoor niets dan klachten van je collega's.'

'Heb je veel aanloop?'

Filli hing het leren gordijn voor de ingang recht, pookte het vuur in de haard op en kwam toen tegenover Dido zitten. Hij schonk twee kroezen wijn in en schoof hem er een toe. 'Je bent zeker niet de enige,' zei hij, 'gisterochtend kwam een estafetteruiter aan uit het noorden. Hij was uitgeput, omdat de enige wissel op het station van Tarsus was overleden aan de koorts, waardoor hij een dubbel traject in één keer moest afleggen. De koorts had ook hém te pakken, als ik mij niet vergis. Hij heeft zich gemeld en daarna heb ik hem niet meer gezien.'

'Het zal een belangrijk bericht zijn geweest,' zei Dido.

Filli was nog niet klaar: 'Hij was de laatste in een lange stroom. Koeriers en delegaties rijden af en aan, al weken. Iedereen moet zich bij de paleiswacht melden.'

'Is de keizer in de stad?' Valens was al langer dan een jaar bezig met de voorbereiding van een oorlog tegen de Perzen.

'Voor zover ik weet wel,' zei de oude. 'Legioenen, koeriers en spionnen, ze komen en gaan, en de geruchten spreken elkaar tegen. De ijlboden, die goed geïnformeerd zijn, hebben zwijgplicht; ik op mijn beurt mag niet over hen praten. Wat voerde jou naar Damascus?'

Dido negeerde de vraag, want ook voor hem gold de plicht tot geheimhouding; overigens waren de berichten meestal verzegeld.

'Kun je mijn paard laten verzorgen, en een kamer voor mij klaarmaken?' vroeg hij. 'Ik ga naar het paleis.'

Op de paardenmarkt, waar onder de hoge muren van het amfitheater doorgaans meer dromedarissen stonden dan paarden, scharrelden alleen nog wat haveloze strontverzamelaars in het maanlicht. Een hond probeerde zich bij Dido's nadering onzichtbaar te maken; uit de schaduwen klonk een jengelende schalmei, waarvan het geluid abrupt afbrak. Een vrouwenlach, een lokkend gesis vanuit een keldergat.

Hij liep snel, vastbesloten zich niet te laten verleiden door dit

Antiochië, dat ze de Hoer van het Oosten noemden. Als een steenbok beklom hij de trappenstraatjes parallel aan de zuidelijke stadsmuur en negeerde het gefluister uit de ronde en ovale deuropeningen van de woningen met hun zachte hoeken, alsof de huizen zelf waren gemaakt van levend, verleidelijk vlees. Langzamerhand, terwijl hij al hijgde van inspanning, begon de lucht van rotte groenten en bedorven slachtafval plaats te maken voor de aroma's van het verre Arabië. Op het punt waar de muur zo dicht de hoofdstraat naderde dat hij hem door de zijweg kon zien, sloeg hij links af en vertraagde zijn tred, terwijl hij zijn herinneringen probeerde te verdringen; geld had hij voldoende om een week zoek te brengen in dit labyrint van zonde. Hij vervloekte zijn schroom; waarom kon hij zich er niet in storten zoals ieder ander?

Terwijl hij tussen de uitgestorven colonnaden liep, waar de straatfakkels de beelden tot leven leken te brengen, kwam hem over de brede straat een kleine ruitergroep tegemoet; de voorste en achterste soldaten droegen flambouwen, en terwijl ze hun paarden tussen de zuilen stuurden, hieven ze hun toortsen hoog om de late wandelaar te inspecteren.

Dido was niet bang voor controle; hij droeg het zegel van de keizer. Ze waren hem al bijna voorbij, toen de oude man in hun gezelschap een blik op Dido wierp, zijn paard inhield en zich moeizaam naar hem omdraaide. Nog voor hij kon spreken, had Dido hem al herkend.

'Akakios!' Hij wachtte tot de man was afgestegen en begroette hem hartelijk, want zij hadden ooit in dezelfde gemeenschap geleefd – net als Swintharik, die hij onlangs had gezien in Damascus. Akakios was destijds al oud geweest, maar zoals een boer in zijn werk kromgroeit, moest Akakios zijn verstramd in een ascetenhouding. Hij was nog magerder dan Dido zich hem herinnerde, alleen zijn felle ogen leken onaangetast door de tijd.

'Ik had al gehoord van je komst,' zei Akakios. 'Ik was onderweg naar het hospitium.'

'Met mijn opdracht?'

Akakios zei iets tegen de leider van de groep. Toen richtte hij zich weer tot Dido. 'Ze zullen je naar Durostorum sturen en ik wil je een persoonlijke boodschap meegeven voor Vitalis.'

Dido aarzelde. 'Ik geef graag boodschappen door van mijn vrienden, maar ik verwacht een opdracht van de keizer.'

'Die twee sluiten elkaar niet uit. Ga naar het paleis en aanvaard je opdracht. Naderhand stuur ik je het bericht voor Vitalis.'

Dido vroeg zich af waarom dat niet meteen kon, maar hij sprak de gedachte niet uit. Misschien hing de boodschap aan Vitalis af van zijn officiële opdracht. Mengde zijn oude meester zich dan nog altijd in staatszaken? 'Is er iets gebeurd?' vroeg hij. Akakios bracht een vinger naar zijn lippen en keek naar de soldaten die onbewogen op hun paarden zaten. 'Stil!' zei hij. 'Ik heb al te veel gezegd.'

De soldaten gaven geen blijk van ongeduld. Akakios moest gezag hebben, maar welke functie bekleedde hij hier?

'Hoe is het met Vitalis?' vroeg Dido, toen hij genoeg had van het stilzwijgen.

'Ouder, zoals wij allemaal.'

'En de anderen?'

De grijsaard zweeg. Dido wilde vertellen over zijn ontmoeting met hun wederzijdse vriend, de dood gewaande, die hij in Damascus had ontdekt, maar Akakios' stilte had, net als vroeger, een dwingende kracht. Dido wachtte tot hij het woord nam.

'Ik had graag met je gedronken en bijgepraat, jongen,' zei de oude ten slotte, 'maar de plicht roept.'

'Wij hebben elkaar niet meer gezien sinds de kortstondige regering van Jovianus,' zei Dido. 'Dat is tien jaar geleden.'

Akakios glimlachte en even stond zijn strenge, ascetische gezicht bijna vriendelijk. 'Twaalf jaar, vrees ik,' zei hij. 'Helaas, dit is het moment niet om bij te praten. Als je een tijdje bij Vitalis blijft, zullen wij elkaar weerzien.'

Hij steeg op met verbazend gemak, stak zijn hand op en draaide snel zijn paard; de groep zette zich klepperend in beweging. Akakios zat nog steeds in het zadel als een jonge man. Ze reden stapvoets tot ze de grote markt hadden bereikt en gingen daar over in een draf die hol weergalmde onder de colonnaden. Dido bleef kijken tot ze verdwenen om de flauwe bocht, in de richting van de Beroeapoort.

De wachters op de brug naar het eiland wisten al van zijn komst. Een dienaar wenkte hem en gebaarde naar het hippodroom, waarvan de witte, maanbeschenen muur aan zijn rechterzijde een groot deel van de nachthemel wegving.

'Ik moet naar het paleis,' zei Dido.

'U moet naar de keizer,' zei de man. 'Volg mij.'

Hij leidde Dido langs het gebouw en ze volgden de muur aan de schaduwzijde, tot ze bij een kleine deur kwamen, die na een enkele klop openzwaaide. Dido volgde de man naar binnen en verbaasde zich over de ruimte. Een rij door zuilen geschraagde gewelven strekte zich voor hem uit, slechts verlicht door kaarsen die op onregelmatige afstanden in groepjes bij elkaar stonden. Ze waren geen mens tegengekomen, zelfs de onzichtbare hand die de deur had geopend, had zich weer in het duister teruggetrokken.

De man ging doelbewust voort en hun stappen weerkaatsten honderdvoudig, zodat het leek of een heel leger hun op de hielen zat. Eenmaal stond de dienaar stil en leek te twijfelen. Nu heerste de stilte van een graftombe, maar nauwelijks kwam die gedachte bij Dido op, of hij hoorde het zachte, regelmatige geluid van waterdruppels die uit het gewelf lekten.

'Hierheen,' zei de man. Hij trok Dido oneerbiedig mee, en week daarbij af van het kaarsenspoor. Spoedig stuitten ze op een blinde muur die ze een eind weegs volgden. Ondanks het schemerduister zag Dido tralievensters in de muur en af en toe een lage, ijzerbeslagen deur. De duisternis achter de vensters was volkomen. Dido meende een diepe zucht te horen, misschien afkomstig van hemzelf. En toen hoorde hij een wiekslag, een-, tweemaal.

Voor hen uit doemde een groepje mensen op in een kring van toortslicht. Ze stonden bij een stenen verhoging, en tussen hen in een grote, felwitte vogel die met zijn vleugels klapperde; wegkomen kon hij niet, zijn poten zaten vastgebonden.

De donkere gestalten om de stenen tafel zeiden Dido net zoveel als hun flakkerschaduwen tegen de muur, die extra tekeergingen door de luchtwervelingen die de gans veroorzaakte. Een van de mannen sloeg zijn kap terug en zei: 'Dido, eindelijk ben je er dan.'

Dido herkende hem direct, hoewel hij hem slechts eenmaal eerder had gezien, en dat was op die rampzalige dag, dertien jaar geleden, die hem nog tot in de kleinste bijzonderheden voor de geest stond; de dag waarop keizer Julianus stierf. Valens was toen nog een weinig opvallende man geweest, een van de *protectores domesticorum*, de elitegardisten van de afvallige keizer. Maar hoe kende hij Dido's naam?

Het purper was caesar Valens slecht bekomen; hij was een oud man geworden en niet in jaren. Dido wilde knielen, maar de keizer greep zijn schouder. 'Laat dat! Geen tijd.'

De dienaar die Dido had gebracht, gaf hem een harde por in zijn rug, een functionaris noemde snel de namen van de aanwezigen: twee officieren, van wie de namen zo gewoon waren, dat ze Dido meteen weer ontschoten. Een paleisfunctionaris in Perzische zijde gekleed, een paar dienaren, en ten slotte een *haruspex*, een vogelwichelaar met een ingewikkelde naam, waarschijnlijk een Egyptenaar of een Babyloniër, maar misschien dacht Dido dat alleen omdat er in dat deel van de bekende wereld in die tijd geen haruspices meer waren. Niet openlijk, althans.

Dido besefte opeens dat een van de aanwezigen niet was genoemd. De man hield zich wat achteraf, hij droeg een donkere mantel en zijn gezicht ging schuil achter een zwart zijden masker waarin alleen ooggaten waren uitgespaard. Dido huiverde en hij voelde hoe zijn hart oversloeg. De naam van Larva werd alleen fluisterend uitgesproken, hij was een *notarius,* een functionaris die viel onder de kanselarij van de *magister officiorum* en hij was belast met de opsporing en ontmaskering van subversieve elementen.

Door de schrik ontging het hem bijna dat keizer Valens het woord tot hem richtte. 'Je moet weten, Dido,' zei hij, 'dat wat hier gebeurt, binnen deze gewelven blijft. Alleen ik bepaal wie ervan hoort, begrepen?'

'Sire, dat spreekt vanzelf.'

Valens hoefde niet met straffen te dreigen, zijn stem zei voldoende. Daarnaast was Dido verbaasd dat hij, die magie en voorspellingskunst had verboden, zijn toevlucht nam tot een haruspex. Juist daarom moest het natuurlijk geheim blijven; welke heerser waagde het nog de priesters tegen zich in te nemen?

Hij was niet eerder bij een leverschouw geweest en hechtte weinig geloof aan de veronderstelde verbanden tussen ganzenlevers en de loop der dingen, maar dit was niet het moment om twijfels uit te spreken. Valens was nog niet klaar, hij richtte zich tot Dido. 'Ik heb gehoord dat u als kind een orakelmissie in Delphi hebt meegemaakt?'

'Dat klopt, keizer,' zei Dido. 'Ik heb zelf de raadpleging bijgewoond.'

'Het was de laatste keer dat de Pythia sprak, is het niet?'

'Het was de allerlaatste spreuk,' beaamde Dido, 'de spreuk waarin het orakel zijn zwijgen aankondigde. Hierna heeft zij nooit meer gesproken.' Hij vertelde er niet bij dat de Pythia had gezwegen, dat ze bij monde van een ander had gesproken.

'Ik ken de toedracht van het laatste orakel,' zei Valens. 'Daarom ben je ook nu hier, om getuige te zijn.'

'Heer, een orakel is niet afhankelijk van plaats of tijd,' zei de haruspex terwijl hij een buiging maakte. 'Het heeft alleen betekenis voor wie de verbanden kan duiden. Omdat steeds minder mensen die kunst verstaan, lijkt het alsof de orakels zwijgen.'

'Ik weet het, ik weet het,' zei Valens. 'Begin, wichelaar!' Zijn stem verried dat hij gruwde van het idee van een orakelraadpleging. Het feit dat hij desondanks zijn toevlucht nam tot de praktijk die hij in het openbaar veroordeelde, verontrustte Dido zeer.

De haruspex greep de gans bij de hals, op het punt waar deze overgaat in de borst, en hij draaide het hevig klapwiekende dier op de rug. Terwijl de twee officieren de vleugels beetpakten, en uitspreidden over het stenen tafelblad, haalde hij een offermes tevoorschijn en maakte een snede in de buik. In een vloeiende beweging stak hij zijn hand in de opening en haalde de lever tevoorschijn. Hij kwakte het bloedende orgaan op de tafel, sneed het in één snelle haal open. De gans was nog niet dood, de snavel ging open en dicht, het dier siste en blies, en af en toe probeerde het een uitval te doen naar de handen die nog altijd zijn vleugels vasthielden.

De haruspex staarde lange tijd in de lever. Larva zweefde naar de keizer en sprak zachtjes met hem. Nu boog ook de haruspex zich naar de keizer en zijn notarius en hij fluisterde hun iets toe. Toen de man klaar was, zei Valens: 'Laat dit vastleggen.' Hij maakte een gebaar naar zijn officieren en liep weg. Larva volgde en het hele gezelschap kwam in beweging. Dido wierp nog een blik op de gans. Nu geen hand het dier meer neerdrukte, begon een van de vleugels weer te klapperen.

Ze hielden stil bij een kleine deur. De keizer bleef staan en onderhield zich zachtjes met Larva. Daarna draaiden ze zich naar Dido.

'Dido, de tentjongen,' zei Valens. 'Niemand die erbij was, vergeet ooit de dag dat de Afvallige stierf.'

Dido knikte. Sommige gebeurtenissen scheppen onuitwisbare herinneringen.

'Wat ik nooit heb geweten,' ging Valens verder, 'is de naam van de moordenaar. De opvolger gaf opdracht hem te zoeken, maar in de nasleep, tijdens de haastige aftocht door vijandelijk gebied, heb ik het zicht op de gebeurtenissen verloren.'

'Voor zover ik weet is de dader nooit gevonden,' zei Dido. 'Er ging een gerucht dat hij een Lakhmide was.'

'Een Arabier? Hoe kunnen we die vinden na al die jaren?'

Dido had geen antwoord. Hij durfde de vraag niet te stellen. Waarom zocht Valens opeens naar de moordenaar?

'Het kan geen Lakhmide zijn.' De stem van Larva was nauwelijks hoorbaar en dat kwam niet alleen door het masker. 'Het is iemand die nog altijd een rol van betekenis vervult.'

Valens schudde zijn hoofd. 'Dit is verder niet jouw probleem, Dido. Zorg dat je goed slaapt vannacht en wacht op instructies.'

Hij ging door het deurtje, maar Larva bleef staan en keek Dido aan. Dido voelde hoe hij versteende, hij durfde zijn blik niet neer te slaan. Nu ook besefte hij hoe koud het was in het vochtige gewelf. Een soldaat verbrak de ban, hij nam Dido bij de arm en begeleidde hem naar buiten waar een escorte wachtte om hem terug te brengen naar het hospitium.

Filli zat te knikkebollen bij het smeulende haardvuur. Dido schudde hem wakker en wilde zijn logies betalen, maar de man weigerde en zei: 'Het is betaald. Ik heb een brief voor je, van iemand die zich Akakios noemt. Uit je hoofd leren en verbranden, zei hij.'

Akakios! Dido bedankte de veteraan en stopte de papyrusrol diep in zijn kleed. Hij nam een olielamp, zocht zijn strozak op en brak het zegel. Het bericht was kort en het kostte hem weinig moeite het vanbuiten te leren.

Zijn handen trilden toen hij de brief in de kleine vlam verbrandde en terwijl hij zijn mantel over zich heen trok, probeerde hij zijn bonkende hart tot rust te brengen. Hoe kon Akakios al op de hoogte zijn van wat alleen de keizer en een paar getrouwen konden weten? En nu wist Dido het ook. Hij moest slapen; het zou een korte nacht worden, want de magere hanen van Filli zouden lang voor de dageraad kraaien, alsof ze reikhalsden naar de pan.

Een harde klop op de deur haalde Dido uit een oude nachtmerrie die hem al maanden niet meer had bezocht. Hij besefte dat hij deze oprakeling te danken had aan de ontmoeting van de vorige dag; hij rilde en dat was niet van de ochtendkou.

Geklop, veel luider nu. Hij grauwde naar de deur, gooide de deken van zich af en schoot zijn tuniek aan. Hij opende en sloeg bijna tegen de grond omdat een paar gardisten iets groots naar binnen duwden. Het viel zwaar op de vloerplanken en voor Dido kon zien wat het was, sprak de leider van het groepje hem aan met trillende stem. 'Heer Dido,' zei hij, 'ga en vervul uw opdracht. Zorg dat dit hondsvot vóór de dageraad de stad uit is, of ik bega een ongeluk.' Hij wendde zich tot zijn mannen en zei: 'Snij hem los.'

De soldaten begonnen de touwen door te snijden, en ontrolden het tapijt, een besmeurd vod dat zo uit een hoerenkast leek te komen, waardoor de man die erin lag, vrijkwam. Hij had een baard en droeg zijn hoofdhaar gevlochten. Zoals veel barbaren droeg hij een strakke broek met beenwindselen. Het leek of hij dood was, maar toen de soldaten een stap terug deden, opende hij zijn ogen. 'Waarom maken jullie mij wakker?' vroeg hij in rauw, maar correct Grieks.

'Dit zwijn is ambassadeur Catualda,' zei de woordvoerder van de gardisten. 'Vanaf nu is hij uw verantwoordelijkheid. Ik wens u veel genoegen.'

'Wat is er aan de hand?' vroeg Dido.

‘Wij hadden de keizerlijke opdracht deze man naar uw verblijf te begeleiden en te behandelen als een geëerde gast. We waren de halve nacht onderweg en kwamen op plekken waarvan ik het bestaan niet vermoedde, terwijl ik in deze stad ben geboren en getogen.’

Catualda kwam steunend overeind, boog en zei: ‘Je moet er een instinct voor hebben, en diplomatieke onschendbaarheid, want dat opent alle deuren.’ Zijn hand schoot uit en hij kneep de soldaat in zijn wang, zoals keizers doen. ‘Ga heen, knecht, je opdracht is vervuld.’

De man diepte een paar documenten op uit zijn mantel, die hij aan Dido gaf. ‘U kent uw bestemming,’ zei hij. Daarna draaide hij zich met een ruk om en marcheerde naar buiten; zijn mannen volgden, struikelend over touwen en tapijt, terwijl ze angstig achterom keken. De deur sloeg dicht, maar door het geweld kwam hij scheef te hangen in zijn leren scharnieren. De barbaar boog nogmaals. ‘Catualda, eedgenoot van krijgsheer Fritigern,’ zei hij. ‘Ik ben uw opdracht.’

‘Moet ik als een hond blaffen als ik u aanspreek?’ vroeg Dido ondiplomatiek. Hij had graag nog wat willen slapen.

‘Mijn moeder noemt mij Theophilos.’

‘Theophilos, dat is tenminste een naam,’ begon Dido, maar de barbaar onderbrak hem: ‘U bent mijn moeder niet; voor u ben ik Catualda.’

Dido haalde zijn schouders op en begon te pakken, terwijl de barbaar zijn kleren inspecteerde. ‘Moet je toch die vlekken eens zien,’ riep hij, ‘en die scheur hier, op mijn zitvlak... We moeten een kleermaker vinden, ik kan zo niet reizen!’

‘Ik ken mijn opdracht,’ zei Dido. ‘Er is niets gezegd over kleermakers. Wij vertrekken nu.’

De man ging door met jammeren, maar Dido duwde hem de kamer uit. Filli kwam aanstommelen met een olielamp en Catualda sprak hem aan: ‘Beste man, wees zo goed om ons een kruik wijn uit uw kelder te brengen, want we hebben een lange weg voor ons.’

Dido hield Filli tegen. Hij groette hem, trok Catualda mee naar de stal en binnen tien ademtochten zaten zij te paard. Wat de Goot ook vloekte en schold, ze verlieten de stad via de kleine Poort-van-Lazarus aan de zuidkant van de stad, en niemand, behalve de slaperige wachter die de poort voor hen opende, zag hen vertrekken.

'Wat doen die lichamen langs de weg?' vroeg Catualda, wijzend op de her en der liggende mannen. Ze leken dood, al hoorde Dido hen snurken. Verderop, aan de voet van de berg stonden wat tenten, als zwammen die zich nestelen in de wortels van een woudreus.

'Het zijn dronkaards die vannacht zijn opgepakt; zij krijgen eerst een afranseling en daarna worden ze buiten de Poort-van-Lazarus gegooid, waar ze voor dood blijven liggen. Over een paar uur willen ze naar binnen, maar dat zal niet lukken. Ondertussen hebben de tentbewoners waarschijnlijk gedurende de nacht hun zakken gerold – als de stadswacht ze niet al voor is geweest. Uiteindelijk zullen ze, met een bonkend hoofd en stervend van nadorst, moeten omlopen naar een van de grote poorten. Als ze slim genoeg zijn om zich in de rivier op te frissen, komen ze wel weer binnen.'

De Goot zweeg een tijdje, wellicht hield hij zich bezig met het gebonk in zijn eigen hoofd, maar nadat ze de tenten achter zich gelaten hadden, zei hij: 'Wat een vreemde gewoonten hebben jullie. En die tentbewoners, wie zijn dat? Waarom laten die zich niet zien? Het kamp lijkt uitgestorven.'

Dido lachte. 'Het is woestijnvolk. Wees er zeker van, ambassadeur, dat minstens honderd ogenparen ons door de kieren en gaten volgen.'

De Goot keek achterom. 'Waarom zouden ze dat doen?'

'Om te schatten hoe rijk we zijn en of het de moeite waard is om ons in de bergpassen te beroven.'

'Je had me een nacht goed kunnen laten slapen,' mopperde Catualda. Hij greep naar zijn zwaard, maar zijn overkleed, dat duidelijk van Antiocheense makelij was, zat in de weg. Vloekend scheurde hij het open, zodat hij erbij kon, en haastte zich vervolgens achter Dido aan, want deze had zijn paard al aangezet tot galop. Tenslotte was het een spoedopdracht.

In gedachten bleef Dido de inhoud van Akakios' boodschap herhalen, tot alleen de dood die nog uit zijn geest kon wissen.

4

De beste testikels van de wereld

(Orontes, najaar 376)

Na wekenlange omzwervingen langs de wegen waarbij hij alle beruchte wijnhuizen had aangedaan, was de voormalige pilaarheilige Swintharik gevorderd tot nabij een stad die hem bekend voorkwam.

Hij dacht met afgrijzen terug aan de voettocht door het rivierdal, die hij was begonnen zonder ook maar een slok om hem op weg te helpen. Eenmaal had hij zich onderweg aan een bron gelaafd, en hij herinnerde zich niet of het water brak of zoet was geweest; het was water, dat volstond. Misschien had de wijnkleur hem misleid, als die al niet deel uitmaakte van de waan. Hij herinnerde zich de eindeloze vertraging, de kleverige lucht die zich verdikte als honing en die maakte dat hij misschien een paar mijl per dag vorderde, wadend en ploeterend. Al zijn zilver ten spijt, geen reiziger of voorbijganger kruiste zijn pad die soelaas kon bieden. Toch was er geen weg terug.

Heliopolis bracht verlossing en na zijn lange onthouding was de terugslag des te harder: de eerste dag maakte hij vrienden, op de tweede raakte hij beurs en vrienden kwijt. Hij tornde een goudstuk uit zijn mantelnaad en vond nieuwe vrienden. Op de derde dag zong hij een ode om de stad te eren, de 'Onvergankelijke Stad van de Zon, die duizenden jaren had weerstaan en duizenden jaren zou voortleven'.

De vierde dag van zijn uitspatting bracht hij door op handen en voeten. En waar een hond een achterpoot oplicht om te pissen, hief Swintharik een voorpoot om zijn kroes te legen.

Op de ochtend van dag vijf ontwaakte hij buiten de oostelijke stadspoort. Bloedend en katerig, nauwelijks in staat om te lopen, bont en blauw van de klappen die de stadswachters hadden uitgedeeld, sleepte hij zich naar de schaduw van een rots, om in de koelte het onvermijdelijke klauwen van de dipsa af te wachten; tot die tijd ontbrak de drijfveer om op te staan. Zijn geldbuidel was verdwenen, al moest hij nog wat munten hebben in zijn mantelzomen.

En de onverwoestbare schalmei zat veilig in zijn foedraal.

Hij sprak een vroege ezeldrijver aan, die met zijn kudde op weg was naar de markt. 'Goede man, zeg me welke kant de Nijl op is, want ik ben deze woestijnen zat.'

'De Nijl?' vroeg de man, 'wat is dat?'

'De levensader van je land, idioot,' snauwde Swintharik. 'De rivier die Egypte leven schenkt! Ik kan zijn vervloekte wateren ruiken!'

De ezeldrijver keek om zich heen of er getuigen waren, toen gaf hij Swintharik een paar rake klappen met zijn prikkel. 'Het is dat ik deze andere ezels moet verkopen en weinig tijd heb,' zei hij, 'anders zou ik plezier met jou kunnen beleven. De rivier is die kant op en hij heet Orontes. Egypte ken ik niet.'

De klappen hadden een heilzame werking; Swintharik besefte dat hij nog altijd in Syrië was. En de dipsa strekte haar klauwen naar hem uit. Dit was de hel. Hij sloot zijn ogen en wenste zich dood. Als ik hier blijf liggen, dan sterf ik vanzelf, dacht hij.

Toen hij na een tijdje merkte dat iemand water over zijn gezicht sprenkelde, opende hij zijn ogen om te zeggen dat het geen zin had, maar het kwam in zijn ogen, heet en bijtend. Swintharik schoot overeind, zodat de hond er met de staart tussen de benen vandoor ging. Dat met die staart, wist hij, deden ze om hun ballen te beschermen. Hij mikte zo goed mogelijk om het beest desondanks op die plek te raken, maar miste ruimschoots. Zijn vloek moest mijlenver te horen zijn geweest. Geen mens, geen huis te zien, maar wel een hond om hem te bepissen?

En zo besloot Swintharik daar, even buiten Heliopolis-in-Syrië, om wederom een tijdelijke co-existentie aan te gaan met de dipsa. De strijd die hij in de ruïnestad van Damascus had geleverd met zijn grootste vijand, begreep hij nu, had niets voorgesteld. Zijn perioden van ascese op de pilaar en zijn slemppartijen hadden elkaar afgewisseld als dag en nacht, waarmee ze ook gelijke tred hielden. Steeds had hij zijn lijden één dag, van dageraad tot schemering, kunnen rekken; en steeds weer was hij afgedaald van zijn sokkel, zwichtend voor de verlokkingen van de stad.

'Ik geef het op,' beloofde hij het dorstige wezen in zijn binnenste, 'ik zal je voeden.' Die belofte had pas waarde als hij haar vervulde, dus hij begon weer te lopen, van de stad af, want daar kwam hij niet meer in. En uiteindelijk was er geen weg die niet leidde naar een taveerne.

Hij liep tot lang na de middag, later sliep hij in een voorthobbelende boerenkar, onder een vuile rieten mat die beschutte tegen de zon. Pas de volgende ochtend, toen de weg afboog naar het zuiden, maakte de boer hem wakker.

Swintharik sleepte zich verder, want naast de dwingende kracht van de dipsa, dreef een ongrijpbare herinnering hem voort. Bij gebrek aan ezelsoogkleppen, hield hij zijn handen naast zijn ogen, omdat er van alles bewoog aan de rand van zijn blikveld, maar zodra hij zijn blik richtte, zag hij niets dan zand en rots. Keek hij weer voor zich, dan golfde en krioelde het aan weerszijden alsof de velden gestoffeerd waren met levende tapijten van ratten en muizen.

En zo, aan het einde van de dag, meer dood dan levend, bereikte hij een uitspanning aan de rivieroever. Hij wist dat hij er eerder was geweest. Het gasthuis maakte deel uit van een kleine serail in de koelte van een dicht palmbos waar de kruinen rusteloos wuifden, en het had aan de kant van de rivier een op palen gebouwde veranda. Aan een steiger konden boten aanleggen. Verderop, in de olijfboomgaard, stonden tenten van woestijnnomaden en riviervolk.

Swintharik wankelde de gelagzaal in, waar vaardige handen hem opvingen, ondersteunden en naar een bed brachten. Iemand goot wijn in zijn keel, hij voelde hoe men hem uitkleedde en omdraaide; krachtige handen masseerden de pijn uit zijn ledematen. Hij probeerde zich om te draaien. 'Syrdon?' vroeg hij, want een oude herinnering stak de kop op. Maar de handen waren onverbiddelijk en lieten hem geen bewegingsruimte. Nogmaals kreeg hij de tuit van een wijnzak in de mond geduwd, en als een lam aan de uier zoog hij tot hij niet meer kon. Uitgeput gaf hij zich over aan de handen en viel in een diepe slaap.

* * *

Alêtis had op haar kamer in alle rust haar ochtendoefeningen afgewerkt, hoewel niemand dit van haar eiste. Het was de enige discipline die zij nooit had willen opgeven, omdat ze er haar kracht aan dankte. Voor de goden deed ze het niet, die waren sinds lang dood, als ze al ooit hadden geleefd.

Ze verliet de herberg en liep door het rulle zand onder de dadelkruinen naar de tenten die verderop in de schaduw stonden. De rook van een vuurtje kwam haar tegemoet en bracht de geur mee van gebraden vlees. Zij zat graag bij de nomaden, want ze wilde zichzelf zien als een van hen. Tegelijkertijd besefte ze dat zij miste wat de nomade zijn kracht gaf: een stam, een hechte familieband en een gemeenschappelijke levensstijl.

Er was een kleine markt gaande, al waren er nog geen mensen van buitenaf. Vrouwen zaten vredig op hun matjes onder de bomen, met de uitgestalde waar voor zich. Alêtis had nog willen wachten met eten, maar toen een vrouw haar een broodje aanbood, dat gevuld was met sterk gekruid lamsvlees, aanvaardde ze het. Ook al verbleef ze hier al een paar weken, nog altijd hielden ze haar voor een arme oude vrouw, misleid als ze waren door haar haveloze kleding. Ze had hun respect gewonnen toen ze in de eerste dagen van haar verblijf een kind redde dat dreigde te bezwijken aan de koorts.

Ze ging op een boomstronk zitten, leunde tegen de harde bast en keek naar de kinderen die speelden op de oever en in een rustig stukje water, waar de rivier een bocht maakte en waar aangespoelde boomstammen een natuurlijke bescherming boden tegen de stroming. De kou van het water leek hen niet te deren; een voor een klommen zij op de kromme boomwortels en maakten sierlijke duiken.

Lange tijd zat ze daar te kijken en elke noodzaak leek op te lossen in de wazige verten tussen de oevers. Als ooit de waanzin en de gruwel zouden zijn uitgeraasd, als alle steden en tempels in puin zouden liggen, was dit misschien wat overbleef: zwervende stammen buiten de geschiedenis, die hun middageten bereiden langs een rivier; kinderen die spelen in de trage stromen. Een huis, een akker of een stad kun je platbranden, maar wie kan een rivierloop verleggen; wie een woestijn vernietigen?

En terwijl zij daar zo zat te dromen en de zon langzaam naar zijn hoogste punt klom, begon het drukker te worden. Het volk kwam aanlopen, sommigen vanaf de weg, anderen uit het gasthuis waar Alêtis verbleef. Zij liet haar blik dwalen over de groepjes mannen in lange mantels die bij de kramen stonden, en over de handelaren in kleinvee en gevogelte bij hun veekraaltjes en kippenhokken. Boven het ruisen van de palmen en de rivier uit klonk geroep, gelach, gemekker. Het onregelmatige bellen van de hamels in hun kralen leek een bespotting van de onzichtbare hand die een snel ritme sloeg op een trommeltje. En opeens meende ze een bekende te zien.

Het was de man uit Damascus.

Alêtis kwam overeind om beter zicht te krijgen, maar juist op dat moment liepen wat mensen voor de man langs en het volgende ogenblik was hij verdwenen. Even later, terwijl ze naar de kramen liep, zag ze hem weer. Het was onmiskenbaar de charlatan die ze in Damascus had gezien, al zag hij er wat gehavend uit. Een van zijn ogen was dichtgeslagen, hij had bloedkorsten op zijn voorhoofd en hij trok met zijn linkerbeen.

Alêtis bleef hem van een afstand in de gaten houden. De man stond te praten met een Arabier die een kip aan haar poten omhooghield. Het dier klapperde heftig met haar gekortwiekte vleugels en Swintharik schudde zijn hoofd. De Arabier hing de kip ondersteboven aan een tak en liep naar een ezelswagen waar zijn hokken op stonden. Swintharik wachtte, ongeduldig heen en weer wippend op zijn voeten.

Na een paar tellen kwam de handelaar terug, ditmaal met een reusachtige haas, die hij aan de oren vasthield. Swintharik knikte kort, de handelaar pakte een knuppel en sloeg het dier de schedel in. De haas begon hevig te stuiptrekken en piste zich in één keer leeg, zodat Swintharik vloekend opzij sprong om niet de volle laag te krijgen. De handelaar schoot in de lach en hield toen zijn hand op. Swintharik stopte hem wat geld toe en de Arabier trok een vilmes uit zijn gordel, maar nu was Swintharik hem voor. Hij griste de haas weg en liep zonder te groeten in de richting van het gasthuis.

Alêtis haalde haar schouders op. Wat kon haar die man schelen; alsof zij niet genoeg huichelaars en oplichters had gekend in haar leven.

Ze kocht een reisdeken bij de vrouw die haar eerder brood had gegeven en bleef nog even praten. De vrouw nodigde haar uit om met haar familie mee te reizen naar een pleisterplaats in het zuiden waar ze de winter zouden doorbrengen, maar Alêtis bedankte vriendelijk; zij wilde die kant niet op en daarnaast zou ze de gastvrijheid van deze mensen snel als verstikkend ervaren. Ze koesterde haar eenzaamheid.

Uit het oosten kwam een zware wolkenmassa opzetten. Alêtis hing de deken over haar schouders en wachtte bij de oever op de regen. Ze zag de sluiers naderen over de rivier en bedekte haar hoofd. Terwijl ze naar het natuurgeweld keek, dwaalden haar gedachten weer af naar de valse pilaarheilige, die nu ongetwijfeld een feestmaal aanrichtte voor zichzelf. Wist hij niet dat het gasthuis een uitstekende keuken had?

Hoewel de vette wol geen druppel doorliet, liep ze ten slotte langzaam terug naar haar gasthuis.

De weinige bezoekers zaten apathisch bij het vuur en de man uit Damascus was nergens te zien. Toch moest hij hier logeren, want toen Alêtis naar haar slaapvertrek liep, ontdekte zij in het voorbijgaan de huid van de haas, die keurig was geschraapt en gespannen op een raamwerkje van takken; hij was dicht bij de haard gezet om te drogen.

Later, in haar bed, luisterde ze naar het nadruppen van de takken buiten haar venster. En net toen zij begon weg te zakken, hoorde ze een schalmei zachtjes spelen op de veranda. Het was een aangename melodie, die haar een vreemd gevoel van opwinding bezorgde, waardoor ze de slaap pas laat kon vatten.

Twee dagen later zag ze de man opnieuw.

Nog altijd onttrok het regengordijn de overzijde van de rivier aan het zicht. Alêtis at gierstepap op een lege veranda, waar op vele plaatsen water door de dakbedekking sijpelde, het was waarschijnlijk bedoeld als zonnescherm.

Ze had geen zin om op deze plek de winter uit te zitten, ze verlangde ernaar nieuwe landen te zien. Sinds haar kindertijd en haar leertijd bij de genezer Tettix, had zij het Oosten en een deel van Africa doorkruist, maar als ze zich voorstelde hoe de wereld in elkaar zat, begon het voorbij Constantinopel te vervagen. Zij had bij haar leermeester boeken gelezen, ze wist welke landen rond de Middellandse Zee lagen en in welke volgorde ze die zou bereizen, maar noordelijk van die landen of westelijker dan Spanje hield het op. Wat was er verder?

Opeens voelde ze dat ze niet alleen was. Vlak bij haar op de veranda zat Swintharik. Zij had hem gezien noch gehoord in dit schemerdonker, met de alles overstemmende regen. Hij lette niet op haar, druk als hij was met een kledingstuk dat op de tafel lag. Alêtis keek toe hoe hij met kleine haaltjes naald en draad door een stof haalde, en het verbaasde haar dat hij tot zulk fijn werk in staat was. En toen zag ze dat het geen kledingstuk was, maar het hazenvel. Alêtis schaamde zich terwijl ze het deed, maar toch schoof ze over haar bank dichter naar de man toe, om te kunnen zien wat hij deed.

Wat was dit voor gek? Het leek wel of hij die haas opnieuw in elkaar zette. Hij had het vel inmiddels aan de onbehaarde kant dichtgenaaid en weer binnenstebuiten gekeerd, zodat het bont aan de buitenkant zat. Was hij hem aan het opzetten? Wilde hij het op de markt verkopen? En wie kocht dan zoiets?

Nee, dat was onzin, trouwens, het dier had geen kop meer. Nu was hij in de weer met iets van hout, een paddenstoelvormig stuk, met een taps toelopende steel. Hij paste het op de plek waar de hazennek had gezeten, sneed het bij, paste weer.

Opeens begreep ze het. Het moest een *podeoon* worden, een wijnzak, gemaakt van een compleet dierenvel, waaraan alleen de kop ontbreekt. Het was een primitieve en eenvoudige manier om een wijnzak te maken en tegelijkertijd handig in het gebruik vanwege de poten, die als handvaten dienden.

Ze bleef toekijken hoe hij het geheel nogmaals binnenstebuiten keerde, en de naden breeuwde met hars; hoe hij een wilgentenen ring aanbracht in het nekje, om de drinktuit stevigheid te verlenen. Uiteindelijk blies de man het ding op tot het bol stond en duwde de stop erop. Hij schonk wat vloeistof in de tuit en smeerde met een spatel nog een laag breeuwsel op de naad; daarna leunde hij achterover en bekeek langdurig zijn werk. Plotseling vloekte hij, stond op en gaf de podeoon een schop, zodat het ding over het hekje verdween, in de richting van de rivier. Hij draaide zich om, wilde weglopen, maar bij het zien van Alêtis bleef hij staan en hij keek haar fel aan. 'Ken ik u?' vroeg hij.

'In het geheel niet, *ô kyrios* Swintharik,' antwoordde ze hooghartig in haar eigen taal, want ook hij had Grieks gesproken, maar het viel haar moeilijk de vreemde naam uit te spreken. Ze wendde haar blik af en de man stampte woedend weg.

Wat had die kroegbaas in Damascus ook weer gezegd, 'gebeten door de dipsaslang'? Zij lachte hardop, wat een gek!

Ze bracht enige tijd door met het zoeken naar de podeoon. Ze scharrelde rond in de stromende regen tussen boomwortels en kiezels, en uiteindelijk vond ze de wijnzak. Swintharik's schop had het ding tot vlak bij de rivieroever geslingerd, waar het tussen de stenen was blijven hangen. Het was nog altijd opgeblazen, en had niet geleden onder de mishandeling. Alêtis pakte de zak op en schudde het water ervanaf.

Later, op haar kamer, bekeek ze het met grote vaardigheid gemaakte voorwerp. Het was een uitstekende podeoon. Ze begreep opeens dat het ding te klein moest zijn voor Swintharik. Ze besloot dat ze er zelf goed gebruik van kon maken en borg het weg in haar bagage.

Later diezelfde dag zag ze hem terug bij de nomaden. Het was inmiddels droog geworden, maar de gezwollen rivier en de wolken die vanuit stroomopwaartse richting op kwamen zetten, kondigden nog meer regen aan.

Alêtis besloot haar vertrek uit te stellen. Ze hing wat rond bij de nomaden en maakte een praatje met een vrouw. In de jaren dat ze in deze streken rondhing, had zij wat van hun moeilijke taal opgestoken en hoewel ze niet de noodzaak zag om er een diepgaande studie van te maken, leerde ze er iedere keer wat bij.

De nomaden, die liever in hun tenten bleven, klaagden over de kou en Alêtis lachte alleen maar, want over enkele maanden zouden ze weer klagen over de hitte en de droogte. Ze genoot van de geur die uit de natte aarde opsteeg, ze had – ondanks de kou – wel haar kleren willen uitdoen om in de rivier te zwemmen, maar dan zouden de mannen van deze stam spoedig om haar heen drommen, bronstig en opdringerig als wilde ezels, want anders dan de sombere, bijna alles bedekkende kledij van hun vrouwen deed vermoeden, hadden zij een grote traditie op het gebied van erotiek.

Vaak had Alêtis geluisterd als de rondtrekkende dichters en zangers hun scabreuze werken kwamen voordragen. Ze verstond lang niet alles, en dikwijls vond zij iemand bereid om haar een vertaling in het oor te fluisteren; jammer genoeg bleef de woordenschat van de meeste nomaden beperkt tot wat bruikbaar was in het alledaagse handelsverkeer en bleken juist de termen die zoveel hilariteit opwekten onvertaalbaar. Maar het was verbazend wat ze met hand- en vingergebaren konden uitbeelden.

De vrouw die haar uitleg gaf over de gesteldheid van de zuidelijke karavaanweg verontschuldigde zich, want verderop in het palmbos, waar de nomaden tijdelijke veekralen hadden opgetrokken, was een opstootje ontstaan. De mannen en vrouwen die zojuist nog gemelijk in hun tenten bijeen hadden gezeten, kwamen naar buiten en dromden rond een kleine kraal; ze lachten en riepen de achterblijvers om snel te komen kijken.

Alêtis liep met de vrouw mee en omdat zij ver boven iedereen uitstak, zag ze al snel de pilaarheilige Swintharik staan. De man, van top tot teen bedekt met modder, hing, alle natuurwetten tartend, zo scheef dat het een mirakel was dat hij niet omviel. Nauwelijks in staat om zijn hoofd rechtop te houden, keek hij woedend van onder zijn wenkbrauwen naar een flinke geitenbok die voor hem in de kraal stond; twee kampvechters in een arena van modder.

Zij kwam net op tijd om een nieuwe aanval mee te maken. De bok kwam in stormloop aanzetten; de man sprong vloekend opzij en greep een van de hoorns beet, waardoor de bok zijn evenwicht verloor en omviel. Nu greep hij ook de andere hoorn en getweeën rolden ze door de modder, man en bok, terwijl het volk schreeuwde van plezier.

'Help me,' riep de vuile anachoreet naar niemand in het bijzonder en de man die hem de vorige dag de haas had verkocht, zei: 'Ik denk er niet aan, je hebt hem gekocht, je zorgt zelf maar dat hij hier wegkomt. Ik raak hem niet aan, dat dier is door de duivel bezeten.'

De geitenbok spartelde zo dat Swintharik moest loslaten. Beiden krabbelden op en stonden tegelijkertijd weer op de benen, tegenover elkaar.

'Bezeten door de duivel?' zei Swintharik. 'Dat ben ik ook!' Alêtis hoorde aan zijn stem dat hij stomdronken was. Hij hield zijn hoofd scheef en leek te luisteren. De bok deed een stap terug, toen weer een naar voren.

'Zullen wij eens zien wiens duivel de sterkste is?' zei de man en hij rende op het dier af, in gebogen houding, met zijn hoofd als stormram. De schedels botsten met een klap op elkaar, maar het was een ongelijke strijd, omdat één van hen van hoorns was voorzien.

Allebei bleven ze op de been, al liep het bloed Swintharik nu vanuit zijn haren in het gezicht. Hij veegde het uit zijn ogen en schold de geit uit voor satanskind. De bok viel weer aan, maar de man duwde met een snel gebaar de kop tussen zijn benen door en wipte over het beest heen. Voor de bok wist wat hem overkwam, had Swintharik hem al van achteren besprongen. Hij hield zijn armen om de keel van het dier en met zijn benen omklemde hij het tegenstribbelende lichaam. Hij moest de kop zo ver mogelijk naar achteren trekken om te voorkomen dat de bok hem met zijn hoorns de ogen uitstak. 'Help me,' riep hij, want hoewel de bok hoorbaar naar adem snakte, lukte het hem niet het dier in bedwang te houden.

Alêtis, die meer medelijden had met de geitenbok dan met de dronkenlap, besloot het dier uit zijn lijden te verlossen. Ze stapte over het hekje van de kraal, haalde een dolk uit haar kleed, en wilde toesteken. De man zag haar aankomen en hijgde: 'Beschadig de huid niet!'

Alêtis aarzelde. Toen stapte ze naar voren en sneed met een snel gebaar de geitenkeel door. 'Dit had jouw keel moeten zijn, hufter,' zei ze en stapte achteruit. Swintharik opende zijn mond om iets te zeggen, maar het bloed gulpte over zijn gezicht en vulde zijn mond, zodat hij de geit moest loslaten.

Brakend en hoestend stond hij daar op handen en voeten, en de vrolijkheid van de Arabieren bereikte een nieuw hoogtepunt. Alêtis wilde haar mes schoonvegen aan de geit, maar deze stuiptrekte nog steeds, daarom veegde ze het af aan de vodden van de naar adem happende man, die nog steeds in de modder zat.

Zij voelde zich erg opgelaten nu ze ongewild deel uitmaakte van dit stukje zottentheater. Het paste ook niet bij de onopvallende persoonlijkheid die ze zich op haar reizen het liefst aanmat, daarom verliet ze de kraal en liep snel terug naar het gasthuis.

* * *

Alêtis had de stilte opgezocht in haar hokje, dat geen vensters had, afgezien van een tralieraampje, waardoor binnenvallend zonlicht een mozaïek van trapeziums op de vloer wierp. Zittend op een rustbank gaf ze zich over aan een korte meditatie en zoals dikwijls gleed ze weg in een doezeling. Toen ze eindelijk tot zichzelf kwam, was het donker in het kamertje; regen trommelde op het dak. Was het al avond? Ze liep de galerij op en hield haar kleed hoog tegen het opspattende water. Ze kon ruiken dat het etenstijd was en begaf zich naar het eetvertrek. Swintharik kwam haar tegemoet en pakte haar bij de pols. 'U bent mijn gast vanavond,' zei hij.

Alêtis overwoog even om zijn arm te breken, maar het was vriendelijk bedoeld en ze verbaasde zich over de metamorfose die de man had ondergaan; hij had zich gewassen, geschoren en de littekens van zijn recente schermutselingen had hij handig weggewerkt. Zijn ogen stonden helder, al zag hij bleek als een lijk.

'U lijkt vijftien jaar jonger dan vanmiddag,' zei ze. 'Bent u soms zwemmend de rivier overgestoken?'

'Tienmaal heen en terug,' antwoordde hij. 'Er bestaat geen betere methode om lichaam en ziel schoon te wassen.'

Hoewel zij had geschertst, besefte ze dat hij de waarheid sprak. Ze wist even niets te zeggen en de man herhaalde zijn uitnodiging. 'Ik heb de geitenbok klaargemaakt en wil dat u uw deel krijgt.'

'Ik betaal voor kost en inwoning,' zei ze, 'en ik eet wat de pot van dit gasthuis schaft.'

Iouda, de herbergier, kwam naar voren. 'O nee, kyria, de pot schaft vanavond niets dan deze bok en iets beters kan een mens zich niet wensen. U moet weten: wanneer heer Swintharik kookt, kijken wij zwijgend toe, in de hoop dat we iets leren!'

'En,' voegde Swintharik eraan toe, 'u, die het dier hebt geslacht, krijgt het beste deel.' Hij wees haar een zetel.

Alêtis' nieuwsgierigheid won het van haar afkeer, daarnaast leek hij hier respect te genieten. Ze keek zwijgend toe hoe Swintharik opschepte en plotseling voelde ze een razende honger. Na de heilwensen begon ze langzaam te eten, ze wilde niet laten zien hoezeer ze genoot. Het was inderdaad een edel gedeelte van de geit dat hij haar had voorgezet, en ten slotte moest ze toegeven: 'Dit zijn de beste testikels die ik ooit heb geproefd. Hebt u hier eerder gelogeerd, dat men uw kookkunst kent?'

Hij knikte. 'Ik ben vergeten wanneer. In elk geval jaren geleden.'

Iouda, die nog in de buurt rondscharrelde, merkte op: 'Heer Swintharik bereidt de beste testikels van de wereld.'

Alêtis had geen geduld voor beleefde praatjes. 'Ik zag u in Damascus,' zei ze, benieuwd naar zijn reactie.

'Dat weet ik,' zei hij. 'Ik zag u niet, maar herken uw stem. U had mij door, zei u toch?' Hij gaf haar een knipoog. 'Later heb ik u wel gezien, in een drankhuis nabij het stadscentrum. Ook toen was u verkleed als oude vrouw.'

Zij knikte verbaasd. Zo gek was hij niet of hij had ook haar doorzien.

Hij vervolgde: 'U hield mij voor een charlatan die uit is op het uitbuiten van onnozele mensen. U hebt het mis.'

Alêtis lachte. 'Ik kan mij ook niet voorstellen hoe u dat pilaarzitten te gelde kon maken.'

Swintharik haalde zijn schouders op. 'Ik heb die mensen nooit gevraagd om naar dat ruïneveld te komen, ik zat er al twee maanden toen de eerste toeschouwer langskwam; daarna ging het snel.'

'Maar u zat er niet continu.'

'Ik hield het nooit lang uit,' gaf hij toe. 'Daarna kreeg de dipsa de overhand.'

'Zoiets hoorde ik,' zei Alêtis. 'Hoe zit dat met die dipsa?'

Swintharik, die was gestopt met eten, keek in de vlammen en leek haar niet gehoord te hebben. De zaal was verder leeg, zij waren de enige gasten. Vlak bij de haard stond, zoals ze al verwachtte, een raamwerk met de opgespannen geitenhuid. Daar kon een hoop wijn in. Alêtis at langzaam door en uiteindelijk vroeg ze: 'Uw naam, Swintharik. Waar komt die vandaan? Is het een gebruikelijke naam in uw land?'

Swintharik keek fronsend naar zijn vlees. 'Het is een idiote naam, zelfs in mijn land. Het was een verzinsel van mijn vader, die krachtige opvattingen koesterde over zijn moedertaal, zijn geboortegrond en over de stam waartoe zijn voorouders behoorden, maar in werkelijkheid is daar weinig over bekend. Het zijn voornamelijk verzinsels.'

'Waar was dat?'

Hij moest erover nadenken. 'In Augusta Treverorum, aan de Mosella,' zei hij ten slotte en hij schudde zijn hoofd. 'Ik kon als kind beter opschieten met mijn grootvader Albavis, maar later ben ik van mening veranderd over zowel mijn grootvader als mijn vader.' Hij zette zijn schotel neer, haalde een keer diep adem en verontschuldigde zich toen: 'Ik voel mij niet zo goed, vergeeft u mij. Misschien kunnen wij dit gesprek later voortzetten?'

En voordat Alêtis hem kon bedanken was hij verdwenen.

De herfstregens hielden een week aan en al die tijd zag Alêtis Swintharik niet. Was hij ziek geworden na zijn vechtpartij en de boetedoening in de Orontes? Alêtis had geleerd om zich met haar eigen zaken te bemoeien. Evengoed schiep haar onderricht in de heelkunde verplichtingen. Een bediende verzekerde haar dat heer Swintharik allerminst ziek was. Hij hing rond bij het nabije moerasvolk.

Alêtis zette hem geërgerd uit haar gedachten en maakte plannen voor haar aanstaande vertrek. Toen enkele dagen later de regens ophielden, pakte ze haar bezittingen in en begaf zich naar buiten. Aan de steiger achter de herberg lag een vrachtvlot aangemeerd; boven de rivier dreven nog hoge wolken en het zonlicht viel in waaiers over de golfjes; mensen zag ze niet. Bij de poort van de pleisterplaats stond, op zijn vier pootstompjes, een enorme wijnzak in de vorm van een volwassen koploze geitenbok.

Alêtis lachte hardop om zoveel dwaasheid. Daar was hij dus mee bezig geweest. Een man riep haar aan: 'Vrouwe, zeg mij waar ik Swintharik kan vinden!' Uit zijn kleding maakte ze op dat hij de vlotschipper moest zijn. Ze wilde antwoorden dat ze niets wist over Swintharik maar op dat moment zag ze hem op de veranda. 'Ik breng u naar hem toe,' zei ze.

Swintharik reageerde lauw op de groet van de rivierschipper. Alêtis negeerde hij.

'Dat ik u hier moet vinden, heer Swintharik!' zei de man. 'U kent me toch wel? Ik ben Loukas, die de wijn levert, die u hier drinkt.'

'Dank daarvoor,' zei Swintharik, 'een brenger van wijn verdient lof.'

'U moet weten heer,' ging de man verder, 'dat ik enkele mijlen stroomopwaarts, op een van mijn halteplaatsen, een ruiter ontmoette, die uit het oosten kwam gereden. Hij vroeg naar u, en ik vertelde hem dat u in Damascus woont. Hij reed weg alsof de hete adem van de woestijnezel in zijn nek blies.'

Terwijl de man sprak was Swintharik overeind gekomen. 'Hoe heette die man? Hoe zag hij eruit?' vroeg hij.

'Hij was bleek, en duidelijk niet uit deze streken afkomstig. Hij droeg een inlandse mantel met capuchon tegen het stof, maar zijn haar was lang en blond, als dat van een vrouw.'

Alêtis wilde wat zeggen, maar Swintharik onderbrak haar. 'En verder?'

'De hand waarmee hij de leidsels vasthield, miste een paar vingers,' zei de schipper. 'U kent hem? Als ik geweten had dat u hier was, had ik hem niet de verkeerde kant op gestuurd!'

Swintharik strompelde naar de oever van de Orontes. Daar hurkte hij neer en gaf over in de snelvlietende stroom. Alêtis bedankte de vlotschipper voor zijn inlichtingen. 'Laat ons nu maar alleen,' zei ze. De man haalde zijn schouders op en keerde terug naar zijn vlot.

Swintharik hief zijn hoofd, zijn gelaat was asgrauw.

'Kan ik je helpen?' vroeg Alêtis.

'Ga weg.'

Alêtis ging zitten op een grote boomwortel die een ruwe boog vormde tussen stam en rivierkeien en die leek op het been van een man die voorzichtig een teen in het water steekt om te voelen of het koud is. 'Ik heb een kruid voor je, dat de kater verdrijft,' zei ze.

'Ik heb nooit katers,' antwoordde Swintharik nors. 'Wijn bekomt mij uitstekend en ik drink alleen de beste soorten.'

'Als het geen kater is, wat dan wel?' Ze vroeg zich weer af waarom ze zich met deze vreemdeling bemoeide. Waarom vertrok ze niet volgens plan? 'Ik ga weg,' vervolgde ze, toen het antwoord uitbleef. 'Ik wil komende zomer in Italië doorbrengen en ik moest je nog bedanken voor de maaltijd.'

'Ik vertrek ook vandaag.'

'Ik weet het, ik zag de podeoon al staan. Ik begrijp ook je probleem,' zei ze.

Hij kwam overeind en keek haar aan. Zij schrok van de wanhoop in zijn ogen. 'Welk probleem is dat?' vroeg hij, 'ik heb er vele!'

'Het komt me voor dat je op zijn minst een lastdier nodig hebt om die podeoon te vervoeren,' zei ze. 'Ik denk dat hij ongeveer mijn gewicht in wijn bevat.'

Hij liet zijn schouders zakken. 'Daar had ik nog niet eens aan gedacht. Ik heb hem vanochtend laten vullen en nog geen poging gedaan om hem te dragen.'

'En die man over wie de schipper het had? Wie is dat?'

'Dat gaat je geen donder aan,' zei Swintharik. Hij raapte een steen op, gooide die in de stroom en liep toen weg.

Alêtis trof hem even later terwijl hij vat probeerde te krijgen op de wijnzak. Hij greep het ding bij de voorpootstompjes en trachtte hem op zijn rug te hijsen, terwijl hij de stompjes voor zijn schouders vasthield. Hij kon het nauwelijks houden. Iouda kwam naar buiten en knipoogde naar Alêtis, die haar eigen bagage oppakte.

'Ik wil betalen voor mijn verblijf,' zei ze. De man knikte en liep naar binnen. Swintharik zette de podeoon weer op de grond en hurkte vloekend neer.

'Wat nu weer?' vroeg Alêtis.

Swintharik schudde zijn hoofd en wachtte tot de herbergier terugkwam, ditmaal met zijn echtgenote, een magere oude vrouw die haar haarwrong in een goudgeborduurd netje droeg. Voor de herbergier iets kon zeggen, stamelde Swintharik: 'Iouda, ik moet met je praten.'

'Spreek, heer Swintharik,' zei de man.

Swintharik sloeg met zijn handen op zijn kleren. 'Ik denk er nu pas aan,' zei hij. 'Ik heb geen geld meer... Ik moet het allemaal hebben opgemaakt aan die geitenbok...'

De oude vrouw zuchtte, maar Iouda zei lachend: 'Alles is betaald, heer.'

Swintharik keek hem een tijdje aan.

'Heer Swintharik,' zei de vrouw verwijtend, 'dit hebben we iedere keer aan de hand. Iouda! Haal een geldbuidel voor heer Swintharik, hij kan zo niet vertrekken. Laat een van de knechts een dromedaris voor hem zadelen; die podeoon kan op een muilezel.' Ze wendde zich tot Swintharik. 'Of hebt u liever een paard, een wagen?' Hij keek haar verbijsterd aan.

De vrouw schudde haar hoofd, zuchtte nogmaals en zei: 'U bent immers de eigenaar van deze herberg, heer, en als u minder dronk, zou u het niet steeds vergeten.' Ze richtte zich tot Alêtis: 'Die man maakt mij wanhopig. Het is m'n baas, maar als hij mijn man was, dan wist ik het wel. Schipper Loukas, die iedere keer zijn leven waagt op deze onbegaanbare rivier, kwam zich net nog bij me beklagen: "Hoe lang werk ik nu al voor heer Swintharik," zei hij, "toch herkent hij me nooit!" Maar hoe bezopen hij ook is, hij vindt altijd weer de weg naar onze deur. Van u krijg ik, voor verblijf en maaltijden...' Ze stokte even om in haar hoofd de kosten te berekenen, maar Swintharik was haar voor. 'Als ik de eigenaar ben, dan was deze dame mijn gast,' zei hij. En tegen Alêtis: 'Ik kan een rijdier voor u laten zadelen, als u wilt.' Hij bedacht zich en zijn gezicht betrok. 'Nee... We kunnen niet samen reizen...'

Alêtis, beduusd van de onthulling, vroeg: 'Ga je terug naar Damascus?' En meteen daarop: 'Waarom zou ik met je willen reizen?'

'Ik ga niet naar Damascus!' riep Swintharik. 'Wij moeten voorlopig dezelfde kant op, maar als jij met mij meereist loop jij net zoveel gevaar als ik...'

Alêtis wilde vragen wat hij bedoelde, maar de waardin nam haar terzijde. 'Er zit een steekje aan hem los sinds hij door die slang is gebeten,' zei ze. 'Vaak vraag ik me af of hij zich de dingen werkelijk niet herinnert, of dat hij doet alsof. Hij heeft een wijnhandel in Damascus, met vestigingen in vijf steden; hij denkt dat er moordenaars achter hem aan zitten. Het komt allemaal door de dipsa; hij heeft vanochtend al weer een amfora wijn aangebroken. U kunt gerust met hem meereizen, hij is ongevaarlijk.'

'Ongevaarlijk?' Alêtis lachte. 'In Damascus hoorde ik wat anders. Iets over de Afvallige.'

De vrouw sloeg een hand voor haar mond. 'Praat daar niet over!' zei ze. 'Dat verhaal vertelt hij alleen als hij écht ver heen is, maar zo gauw iemand erop ingaat, wordt hij razend.'

Swintharik kon haar gefluister niet horen; toch keek hij haar boos aan en zei tegen Alêtis: 'Je kunt een stuk meereizen, maar alleen omdat ik geen direct gevaar vrees. Mijn achtervolger zoekt me vooralsnog in Damascus. Er is een groep mensen die mij dood wil hebben en ik zal hen in de nabije toekomst tegemoet treden, want ik ben het vluchten moe. Ik laat een dromedaris voor je zadelen.' Tegen Iouda's vrouw zei hij: 'Vertel niemand waar ik heen ga!'

'Zes jaar geleden zaten ze ook al achter hem aan,' fluisterde de vrouw Alêtis nog toe voor ze naar binnen verdween.

Alêtis ging op een bankje zitten en keek hoe de rijdieren werden opgetuigd voor de reis. Ze voelde er weinig voor met een halve gek te reizen. Maar hoe kon ze deze vingerwijzing van het lot negeren? Ze dacht aan haar verwoeste huis, aan de meisjes van wie ze zich de gezichten niet meer voor de geest kon halen en aan de gemartelde hiërodule Eugalia. Haar laatste uren zou ze nooit vergeten, de beelden achtervolgden haar nog altijd. Ze groef diep in haar herinnering, op zoek naar de oude woede en de haat die haar destijds hadden vervuld en ze wist dat ze niet kon weglopen zonder te weten wat de rol van Swintharik was geweest in haar rampspoed.

'Goed dan,' zei ze ten slotte. 'Wij zullen samen reizen, Swintharik. Maar ik ga je niet naar de mond praten zoals deze mensen, en met dronkenmanspraat heb ik weinig geduld. Wat is je bestemming?'

'Ik ga allereerst naar het oosten, om een arts te vinden die mij van mijn kwaal kan afhelpen,' zei hij. 'Daarna zal ik mijn achtervolgers het hoofd bieden.' Hij wendde zich af ten teken dat hij er verder niet over wilde praten.

'Als je genezers zoekt, kan ik je helpen,' zei Alêtis. 'Ik ben zelf jaren in de leer geweest bij een van de grootsten.' Ze dacht aan Tettix. Hij kon zelfs aan een steen de waarheid ontlokken. 'Het is een omweg voor me, maar het zal de moeite waard zijn.'

'Ik ben blij dat je me vergezelt,' zei Swintharik, zonder zich om te draaien.

Alêtis had al spijt van haar besluit toen ze even later langs de tenten van de Arabieren reden. De hele kolonie liep uit, mannen lachten, vrouwen wezen en joelden en de kinderen dansten achter de kleine karavaan aan. Alêtis begreep het niet, tot ze achter zich keek en de muilezelin zag, op wier rug de podeoon was vastgezet, met de stompjes aan weerszijden van de rug. Het was alsof een krankzinnig monster de ezelin had besprongen in een bizarre poging tot een ongelijksoortige paring. Alêtis walgde plotseling van de man en zijn wijnzak. 'Moet dat ding werkelijk mee?' riep ze tegen de rug van Swintharik, die voor haar schommelde op zijn dromedaris. 'Als je van je kwaal verlost wilt worden, moet je dan niet hier beginnen en dat idiote ding achterlaten?'

De rug zweeg en Alêtis, die zich nog nooit zo opgelaten had gevoeld, troostte zich met de gedachte dat de podeoon, gezien de dorst van haar reisgenoot, nog geen vijftig mijl zou meegaan. En zij, Alêtis, zou hem een geneesheer bezorgen die alle demonen in zijn lijf zou doen bevriezen van ellende. Ze lachte hardop. Swintharik wierp een geërgerde blik over zijn schouder. 'Wat is er zo grappig?' vroeg hij.

'Ik geniet nu al van de reis,' zei Alêtis. Ze knikte hem vriendelijk toe en trok haar mantel naar voren, want ze reden de schaduw uit, recht in de felle winterzon. Ze vreesde voor het tanen van haar huid, ze wilde niet haar maskering van oude vrouw overbodig maken door voortijdig te veranderen in wie ze voorgaf te zijn.

5

De plaag uit de steppen

(najaar 376)

Dido wilde niet stoppen in dorpen of steden; rusten konden ze langs de weg. Hij negeerde het gevloek van de barbaar; een hoog tempo bood de beste bescherming tegen de kou. Links lag de langgerekte Amanus met zijn sombere pieken, rechts de uitgestrekte moerassen. Pas in de middag, toen ze de Syriëpas bereikten, nam Dido rust, niet omdat hij moe was, of uit medelijden met de Goot, maar om de paarden te sparen, want ze zouden pas de volgende avond een wisselstation bereiken. 'Daarbij komt,' zo zei hij tegen Catualda, 'dat we hier, bij de ingang van de pas, de weg in de gaten kunnen houden, terwijl we zelf in de schaduw blijven. We gaan onder deze boom rusten en als rovers ons hebben gevolgd, wat ik niet verwacht, dan zien we ze van veraf aankomen.'

Catualda zou de eerste wacht betrekken.

Dido rolde zich in zijn mantel en sliep meteen in, die gewoonte had hij zich in de loop van de jaren eigen gemaakt. Hij kon weken reizen zonder ooit langer dan een uur achtereen te slapen. Bij het ontwaken zag hij dat de Goot in zittende houding was ingedommeld. Hij gaf hem een schop. 'Sta op! Als ik een vijand was, zou je niet meer leven. We vertrekken, want ik wil de zee zien vóór de nacht valt.'

Catualda, die een paar dagen daarvoor nog over dezelfde pas was gekomen, beweerde dat dit niet zou lukken. Hij kreeg gelijk; ze volgden urenlang het smalle pad dat rees en daalde tussen de rotsen. Eenmaal vonden ze hun weg versperd door gevallen gesteente en het kostte hun grote moeite om de paarden eromheen te leiden.

Toen het enige licht nog kwam van de sterren, ontstaken ze fakkels, al hield Dido er niet van om 's nachts zo zichtbaar te zijn. Na middernacht lieten ze de uitlopers van de bergen achter zich en nu lag de Middellandse Zee voor hen te glinsteren in het maanlicht.

'We slapen een paar uur op het strand,' zei Dido. Hij wilde voor de ochtend Cilicië bereiken. Hij ging achterover liggen op zijn mantel en keek naar de sterren; het was een heldere nacht, lang niet zo koud als aan de andere kant van de bergrug.

'Kunnen we niet beter in die stad daar verderop rusten?' vroeg Catualda. 'Op de heenweg heb ik daar aangename uren meegemaakt. Ze schenken er een uitstekende wijn en de meisjes zijn er mooier dan in Antiochië.'

'U kent aard en urgentie van onze missie,' zei Dido kil. 'U weet hoezeer de tijd dringt. Uw volk verkeert in uiterste nood en wacht op bericht van de keizer. Het kan nog weken duren voor we aankomen. En dan wilt u slempen en boeleren?'

De Goot gromde, hij ging zitten in het zand en sloeg de armen om zijn knieën. 'Mijn mensen kennen geen angst en ze zullen trots zijn op een ambassadeur die van het leven weet te genieten,' zei hij. 'U kent mijn volk niet.'

'Ik heb een vermoeden van het gevaar dat uw volk bedreigt.'

'Geef mij je wijnzak aan,' zei Catualda, 'dan vertel ik je over onze rampspoed.'

Dido haakte de zak los van het paardentuig en reikte hem aan. De barbaar kruiste zijn benen, zette de zak voor zich in het zand, en begon te vertellen over de eens zo vredige Dacische gebieden ten noorden van de Hister, waar enige tijd geleden een ongekende verschrikking was verschenen. 'In de zomer van het vorige jaar bereikten ons verwarde berichten uit het oosten van ons land. Vluchtelingen spraken over beestmensen op snelle paarden die boerderijen en dorpen overvielen, jonge vrouwen en meisjes roofden en de rest afslachtten. De eerste verhalen kwamen van kinderen die zich hadden weten te verstoppen, en wij hechtten er weinig geloof aan, omdat kinderen nu eenmaal geneigd zijn tot fantasie en overdrijving. Maar het tegendeel bleek waar; de woorden ontbraken hun om te beschrijven wat er was gebeurd.'

De Goot schudde droevig zijn hoofd en draaide de houten stop uit de wijnzak, maar hij dronk nog niet. Dido sloeg zijn mantel dichter om zich heen en huiverde. Een kille wind streek langs zijn gezicht. Alles was stil; in de donkere schaduwen van het rotsmassief pinkten lichtpuntjes, waarschijnlijk de vuurtjes van herders of kolenbranders in de bergen.

Catualda ging verder. 'Ik was zelf één van een groep die was uitgestuurd om poolshoogte te nemen, ik verbleef in die tijd bij onze broeders, de Greuthungi. Wat een verschrikking! We bezochten de verafgelegen dorpen, waar slechts geblakerde, afgebrande palen van over waren en waar lijken nog in het rond lagen. Ze verkeerden al in staat van ontbinding en waren aangevreten door dieren, maar wij konden uit hun houdingen en verminkingen nog afleiden welke gruwelen zich hadden afgespeeld.

Wij zijn onverschrokken krijgers, maar we waren geschokt door de bruutheid en eerloosheid van deze overvallers en ik kon mij niet voorstellen dat het hier werkelijk mensen betrof. Eerder zou ik geloven dat er een bende lycantropen uit de bergen was neergedaald, halfmensen, die zich naar willekeur transformeren tot wolven. Hoewel wij vreesden dat we te maken hadden met bovennatuurlijke machten waartegen niet te vechten valt, volgden wij toch dagenlang het spoor van de indringers; een spoor bezaaid met de lijken van onze vrouwen, die onderweg waren bezweken aan verkrachtingen, of zozeer verwond door de mishandelingen dat ze geen nut meer hadden voor de rovers. Neergestoken, gespietst op palen, gewurgd met hun eigen haar; onze woede dreef ons voort op het spoor van de vijand.

Na een week gaven we het op: we voerden heftige twistgesprekken en uiteindelijk won verstand het van woede; tenslotte had koning Ermanaric ons uitgestuurd om inlichtingen te verzamelen. We keerden op onze schreden en reden terug naar de residentie van onze vorst. Onderweg vernamen we dat de beestmensen ons land van verschillende kanten waren binnengevallen; de horde die wij hadden gevolgd was slechts een voorhoede van verkenners geweest.

We jakkerden onze paarden af om ons bij onze legermacht te

voegen en vele mijlen reden wij door verwoest land, waar geen mens meer leefde om het na te vertellen. Wij wilden het niet meer zien, maar het ergste moest nog komen, want zie: voordat we ons doel bereikten, reden ons al ruiters tegemoet, de beste krijgers van beide volkeren en zij vertelden ons dat de oude koning Ermanaric zelfmoord had gepleegd. De onheilsboodschappers huilden als kinderen en wij vielen van onze paarden en bonkten onze hoofden tegen de grond. Meer dan een eeuw had de grote koning geleefd; hij had ons volk duizenden mijlen geleid en vele overwinningen bezorgd. Sommigen beschouwden het als een laffe daad, maar de meesten beseften dat Ermanaric doelbewust had willen plaatsmaken voor een nieuwe generatie van geharde krijgers vol jeugdige energie en met de vereiste daadkracht om de dreiging het hoofd te bieden. Ik voegde me bij mijn eigen volk, bracht hen op de hoogte en schaarde me onder de grote Fritigern.'

De ambassadeur zweeg en staarde een tijdje naar de donkere golven. Dido meende een klein zeil te zien, maar het was een schaduw die weer oploste in de grote deining. Hij stond op en boog een paar keer door de knieën, daarna hurkte hij weer naast de Goot. Catualda zette de hals van de wijnzak aan zijn mond, nam een diepe teug en spoog alles uit. 'Wat is dit?' grauwde hij.

'Water,' zei Dido. 'Misschien niet al te vers, maar je kunt het nog drinken.'

'Jij gebruikt een wijnzak om water te vervoeren?'

Dido grinnikte om zijn verbijsterde blik. 'Het komt mij voor dat een zak die wordt gebruikt voor water, geen wijnzak is, maar een waterzak.'

De ambassadeur der Goten keek hem duister aan en zei toen:

'Gaita swerei jah gaskalkinoþ þus in himina hnaiwei ina jah galaisteiþ þus in halja'

Dido dacht even na, want hij had lang geen Gotisch horen spreken, en zei toen: 'Je bedoelt dat ik de geit van wiens huid deze zak is gemaakt, niet respecteer?' Hij vertaalde het spreekwoord: 'Bewijs een geit eer, en hij zal je in de hemel dienen; verneder hem, en hij achtervolgt je tot in de hel...'

Nu was de Goot verbaasd. 'Eigenlijk spreekt het gezegde over een dier in het algemeen, maar voor de gelegenheid heb ik het aangepast. Waar heb jij mijn taal geleerd?'

Dido haalde zijn schouders op. 'Als kind reisde ik mee in het leger van keizer Julianus en van zijn opvolgers. Daar leerde ik veel van mensen van jouw volk. Later reed ik enkele missies naar de Moesische Goten, maar ook door jullie gebied. Erg goed ben ik nooit geweest.'

'Julianus, was dat niet die afvallige keizer?' De Goot snoof misprijzend. 'En wat deed jij bij zijn leger? Was je een aanhanger?'

Dido zweeg even, het was zo lang geleden. 'Ik was lid van een groep die hem bestreed, maar ik had weinig benul van wat er speelde.' Hij keek naar de branding die wit gloeide en probeerde de herinneringen die nu opkwamen weg te drukken. Omdat dit niet lukte, stond hij op, strekte zijn benen nogmaals en zei: 'Laten we gaan rijden. Vertel de rest later maar.'

Ze reden langs het stadje Alexandrië – 'Neem een willekeurige stad tussen Antiochië en de Indus,' zei Dido tegen zijn metgezel, 'en tien tegen één dat hij Alexandrië heet' – en de honden van de stad sloegen aan. Lang voor ze Cilicië bereikten, zagen ze aan de overkant van de baai de vissersvuurtjes opbloeien op het Klein-Aziatische strand en bij het morgenrood, toen de vuurtjes verbleekten, konden ze witte huisjes en boomgaarden onderscheiden. Vóór hen lag de Cilicische vlakte.

Vanaf die dag wilde Catualda zijn eigen taal spreken. Het was een goede oefening, want Dido beschouwde het aanleren van talen nooit als tijdverlies. Als koerier moest hij zich overal kunnen bewegen, ook in buitengebieden waar een keizerlijk insigne weinig respect afdwong.

Hij besloot zich meer dan ooit aan zijn stelregel te houden en de wisselstations te mijden; ooit waren dit sobere stallen geweest met wat paardenknechten en een handvol soldaten, maar in de loop van de tijd ontstonden er hele dorpen omheen, met wijnhuizen, godshuizen, muziektenten en bordelen. Alles was er om de reiziger te vermaken, of het nu koeriers waren, soldaten, of passagiers van de koetsen. Dat waren meestal geestelijken die hun vervoer niet hoefden te betalen.

'Maar wie betaalt dan wel?' vroeg Catualda toen ze de derde volgeladen reiswagen tegenkwamen. 'Het personeel werkt toch niet voor niets, of zijn het slaven?'

'Ook slaven kosten geld,' zei Dido. 'De keizer, de staat betaalt.' Hij trok een tip van zijn hoofdbedekking voor zijn gezicht, tegen het stof. Het kledingstuk had hij leren gebruiken bij de Syrische bedowijnen, die het *'amaama* noemden. Hij droeg het zelfs onder de capuchon van zijn reismantel. Catualda keek achterom, naar het voortratelende rijtuig, dat al bijna schuilging in zijn eigen stofsluier. 'Merkwaardig, die begunstiging van een kaste die nog te belazerd is om een zwaard te dragen.'

'Onder keizer Julianus verloren ze dit privilege,' antwoordde Dido. 'Er kwam een abrupt einde aan hun reislust en de nederzettingen rond de wisselstations bloedden bijna dood, maar zijn opvolgers herstelden de oude rechten.'

'Jullie priesters hebben veel macht.'

Dido knikte. 'Gelukkig zijn ze erg verdeeld.'

Zelf zag hij de priesters als parasieten en nergens kwam hun liederlijkheid stuitender aan de oppervlakte dan langs de wegen en op de kruispunten van het rijk, waar een man, gehuld in een reismantel en bedekt met stof, anoniem kan zondigen. Zolang ze maar niet zondigden tegen de staat, want ook spionnen en staatsagenten hadden een voorkeur voor de stations. Overigens verschilde de toelating van priesters tot de reiswagens per provincie en onderling probeerden de stromingen elkaar steeds weer voorrechten af te nemen, als honden die in een steegje vechten om een dode rat. En opeens viel hem een Gotisch spreekwoord in dat hij lang geleden had gehoord.

'Twai auhsans arbaidjand undar ainamma juka
ak forja gimarkoþ garaihtida.'
'Twee ossen wedijveren onder een juk,
maar de voerman bepaalt de richting.'

'Het noodlot, goed gezegd!' riep de Goot verrukt. 'Wij worden goede vrienden, heer Dido.'

Dido had de keizer bedoeld, maar hij zweeg verder, omdat de barbaar zijn gedachtegang nauwelijks zou kunnen begrijpen, laat staan dat hij de lange uitleg kon uitzitten zonder in slaap te vallen.

Die nacht, bij het kampvuur, moest Dido een al te opdringerig blijk van nieuwe vriendschap afslaan, in letterlijke zin, want terwijl hij in een halfslaap lag, voelde hij hoe een hand steels zijn mantel in gleed en tussen de plooien van zijn kleed zocht naar...

Meteen zat hij rechtop, klaarwakker en hij zette de punt van zijn dolk tegen Catualda's hals. Zijn hart klopte hoog in zijn keel en hij zei, met alle kalmte die hij kon opbrengen: 'Ik voel mij vereerd door uw vriendschap, heer Catualda. U moet die echter niet misverstaan. Hier trek ik een grens, raak mij niet aan.'

De Goot grijnsde boven de smeulende gloed: 'Zoals onze Heer al zei: *noli me tangere*... Het was het proberen waard, maar nu ik uw standpunt ken, zal het niet weer gebeuren. Ik had u toch verteld dat ik een Griekse moeder heb?'

Weer rolde Dido zich in zijn mantel, al kon hij de slaap niet meer vatten. Hij was diep verontrust door de boodschap die hij moest doorgeven, door de ontmoeting in Damascus en nu weer dit incident. De gebeurtenissen riepen meer herinneringen op dan hem lief was. Zijn woede was niet tegen Catualda gericht; de man had geen kwaad in de zin. Die nacht begon er iets te woelen in Dido's geest, iets wat hij lang geleden had verborgen in een put, die hij met zware keien had afgedekt. En nu had iemand de keien weggehaald en hij huiverde voor wat zich daar, in het duister, verschool.

Tarsus meden ze eveneens en ze namen de noordwaartse route over de heerweg, die dwars door het Taurusgebergte naar Tyana leidt, en deze stad gebruikten zij alleen voor een paardenwissel, tot verdriet van Catualda, die vond dat ze na de zware bergpassen het recht hadden verworven om plezier te maken.

'Aan de Hister mag je plezier maken,' zei Dido onverbiddelijk, terwijl hij zijn waterzak vulde bij de plaatselijke bron.

'Aan de Hister is alleen honger en pijn,' mompelde de ambassadeur. 'En jullie legerkampen staan ook niet bekend om hun losbandigheid.'

Zij namen een verkeerde weg en kwamen bij het stadje Caena aan, waar ze enkele uren doorbrachten met een estafettekoerier die een bericht had voor Antiochië. Dido was liever doorgereden, maar de ruiter, Petros geheten, nodigde hen uit voor een dronk langs de weg, en voor hij kon protesteren was Catualda erop ingegaan.

'Wat voor kwaads schuilt er nu in een kleine rustpauze?' riep hij. 'En waarom mogen we niet een beetje aangeschoten raken? Zolang de paarden maar nuchter blijven!'

Dido gaf toe, de barbaar had gelijk en desnoods zou Dido hem dronken op zijn paard binden. Catualda wilde weten of er nog nieuws was uit het noorden, maar Petros wist van niets. 'Ik beweeg mij alleen tussen twee estafettestations,' zei hij. 'Ik hoor weinig over gebeurtenissen in afgelegen gebieden.'

Estafetterijders waren de ergsten onder de pleisteraars. De meeste verdienden hun geld met smokkel, hoererij en dobbelspel, de boodschappendienst was bijzaak en dekmantel.

'Wat een onhandige manier om een rijk te besturen,' zei Dido hardop tegen Catualda. 'Een koerier gaat op weg naar aanleiding van een gebeurtenis. Als hij na een maand aankomt, beraadslaagt men enkele dagen, dan gaat er een koerier terug. Ondertussen gaan er weken, soms maanden voorbij; de gebeurtenissen zijn al lang achterhaald en boodschappers kruisen elkaars paden, zonder berichten uit te wisselen, want de meesten zijn niet geïnformeerd, niet betrokken, en het ontbreekt hun aan beslissingsbevoegdheid.'

'Toch werkt het,' zei Catualda. 'Het Romeinse Rijk is groter en machtiger dan enig ander rijk, en het zal eeuwig bestaan.'

'Nee,' zei Dido. 'Juist hieraan zal het ten onder gaan: te lange wegen, te langzame uitwisseling van berichten en luie, wijndoordrenkte functionarissen. God beware ons wanneer er eens een echte dreiging komt.'

'Die is er al,' zei Catualda. 'Die indringers vormen de grootste bedreiging die jullie ooit zullen kennen, wacht maar af.' Hij keek met argusogen naar de drinkende Petros. Deze wilde ook iets zeggen.

'Ik vind niet dat Dido met veel respect over onze vakbroeders spreekt,' klaagde hij, zijn mond afvegend. 'Ik nodig jullie uit voor een vriendschapsdronk en die hond beledigt mij.' Hij wachtte op een reactie en toen die niet kwam, trok hij Catualda, die gulzig aan het drinken was, de wijnzak uit de handen, zodat de wijn in zijn gezicht spoot. 'Ik verdoe mijn tijd niet met jullie,' zei hij hooghartig en hij klom op zijn paard.

'Je laat wat liggen,' zei Dido, wijzend op de wijnbevlekte brief met het keizerlijk zegel, die hij had laten vallen. De man wilde weer afstijgen, maar Catualda, die zijn gezicht had afgedroogd, drukte hem de brief in de hand en gaf het paard een klap, zodat het ervandoor schoot. De ruiter kon ternauwernood zijn evenwicht houden.

'Jij weet hoe je iemand tegen je inneemt!' klaagde de Goot.

'Voorwaarts,' zei Dido, die al vanaf zijn paard op hem neerkeek.

Constantinopel was niets veranderd, er veranderde daar nooit wat. Dido hield helemaal niet van steden, maar Catualda keek zijn ogen uit. Hij had zich al verbaasd over Antiochië, de Hoer van het Oosten; nu zag hij de Koningin der Steden. 'Wat een rijkdommen liggen hier opgestapeld,' fluisterde hij, terwijl ze door de straten reden, en Dido kon met moeite een lach onderdrukken, want hij wist dat de Goot de kracht van de stad probeerde te schatten, met het oog op een mogelijke plundertocht. Het blijven barbaren, zelfs met een Griekse moeder. Dido zag het al voor zich, die haveloze bende voor de stadspoorten. Het lachen zou hem spoedig vergaan.

Zij meldden zich bij de autoriteiten en overhandigden daar de verzegelde boodschap van de keizer. Binnen een uur ging een vijftal ijlboden op weg naar de belangrijke steden om de besluiten inzake de Gotische instroom door te geven aan de plaatselijke commandanten.

Tegen Catualda's zin sloeg Dido alle uitnodigingen af, en regelde een brits voor de nacht, zodat ze de volgende ochtend goed uitgeslapen op weg konden naar Durostorum.

* * *

Vanaf een heuvelrug keken zij neer op het stroomdal van de gezwollen Hister. De ijlboden met de keizerlijke bevelen hadden hun werk gedaan, want de volksverhuizing was in volle gang. Op de zuidelijke oever, die vorige zomer nog een groene vlakte was geweest, lag nu een uitgestrekt tentenkamp waar het krioelde van wagens, paarden en volk. Aan de overzijde en op het eiland wachtten nog groepen op de overtocht. Daar bewogen ook ruitereenheden met grote snelheid tussen de groepen, ongetwijfeld hadden de autoriteiten cavalerie gestuurd om de uitwijkelingen te beschermen en onder controle te houden. Boten voeren met rijzende en dalende riemslagen tussen de oevers en krijgers trokken vlotten vol vee, vrouwen en kinderen langs veerkabels over de rivier.

Ze dreven hun paarden de heuvel af en koersten op de rivier aan om de situatie beter te kunnen overzien. Zij waren bijna bij de oever, toen ze een vrouw hoorden schreeuwen. Ze stond op een vlot en wees op een punt stroomafwaarts, waar een kind in het water spartelde. Meegesleurd door de kolkende stroom, verwijderde het zich snel. Terwijl Dido nog stond te aarzelen, reed Catualda al langs de oever en even voorbij de drenkeling joeg hij zijn paard het water in zodat hij het kind kon grijpen. Het paard worstelde om terug te keren, maar de oever die zojuist nog laag was geweest, liep hier hoog op. Dido volgde hen een halve mijl stroomafwaarts en toen Catualda op twee armlengten afstand kwam, gooide hij Dido het schreeuwende kind toe en sprong zelf uit het zadel om zijn uitgeputte paard te helpen. Inmiddels kreeg Dido van alle kanten hulp en met vereende krachten trokken ze Catualda en zijn paard op de oever.

'Ik ben benieuwd waar Valens al dat volk wil laten,' merkte Catualda op, toen ze een tijdje in het gras hadden gezeten. Het kind was al verdwenen naar zijn moeder, die nu ook deze zijde had bereikt. Een groepje Gotische edelen kwam hun kant op, ze hadden hun ambassadeur herkend.

'De bedoeling is Thracië,' zei Dido en hij vroeg zich hardop af of de keizer besefte om hoeveel mensen het ging. Verstandiger was het om de massa over verschillende provincies te verspreiden, misschien kustwaarts te leiden, waar het eenvoudiger was om zo veel mensen te voeden.

'Daar komt nog bij,' zei Catualda, 'dat er nu veel meer vluchtelingen zijn dan toen ik zelf overstak.' Hij stond op om zijn eedgenoten te begroeten.

Ze wisselden snel en met gedempte stemmen nieuws uit en de Goten keken schuin naar Dido. Catualda vertelde hun dat Dido de taal verstond, maar het was niet duidelijk of hij hem bij het gesprek wilde betrekken of dat hij zijn mensen juist waarschuwde niet te veel te zeggen. 'Is er nieuws uit het noorden?' vroeg hij. 'Heeft de vijand zich hier al laten zien?'

'Soms voeren kleine groepjes een nachtelijke aanval uit, om weer snel te verdwijnen,' vertelde een van de edelen. 'De grote massa verblijft nog ten noordwesten van de Zwarte Zee. Het lijkt erop dat ze afwachten tot het land is ontruimd, zodat ze het eenvoudig kunnen overnemen.'

De meningen waren verdeeld. Sommige Goten meenden dat er helemaal geen plan achter zat bij dat ongerichte steppenvolk; dat die Scythen gewoon lui waren en voorlopig genoeg hadden geplunderd, volgens anderen was er zelfs geen sprake van een hoofdgroep en wie was er ooit uit de bezette gebieden teruggekeerd om verslag te doen?

'Wij zijn niet blij,' zei een grote sombere krijger met een grijze snor en gaffelbaard, die in geen dertig jaar waren bijgeknipt. 'De keizer verleent ons weliswaar asiel, maar onze broeders uit het westen krijgen geen toestemming. Wij hebben ons gesplitst om sneller en minder kwetsbaar te zijn, en nu worden we door die Romeinse honden tegen elkaar uitgespeeld. Moeten wij onze broeders achterlaten als prooi voor de Hunnen?'

Het was voor het eerst dat Dido die naam hoorde gebruiken voor deze duistere horde, een naam die zich sneller door het rijk zou verspreiden dan het volk zelf. Dit was niet het Scythenvolk van de oude tijd, die waren al eeuwen verdwenen en dit volk, afkomstig uit onvoorstelbaar uitgestrekte steppen, overschaduwde alles in de geschreven herinnering.

'Onze ruiterij lijkt jullie broeders te verdedigen,' merkte Dido op. De Goot lachte hem in zijn gezicht uit. 'Ik weet niet wie jij bent, Romein, maar je kletst uit je nek. Begrijp je niet dat die ruiters dienen om de twee Gotenvolken uit elkaar te houden? Onze broeders houden zich schuil in het noorden, in de kloven en bossen. Zij zitten tussen hamer en aambeeld, tussen jullie grenstroepen en de Hunse furie.'

Dido begreep het. Naarmate de splitsing van volkeren voortduurde, zou de saamhorigheid snel afkalven. De keizer zou de groep aan deze kant verder opdelen en verspreiden; de strijdbare mannen zouden dienstdoen in de legioenen – bij voorkeur ver van huis. Woordeloos prees hij de wijsheid van Valens, want hij zag niet hoe het rijk in één keer een miljoen barbaren of meer kon opnemen. Hij wist al te goed hoe talrijk de vijanden van alle kanten waren. En dan was er nog deze nieuwe bedreiging. Het was een goede politiek om de zone ten noorden van de Hister niet geheel te ontruimen, want de Gotische generaals zouden zich niet zomaar laten afslachten. Ze zouden een eerste verdedigingslinie vormen als de echte stormloop van de Hunnen begon en die zou Valens niets kosten.

Catualda nam het woord. 'Dido van Massilia is degene die de boodschap van Valens heeft overgebracht. De grote lijnen zijn bekend, maar de details betreffen onze behandeling in het rijk en de voorzieningen voor ons verblijf. Valens en zijn adviseurs hebben mij verzekerd dat wij er allemaal beter van zullen worden.'

'Het werd tijd,' gromde de barbaar, die zijn afgewezen broeders al leek te zijn vergeten. 'Mijn kinderen hebben honger, en ik moest mijn wapens inleveren voor ik mocht oversteken. We kunnen zelfs niet jagen.'

Zijn makkers vielen hem bij en wilden Dido vertellen hoe zij erover dachten, maar hij greep zijn paard bij de teugel en zei: 'Later. Eerst meld ik me bij het fort.'

Catualda steeg op om hem te volgen, hoewel Dido daar niet om had gevraagd.

Tegen Dido's verwachting in, want hij had hem thuis willen opzoeken, kwam Vitalis hem verwelkomen in het fort. Zijn vroegere mentor was sterk vermagerd sinds de laatste ontmoeting. De nieuwe omstandigheden moesten hem hebben wakker geschud; hij had weer iets van de man door wie Dido lang geleden was meegenomen uit Massilia, waar hij het leven had geleid van een straathond.

Tijdens de omhelzing moest Dido zich beheersen om niet terug te deinzen; zoals altijd voelde hij zich verscheurd tussen dankbaarheid en afschuw. Hij hield zichzelf nog altijd voor dat Vitalis, evengoed als hijzelf, een gevangene was van oude gewoonten en tradities.

'Dido, blij je te zien,' zei Vitalis. 'Ik had al naar je laten zoeken. In tijden van onzekerheid en verandering moeten we onze getrouwen en geliefden om ons heen hebben.' Hij legde zijn handen op Dido's schouders en bleef hem een tijdje aankijken. Dido knikte in de richting van Catualda. Vitalis wendde zich tot de Goot. 'Ook u gegroet, ambassadeur. Zoals jullie zien heeft de keizerlijke instemming met de komst van de uitwijkelingen zijn uitwerking gehad. De koerier vertelde ons dat er nog nadere instructies zijn?'

'Dat klopt,' zei Dido. 'De plannen behelzen het rekruteren en opleiden van mannen en jongens. Daaraan vooraf gaat de toewijzing van een woongebied en de bevoorrading van het Gotenvolk. Ik heb nog aanvullende instructies voor de lokale autoriteiten.'

'Die zijn op het moment niet aanwezig,' zei Vitalis. 'We zullen zorgen dat ze die instructies krijgen.' Hij legde zijn arm over Dido's schouder en nam hem en de Goot mee naar een ontvangstzaal die, op de deurwachters na, helemaal leeg was. 'Ik weet het,' zei hij. 'Het is een uitzonderlijke tijd, maar niet zonder mogelijkheden. Wij zijn al begonnen met het opkopen van graanvoorraden en het organiseren van transporten. Denk je eens in hoeveel er nodig is om honderdduizenden mensen van brood te voorzien.'

'Graan?' vroeg Catualda. 'Dat is goed, aan bier zal het ons niet ontbreken. Maar er zullen ook grote kudden vee deze kant op moeten komen.'

Vitalis leek hem niet te horen, hij ging verder: 'We hebben de legionairs al een half woud laten omkappen om huizen te bouwen in Thracië.'

Dido liet hem praten en vroeg zich ondertussen af waar Axylus kon zijn. Vitalis deed niets zonder zijn adviseur, die hem als een schaduw volgde; ook Axylus was destijds in Massilia nog een jongen geweest, zij het enkele jaren ouder dan Dido. Ook hij was een van Vitalis' zwerfhonden; een trouwe, maar valse hond, die de hand likte die Dido had versmaad.

Vitalis las zijn gedachten. 'Axylus is er helaas niet, hij had je graag teruggezien. Hij is al vanaf de eerste dag bezig met deze zaak. Hij was in Rome en Ravenna om onze vrienden in te lichten en zij zullen weer anderen mobiliseren. Wij willen een rol spelen in deze kwestie. Ik verwacht hem spoedig terug.'

Hij liet wijn komen en ze ledigden de bekers tot de bodem. Vitalis vertelde dat hij het nu erg druk had. Ze zouden echter de komende dagen een onderhoud hebben met grenscommandant Maximus en comes Lupicinus. Hij wisselde met Dido een blik van verstandhouding. Wilde Vitalis hem alleen spreken? Directheid werkt het best. Dido bracht het gesprek op Akakios' boodschap. 'Het was persoonlijk,' zei hij, met een blik op Catualda.

'Mondeling?' vroeg Vitalis, 'past het op een schrijftafeltje?' Hij liet er een brengen en Dido grifte de woorden in de was.

Terwijl Vitalis las, lieten ze zich nogmaals inschenken. Vitalis weigerde ditmaal en wuifde de schenker ongeduldig weg. Zijn gezicht was bleek geworden, hij zakte achterover in zijn zetel en leek ten prooi aan grote verwarring.

'Moeten wij u alleen laten?' vroeg Dido.

'Nee,' antwoordde Vitalis. 'Ik wil jou spreken over wat ik hier lees. Ik begrijp niet...'

'Het is een orakelspreuk,' zei Dido.

'Een orakelspreuk?' riep Vitalis. 'Vervloekte bijgelovigen, houdt dit dan nooit op?' Hij bedaarde en wilde het woord tot de Goot richten, maar die onderbrak hem: 'Ik ben op de hoogte van de uitspraak. Naar aanleiding hiervan besliste de keizer om één volk toe te laten.'

'Dat was een goede beslissing,' zei Vitalis. 'Ik vraag me alleen af waarom Valens zijn toevlucht neemt tot wichelaars en wonderdoeners; had zijn eigen godgegeven wijsheid hem dit niet kunnen ingeven? Ga alsjeblieft verder.'

Catualda vervolgde: 'Deze ziener las in de ganzenlever een cryptische boodschap, die hij zelf niet begreep. Valens begreep de helft, of *meende* die te begrijpen en hij overlegde later met mij, in de vergeefse hoop dat ik klaarheid kon brengen.'

Vitalis lachte. 'Zo gaat dat met orakels,' zei hij. 'Het valt me mee dat hij niet naar Delphi is afgereisd.'

Dido zweeg. Vitalis wist net zo goed als ieder ander dat het orakel van Delphi nooit meer zou spreken. Zijn oude mentor hield het schrijftafeltje weer dicht bij zijn ogen en las voor:

'Eén smekeling vindt een toevlucht,
één blijft als prooi voor de wolven.
De sleutel van het verdeelde huis heeft hij
die de Afvallige moest doden.'

'Hij die de Afvallige moest doden?' zei Vitalis. 'Maar die is al jaren dood!'

Al was hij deel van de chaos rond de keizersmoord, niemand had Dido, die toen nog een kind was, verteld wie de moordenaar was van de Afvallige. 'Wie was het dan?' vroeg hij. 'Wie heeft Julianus gedood?'

Vitalis begon aarzelend: 'Herinner jij je Swintharik? We wilden het je destijds niet vertellen, omdat onze hele groep onder verdenking had kunnen komen.'

Dido was opgesprongen bij het horen van de naam. Inmiddels had hij de pilaarzitter uit Damascus min of meer weggeborgen bij andere herinneringen die onverklaard of ondraaglijk waren. Swintharik een moordenaar? Hij kon het niet geloven; hij wilde het rechtzetten, maar eerst moest Vitalis het nieuws horen. 'Je vergist je!' riep hij, 'Swintharik leeft, ik heb hem gezien! Het was in Damascus, minder dan twee maanden geleden!'

Hij zou zijn loslippigheid spoedig betreuren.

* * *

Dido stond de ochtend na zijn gesprek met Vitalis vroeg op. Hij tuigde zijn paard op voor de reis en liep daarna naar de wachttoren, waar hij de wacht moest overtuigen van zijn bevoegdheid. De ezel had nog nooit een keizerlijk zegel gezien; een gesnauwd bevel had meer effect. Militairen, vooral die vervloekte *limitanei*, de grenstroepers, zijn in vredestijd gemakkelijk te hanteren.

Dido overschouwde het rivierdal en de bewegingen van de grenstroepen. Aan hun lange rust was nu een einde gekomen. Soldatenvolk krioelde over de vlakte. Ruiters gingen heen en weer tussen de groepen en weer was de Hister het toneel van langzaam overstekende schepen en vlotten. In gedachten was Dido al bezig met zijn volgende opdracht.

Vitalis was in grote opwinding geraakt toen hij hoorde over Dido's ontmoeting met Swintharik. Hij had rondjes gelopen door de kamer, wilde iets zeggen, bedacht zich en liep weer verder. Dido excuseerde zich en begaf zich naar het slaapvertrek dat hem was toegewezen. Veel rust was hem niet gegund, want diep in de nacht schudde een hand hem ruw wakker. Een grote legionair zette hem op zijn voeten en gaf hem een tik in het gezicht. 'Je hebt bezoek, koerier,' zei hij.

Vitalis was in gezelschap van dux Maximus. Ze bleven in de deuropening staan, want het vertrek was te klein voor drie mensen.

'Dido, de plannen zijn veranderd,' zei Vitalis. 'Je audiëntie met de autoriteiten gaat niet door. Je gaat morgenochtend terug naar Syrië.'

Maximus knikte. 'Wij hebben goede reden om aan te nemen dat degene die jij daar gezien hebt, een sleutelrol speelt in de gebeurtenissen.'

Vitalis nam het weer over. 'Had je in Antiochië maar geweten dat het orakel over Swintharik sprak,' zei hij. 'Er is geen tijd meer om ruggespraak te houden met de keizer. Zijn spionnen zijn al op zoek naar de keizersmoordenaar.'

Vreemd genoeg scheen Vitalis te zijn vergeten dat dit alles was ingegeven door een orakel, waar hij niet in geloofde. Dido moest zijn oude vriend Swintharik zo snel mogelijk naar het hof in

Antiochië brengen, zodat de keizer hem kon ondervragen.

'Ik zorg ervoor dat je op weg komt,' zei Maximus, een lompe kerel van het soort dat het goed doet als grenscommandant. Vitalis herhaalde nog eens de opdracht, hoewel die toch werkelijk niet moeilijk te onthouden was, en Dido verbaasde zich over zijn betrokkenheid bij de imperiale belangen. Welke bisschop bemoeide zich met staatszaken?

Dido vertelde hem over de omstandigheden in het ruïneveld en hoe Swintharik was weggevlucht. Hij was vast niet meer op de plek. Vitalis wuifde de bezwaren weg, zeggend dat hij vertrouwde op Dido's grote talent om inlichtingen in te winnen. Maximus knikte en verdween.

'Er is geen tijd te verliezen,' zei Vitalis. 'Je opdracht is van het allergrootste belang.'

'Is het niet beter als we de keizerlijke agenten inlichten?' vroeg Dido. Als het hele staatsapparaat gemobiliseerd werd, zou men Swintharik sneller vinden dan wanneer Dido alleen op zoek ging.

Vitalis schudde zijn hoofd. 'Als iedereen zoekt, zal hij snel gealarmeerd worden en dan vlucht hij, zoveel weet ik wel. Hij heeft natuurlijk een schuldig geweten.'

'Dus de identiteit van Swintharik blijft onder ons?'

'Zo is het. Wij zullen de keizer uiteraard via een ijlbode op de hoogte stellen, met de aanbeveling om er voorlopig geen ruchtbaarheid aan te geven.'

Dido probeerde zich het slagveld van zoveel jaren geleden voor de geest te halen. Hij had behoord tot de persoonlijke dienaren van de toenmalige keizer Julianus, en was niet aanwezig geweest toen deze zijn dodelijke wond opliep in de strijd. Waar had Swintharik zich op dat moment bevonden? Het was ook zo'n chaos geweest – zoals iedereen had Dido aangenomen dat de keizersmoordenaar een Pers of Arabier was geweest. 'Ik kan nog altijd niet geloven dat Swintharik de Afvallige vermoordde,' zei hij.

Vitalis haalde zijn schouders op. 'Hij meende dat hij het juiste deed. Vergeet niet dat de Afvallige een slecht mens was, een van de grootste bedreigingen die ons geloof heeft gekend.'

Vitalis nam afscheid en Dido voelde zich opgelucht, want na al die jaren benam de nabijheid van zijn leermeester hem nog altijd bijna de adem.

Hij sliep slecht die nacht. Had hij het kunnen weten? Als hij zich de tijd in Constantinopel en Antiochië voor de geest haalde, de lessen die ze daar kregen, de gesprekken die ze voerden; was het verwonderlijk dat iemand onder die omstandigheden het idee kreeg om de gezamenlijke vijand te doden? Hadden ze die afvallige keizer niet allemaal gehaat?

Op die dag van gruwelen, toen het leger halsoverkop terugtrok, had Dido zijn vrienden uit het oog verloren en hoewel hij de overlevenden in de daaropvolgende weken terugvond, duurde het jaren voor hij Vitalis weerzag. Vitalis was een tijdlang gevangen geweest, maar niet bij de Perzen. Hij had nooit meer willen spreken over het verleden, niet over Swintharik en niet over zijn gevangenschap. Niemand had iets geweten over het lot van Swintharik.

Dido was vroeg buiten. Hij blies in zijn handen tegen de kou en riep een van de wachtlopende soldaten bij zich, een gelukzalig grijnzende ezel. 'Heb je mijn escorte gezien?' vroeg hij.

'Vanochtend vroeg is een groep ruiters vertrokken, heer,' zei de man. 'Misschien hebt u die gemist?' Hij stonk een halve boogscheut ver uit zijn muil naar drank en droeg de merktekens van een recent kroeggevecht, een snee boven het oog. Vervloekte grenstroepen! Dido maakte een ongeduldig gebaar. 'Dit is pas gisteravond afgesproken; ik zou bij het eerste daglicht vertrekken.'

De man bleef bij zijn verhaal. 'Heel vroeg, heer, ik heb het zelf gezien, het was een kleine groep; vier man, meer niet. Ik stond bij de poort en toen ik niet snel genoeg opendeed, schopte hun aanvoerder me in het gezicht.'

'Wie was het?'

'Mijn superieur zei dat het een geheime missie was, heer,' zei de soldaat. 'Maar dat neemt niet weg dat ik de aanvoerder heb herkend.'

'Dus, nogmaals, wie was het?'

'Het is immers geheim, heer...' aarzelde de soldaat.

'Volgens mij heb jij het geheim zojuist al verraden. Ik verlies mijn geduld, soldaat. Weet je wie ik ben?' Dido hield het zegel op, zodat hij het kon zien.

'Jawel heer, u bent Dido, speciaal koerier van de keizer.'

'Aan wie vertrouwt de keizer zijn geheimen toe?'

'Aan u, heer?'

'Aan mij. En denk jij, ezel, dat er zaken geheim mogen blijven voor de keizer?'

De man kon nauwelijks nog op zijn benen staan. 'Heer,' haastte hij zich te zeggen, 'het was heer Axylus, hij droeg een gekapte mantel, maar ik herkende hem aan zijn handen, aan de ontbrekende vingers.'

Dido huiverde opeens, het was de strakke noordenwind, die de banieren deed klapperen. De soldaat haalde een wijnzak tevoorschijn. 'Hebt u het koud, heer? Kan ik u een slok aanbieden?'

Met zijn gedachten elders, nam Dido het ding van hem aan en dronk. Het was bitter, het kwam als vuur in zijn keel en hij moest hoesten. Tegelijkertijd verdreef het alle kou uit zijn lijf. 'Wat is dit?' vroeg hij. Nog nooit had hij zoiets geproefd.

'Mijn maat, Eleutherius, maakt het en we verkopen het samen,' zei de soldaat. 'Het is een vreemd en magisch proces dat alleen hij kent. Gegist pruimensap met bittere kruiden, maar de kracht zit hem in de bewerking. Hij gebruikt er een grote kruik voor...'

Dido onderbrak hem, zijn gedachten waren nog bij Axylus. 'Geen tijd voor keukengeheimen, dwaas. Wat is je naam?'

'Quintus Attipor, heer.'

'Quintus, je zou beter moeten weten dan wijn te drinken op wacht,' zei hij bestraffend, hoewel hij niet anders verwachtte van een grenssoldaat. 'Het maakt een mens loslippig en er zijn er voor minder geëxecuteerd.'

Hij ging er nog tegenin ook. 'Heer, ik zou nooit wijn drinken op wacht. Maar dit is geen wijn. Het kost minder en je wordt er eerder dronken van, daarom zijn de Goten er gek op.'

'Dat interesseert mij niet. Wat ik wil weten is dit: waar gingen die mannen heen vanochtend? Welke kant gingen ze op?'

Quintus wist het niet.

Over de weg kwam een Goot aanrijden, Dido herkende Catualda

en liet de soldaat over aan zijn roes. Beneden kwam een norse kerel in een reismantel vol vlekken op hem af. 'Zit je nog niet te paard?' vroeg hij. 'We vertrekken direct.'

Dido negeerde hem en ging Catualda tegemoet.

'Je gaat terug naar Syrië,' zei Catualda, voor Dido iets kon zeggen en het verbaasde hem al niet eens meer dat hij ook dit geheim kende. De Goot stapte af en omhelsde Dido. 'Ik hoop dat ik je terugzie,' zei hij. 'Onze hoofdlieden hebben mijn hulp nodig bij het organiseren van de overtocht en bij de onderhandelingen over onze nieuwe vestigingsplaats. Ondertussen blijven de voedseltransporten uit en niemand schijnt te weten wie ermee belast is. Ik ga nu onze oudsten inlichten over de verdere plannen van de keizer. Onze broeders aan de overzijde hebben ook vertegenwoordigers op het Histereiland. Ik moet hun vertellen dat de keizer hen zal ondersteunen in de strijd.'

'Ik weet het,' zei Dido. 'Kon ik maar blijven. Om een orakelspreuk moet ik op mijn schreden terugkeren!'

'Geloof je er niet in? Die spreuk van Delphi, die kwam toch ook uit?'

'Een orakel voorspelt zijn eigen zwijgen en zwijgt vervolgens? Is dat een voorspelling?'

Catualda besteeg zijn paard en de aanvoerder van het escorte riep Dido nogmaals. Catualda lachte en wendde zijn paard. 'Onder betere omstandigheden zullen wij elkaar weerzien!' Hij zette het op een draf, het rivierdal in.

Dido voegde zich bij zijn escorte en ze vertrokken in zo'n vaart, dat hij zich afvroeg of men hem door afmatting de dood in wilde jagen. Dat zagen ze verkeerd: niemand was opgewassen tegen zijn rijkunst. Gaandeweg betrokken hun gezichten; hij had het ze wel willen toeroepen: 'Dit is wat ik elke dag van het jaar doe, zomer en winter! Vetzakken, zuiplappen! Als ik één plek mijn thuis kan noemen, is het wel de rug van een paard.'

Na enkele paardenwissels en een slapeloze nacht kwam Marius, de aanvoerder, vragen of Dido rekening wilde houden met zijn manschappen.

'Waarom? Dit is elite, laten ze zich dan ook zo gedragen!'

'De mannen beraadslagen al of ze u geen pijl in de rug zullen schieten,' deelde hij mee. 'Ik heb opdracht u naar uw bestemming te brengen, maar ongelukken kan ik niet voorkomen.'

Dido hield in. 'Ik heb er een hekel aan als mensen mij vertragen,' zei hij. Helemaal eerlijk was dat niet, want al droegen zij een lichte uitrusting, hij droeg niets; zelfs het voedsel zat in de zadeltassen van zijn begeleiders. 'Waar gaan we heen?' vroeg hij.

'Dat is geheim.'

Na nog een uur stapvoets rijden, bereikten ze een bouwvallig paardenstation, waar een paar slaven zich over de rijdieren ontfermden en de uitrusting herstelden. Ze rolden zich in het hooi en sliepen een paar uur, tot lang voor het eerste licht de klaroen schalde. Dido's begeleiders kreunden en wierpen hem boze blikken toe, en hij vermaakte zich. Het lachen verging hem snel, want nauwelijks had hij, zijn hoofd nog druipend van het ijskoude beekwater, zijn paard bestegen, of Marius beval hem om weer af te stijgen. Hij draaide hem ruw een halve slag en bond hem een blinddoek voor. 'Orders van hogerhand,' zei hij. 'Bestemming is geheim.'

Dido vloekte en schold, maar er was niets aan te doen. Geblinddoekt reizen is veel vermoeiender dan hij ooit had geweten; het lichaam heeft talloze kleine terreinveranderingen, ritmische afwijkingen en plotselinge wendingen te verduren, waarop het niet is voorbereid. De troep toonde net zomin genade met hem als hij dat met hen had gehad. Toen dan 's avonds eindelijk de blinddoek af mocht, was het aardedonker en alleen de hoge wind in de bomen en de dennenlucht gaven aanwijzingen omtrent de omgeving. 's Nachts sliepen ze dicht opeen tegen de kou, want er was geen tijd om tenten op te zetten. En lang voor het eerste daglicht waren ze weer op weg, met krakende gewrichten en pijnlijke spieren.

Er is niets erger dan als een willoos voorwerp te worden meegesleurd. Al Dido's pogingen zich te oriënteren waren vergeefs. Bij iedere rust greep Marius hem bij zijn schouders en draaide hem in de rondte tot hij duizelig was en ter aarde stortte.

Hij was de tel van de dagen al kwijtgeraakt toen een nieuw, en toch zo bekend geluid zijn oren trof: de zee!

Tegen zonsondergang trok iemand Dido de blinddoek van het

hoofd. Knipperend tegen het late licht zag hij een haven en wat hutjes, in de rug gedekt door een rotswand. Vanaf de weg moest het dorp onzichtbaar zijn. Gezien de haast die met zijn missie gemoeid was, leek de dichtstbijzijnde haven van de Middellandse Zee een logische keuze; waarom waren ze dan zo lang onderweg geweest?

Iemand drukte hem een wijnkruik in de handen en hij dronk.

'Dit is uw bestemming,' zei Marius kort en hij wees naar een kleine galei, die aan het einde van een lange stenen pier zachtjes lag te deinen. Een paar mannen wachtten op de pier. Een van hen richtte het woord tot Marius, die hem negeerde.

'Een zeereis, zo laat in het jaar?' vroeg Dido.

'Zo is de opdracht.' Marius wendde zijn paard en verdween met zijn ruiters in een stofwervel.

De dorpelingen begonnen aan Dido te trekken, en wezen naar het schip. Ze wilden dat hij afsteeg, maar hij zei: 'Het paard gaat mee.' Om de protesten te smoren, toonde hij het keizerlijk insigne en zei: 'Zorg liever dat er genoeg voedsel en water aan boord is.'

De mannen begonnen druk door elkaar te praten in een nauwelijks verstaanbaar Grieks. Dido wachtte niet op het resultaat van hun discussie en dreef zijn paard de pier op. Terwijl ze schreeuwend achter hem aankwamen, reed hij naar de galei. 'Breng dat paard aan boord, voor ik besluit over land te reizen,' riep hij. 'In dat geval zal de keizer geen steen van uw dorp op de andere laten; uw vrouwen en kinderen zal hij wegleiden in slavernij.'

Uiteindelijk zijn zelfs Grieken vatbaar voor redelijke argumenten. Voor Dido het wist, stond zijn rijdier in de bak van het schip en even later bracht men enkele ezelsvrachten water en veevoer. Hij dankte het norse volk voor hun toewijding. Hun gemompelde scheldwoorden hadden betrekking op geslachtelijke handelingen die men aan Thraciërs toeschrijft; hij wist nog altijd niet van waaruit hij zou vertrekken.

En wie was er zo gek om in dit jaargetijde de volle zee op te gaan?

De langgerekte roep van de *keleustes* leidde de uitvaarmanoeuvre in; op het 'rechts, links, links!' rezen de riemen, en ondertussen hielden dekmatrozen de rotsen in de gaten om zo nodig de boot met staken af te houden. Drie roepen en evenzovele krachtige riemslagen later voelde Dido hoe de grote zeedeining bezit nam van het schip. De ervaren roeiers en de tromslaande keleustes pasten hun ritme aan op de golven en Dido liet zich uitgeput zakken op een paar ranzige schaapsvliezen terwijl het schip zich met verbijsterende snelheid verwijderde van de kust.

Boek II

Augusta Treverorum (Trier)

6

Hoe Leontius de slaaf Syrdon verwierf

(Colonia Agrippina (Keulen), 350)

Swintharik moest een jaar of zes zijn geweest, toen zijn vader Leontius de kreupele Syrdon meebracht, na een bezoek aan de paardenmarkt in de nabijheid van Colonia Agrippina, die destijds beroemd was, maar die een jaar later, na de grote plundering van de grensstad, zou ophouden te bestaan.

De door Leontius gefokte paarden gingen rechtstreeks naar de grensgarnizoenen; Leontius had al in zijn jonge jaren, in de tijd dat hij de grote Constantijn volgde, een indrukwekkende stoeterij opgebouwd, en daarmee legde hij, nadat hij zich uiteindelijk nabij Augusta Treverorum had gevestigd, de basis voor zijn later zo beroemde stallen aan de Moezel.

Leontius bezocht de markt die dag niet in de eerste plaats voor de handel. Omdat hij hoopte op een lucratieve dekafspraak, had hij zijn paarden nog niet afgeleverd bij de garnizoenscommandant; het was vroeg in de ochtend en niemand verwachtte hem voor de volgende dag. Met een beetje geluk kon hij nog verdienen aan zijn jonge hengsten, voor ze niet meer van hem waren. Hij wandelde met zijn vrienden op de marktplaats buiten de stadsmuren langs de rij paardenkonten, hier een klap gevend, daar onder de staart kijkend en ondertussen vermaakten zij zich door grove opmerkingen te maken naar de trotse vrouwen van het paardenvolk, die deden of ze niks hoorden.

Het was een broeierige dag. De vrouwen, die hun vlechten als gedraaide kronen op het hoofd droegen, borduurden zadeldekken of kauwden leer voor het paardentuig; kinderen vlochten hennepen bitten en lastkorven onder leiding van een knoestige grijsaard die alle slagvelden had overleefd, en de handelaren boden tegen elkaar op. Tussen de paardenhoeven kropen door vliegen omzwermde kleintjes, naakt, en met gezichten vuil van modder en zoetigheid.

Volk van de rechteroever was het, dat toestemming had om een paar keer per jaar, voor de duur van één etmaal, de rivier over te steken om handelswaar uit te wisselen. Onderling spraken ze hun eigen rauwe taal, maar de tong van deze oeverzij beheersten ze net zo goed als ieder ander; die had dan ook zo weinig om het lijf dat zelfs de soldaten uit Italië er de voorkeur aan gaven. Leontius sprak niets anders, tenminste, zolang hij zich buiten de politieke arena bevond. Het was zijn manier om zijn minachting uit te drukken voor de stedelingen. Veel handelaren herkenden hem, niemand sprak hem aan.

Hij liep met grote passen, keurde met zijn ogen, vingers, neus, maar niets kon zijn goedkeuring wegdragen. Evengoed had hij al vanaf het moment dat hij afsteeg geweten bij welk paard hij uiteindelijk zou blijven staan. Het was een vuilwitte merrie, een rusteloos dier, wier geur hij te midden van honderd andere meende te kunnen onderscheiden. Het dier verdween niet meer uit zijn blikveld, hij keek ernaar vanuit zijn ooghoeken en alles daaromheen was spel. Ten slotte stonden zij oog in oog, voor zover dat mogelijk is tussen mens en grote grazer. Een jongen van een jaar of vijftien hield het dier vast en toen Leontius voor hem stond, sloeg hij de leidsels nog eens extra om zijn pols.

Leontius trok zijn onnozelste gezicht en keerde zich tot de handelaar, een dikke man die de rijkdom aan te zien was: ‘Hoe oud is deze knol?’ vroeg hij. ‘Ze zit goed in het vlees, maar is het nog wel eetbaar?’

‘Mij houdt u niet voor de gek, Leontius van Augusta Treverorum,’ zei de handelaar nors. ‘U bent zeer wel in staat de leeftijd van deze prachtige mare in te schatten en het verbaast me dat u zelfs maar in scherts kunt praten over het opeten van zo’n edel dier.’

Leontius staakte direct zijn spel. Het was de tol van de roem. ‘U hebt zeker nooit honger geleden,’ zei hij. ‘Welaan dan... Hoeveel voor deze mare?’

Er volgde een lange onderhandeling, waarbij Leontius niet alleen geld bood, maar ook dekdienst wilde verschaffen met zijn reusachtige hengst. Een van zijn vrienden was teruggelopen naar de plek waar zij hun paarden hadden vastgebonden en nu leidde hij Leontius' paard Pteroöples naar hen toe. Er ging een zucht door de massa. Nog nooit had iemand zo'n paard gezien en de mensen herinnerden zich de verhalen over de listen die deze Leontius had gebruikt om de rijdieren van de goden zelf hun zaad te ontstelen. In werkelijkheid was de machtige Pteroöples het resultaat van jaren reizen, selecteren en kruisen, maar ook van list; goden hadden er part noch deel aan.

Toen de handelaar Pteroöples zag, liet hij zijn prijs drastisch zakken, maar niet drastisch genoeg. Leontius noemde het aantal merries dat een behandeling kon krijgen.

'Ik ga akkoord, maar alleen als dit gebeurt op achtereenvolgende dagen,' zei de handelaar, want iedereen weet dat het zaad van een dekhengst rust moet krijgen tussen twee beurten door.

'Mijn hengst raakt niet zo snel uitgeput, en ik kan hier niet dagenlang blijven,' antwoordde Leontius. De handelaar haalde zijn schouders op en gebaarde zijn knecht om de merrie terug te brengen naar de andere dieren. De jongen, die kreupel bleek te zijn, wilde wegstrompelen met de merrie. Leontius hield hem tegen. 'Morgenochtend,' zei hij. 'Morgenochtend doen we er nog drie dekkingen bij. Dat is mijn laatste bod.'

De handelaar greep een zweep en wilde de jongen slaan, omdat deze talmde, maar ongewild raakte hij het paard op de neus. De merrie steigerde en hinnikte en terwijl het volk uiteenstoof, ging ze er in razende vaart vandoor en sleurde de jongen met zich mee, die nog steeds de teugel om zijn pols gewikkeld had.

Leontius hield met moeite Pteroöples in bedwang. Eigenlijk wilde hij erachteraan; hij vreesde voor de merrie, die hij al half als zijn eigendom beschouwde. Tot zijn verbazing echter zag hij hoe de kreupele jongen zich op het paard had weten te werken en de situatie al volledig meester leek te zijn. Hij maakte rechtsomkeert en laag over de nek van de merrie hangend stuurde hij haar in volle galop terug naar de markt. Vlak voor zijn meester hield hij in, en liet het dier nogmaals steigeren. Toen gleed hij op de grond en trok het paard met zich mee.

De handelaar riep woedend: 'Onhandige snotneus, ik zal je!' Hij kwam achter hem aan en hief de zweep, maar nu greep Leontius zijn arm. 'Laat die jongen met rust. Ik zal betalen wat je wilt.'

'Mijn oorspronkelijke prijs, of de lagere met het dekken erbij en op afzonderlijke dagen?'

'Het laatste,' zei Leontius. 'Twee dekkingen per dag, vier dagen achtereen. Wij zullen ons dan een tijdje moeten vermaken in deze buurt. En ik wil die paardenknecht erbij.'

'Bent u waanzinnig?' riep de man. 'Deze jongen heeft meer verstand van paarden dan een legionair van hoeren!'

Leontius liep op de jongen toe. 'Hoe heet je?'

'Syrdon.'

'Je spreekt met een vreemde tong. Waar kom je vandaan?'

De jongen wees naar het oosten. 'Van ver. U hebt er nooit van gehoord.'

'Syrdon,' zei Leontius, 'welke van de merries zijn volgens jou het geschiktst om door mijn hengst te worden gedekt?'

De jongen grijnsde naar de dikke barbaar. 'Als uw hengst iemand moet dekken, laat dan de vrouw van mijn baas de gelukkige zijn, want zij is hengstig als een warmbloedige Altai-merrie, maar hijzelf schijnt onmachtig tot de daad.'

Hij had het zo hard gezegd dat de omstanders in lachen uitbarstten. De vrouw van de handelaar lachte zelf het hardst, maar toen haar man op de jongen afging om hem een afranseling te geven, kwam zij ertussen. 'Genoeg,' zei ze. 'Je zult hem nog doodslaan.'

'En wat zou dat?' raasde de man. 'Die brutale vlegel zegt nooit een stom woord, en als-ie dan eens wat zegt...' Hij haalde uit, maar verloor zijn evenwicht omdat zijn massieve vrouw hem blokkeerde en de klap half opving. Zij op haar beurt sloeg hem om de oren en riep: 'Ik had je gezegd van hem af te blijven.' Ze wachtte even, keek uitdagend om zich heen, en zei toen: 'Bovendien heeft hij gelijk!'

Haar man kromp ineen onder het gejoel. Hij nam de leidsels van de jonge merrie en wilde weglopen. Nu stapte Leontius naar voren. 'Ik dacht dat wij een overeenkomst hadden?' zei hij. De vrouw nam de teugels over van haar man. 'De koop is gesloten,' zei ze. 'De slaaf Syrdon krijgt u erbij. Laat u zich door deze idioot niet weerhouden.'

Zij gaf de leidsels over aan Leontius en kwam met haar gezicht heel dicht naar hem toe. 'Ik reken erop dat u de dekdienst nakomt,' fluisterde ze, met halfgeloken ogen. 'Als de krevel loopt, is het de hoogste tijd.'

Hoewel Leontius haar woorden maar half begreep, kon hij er zich, met betrekking tot haar vermeende hengstigheid, een voorstelling van maken. Hij huiverde en zette zijn bontkraag op. 'Ik heb nog een afspraak in de stad over een levering aan het garnizoen,' zei hij. 'Het is de hoogste tijd om op te stappen.' Hij zocht met zijn ogen naar de jongen Syrdon, maar die zat al hoog op de schimmel op hem te wachten.

'Ik heb al begrepen dat je om woorden niet verlegen zit,' zei hij. 'We gaan logies zoeken in de stad en daar moet je me alles vertellen over die steppenpaarden.'

De paardendwinger (Trier, 360)

Swintharik verliet walgend de rokerige eetzaal, hij ging de trap op, de gang door en opende de bijna onzichtbare deur naar de smalle gang die het bijgebouw verbond met de stallen aan de andere kant van de stadsmuur. Daar hurkte hij neer om te wachten tot Syrdon klaar was met het verzorgen van de paarden.

Misschien moest hij weer een tijdje bij grootvader Albavis gaan wonen. Swintharik had nooit begrepen waarom zijn vader Leontius, die tot de notabelen van de stad behoorde, zich altijd omringde met uitschot uit de heuvels en uit de garnizoenssteden van de Rijn*limes*. Ja, sommige van die zogenaamde vrienden leken wel van over de rivier te komen, wat betekende dat hun aanwezigheid in het rijk illegaal was, maar wie maakte zich daar druk om zolang de hoogste ordehandhavers zelf deelnamen aan het slempen, snoeven en raaskallen?

'En toen zei ik tegen de keizer, Constantijn, zei ik...'

'Wij trans-Alpijns? *Zij* zijn trans-Alpijns, want wat stelt dat Rome vandaag nog...? Is Augusta Treverorum niet jarenlang keizersresidentie...?'

'...ze zijn gewoon bang voor ons, anders hadden zij ons niet het recht ontnomen een cavalerie...'

Dat waren dan magistraten. Mocht er ooit weer een keizer langskomen, dan kropen ze in het stof, die holle vaten. Steeds weer moest Swintharik de sterke verhalen aanhoren over zijn roemruchte voorvaderen en zijn zogenaamde stamgenoten. Alsof hij een of andere barbaar was! Hij vroeg zich af hoe zijn moeder daarover zou hebben gedacht, als ze nog had geleefd; een Milanese van hoge geboorte. Hoe had ze ooit met die dronken bruut kunnen trouwen, en waarom had ze zich niet verzet toen Swinthariks vader hem die idiote naam gaf?

Wie heette er nu zo? Zelfs die van over de rivier latiniseerden hun naam, omdat ze niet voor achterlijk wilden doorgaan, maar Swintharik, Romeins staatsburger, moest leven met de zoveelste gril van zijn vader. En daarbij leek deze, ofschoon wijsheid met de jaren komt, alleen maar gekker te worden.

Voor ze naar Augusta Treverorum vluchtten, was zijn vader een soort wervelstorm geweest, die soms langsraasde en even snel weer verdween. Ook toen al had hij die feesten gehouden, met geschreeuw in de nacht en wilde muziek die Swintharik uit zijn slaap hield.

Het was op zo'n doorwaakte zomernacht, negen jaar geleden, dat hij in de brede vensterbank was geklommen om naar de sterren te kijken. Maar die nacht waren er geen sterren geweest. Er woei een stevige oostenwind en grauwe wolkenvloten dreven met hoge snelheid langs het zwerk, waar een volle maan zich slechts met tussenpozen liet zien. De kleine Swintharik volgde met zijn ogen de glinsterende rivier, die in de verte een bocht maakte en achter een heuvel verdween en plotseling meende hij iets te zien tussen de voortrazende schaduwen; iets wat er niet hoorde te zijn, iets krioelends in de spaarzame lichtvlekken die als water over de heuvels vloeiden. Hij spande zijn ogen in; de contouren werden duidelijker en de massa kreeg vorm. Het was een ruitercolonne die snel oprukte over de heerbaan, onmiskenbaar op weg naar de villa van Leontius.

Swintharik verstijfde van schrik, maar na enkele ogenblikken kwam hij tot zichzelf. Hoewel hij zijn kamer niet mocht verlaten, besloot hij naar de eetzaal te gaan, waar het feest nog in volle gang was. Hij sloop door de gangen naar het vertrek waar zijn ouders waren met hun gasten. In de deuropening bleef hij staan en probeerde de aandacht van zijn moeder te trekken, maar die zag hem niet; zij was druk in gesprek. Opeens voelde het kind hoe sterke handen hem optilden en naar binnen droegen. Het was zijn vader, die bulderde: 'Wat kom jij doen, kleine man?' Hij zette zijn zoon op de tafel, tussen de lege schotels en afgekloven botten en de feestgangers keken geamuseerd toe.

'De barbaren komen,' zei Swintharik zo zachtjes dat niemand het hoorde.

'Nog eens, en wat harder graag, iedereen wil het horen!' riep zijn vader.

Swintharik schraapte zijn keel, slikte en zei nogmaals: 'De barbaren komen eraan, ik zag ze rijden langs de rivier.'

Gelach daverde door de zaal en Swintharik voelde zich dom. Zijn vader boog zich naar hem over en zei grijnzend: 'Lieve jongen... *Wij* zijn de barbaren!'

'Jij bent een barbaar, zul je bedoelen,' zei Swintharik's moeder. 'Laat hem toch, die jongen heeft een nachtmerrie gehad. Kom, ik breng hem weer naar bed.'

En zo liep Swintharik, zeven jaar oud, half gerustgesteld aan de hand van zijn moeder terug naar zijn slaapkamer, niet wetend dat het de laatste keer zou zijn.

Swintharik pakte zijn fluit uit het foedraal dat om zijn nek hing en begon te spelen, zodat Syrdon wist dat hij klaarstond. Achter zich hoorde hij iemand lachen. Het was zijn halfbroertje Ioannis.

'Verdwijn, rotzak,' siste Swintharik.

Maar Ioannis had andere plannen. 'Ik wil met jullie mee,' fluisterde hij.

'Jij mag niet meer bij de paarden komen van vader,' zei Swintharik. Hij zette de fluit weer aan zijn lippen.

Een van de geliefde grappen van Ioannis was het verbergen van scherpe stenen of ruggenwervelbotjes onder de zadelhuiden van de paarden. Meer dan één ruiter had al een arm gebroken na een val. Leontius was altijd toegeeflijk geweest tegen zijn jongste, totdat deze op een dag werd betrapt door Syrdon toen hij de staart van Pteroöples in brand probeerde te steken. De hengst trapte met zijn hoeven dwars door de kribbalken en als Syrdon de jongen niet op tijd had weggetrokken, was hij tot pulp getrapt.

Nadat Syrdon het dier had gekalmeerd, draaide hij zich om naar Ioannis en gaf hem een oorvijg dat hij suizebolde. Hij haalde uit voor een volgende, maar de jongen zette het op een krijsen en rende de stal uit; Syrdon wilde hem achterna in zijn bizarre, kreupele hinkstap, waarmee hij desondanks snel vooruitkwam. Ioannis rende recht in de armen van zijn vader, die kwam kijken wat het geschreeuw te betekenen had. Huilend riep de jongen: 'Die slaaf heeft mij geslagen en ik deed niks!'

Het is, los van elk vergrijp, voor een slaaf verboden om zijn hand op te heffen naar het kind van zijn meester, maar Leontius had Syrdon nooit als een slaaf gezien. Hij stapte de stal in om Syrdons kant van de zaak te horen en zag in één oogopslag de ware toedracht. Hij rook de stank van verbrand paardenhaar, het angstzweet en de woede van zijn oude hengst en hij zag de ravage aan de krib en het nasmeulende corpus delicti: de toorts die Ioannis had laten vallen. 'Dank je voor het redden van mijn zoon, Syrdon,' zei hij, terwijl hij de toorts oppakte en uitdoofde in een waterbak. 'Ik neem het hier over.'

Hij pakte een paardenzweep die aan een balk hing en ranselde Ioannis het huis in, twee trappen op en weer naar beneden. Hij ranselde hem de eetzaal door en via de keuken, waar het verbaasde personeel zich tegen de muren drukte, de binnenplaats op. Hier probeerden Swintharik en Ioannis' moeder, Flavia hem tegen te houden. Leontius rukte zich los en zette de achtervolging weer in, maar nu vond hij Syrdon op zijn weg, die hem met één hand bij de mantel vastpakte, terwijl hij met de andere zijn neus dichtkneep.

'Hooooo!' riep Syrdon, en meteen liet hij zijn stem dalen en sprak rustige woordjes, zoals hij dat bij een paard zou doen: 'Het is al goed, rustig maar. Het is goed...'

Leontius kalmeerde, hij negeerde het gekijf van zijn tweede vrouw Flavia, die een verklaring eiste en zei tegen niemand in het bijzonder: 'Die jongen komt nooit meer bij mijn paarden in de buurt. De volgende keer breek ik zijn armen en benen.'

Sindsdien had Ioannis zich niet meer in de stallen laten zien.

Swintharik besloot de jongen te negeren. Hij was niet van plan hier lang te blijven zitten; aan het einde van de donkere gang scharnierden de staldeuren al open.

De houten trap was al jaren voor Swintharks geboorte weggerot. Nu gebruikten alleen hij en Syrdon nog de oude doorgang op een manslengte boven de aangestampte stalvloer. Na een decennium van vrede was iedereen de vroegere vluchtweg vergeten.

* * *

Swintharik vergat Ioannis. Hij dook in elkaar toen hij de paardenhoeven hoorde en hij sprong op de rug van zijn eigen merrie Deofola, die zich al schrap zette voor het plotselinge gewicht. Een ogenblik later was hij buiten. Hij joeg Deofola over de klinkerweg langs de Moezel en genoot van de regen die zijn gezicht striemde en zijn huid deed gloeien. De paardenhoeven klepperden, het water in de plassen spetterde hoog op, en ze waren deze weg al zo vaak gegaan dat ze iedere kuil en laaghangende boomtak konden ontwijken, zelfs in het donker.

Zonder angst joeg Swintharik voort door de schemering, wetend dat Syrdon nooit verder achter hem reed dan een tiental paardlengten, groot en sinister onder zijn grauwe mantel-met-kap van wolfshuid. Ze rondden de rivierbocht en denderden door het gehucht dat in het verbeeldingsarme dialect van de kinkels 'Bocht' heette en waar nog maar tien jaar geleden mensen hadden gewoond. Nu huisden er tussen de geblakerde resten vleermuizen en halfverwilderde honden die niet konden kiezen tussen beschaving en woeste natuur, afstammelingen van de huisdieren van de uitgemoorde bevolking.

Hij dacht zelden aan die nacht waarop de machtsstrijd tussen de keizer en de usurpatoren Magnentius en Decentius zijn vaders huis en de stadspoorten van Augusta Treverorum had bereikt. Even voorbij Bocht lagen de ruïnes van de villa waar hij in zijn kinderjaren had gewoond en gewoontegetrouw keek hij in het voorbijgaan de andere kant op.

Van zijn moeder herinnerde hij zich alleen het dikke blonde haar en de blauwe ogen. Soms werd hij 's nachts wakker en dan rook hij haar geur nog, maar als hij zich inspande om haar in zijn geest terug te halen, zag hij een tuin vol bloemen en de kleine zwartharige slavin die met hem speelde. Soms, in dromen, zag hij zijn moeder in de rivier, haar hoofd verstrikt in boomwortels en dode takken, starogig en omkranst door haar eigen golvende haar. Hij wist dat ze waren verdronken, zij en de slavin, toen ze aan de razende krijgsbende probeerden te ontkomen. Tot het laatst toe hadden ze zich op de steiger met zwaarden verdedigd en toen er geen uitweg meer was, hadden ze zich ruggelings in de stroom gestort.

De kleine Swintharik hing toen al over een paardenrug. Ruwe handen hadden hem uit zijn bed gesleurd en Syrdon nam hem voor zich op de krachtige schimmel Pairikâs. Hij leidde een twaalftal paarden over de binnenplaats en brak in een plotselinge, razende vlucht door de gelederen van de vijand.

Het waren geen barbaren geweest, maar Romeinen, zoals Leontius en zijn familie; aanhangers van een valse keizer of misschien van de rechtmatige, dat was in die dagen niet zo duidelijk; in elk geval bereikte Syrdon met bijna alle paarden de stad, maar de poortwachters, die de branden al hadden zien oplaaien, dachten dat het een valstrik was. Ze weigerden open te doen; wel wilden ze het kind aan een touw ophijsen.

Toen doemde ook Pteroöples op uit het duister, zonder berijder. Syrdon had geprobeerd hem te benaderen, maar de hengst draaide zich om en galoppeerde weg, bleef verderop staan en zwaaide zijn hoofd. En terwijl de poortwachters de schreeuwende Swintharik ophesen, volgde Syrdon Pteroöples en vond zijn meester, die half weggezonken in de modder van de Mosella-oever lag, bloedend uit vele wonden.

Grootvader Albavis, gealarmeerd door de stadswacht, had zich inmiddels over zijn kleinzoon ontfermd. Hij liet de paarden binnenhalen en was bezig met het samenstellen van een reddingsploeg, toen Syrdon voor de poort verscheen met het roerloze lichaam van Leontius voor zich in het zadel.

Deofola ging uit zichzelf langzamer lopen. Swintharik wilde zijn rijdier niet afjakkeren; de rit over de heuvelruggen zou zwaar worden. Syrdon kwam langszij en stak hem een klein zwart brood toe en een stuk in doek gewikkelde *hippaki.* Swintharik had lang geleden de barbaarse eetgewoonten van zijn oppasser overgenomen. Hij had moeten wennen aan de scherpe merriekaas en de halfversteende broodjes, maar voor onderweg was het praktische kost, en Syrdon, die zijn eigen voedsel bereidde, liet geregen kettingen van brood en kaas maandenlang drogen aan de stalbalken. Verder zaten de heuvels en wouden vol wild; Swintharik schoot op zijn zestiende bijna net zo goed als Syrdon, haas noch gans ontkwam aan zijn pijlen.

Kauwend reden ze voort. Het was opgehouden te regenen en inmiddels zwegen de vogels. Het pad, dat zich de heuvels in slingerde, liep nog steeds min of meer gelijk op met de grote weg en met de rivier die nu ver beneden hen lag. Vanaf dit punt zouden ze alleen door hooggelegen weiden komen, waar weinig te beleven was. Veel liever reed Swintharik door wouden, langs rotspartijen en borrelende moerassen.

'Oostwaarts,' zei hij. Hij rukte aan zijn teugel en nam een zijpad dat hen nog hoger de heuvels in zou voeren. Syrdon hield in. 'Als we die kant opgaan, komen we vannacht niet meer thuis,' zei hij. 'Je weet dat ik morgen weer vroeg in de stal moet zijn.'

'Onzin,' riep Swintharik over zijn schouder. 'Er zijn genoeg staljongens. En wat zal mijn vader zeggen als je mij hier alleen laat?'

Syrdons schimmel haalde hem met twee sprongen in. 'Je vader had me nooit kindermeisje moeten maken,' gromde hij. 'Als ik niet in de stal ben, voeren die klaplopers niets uit. Ik ga mee, en als mijn lijfwachtschap het vereist zal ik niet aarzelen je naar huis te slepen. Je vader en grootvader willen dat ik erop toezie dat je niet spijbelt.'

Swintharik lachte. Hij wist hoezeer Syrdon genoot van hun ritten. De jongeman was de baas in de stal; dat was hij al geweest voor hun vlucht naar de stad. In tegenstelling tot de gemiddelde slaaf, die van nature lui en dom is, was hij slachtoffer van zijn eigen kundigheid, waardoor men steeds meer van hem was gaan verwachten. Hij had meermalen Swinthariks leven gered, zoals die keer dat Swintharik in zijn jeugdige dwaasheid op een reusachtige, eenzame wolf schoot die ze tegen het lijf liepen. Syrdon had hem nog gewaarschuwd; de wolf had zich al omgekeerd om te vluchten, maar de pijl, die het dier hoog in de nek raakte, veranderde die vlucht in een aanval. Ook een snel schot van Syrdon kon het dier niet stuiten. Swintharik had geprobeerd zijn paard te keren, maar dat steigerde in paniek, zodat de jongen op de grond viel. Hij keek al in de open kaken toen Syrdon voor hem sprong en de wolf bij de nek greep. Na een korte worsteling, waarbij Syrdon het beest onder zich wrong, klonk de droge knap van een brekende wolvennek. Syrdon was opgestaan, had zijn tuniek afgeklopt en hij hielp Swintharik overeind.

'Hij is gigantisch,' had Swintharik gezegd. Hij trilde op zijn benen; ook door het wolvenlijf gingen nog sidderingen.

Syrdon schudde zijn hoofd. 'In mijn land zou dit beest nog geen dag overleven,' had hij minachtend gezegd, terwijl hij zijn vilmes trok. Het was een van de weinige keren geweest dat Swintharik hem over zijn land hoorde spreken.

Syrdon hield zijn paard in. Hij steeg af en pakte Swinthariks leidsels over. 'Het pad houdt hier op,' zei hij.

Een jaar eerder was het hier nog begaanbaar geweest, maar de herfststormen en regens hadden veel bomen ontworteld en meegesleurd.

'We kunnen hogerop tussen die bomen door en in een boog eromheen,' zei Swintharik. 'Dan moeten we uiteindelijk weer op het pad komen.'

Syrdon schudde zijn hoofd. 'Te gevaarlijk in het donker; we gaan terug.'

Swintharik wist dat het geen zin had te protesteren. Syrdons toewijding gold allereerst Leontius. Zwijgend volgden ze het pad, terwijl de wuivende takken en jonge bladeren aan weerszijden oplichtten en glansden in het licht van de opgekomen maan. Syrdon voerde de paarden aan de leidsels mee en Swintharik zag als eerste de mannen, die de tweesprong in bezit hadden genomen waar zij zojuist nog oostwaarts waren afgebogen. Een onzichtbaar paard hinnikte; een toorts gloeide op tussen de bomen. Ze waren al zo dichtbij dat Swintharik niet durfde te waarschuwen. Een hartenklop later hield Syrdon halt en stak zijn hand op.

Swintharik liet zich uit het zadel glijden. Nu hoorden ze gedempte stemmen; iemand lachte, een vuurtje laaide op. Syrdon gebaarde dat ze terug moesten. Er waren lang geen roversbenden of plunderende barbaren gesignaleerd in deze buurt en ook burgeroorlogen behoorden tot het verleden, maar dat kon veranderen.

Swintharik hoorde een tak kraken. Achter hen stonden twee krijgslieden, die hen met gekruiste lansen de terugtocht versperden. Hij wilde Syrdon waarschuwen, maar ook voor hen stapten nu soldaten uit de bosjes. Ze ontdeden Swintharik en Syrdon van hun wapens en duwden hen in de lichtkring, waar enkele mannen in druk gesprek waren verwikkeld. Een van hen was gekleed in een toga zonder versiering, de andere twee droegen de tekenen van hoge rang; hun rode mantels hielden ze als vleermuisvleugels om zich heen geslagen tegen de avondkilte. Ze spraken Grieks, maar het was een mooi, zangerig Grieks, zo heel anders dan wat Swintharik op school leerde.

De togadrager draaide zich verstoord om naar de nieuwaangekomenen en vroeg streng: 'Wie zijn jullie?'

Swintharik begon iets te hakkelen, hij had moeite om op Grieks over te gaan. Syrdon onderbrak hem. 'Wij komen van Augusta Treverorum, heer. Deze jongen staat onder mijn hoede. Hij is de zoon van stadsmagistraat Leontius.'

Swintharik slaakte een kreet. Hij had nooit geweten dat Syrdon de Griekse taal machtig was. Een van de militairen, een baarddrager, stond op, sloeg zijn mantel naar achteren en liep op Syrdon toe. 'Leontius!' zei hij, 'die naam ken ik.' Hij knikte naar Syrdon: 'En jij? Jij komt niet uit deze streken, is het wel?'

'Nee heer,' antwoordde Syrdon, zonder zijn hoofd te buigen of zijn ogen neer te slaan.

'Wie ben je?'

Syrdon keek vlug naar Swintharik. 'Ik ben paardendwinger, zoals alle mannen van mijn volk; ik leid de stallen voor heer Leontius en ik bescherm zijn oudste zoon.'

De militair, die net zo groot was als Syrdon maar bredere schouders had, vroeg: 'Welk volk mag dat dan wel zijn?'

'Wij waren ooit reizigers; enkele decennia geleden vestigden wij ons aan de oostelijke stranden van een verre binnenzee, meer dan een maandreis van hier. Maar gezien het feit dat ik er al een tiental jaren weg ben...'

De man onderbrak hem en vroeg iets in een onbekende taal.

Syrdon zweeg even, zei toen: 'U vraagt of ik een Alaman ben? Het antwoord is nee.'

'Maar je spreekt hun taal!'

'Ik spreek vele talen,' zei Syrdon. 'Zoals ik al zei, mijn volk leeft ver van de Alamannen. Ik heb geen weet van hun huidige verblijfplaats. Misschien hebben ze nieuwe weidegronden gevonden. Als ik zou zoeken, zou ik ze weer vinden.'

'Als je tenminste geen slaaf zou zijn,' vulde Swintharik aan. Hij ergerde zich eraan dat Syrdon het gesprek domineerde. 'Neemt u het hem niet kwalijk, heren...' begon hij, maar de man in de toga beet hem toe: 'Ik geloof niet dat jij het woord had!'

'En waar heeft die jongen Grieks geleerd?' vroeg de man die Syrdon eerder had ondervraagd, terwijl hij Swintharik opnam. 'Het klinkt nergens naar.'

Syrdon grijnsde: 'Op school. Hij heeft jaren les gehad, het ligt eerder aan de staat van het onderwijs in deze streken dan aan hem.'

'Jij spreekt het beter,' zei de man in toga.

'Mijn vader had een paar Griekse slaven uit de Propontis,' zei Syrdon uitdagend. 'Zij werken nauwelijks, praten doen ze des te meer. Het is bijna onmogelijk om de taal niet te leren als je er je hele jeugd naar moet luisteren. Daarnaast heb ik deze jongen jarenlang naar school begeleid; ik was bij alle lessen aanwezig.'

Nu barstten de drie mannen in lachen uit. 'En jij bent een slaaf?' vroeg de man in toga. 'Je spreekt niet als een slaaf.'

'Ik heb mijn status nooit met mijn meester besproken,' zei Syrdon waardig. 'Hij beloont mij voor mijn diensten en behandelt mij niet als slaaf. Zoals u hebt kunnen zien, beweeg ik mij vrij buiten de stad en draag ik wapens.'

De man met de baard wees naar Syrdons schimmel Pairikâs. 'Dat is een zeldzaam rijdier. Waar heb je dat vandaan?'

'Ze komt uit de stoeterij van mijn vader; ik heb haar zelf afgericht. Leontius heeft mij vrijgekocht van mijn Germaanse ontvoerders, tegelijk met mijn eigen paard.'

'Ik weet niet of mijn vader dat ook zo ziet, jongen,' zei Swintharik. Hij zou Syrdon op de terugweg eens flink de les lezen.

De man met de baard, die door de anderen Flavius werd genoemd, nam de leidsels, wenkte hen en liep naar de plek aan de rand van de heuvelweide, waar hun paarden stonden te grazen. Hier was een tiental soldaten een tentenkamp aan het inrichten.

'Bent u op krijgstocht?' vroeg Syrdon.

Flavius grinnikte en schudde het hoofd. 'Nee, daarvoor zijn we met te weinig. Wij hebben de grenswerken bij de Confluentes geïnspecteerd en omdat we geen haast hebben, maken wij een tocht door de heuvels. In de grote steden zouden we overal een grootse ontvangst krijgen en dat vertraagt. Veel liever slapen wij onder de sterren, en jagen wat tijdens onze terugtocht naar Parijs.' Hij gaf Deofola over aan Swintharik. 'Dit is ook een mooi exemplaar, maar niet zo sterk als haar moeder.'

'U hebt er oog voor, heer,' zei Syrdon, want niemand had Flavius verteld dat Deofola de dochter was van Pairikâs. 'Haar vader is een beroemde hengst, maar dat betekent niet altijd dat het nageslacht dezelfde kwaliteit haalt.'

Swinthariks oog viel op een zwart-wit gevlekte hengst die een eindje van de groep af stond te grazen. In het maanlicht en de schaduwen van de bomen was het dier maar half zichtbaar, het liep onrustig heen en weer, maar in iedere beweging verried het hele samenspel van spieren en glanzende vacht een hoge afkomst.

'Alqaara is van mij,' zei Flavius. 'Zijn bloedlijn komt uit de stallen van Constantijn, en zijn voorouders zijn geselecteerd uit Arabische en Alaanse rassen. Maar laat ons teruggaan naar mijn vrienden, ik wil graag met jullie praten.'

'Geeft u mij die leidsels maar,' zei Syrdon, 'dan verzorg ik onze paarden vast.'

Swintharik begreep niet waarom Syrdon zich opeens zo dienstbaar betoonde, en hem alleen liet met de vreemdelingen. Flavius wees Swintharik een leren krukje bij het vuur. 'Ik heb je naam nog niet gehoord,' zei hij.

Swintharik vertelde hem die met gêne, en terecht, want de mannen schoten in de lach. 'Wat is dat voor naam?' vroeg de man in toga. 'Welke stedeling heet er nu zo? Zelfs voor een Galliër klinkt het idioot.'

'Dat moet u tegen mijn vader zeggen,' zei Swintharik waardig en hij vervolgde in Latijn: 'Ik ben Romein. Waarom spreken we Grieks?'

Flavius fronste. 'Ik spreek liever Grieks met een dienaar, dan Latijn met zijn meester,' zei hij langzaam. 'Misschien wil jij het roskammen overnemen? Dan kunnen wij met hem spreken in een beschaafde taal.'

Swintharik staarde een tijdje boos in het vuur, niet wetend wat te zeggen en schrok op toen een knecht hem een drinkkroes in de hand drukte. Zijn woede loste snel op in de tintelingen van de wijn die zich met niets kon meten.

'Schenk hem nog eens in,' zei Flavius tegen de knecht, en tegen Swintharik: 'Jij neemt dus later de stoeterij van je vader over?'

'Ik heb daar nog niet over nagedacht, heer.'

'Augusta Treverorum,' zei Flavius nadenkend. 'Een vredige, maar saaie stad, waar zelfs keizers zich ooit veilig konden voelen. Jullie zijn bevoorrecht dat je de bescherming geniet van de limessteden, zonder zelf verantwoordelijk te zijn voor de verdediging.' Hij wendde zich tot de man in toga. 'Ze hebben zelfs geen cavalerie.'

'Vroeger wel,' zei deze. 'Zij mógen geen cavalerie meer hebben omdat ze in het verleden opstandig waren.'

Swintharik kwam ertussen: 'Mijn vader heeft het hier altijd over.

Hij vindt dat wij een cavalerie moeten hebben. Maar hij is dan ook paardenfokker.'

'Nu ja, jullie hebben er geen nodig, in de luwte van de garnizoenssteden,' zei Flavius lachend. 'De grenzen zitten potdicht, en er zijn geen interne bedreigingen meer.'

Swintharik wilde opmerken dat hij maar eens naar een van de feesten van zijn vader moest komen, dan zou hij ervaren hoe lek de grenzen met Germania waren, maar hij beheerste zich.

'Ben je een volgeling van de Galileeër?' wilde de man in toga weten.

'Mijn leraren op school wel, heer, en ook mijn grootvader Albavis, die een geboren Treveriër is. Maar mijn vader spot met alles. Hij zegt dat de Treveri hielenlikkers zijn, die iedere geïmporteerde godsdienst aanvaarden als dat politiek uitkomt. Zelf offert hij aan Rosmerta.'

'De godin met het paardenhoofd,' vulde Flavius aan, en triomfantelijk ging hij verder: 'Zie je, *retor*, ook hier wonen nog *pagani* die de oude wegen bewandelen – ik meen zelfs te weten dat ze in de meerderheid zijn.'

De aangesprokene, de togadrager, antwoordde bedaard: 'Dat weet ik ook wel. Als je een steen in een poel gooit, dan verbreiden de ringen zich naar buiten. Zo gaat het ook met ons. Eens zullen er geen heidenen meer zijn.'

'Behalve,' zei Flavius, 'als er een keizer komt die het niet langer opportuun acht de Galileeërs te begunstigen. En zoals de vader van deze jongen beweert, zal het volk zich zoals altijd aanpassen; ook de afvalligheid zal zich vanuit de steden verspreiden over het land.'

De man met de toga was het er niet mee eens. 'Keizers verkrijgen hun positie door goddelijke tussenkomst; als ooit een vijand van God het purper zal dragen, zal hij snel tot inkeer komen.'

De derde man, een oude soldaat, sprak vanuit het duister: 'U bent kortzichtig en kort van memorie, retor. Veel grijsaards dragen nog de littekens van vervolgingen op lichaam en ziel.'

De aangesprokene wuifde zijn woorden weg. 'Er is een nieuw tijdperk aangebroken, van nu af wordt alles beter.' Zich weer tot de jongen wendend, vroeg hij: 'En, geloof jij dat de Vader gelijk is aan de Zoon?'

'Mijn vader?' vroeg Swintharik verbaasd. 'En welke zoon bedoelt u? Ik heb ook nog een broer.'

De mannen barstten in lachen uit en Flavius zei: 'Laat die jongen toch met rust, retor. Hij is weinig ontwikkeld en heeft geen idee waarover u het hebt. Alleen al zijn Grieks! Het klinkt als ezelsgebalk, zelfs zijn knecht spreekt het beter.'

Swintharik voelde het bloed naar zijn gezicht stijgen. Opeens begreep hij welke Vader en Zoon waren bedoeld. Hoe kon hij zo stom zijn! Hij wilde de man van repliek dienen, maar slikte zijn woorden in toen hij de klanken hoorde van een fluit. Hij huiverde van opwinding en van angst, want hij had meteen begrepen wat Syrdon probeerde.

'Wat is dat?' vroeg de man in de toga. Swintharik haastte zich te antwoorden: 'Mijn bediende speelt altijd als hij klaar is met zijn werk, om de paarden tot rust te brengen.'

'Hij speelt goed,' zei Flavius.

Zij zwegen een tijdje en luisterden naar de klaaglijke Aziatische toonladders. 'Ik heb dit lied eerder gehoord,' ging Flavius toen verder, hij schudde zijn hoofd en keek peinzend in de vlammen. Swintharik hield zijn adem in, maar niemand sprak meer. Toen het spel eindelijk stopte, stond hij op. 'Het wordt tijd dat we naar huis gaan,' zei hij. 'Ik wil u danken voor de gastvrijheid.'

Syrdon kwam aanlopen, hij sloeg de fluit droog op zijn dijbeen.

'Haal de paarden, jongen,' zei Swintharik. 'Wij vertrekken.'

'Weet je het zeker?' vroeg Syrdon in het platte dialect van de streek. 'Pairikâs heeft al een beurt gekregen, maar Deofola nog niet. Je had vanavond geen haast om thuis te komen. Wij kunnen hier de nacht doorbrengen en morgenvroeg terugkeren.' Hij gaf Swintharik een knipoog.

Swintharik had de melodie herkend die zij altijd speelden als er een merrie gedekt moest worden. Hij had niet geweten dat Deofola en Pairikâs in hun hengstige dagen waren, maar twijfelde er niet aan dat Syrdon die tot op het uur kon vaststellen. Volgens Syrdon bracht het deklied de paarden in de juiste stemming; het maakte de hengsten wild en bracht de paardkrevel op gang bij de merries; hij kende vast ook barbaarse kunstjes om op ieder willekeurig moment hengstigheid op te wekken bij een merrie.

Flavius legde een hand op Swinthariks schouder. 'Wees zuinig op je knecht, zoon van Leontius,' zei hij; hij wachtte even en zei toen nog: 'De grootste geleerde die ik kende, en een liefhebber van de kunsten, was een slaaf, jongen. Hij was mijn leermeester toen ik nog een kind was.' Hij boog kort voor Syrdon. 'Het was mij een genoegen om jullie te ontmoeten.' Hij riep hen nog na: 'Ik weet zeker dat Alqaara ook heeft genoten van jullie bezoek!'

Buiten gehoorsafstand barstte Swintharik uit: 'Hij wist wat je deed, stommeling! Het dekgeld voor zo'n Arabier is alleen voor de rijksten op te brengen. Hij had het volste recht om je te doden!'

'Maar dat deed hij niet,' zei Syrdon. Hij klopte Pairikâs op haar hals. 'Goed gedaan!'

'Het is nog een wonder dat het is gelukt. Het fluitspel werkt pas echt als de hengst die melodie al kent.' Swintharik was ervan overtuigd dat Syrdon dit over het hoofd had gezien, maar deze schudde het hoofd. 'Je vergist je. De hengst kende het deklied. Ik leerde het van je vader en hij op zijn beurt leerde het in de stallen van Constantijn. Het zou mij niet verbazen als Leontius zelf de voorouders van deze hengst uit Arabia heeft gehaald.'

Swintharik zocht naar een antwoord, maar hij vond het niet. Kennelijk waren niet alle verhalen die Leontius vertelde gelogen. Dit verhaal, over de slimmerik die zijn merrie liet bevruchten, had hij in vele varianten gehoord. Syrdon was een goede leerling geweest. 'Ik wil naar grootvader,' zei hij.

'Morgenochtend,' zei Syrdon. 'Het is al laat. We zijn vlak bij een van onze schuilhutten.'

7

Macedonische reebout

(Durostorum, najaar 376)

'Wie wil mij spreken?' Eleutherius kon zijn oren niet geloven.

'De dux,' zei de boodschapper.

Zelfs als zijn hoofd bonkte en de ochtendzon pijn deed aan zijn ogen kon Eleutherius een oproep van de dux niet negeren. Hij haastte zich naar het fort en meldde zich. De wachtcommandant bracht hem voor Maximus.

'Kater?' vroeg de dux, terwijl hij aan de soldaat snuffelde alsof hij nog een vleugje van de godendrank wilde opvangen.

'Valt mee, dux.'

De dux begon rondjes te lopen, handen op de rug. 'Het valt zeker niet mee om limitaneus te zijn?' vroeg hij beminnelijk.

Eleutherius aarzelde. Het zweet brak hem uit en de wolken in zijn hoofd verdwenen met verbazingwekkende snelheid. Het leven van grenstroepers was niet zwaar. Tijd genoeg voor bijbaantjes en dat mocht ook wel, gezien de soldij. Je had een grote kans om oud te worden.

De dux bleef staan en keek hem aan. 'Weet jij waarom de Goten in het vluchtelingenkamp zo onrustig zijn?'

'Door de honger, dux. De voedseltransporten komen niet, en ze verwachten dat keizer Valens hun een gebied toewijst.'

'Je bent goed op de hoogte,' zei Maximus. 'En waarom zit jij zo vaak in het Gotische kamp, met die maat van je? Jullie ontmoeten zelfs de Gotische leiders. Ben je soms een spion?'

Eleutherius voelde de angst van zich af vallen, hij begreep waar de dux heen wilde. 'Ik handel, heer; ik verkoop ze drank en vlees.'

De dux hield zijn hoofd schuin. 'Vlees? Hoe kom je daaraan, als de boeren alleen aan onze troepen mogen leveren?'

'Ik vang wat er zoal rondloopt, heer... Mijn maat en ik slachten zelf. Macedonische reebout noemen we het; de Goten vinden het heerlijk.'

Opeens lachte Maximus breeduit. 'Ik neem aan dat je de zwerfhonden bedoelt?' Toen Eleutherius knikte, ging hij verder: 'Ik had al zoiets gehoord, daarnaast constateerde ik een afname van de hondenplaag. Waarmee betalen ze?'

Eleutherius zuchtte. 'Met goud, dux.'

'Ik heb een rekensom gemaakt,' zei de dux. Hij liep naar zijn lessenaar en pakte een stuk papyrus. 'Kun je lezen?'

'Alleen mijn naam.' Eleutherius luisterde naar de getallen, naar Maximus' veel te hoge schattingen van zijn verdiensten en hij schudde wanhopig zijn hoofd. Met het percentage dat Maximus eiste voor iedere verkochte amfoor of hond, zou zijn winst vervliegen.

Tijd om het gezag te tarten.

'Dux,' zei Eleutherius, 'uw berekening klopt niet. Op deze basis valt niet te handelen. Ik stel een regeling voor in ons beider voordeel.'

Maximus gebaarde Eleutherius naar een zetel en luisterde naar zijn uiteenzetting. Eleutherius was er zeker van dat de dux goed wist hoeveel handel zij hadden gedreven met de Goten.

'Begrijp me goed,' zei Maximus ten slotte, 'ik keur jullie handel niet af en dat geldt ook voor comes Lupicinus, in wiens naam ik spreek. Aangezien wij de voedselvoorzieningen niet snel op volle sterkte kunnen krijgen voor zo'n grote groep, en we geen opstand willen, juich ik initiatieven van wakkere legionairs alleen maar toe. Jullie hebben al goede relaties opgebouwd met de Goten. Ik zal een en ander faciliteren. Jullie zijn van de wacht ontheven en ik zorg voor een gecontroleerde toelevering van voedsel. Een paar zakken graan, een reebout of rund voor de aristocraten... Als er te veel tegelijk op de markt komt, daalt de waarde. Hou ze hongerig... En nu de verdeelsleutel.'

'De Goten hebben niet veel goud over,' wierp Eleutherius tegen. Hij wist dat het zelfs de rijksten steeds meer moeite kostte om kostbaarheden bijeen te krijgen. De vrouwen droegen al geen spangen meer, ze hielden hun mantels op met lange doorns of met een draadje. Het gesprek duurde voort en niet eerder had Eleutherius zo'n zware strijd geleverd, al kwam er geen zwaard aan te pas. Maximus wuifde alle bezwaren weg. 'Bij gebrek aan goud, hebben ze altijd nog hun mensen. Laat je betalen in slaven! Mooie, sterke jongens en meisjes lopen er genoeg rond en onvrijen moeten ook eten. Ze zullen blij zijn als ze die kunnen ruilen voor een reeboutje.' Hij knipoogde: 'Voor een *Macedonisch* reeboutje. Ik heb goede connecties voor slaven.'

Eleutherius hield niet van slavenhandel. Zijn eigen ouders waren slaven geweest. Uiteindelijk gaf hij toe. Niemand wilde onproductieve slaven voeden, en ze zouden het beter hebben bij nieuwe meesters.

'Heb je goede relaties met hun leiders?' vroeg Maximus.

'Met Fritigern kan ik goed opschieten,' antwoordde Eleutherius. 'Hij is een verstandig man, maar Alavivus is een heethoofd. Die twee verdragen elkaar zo slecht dat ze hun tenten aan weerszijden van het kamp hebben opgezet.'

'Daar kunnen we ons voordeel mee doen,' zei Maximus, 'nadat we de huidige situatie hebben uitgemolken. En nu wil ik die beroemde bittere drank van jou proeven.'

Eleutherius vond zijn vriend Quintus in het barbaarse kamp waar hij, samen met een Goot, de laatste pruimendrank soldaat maakte. Hij schopte hem onder zijn achterste, en gooide hem met een zwaai in de lege kar waarmee hij gekomen was. 'Ik zal jou leren zo veel te kletsen,' gromde hij. De Goot, een goedgeklede man, die nog niet verlost was van zijn sieraden, pakte zijn arm. 'Bent u de beroemde Eleutherius?'

Eleutherius schudde de hand van zich af. 'Wat wil je?'

'Meer van die drank.'

'Wel,' zei Eleutherius, 'zoals u al gemerkt hebt, het is op.' Hij maakte aanstalten om de bok te bestijgen, maar de man hield aan. 'Ik ben een bekende van uw superieuren. Kunnen we een wagenvol regelen?'

'Hou ze hongerig,' had Maximus gezegd, en dat betekende evengoed 'dorstig'. 'Ik heb niets meer,' zei Eleutherius. 'Geef me drie dagen.' Hij sprong op de bok en reed weg over de hobbelige weg, waardoor een gekreun opsteeg uit de bak. De Goot rende naast de kar voort en riep: 'Leer mij het proces, dan kunnen wij samenwerken. Ik heb steden gezien op mijn reizen waar u een grotere afzet kunt hebben dan bij dit haveloze stelletje!'

En heuvelopwaarts, toen de man het tempo niet meer kon bijhouden, hoorde Eleutherius hem nog roepen, boven het hoefgeklepper en het geratel van de wielen uit: 'Ik ben Catualda, ambassadeur der Tervingi. Mijn tent staat naast die van krijgsheer Fritigern.'

* * *

'Het is allemaal nogal gecompliceerd geworden,' zei Quintus enkele weken later. 'Er profiteren inmiddels zo veel mensen mee, dat er nauwelijks iets overschiet.' Hij roerde in het alsemextract, dat niet aan de kook mocht raken.

Eleutherius stopte de kruiken zorgvuldig af en zette ze bij de rij die al klaar was voor vervoer. Hij ging zitten en keek naar zijn kameraad. 'Ik heb er ook geen zin meer in,' zei hij na een tijdje. 'Maar als we nu ophouden, zal Maximus mij weten te vinden.' Hij schopte een lege kruik om. 'Heb je de laatste tijd nog in het Gotische kamp rondgekeken? Ze hebben geen draad vlees meer aan hun lijf, terwijl de elite, vooral Catualda, zwelgt in onze pruimendrank. Maximus en Lupicinus houden de voorraadschuren gesloten, en waarom? De voedselkaravanen zijn toch al weken geleden binnengekomen? Waar is dat graan dan gebleven? Denk je dat de keizer dit niet zal horen? Let op mijn woorden: binnenkort krijgen we hier een opstand. De Goten verkopen hun kinderen al voor wat hondenvlees.'

'Macedonische reebout,' verbeterde Quintus.

'Het is niet grappig,' zei Eleutherius. 'Ik heb zelf kinderen, al zie ik ze zelden. Ik wil stoppen.'

'Ze zullen je overplaatsen naar het front in Armenië, of naar de woestijn. En dat op jouw leeftijd.'

'Ik word al ziek als ik eraan denk,' gaf Eleutherius toe. 'Maar daar kies ik dan wel zelf voor.'

Quintus keek op. 'Je meent het nog ook...'

'Weet jij hoe lang ik al geen vrouw meer heb gehad?' riep Eleutherius uit. 'Zelfs daar is geen tijd voor.'

'Als dat het is,' zei Quintus. 'Voor een stuk brood of een slok drank kun je iedere Gotische vrouw krijgen die je wilt, al zijn ze wat aan de magere kant.'

'Ik ben ook die zuiplappen zat,' zei Eleutherius. 'Zoals die ambassadeur!'

Quintus liep lachend naar buiten om de kar klaar te maken voor transport. Op dat moment ontstond groot rumoer bij het fort. Een cavalerie-eenheid kwam in vliegende vaart de poort uit rijden en vanaf de wachttorens bliezen de hoornblazers alarm. Quintus klom op de wagen en tuurde in de verte. Wat bij het Gotische kamp gebeurde was onduidelijk, de eerder zo groene vlakte was de afgelopen maanden in een woestijn veranderd en het opwervelende stof onttrok het tafereel gedeeltelijk aan het oog. Het was wel duidelijk dat ze er vochten. En toen zag hij een groep ruiters die de Hister overstak, waarvan het peil in de afgelopen zomer flink was gedaald. Hoewel het schuim hoog rond de paarden opspatte, herkende Quintus de Alaanse cavaleristen aan hun helmen en pantserhemden. Ze schoten met hun kleine bogen op de Romeinse ruiters die hen probeerden te onderscheppen, waardoor die zuidwaarts moesten afbuigen. Een van hen ging neer, zijn paard kwam overeind en ging ervandoor.

Quintus liep de tent weer in. 'Je had gelijk, Eleutherius,' zei hij. 'De Goten zijn in opstand gekomen. Een groep Alaanse cavalerie is net de Hister overgestoken.'

Eleutherius stond al in volle wapenuitrusting. Terwijl hij zijn zwaardschede omgordde, zei hij: 'Dan zijn de Greuthungi, die niet over de rivier mochten, ook niet ver.'

Eleutherius was een van die limitanei die zijn post niet van zijn vader had geërfd. Terwijl hij zich naar de chaos spoedde, kwam hem een paard zonder ruiter tegemoet en zonder zich te bedenken wierp hij zich in het zadel. Quintus schreeuwde dat hij moest wachten en met tegenzin hield Eleutherius in. 'Kun je wel iemand raken met je dronken kop?' vroeg hij, terwijl hij de kleinere man voor zich in het zadel zette.

'Ik schiet beter als ik drink,' zei Quintus. 'Hou me in evenwicht, dan kan ik richten.'

Er was niet echt sprake van een slagveld; de Goten trokken eenvoudig weg, naar het zuiden. Een kleine achterhoede dekte de aftocht en richtte een slachting aan onder de ongeoefende grenstroepers die hen probeerden tegen te houden. De Alanen waaierden uit rond de Gotische massa en leken hen nu te escorteren.

De stofwolk boven het strijdtoneel kwam van de karren, en van de trek- en rijdieren die de hongermaanden hadden overleefd. Eleutherius besefte meteen dat het geen zin had om de vluchtelingen tegen te houden. De limitanei trokken zich al terug, terwijl de Romeinse cavalerie zich op veilige afstand hield van de Alanen. En terwijl Eleutherius nog twijfelde wat hij kon doen, maakten de ruiters rechtsomkeert en verdwenen in de richting van het fort, zonder zelfs maar een blik te werpen op de gevallenen.

'Laffe honden,' zei Quintus. Ze besloten de overlevenden te helpen bij het opstapelen van de lijken, en nog voor ze daarmee klaar waren kwam een koerier uit het fort aanrijden. Hij hield zijn paard in en riep: 'Eleutherius, meekomen, de dux wil je spreken.'

Eleutherius ging door met zijn werk.

'Hé daar,' riep de koerier en hij gaf Eleutherius een schop. 'Eleutherius, in looppas naar het fort, orders van de dux!'

Eleutherius pakte de voet en draaide die snel om zodat de ruiter zijn evenwicht verloor en in de bloederige modder viel. Met het spartelende lijf als opstapje slingerde hij zich op de paardenrug.

'Eleutherius!' riep een van de soldaten. 'Wat doen we met die dooie Goten? We kunnen ze niet laten liggen!'

'Ben ik soms de baas hier?'

'Ik krijg maar geen genoeg van deze drank,' vond Maximus. 'Is er nog veel van?'

Eleutherius ontspande zich. 'Een wagen vol, dux,' zei hij, terwijl hij in de brede vensterbank plaatsnam.

'Breng maar hierheen, dan zijn we quitte.'

'Quitte, dux?'

Maximus keek teleurgesteld. 'Vriend, heb ik niet al je transporten laten beschermen?'

'Jawel dux,' loog Eleutherius die nooit een beschermer had gezien, maar hij was te lang in het leger om een superieur tegen te spreken.

Maximus legde een hand op zijn schouder. 'Wij kunnen veel voor elkaar betekenen, Eleutherius. De inwijkelingen mogen dan wegtrekken, de dreiging is nu alleen maar groter. Kijk en vertel me wat je ziet.'

Eleutherius stond op en keek door het venster. De weg langs de rivier lag bezaaid met alles wat de Goten hadden achtergelaten. Hij kon nog net het laatste staartje onderscheiden van de Gotenmassa. 'Daar gaan ze,' zei hij. 'Ze trekken zuidwaarts.'

'Naar Marcianopolis waarschijnlijk, op zoek naar voedsel.' Maximus knikte tevreden.

Eleutherius keek hem aan. 'Is dat dan goed? Ik dacht dat we ze hier moesten houden?'

'We krijgen ze precies waar we willen,' zei Maximus. 'In Marcianopolis. Hongerig, maar niet uitgeput. In Marcianopolis gaan we onderhandelen met Fritigern.'

'Komen nu niet alle afspraken en verdragen te vervallen?' vroeg Eleutherius. 'De Goten zullen niet willen luisteren, zeker Alavivus niet!'

Maximus maakte een ongeduldig handgebaar. 'Jij bent bevriend met die barbaren. Waar ligt je sympathie, soldaat?'

'Bij wie mij betaalt,' zei Eleutherius.

Maximus glimlachte. 'We hebben al vóór deze uittocht besloten dat we een eenheid *vexillationes* uitrusten voor speciale actie,' zei hij. 'Aanvallen bij nacht, hinderlagen, vernietigen van verbindingswegen en bruggen... Jij bent in staat om ze te leiden; die disciplineproblemen uit het verleden wil ik door de vingers zien.'

Eleutherius was nog niet overtuigd. 'Ik hoor bij de grenstroepen,' zei hij. 'Als limitaneus is het mijn taak om positie te houden.'

Maximus schudde het hoofd. 'Niet meer, van nu af aan val je onder de *comitatenses* van Lupicinus, je gaat naar Marcianopolis en meldt je bij hem. Je krijgt het commando over een vijftigtal bereden *sagittarii*. De beste boogschutters die we hebben.'

Eleutherius dacht na. 'Ik wil de mannen zelf uitkiezen,' zei hij ten slotte, 'en niet alleen sagittarii; ik zal verschillende competenties nodig hebben.'

Maximus lachte, ondanks de impertinentie. 'Ik hoopte al dat je dat zou zeggen,' zei hij. 'Jij bent de man die ik nodig heb.' Hij pakte de lege kroes uit Eleutherius' hand om bij te schenken.

'Nog één ding.' Eleutherius voelde al opwinding om de komende strijd. 'Mijn maat, Quintus, gaat mee.'

Eleutherius behield het geconfisqueerde paard, hij was nu immers cavalerist. Bij zijn tent hoorde hij gezang en hij lachte. Het zou snel over zijn met de dronkenschap. Het waren twee stemmen die zongen en bij het binnentreden ontdekte hij tot zijn verbazing ambassadeur Catualda, die samen met Quintus een strijdlied zong.

'Zing mee, Eleutherius,' riep de Goot. 'We zijn in oorlog!'

'Welbeschouwd zijn wij vijanden, ambassadeur,' zei Eleutherius, terwijl hij zichzelf inschonk. 'Had ik nog het plichtsgevoel van mijn jonge jaren, ik zou u gevangennemen en laten folteren.'

'Ha! Ik beroep mij op diplomatieke onschendbaarheid,' riep de ambassadeur.

Eleutherius besefte dat bij deze man een ondervraging onder marteling minder effectief zou zijn dan een paar slokken pruimendrank. 'Op de oorlog dan maar.'

'Op de oorlog!'

'Waarom ben je hier eigenlijk nog?' vroeg Eleutherius.

'Hij was in slaap gevallen,' zei Quintus. 'In onze wagen.'

'Even liggen, dacht ik,' zei de ambassadeur, 'ondertussen gaat mijn volk ervandoor!'

Quintus schoot weer in de lach, en de ambassadeur lachte mee. Ze hielden niet op en Eleutherius deed mee. Toen ze uitgelachen waren, zei hij: 'Sluit je voorlopig aan bij mijn vexillationes. Je moet wel de juiste uitrusting dragen; zo lijk je net een opgeverfde eunuch.'

'Krijg ik dan ook soldij?' vroeg Catualda.

'Kijk maar uit dat ik je niet alsnog doorstuur naar de tortuurmeesters. Vertel me eens: waarom is je volk vertrokken?'

Catualda haalde zijn schouders op. 'Het *thing* heeft vergaderd; de hoofdmannen en stamoudsten; Athanaric was er gisternacht bij, met een Alaanse khan; en ook de Greuthungi hadden vertegenwoordigers gestuurd... Alavivus wilde uitbreken en op strooptocht naar het zuiden. Fritigern wilde doorgaan met onderhandelen.'

'Goed, dan heeft Alavivus gewonnen,' zei Eleutherius. 'Maar wat deden al die niet-toegelatenen; de Alanen, de uitgesloten Tervingi en de Greuthungi erbij? Waar is de Alaanse hoofdmacht? Waren zij niet door de Hunnen onderworpen?'

'Bondgenootschappen ontstaan en verdwijnen,' zei Catualda. 'De Greuthungi willen ook oversteken. Ze zijn buiten het zicht van jullie verspieders samengetrokken.'

'Die verspieders stellen weinig voor als de hoofdlieden ongemerkt over de rivier konden komen,' zei Eleutherius. 'De Greuthungi zullen wachten tot we hun broeders achternagaan en dan steken ook zij over, zodat wij in de tang zitten.'

Catualda knikte. 'De Tervingi van Athanaric blijven aan de overkant. Athanaric heeft gezworen dat hij geen voet in het rijk zal zetten. Hij wil de Hunnen bestrijden in de bergen.'

Eleutherius nam een slok. Morgen zou hij Maximus waarschuwen dat hij de grenstroepen niet moest verplaatsen, maar juist versterken.

Maximus was niet aanwezig en na enig aandringen wist een wachter te vertellen dat de dux een bijeenkomst bezocht in een dorp vijfentwintig mijl stroomopwaarts. Eleutherius verliet de binnenplaats in een stofwolk. Hij wist dat de Goten zich niet als makke schapen zouden laten leiden; er lag een flinke oorlog in het verschiet. De roes van de strijd overstijgt die van drank en liefde en nu pas besefte Eleutherius hoe hij die roes had gemist in de lange jaren van vrede.

Ergens onderweg zag hij sporen van een gevecht. Een bloedspoor op de straatstenen, flarden van een mantel aan een tak – een barbaarse mantel zo te zien. Ook hier zwierven dus benden rond.

Was Maximus overvallen? Hij zag aan de sporen dat ze gewonden of doden hadden meegenomen. De barbaren waren met weinigen geweest, ze hadden aangevallen en meteen teruggetrokken. Hij vertraagde zijn tempo, alert op hinderlagen.

'Breng jij de versterking uit Durostorum?' vroeg de poortwachter van het dorp. 'Er zijn er maar twee over van het escorte. Ze wachten op je in de villa van Vitalis.'

Zonder antwoorden liep Eleutherius naar de villa. Een gewapende man hield hem tegen. 'Ze zijn in vergadering,' zei hij. 'U moet wachten tot ze klaar zijn.'

Eleutherius duwde de man opzij, ging naar binnen en zocht snel en systematisch naar het vergadervertrek; op zijn gehoor vond hij een gang met drie deuren, waarvan één bewaakt door twee soldaten die hun speren kruisten bij het zien van de grote soldaat. Eleutherius kende hen uit het kamp, zij waren de overlevenden van het escorte. 'Ik doe mee aan de vergadering,' zei hij.

Er ontstond een schermutseling, waarbij de deur openvloog en ze over elkaar de zaal in vielen. De stemmen van de aanwezigen stokten en terwijl Eleutherius opkrabbelde, rees een tiental mannen, waaronder Maximus en Lupicinus, uit hun zetels. Maximus knikte naar de wachters en deze trokken zich nors terug. 'Heren, dit is Eleutherius, mijn specialist in Gotische zaken,' zei hij. 'Hoewel hij betrouwbaar is, verontrust het me dat hij zo gemakkelijk door de bewaking breekt. Wat voert je hierheen, vriend?' Hij sprak het taaltje van de legerkampen.

Eleutherius hervond zijn waardigheid. 'Kan ik u alleen spreken?'

'Spreek vrijuit, ik heb geen geheimen voor deze mensen.'

Eleutherius aarzelde. Wat was dit voor gezelschap? En die geestelijke in vol bisschopsornaat, was dat niet die Vitalis? 'Zoals u weet,' begon hij, 'trekken de Goten zuidwaarts; ze zullen alle land op hun weg plunderen en verwoesten.'

'Wat wil je dat wij eraan doen?' vroeg comes Lupicinus. 'Maakt het wat uit of ze bij ons verblijven of vijftig mijl verder? Aan een paar geplunderde boerderijen ontkom je niet... Als de tijd daar is, handelen we het af.'

Eleutherius schudde zijn hoofd. 'Er is meer. De Goten hebben een plan. Ze werken samen met de Alanen, die de knechten zijn van de Hunnen. En ze staan in verbinding met de Greuthungi van de overzijde. Ze zullen ons insluiten en verpletteren.'

'Dacht je dat wij geen plan hadden, legionair?' vroeg Vitalis, aan het hoofd van de tafel. 'Verpletteren? Dat stelletje barbaren?'

Eleutherius stond even verstomd. Een geestelijke die zich ermee bemoeide. 'Dat kunnen ze,' zei hij. 'We hebben alle Gotische groepen tegen ons. We moeten ze uiteendrijven. Eén groep begunstigen, de rest aan de overzijde houden, zoals de keizer wil.'

Maximus stak een hand op. 'Het is allemaal voorzien.'

'Dux,' zei Eleutherius, 'de barbaren belazeren ons.'

'Daarvoor zijn het barbaren.' Maximus oogstte het gelach van zijn tafelgenoten met een glimlach. 'Voorlopig zullen we de Goten verslaan noch verzwakken,' ging hij verder. 'Zij zullen welkome rekruten zijn in de strijd tegen de Perzen, en kunnen zich vestigen in Thracië, maar het gaat nu om de status die ze krijgen.'

Lupicinus vulde aan: 'Een volk van vrije mannen krijgt gunstiger voorwaarden dan een overwonnen volk, dat weet je toch? Als wij ze verslaan, bepalen wij ook de voorwaarden.'

'Denk je aan je taak, Eleutherius?' zei Maximus. 'Kleine plaagstootjes, schermutselingen. Hou de massa bijeen, dat past in ons plan. Dirigeer ze langzaam zuidwaarts, put ze uit. Uiteindelijk slaan wij genadeloos toe en we zullen hen verpletteren.'

Lupicinus stond op en kwam op de soldaat toe. 'Een man in het veld heeft een andere kijk op militaire zaken dan bevelhebbers en politici. Er zijn meer fronten dan de Hister en de keizer heeft zijn handen vol in Armenië.'

'De Alamannen bedreigen in het westen de Rijn-limes,' zei Maximus, 'dus ook keizer Gratianus zit vast. Het is gecompliceerder dan jij denkt.' Onder het spreken had hij Eleutherius naar een zetel geleid. 'Eet voor je vertrekt!'

'Gaat de vergadering over deze zaken?' vroeg Eleutherius. Hij vervloekte zijn naïviteit, natuurlijk bepaalden de leiders een strategie. Maar het bleef vreemd dat hier militairen, burgers en geestelijken bijeen waren.

Maximus schudde zijn hoofd. 'Wij zijn slechts vrienden die elkaar ontmoeten om van gedachten te wisselen over de godsdienst.'

'Vertel eens,' vroeg Vitalis in het Grieks, 'welke godsdienst belijd jij?'

Eleutherius staarde hem aan. Het beviel hem niets dat een geestelijke hem ondervroeg.

'Hij spreekt geen Grieks,' zei Maximus. Hij vertaalde de vraag.

Eleutherius nam niet de moeite hem te corrigeren. 'Ik breek daar mijn hoofd wel over na mijn pensioen.'

De aanwezigen lachten om zijn snelle antwoord.

'Het is geen schande dat je geen Grieks spreekt,' zei Vitalis, nu weer in Latijn. 'De keizer, die uit deze streken afkomstig is, spreekt het evenmin.'

Eleutherius hield zich graag van den domme. 'Ik kan wijn bestellen in Grieks.'

'Meer heb je ook niet nodig,' zei Vitalis lachend.

Lupicinus nam het woord. 'Zoals je weet, is ons escorte onderweg gehalveerd door een paar bandieten. Blijf voorlopig als lijfwacht. Er is versterking onderweg en als die arriveert, kun je terug naar je basis.'

'Is het verstandig om hem hier te houden?' vroeg een onbekende, een Griek, in zijn eigen taal.

'Zolang we maar Grieks spreken,' zei Vitalis.

Hij hief zijn bokaal. 'Dit is onze eerste bijeenkomst in negen jaar en mijn adviseurs menen dat onze tijd gekomen is. De gebeurtenissen van de afgelopen maanden bieden grote mogelijkheden voor onze zaak. Wij zijn het centrum en nu komt het aan op handelen en onze kameraden doorgeven wat hun de komende maanden te doen staat.'

Eleutherius at hongerig en luisterde met een half oor naar de gesprekken, want religie interesseerde hem weinig. Het verbaasde hem steeds weer hoeveel gewicht de mensen eraan gaven. Uit de flarden kon hij opmaken dat het de vergaderaars bittere ernst was; dat een droom die ze lang koesterden, werkelijkheid zou worden.

Een grijsaard die door de anderen Akakios werd genoemd, nam het woord. 'Eens liepen wij in een gruwelijke winter met een groepje broeders langs een meertje dat als door een wonder onbevroren was gebleven. Wij knielden bij de oever om te drinken, maar op het moment dat de eerste het water aanraakte, bevroor het zo snel en volkomen, dat wij binnen de tijdsspanne van een hartenklop over het ijs konden lopen.'

Vitalis knikte. 'Ik was erbij. En zoals dit meertje in een oogwenk van oever tot oever bevroor, zo moet de transformatie gelijktijdig in het hele rijk plaatsvinden. Dat kan als we zorgvuldig organiseren en onze plannen uitvoeren. Veel provinciale commandanten steunen ons; overal in het rijk hebben wij sleutelposities in de legers.'

Eleutherius had eerder gehoord van het verschijnsel van plotselinge bevriezing. Hij luisterde naar de woorden van de bisschop. Het scheen hem allemaal onzin toe wat hij hoorde.

'Broeders, ditmaal gaat het werkelijk gebeuren; de rechtvaardigen zullen de wereld beërven en van hieruit zullen we de rest van de wereld veroveren, niet met wapens, maar met de kracht van ons geloof.'

Na zijn woorden bleef het stil; Vitalis liet inschenken en hij stond op. 'Lupicinus,' zei hij, 'aan jou de taak om de eerste fase van het plan te voltrekken.'

Lupicinus gaf een teken aan zijn geheimschrijver en zei, gretig als een stier die uit een te nauw hok wordt gelaten: 'Beveel me, presbyter. Ik zal gehoorzamen!'

Vitalis knikte. 'Onze broeder Pernaculus krijgt nu het woord.'

Eleutherius kon nog net zijn lach inhouden. Pernaculus! Dat was een naam die een kind aan een varkentje zou geven. Maar het was geen kind dat opstond en al droeg de man burgerkleding, zijn stem was die van een militair. Eleutherius sloot zijn ogen, om beter te kunnen luisteren.

'Broeders,' sprak de man. 'Het is nu twee jaar geleden dat mijn vader zijn dood vond door arglistige vleiers aan het hof en door de willekeur van een keizer die juist hen wantrouwde die zich het meest onderscheidden. Valentinianus, de Augustus van het westen is echter overleden en zijn zoon Gratianus is in het westen nu de enige met macht, aangezien zijn medekeizer pas zes jaar oud is. Ik ben hier vandaag om te...'

Op dat moment werd op de deur geklopt. Een soldaat kwam binnen en meldde dat de versterkingen waren aangekomen.

'Je knikkebolt, Eleutherius,' zei Maximus. 'Ga terug en doe wat je moet doen.'

Geen bandieten op de terugweg. In het legerkamp had de oude lethargie haar heerschappij hernomen. Eleutherius walgde van de alomtegenwoordige lamlendigheid waar hij nog maar kortgeleden zelf deel van had uitgemaakt. Hoe moest hij uit dit stelletje een groep strijders rekruteren? Hij mocht dan een vergaande volmacht hebben, met een zak geld had hij bij de barbaren kunnen werven. Die Alanen waren uitstekende ruiters, en ze schoten zuiver.

Hij hield de tentflap op, het was te donker om iets te zien. Aan het gesnurk hoorde hij dat zijn makkers er waren. Een ranzige walm sloeg hem tegemoet en hij liet het doek vallen. Hij kon net zo goed in een wagen gaan slapen.

Liggend keek hij naar de sterren en dacht aan de astrologen die beweerden dat ieders lot daar geschreven staat. Maar was niet iedereen in staat om het lot naar zijn hand te zetten? Als hij die slampampers hier een paar weken onder zijn hoede nam, kon hij ze samensmeden tot een elite-eenheid. Bij de eiken van Moesia, hij zou ze hun katers laten uitzweten! Hij zou ze leren dat er geen groter opwinding denkbaar was dan die van de strijd, of je nu overleefde of sneuvelde. Dat laatste was geen overweging, net zomin als een man zich onder het neuken druk maakt of hij een vrouw met jong schopt. Hij hoorde geritsel. Het was Catualda, die, wankelend op zijn benen, stond te pissen tegen de wagen.

'Hé, Goot!' zei Eleutherius hard. De man maakte een luchtsprong van schrik, maar hij piste door en vroeg: 'Wat is er?'

'Goedenacht,' zei Eleutherius.

De Goot vloekte en liep terug naar de tent.

8

De Spanjaard

(Trier, winter 360-361)

Albavis was als twintigjarige meegereisd naar Nicaea in het gevolg van keizer Constantijn, toen deze het grote kerkconcilie bijeenriep om eenheid te scheppen in de tot op het bot verdeelde kerk. Hier zou de controverse over het wezen van Christus worden opgelost, die was ontstaan tussen de volgelingen van twee bisschoppen, Arius en Athanasius. Hoewel de vergadering – onder druk van Constantijn – de stellingen van Athanasius als de juiste vaststelde, was de scheuring daarmee niet voorbij. In de jaren die volgden verdiepte de kloof zich, deels door de wankelmoedigheid van Constantijn zelf. Zijn opvolgers steunden veelal de ketterse, ariaanse opvatting.

Albavis' vrienden opperden wel eens dat Constantijn te vroeg was gestorven en dat de tijd hem had ontbroken, maar Albavis, die lang in Constantinopel had gewoond en actief was geweest in de politiek, zei dan: 'Constantijn is in de eenendertig jaren van zijn regering verschillende keren van standpunt veranderd. Het was altijd al politiek. Wereld en kerk, een dodelijke verstrengeling.'

De jonge Albavis had zich in volle overtuiging aan de kant van de triomferende bisschop Athanasius geschaard. Toen Constantijn echter, tien jaar na het concilie, Athanasius naar Augusta Treverorum verbande, omdat dit politiek beter uitkwam, kreeg Albavis te horen dat ook zijn aanwezigheid in Constantinopel ongewenst was. Hij had aan een half woord genoeg gehad en hij volgde, met zijn gezin, de verbannen bisschop naar de stad waar hij, Albavis, geboren was en uitgestrekte landerijen bezat.

Ook toen na een paar jaar het tij opnieuw keerde en presbyter Athanasius de stad verliet, was Albavis gebleven. Hij verlangde naar rust en had genoeg werk aan het beheer van zijn landgoederen.

Aan die rust kwam een abrupt einde toen zijn dochter hem vertelde dat ze een kind verwachtte van de rijke paardenfokker Leontius. Leontius was een ruwe klant en in de stad, waar hij alleen kwam om de kroegen te bezoeken, had hij een kleurrijke reputatie opgebouwd. Zijn paarden waren tot in de uithoeken van het rijk bekend en hij was destijds, net als Albavis zelf, een trouw onderdaan geweest van Constantijn. De mannen kenden elkaar nog uit Constantinopel en hoewel Leontius geen christen was, zélfs niet van de ketterse soort, meende Albavis dat zijn vrome dochter haar man wel tot andere gedachten zou brengen.

Het tegendeel gebeurde. Lucilla adoreerde haar veel oudere echtgenoot en volgde hem in alles, ook in zijn ongeloof, al nam zij nooit nadrukkelijk afstand van de kerk van haar vader. Maar hij had gehoord van de feesten buiten de stad en van offeranden aan godinnen van wie hij zelfs de naam niet wilde kennen. Albavis, die had gewenst dat zij met haar man bij hem kwam wonen, was verbolgen geweest toen Leontius een villa aan de rivier liet bouwen, mijlen van de stad. De prefectuur stimuleerde het ontginnen van land rondom de steden en de *vici*, want in vroeger jaren waren veel nederzettingen vernietigd door de invallen van barbaren, waardoor het land rond de versterkte steden vrijwel ontvolkt was geraakt.

Albavis probeerde het zijn schoonzoon uit het hoofd te praten, maar Leontius wuifde zijn bezwaren weg. Albavis' gelijk was een bitter gelijk geweest, het had het leven gekost aan zijn enige kind. Uiteindelijk waren het niet de barbaren geweest die haar hadden gedood, maar de plunderende troepen van een usurpator.

Albavis meende dat God zijn dochter had gestraft, zoals hij ooit haar man zou straffen. Hij wist dat Leontius geleden had onder de dood van zijn vrouw, maar dat was niets vergeleken bij wat hem nog te wachten stond.

Zijn kleinzoon Swintharik was een ander verhaal, die had kans om een groot man te worden en een verdediger van de kerk. Albavis wilde zijn schoonzoon geen reden geven om het kind bij hem weg te houden, daarom probeerde hij met hem op goede voet te blijven. Albavis was in de kracht van zijn jaren, terwijl Leontius, ooit een titaan, nu piepte en kraakte als een afgedankte strijdwagen. De jongen had hem eens gevraagd of dit lag aan Leontius' liederlijke levenswandel. Die term had hij zijn grootvader eens horen bezigen.

'Gedeeltelijk, mijn jongen,' had Albavis geantwoord, 'maar hij ís ook gewoon oud.'

Albavis stond op van zijn bankje om zijn kleinzoon te verwelkomen. 'Waar kom jij vandaan, zo verfomfaaid en verwilderd?' vroeg hij, terwijl hij zijn boek aan een bediende gaf.

'We hebben overnacht in de heuvels,' zei Swintharik. De grijsaard omhelsde zijn kleinzoon en knikte naar Syrdon, die hij Swintharik's 'heidense schaduw' noemde. De jongen wachtte tot zijn grootvader zat en liet zich toen neerploffen op de zetel die een bediende bijschoof. Syrdon zakte op zijn hurken.

'In de heuvels?' Albavis wist dat Syrdon soms offerde op een altaar van Epona. 'Zo laat in het jaar?'

'We hebben belangrijke mensen ontmoet.' Swintharik gaf net zomin om kou als Syrdon.

'Als ze zo belangrijk waren, waarom komen ze dan niet hier?' vroeg Albavis. 'Augusta Treverorum is de enige stad van betekenis in deze buurt.'

'Ze hadden inspecties gehouden in Colonia Agrippina en Confluentes, en waren op weg naar Parijs,' zei Swintharik. 'Ik kon zien dat het hoge militairen waren. Ze waren van de weg afgegaan om te jagen. Een van de mannen heette Flavius, hij noemde zijn metgezel *retor*.'

'Flavius,' herhaalde de grijsaard nadenkend en hij keek voorbij de jongen, alsof hij de man in de verte zag aankomen. Swintharik vertelde ondertussen over de rijdieren van de magistraten, hoewel zijn grootvader geen belang stelde in paarden. Toen Swintharik echter vertelde dat de militair Flavius een paard bezat uit de stallen van Constantijn, spitste Albavis zijn oren. 'Ze waren in Colonia en Confluentes geweest?' zei hij langzaam. 'Hebben ze nog meer gezegd?'

'Niets van belang,' zei Swintharik. 'Ze hadden het over christenen en heidenen; ik weet niet meer in welke zin.'

Zijn grootvader hief zijn wijsvinger: 'Je weet hoe belangrijk het is om je zaken te herinneren. Je onderwijs is gericht op het trainen van het geheugen, en schijnbaar onbetekenende details kunnen van belang zijn. Probeer het je te binnen te brengen, al was het alleen maar voor de oefening!'

Swintharik dacht na, keek naar Syrdon en schudde zijn hoofd. 'Ik had moeite met hen te praten, hun leider wilde alleen maar Grieks spreken...'

'Dat is al één herinnering,' zei Albavis. 'Zie je dat je meer weet dan je denkt? En verder?'

'Hij zei dat heidendom...' Weer keek hij naar Syrdon: 'Zeg jij het dan, jouw Grieks is beter.'

Nu keek zijn grootvader verbaasd. 'Syrdon spreekt Grieks? Dat is nieuw voor mij. Dus hij nam deel aan de conversatie?'

Syrdon schudde zijn hoofd. 'Je vergist je,' zei hij. 'Ik was de paarden aan het verzorgen, weet je nog?'

Albavis richtte zich weer tot Swintharik. 'Breng je de hele situatie voor de geest.'

'Ik dronk koppige wijn,' protesteerde Swintharik.

Zijn grootvader glimlachte. 'Voor ieder bezwaar is een oplossing.' Hij gaf zijn bediende een wenk.

En zo herleefde Swintharik, terwijl hij kleine slokjes nam uit Albavis' bewerkte glazen, de ontmoeting: 'De één zei dat het christengeloof zich zou verspreiden als kringen in het water, maar volgens die Flavius kon het ook andersom, als...' Hij zweeg, fronste, zocht de formulering. Toen herhaalde hij in het Grieks: 'Als een nieuwe keizer het niet langer opportuun acht om de Galileeërs te begunstigen...'

Albavis onderbrak hem op dit punt. 'De Galileeërs! En hij droeg een baard, zei je?' Hij nam een slokje, en wiegelde zijn fraai gekerfde glas zachtjes, terwijl hij naar de donkere inhoud keek, alsof hij er de toekomst in wilde lezen.

Syrdon verbrak de stilte: 'Swintharik, ik heb werk te doen.'

Albavis zei: 'Ga maar, Syrdon. Ik geef Swintharik morgen een begeleider mee naar school.' En tegen Swintharik: 'Je gaat toch?'

'Ik zal wel moeten.'

Albavis glimlachte. 'Jij leeft te veel in een wereld van zwaarden en paarden. De wapens van de toekomst zijn echter pen en verstand.'

'Het één hoeft het ander niet uit te sluiten,' zei Syrdon.

Albavis knikte minzaam. Hij wilde de relatie met zijn schoonzoon niet slechter maken en al zeker niet om een slaaf; als Leontius verkoos om de vrijpostigheden van zijn beschermeling te tolereren, dan zou hij, Albavis, zich daar niet druk om maken. Hij wachtte tot Syrdon weg was en zei toen: 'Ik meende het, Swintharik. Ik maak me zorgen over de invloed van die heidense bende. Je moeder was een gelovige vrouw en ze wenste dat je in de ware leer zou worden onderwezen.'

'Ik weet het, grootvader,' zei Swintharik terwijl hij zijn ogen naar boven draaide, alsof hij redding verwachtte van die kant.

'Waar wacht je dan op? Ik heb presbyter Diomedes al laten komen; hij zal blij zijn om je te zien. En jouw Grieks klinkt beroerd. Je wilt toch niet eindigen als paardenhandelaar?'

'Zeker niet, grootvader.'

'Spoedig zul je je in hoger kringen begeven,' ging de oude man verder. 'De wereld is groter dan Augusta Treverorum en je kunt een grote rol spelen in onze gemeenschap.'

Hij keek de jongen na tot deze in de schaduwen van het huis verdween, en besloot toen zijn vrienden op te zoeken, want nieuws was kostbaar in deze onzekere tijden. Daarnaast was er die kwestie met zijn schoonzoon; vroeger of later moest hij die oplossen. Hij huiverde van kou en sloot even zijn ogen. En terwijl hij zo zat te peinzen, kwam een bediende met het bericht dat Tullius Pastor hem uitnodigde voor een gastmaal. Tullius! Een ander zou denken dat de man helderziend was, maar Albavis geloofde in een hogere macht. Het zou allemaal goed komen.

* * *

Vroeg in de avond ging Albavis op weg, gehuld in een onopvallende mantel, met geen andere begeleider dan een doofstomme slaaf. Het stof wervelde in de plots opgestoken wind en een ogenblik later gutste de regen neer, maar toen de slaaf bij de basiliek een moment stilhield voor een gebed, wachtte Albavis geduldig. Hijzelf had geen behoefte aan de uiterlijke vroomheid van het volk, maar hij besefte de noodzaak ervan voor de mensen die vanuit hun aanleg of lage geboorte nooit een innerlijk leven hadden ontwikkeld – als ze daar al toe in staat waren.

En waarom ook niet? De voorouders van zijn vriend Rufus hadden, minder dan een eeuw geleden nog, met beschilderde gezichten als wolven lopen huilen in hun woud. Nu herinnerde niets meer aan die afkomst; van Rufus' rosse haardos restte een halve ring witte krullen, die hij droeg als een lauwerkrans. Hij was belezen en koos zijn woorden met grote zorgvuldigheid, net als Albavis zelf. En hoeveel anderen in de stad hadden hun stambomen niet laten samenstellen door fantasierijke geheimschrijvers?

Bij het huis van Tullius Pastor namen ze een zijdeur in de steeg. Albavis liet de slaaf achter in de keuken en gebaarde een bediende dat hij niet hoefde te worden aangekondigd. Hij liep door naar de hal waar hij, bij het oude mozaïek, twee vreemden aantrof. Een grote man, onopvallend gekleed, maar een van zijn schouders, zichtbaar door de teruggeslagen mantel, was gehavend en overdekt met littekens. Een legionair met een lange staat van dienst. Hij had een jongen bij zich van een jaar of vijftien, misschien zijn zoon.

'Is dat Ariadne?' vroeg de man. Hij wees op het mozaïek, dat een vrouw voorstelde, haar gestalte in vele tinten rood, maar met blauwe ogen en gouden haartressen. Ze bediende een spinnewiel. Het tafereel was omlijst met voorstellingen van vissen, bloemen en tijgerkatten.

'Het kan ook Arachne zijn,' zei Albavis, 'en als u er de moeder Gods in wilt zien, zal niemand u bestrijden. Tullius, onze gastheer, vindt het te mooi om weg te halen.' Hij boog lichtjes en zei: 'Ik ben Albavis.'

De man glimlachte. 'U doet uw *cognomen* eer aan. In dezelfde sfeer mag u mij "de Spanjaard" noemen. Dit is mijn zoon.'

De jongen boog voor de oudere man.

'Spanjaard! Ik dacht al dat Tullius vandaag een gast van ver had,' zei Albavis, terwijl ze gedrieën naar de eetzaal liepen. 'We snakken hier naar nieuws uit de buitenwereld. Omdat we geen keizersresidentie of garnizoensstad zijn, zijn we afhankelijk van anekdoten en geruchten en het is moeilijk om onderscheid te maken tussen waarheid en leugen. We garen de stukjes bijeen van een gebroken mozaïek, om een idee te krijgen van de complete voorstelling.'

'Waarbij het gevaar aanwezig is,' vulde de man aan, 'dat die voorstelling een ander beeld geeft dan het beoogde.'

Albavis besloot dat hij de man mocht. 'Zolang het nieuwe maar beter is dan het oorspronkelijke,' zei hij glimlachend.

Tullius Pastor kwam hen tegemoet; hij huiverde, ondanks de wollen mantel die over zijn magere knoken hing. Hij omhelsde Albavis en zei tegen de Spanjaard: 'Ik ken Albavis al sinds hij dertig jaar geleden voorgoed terugkeerde. De grote Athanasius heeft bij ons beiden gewoond toen hij hier in ballingschap was. Eerst verbleef hij bij mij, de laatste anderhalf jaar bij mijn vriend. Maar kom naar de eetzaal, het is warm daar en iedereen is er!'

'Ik heb als kind Athanasius een keer mogen ontmoeten,' zei de Spanjaard. 'Leeft hij nog? Waar woont hij nu?'

'Naar men zegt houdt hij zich schuil in Syrië,' zei Tullius.

Inmiddels waren ze in de eetzaal gekomen. Milvio, Furius en Rufus begroetten Albavis. Ze moesten al zijn voorgesteld aan de Spanjaard en zijn zoon.

Milvio liet zich terugzakken in zijn zetel; hij vouwde zijn armen boven zijn indrukwekkende buik en zei: 'Jullie hebben het over presbyter Athanasius? Wat zoekt hij toch in die woestijnen, terwijl hij veilig hier kan wonen, in de gemeente die hij zelf heeft gesticht?'

'Waarom verkiest onze eigen bisschop een hol buiten de stad?' vroeg Tullius Pastor. 'Wie zijn wij om de motieven van heiligen te kritiseren?'

Albavis nam plaats bij het vuur, waar een bediende het mengwater opwarmde. 'Ik weet niet of het hier veilig is,' zei hij. 'Er zit verandering in de lucht en het is nog maar de vraag of dat goed is voor ons.'

'Daarom juist zijn we hier,' nam Tullius het over. Het woord was aan de gastheer.

'Ik verwelkom op de eerste plaats mijn gast, die wij "de Spanjaard" noemen, om geen gespreksstof te geven aan boze tongen. We bespreken hier regelmatig de toestand in het rijk en onze eigen positie daarin, die niet meer zo hachelijk is als tijdens de Grote Vervolging, al kan dat veranderen. De caesar van het westen, Julianus, is zoals jullie weten, bijna een jaar geleden door zijn troepen tot Augustus verheven en hoewel hij verdergaat met het pacificeren van Gallië, zoals hij al vijf jaar doet, verwachten wij dat hij de confrontatie zal zoeken met keizer Constantius.'

Hij diepte iets op uit zijn mantel en hield het omhoog. 'Kijk,' zei hij. 'Caesar Julianus, die aanvankelijk de indruk wekte dat hij het zo niet gewild had, laat er nu geen twijfel meer over bestaan; hij noemt zich Augustus.'

Hij ging rond met een goudstuk dat Julianus' portret toonde, met de letters AVG. 'De vraag is,' ging hij verder, 'wat kunnen wij van Julianus verwachten?'

'Niet veel,' meende Milvio. 'Hij heeft rust gebracht in onze streken, maar dat betekent dat de belastingdruk hoog is, en in tegenstelling tot vroeger wordt die werkelijk geënd, ook bij de machtigen.'

Het was duidelijk dat Milvio zich tot die machtigen rekende; hij had meer land dan alle aanwezigen bij elkaar.

'Hij heeft de handel over de rivier beëindigd,' zei Furius, die zijn rijkdom had vergaard toen de grenzen nog lek waren als een rieten mand.

Tullius hief zijn hand. 'Julianus heeft de ambtelijke corruptie aangepakt, waarvan ook wij profiteerden. Dat is zuur, maar het is erger voor hen die in rijksdienst werken.' Hij wendde zich tot de Spanjaard: 'Wij, christenen, zijn in deze stad uitgesloten van staatsambten.'

De Spanjaard knikte. 'Jullie zijn vrij van dure verplichtingen, maar betalen wel belasting, zonder directe macht uit te oefenen.'

'Precies. Maar nu de godsdienst. Hoe staat Julianus tegenover ons, volgers van de Niceense belijdenis? Zijn oom, de keizer van het oosten, laat niets na om ons tegen te werken, hij heeft zelfs onze vorige bisschop verbannen en Bonosus aangesteld. En toen deze op zijn beurt weigerde zich tot het arianisme te bekennen, heeft hij hem ingekerkerd. Over Julianus' voorkeuren is weinig bekend. Het feit dat hij zich nooit nadrukkelijk achter Constantius heeft geschaard, betekent dat hij anders denkt dan zijn neef. Als wij in hem een medestander vinden, kon dat wel eens een wending ten goede betekenen.'

Hij ging zitten en knikte naar de schenker.

'Julianus komt uit het oosten,' zei de Spanjaard. 'Daar zijn de meesten ariaans. Vooralsnog lijkt hij de godsdienst niet zo belangrijk te vinden, hij zal onze kant kiezen, omdat dat hier de dominante stroming is.'

Nu vroeg Albavis het woord. 'Ik vernam uit betrouwbare bron,' zei hij, 'dat keizer Julianus helemaal geen christen is. Nu hij zich op gelijke hoogte waant met de Augustus, laat hij zich openlijk spottend uit over de christenen, over alle christenen. Daarnaast heeft hij kennelijk betrekkingen met enkele heidense curiales, regenten, in deze stad.'

'Dat is slecht nieuws,' zei Milvio. 'Weet je ook met wie?'

Albavis keek in zijn wijnkroes alsof hij het moeilijk vond om zijn kennis te delen. Uiteindelijk hief hij zijn hoofd en zei: 'Met mijn schoonzoon Leontius.'

De mannen begonnen door elkaar te praten.

'Altijd weer Leontius!' riep Milvio, die enkele jaren eerder een kostbare en oneervolle regeling had moeten treffen voor zijn middelste dochter, toen zij zwanger bleek te zijn van Albavis' schoonzoon.

'Hoe lang moeten wij die misdadiger nog in onze stad dulden?' vroeg Rufus zich hardop af. Zijn oudste zoon was zeven maanden na zijn huwelijk geboren en verschilde in alle opzichten van Rufus' andere kinderen. Rufus' vrouw had het nooit toegegeven, maar iedereen wist dat het koekoeksjong zich al in het nest had gedrongen vóór de wettige eieren waren gelegd. Leontius had geen vrienden in deze vergadering.

Toen de gemoederen waren bedaard, zei Milvio: 'Eens zullen we met hem moeten afrekenen.'

'Hij is wel mijn schoonzoon,' zei Albavis. 'Het feit dat hij Julianus kent, betekent niet dat hij kwaad in de zin heeft.'

'Hij wás je schoonzoon,' zei Tullius Pastor. 'En we weten hoezeer je gesteld bent op die jongen van hem. Ik heb trouwens vernomen dat Leontius ernstig in de problemen zit.'

'Kun je dit toelichten?' vroeg Albavis.

Pastor schudde zijn hoofd. 'Voorlopig niet, mijn vriend. Het was een gerucht en ik moet het verifiëren.'

Weer begon iedereen tegelijk te roepen. De Spanjaard stond op en Tullius maande de anderen tot stilte.

'Alles hangt af van de gebeurtenissen in de komende maanden,' zei de vreemdeling. 'Naar verwachting en voor zover ik opmaak uit de inlichtingen die mij bereiken, zal Julianus komende lente de confrontatie zoeken met Constantius. Naar het schijnt heeft Constantius de Alamannen overgehaald om de grenzen in Raetië aan te vallen, zodat de opmars naar het oosten moeilijker wordt. Hij vreest een tweefrontenstrijd, want hij voerde immers ook oorlog tegen de Perzen.'

'Julianus kan beter afwachten,' zei Albavis. 'Hij is veel jonger dan zijn oom, en hier in het westen is hij in het voordeel, terwijl Constantius tussen twee vuren zit.'

'Dat zou hij kunnen doen,' zei de Spanjaard. 'Mijn inlichtingen spreken dat echter tegen.'

'U hebt bronnen in het leger?' vroeg Albavis.

De Spanjaard zweeg. Iedereen wist dat leger en burgerij niet met elkaar mochten omgaan. Hij draaide zich naar zijn zoon en fluisterde hem iets toe.

'Ik geef Julianus weinig kans,' meende Milvio. 'Hij mag successen boeken met zijn Galliërs tegen de barbaren, maar tegen zijn oom kan hij niet op.'

'En was het hele conflict niet begonnen omdat de Petulanten, de barbaren waar hij op steunt, weigerden zich naar het oosten te laten sturen voor Constantius' oorlog?' vroeg Furius zich af. 'Waarom zouden ze dan nu wel naar het oosten willen?'

'Luister naar de Spanjaard,' zei Tullius. 'Hij heeft een voorstel.'

De Spanjaard wachtte even, hij nam een nieuwe bokaal wijn aan. 'Ik hoop dat het kruidenmengsel in deze wijn geen familiegeheim is,' merkte hij op. 'Ik zou het graag mee naar huis willen nemen.'

'Het zijn lokale kruiden,' zei Tullius. 'Ik bezorg je het recept en ingrediënten. Natuurlijk is de kwaliteit van de wijn doorslaggevend.' Hij richtte zich tot het gezelschap. 'U moet weten, heren, dat de Spanjaard ons de wijn uit zijn eigen gaarden voorzet. En de ham die we hier vanavond eten, komt eveneens van zijn landerijen.' Hij wees naar de enorme gerookte hammen op tafel. Een ervan was al gedeeltelijk opgesneden. 'De zoon van onze vriend heeft deze twee op zijn paard meegebracht. Wij danken onze gasten voor deze fijne specialiteiten.'

De Spanjaard boog kort en kwam ter zake: 'Nog geen zestig jaar geleden, tijdens de Tetrarchie, kondigden de vier keizers een universele vervolging af van de christenen; de eucharistie werd verboden; de priesters gevangengezet en onze geloofsbroeders moesten offeren aan de heidense afgoden. Tienduizenden vonden de marteLaarsdood of vielen hun geloof af. Zij werden *lapsi* – weliswaar in schijn, maar dat is niet minder ernstig – het is een christen immers niet toegestaan ongeloof te veinzen.'

De aanwezigen gromden zachtjes; het was een bekend verhaal, maar juist door de herhaling, voelde iedereen de pijn opnieuw, ook zij die nooit vervolging hadden meegemaakt.

'Waar echter Diocletianus en Galerius fanatiek waren in hun uitvoering van de edicten, lieten de twee medekeizers in het westen de gelovigen met rust. Het is in kleine kring bekend dat Constantius Chlorus, de vader van Constantijn, een gelovig christen was, maar omwille van de stabiliteit hield hij dit verborgen.'

Instemmend gemompel. Constantius Chlorus had het rijk niet in een vernietigende burgeroorlog willen storten zodat het ten prooi kon vallen aan de barbaren die als wolven rond de vuurkring slopen. De Spanjaard ging verder. 'Na tien jaar van onderdrukking, foltering en moord, legaliseerde keizer Galerius op zijn sterfbed het christendom. Twee jaar later bevestigde Constantijn dit edict en hij liet bovendien alle geconfisqueerde bezittingen teruggeven aan de kerk.

Het tij leek te keren voor ons geloof, maar in de jaren van vrijheid staken al snel ketterijen de kop op – vrijheid is immers alleen een goede zaak voor wie de rechte weg bewandelt.

Rond de tijd van mijn geboorte legde de kerkvergadering in Nicaea, op aandringen van Constantijn, de leer van presbyter Athanasius vast als het enige, orthodoxe standpunt. En dat volgen wij nog altijd.'

'God zegene Athanasius en de zalige Constantijn!' Milvio kon zijn opwinding niet verbergen, hij was de jongste van het stel. Hij vergat dat Constantijn weinig had ondernomen om de Niceense belijdenis kracht bij te zetten.

'Het moment is daar,' ging de spreker onverstoorbaar verder, 'dat wij katholieken ons organiseren, om sterk te staan in de zware tijden die komen. Niemand kent Julianus' standpunt, maar dat zijn neef Constantius de ketterij steunt, weten wij maar al te goed. Wij zullen ons lot zelf in de hand moeten nemen, zodat wij niet afhankelijk zijn van het opportunisme en de willekeur van onze heersers. En omdat elke machtswisseling een nieuwe koers kan betekenen, zullen wij niet vanuit de machtscentra werken, maar ons organiseren als een visnet dat het gehele rijk overspant. Wij moeten onze invloed doen gelden in alle geledingen van de samenleving en in de legioenen. Wij moeten, in navolging van de Gezalfde, vissers zijn van mensen; overtuigen wie twijfelt en uitschakelen wie tegen ons is. We zullen de besten onder ons op posities plaatsen waar ze, als de tijd daar is, een ommekeer teweeg kunnen brengen.'

Het bleef even stil, toen volgde een luide acclamatie, zodat Tullius Pastor de aanwezigen tot stilte moest manen. 'Willen jullie dat ze ons op straat kunnen horen?' vroeg hij.

'De Spanjaard heeft gelijk,' zei Milvio. 'Wij kunnen niet wachten op de gunst van de machtige individuen. Macht corrumpeert, en zelfs de eerste onder de bisschoppen, paus Liberius van Rome, die lang standhield tegen de ketterkeizer, is ten slotte gezwicht en heeft de veroordeling van Athanasius onderschreven.'

'Wij weten niet zeker of Liberius is gezwicht,' zei Albavis. 'En is het niet beter dat er een katholiek op Petrus' troon zit, zelfs al moet hij tijdelijk veinzen, dan dat een ariaanse ketter, misschien wel decennialang, het volk met zijn dwaalleer kan vergiftigen?'

'Het volk heeft de tegenpaus Felix afgewezen,' zei Tullius. 'Dáárom kon Liberius terugkeren naar Rome. Inmiddels dwalen wij zelf af; laat ons de draad weer oppakken bij het verhaal van de Spanjaard. Het is geen nieuw idee. Vooraanstaande geloofsgenoten spreken al jaren over de noodzaak tot een wijdverbreid bondgenootschap. We zijn sterk in Spanje, Zuid-Gallië en Italië, we hebben connecties in Africa, Pannonië en in de hele Oriënt. De namen van betrokkenen blijven geheim, behalve op de knooppunten waar iedere betrokkene slechts twee of drie anderen kent. Vandaar dat we over onze vriend blijven spreken als "de Spanjaard".'

'Dan noemen we zijn zoon Perna,' zei Milvio. 'Vanwege de ham. Of liever: Pernaculus, zo groot is hij niet. De kleine ham!'

Iedereen lachte, maar de jongen stond op en zei: 'Pernaculus zal het zijn.'

Tullius tikte geërgerd op de tafel en vervolgde. 'We hebben mensen op sleutelposities in de kerk en in de legioenen, aan het hof en onder de barbaarse volkeren in de grensstreken. Wij streven ernaar onze mensen op sleutelposities te krijgen en zullen niet aarzelen zelf zulke posities te aanvaarden – ook al brengt dit zware lasten en inspanningen met zich mee; als we moeten veinzen voor het grotere belang, dan zullen we veinzen.'

Iedereen zweeg nu. Albavis liet de wijn in zijn kelk ronddraaien terwijl hij terugdacht aan alle toespelingen die zijn vriend hem had gegeven, maar nu pas werd hem de volle omvang duidelijk. Hij besefte dat de keizers, mochten ze er ooit van horen, dit complot – want wat was het anders? – als hoogverraad zouden beschouwen. De beulen zouden komen met hun kettingen en folterblokken en ze zouden de ongelukkigen die in hun handen vielen, martelen tot ze iedere naam zouden uitschreeuwen en als er niets meer te halen viel, zouden ze hen op de brandstapels brengen.

Hij dronk, zuchtte eens en verbrak toen de stilte: 'Ik denk dat ik voor allen spreek, als ik zeg dat dit niet als een verrassing komt. Niemand van ons zou hier vanavond zijn, als zijn standpunt niet bij voorbaat had vastgestaan.'

Ditmaal was er geen bijval; de aanwezige Treveriërs knikten grimmig en vastberaden. Niet langer zouden ze verongelijkte verdrukten zijn, die samenkwamen om te klagen; de tijd was gekomen om te handelen.

Gedurende de maaltijd gingen de gesprekken over weinig meer dan de plaatselijke nieuwtjes, want was bedienend personeel niet de grootste verspreider van roddels en geruchten?

Pas later, toen ze weer onder elkaar waren, konden ze een begin maken met het uitzetten van een koers, met het vaststellen van verbindingslijnen en het afspreken van codes voor de onderlinge communicatie.

Bij het afscheid nam Albavis zijn vriend terzijde. 'Als mijn schoonzoon in de problemen zit, wil ik weten welke dat zijn,' zei hij.

Tullius Pastor schudde zijn hoofd. 'Ik weet niets, alleen dat er een onderzoek naar hem is gestart. De rest zul je zelf moeten uitzoeken.'

Thuisgekomen riep Albavis zijn dienaar Atticus bij zich. 'Er is iets gaande rond Leontius,' zei hij. 'Ik wil dat je uitzoekt wat precies.'

'Ik zal doen wat u zegt,' zei Atticus, nadat zijn meester alles had verteld wat hij wist. 'Ik zal slaven moeten inzetten die hun oren en ogen openzetten op de markten en in de straten. Het zal tijd kosten, want het moet discreet en terloops gebeuren.'

'Neem wie je wilt,' zei de oude man. 'Desnoods zorg ik voor mezelf.'

* * *

De vroegste herinneringen die Swintharik later in zijn leven aan Dido zou doorvertellen, betroffen de lessen over de natuur. Leontius, schrijlings gezeten op een zadelbok, sprak; Swintharik en Syrdon zaten in het hooi te luisteren. De grote man praatte continu. Had hij haast gehad bij het overdragen van zijn kennis? Zijn wenkbrauwen waren zo groot en borstelig dat ze bijna opwogen tegen zijn hoofdhaar.

'Alexanders paard heette Bucephalus. Ik ben er niet zeker van of dit kwam door zijn woeste verschijning, of door zijn schoftbrandmerk, dat de vorm had van een stierenkop. Ook zegt men dat er kleine hoornpuntjes uit zijn voorhoofd groeiden, maar daaraan hecht ik geen geloof. Bucephalus liet zich zonder tegenstribbelen berijden door een mareschalk, maar vanaf het moment dat hij het koninklijke zadel droeg, zou hij nooit meer een ander op zijn rug dulden dan de koning. In de strijd was het dier ongeëvenaard en het beschermde Alexander met zijn kracht en met zijn schranderheid, die niet onderdeed voor die van een mens.'

Syrdon, die het verhaal al kende, zei: 'En Gaius Caesars paard duldde niemand op zijn rug dan Caesar.'

'Zo is het.' Leontius hief zijn wijsvinger en vervolgde: 'Toen een groot generaal, van wie de naam mij nu even niet te binnen schiet, door de Scythen in de strijd werd gedood, zo gaat het verhaal, probeerde de overwinnaar diens lichaam te beroven, maar het paard viel hem aan, beet en trapte hem dood. Het ros van koning Nicomedes van Bithynië hongerde zichzelf uit, toen zijn meester stierf. Antiochus, in zijn strijd tegen de Galaten, sprong op het paard van de gesneuvelde generaal Cintaretus, maar het paard reageerde zo heftig op het bit dat het zich liet vallen, waardoor Antiochus levensgevaarlijk gewond raakte.'

Hij keerde zich tot Syrdon en vroeg: 'Wie leven het langst, de hengsten of de merries?'

Syrdon antwoordde direct: 'Hengsten leven langer dan merries; soms wordt een hengst wel zeventig jaar oud. Opuntes, de beroemde dekhengst, bleef zijn werk doen tot zijn veertigste jaar.'

En nog voor hij was uitgesproken, had Leontius het al weer overgenomen, gretig en ongeduldig. 'Bij merries wordt de geslachtsdrift getemperd wanneer je hun manen afknipt; wanneer zij een jong werpen, verschijnt er een liefdesteken, dat de veulens op hun voorhoofd dragen. Het is een taankleurige kuif, als een bos zegge, die Hipponenses wordt genoemd. Haal je die meteen na de geboorte weg, dan zal de moeder het veulen onder geen voorwaarde de uier bieden. Hoe dieper een paard zijn neusvleugels onder water houdt tijdens het drinken, des te beter zijn zijn vooruitzichten. Men zegt wel dat het paard het enige dier is dat huilt om een mens, en omwille van hem verdriet kan voelen. Mannen die de strijd in rijden kunnen dikwijls aan de gemoedstoestand van hun paarden voelen wat de uitkomst van de slag zal zijn.'

Leontius hield op en gooide een borstel naar Ioannis, die zijn hoofd nieuwsgierig om het hoekje stak. 'Opdonderen!' riep hij. 'Jij komt hier niet, dat weet je.' Tegen Swintharik zei hij: 'Dat hoofd wordt al genoeg gevuld met de onzin van die priesters. Jouw moeder was verstandiger!'

* * *

In het nieuwe jaar daalde de temperatuur zo fors, dat een delegatie van christenen, onder wie Swintharik en zijn grootvader, naar de kluis van de bisschop ging en Bonosus vroeg of hij niet in de stad wilde overwinteren.

'Waarom zou ik het mezelf gemakkelijk maken, terwijl onze Verlosser het lijden koos?' vroeg de oude, die op de rotsbodem voor zijn grot zat, slechts gekleed in de rafelige resten van een mantel en zijn eigen vervilte haardos, die één geheel vormde met zijn baard.

'Wij vrezen dat u de winter niet zult overleven, zodat de keizer wederom een ketterse bisschop zal aanwijzen en alle ellende opnieuw begint,' zei Albavis, terwijl hij zijn dienaren aanwijzingen gaf.

De bisschop was niet van plan mee te gaan. 'De keizer heeft geen zeggenschap over het episcopaat,' zei hij. 'Als wij onze keuzen laten afhangen van keizerlijke willekeur, erkennen we in feite zijn recht om zich met de kerk te bemoeien.'

Bonosus had zich altijd al verzet tegen keizerlijke inmenging, of dit zijn gemeenschap nu ten goede kwam of niet. 'Onze grootste fout is geweest dat we deel zijn gaan uitmaken van de corrupte politiek,' had hij zijn gelovigen dikwijls voorgehouden. 'Het is een dodelijke omhelzing waaruit we niet meer loskomen.'

Hij was er destijds niet bij geweest, toen Constantijn de ware leer liet vaststellen, maar zijn standpunt was duidelijk geweest; de orthodoxie moest komen van geestelijken. En hij had gelijk gekregen. Zijn inkerkering had hij stoïcijns verdragen, en toen de magistraten hem lieten weten dat hij gerehabiliteerd was, had hij zelfs geen nota genomen van hun aanwezigheid. Ze waren woedend weggegaan, gekwetst dat hun nobele handreiking niet met dankbaarheid was aanvaard.

Maar vandaag was het geen heidense bende, geen ketterkabaal dat hem kwam smeken. De gelovigen waren vastbesloten hun bisschop niet langer over te laten aan de elementen. Op het teken van Albavis grepen de dienaren de bisschop bij zijn onderarmen en hesen hem, zwak tegenstribbelend skelet, in een gecapitonneerde draagstoel, waar een stoof klaarstond die zijn oude botten kon warmen.

Swintharik was onder de indruk van de kracht die uitging van de tegenstand biedende oude man. Hij volgde het groepje, dat zich moeizaam door de sneeuw langs de muur worstelde en keek naar zijn grootvader, die naast de draagstoel voortploeterde en door een van de kleine vensters een gesprek trachtte te onderhouden met de heilige man, terwijl de sneeuw zo dicht viel dat zelfs de donkere poort niet zichtbaar was tot ze er vlak voor stonden.

De wachters hielden hen tegen; ieder moest zijn naam noemen en de reden van zijn komst. De dienstkloppers rukten zelfs het deurtje van de draagstoel open om Bonosus te ondervragen. Wie was hij? En wat had hij te zoeken in de stad?

De dragers, die hun last hadden neergezet, begonnen te roepen en een jong heethoofd wilde een van hen te lijf gaan, maar Albavis greep hem bij de arm. 'Wat is dit?' vroeg hij aan een wachter. 'Jij bent toch Cottia? Sinds wanneer ken jij je eigen bisschop niet meer? Wie heeft opdracht gegeven ons lastig te vallen? Toen wij zo-even naar buiten gingen, stonden jullie hier ook al!'

'Ik moet iedereen controleren die binnenkomt,' zei de man nors. 'Wie naar buiten gaat, is niet mijn zaak.'

'Het is pesterij,' zei Milvio. Hij posteerde zich met zijn machtige armen gevouwen voor de wachter, die een stap terug deed. Inmiddels vonden de wachters dat ze genoeg hadden gedaan, en grinnikend trokken ze zich terug in de beschutting van hun hokjes.

Voort ging het door de lege straten van de stad, waar de sneeuw in hopen tegen de muren was gewaaid. De vlokken begonnen te wervelen in een opstekende wind. Verderop ging de deur van een taveerne open en enkele luidruchtige mannen drongen zich naar buiten, terwijl ze struikelden over elkaars voeten en glibberden op het gladde stoepje. Toen ze de kleine stoet in de gaten kregen begonnen ze te joelen.

'Kijk ze gaan met hun bisschop,' riep een stem, die Swintharik maar al te goed kende. De man, een donkere schim in de witte nacht, schepte wat sneeuw op met zijn handen, kneedde die tot een bal en gooide hem naar de draagstoel, maar hij raakte niets. Swintharik probeerde zich onzichtbaar te maken achter de dragers, want hij had zijn vader herkend. Nu begonnen de anderen ook te gooien, maar ze gaven het op toen het gezelschap snel voortging en verdween in de dichte sneeuwstorm.

Swintharik rechtte zijn rug al, maar opeens voelde hij een hand op zijn schouder.

'Kom mee naar huis,' zei Leontius. 'Wat zoek je bij die ezels? Weet je niet wiens zoon je bent?'

Swintharik rukte zich los en toen zijn vader hem weer wilde grijpen, gaf hij hem een duw zodat hij languit in de sneeuw terechtkwam. 'Laat me gaan,' zei hij. 'Ik ben bij grootvader.'

'Albavis, ik waarschuw je!' riep Leontius, op zijn ellebogen steunend in de sneeuw. 'Ik stuur Syrdon om hem op te halen!' Hij maakte geen aanstalten om hen na te komen. De kroegvrienden kwamen hikkend van het lachen om hem heen staan en hielpen de vloekende man overeind.

Albavis en Milvio bleven wachten tot Swintharik hen had ingehaald. Milvio zei, ademloos: 'Zo'n onbeschaamdheid is nieuw. Is er iets ophanden? Is dit een voorbode van erger kwaad?'

'Het is gewoon baldadigheid en te veel wijn,' zei Albavis. 'Morgen zal hij zich schamen, als hij het zich dan nog herinnert.'

De ochtend daarop echter kwam Syrdon de jongen halen. Albavis stelde zijn kleinzoon gerust. 'Ga maar, ik wil de situatie met je vader niet op de spits drijven,' zei hij.

Leontius dacht er anders over. 'Ik wil niet meer dat je daarheen gaat,' zei hij toen Swintharik thuiskwam. 'Dat gekonkel van die huichelaars moet over zijn. Ik laat mijn zoon niet verpesten door een stel kwezels en ouwe wijven.' Hij richtte zich tot Syrdon. 'En jij ziet erop toe dat hij uit de buurt blijft bij die ouwe gek.'

'En mijn werk?' vroeg Syrdon.

'Dit hoort bij je werk.'

Swintharik keek naar een horzel die tegen de muur zat. Het was niet de eerste keer dat zijn vader hem verbood om naar Albavis te gaan. Over een paar weken kon hij er weer op uit.

Albavis wachtte echter niet tot de lente. Een week na deze gebeurtenis zocht hij zijn schoonzoon op in de stal waar hij de hoef van een kreupel paard aan het onderzoeken was, hij had zich niet laten aankondigen. 'Gegroet, Leontius.'

'Als je denkt dat jij die jongen mag opvoeden, dan vergis je je,' zei Leontius zonder op te kijken van zijn werk.

'Daarvoor kom ik niet. Ik wil je waarschuwen.'

Leontius liet het paardenbeen los en stond op. 'Spreek dan,' zei hij. 'Ik heb meer te doen.'

'Ik spreek je liever onder vier ogen.'

Leontius lachte. 'Die paarden zullen niets doorvertellen en Syrdon al helemaal niet.'

Albavis aarzelde. Hij kon niet te veel vertellen, maar hij was het aan zijn kleinzoon verplicht. 'Er komt een onderzoek naar je handel,' zei hij toen. 'Ik heb het bij geruchte vernomen en ik kan je niet meer vertellen dan dat. Geef je tegenstanders, wie dat ook mogen zijn, geen aanleiding om je te beschuldigen.'

Leontius verstrakte. 'Is dat een dreigement?'

'Verre van dat.' Albavis zuchtte, dit had hij kunnen verwachten.

'Wie zijn mijn tegenstanders dan?'

'Ik ben je tegenstander niet,' zei Albavis. 'Je bent mijn schoonzoon en de vader van mijn kleinkind.'

'Wat is de beschuldiging?'

'Ook dat weet ik niet. Misschien weet jij het zelf.'

'Ik weet niet waar je het over hebt,' zei Leontius. 'Begrijp jij hier iets van, Syrdon?'

Syrdon keek op. Hij bestudeerde het gezicht van Albavis en zei toen: 'Ik weet niet waar het over gaat, maar de waarschuwing van een achtenswaardig man kunt u beter niet negeren.'

'Onzin,' zei Leontius, plotseling geïrriteerd. 'Je vergeet dat ik een belangrijk man ben in deze gemeenschap, Albavis. En ik behoor tot degenen die het hier voor het zeggen hebben. Als het je erom gaat dat je mijn zoon wilt blijven zien, wees dan gerust: ik zal hem niet bij je weghouden, als je maar goed onthoudt dat ik zijn vader ben.'

'Daar ben ik blij om,' zei Albavis.

Leontius was nog niet klaar. 'Stop zijn hoofd niet vol met die Christus van je.'

'Mijn dochter...' begon Albavis.

'Je dochter is dood. Haar god heeft haar niet kunnen redden.'

'Dan hoop ik mijn kleinzoon spoedig weer te zien,' zei Albavis. 'Ik zal je verder niet storen.'

Leontius maakte een komische buiging en draaide hem de rug toe.

9

Het verraad

(Moesia Inferior, winter 376-377)

Eleutherius kreeg maar enkele dagen om zijn eenheid op te bouwen. Hij nam mannen van overal, om kliekvorming van stamverwanten te vermijden. Op de ochtend van vertrek inspecteerde hij zijn troep: allen waren ervaren ruiters en specialist in het hanteren van verschillende wapens. De mannen hadden nog wat training nodig om als eenheid te opereren, maar onder die voorwaarde durfde hij elke strijd met hen aan te gaan.

Maximus kwam aanrijden met een klein escorte, hij nam Eleutherius apart en zei: 'De Greuthungi blijven vooralsnog aan de overkant, ze trekken oostwaarts. Ik zorg ervoor dat ze niet over de rivier komen.'

'Ik wou dat ik jullie plan kende,' zei Eleutherius.

Maximus haalde zijn schouders op. 'Jij hoeft niet alles te weten. Dirigeer de toegelaten Tervingi naar Marcianopolis om te onderhandelen. Lupicinus is al met een regiment die kant uit. De Goten moeten het onderweg niet gemakkelijk krijgen. Geef ze geen tijd om te fourageren. Ik krijg al berichten over wilde plundertochten.'

'Is het al bekend welke streken we krijgen toegewezen?' vroeg Catualda.

'Ambassadeur...' zei Maximus, 'ik heb niet de bevoegdheid om te spreken, maar de vooruitzichten zijn gunstig voor alle partijen.'

'Wij zijn bondgenoten, dux,' zei de Goot. 'De meerderheid van mijn volk ziet zich als loyaal onderdaan van de keizer.'

'Dat doet mij genoegen.' Tegen Eleutherius ging Maximus verder: 'De aanwezigheid van de ambassadeur zal het gemakkelijker maken om een conferentie te beleggen.'

'We zullen hen snel inhalen.'

De dux knikte, groette en verdween met zijn gevolg naar het fort.

'Voorwaarts!' Eleutherius draaide zijn rijdier in de richting van de net opgekomen zon. Het was warmer dan hij had verwacht, dat was goed voor het moreel. Quintus kwam naast hem rijden. 'Gaan we niet erg langzaam?' vroeg hij.

Eleutherius schudde zijn hoofd. 'Je kunt wel zien dat jij nooit een opmars hebt meegemaakt. We kunnen dit tempo lang volhouden en als we de kracht van onze rijdieren verspillen, verliezen we later te veel tijd met rusten. Ik wil zo snel mogelijk de Gotische achterhoede in zicht hebben. Dat zal wel lukken, want zo'n op drift geraakt barbarenvolk beweegt zich langzaam voort.'

Hij wist dat zijn vriend voor het middaguur uitgeput zou zijn.

Na de middag zagen ze de eerste uitgebrande boerderijen. Catualda vroeg zich hardop af waarom plunderaars toch alles in brand staken.

'Dat kan ik beter aan jou vragen,' zei Eleutherius. 'Het is niet wijs, want misschien komen zij hier ooit terug, misschien zullen ze afhankelijk zijn van wat hier verbouwd wordt, zelfs als ze hun eigen landerijen hebben. Het is hoe dan ook onverstandig om kwaad bloed te zetten bij je toekomstige buren.'

Catualda wees op een dode boer langs de weg. Een afgebroken lansschacht stak uit zijn borst. Verderop lag het lichaam van een vrouw, nauwelijks nog als vrouw te herkennen. 'Ze hebben zich verzet,' zei hij. 'Ik keur dit af, maar mijn volk is hongerig en tot het uiterst getergd door jullie behandeling.'

Eleutherius dacht aan zijn eigen plundertochten in vroeger jaren. 'Een ordelijk leger gedraagt zich niet veel anders,' zei hij. 'Uiteindelijk pakt ieder wat hij nodig heeft, verzet wordt in bloed gesmoord; wij kunnen daar weinig aan veranderen.' Hij stak zijn hand op naar een verkenner op een heuveltop die met een vlag gebaarde dat het verderop veilig was. Rookkolommen aan weerszijden bewezen dat de Goten niet ver konden zijn. Mogelijk hadden ze zich al in kleinere benden opgesplitst.

Ruim voor het vallen van de avond liet Eleutherius een kamp opslaan, op een beschutte plek bij een bron waar de bomen ruisten in een hoge wind. Hij liet naast de gebruikelijke wacht een kleine patrouille de omgeving verkennen.

'Wij zijn nog niet openlijk in oorlog met de Tervingi,' verklaarde hij aan Quintus. 'De barbaren zijn vooral op zoek naar buit en voedsel; ze zullen nog niet uit zijn op een confrontatie.'

'Is er geen wijn meer?' vroeg Catualda.

'Gedraag je als een Romeins soldaat tijdens een veldtocht,' zei Eleutherius. 'Bij de keuken kun je een rantsoen halen.'

'Ik ben geen soldaat, ik ben ambassadeur,' zei de Goot.

Quintus lachte. 'Je bent de vijand,' zei hij. 'In Marcianopolis mag je drinken.'

Eleutherius beval de kookvuren te blussen na het invallen van het duister. De Goten wisten ongetwijfeld waar hun achtervolgers waren en hij wilde geen gemakkelijk doelwit vormen voor boogschutters. De mannen keken naar de wolken die voorbijdreven en de onveranderlijke sterren die kil op hen neerzagen. Een paard brieste, sloeg met een hoef; een uil riep in de bomen. Ze strekten zich uit op hun dekens en Eleutherius, die zittend kon slapen, doezelde weg in zijn mantel.

Er was al een stuk van de nacht voorbij, toen hij wakker schrok van naderende paardenhoeven. 'Het is de patrouille,' stelde hij zijn metgezellen gerust.

De leider bracht verslag uit. 'Voor ons uit is het rustig, maar over de weg komt een groep Goten aan. Ze zullen over enkele uren voorbijtrekken. We weten niet of ze verkenners uitsturen; mogelijk passeren ze voor de dageraad en zullen ze ons niet opmerken.'

'Hoe ver zitten ze achter ons?' vroeg Quintus zich hardop af. Iedereen was nu klaarwakker.

'Ze hadden zich verstopt, net als wij,' antwoordde Eleutherius, maar de verkenner sprak hem tegen. 'Het zijn niet de Tervingiërs van Fritigern. We hebben een koerier onderschept met een boodschap van Maximus. Niet lang na ons vertrek zijn nieuwe groepen op verschillende plekken de rivier overgestoken. Maximus heeft een groep teruggeslagen, maar een groot aantal kon langs de bewaking komen. Ze hebben zich gegroepeerd en lijken onderweg naar Marcianopolis.'

'Daar had ik voor gewaarschuwd,' zei Eleutherius. 'Zij willen zich bij de Tervingiërs voegen. Ik zal de Goten bij elkaar houden, maar deze groep zullen we afzonderen van de toegelatenen.'

Het grauwde al toen de groep voorbijtrok, ze maakten lawaai alsof ze terugkeerden van een drankovergoten feest.

'Het zijn Greuthungi,' zei Catualda.

Bij daglicht haalden ze de bende snel in en op bevel van Eleutherius bestookten boogschutters de achterhoede en linkerflank met pijlen, zodat de Goten in wanorde het open veld in vluchtten. Daarna stormden de ruiters over de lege weg. Spoedig konden ze het tempo vertragen. De Greuthungi zouden zich vanzelf hergroeperen.

In de open vlakte rond Marcianopolis zwierven groepjes Tervingiërs, maar van een beleg was geen sprake.

'We gaan recht op de stad af,' zei Eleutherius. 'Laat ze maar proberen ons tegen te houden.'

De paarden gingen in volle galop en hoewel sommige groepjes zich in de richting van de weg bewogen, kwam niemand dichtbij. Bij de stadspoorten heette de garnizoenscommandant Eleutherius welkom. 'Lupicinus wacht al op jullie,' zei hij. 'De Goten zijn een wapenstilstand overeengekomen in afwachting van de conferentie van morgen.'

'Goed dat we alleen Greuthungi hebben aangevallen,' zei Quintus. Eleutherius schonk hem een grijns. De stadscommandant zei: 'U kunt naar binnen met een paar man; de rest moet buiten bivakkeren. Er is geen noodzaak voor de manschappen om binnen de muren te verblijven, zolang de wapenstilstand van kracht is.'

'Zo zij het,' zei Eleutherius. 'Over de weg komt een colonne Greuthungi aan en mijn mannen zullen hen op afstand houden.' Hij gaf opdracht om een kamp op te slaan aan de rivieroever. Daarna reed hij met Quintus en Catualda de stad binnen.

Bij het ochtendgloren nam Eleutherius zijn vrienden mee naar een uitkijkpost op de stadsmuur om omgeving en troepenbewegingen te beschouwen. 'Elke situatie is beheersbaar,' zei hij, 'zolang je waarneemt wat er gebeurt. Mensen veranderen langzaam, in groepen kan de stemming echter heel snel omslaan.'

Catualda knikte. 'Daarom is het gemakkelijker om een legereenheid te commanderen dan om één man te laten doen wat je zegt.' En hij voegde er mismoedig aan toe: 'Of een vrouw.'

'Dit roept twee vragen op,' zei Quintus. 'Commandeer jij wel eens eenheden? Ten tweede: ben je getrouwd? Ik wist niet dat jij een man-van-de-vrouwtjes was.'

Eleutherius, die al stond uit te kijken, draaide zich naar hem om. 'Heb je het terrein bekeken, weet je waar de eenheden zich bevinden? Ik neem jullie niet voor niets mee, stelletje ezels!'

Catualda deed of hij hem niet gehoord had, hij zei: 'Ik heb ruitereenheden geleid tegen de Hunse verschrikking. En mijn vrouw koos ervoor als combattante bij Athanaric te blijven, om de Hunnen te bevechten in de bergen aan de overkant van de rivier.'

'Is het gebruik dat jullie vrouwen meevechten?'

'Sommige vrouwen doen dat. Bid maar dat je er nooit een tegenkomt in de strijd. Op de strozak zijn er geen betere; op een dag voeg ik me weer bij haar.'

Zonder op te kijken van zijn brood, zei Quintus tegen Eleutherius: 'Onze mensen staan paraat op de rechteroever. De Gotische cavaleristen verderop slapen nog. Verder hebben de Greuthungi zich samengetrokken aan de heuvelvoet in het noorden; ze zijn ver weg en hebben weinig rijdieren. Op het plateau zwerven Tervingische benden rond en dan zijn er diverse kleine eenheden infanterie rond de stad gelegerd – onze infanterie. De Tervingische infanterie bevindt zich in die rommelige kampen, allemaal in een straal van ongeveer een halve mijl tussen rivieroever en bosrand. Hoeveel er verderop tussen de bomen zijn, weet ik niet, maar gezien hun aantal in de vlakte, niet veel. Ik denk dat Fritigern en Alavivus tienduizend man in de strijd kunnen brengen. Vijfhonderd tot duizend extra als de Greuthungi te hulp schieten.'

'Heel goed, vriend,' zei Eleutherius. 'Overigens bewegen de

Greuthungi zich al weer van ons af, ik heb geen idee wat ze van plan zijn. Ze moeten vannacht contact hebben gehad met Fritigern, want er gingen, hoorde ik, koeriers heen en weer tussen de kampen. Voorlopig verwachten we rond het middaguur de Tervingische leiders voor de conferentie. Laten we de stad gaan bekijken.'

Catualda sprong op. 'Marcianopolis is toch de winterresidentie van keizer Valens?'

'De afgelopen jaren wel,' zei Quintus. 'De conferentie is in zijn paleis. Lupicinus wil de barbaren overweldigen met de pracht van onze beschaving.'

'Het paleis in Antiochië deed me niets,' beweerde Catualda. 'Maar de bordelen waren glorieus. Ik kan niet wachten tot de avond.'

'Vergeet het,' zei Eleutherius, terwijl ze over het plein voor de basiliek liepen. 'Deze stad staat bekend om haar wapensmeden en werkplaatsen. Ik betwijfel of je hier ook maar één hoer zult vinden.'

'Waar soldaten zijn, zijn hoeren,' zei Catualda beslist. 'En een stad zonder kroegleven is haar naam niet waard. Was Marcianopolis niet naar een vrouw genoemd?'

'Naar de zuster van Hadrianus,' zei Quintus. 'Voor die tijd heette het "Stad van het meisje".'

Een gezelschap versperde hun de weg; het waren comes Lupicinus met zijn gevolg van ambtsdragers en lijfwachten. 'Waar gaan jullie heen, soldaten?' vroeg hij. 'De basiliek is dáár.' Hij wees. 'We gaan Gods zegen afsmeken over onze conferentie.'

'Wij wilden de stad inspecteren, commandant,' zei Eleutherius.

'Het is geen verzoek!' Lupicinus ging hun voor.

De basiliek welfde hoog en donker boven hun hoofden, maar Eleutherius had geen belangstelling voor architectuur. Hij sloot tijdens de dienst zijn ogen en hield zijn hoofd gebogen. In goden geloofde hij niet op voorhand, maar omdat het een goede legergewoonte is om onder alle omstandigheden je reet gedekt te houden, zond hij wat dankzeggingen en smeekbeden naar deze of gene, waarbij hij de christengod niet oversloeg. 'Mars, Bellona,' bad hij, 'schenk ons de overwinning; geef me de sluwheid van een vos en de bepantsering van een stekelvarken; Moeder Kybele: stijf mijn roede als ik hem nodig heb en laat het anders mijn lijk zijn.'

Na een tijdje had hij er genoeg van. Voorzichtig trok hij zijn makkers achterwaarts, tot ze los stonden van het devote groepje dat bad in de lichtsperen die door de hoge vensters naar binnen vielen. Ze glipten weg door de schaduwen en kwamen op het zonnige plein.

'Ik wil naar de werkplaats,' zei Eleutherius. 'Mijn zwaard moet ontbraamd; misschien kan ik een nieuw kopen. Dit is beter geschikt voor broodsnijden dan voor het klieven van koppen.'

Ze keken in deuropeningen hoe mannen borststukken uithamerden en kniestukken pasten. Een lanssmid nodigde hen binnen en liet zijn assortiment zien: 'Ik mag een tiende maken voor de handel, de rest gaat naar het leger,' zei hij. Toen Catualda echter een lanspunt opnam, griste hij hem die uit de hand. 'Aan barbaren verkoop ik niet,' zei hij nors.

'Dan mist u het voordeel dat juist zo kenmerkend is voor de krijgsnijverheid,' zei Eleutherius glimlachend, en hij wenkte zijn kameraden. Bij een zwaardveger probeerde hij een kling, beproefde de balans en liet hem fluiten in de lucht zodat alle aanwezigen opzij sprongen. Een werpmes beviel beter. 'Hiermee heb ik vaak getraind,' zei hij, denkend aan de lange nachten van wachtlopen. 'Hoeveel?'

Een aantal nieuwsgierigen kwam om hen heen staan. De smid dacht na. 'Zie je die kraai op die daklijst?' vroeg hij toen, 'als je die in één keer weet te raken, is het van jou.'

Eleutherius grinnikte, woog het mes in zijn hand, en toen, sneller dan iemand kon volgen, vloog het mes door de lucht en belandde trillend in de daklijst. De kraai fladderde weg.

'Mis,' riep de smid vergenoegd.

De kraai leek te stokken in zijn vlucht, klapte toen tegen de straatstenen. Eleutherius vouwde zijn handen zodat Quintus een opstapje had om het mes uit de daklijst te trekken. Hij sprong op de grond, het mes in één hand en in de andere het kopje van de kraai; het mes was precies door de vogelnek gegaan.

'Het stomme beest had nog niet door dat hij dood was,' zei hij.

Gemompel van bewondering.

'Neem het mes, en moge het eens je leven redden,' zei de smid. Hij nam een leren fles en bood de bezoekers een teug. 'Op de overwinning,' zei hij, en tegen Catualda: 'Staat u aan onze kant?'

'Ik ben voor ieder die met mij wil drinken,' zei de Goot met barbaars opportunisme.

'We komen nog te laat,' zei Eleutherius. Van veraf hoorden ze al hoe herauten de trompetten staken.

Fritigern kwam als eerste binnen met zijn lijfwachten; een titaan, de donkere haarvlechten samengeknoopt in zijn nek; baard en snor waren zwart. Hij boog stijf voor de Romeinen, en zijn eedgenoot Catualda omhelsde hij. 'Ik hoopte al dat je hier zou zijn, broeder,' sprak hij. 'Ik vertrouw die honden niet.'

'Let op je woorden,' zei de ambassadeur.

'Ik verstond alleen "honden" en "vertrouwen",' zei Eleutherius in legerkamplatijn. 'U kunt erop vertrouwen, Fritigern, dat men hier geen hond serveert bij het banket.'

De Gotenkoning keek hem verbijsterd aan, begon toen te lachen. 'Dat mag ik hopen!' antwoordde hij. 'We kregen de afgelopen maanden al te vaak hond voorgezet, al noemden jullie het anders.'

'Treed binnen,' zei Lupicinus. 'Alavivus laat nog op zich wachten, wij kunnen het ons alvast gemakkelijk maken. Ik wil niet praten in een gespannen sfeer. Wij vieren voor alles de vriendschap tussen onze volken.'

'Laat dat gepraat maar achterwege,' zei Fritigern. 'Ik betwijfel of Alavivus komt, want de laatste keer dat ik hem sprak, was hij tegen samenwerking.'

'Dat mag je wensen,' klonk een stem achter hem. 'Ik laat jou echter niet als enige spreken voor onze volken.' Alavivus baande zich een weg door de menigte, met in zijn kielzog een paar speerdragers. Hij negeerde Lupicinus en zei: 'De leiders van het keizerrijk willen iedereen tegen elkaar uitspelen. Ondanks onze geschillen staan mijn broeder Fritigern en ik op hetzelfde standpunt waar het de migratie naar Thracië betreft.'

Fritigern keek hem verbaasd aan. Lupicinus zuchtte en maande iedereen naar binnen. De lijfwachten van de krijgsheren lieten hun wapens achter bij de ingang en posteerden zich tegen de muren en ook de stadsgardisten betraden de zaal ongewapend.

Eleutherius liet zich op een bank zakken en aanvaardde een beker wijn van een slaaf. Waarom hadden ze zijn wapens en die van Quintus en Catualda niet gevraagd? Of hadden ze hen over het hoofd gezien? De heildronken gingen langs hem heen, hij nam de omgeving in zich op. Bedienden liepen af en aan met schalen en in de schaduwen waren ze bezig met lampen en toortsen. Gordijnen bewogen zachtjes – verscholen er zich mensen achter? Hij besloot het eens te verkennen. Toen hij beter keek, moest hij lachen om zijn eigen achterdocht. Het was de wind door de hoge vensters die het doek in beroering had gebracht.

Nu dronk Alavivus de aanwezigen toe. '...mannen voor de legioenen om glorie te brengen aan... vrije boeren die het land tot bloei brengen en de schatkist vullen...'

Eleutherius had het allemaal eerder gehoord – een generatie geleden waren er al Gotische christenen het rijk binnen gekomen op de vlucht voor de vervolgingen van Athanaric. Die volhardde nog altijd in zijn heidendom. Die eerste groep had zich hier niet ver vandaan gevestigd en ze kwamen als goede burgers hun plichten na. Waarom zou het nu anders gaan?

Hij nam nog een kroes en sloot zijn ogen. Hij had weinig slaap gehad de laatste dagen en de gloed in zijn lichaam drukte hem neer en...

Een handtrommelaar begon een fel ritme te slaan. Schrille fluiten vlochten een uitgesponnen draad. Dansmeisjes kwamen de zaal in en wiegden en kronkelden tussen de mannen op de ligbanken. Fritigern keek nog steeds somber, maar Alavivus kwam half overeind en stak zijn hand uit. Het dichtstbijzijnde meisje vlijde zich tegen hem aan en begon zachtjes met haar lichaam tegen zijn gezicht te wrijven. De Goot gromde van genoegen. Een ander meisje nam Fritigerns onwillige hoofd tussen haar handen. Meer schaarsgeklede vrouwen dansten nu de zaal in, Eleutherius wilde zijn hand uitsteken naar een fraaie heup, toen Quintus hem iets toesiste. Hij zag het: de nieuw aangekomen meisjes waren verklede mannen. En terwijl de eerste danseresjes zich nog tegen de Gotische krijgsheren aanschurkten, waren ze opeens overal.

Alavivus merkte het als eerste. Hij duwde zijn meisje zo hard van zich af, dat ze een gil slaakte en tegen de grond sloeg. 'Vervloekt, het zijn eunuchen!' riep hij.

Hij sprong op, wankelde even, maar wist overeind te blijven. Een verklede danser trok een dolk uit zijn kleed en zei: 'Je moeder is een eunuch!' Hij stak de dolk tot aan het gevest in de buik van de Goot, die bleef staan, zijn mond wijd open van verbazing. De Gotische wachters, te perplex om te reageren, ondergingen hetzelfde lot. Met doorstoken buik of doorgesneden keel gingen ze neer. Eleutherius vloog overeind. In een oogwenk breidden de bloedplassen zich uit over de mozaïekvloer en vulden de lijnen tussen de kleurige steentjes.

Fritigern stond met zijn rug tegen een pilaar. Hij had zich meester gemaakt van een dolk en trok een moordenaar aan zijn gewaad naar zich toe, zoals een hartstochtelijke minnaar dat bij een vrouw doet. Hij ving hem op in zijn mes en stootte het reeds dode lichaam van zich af. Catualda, naast hem, had een vleesmes van de tafel gegrist.

De echte danseressen krijsten en probeerden, uitglijdend en opkrabbelend in het bloed, weg te komen. Eleutherius ving de blik van Lupicinus, die hem gebaarde dat hij niets moest doen. Eleutherius negeerde hem, stortte zich op de moordenaars, en sloeg er een paar met de koppen tegen een pilaar dat het kraakte.

'Quintus!' riep hij. Zijn vriend werd door twee man belaagd, maar hij dook onder messen door, draaide om zijn as en schopte een aanvaller in het kruis. Hij wist de ander het mes te ontfutselen en plantte het diep in zijn oogkas.

Zwaar gebonk op de deur, die vanbinnen was vergrendeld om de Goten niet te laten ontsnappen. Eleutherius richtte zich tot Fritigern en Catualda, die zich hadden vrijgevochten. De Gotenkoning hief zijn dolk, maar de soldaat greep zijn pols en zei: 'Wij hebben er niets mee te maken. Kom mee!' Hij zag hoe Lupicinus de grendel uit zijn houder tilde; binnen twee ademtochten zouden de soldaten binnengolven. Eleutherius trok de Goten mee, Quintus volgde. Ze renden een gang door en kwamen in een keuken, waar het personeel zich tegen de muren drukte. Via een plaatsje waar de zwerfhonden, die in de zon hadden liggen wachten op de restanten van het banket, nu jankend uiteenstoven, bereikten ze de straat, op minder dan een boogscheut van het soldatenkwartier.

Eleutherius besloot om terug te gaan en Lupicinus het hoofd te bieden. Hij gaf zijn vrienden een teken en liep toen de keukens in waar het personeel al begon met het opruimen van de omgevallen stellingen. In de conferentiezaal was de strijd voorbij. Soldaten onderzochten de doden en keken hem onzeker aan.

'De Goot is ontsnapt,' riep Eleutherius hun toe. In de hal trof hij de comes. Eleutherius was hem voor. 'Comes,' zei hij. 'U moest Alavivus wel uitschakelen. Met Fritigern kunt u onderhandelen.'

Lupicinus schudde langzaam zijn hoofd. 'Ik wilde ze allebei uitschakelen. Zonder leiders zijn de Goten stuurloos.'

Eleutherius trok hem mee, om hem te isoleren van zijn lijfwachten. 'Dat is een vergissing, comes, met alle respect,' zei hij. 'De barbaren zijn anders. Waar wij leiders nodig hebben om onze krachten te bundelen voor een gecoördineerde aanval, hebben zij die juist nodig om hun woede te beheersen. Bij ons draait alles om discipline, maar de sleutel tot de barbaarse ziel is woede. Zonder leiders storten ze zich op ons als een roedel uitgehongerde wolven. Fritigern kan ze terughouden en hij is bereid om te onderhandelen.'

Lupicinus keek hem besluiteloos aan. 'Waar is Fritigern nu?' vroeg hij.

'Ik raakte hem kwijt in de keukens toen ik uitgleed over een plas saus.' Hij toonde de vlekken op zijn tuniek.

Lupicinus wendde zich af en riep: 'Laat de hele stad doorzoeken naar de Goot!'

Eleutherius greep hem bij zijn arm. 'Als de stadspoorten dicht zijn, zullen de Goten onze mensen buiten de poorten aanvallen. U hebt niet genoeg manschappen om een confrontatie aan te gaan met alle stammen! Laat Fritigern gaan!'

Lupicinus rukte zich los. 'Vergeet niet wie je bent, soldaat!' snauwde hij. 'Ik zal persoonlijk de aanval leiden.'

Hij liet Eleutherius staan en voegde zich bij zijn manschappen.

Vanaf de wachttoren bestudeerde Eleutherius de omgeving. Hij zag hoe zijn eigen mannen zich snel tussen de uitlopers van het gebergte bewogen. De opstand was inmiddels in volle gang, het gejoel van de barbaren was tot hier te horen; projectielen vlogen over en weer en op de stadsmuren stonden soldaten in een rij achter hun schilden om de boogschutters dekking te bieden; op de pleinen brachten de aanvoerders alle mannelijke inwoners bijeen om ze vanuit de fabrieksmagazijnen te bewapenen.

'Kijk dan,' zei Eleutherius tegen Quintus. 'Het zijn arbeiders die nooit hebben gevochten, straatvegers, keukenknechtjes.'

Hij had Fritigern voorgesteld om zijn haar en baard af te scheren, zodat hij in een uniform en onder leiding van Eleutherius de poort uit had kunnen rijden. Maar Fritigern had zijn haarvlecht opgehouden en geroepen: 'Hoe kan ik koning zijn zonder haar en baard?' Uiteindelijk had hij Eleutherius een duw gegeven en was het gebouw uit gelopen. Eleutherius kon hem niet tegenhouden; als Fritigern zijn belagers alsnog in handen viel, zou dat weinig verschil maken. Hij betreurde dat Catualda zijn eedgenoot was gevolgd. Samen hadden ze nog minder kans om de stad uit te komen dan alleen.

'Ze halen het,' zei Quintus, die zijn gedachten raadde.

Beneden hen ging de noordelijke poort open. De uitval had snel en hevig moeten zijn, maar Eleutherius begreep dat Lupicinus de onervarenen voorop had gezet, zonder er rekening mee te houden dat ze nooit in de strijd hadden gestaan, en al helemaal niet tegenover een woeste barbarenhorde. Ze zouden zich beschijten van angst. De uitval sloeg al snel om in een achterwaartse beweging; tegelijkertijd drong de tweede linie op, zodat de verwachte slachtpartij al onder de poort plaatsvond, waar de lijken zich zo hoog opstapelden dat de ervaren krijgers niet meer naar buiten konden.

Een groep Gotische cavalerie die in de schaduw van de muur was gebleven, reed nu in een cirkel om de belegeraars heen. Quintus zag ze het eerst. 'Kijk dan!' riep hij.

Daar reed de ontembare Fritigern aan het hoofd van zijn ruiterij en Catualda kwam vlak achter hem aan, zijn zwaard in de hand.

‘Goed,’ zei Eleutherius. ‘Het is ze dus gelukt.’ Hij had geen nieuwe orders gekregen van Lupicinus en het viel hem zwaar om, na het verraad uit de eigen gelederen, nog steun te bieden aan de comes. Hij bleef kijken naar de kolkende massa’s, naar de slachtpartij die zich beneden voltrok en vroeg zich af wat er was gebeurd in die eetzaal. Wat had Lupicinus willen bereiken met het uitschakelen van beide leiders? Hoe kon alles zo uit de hand lopen?

‘Ik begrijp het niet,’ zei hij. ‘Lupicinus had kunnen verwachten dat er chaos zou uitbreken.’

‘Misschien was dat juist wat hij wilde,’ opperde Quintus. Hij moest het tweemaal zeggen voor Eleutherius hem boven de doodskreten uit verstond.

‘Maar wat wil hij daarmee bereiken?’

Ze kwamen er niet uit. Wat nu?

‘We zijn nog steeds Romeinse soldaten,’ zei Quintus.

Eleutherius zuchtte. Ze gingen naar beneden. Eerst moesten ze maar eens buiten zien te komen; de eenheid wachtte op instructies.

10

Lucifer

(Trier, zomer 361)

Op een middag kwam Albavis Swintharik van school halen. 'Ik wil dat je me vergezelt naar de thermen, jongen,' zei hij. En op Swinthariks tegenwerping: 'Je kunt morgen ook nog jagen.' Hij stuurde Syrdon naar huis met de belofte dat hij de jongen zou laten thuisbrengen. Swintharik en de dienaren volgden Albavis naar de dubbelkerk, die al sinds mensenheugenis in bouwsteigers stond gehuld. Met de twee woonblokken die het besloeg, moest het wel de grootste ter wereld zijn. Ze gingen de noordkerk binnen en Swintharik kon zich de aangrenzende kerk niet eens meer herinneren, omdat hij er sinds zijn vroege kinderjaren niet meer was geweest. Hem stond nog één beeld uit die tijd voor de geest: een hand die hij niet durfde loslaten, de hand van zijn moeder.

'Vroeger stond hier Helena's paleis,' zei Albavis. 'Constantijn heeft het laten afbreken om de kerk te bouwen.' Vele echo's zeiden het hem na en Swintharik grimaste naar een dienaar, hij had dit al vaak gehoord.

Zijn grootvader liep de koele ruimte in, die des te donkerder leek door het felle licht dat in schuine banen van boven kwam. Hij stak een van de lichteilandjes over naar een granieten pilaar en bleef daar staan, met gevouwen handen en gesloten ogen. Swintharik keek naar de zwevende stofdeeltjes en wandelde toen de schaduwen in om zijn ogen te laten wennen aan het duister, want hij keek graag naar de kaarsvlammetjes die bij duizenden in het zwart dreven. Hij miste de gezangen van de diaconessen, die soms onder het gewelfde dak klonken. Gezien had hij ze nooit, het geluid kwam altijd van alle kanten. Vandaag zongen ze niet en af en toe werd de stilte onderbroken door een zachte voetstap, maar die was zo zacht niet of hij riep een eigen echo op.

De basiliek van Constantijn, twee blokken verder, was groots in zijn eenvoud en helderheid, maar hier in de noordkerk had Swintharik werkelijk het gevoel dat God er huisde. Hij had zijn best gedaan om de goden van zijn vader te begrijpen, maar het waren er te veel en sinds de vernietiging van het buitenhuis waren de beelden verdwenen. Veel stadsgenoten hadden in eerdere decennia hun afgodsbeelden al in de Moezel gegooid, en ook de paardengodin in haar kleine bosheiligdom kon Swintharik niet overtuigen.

'Voor wie bidt u, grootvader?' vroeg Swintharik toen de oude zijn ogen weer opsloeg. Hij schrok van zijn eigen stem.

Albavis glimlachte en fluisterde. 'Voor jou, jongen, en voor de stad. Voor de keizers, voor je vader, opdat ze allemaal het licht mogen zien...'

De duiven, die zich hadden laten insluiten en tot hun dood gedoemd waren om voedsel te schooien tussen de kolossale zuilen, kwamen wild vleugelklapperend om hen heen cirkelen, maar toen ze doorkregen dat er niets te halen viel, verdwenen ze weer naar hun nesten onder het dak.

'Laten we volgende keer wat brood meenemen,' zei Albavis. 'Deze vogels kiezen de beste plek van de stad en we kunnen hen daarvoor niet straffen met de hongerdood.'

Swintharik volgde hem naar de uitgang. Even voorbij de basilica gaf Albavis de dienaren verlof om te eten op de markt in een van de zijstraten. Bij de toegangspoort van de thermen gingen ze hun eigen weg. Swintharik liep meteen door naar de palaestra, het betegelde hofplein, waar hij Callius trof, die hij kende van school. De jongen was in gezelschap van een onbekende leeftijdsgenoot.

'Goed dat jij er bent, Swintharik,' zei Callius. 'We hebben een derde man nodig voor een spelletje trigon.'

Swintharik wilde weigeren, maar Albavis, die hem was gevolgd, zei: 'Goed idee! Ik zal de stand bijhouden.'

'We hebben nog twee *pilecripi* nodig,' zei Callius. Het bijhouden van het complexe spel was te moeilijk voor een man alleen.

'Misschien kunnen de bewakers van de jonge Lucifer ons helpen?' opperde Albavis. Hij wees naar twee sombere kerels die naar hen stonden te kijken.

'Mijn d...d...dienaren d...d...doen het graag,' zei de jongen die bij Callius was. Aan zijn lange haar en zijn kleding zag Swintharik dat hij een vreemdeling was, kennelijk een gijzelaar. Zijn begeleiders gingen met tegenzin akkoord. Gijzelaars behandelen hun bewakers graag als bedienden en die kunnen daar weinig aan veranderen.

Swintharik hield een *sinister* gereed in zijn linkerhand. De jongens vormden een driehoek en Lucifer gooide de bal naar Callius. De rechtse bal, de *caput*, ging heen en weer en Swintharik wist dat de bal opeens als een kogel op hem af zou komen, de vraag was alleen van welke kant. Hij stond volkomen ontspannen en toen het gebeurde, verraste hij de vreemdeling die gooide, door zijn sinister te werpen, niet op de tweede jongen, maar op de werper zelf, die nog wankelde van zijn worp. Terwijl Swintharik het projectiel uit de lucht plukte, miste zijn tegenstander, en Swintharik maakte een schijnbeweging naar Callius. Deze dook naar een bal die nooit kwam en veranderde halverwege zijn ijdele beweging van richting om de echte worp te ontmoeten. Hierdoor sprong hij in de baan van zijn maat, voor wie de bal bedoeld was, maar die nu misgreep. De tegenstanders beseften dat ze Swintharik hadden onderschat.

Zo ging het door. Swintharik won twee van de drie keer, maar naarmate de tegenstanders zijn tactiek doorkregen, kreeg hij het moeilijker. Na een vermoeiende reeks dubbele aanvallen, waarbij hij nogmaals verloor, kreeg hij de sinister terug en was aan worp met de caput. Hij verbaasde zijn tegenstanders opnieuw door beide ballen tegelijkertijd, met gekruiste armen, weg te slingeren. Ditmaal kreeg hij hem terug van de gijzelaar, terwijl Cassius miste en de bal op moest halen. De gijzelaar bracht een extra bal in het spel en Swintharik had moeite met vangen en kaatsen. Toen de vreemdeling een reeks schijnbewegingen maakte, gevolgd door een worp uit onverwachte hoek, raakte Swintharik zo van slag dat hij een bal miste. De pilecripus riep de punten af, de jongen nam zijn plaats weer in, maar Callius zei tegen Swintharik: 'Jij speelt vals. Ik heb er geen zin meer in, speel maar verder met die hakkelaar.'

Het was ongebruikelijk, maar niet verboden om twee ballen tegelijk te gooien, Swintharik had het vaak geoefend met Syrdon. Albavis vertelde de spelbreker dat hij zich vergiste, maar de jongen draaide de oude man de rug toe en liep naar de galerij.

'Zo z...z...' Lucifer hield even in, ademde diep, en zei toen: 'Zo zie je, Swintharik... ezels zijn er overal. Je speelt goed, bij mijn volk zou je een meester zijn.'

Swintharik voelde zich gevleid. 'Welk volk is dat?' vroeg hij.

'Nu hoor ik bij het volk van Christus,' zei de jongen. 'Wie zich onder hen s...s...schaart, laat het oude achter zich.'

Albavis knikte. 'Dat begrijpt nog lang niet iedereen, hoewel Paulus lang geleden de leer losmaakte van zijn Joodse volk. Er zijn geen volken meer, er zijn alleen mensen die de rechte weg gaan, onwetenden en verstokte loochenaars.' Hij keek naar de lucht en ging verder: 'Ik wil met een vriend praten. Gaan jullie maar vast baden.'

Swintharik huiverde in de plotseling opstekende wind. Ze namen hun mantels en bereikten de garderobe net voor de eerste druppels vielen.

'Ben je bevriend met Callius?' vroeg Swintharik, die zijn schoolgenoot niet erg mocht.

'Ik woon in zijn huis,' zei Lucifer. 'Ik was gijzelaar, maar daartoe is de noodzaak verdwenen. Nu houd ik mij beschikbaar als getuige in een rechtszaak tegen een staatsvijand.'

'Tegen wie?'

Lucifer keek snel naar zijn bewakers, zei toen: 'Ik kan daar nu niet over spreken.'

Ze gaven hun kleding af en kregen een omslagdoek. Terwijl ze al naar de wandelhal wilden, ontstond er rumoer achter hen. Lucifers bewakers mochten niet naar binnen. 'De Sarmatiër mag binnentreden,' zei de functionaris, 'voor knechten zijn er andere thermen.'

De bewakers sisten woedend; zij waren geen knechten! Albavis, die was teruggekeerd om een sieraad in bewaring te geven, kwam de functionaris te hulp. 'De baders worden niet graag geconfronteerd met gewoon volk,' zei hij. 'U hoeft niet bang te zijn dat heer Lucifer verdwijnt, hij zal niet verdampen in het tepidarium, het lauwwaterbad.'

De aanwezigen lachten en de bewakers verdwenen morrend naar de galerij, waar slaven en begeleiders de tijd doodden met dobbelspel. De regen viel inmiddels zo hard dat de palaestra niet meer te zien was en een massief watergordijn sloot de galerij aan één kant af.

'Goed, je bent dus een Sarmatiër,' zei Swintharik. Lucifer lachte en zei: 'Mooi, die p...p...pottenkijkers zijn we kwijt. Zullen we meteen naar het sudatorium gaan?'

'Jullie hebben al flink bewogen,' zei de oude man. 'En ik kan wel zonder.'

Ze stapten de lege zweetruimte in. De meeste mensen hielden niet van de extreme hitte en hoewel het een vast onderdeel was, bleven ze doorgaans maar kort.

'Helemaal fout,' zei Albavis. 'Pas als je echt niet meer kunt, ga je eruit, heren!'

'Je grootvader weet hoe het hoort,' zei Lucifer, die zich op een bankje liet zakken.

Ook Swintharik ging zitten en hij keek van zijn grootvader naar de vreemdeling. Hij vertikte het om te vragen waarvan ze elkaar kenden. Albavis haalde diep adem, zei toen: 'Swintharik, deze jongeman is de zoon van gouwkoning Chnodomar.'

Swintharik herinnerde zich dat er oorlog was geweest met Chnodomar. 'Maar die koning was toch...' begon hij.

'V...v...verslagen,' zei Lucifer. Hij maakte een minachtend handgebaar. 'Hij zit gevangen in Rome. Ik denk niet dat we hem ooit terugzien, en zijn volk, of wat daarvan over is, zit niet te wachten op verliezers. Maar nu jouw vraag, over mijn getuigenis tegen de staatsvijand, de verrader.'

Albavis legde zijn hand op Swinthariks schouder en zei ernstig: 'Swintharik, die verrader is jouw vader.'

Swintharik wilde iets zeggen maar kon zijn stem niet vinden. Lucifer nam het over. 'Hij levert paarden aan vijanden van het Romeinse Rijk en brengt de staat grote schade toe.'

Terwijl hij nog zijn mond opende om te ontkennen, besefte Swintharik dat het waar moest zijn; al die jaren had hij het niet willen zien. De ongemerkte dieren in de stallen; de nachtelijke tochten naar onbekende markten, waarbij alleen Syrdon zijn patroon begeleidde.

'Je weet het zelf ook,' zei Lucifer. 'Ik moet getuigenis afleggen, omdat ik soms aanwezig was bij ontmoetingen tussen mijn vader en Leontius.'

Swintharik probeerde gaten te vinden in het verhaal: 'Hoe kun jij een Sarmatiër zijn, als je vader koning was van de Alamannen?'

'Ik ben allebei,' zei Lucifer. 'Mijn moeder hoorde bij de Iazyges en onze volken vechten vaak zij aan zij. De edelen huwen onderling en mijn vader prefereerde een Sarmatische gazelle boven de plompe stropoppen van zijn eigen stam.'

'Nu sla je door, vriend,' zei Albavis. Hij richtte zich weer tot Swintharik. 'Alles hangt af van Lucifers getuigenis, jongen. Hij krijgt immuniteit en burgerrechten. Hij is een broeder van de ware kerk.'

'Wat gaat u doen?' vroeg Swintharik, vol afgrijzen bij de gedachte dat zijn vader de doodstraf kon krijgen. Albavis zuchtte. 'Wat kan ik doen? Ik heb het niet in de hand. De beschuldiging is geuit en er zijn processen in werking gezet die niemand meer kan stoppen. We kunnen alleen maar afwachten en bidden.' Hij stond op en verliet het zweethok.

Swintharik wilde iets zeggen, maar Lucifer legde hem het zwijgen op, want er kwam een man binnen, die zuchtend en puffend neerplofte op een bankje. Na nog geen tien ademtochten stond hij al weer op en verwijderde zich.

'Het proces is niet te vermijden,' zei Lucifer, 'tenzij...'

'Tenzij wat?'

'Tenzij ik géén getuigenis afleg,' zei Lucifer. 'Maar dan zetten ze me op de brandstapel...'

Swintharik wankelde duizelig de ruimte uit en hapte naar lucht. In het caldarium gooiden dienaren hem van weerszijden emmers ijswater tegen het lichaam, zodat hij andermaal naar lucht hapte. Ook Lucifer onderging de koudebehandeling; hij lachte en brieste en trok Swintharik mee naar het warmwaterbassin. 'Wat een prachtig bad!' riep hij. Hij duwde Swintharik erin en sprong er zelf achteraan. Toen Swintharik proestend bovenkwam, omhelsde Lucifer hem en fluisterde in zijn oor: 'Help mij te ontsnappen, dan kan ik niet getuigen.'

Swintharik keek om zich heen. 'Hoe kan ik dat doen?' vroeg hij ontzet. De straf voor het helpen bij de ontsnapping van een gijzelaar was gruwelijk. Hij zwom weg van Lucifer en klom op de kant. In de ruimte van het warmeluchtbad trof hij zijn grootvader in gesprek met een van zijn vrienden. Swintharik had hem wel eens bij Albavis thuis gezien.

'Is dit hem?' vroeg de man, met een medelijdende blik op Swintharik. 'Arme jongen,' vervolgde hij, maar Albavis hief zijn handen en snauwde: 'Stil!' Hij vroeg Swintharik: 'Waar is de gijzelaar?'

'Hier ben ik,' zei Lucifer. Hij stond nadruipend en breed glimlachend achter Swintharik en gaf hem een knipoog, alsof hij hem niet zo-even had gevraagd om hoogverraad te plegen. Swintharik wilde zijn grootvader om hulp vragen, maar Albavis zei: 'Ga naar het frigidarium, laat ons even alleen.'

Lucifer rende over de verwarmde tegels naar het koudwaterbassin en Swintharik kon niet anders dan volgen. Hij bleef staan bij het bekken dat werd gevoed door een klaterende waterstraal.

'Dit water is ijskoud, het komt rechtstreeks uit het aquaduct!' riep Lucifer. Hij sprong met veel lawaai in het bekken. Swintharik had geen zin, maar geprikkeld door de honende blik van de ander volgde hij en hij ging onder de waterstraal staan.

'Ik ben geboren voor de beschaving,' verklaarde Lucifer, die al weer op de droge tegels stond. 'Kom, we maken nog een ronde.'

Hij stak de ruimte over waar mannen zich voorbereidden op hun bad en Swintharik volgde hem naar het zweetkamertje dat nu vol zat. Hij wilde van alles vragen, over zijn vader en over het proces, maar Lucifer was hem te snel, hij liep steeds op hem vooruit en schokte hem met zijn springerige ideeën. In hoeverre kon hij hem serieus nemen?

Weer ondergingen ze de koudebehandeling, zwommen een paar slagen en verlieten toen het bad. Lucifer trok Swintharik mee, achter de emmergooiers langs, naar een deurtje dat leidde naar de ketelruimte, waar zich op ooghoogte een rookkanaal in de muur bevond.

'Haak je handen in elkaar, dan kruip ik erin,' zei Lucifer. Swintharik keek hem aarzelend aan.

'Je zou me toch helpen met ontsnappen? Waarom denk je dat jouw grootvader ons samenbracht? Hij wil je vader redden van de doodstraf. Schiet op, voor er iemand komt!'

In paniek deed Swintharik wat hem gezegd was. Lucifer wipte als een kat in het donkere gat en verdween even. Toen stak hij zijn hoofd naar buiten en zei: 'Voorlopig merken ze niet dat ik weg ben. Blijf niet te lang hangen, want als ze me grijpen, zal ik onder martelingen jouw rol niet kunnen verzwijgen. Je brave stadsgenoten zullen het je niet vergeven.'

'Wie bedoel je?' vroeg Swintharik. 'En waar wil je heen?'

'Er staat al een paard voor me klaar in de heuvels, ik hoef alleen maar het aquaduct te v...volgen.' Lucifer lachte. 'Brr, wat zal ik koude voeten krijgen...' Hij groette spottend, verdween toen uit het zicht. Zijn stem, hol door de tunnel, klonk nog: 'Als God het wil, zullen wij elkaar w...w...w...'

Het laatste woord ging verloren in de veelvoudige echo's. Ondanks de hitte van de ketels kreeg Swintharik het opeens ijskoud. Hij zakte op de grond en probeerde na te denken. Kon hij Albavis nog vertrouwen, een van de 'brave stadsgenoten'?

Hij besloot zijn vader te waarschuwen. Hij haalde zijn kleren op uit de garderobe, stak de wandelhal over naar het frigidarium, passeerde een andere wandelhal en verliet de thermen via de oostelijke galerij, zich gelukkig prijzend dat het complex zo gigantisch was dat de wachters hem op die afstand niet zouden herkennen.

* * *

Een menigte stond te kijken naar de resten van het huis. Een paar rokende balken, een hoop as, meer was er niet van over. De stallen stonden nog overeind. Swintharik naderde voorzichtig; hij wilde niet dat iemand hem herkende. 'Wat is er gebeurd?' vroeg hij aan een vrouw, die een mand kippen op haar rug droeg. Terwijl ze vertelde, liet hij zijn ogen over de rokende puinhopen gaan. Het moest uren geleden zijn gebeurd.

'Die paardenhandelaar heeft zijn eigen huis in brand gestoken,' vertelde de vrouw. 'Ze kwamen hem arresteren en hij probeerde ze met zijn zwaard te verjagen, uiteindelijk nam hij een fakkel en stak alles in brand. Tegen de tijd dat de militie versterking kreeg, was het te laat.'

Swintharik had moeite zijn stem in bedwang te houden, hij kon de tranen die over zijn gezicht liepen niet stoppen. 'En zijn vrouw, zijn zoon?'

Een oude man wist het. 'Allemaal dood! Ook in de stallen zijn geen mensen gevonden.' Hij keek Swintharik aan. 'Je huilt! Kende je hen?'

Swintharik schudde zijn hoofd, hij wilde vluchten van deze verschrikkelijke plaats, en liep daarbij achterwaarts tegen iemand op, die hem beetpakte bij zijn schouders. De onbekende duwde hem weg van de massa. 'Meekomen jij!' Swintharik zocht een uitweg maar een man aan zijn linkerzij fluisterde: 'Doe gewoon! Kijk voor je, val niet op. Wij beschermen je.'

Bij de eerste hoek verslapte de greep. Zo liepen ze naar het huis van Albavis en brachten hem binnen via een achterdeur. Swintharik moest wachten in een hok achter de keukens, waar alleen een paar krukjes stonden. Hij probeerde zijn paniek te onderdrukken en liep alle gebeurtenissen van de dag na, vele malen achtereen. Na een tijdje wilde hij naar buiten, maar merkte dat hij was opgesloten. Niemand reageerde op zijn gebonk. Uiteindelijk ging de deur open en zijn grootvader stond tegen de deuropening afgetekend. 'Ik heb het gehoord,' riep hij. 'God, wat een tragische dag. Mijn arme schoonzoon dood... Ik hoorde het in de thermen... Waar was je?'

Swintharik begon te stotteren en viel toen stil.

'En die gijzelaar, Lucifer, is ook verdwenen,' ging Albavis verder. 'Zijn bewakers denken dat hij is ontsnapt; ze denken dat jij er meer van weet. Vertel me dat dit niet waar is!' Zijn gezicht vertrok van smart en afgrijzen.

Swintharik schudde zijn hoofd. 'Maar, grootvader, u zei toch...' Hij stokte, want Albavis pakte hem bij zijn schouders en keek hem strak in de ogen. 'Je weet toch dat het een ernstige misdaad is om een gijzelaar te helpen ontsnappen?' zei hij dringend.

'Ja, grootvader,' zei Swintharik angstig. 'Ik heb dat niet gedaan; hij is uit zichzelf ontsnapt.'

'Je moet de stad uit,' zei Albavis. 'Dat kan pas vanavond. Rust eerst goed uit.' Hij leidde Swintharik naar een ligbank en liet de gordijnen sluiten. Swintharik viel bijna meteen in slaap.

Toen ze hem wakker maakten, was het al donker. Slaapdronken liet hij zich door een dienaar meevoeren. Op het binnenplein stond een oude kar met een mager paard ervoor. De voerman op de bok droeg een wijde mantel tegen de nachtelijke kilte. Hij fluisterde tegen Swintharik: 'Ga onder die dekens liggen, laat je niet zien tot ik het zeg!'

Swintharik kroop onder een paar smerige paardendekens. Hij voelde hoe er van alles over hem heen werd gegooid, hij rook verse mest en kreunde van ellende. De kar kwam in beweging en de jongen, die bijna geen lucht kreeg, probeerde het schudden en bonken over de straatkeien te verdragen.

De rit duurde lang. Na een tijdje verergerde het schudden, ze reden niet meer op een verharde weg. Hij moest vechten tegen de verleiding om even verse lucht te happen, maar er konden altijd wachtposten langs de weg staan, of een patrouille die voor één keer waakzaam was.

Een tijdlang ging het heuvelop en Swintharik zette zich al schrap voor een snelle en pijnlijke afdaling, toen de kar stopte. Iemand trok het stro, de dekens van hem af. Het was Albavis, in de vuile mantel van de voerman. Zijn lange witte haar kwam onder de kap uit en wapperde in de strakke wind. 'Kom even op adem,' zei hij.

Swintharik nam een teug lucht, huiverde toen, want een nieuwe stank sloeg hem tegemoet. Hij stond op de vuilnisbelt bij de stadsmuur, die hier heel laag leek; beneden, aan de andere kant van de muur was alles donker; achter zich kon hij de stad nog zien. Het vuil vormde een heuvel die bijna tot de rand van de muur kwamen. Swintharik schrok van een rat die bij zijn voeten scharrelde en schopte hem van zich af.

Albavis gaf hem een leren zak. 'Hier zit een reismantel in,' zei hij, 'die zak moet hem drooghouden en zal je ook helpen bij het zwemmen. Trek hem pas aan als je aan de overkant bent.' Hij stak hem een beurs en een gordel toe. 'Hiervan kun je maanden leven. Maak vast aan je gordel. Ik geef je een brief mee, in een waterdicht zakje, draag die om je hals. Mijn vrienden zullen verder voor je zorgen en je een educatie geven.'

'Kan ik niet bij u schuilen?' vroeg Swintharik verbijsterd. 'Tot dit vergeten is?'

Albavis schudde zijn hoofd. 'Het maakt niet uit of je het gedaan hebt,' zei hij. 'Een beschuldiging is genoeg. Dit waait niet over.' Hij gaf Swintharik een duw. 'Je moet snel zijn. De wacht op de torens is omgekocht, die let vanavond alleen op vallende sterren. Vermijd de weg, ga door de heuvels naar de ruïnes van Bocht. Daar zul je verdere instructies krijgen.'

Swintharik wilde nog wat zeggen, maar Albavis onderbrak hem: 'Ga nu! Ik kom je opzoeken, maar pas over lange tijd – als God het wil!'

Swintharik keek nog eenmaal naar zijn grootvader, van wie hij alleen het silhouet zag. Toen staarde hij in de zwarte diepte. Hij hoorde de rivier en hoopte maar dat hij niet op een versplinterde boomstam of scherpe rots zou landen.

Hij sprong.

Hij landde rechtstandig in de modder en zakte tot zijn middel weg. Even was hij bang dat hij in drijfzand zat, maar het was slechts een drassige oever. Met moeite worstelde hij zich los en kroop naar het water. Nadat hij zijn gordel had gecontroleerd op geld en brief, duwde hij zich af en zwom, zich vastklemmend aan de leren zak, de Mosella over, terwijl de stroming hem ver meesleepte. Hij moest de brug vermijden, grootvader had vast niet alle stadswachters omgekocht. Steeds als zijn voeten de bodem raakten, sleurde de stroming hem weer verder. Uiteindelijk vond hij houvast en wist door een brede rietkraag te breken en vaste wal te bereiken. Hij kroop de weg op en keek tegen twee viltlaarzen aan. Niemand dan Syrdon droeg zulke laarzen. Swintharik rolde om en bleef even liggen uithijgen, steenkoud in zijn natte tuniek. 'Waar kom jij vandaan?' vroeg hij toen, opkijkend naar zijn trouwe schaduw. Zijn angst was verdwenen.

Syrdon trok hem tussen de bomen, uit het zicht en klikte Swinthariks gordel los. 'Ik heb schone onderkleren voor je,' zei hij. 'Hopelijk is die mantel droog gebleven.'

'Hoe kom je aan die hoofdwond?' vroeg Swintharik. 'Heb je meegevochten?'

'Eerst omkleden,' zei Syrdon.

'Ik moet naar Bocht. Daar zal iemand me instructies geven.'

Syrdon knikte. 'Je hebt een afspraak met mij. Albavis vroeg me bij het oude dorp te wachten, met paarden en reisbenodigdheden.'

'Wat doe je dan hier?' vroeg Swintharik verbaasd.

'Ik wist waar hij je over de muur zou helpen en vond het beter om je meteen op te pikken, dan dat ik de halve nacht bij Bocht zou wachten, aan de grote weg.'

'En de paarden?'

'Vlakbij. Het zijn onze eigen paarden.'

Swintharik begreep er niets meer van. 'Waar was jij toen het gebeurde?' vroeg hij.

'In de stal. Ik had de paarden al opgetuigd, toen ik lawaai hoorde. Het huis stond op dit moment al in brand. De militie had het omsingeld en toen ik probeerde binnen te gaan, sloegen ze me met het plat van een zwaard. Ik wist kruipend de stal te bereiken. Er was niets te redden, dus ik nam de paarden en reed naar de thermen in de hoop jou te vinden.'

'We zijn elkaar net misgelopen,' begreep Swintharik.

'Ik kwam Albavis tegen, die al wist wat er was gebeurd. Hij zou jou de stad uit helpen via de vuilnisbelt en ik moest buiten op je wachten. Hij verwachtte niet dat ze mij al zouden tegenhouden bij het verlaten van de stad. En daarin had hij gelijk.'

Swintharik dacht na. Had hij de vreemdeling dan voor niets laten ontsnappen? Hij wilde nog meer vragen, maar Syrdon trok hem mee. 'Later!'

Syrdon ging hem voor over de slingerpaden en hield af en toe stil om te luisteren. Na veel omwegen kwamen ze in de buurt van het voormalige dorp Bocht. Syrdon gleed van zijn rijdier en gebaarde Swintharik om hetzelfde te doen. Hij bond de leidsels losjes om een boomtak en met Swintharik op zijn hielen liep hij snel en geruisloos naar de overblijfselen. Vlakbij sloeg een hond aan, maar ze wisten dat het een zwerver was, niet een van die getrainde honden die patrouilles soms bij zich hebben. Het gehuil was van korte duur, een mannenstem vloekte; er brak iets, de hond jankte en zweeg toen abrupt.

Onder dekking van het struikgewas bekeken ze de open plek, waar enkele mannen bij elkaar hurkten. Ze hielden hun lansen laag, zodat die niet zouden glanzen in het maanlicht, maar zes helmen blonken als evenzovele maantjes.

Swintharik verstond alleen flarden van hun gesprek. De een vroeg zich af of het niet veel te laat was, een ander zei dat 'hij' vanzelf zou komen, als ze maar geduld hadden. 'Het is een slaaf, die ligt ergens te slapen.'

Iemand gebood hen stil te zijn, al sprak hij zelf harder dan zijn ondergeschikten. 'Idioten, blijf alert. Die slaaf is gevaarlijker dan een gewonde beer.'

'Ook een beer is hulpeloos met een paar lansen in zijn bast,' fluisterde een ander. Even klonk gegiechel, een klap van de superieur maakte er een einde aan.

Syrdon gebaarde Swintharik terug naar de paarden. Ze vervolgden hun weg de heuvels in. Hier zou niemand hen vinden.

Voor de dageraad, op het uur dat de vogels al ontwaken, stegen ze af, verborgen de paarden en spreidden hun mantels over de grond. Syrdon haalde wat hard brood en hippaki uit zijn zadeltas en gaf Swintharik zijn deel. Toen zei hij: 'Dat tasje om je nek, wat is dat?'

'Een aanbevelingsbrief voor grootvaders vrienden. Zij zullen voor mijn educatie zorgen.'

'Geef hier,' zei Syrdon.

Swintharik wilde protesteren, maar Syrdon rukte het tasje van zijn nek. Hij las de brief bij het licht van de maan. 'Je hebt gelijk,' zei hij. 'Je grootvader draagt zorg voor je educatie.' Hij tastte in zijn kleren en trok een andere brief tevoorschijn. 'Ik kreeg ook een brief van hem mee, voor ons escorte. Een vervalste brief, zogenaamd van Leontius en bestemd voor gouwkoning Hariobaud van de Alamanni; hij belooft dat hij spoedig twintig cavaleriepaarden zal leveren.'

Swintharik geloofde het pas toen hij het met eigen ogen had gelezen. 'Maar waarom?' vroeg hij vertwijfeld.

'Het onderbouwt de beschuldiging aan Leontius en is een doodvonnis voor mij,' zei Syrdon. 'Ik had dood moeten zijn op het moment dat jij in Bocht aankwam.'

En nog begreep Swintharik het niet. 'Wil je zeggen dat grootvader ons heeft verraden?'

'Ik weet niet wat Albavis' rol is,' zei Syrdon bedaard, 'maar hij probeerde Leontius maanden geleden al te waarschuwen.'

'Hoe zat het dan met dat proces, en met die Sarmatiër?' vroeg Swintharik.

'Welke Sarmatiër?'

Swintharik vertelde alles met horten en stoten; het was onvoorstelbaar dat grootvader dit had gedaan. Syrdon schudde grimmig zijn hoofd toen hij klaar was. 'Albavis wilde het proces voorkomen, omwille van jou. Na de dood van je vader maakte het niet meer uit en heeft hij kennelijk besloten dat ik ook moest verdwijnen.'

'Maar waarom?' vroeg Swintharik nogmaals. 'Waarom wil hij ons laten doden?'

'Mij, niet jou. Hij haatte je vader omdat hij je moeder had meegenomen naar de plek waar ze is vermoord. Ze waren in ieder opzicht tegenstanders. Politiek, religieus...'

'En waarom wilde hij mij weg hebben?'

'Je denkt toch niet dat je stadsgenoten de misdaden van je vader niet op jou hadden gewroken? Hij moest je wel wegsturen; hij wil je laten opvoeden zonder verkeerde invloeden. Misschien had je na een paar jaar terug kunnen komen.'

Swintharik wist het antwoord al, toch vroeg hij het nog een keer. 'Handelde mijn vader werkelijk met de barbaren?'

Syrdon snoof minachtend. 'Wie in deze stad handelt niet met de barbaren?'

'En dat escorte... wat waren ze met mij van plan?'

'Ze zouden je naar Albavis' vrienden hebben gebracht, denk ik. Maar ik heb je vader beloofd dat ik voor jou zou zorgen als er iets met hem gebeurde.'

Swintharik knikte stom. Hij kon het nog niet bevatten: in één klap was hij zijn hele familie kwijt. Hij had zich laten manipuleren als een schaduwpop. En lang nadat de regelmatige ademhaling van Syrdon verried dat hij sliep, liep Swintharik in zijn geest alle fasen van de ramp na, hopend op een bevredigender verklaring. Die vond hij niet.

***

'Wat nu?' vroeg Swintharik de volgende ochtend tijdens de rit. Kon hij nog naar de vrienden van Albavis? Was het wel verraad geweest? Leontius was schuldig en Albavis had zijn kleinzoon willen redden. Maar hoe moest hij, Swintharik, overleven als het geld straks op was?

'Heb je geen verwanten?' vroeg Syrdon.

'Ik neem aan van wel, maar ik ken namen noch woonplaatsen,' zei Swintharik. 'Misschien kan ik toch beter naar de vrienden van grootvader gaan. Geef me die brief, dan...'

Syrdon onderbrak hem. 'Die brief heb ik verscheurd. Leontius wilde je ten koste van alles bij de christenen weghouden. Ik ben dat aan hem verplicht.'

'Ben je waanzinnig? Wat moet ik nu?'

Syrdon haalde zijn schouders op. 'Is het mijn schuld dat jij niet weet waar je verwanten wonen?'

'Waar wil jij dan heen?' riep Swintharik.

'Ik ga terug naar mijn volk.'

'Naar de barbaren? En ik dan?'

'Rij maar een eind mee, tot Constantinopel bijvoorbeeld. Ik heb beloofd voor je te zorgen, maar als jij niet onder barbaren wilt leven, moet je het daar verder zelf uitzoeken.'

Swintharik hield zijn paard in, tot Syrdon op gelijke hoogte reed. 'Je hoort bij het huishouden van mijn vader,' zei hij. 'Je kunt niet zomaar weg.'

Syrdon lachte. 'We rijden naar de Danubius en volgen die tot in Moesia. We kunnen ook nog net over de Alpen, dan reizen we naar Brundisium, waar we scheep gaan, maar dat kost geld.'

'Waar woont jouw volk?' vroeg Swintharik een mijl verder.

'Onze tenten stonden destijds veel oostelijker, aan een zeekust. Wij wisten van het bestaan van Constantinopel, maar ik wist niet hoe ver dat was. Zelf dwaalde ik rond in het noorden, in landen van sneeuw en ijs, totdat ik op die stam stuitte waar je vader mij heeft weggehaald. Van die zee weet ik alleen dat het niet de Middellandse was.'

Swintharik verkoos de Alpen. 'Daar hebben we minder kans op ontmoetingen met barbaren. Het is onverstandig om buiten beschaafd gebied te komen.'

'Ik vrees de beschaving meer dan barbaren,' zei Syrdon. 'Langs de Danubius kunnen we jagen, dat scheelt geld. Aangezien de rivier voor een groot gedeelte de rijksgrens markeert, hoeven we alleen maar aan de juiste kant te blijven. Gaan we via Italië daarentegen, dan betalen we voor de overtocht en die van de paarden.'

Ze redetwistten een tijdje en Syrdon kwam met een derde mogelijkheid. Hij was een goede leerling van Leontius geweest. 'We kunnen de oostelijke Alpenpassen nemen naar Aquileia in het noorden. Vandaar trekken we naar Pannonië en ook dan zullen we bij de Danubius uitkomen.'

Swintharik kon zich geen leven voorstellen zonder Syrdon. Hij sidderde van angst bij de gedachte dat hij alleen in de wereld zou komen te staan, maar er zou zich wel een oplossing voordoen. Voorlopig waren ze nog samen.

Er kwam geen einde aan de velden en heuvels en ook toen ze eindelijk de bergen met hun besneeuwde toppen zagen oprijzen, wisten ze dat ze nog een lange weg voor zich hadden. Af en toe kwamen ze een groep Alamannen tegen, of Chatten, of hoe ze ook mochten heten; voor Swintharik leken ze allemaal op elkaar: grensoverschrijders, haveloze zwervers, hongerige nomaden die je niet kon vertrouwen. Hij reed ze het liefst voorbij, maar Syrdon liet nooit na hen te begroeten, vaak in hun eigen taal.

Twee dagreizen voorbij Vindonissa, met de Rijn aan hun rechterhand, zagen ze een kleine groep Taifali, die aan de overkant van de rivier bivakkeerden. In plaats van door te rijden, stak Syrdon de rivier over en Swintharik kon niet anders dan volgen. De Taifali groetten Syrdon als een verloren gewaande broeder en nodigden hen uit voor een gastmaal.

Swintharik moest toegeven dat het eten goed was. Later, toen ze zich in een tent op een slaapmat legden, vroeg hij: 'Moeten we geen wacht houden? Ze kunnen ons gemakkelijk de keel afsnijden.'

'Daartoe is geen reden,' zei Syrdon, 'zolang jij je gedraagt. Een gast is heilig voor deze mensen; zulk verraad vind je alleen bij beschaafd volk.'

Swintharik bleef lang wakker en sliep tot de volgende middag. Toen hij door de tentopening kroop, was Syrdon in gesprek met de hoofdlieden en Swintharik keek verveeld naar de spelende kinderen, die niet veel jonger waren dan hij. Hij had wel willen meedoen, maar sprak de taal niet.

Een meisje kwam op hem af, misschien wat jonger dan hij. Ze was mooi, hoewel hij terugschrok voor haar wildheid, haar onverzorgde haren. Ze droeg een wijde, dunne tuniek waarin haar borsten vrijelijk rondschommelden en daaroverheen een knielange rok in vele kleurige laagjes. Ze bracht hem brood en vlees en hij dankte haar met een buiging. Hij zei zijn naam, wees op zichzelf. Zij deed hetzelfde en zei ook: 'Swintharik.'

'Niet jij, domme meid!' Swintharik zocht Syrdon met zijn blik, maar deze was een boog aan het beproeven.

Dit volk stond bekend om zijn krachtige bogen; een handwerksman werkte twee weken aan één exemplaar en ze waren superieur aan de bogen die Swintharik en Syrdon hadden. Syrdon probeerde ze een voor een. Bij het zien van zijn trefzekere schoten, juichten de mannen en vrouwen. Het meisje spoorde Swintharik aan en om haar een plezier te doen, schoot hij een paar keer op een van de stropoppen die de nomaden hadden neergezet.

Ze prikte met haar vinger in zijn borst. Ze zei iets onverstaanbaars en herhaalde het tot hij het nazei. De kinderen om hen heen lachten alsof hij een grap had gemaakt. Het meisje greep het foedraal waarin hij zijn fluit bewaarde, gaf hem een harde duw en rende het bos in, zodat hij achter haar aan moest. Ze was sneller dan hij en daagde hem uit, ze zigzagde tussen de bomen, kwam terug, trok aan zijn kleren. Na een lange achtervolging wist hij haar te grijpen. Ze liet zich vallen en sleurde hem mee, en hij viel over haar heen. Haar scherpe geur wond hem op.

Ze duwde zich wild tegen hem aan, nam zijn hand en legde die op een van haar borsten die uit de tuniek leken te springen, hoewel die net nog dicht was geweest. Ze stak haar handen onder zijn kleren en nam hem in een krachtige greep. Omdat hij zo vaak had staan kijken bij het dekken van de paarden, meende hij dat het meisje eerst op handen en voeten moest staan, voordat hij haar kon geven wat ze wilde, maar ze leidde hem naar binnen. Ja, zo kon het ook. Met haar benen om hem heen geklemd dwong ze hem om dieper in haar door te dringen. Ze kreunde in zijn ritme en hij begroef zijn gezicht in het lange haar, dat de geur van honderd kampvuren bewaarde. Zijn verbazing was groot; niets had hem hierop voorbereid, hooguit de echo van een verwarrende droom.

Later, toen ze met haar hoofd op zijn borst lag te neuriën, en naar hem opkeek en hij voelde hoe ze haar krullen door zijn vingers liet glijden, bedacht hij dat zijn vader had verzuimd hem te vertellen dat deze zaken van de natuur ook toepasbaar waren op de mens. Ze gaf hem zijn fluit en wilde weten wat het was. Hij liet haar zien hoe de twee stukken in elkaar pasten en blies een toon aan. Ze lachte en riep iets. Kennelijk wilde ze wat horen, dus hij ging tegen een boom zitten en speelde.

Bij paarden moest dat voor en tijdens de paring, bij mensen misschien wel naderhand. En onder het spelen vroeg hij zich af hoe de stam erover zou denken dat hij een van hun dochters had gedekt. Maar ze wisten immers van niets? Hij had het net zo slim en ongemerkt aangepakt als Syrdon, op die dag waarop hij de merries had laten dekken door de hengst van die hoge militair.

De zon stond al laag toen ze het bos uit kwamen. Het meisje hield Swinthariks hand vast, maar vlak bij het kamp schudde hij haar af om geen slapende honden wakker te maken. Syrdon zat met de mannen in een kring. Bij het zien van Swintharik werd zijn blik donker. 'Waar kom jij vandaan?' vroeg hij. 'Wat heb je met dat meisje gedaan?'

Swintharik wilde antwoorden, maar het meisje liep op een van de dorpsoudsten af en sprak met luide stem. De man richtte zich tot Swintharik en vroeg iets. Swintharik keek Syrdon aan. Deze haalde zijn schouders op en zei: 'Je hoeft niet te ontkennen, Swintharik. Zij vertelt net dat ze met je heeft gepaard in het bos. In feite moet je haar nu trouwen en een bruidsschat betalen. De vader vraagt of je bereid bent.'

Swintharik keek hem ontzet aan. 'Hoe kon ik dat weten, ik ken toch hun gebruiken niet?'

'Dat had je moeten bedenken voor je haar neukte,' zei Syrdon luchtig. Swintharik begreep dat die toon was bedoeld om de barbaren niet te alarmeren. Het meisje hield haar hoofd scheef en lachte hem lief toe. Gewassen en gekamd zou ze mooi kunnen zijn, bedacht hij. Tegelijkertijd wist hij dat hij niet met haar kon trouwen.

'Nee!' riep hij.

De barbaren begonnen woedend te mompelen. Syrdon stak zijn handen op: 'Slim van je, Swintharik.' Hij keerde zich tot de oudere mannen en sprak in hun taal. Daarna bleef het even stil.

De vader van het meisje stond op en begon aan een lange redevoering. Toen hij klaar was, vouwde hij zijn armen over elkaar en keek Swintharik uitdagend aan.

'Hij is bereid het meisje te houden,' zei Syrdon, 'maar de bruidsschat blijf je hem verschuldigd, want ze zal moeilijk aan de man komen nu ze geen maagd meer is.'

'Is dat alles wat hij zei?' vroeg Swintharik. Het had geleken alsof de barbaar meer had gezegd.

'Niets van belang voor jou. Hij vertelde hoe de vrouwen van zijn volk bekendstaan om hun deugdzaamheid en dat het een flagrante schending is van het gastrecht – een belediging die eigenlijk alleen met bloed kan worden uitgewist, maar om praktische en menslievende redenen is hij bereid om smartengeld te accepteren. Hoeveel heb je bij je?'

Swintharik gooide de beurs die hij had meegekregen naar Syrdon. Deze woog het ding op zijn handpalm, legde hem voor zich, tastte naar zijn eigen buidel en legde die ernaast. Hij maakte de bindleertjes los en stortte de inhoud op het kleed voor de barbaar. Swintharik was verbaasd te zien hoeveel geld Syrdon bezat, maar veel tijd kreeg hij niet, want Syrdon stond op. 'Pak de paarden,' zei hij zacht.

De barbaren kwamen ook overeind en begonnen door elkaar te roepen. Het meisje rende achter Swintharik aan, ze huilde en gilde en sloeg hem met de vlakke hand in zijn gezicht. Daarna verdween ze snikkend tussen de tenten.

Syrdons stem bulderde overal bovenuit, hij deed een plotselinge stap in de richting van de mannen, die terugdeinsden. Hij nam zijn paard over van Swintharik en het volgende moment zat hij er al op. De schimmel steigerde en sprong over de mannen heen, zodat ze omvielen of zich plat op de grond lieten vallen. Swintharik volgde, en in razende vaart bereikten ze de rivier, dreven de dieren de stroom in en joegen ze door het water tot ze de grens over waren.

'Denk je dat ze ons nakomen?' vroeg Swintharik.

'Dan hadden we ze al gezien.' Syrdon minderde vaart. 'Je hebt het goed verpest vandaag,' zei hij. 'Je hebt een meisjeshart gebroken, een volk beledigd en ons geld verspeeld.'

'Ik had je niet gevraagd om dat geld te geven,' riep Swintharik. 'We waren zo ook wel weggekomen, dat haveloze stelletje had ons niets gedaan. Hoe kon ik weten wat ze van plan was? Ze wilde alleen maar paren...'

Syrdon lachte schamper. 'Ja, om jouw kind te krijgen zeker, terwijl jij straks duizend mijl verder bent. Je krijgt het niet voor niets, jongen.'

'Wat wilde ze dan van me?'

'Wat dacht je van Romeins burgerschap? Rijkdom en aanzien? Een stenen huis? Heb je gezien hoe die mensen leven?'

'Hoeveel was het eigenlijk?'

Syrdon zweeg een tijdje, toen zei hij: 'Het was alles wat ik in de jaren bij jouw vader heb verdiend en opgespaard. Nu resten slechts mijn wapens en paard.'

'Ik heb ook niets,' zei Swintharik. 'Je had de helft kunnen geven. Het was gewoon dekgeld, anders niet – zij had mij moeten betalen.'

Syrdon draaide zich half om. 'Ik begin mijn geduld met jou te verliezen, idioot – hou je mond!'

Swintharik wilde zeggen dat hij niet zo kon praten tegen de zoon van zijn meester, maar die meester was dood. En zo reden ze voort langs de rivier en bereikten de voet van de bergen.

Bij het vallen van de avond zochten ze een slaapplaats onder een overhangende kei, ze hadden geen voedsel gevonden en hier in de uitlopers van het hooggebergte leek de bewoonde wereld op te houden. Er was zelfs geen reden om een kampvuur te maken. Ze hadden niet meer gesproken, maar nu, in de rust van het schemeruur probeerde Swintharik een gesprek te beginnen. 'Waarom reizen we eigenlijk zo ver? Kunnen we niet samen een paardenfokkerij beginnen, aan de overkant van de bergen?'

Syrdon stond uit te kijken over de vlakte achter hen. Net toen Swintharik dacht dat hij geen antwoord zou krijgen, zei hij: 'Dat kan ook in mijn land; je mag mee. Overal elders hebben we geld nodig. We hebben geen huis, geen grond...'

Swintharik rilde bij de gedachte dat hij bij barbaren zou wonen. Maar Syrdon had gelijk, hoe kwamen ze aan geld?

'Wil je dan de paarden verkopen?' vroeg hij aarzelend. Hij zou alles liever verkopen dan zijn paard. Hij keek naar de indrukwekkende gestalte van zijn metgezel tegen het laatste licht en voor het eerst vroeg hij zich af wat eigenlijk de status was van de jongeman. Wat zou een slaaf van dat formaat opbrengen? En hoe ging de overdracht? Syrdon mocht kreupel zijn, hij was sterk en jong, hij wist alles van paarden. En wat moest Swintharik in godsnaam beginnen met een slaaf die wilde weglopen?

'Syrdon,' begon hij, 'hoe zat het eigenlijk tussen jou en mijn vader? Heeft hij je destijds gekocht van die handelaar?'

Ditmaal bleef Syrdon zwijgen, hij had zeker geen zin meer in conversatie. Swintharik verwierp zijn gedachte, misschien zou het niet zo slecht zijn bij de barbaren. Syrdon waakte; met het silhouet van de man voor ogen, een zwart gat tussen de opgloeiende sterren, zakte hij weg in een diepe slaap.

Vogelgekwetter vermengde zich met zijn dromen, maar het was de honger die Swintharik wekte. De hoge wolken joegen langs een strakblauw uitspansel. Hij keek om zich heen. Syrdon was vast op voedsel uit.

Weer sloot hij zijn ogen en hij liet de meisjes uit Augusta Treverorum voor zijn geestesoog paraderen. Hoe zouden die zijn nieuwe kennis waarderen? Gisteren was hopeloos, vandaag leek alles mogelijk. Syrdon zou zo terugkeren met een haas of een paar duiven. En terwijl hij daar zo lag te soezen, begon zich iets te roeren in zijn geest; iets waarschuwde hem dat hij zich vergiste.

Hij sperde zijn ogen open en zat met een ruk overeind. Waar waren de paarden? Waar de reisbundel, Syrdons dekens? Waar waren de nieuwe bogen? Hij luisterde scherp of hij een voetstap hoorde, een krakend takje, een teken dat Syrdon vlakbij was om hem te beschermen. Niets dan de vogels, de wind in de bladeren en het plofje van een eikel in het mos. Hij klom op de steen om in de verte te kijken. Hij riep de naam van de man die zo lang zijn schaduw was geweest, maar de stilte verdiepte zich, want de vogels vielen stil, alsof ze zijn verlatenheid wilden benadrukken. Hij kroop terug onder de steen en huilde in plotselinge angst; moest hij nu de verschrikkingen van de wereld alleen onder ogen zien?

Later dreef de honger hem uit zijn schuilplaats. Het maakte niet uit waar Syrdon heen was, hij kon hem nooit inhalen. Terug naar de vlakte was onmogelijk, al was het maar vanwege de stam van het trouwlustige meisje. Hij had meer overlevingskans als hij overstak naar Italië, de beschaafde wereld kende hij tenminste.

De honger gaf hem een licht gevoel; pas tegen de avond begon hij zich echt zorgen te maken; hij had niet meer gevonden dan wat halfrotte bramen. Zijn bezittingen: een knapzak, een dekenrol en een bot mes. Hij zocht een stok, als steun bij het klimmen en om mogelijke vijanden tegemoet te treden. Het struikgewas in de openingen en ravijnen was zo dicht dat geen dier er door kon dringen.

Bij het invallende duister had hij nog geen slaapplek gevonden. Doorgaan in het donker wilde hij niet, daarvoor was het pad te smal. Hij bracht een angstige nacht door, zittend tegen de rotswand; het rommelen van zijn maag was luid genoeg om echo's op te roepen. Bij het eerste licht liep hij verder, zijn knoken verstijfd van kou.

Het pad daalde en na een flauwe bocht keek hij uit over de boomtoppen van een klein dal. Geen spoor van mensen, dieren – alles zou hij eten, al moesten het insecten zijn. De vogels die hij hoorde bleven onzichtbaar tussen het gebladerte; ook nesten vond hij niet. Een snelstromende beek: als er vis zou zitten, hoe kreeg hij die eruit? Hij hurkte bij de kant, maar niets leek te leven in dit ijskoude water.

In zijn ooghoek bewoog iets, watervlug als de stroom zelf. Hij haalde uit, nog voor hij besefte dat het een adder was. Het gekwetste beest kronkelde moeizaam bij hem vandaan tot hij met een tweede klap de kop verpletterde. Hij sneed het vlees in lange repen en, kauwend op één stuk, legde hij de rest te drogen op een platte steen in de zon. Het smaakte goed, al was het rauw. Hij gooide het slachtafval in de beek, en toen hij een stap achterwaarts deed, trapte hij op een tweede, veel grotere slang. Een felle aanval op zijn sandaal – was hij gebeten? Het doden kostte hem moeite, hij was duizelig. Ook de tweede slang belandde in reepjes op de stenen. Hij zocht voorzichtig de omgeving af, maar vond geen gevaren. Eindelijk bestudeerde hij zijn voet. Er was niets te zien. Hij ging liggen en liet de slaap over zich komen.

Toen de zon al tot vlak boven de bergrug was gezakt, pakte hij het vlees in. Als hij er zuinig mee deed, kon hij er dagen mee doen. 'Voorwaarts,' riep hij, om zichzelf moed in te spreken. Hij liep zo snel als hij kon; het was onbewolkt, de maan zou vol zijn – alles leek mee te zitten. Was hij maar vast in Italië, dan kwam alles goed.

Syrdon had hem geleerd hoe hij moest overleven, en hoewel de barbaar waarschijnlijk de gemakkelijke route had genomen, wist Swintharik dat er eten moest zijn in de bergen. Toen de voorraden opraakten, maakte hij een slinger van zijn gordel en vulde zijn mantelzakken met ronde kiezels. Met een van zijn eerste stenen raakte hij een duif.

In de dagen daarna was hij minder gelukkig. Een paar kikkers, een oude kraai – na een week liep hij met razende honger over een rotsrichel en stond opeens oog in oog met een steenbok. Zonder nadenken slingerde hij, en raakte het dier op de neus, maar het stortte zonder een kik te geven in de afgrond en Swintharik sprong het van spijt bijna na, want hij zou het kadaver nooit kunnen bereiken. Die nacht droomde hij dat aasvogels zich tegoed deden aan zijn buit.

Hij verschalkte een marmot en die smaakte goed. Het was het laatste wat hij zou vangen, hij moest het verder doen met slakken en paddenstoelen.

De nachten waren koud en vaak was hij bij het aanbreken van de dag zo verstijfd dat hij uren nodig had om zelfs maar op te kunnen staan. Hij verloor elk besef van tijd, maar bleef voortgaan, want ondanks alles bracht iedere stap hem dichter bij Italië.

Het stormde toen hij, na een dagenlange afdaling over een dichtbeboste flank, op open terrein kwam. Door een werveling van herfstbladeren keek hij uit over een open vlakte die zich verder uitstrekte dan zijn blik reikte. Hij zag braakliggende akkers waar nog geen spriet onkruid het had gewaagd om de leegte te heroveren. Hij rende de heuvel af, struikelde, sloeg met zijn gezicht tegen de grond, maar het deerde hem niet, want toen hij overeind kwam, zag hij twee geiten. Een moederdier dat aan een touw vastzat, zoogde een stevig jong. Swintharik schoof het lam opzij, knielde neer bij de moeder en terwijl hij haar met de ene hand in bedwang hield, greep hij met de andere een tepel, stak die in zijn mond en begon te zuigen. Het lam mekkerde vlak bij zijn oor, en probeerde ook een tepel te bemachtigen. Dat kleintje zou hem goed smaken – had hij maar vuur!

Hij trok zijn hoofd terug omdat hij een gerucht hoorde.

Een zware klap. Schoppen in zijn zij en buik benamen hem de adem. Stokslagen op zijn armen, hij dacht dat hij een bot hoorde breken en was machteloos.

'Je hebt 'm, pa!' hoorde hij een jongensstem zeggen.

'Dit is anders geen wolf,' zei een man.

'Een mens is het ook niet, kijk maar... Eerder een bloedzuigende demon,' meende een derde. Een voet duwde tegen hem aan en hij rolde op zijn rug. 'Het is dood,' zei de eerste stem. 'Onze geitenzuiger. Maak dat beest maar los, we kunnen naar huis.'

Swintharik wilde vertellen dat hij een mens was, dat hij leefde. Hij hoorde nog wat klaaglijk gemekker, toen werd het stil. Hij kreeg zijn ogen niet open en lag daar tot het afkoelde. De pijn had zich lang opgehoopt in zijn leden. Hij merkte dat hij kroop, op zijn knieën en een elleboog. Eén arm hing als een lamme vleugel onder hem. Hij wist niet waarheen hij ging; voelde geen gras meer onder zijn knieën.

Een duizendvoudig geklepper zwol aan, maar nog altijd kreeg hij zijn ogen niet open. Het geluid vertraagde, handen grepen hem, smeten hem opzij als een pop. De cavalcade trok voorbij, de duisternis bleef.

II

Schijngestalten van een podeoon

(Syria, winter 376-377)

'Het wordt tijd dat we Emesa in zicht krijgen,' zei Swintharik op de avond van de derde dag, terwijl hij de podeoon van de muilezelin tilde, wat hem iedere avond minder moeite kostte. Alêtis bouwde een kookvuurtje om het parelhoen te braden, dat ze eerder op de dag met haar slinger had geraakt. Ze had zelden een parelhoen zo ver naar het noorden gezien en was opgetogen dat ze het vanavond niet met brood hoefde te stellen.

'Je kunt het beter eerst een dag of twee laten besterven,' meende Swintharik. Hij zat onder een boom en sloeg haar verrichtingen gade, terwijl hij af en toe een slok nam uit de halsopening van de wijnzak, die bijna net zo groot was als hijzelf.

'Ik laat niets besterven,' zei Alêtis. 'Weet je wel hoe belachelijk je eruitziet, met dat koploze dier op schoot?' Het was haar evengoed niet ontgaan dat hij overdag niet dronk. Pas 's avonds lag hij dan in innige omhelzing met zijn podeoon. 'In elk geval zal het ding morgenavond leeg zijn en dan kun je hem weggooien,' stelde ze tevreden vast.

'Morgenmiddag vul ik hem bij in het filiaal in Emesa,' zei Swintharik. 'De dipsa is veeleisend.'

'Filiaal?'

'Van mijn handelshuis.'

Ze keek hem aan. 'Daar heb je niets van verteld?'

Swintharik haalde zijn schouders op. 'Ik ben weer helemaal helder,' zei hij. 'Ik heb belangen in handelshuizen tussen de Nijldelta en Antiochië. We verhandelen Cypriotische en Griekse wijn, het schijnt dat ik daar een neus voor heb.' Hij lachte luid. 'Lang geleden begreep ik dat ik, met mijn onmetelijke dorst, net zo goed in de wijnhandel kon gaan, al was het maar om het betaalbaar te houden.'

'Was dat voor of na de dipsabeet?' vroeg ze. Ze verwachtte geen antwoord, maar Swintharik zei meteen: 'Lang daarna. Ik heb jaren gezworven in landen waarvan ik de naam zelfs niet weet.'

'Verschrikkelijk lijkt me dat, als je je eigen leven vergeet,' zei ze.

'Misschien wil ik wel vergeten,' antwoordde Swintharik. 'Helaas vergeet ik vooral de zaken van alledag, terwijl het verleden mij vaak helderder voor ogen staat dan het heden. Maar wat die landen betreft, ik heb hun namen zelfs nooit gekend.'

'Op een dag zul je me er alles van vertellen,' zei ze, 'maar niet voordat je genezen bent van de dipsabeet; tot dusver komt er voornamelijk gewauwel uit je mond.'

Hij zweeg en een tijdlang was er niets anders te horen dan het knappen van het vuurtje, het sissen van vet in de vlammen en het zachte kabbelen van de Orontes. Toen Alêtis eindelijk iets zei, was het een poging tot verzoening. 'Die genezer die ik ken kan je helpen. Het is een lange reis en de behandeling vergt grote inspanning. Ik weet niet of je dat aankunt...'

Ze keek naar hem op, en zag tot haar ergernis dat zijn ogen dicht waren en dat zijn hoofd opzij hing. Ze voelde zich belachelijk en besefte dat ze hem al een tijdje had horen snurken. Ze had het voor een riviergeluid gehouden. Zwijgend at ze, pakte de rest in voor de volgende dag en liep in de schemering naar de oever, waar ze zich ontkleedde en het water in ging, zoals ze iedere dag deed, als Swintharik zich in slaap had gedronken. Hij had zich nog niet één keer gebaad. Alêtis was het gewend, omdat ze veel in de natuur leefde en meestal de loop van rivieren volgde.

Wat was dit voor man, vroeg ze zich af, terwijl ze ijskoud rivierwater over haar borsten goot. Iedere andere man zou haar al hebben benaderd. Niet dat ze dat zou toelaten, maar hij probeerde het niet eens! Ze nam haar kleren, liep terug naar het ingestorte vuurtje, dat zachtjes nagloeide, en kleedde zich snel aan. Swintharik had zich niet bewogen.

Liggend op haar mantel, na een blik op het sterrengeflonker, sloot ze haar ogen en liet de slaap over zich komen. Later werd ze zich ervan bewust dat de man naast haar overeind kwam. Ze was opeens klaarwakker. Zou hij toch bij haar komen? Haar hand zocht het mes aan haar gordel, maar hij liep weg en mompelde een vloek toen hij met zijn dronken kop tegen een boom aan liep. Die ging kotsen, of schijten, haar kon het niet schelen – hij kwam niet voor haar.

Ze ontspande en zocht naar de heerlijke halfslaap van zo-even, maar ditmaal kwam die niet zo gemakkelijk. Na een tijdje begon ze zich af te vragen waarom Swintharik zo lang wegbleef. Een takje kraakte. Ze opende haar ogen en zag zijn gestalte afgetekend tegen de nachthemel. Hij rook anders dan eerder, hij stond daar aan haar voeteneinde alsof hij iets van haar verwachtte en net toen ze iets wilde zeggen – ze wist nog niet wát – kwam hij als een zweepslag naar voren. Eén kort moment zag ze een lanspunt glinsteren in het maanlicht en ze wist dat het Swintharik niet was. Nu besliste haar lichaam, niet haar verstand. Ze haalde uit met haar mes; ze voelde weerstand en schoot toen door vlees en pezen. Een kreet, en de man was weg.

Alêtis zei wel tien keer Swintharikes naam, tot haar stem brak door de tranen, terwijl ze vertwijfeld rondtastte in zijn lauwe bloed, dat overal was. Er klopte helemaal niets van, waar was zijn lichaam? Ze begreep pas dat hij niet vermoord naast haar lag toen hij uit de schaduwen stapte en zei: 'Wat is er met jou aan de hand?'

Op dat moment klonk verderop het klepperen van paardenhoeven, die zich snel verwijderden over de weg. Alêtis wilde zich tegen Swintharik aan drukken, maar in plaats daarvan gaf ze hem een klap. 'Hoe haal je het in je hoofd om zo ver weg te gaan, idioot! Iemand probeerde me te beroven.'

Ze blies het vuurtje aan en gooide er takken bij om licht te krijgen, en Swintharik knielde bij zijn podeoon die op zijn slaapplek lag. Het ding was plat, helemaal leeg; de moordenaarslans stak er nog in.

'Het is wijn,' zei Alêtis verbaasd. 'Ik dacht dat het bloed was!'

'Het is godverdomme mijn wijn!' riep Swintharik. 'Als ik die vent te pakken krijg!' Hij pakte de zak op, hield hem nog eens ondersteboven en schudde hem voor het geval er iets was overgebleven. Toen zag hij iets liggen op de deken. 'Wat is dat?' vroeg hij.

Alêtis pakte het op. 'Een menselijke vinger,' zei ze vol afschuw, 'en daar ligt er nog een.'

'Het is maar een halve vinger,' zei Swintharik.

In tegenstelling tot de eerste vinger, die compleet was, telde deze twee kootjes en liep uit in een lang geleden genezen stompje. Swintharik keek Alêtis aan. 'Hij is het,' zei hij toonloos. 'Axylus is me op het spoor. We moeten hier weg; ik ken hem, hij zal niet rusten tot hij me heeft gevonden.'

'Hij zal ergens zijn wonden likken,' meende Alêtis, 'maar wie is hij? Waar ken je hem van?'

'Uit mijn tijd in Constantinopel, in de jaren van de Afvallige... Maar dat komt wel... Nu moeten we weg.'

Hij pakte zijn spullen, nam de podeoon liefdevol op en drapeerde die over de ezelsrug. Zo gingen ze weer voort over de langzaam oplopende heerbaan, die de rivier volgde, en zo ver als de heldere maanverlichte weg voor hen uit kronkelde, was ze van goden en mensen verlaten.

Emesa was nu te gevaarlijk; bij de eerste gelegenheid verlieten ze de weg en namen een pad naar het noorden.

'Weet je wel wat je doet?' vroeg Alêtis.

'Nee,' zei Swintharik. 'Maar dat is juist goed, want als er geen logica zit in onze reis, zal een achtervolger het ook niet kunnen beredeneren. We nemen een landweg naar de kust, liefst nog een geitenpad.'

Zijn stem was monter en zijn tred was vast. Alêtis besefte dat hij dat voor haar deed. Ze zag wel de droevige blikken die hij op de wijnzak wierp; de muilezel had niet veel te dragen sinds de nachtelijke overval. Swintharik vertraagde niet naarmate de middag naderde, hij versnelde almaar zijn pas. Misschien had hij wel degelijk geweten wat hun wachtte, of misschien was het instinct geweest, maar rond het middaguur kwamen ze door een rijk wijngebied. De podeoon zou niet lang leeg blijven.

Ze stopten bij een hutje waar een donkere vrouw landbouwproducten verkocht. Ze schonk Swintharik een vochtige blik en negeerde Alêtis, die ze voor een oude vrouw hield. 'Wijn?' zei ze, 'dat treft!'

Ze bleven een paar dagen, want Swintharik moest het geitenvel repareren. Toen ze er zeker van waren dat niemand hen volgde, vertelde Alêtis aan de wijnverkoopster dat ze naar Laodicea zouden afreizen. Het was een vals spoor, want in plaats van naar Laodicea te gaan, volgden ze de kust, sloegen een paar vissersdorpen over en liepen uiteindelijk in de stromende regen een naamloos haventje binnen waar ze beter weer wilden afwachten. Op het strand waren timmerlieden bezig met de reparatie van een vrachtschip. Terwijl Alêtis wandelde in de heuvels rond het dorp, bezocht Swintharik een drankkeet waar de schipper rondhing met wat schepelingen. Van hen hoorde hij dat ze van plan waren naar Cyprus te vertrekken zo gauw het weer dit toeliet.

'In de lente bedoel je?' vroeg Swintharik na een paar rondjes.

De schipper snoof. 'Als het weer beter wordt, zeg ik.'

'Het is ook te gevaarlijk in de winter.' Swintharik bestelde nog eens.

'Winter of lente, het maakt mij niet uit,' zei de Kretenzer. 'Zo ver is Cyprus niet.'

'Wat zou je ervan zeggen als ik twee betalende passagiers voor je had?'

'Dan zeg ik: afvaart over een week,' zei de schipper, een blik op de grauwe lucht.

Het zouden twee weken worden. Ze vertrokken bij ruwe zee, maar een dag later al veranderde het wateroppervlak in een kalme spiegel en voor de tijd van het jaar was het warm. Swintharik bracht zijn ochtenden door in de schaduw van het grote zeil en als de zon hoog genoeg stond, zocht hij zijn wijnzak op; hij controleerde de inhoud en installeerde zich dan op de voorplecht, waar hij somber naar de weinige rimpelingen in het water staarde.

Alêtis dwaalde wat rond voor zover dat mogelijk is op een klein schip en ze sprak met de bemanningsleden die tijd hadden voor een praatje. Ze keek uit over de trage deining en vroeg zich dan vaak af hoe ze in deze situatie gekomen was. Op de vlucht met een dronkenlap, die beweerde de Apostaat te hebben vermoord.

Die moord en de gevolgen ervan bleven de allesbepalende gebeurtenissen van haar leven, ze waren de aanleiding geweest voor de plundering van haar tempel door wraakzuchtige christenen en het uitmoorden van de mensen die ze liefhad. Maar als ze Swintharik ernaar vroeg kreeg ze geen, of een ontwijkend antwoord. Kon deze man werkelijk de aanstichter zijn van haar rampspoed? Ze herinnerde zich hoe ze destijds de moordenaars vervloekt had – hen en de goden, in wie ze inmiddels niet meer geloofde – maar wat nu als de goden bestonden en haar naar hem hadden geleid? Was het een wrede grap? Moest zij het instrument zijn van de goddelijke wraak?

Swintharik ondertussen liet zich door de deining wiegen, hij hing gerieflijk tegen een rol scheepskabel en zijn hoofd rolde lichtjes heen en weer. Tegen zijn borst klemde hij de geitenhuid, die hij bijna dagelijks invette. De stop zat er weer op, hij had de zak opgeblazen zodat er geen plooien in zouden komen die later barsten konden worden en de schipper was bereid om tegen een klein bedrag de wijnzak bij te vullen uit zijn eigen voorraad.

Op de derde dag bereikten ze Constantia op Cyprus. Het schip ging niet verder.

'Ga naar Paphos,' zei de schipper. 'Daar vind je misschien iemand die je naar het vasteland kan brengen.'

Het kostte hun een week om er te komen, maar in Paphos geschiedde een wonder: ze vonden een paar vissers, die hun vangst verkochten in de haven, bereid hen te brengen. 'We zijn al zo ver van huis,' zei een van hen. 'Dit kan er nog wel bij.'

Het waren twee zoons met hun oude vader. De oude visser, een Syriër, probeerde de jongens van hun plan af te brengen, maar ze lachten om zijn bezwaren. 'Nog één tochtje, vader. Ze betalen goed! En dan gaan we naar huis.'

'Duurt het lang voor we kunnen uitvaren?' vroeg Alêtis.

'We vertrekken direct.'

De vissers gooiden hun vangst over de reling en hielpen de reizigers aan boord.

‘Wat is dat?’ vroeg de oude man, wijzend op de opgezwollen podeoon.

‘Een wijnzak,’ zei Swintharik nors. Hij was de vragen over zijn vreemde metgezel goed zat, hij zocht een plekje op waar hij zijn dipsa kon tevredenstellen en waar hij goed zicht had op de wijkende kustlijn van Cyprus.

Alêtis keek naar de zon en vroeg: ‘Gaan we niet de verkeerde kant op?’

De vissers schudden hun hoofd en lachten om zo veel onkunde. ‘Laat het aan ons over, wij kennen de zee.’

Een dag later ontstond een woordenwisseling die voor de reizigers niet te volgen was. De vader schreeuwde naar zijn zoons en wees in verschillende windrichtingen. De zoons lachten maar wat en haalden hun schouders op. Weer een dag later stonden alle drie de gezichten grimmig.

‘Het is de wind,’ zei de schipper. ‘We raken steeds verder uit koers. Als dit lang aanhoudt, stranden we nog op Rhodos.’

‘Eerder Kreta,’ zei een van de zoons.

‘Ik zei het toch, idioot!’ De oude man spuugde in het water en zweeg verder.

‘Het komt goed, vader,’ zei de andere zoon.

De wind trok aan, ijzig nu, en de golven kregen witte koppen. Nog was het warm, maar in het oosten verzamelden zich zwarte wolken en hoewel de zon brede bundels over de golven strooide, klonken in de verte donderslagen. Het weerlichtte onder de donkere massa en gevorkte bliksems tastten, vooralsnog ver weg, over de baren.

Swintharik maakte zich geen zorgen, hij gebruikte het laatste restje wijn om in die aangename staat te geraken die hem het liefst was, peinzend en dromend, terwijl hij zijn blikken vrijelijk liet dwalen over het eindeloos verschietende spel van licht, schuim en golven.

En opeens was het allemaal voorbij.

Hij bevond zich in het ijskoude water. Het ene moment had hij nog op zijn podeoon gelegen, het volgende kantelde alles en ging hij kopje-onder, nu hangend onder de wijnzak. Hij bleef een van de pootuitsteeksels vasthouden en worstelde zich omhoog. De golven waren veel hoger dan ze zo-even waren geweest. Hij speurde wild in het rond, op zoek naar het schip, maar de golven benamen hem het uitzicht. Hij voelde hoe alles omhoogkwam en weer daalde. Iemand riep zijn naam, het was Alêtis, ze was vlakbij.

'Hierheen!' riep hij. Hij greep de voorpoten van zijn geitenzak en duwde het ding al zwemmend naar de vrouw toe. Hij zag haar ondergaan en bovenkomen en vreesde dat hij haar niet tijdig zou bereiken. Ze droeg nog altijd haar zware reismantel.

'Gooi je kleed af!' schreeuwde hij.

'Dat zou je wel willen!'

Het klonk als een doodskreet. Ze verdween onder de golven.

Swintharik zwom als een bezetene en even later dook de vrouw weer op, vlakbij nu. Ze had zijn raad opgevolgd.

'Grijp die poten, we kunnen wel samen drijven,' zei Swintharik. Ze had ze al vast, en het bijkomende gewicht drukte de podeoon zo ver naar beneden dat ze met hun gezichten vlak bij elkaar kwamen, de windzak tussen hen ingeklemd. Het water was in korte tijd tot rust gekomen en Alêtis vermeed Swintharıks blik, wat niet eenvoudig was, omdat hun neuzen elkaar bijna raakten.

'Wat is er gebeurd?' vroeg ze.

'Een aardbeving misschien,' zei Swintharik. 'Meer dan tien jaar geleden heb ik er een meegemaakt, een aardbeving met daaropvolgend een vloedgolf, die de schepen in Syrië en Egypte mijlen landinwaarts slingerde.'

Alêtis herinnerde het zich ook weer, ze was nog een kind geweest toen het gebeurde. 'Dat is dan eerder een zeebeving,' zei ze.

'Als we rustig de kant op zwemmen die we eerder gingen, moeten we op den duur op Kreta aanspoelen,' zei Swintharik om de moed erin te houden. Ze snoof, gooide haar hoofd in haar nek met zo veel geweld dat haar lange haar als een zweep over het vlakke water striemde, en ze uitte een luide woordeloze schreeuw.

'Wat is er?' vroeg Swintharik, bang dat er een zeemonster aan haar voeten knaagde.

'Zie je dat dan niet, idioot! Met je stomme wijnzak... Ik heb nog nooit in zo'n belachelijke, vernederende positie verkeerd!'

'Gelukkig had ik de vooruitziende blik om hem leeg te drinken.'

'Ja, dat was een echte heldendaad!'

'Wees blij dat je bent gered,' zei hij.

'Blij? Ik was liever dood geweest, net als die vissers.'

'Je kunt ook loslaten. En hoe weet je dat ze dood zijn?'

Ze keek hem aan door het haar dat voor haar ogen sliertte. 'Heb je wel eens van een visser gehoord die kon zwemmen? Zij weten dat er geen groter lijden is dan dagenlang ronddrijven op een stuk wrakhout zonder eten of drinken, voor ze door de dood worden verlost. Als jij er niet was, met je idiote windbuil, was ik met hen meegegaan!'

'Het spijt me,' zei Swintharik. 'Ik wil je wel een duwtje geven, als je het vriendelijk vraagt.' Omdat ze niets terugzei, ging hij verder: 'Denk je werkelijk dat die boot ten onder is gegaan?'

'Kijk eens achter je.'

Hij deed het en zag, al ver van hen vandaan, hoe het vissersscheepje zware slagzij had gemaakt. Met een paar beenslagen draaide hij alles zo, dat hij beter kon zien. De donkere massa van de romp leek zienderogen kleiner te worden.

'Er kunnen overlevenden zijn,' zei hij.

'We komen daar nooit op tijd.'

Nauwelijks had ze gesproken, of het schip verdween in de golven. Ze bleven al watertrappend kijken. Ten slotte zei Swintharik: 'Ik zie geen mensen. Laten we op weg gaan.' Hij begon te duwen, maar Alêtis werkte tegen.

'Die kant op,' zei ze, terwijl ze met haar neus in de tegenovergestelde richting wees.

Swintharik schudde zijn hoofd. 'En de zon? In de boot stond die ook aan die kant.'

'Op de boot stond hij dáár.' Ze wees. 'En nu zakt hij. De andere kant is de goede.'

Swintharik gaf toe, omdat alles beter was dan bekvechten.

'Het is maar te hopen dat we niet op een drukbevolkt strand aan land komen,' merkte hij even later op, hij zag haar lange naakte benen spartelen onder water, en haar achterste dat alleen door een dun, golvend en in het water transparant hemd bedekt leek te zijn. Ondanks het koude water voelde hij hoe zijn lichaam reageerde.

'Kijk voor je, of ik scheur die zak aan stukken,' grauwde ze.

Laat in de nacht meende Alêtis dat ze land zag. 'Links van jou,' zei ze. 'Dat moet Kreta zijn, zie je die bergen in de verte?'

Swintharik zag niets, hij was versteend en uitgeput, en hij overwoog al een tijdje om los te laten en zich over te geven aan de diepte, maar hij wilde haar niet alleen laten.

'Swintharik!' zei ze, opeens bezorgd, 'ben je er nog?'

'Als daar land is, moeten we erheen,' zei hij en hij zocht naar een laatste sprankje kracht in zijn ledematen.

Alêtis probeerde haar metgezel wakker te schudden; hij was meteen nadat ze het strand hadden bereikt, in het zand gaan liggen om te slapen.

'Is dit Kreta?' Hij opende één oog. Rode waaiers boven een onbekende horizon.

'Als dit Kreta is, dan is het gekrompen sinds de laatste keer,' zei Alêtis. 'Voor zover ik kan zien, is dit eiland zo klein als een ezelskraal. Voor jou perfect om te wonen, voor mij iets te benauwd, zeker als we het moeten delen.'

Werd ze het kijven nooit moe? Swintharik lachte. 'Eerst nog wat slapen.' zei hij. Hij sliep onrustig, werd zich bewust van zonlicht en hield een arm voor zijn ogen om zijn sluimer te rekken. Hij schrok wakker van een plens water en proestend keek hij om zich heen. Alêtis stond naast hem met de podeoon in haar handen.

'Was dat zeewater?' riep hij. 'Ben je gek? Van zout water kunnen de naden loslaten! Jij weet niet hoe je leer moet behandelen – is het niet erg genoeg dat hij de hele nacht in zee heeft gelegen?'

'Je hebt toch geen wijn om erin te doen.'

'Hebben we dan al iets om water in op te vangen?' vroeg Swintharik. 'Zijn hier beken, is er een bron?'

'Niets van dat alles,' zei ze. 'Nu, bij daglicht, lijkt het wat groter dan de ezelskraal die ik er eerst in zag; die associatie kreeg ik door jouw aanwezigheid.'

Hij nam haar de podeoon af. 'Die zullen we nog nodig hebben.' Zonder haar uitrusting, met loshangend haar en in de korte, bijna doorzichtige tuniek, kende hij haar bijna niet terug.

'Waar kijk je naar?' snauwde ze.

Hij draaide zich abrupt om, liet de wijnzak leeglopen en ging op verkenning uit.

'Zorg jij voor ontbijt?' riep ze hem na.

'Waarom ik?'

'Omdat jij hier de man bent.'

Hij liep over het strand en dacht aan de welving van haar heupen, haar trotse houding. Hij wilde over zijn schouder kijken maar deed het niet. Hij vond zijn weg versperd door een rotswand en ontdekte dat die vlak onder water gepokt was met mosselen. Hij viste een scherpe steen op en begon ze af te bikken. Dat zou de ergste honger stillen, al konden ze hier niet van leven. Hij had dadelpalmen gezien, het eiland was weliger begroeid dan de vastelanden rond deze zee. Er leefden grazers noch mensen. Hij klom langs de rots, landinwaarts en kwam op het hoogste punt. Het eiland bleek ruwweg de vorm te hebben van een halvemaan, hij had pas een klein gedeelte belopen. Bos, rots, meer was het niet. Een waas van mist hing boven de groene kruinen en opeens schoot er een zwerm vogels door de nevelen, maakte een halve cirkel in de lucht en verdween na een snelle zwenking weer tussen de bomen.

Tot op dat moment had hij de stille hoop gekoesterd dat hij een taveerne zou vinden, of de rokende schoorsteen van een gasthuis. Geen huizen of schepen te zien en alleen aan de kant waar ze waren gestrand, lag een strook zand. Hij speurde naar Alêtis maar zag haar niet. Nadat hij het landschap aan de andere kant in zich had opgenomen besloot hij een expeditie te wagen. Wellicht zou hij wat te eten vinden. Toen hij terugkwam met wat halfverdroogde appels en een vogel, stond de winterzon al hoog.

'Er hebben hier ooit mensen gewoond,' zei hij. Hij stokte, want ze zat daar volkomen naakt. 'Wat doe je?' vroeg hij.

'Ik gebruik mijn kleed als fuik, om te vissen,' zei ze terwijl ze zich naar hem omdraaide zodat hij een blik kreeg op haar luisterrijke borsten. 'Dat heb ik als kind geleerd. Haal je niets in het hoofd, ik ben niet van plan deze absurde situatie voor jou tot een feest te maken.'

'Vissen met een tuniek? Dat kan lang duren,' zei Swintharik.

Ze wees zwijgend naar een grote vis die lag te glanzen op een bedje van loof. 'Ik hoop er nog een te vangen,' zei ze. 'De volgende keer offer jij je tuniek. Heb je gezwommen?'

Hij schudde zijn hoofd.

'Je druipt van het zweet,' zei ze. 'Zo warm is het toch niet? We mogen blij zijn als we een onderkomen vinden voor de nacht!'

Swintharik gooide de vogel en appels naar haar toe. 'Maak jij het voedsel maar klaar.'

Hij liep de branding in om het zweet van zich af te wassen, zwom een paar slagen en dook toen onder, want misschien kon hij nog iets eetbaars vinden onder de oppervlakte. In gaten en kieren zag hij het zwart van zeeappels en terwijl hij langzaam over de rotsige bodem gleed, verschrikte hij een school vissen die er op zijn nadering snel vandoor ging.

Na een paar duiken besloot hij terug te gaan. Hij zwom in rustige slagen naar het strand en richtte zich op Alêtis, want hij was een eind afgedreven. Zij was nergens te bekennen, maar waar kwam die rook opeens vandaan? Hij kroop het water uit, liep naar de bomen en ging bij het vuurtje zitten. De vogel was geplukt en op een stok gespietst. De vis lag nog steeds op zijn bedje. En daar was ze al, in natte tuniek. 'Een kleintje ditmaal,' zei ze.

'Knap, dat vuur,' vond hij. Ze lachte zowaar.

Ze bereidden zwijgend het voedsel en aten. Swintharik ging liggen. 'Vreemd,' zei hij toen, 'het lijkt of het gif van de dipsa niet werkt op dit eiland – al zou ik best een slok lusten.'

'Dat komt,' zei ze, 'omdat er niet zoiets bestaat als een dipsaslang.'

'Het feit dat jouw godin machteloos is gebleken, wil nog niet zeggen dat al het onverklaarbare afkomstig is van de verbeelding.'

'Ik ga een stukje lopen.'

Swintharik keek haar na en wist dat hij verlangen moest voelen, maar er was niets. Zijn gedachten dwaalden af, hij gleed weg in een onrustige slaap en werd misselijk wakker. Hij rilde en klappertandde, hij was uitgedroogd, koud en tegelijkertijd doorweekt van het zweet. Hij kwam overeind en zocht naar Alêtis. Hij struikelde naar de branding, stootte zijn teen tegen een stuk wrakhout. Hij schreeuwde naar de golven, stuikte ineen en barstte in tranen uit.

Alêtis stond achter hem. 'Ik heb een slaapplaats gemaakt,' zei ze. 'Je gaat je nog wel slechter voelen. Kom mee.'

Laat in de nacht begon hij te ijlen. Ze wiste het zweet van zijn voorhoofd en probeerde hem beter toe te dekken met droog wier en bladeren. Daarna legde ze zich naast hem en ze luisterde naar het geluid van de golven. Ze kon de slaap niet vatten en dacht aan haar leertijd bij Tettix.

Hoe oud was ze geweest op die dag van verschrikking, toen ze haar woonplaats, de tempel, moest verlaten met achterlating van de dode lichamen van iedereen die ze kende? Tien, elf jaar oud? Tot dan toe had ze weinig mannen gezien en na de overval van de christenen en de moordpartij in de kruidentuin en in de tempel vreesde ze alles en iedereen. Ze had een sikkelmes gevonden op een van de dode tempeldienaressen en dit droeg ze onder haar kleed als wapen. Zo was ze op weg gegaan, zonder te weten waarheen, want in de tempel kon ze niet blijven. Aan haar ouders had ze geen herinnering bewaard, ze wist niet waar die woonden en zelfs niet of ze nog leefden. Ze had geen weet van steden of dorpen. Waren er nog meer groepen mannen die rondgingen om te doden en te plunderen? Was er een veilige plek op de wereld waar ze kon leven, ongezien door andere mensen?

Ze trok door zinderende velden waar onkruid en struikgewas hoog genoeg stonden om haar aan het oog te onttrekken en ze vermeed de paden en wegen. Een meisje alleen zou snel ten prooi vallen aan slavenhandelaren en ander boos volk. Wekenlang wist ze zich schuil te houden in bossen en langs rivieroevers, en ze leefde van wat het veld en water bood. Soms, in het schemeruur of bij nacht, naderde ze een villa of een boerenstulp om wat voedsel te stelen; een paar wortels, een armvol koren die ze haastig afsneed, zodat ze weer een handje graan had om te pletten, te weken en te kauwen. Ze molk geiten en ving vogels, maar nooit maakte ze vuur, want dat zou de kans op ontdekking te groot maken. Ze wist hoe ver de geur van een houtvuur droeg. Een keer, bij een grote villa, had ze moeten rennen voor een koppel waakhonden.

En toen, op een regenachtige ochtend, meende ze dat ze zich op bekend terrein bevond en meteen daarop besefte ze dat ze weer bij de tempel was uitgekomen. De zomer was al voorbij, en ze moest in de afgelopen weken of maanden een grote cirkel hebben gelopen. Al die tijd had ze geprobeerd te verdringen wat ze had meegemaakt, maar nu ze weer zo plotseling voor haar vroegere woonplaats stond, kwam alles terug.

Het begon te regenen en Alêtis kroop weg in het struikgewas, waarvandaan ze de gebouwen in de gaten hield, want het was heel goed mogelijk dat die inmiddels in beslag waren genomen door andere mensen. En als het niet zo was? Bij haar vertrek had ze niet gezocht naar voedselvoorraden. Misschien waren de graanpotten nog vol, misschien liep er nog gevogelte in de tuinen. En de tuinen zelf, die zouden nog vrucht dragen, het zou jammer zijn als dat verder hing te rotten voor de insecten. Wat haar tegenhield waren de doden, die waren inmiddels weliswaar vergaan, maar Alêtis wist dat de skeletten een gruwelijker aanblik zouden bieden dan de lijken die ze had gezien.

De skeletten zouden haar niets doen, hield ze zichzelf voor, en tegen de avond had ze genoeg moed verzameld om het tempelcomplex te naderen. Ze liep er voorzichtig door het veld naartoe en sloop de tuin in, waar de bomen en perken uitbundig waren uitgelopen in de maanden van verwaarlozing. De bijenkorven lagen nog altijd verspreid tussen de perkjes maar er was geen spoor meer van de lichamen van Eugalia en de overvallers.

Er waren dus mensen geweest. En misschien waren ze er nog altijd. Ze trok zich terug onder een boom en besloot zich schuil te houden tot het helemaal donker was. De bijen zoemden nog; boven haar hoofd zong een cicade, en zo, in het laatste licht van de dag, leunde ze tegen de stam en ze liet haar blikken door de tuin gaan waar ze zo veel gelukkige uren had meegemaakt. Ze kende iedere boom, iedere struik en had vele van de kruiden zelf geplant met Eugalia. En toch was er iets mis, maar ze kon er niet de vinger op leggen. De tuin was niet dezelfde, alles had maanden door kunnen groeien en veel bedden waren overwoekerd door het snel opschietende onkruid. Dat was het niet. De cicade boven haar hoofd brak haar zang af.

En opeens wist ze het.

De boom waaronder ze schuilde, was er eerder niet geweest.

Ze kwam half overeind en bekeek de stam, maar die ging schuil onder een kleed van winde en klimop. Ze stak haar hand uit en probeerde de brede stam te voelen, maar al wat ze voelde was een wijkende, losse schors en opeens hoorde ze een zachte stem boven haar die zei: 'Waarom verstoor je mijn rust, kind?'

Alêtis verstijfde, maar meteen daarop wist ze aan wie de stem toebehoorde.

'Tettix,' zei ze en ze stond op. 'Wat doe jij hier?' Nu zag ze ook zijn gezicht tussen het groen. 'Houd jij je ook schuil, dat je je in bladeren kleedt?'

'Ik kwam jullie opzoeken, maar vond alleen doden,' zei de man. 'Ze waren pas een paar dagen dood en ik heb ze begraven. Ik vond jouw lijk niet dus ik ben blijven wachten en kijk ondertussen naar het groeien van de gewassen. Waar was je?'

Alêtis vertelde haar verhaal. Haar angst was verdwenen. Tettix was een oude man die eens, soms twee keer per jaar langskwam om ruilhandel te drijven met Eugalia. Hij was een begaafd genezer, van wie zelfs Eugalia nog veel kon leren. Onder de mensen was hij vlot en scherp, maar soms vergat hij alles om zich heen en verloor zich in gepeins. Eugalia had Alêtis eens verteld dat Tettix soms weken of maanden bezig was met het afwikkelen van een gedachtespinsel en Alêtis dacht dat ze overdreef. Misschien waren haar gedachten in die tijd nog te kinderlijk en vluchtig geweest om inzicht te krijgen in de geest van een wijze. Dat zou snel veranderen. 'Ik zocht naar voedsel,' besloot ze. 'Denk je dat er nog wat te vinden is?'

'Een hele tuin vol,' zei Tettix. Hij zakte iets door zijn rug en trok aan zijn linkerbeen zodat de winde en klimop scheurden. Daarna trok hij zijn andere been los en zei: 'Kom, dan gaan we op zoek.'

Nadat ze gegeten hadden, aanvaardden ze samen de lange reis naar Tettix' grotwoning. Het was al laat in de nacht, ze liepen in het maanlicht over de weg en na een tijdje vroeg Alêtis: 'Waarom hebben ze het gedaan?'

Tettix zweeg lange tijd. Zijn staf dreunde op de klinkers en hij wierp een lange schaduw over de weg, maar Alêtis vreesde niemand meer, want geen mens of dier zou het wagen deze man tegen te houden. Uiteindelijk zei hij: 'Keizer Julianus is vermoord. Maar is dat een reden? De christenen vierden feest en ze zagen in zijn dood een aanleiding om de tempels van anderen te plunderen. Zij sluiten alle goden uit behalve die van henzelf.'

'Die goden hebben hen niet tegengehouden.'

Alêtis verwachtte geen antwoord. Ze wilde hem vertellen over de tempelschat, maar hij wist het al.

'Ik heb het niet nodig,' zei hij. 'Ik hecht alleen waarde aan de schatten van de geest en die zal ik met jou delen. Als je op een dag goud nodig hebt, als je de genezer bent die je wilt worden en je moet een huis hebben om mensen te behandelen, dan zal ik je helpen om het op te halen, maar voorlopig zetten we je educatie, die Eugalia begonnen was, voort.'

12

De man met de vingers

(Syria, winter 376-377)

Op het schip dat hem terugbracht naar Syrië vond Dido geen rust. In gedachten bleef hij teruggaan naar de dag, dertien jaar geleden, waarop de afvallige keizer Julianus was vermoord. Hij, Dido, was in de keizerlijke tent geweest toen ze het naakte lichaam wasten en hij had gehuild, al beschouwden zijn vrienden de keizer als hun doodsvijand. En Swintharik zou de moordenaar zijn? Dan waren ze er allemaal bij betrokken geweest, want ieder woord, iedere ademtocht had hiertoe geleid, besefte Dido nu.

Ook Axylus baarde hem zorgen. Waarom was hun vroegere kameraad uit Durostorum vertrokken zonder Dido zelfs maar te begroeten? Hij moest wel een opdracht van Vitalis hebben, Axylus werkte voor niemand anders. Kon hij ook op weg zijn naar Swintharik? Soms reisden twee koeriers over verschillende routes met dezelfde boodschap om de kans te vergroten dat er minstens één zijn doel bereikte, maar iets zei Dido dat Vitalis, naast de keizerlijke bevelen, ook een eigen plan had. En Axylus voerde opdrachten uit waarvoor ieder ander terugschrok.

De keizer volgde een orakel, maar wat was het verband tussen Swintharik en de migraties en de dreiging bij de Hister? Nog begreep hij niet waarom Swintharik die dag in dat ruïneveld bij Damascus was gevlucht. Van Dido, die nooit zijn vijand was geweest, had hij niets te vrezen. Of was hij na al die jaren nog altijd bang dat ze hem zochten?

Dido herinnerde zich nog heel goed het eerste bevel dat de nieuwe keizer destijds had gegeven na de moord; hij wilde een klopjacht want: 'Geen keizersmoord blijve ongestraft...'

Al wist niemand destijds de identiteit van de moordenaar, velen hadden gezworen dat ze de moordenaar zouden pakken. Vitalis en Axylus hadden het natuurlijk geweten en ook zij, die betrokken moesten zijn geweest, hadden meegedaan aan de klopjacht. Maar waarom?

Uiteindelijk kwam dan toch de kustlijn van Syrië in zicht.

In Berytus, waar zijn schip aanlegde, besloot Dido om meteen op weg te gaan. De dag was nog jong en het paard stond te trappelen van opwinding nu de lange zeereis voorbij was. In de passen van de Libanon zou het zijn vorm weervinden. Dit keer kon hij niet genieten van de geurige cederbossen, van de weidse uitzichten die hem eerder zo hadden bekoord. Hij kon het gevoel dat hij al te laat was niet van zich afzetten.

In Damascus, waar hij navraag deed, ontdekte Dido snel dat Swintharik nogal bekend was, vooral in de kroegen. Dat hij en de verdwenen pilaarheilige een en dezelfde persoon waren, leek niemand te zijn opgevallen. Blijkbaar behoorden de heiligenbezoekers en kroeglopers tot kringen die elkaar niet raakten.

Een drinkebroer vertelde dat Swintharik naar Heliopolis in Egypte was vertrokken. Maar terwijl Dido al op weg wilde gaan, ontspon zich een discussie tussen de aanwezigen of het nu Heliopolis in Egypte was, of dat andere Heliopolis, dat aan de overzijde van het Libanongebergte ligt. Swintharik had een wijnhandel, zo vernam Dido, hij was ook zijn eigen beste afnemer. Heliopolis in Egypte was onwaarschijnlijk omdat hij daar geen filialen had. 'Of hij gaat er een opzetten,' meende de herbergier.

En toen vertelde iemand dat Swintharik voor het laatst was gezien bij de Orontes, een maand of anderhalf geleden. 'Waar hij heen ging weet ik niet, maar hij was het, al weigerde hij me te herkennen.'

De man stelde zich voor als Loukas, een werknemer van het handelshuis van Swintharik. Hij had een lading afgeleverd bij een van diens herbergen. Dido liet een kan wijn komen en hoorde de man uit. Swintharik was een jaar of tien eerder in de stad opgedoken, met een kleine scheepslading wijn uit Salerno. Die had hij goed weten te verkopen en toen had hij nog een schip laten komen. In de herbergen zag men hem graag, want hij was royaal met de rondjes.

Dan was er het verhaal van de dipsa. Swintharik zou ergens in de tijd tussen zijn verdwijning bij Ctesiphon en zijn eerste verschijning in Damascus enkele jaren later, zijn gebeten door de slang die een onlesbare dorst veroorzaakt. Dat hadden ze geweten in Damascus. Er kwamen anderen bij, met sterke verhalen, maar Dido had de indruk dat Loukas een betrouwbaarder bron was, dus hij nam hem mee naar een andere herberg en hoorde hem verder uit.

'Als hij heel dronken is, begint hij altijd over een zekere Afvallige, een keizer van lang geleden, die hij zou hebben vermoord.' Loukas gniffelde en knipoogde.

Was de Afvallige nu al uit het geheugen van het volk verdwenen? En Swintharik beweerde dus zelf ook dat hij de moordenaar was! Maar nu had Dido een aanknopingspunt, hij zou er vlug heen kunnen rijden en als Swintharik niet meer in de herberg aan de Orontes zou zijn, dan was hij waarschijnlijk op weg naar Antiochië.

'Ik wens je veel succes,' zei Loukas bij het afscheid. Hij sprak al moeilijk door de wijn en had een van de meisjes die zich in drinkhuizen ophouden op schoot getrokken. Ze verzette zich zwakjes. 'Die laatste die naar hem vroeg,' zei hij nog, 'die heb ik de verkeerde kant op gestuurd, hij heeft zich hier een paar dagen gek lopen zoeken!'

Dido draaide zich om in de deuropening. 'Welke laatste?' vroeg hij.

'Ja, dat was voordat ik wist waar Swintharik verbleef,' antwoordde hij. 'Ik zeg tegen hem: "In Tartus moet je wezen voor heer Swintharik."'

'Hoe zag die man eruit?'

Loukas hoefde niet lang na te denken. 'Een sombere kerel, hij had zijn kap over zijn ogen getrokken.'

'Was dat die man met die vingers, Loukas?' vroeg het meisje, dat haar halfslachtige tegenstribbelen had opgegeven en zich tegen de man aan vlijde.

'Ja, dat was hem, die man zónder die vingers,' verbeterde hij haar schertsend. Het meisje negeerde hem en vervolgde: 'Dat was zo'n engerd: ik maakte nog wel een grapje, ik zei dat ik niet wilde weten waar hij met zijn vingers had gezeten, maar hij gaf me een blik die mijn bloed deed stollen! Wat kunnen mensen toch gevoelig zijn als het om hun gebreken gaat. Gelukkig was hij snel weer weg.'

Dido bedankte hen. Hij was een eeuwigheid te laat.

Ditmaal gunde hij zichzelf noch zijn rijdier veel rust. Twee dagen later, rond het schemeruur, trad hij de herberg binnen waar Swintharik voor het laatst was gezien. Nu kon hij eindelijk eens goed eten, sinds Berytus was daar weinig van gekomen. De waard, een vriendelijke man die Iouda heette, bediende zelf.

'Druk?' informeerde Dido voorzichtig, want hij leek de enige gast te zijn.

'In het geheel niet,' zei de man. 'Het is een magere tijd.'

'Is dat altijd, zo laat in het jaar? Geen enkele gast gehad?'

Iouda mengde de wijn. 'Geen betalende, dat is zeker,' zei hij.

Dido lachte. 'U vertelt me toch niet dat er hier mensen zonder betalen weggaan?' Hij schoof een lege kroes naar de waard. 'Hier, drink wat met me!'

'Nee, dat is niet zo,' zei Iouda, eveneens lachend. 'Het was de eigenaar zelf die hier verbleef, hij en een vriendin van hem, een knappe jonge vrouw...'

Op dat moment verscheen een vrouw in de deuropening. Ze zei scherp zijn naam.

'Ik ben even in gesprek, *agape*,' zei hij korzelig, terwijl hij zijn kroes volschonk en hij ging verder: 'Zo'n vrouw weet nooit wanneer ze haar mond moet houden – waar waren we?'

'Bij Swintharik en die vrouw,' zei Dido. Hij had geen tijd om eromheen te draaien. 'Waar is hij eigenlijk heen gegaan?'

'Laat eens zien,' zei de man nadenkend en hij nam een slok. De vrouw stond nu achter hem en gaf hem een klap met een vaatdoek. 'Idioot, heer Swintharik had gezegd dat niemand mocht weten dat hij hier was geweest en evenmin waar ze heen gingen! Nu is het toch verraden.' Ze keek Dido onderzoekend aan, vervolgde: 'Overigens heeft mijn man zijn naam niet genoemd. Hoe weet u die dan?'

Iouda verslikte zich en hoestte.

Dido stelde hem gerust: 'Ik ben een oude vriend van Swintharik. Ik wist al van jullie wijnleverancier dat hij hier is geweest. Ik hoopte dat jullie me op weg kunnen helpen. Ik moet Swintharik dringend spreken.'

'Bent u een moordenaar?' vroeg Iouda op vertrouwelijke toon.

De vrouw lachte schamper en riep: 'Die moordenaar, die hem op het spoor is, dat is toch een waanidee van die man! Hij mag dan onze baas zijn en een goeie kerel, hij is stapelgek! Maar denk evengoed niet dat we iets vertellen...' Ze keek Dido triomfantelijk aan en toen keek ze naar de deuropening om hem de weg te wijzen die hij mocht gaan.

Tijd voor de zwaardere middelen. Dido haalde het keizerlijk zegel tevoorschijn en zei: 'In naam van keizer Valens verzoek ik u mij die inlichtingen te verschaffen, want ik heb een opdracht van het keizerlijk hof voor Swintharik. En nee, ik ben geen moordenaar, maar als er een moordenaar achter Swintharik aan zit, moet ik hem waarschuwen.'

Iouda schudde zijn hoofd. 'Uit ons krijgt u niets,' zei hij kordaat. Maar de vrouw, die het zegel had bestudeerd, zei: 'Wat ben je toch een ezel! Eerst vertel je alles en nu hij laat zien dat hij te vertrouwen is, wil je hem de informatie onthouden!' Ze keerde zich naar Dido en zei: 'U hebt er toch niets aan, ook als u kwaad wilt. Hij ging natuurlijk de weg op in de richting Emesa en Antiochië, je kunt geen andere kant op, of je moet van de weg af, maar terug naar Damascus is hij niet, want dan had u hem al gevonden. Als u uw eten ophebt, moet u vertrekken, dat gepraat over moordenaars onder mijn dak bevalt mij niet.'

Dido dankte hen en toen kwam Iouda met nog een inlichting.

'Ik herinner mij opeens dat heer Swintharik een dokter zocht voor zijn kwaal.'

'Welke kwaal is dat?'

Hij lachte. 'Dat is ook een van zijn waanideeën: hij lijdt aan de gevolgen van een oude slangenbeet, en wel die van de dipsaslang.'

'Een zuiplap, dat is het,' zei de vrouw verbeten. 'Ze hebben, speciaal voor zijn wijnzak, een muilezel bij zich, het is een podeoon, gemaakt van een volwassen bok. Het is een belachelijk gezicht: een koploze geit als ruiter op een ezelinnenrug!'

Dido bracht een dag en een nacht door in Emesa, waar hij een aantal mensen ondervroeg. Niemand kon hem iets vertellen. Hij wist niets beters te doen dan de grote weg te vervolgen. Hij had zelfs geen tijd om de nieuwe waterwielen van Hamath te bewonderen; zijn ongerustheid was inmiddels zo gegroeid dat hij bedowijnenkleren aanschafte en de koeriersaccommodaties vermeed; wel bracht hij zijn paard onder in de stallen van een wisselstation buiten de stadspoort, waar hij zich slechts bekendmaakte aan een bekende stalknecht.

Ook in Antiochië, waar het drukker was dan anders, wist niemand iets, hoewel de naam Swintharik er bekend was. Het spoor liep dood. Dido twijfelde. Moest hij op zijn schreden terugkeren en van de grote weg af gaan, of juist verder? Hij bleef een dag langer dan hij van plan was, alleen omdat hij geen keuze kon maken. Ze konden overal heen zijn, naar Klein-Azië, naar Mesopotamië, of gewoon naar een naamloze oase, om onder te duiken bij de nomaden.

Toen besloot hij een laatste poging te wagen bij een van de reizende stammen.

Bij het wisselstation waar hij zijn paard ging ophalen, verzamelden zich van oudsher handelaren en dromedarisdrijvers om karavanen te vormen voor de tochten naar de binnenlanden. Het stonk er verschrikkelijk, mensen en dieren krioelden door elkaar en soms was het verschil moeilijk te zien. Binnen een paar uur zou er een karavaan vertrekken. Dido keek rond of hij een oude man kon vinden, zo een die niets anders doet dan alles in de gaten houden, en verlegen zit om een praatje. De mensen waren allemaal druk bezig. Hij liet wat koopwaar door zijn handen gaan, pingelde, kocht wat nootjes en opeens zag hij een man die niets deed.

Afgaande op zijn mantel en indigo hoofddoek, hield Dido hem voor een bedowijn, al was hij was groter en bleker van huid dan de meesten van zijn volk. Hij zat op een krukje met zijn rug naar Dido toe en keek mistroostig naar iets in zijn hand. Het was het uiteinde van een verband. Het was niet verbazingwekkend dat hij geen bezigheden had, hij had kortgeleden zijn rechteronderarm verloren en was bezig met het afwikkelen van de zwachtel. Deze man zag vast alles wat hier gebeurde. Dido liep op hem toe en keek gefascineerd naar het stompje dat tevoorschijn kwam, het was nog niet helemaal genezen. Opeens hief de man zijn hoofd en keek Dido recht in de ogen.

Het was Axylus.

Dido moest geen reactie hebben vertoond, want de blik gleed weg en Dido liep hem met bonkend hart voorbij. Ook Axylus moest het spoor bijster zijn. En hoe was hij die arm kwijtgeraakt? Had hij al een confrontatie achter de rug met hun oude vriend?

Dido besloot de stad direct te verlaten, maar de man die voor zijn paard had gezorgd, zat wel degelijk verlegen om een praatje. 'Een belangrijke missie, zeker?' vroeg hij indiscreet. 'Er gaan er heel wat over en weer de laatste weken.'

Dido knikte eens en probeerde weg te komen, maar de paardenknecht ging verder. 'Er schijnt van alles mis te gaan in Moesia, hebt u dat gehoord? De keizer wil een verdrag met de Perzen, zodat hij zijn Armeense legioenen naar de Hister kan sturen.'

Nu had hij Dido's aandacht. 'Wat is er voor nieuws van de Hister?' vroeg hij, terwijl hij rondkeek of de eenarmige Axylus niet in de buurt rondscharrelde.

'Ik hoopte dat van u te horen, maar u komt natuurlijk van de andere kant...'

'Ik was er nog niet zo lang geleden,' zei Dido. 'Er was veel gaande, maar voor zover ik weet niets dat het sturen van legioenen rechtvaardigt.'

'Nou geloof me maar,' zei de man, 'de hel is daar losgebroken. Naar het schijnt hebben de Goten, die als smekelingen kwamen, het vertrouwen beschaamd van de keizer, die hen uit barmhartigheid binnen de grenzen had gelaten. Tijdens onderhandelingen in Marcianopolis begonnen ze plotseling te moorden en als het districtshoofd niet koelbloedig had gereageerd, hadden ze de stad overgenomen. Het is oorlog daar.'

Dido had gemerkt dat Antiochië in chaos verkeerde, maar in beslag genomen als hij was door zijn zoektocht, had hij verzuimd om op andere zaken te letten. 'Nu je het zegt...' zei hij. 'Ik zag net nog een man hier vlakbij die een arm miste. Die was zeker al op een slagveld?'

De paardenknecht lachte. 'Welnee! Die man kwam hier enkele weken geleden, hij miste toen alleen een paar vingers. Hij brieste van razernij, omdat een bedowijn hem zou hebben aangevallen. Ik geloof er niets van. Die woestijnlui laten geen slachtoffers ontkomen om hier hun verhaal te doen. Waarom deed hij geen aangifte? Keizer Valens' gezag werkt ook in de woestijn en een Romeins burger verdient toch overal bescherming? Die reiziger verkocht me zijn paard en vroeg waar hij zijn wonden kon laten verzorgen. De etter liep uit de stompjes en de hele hand was al zwart. Ik heb dat als legionair vaak gezien en ik vertelde hem dat zijn arm verloren was; misschien kon een snelle amputatie hem redden. Vloekend en scheldend ging hij naar de stad. Een week later kwam hij hier weer en zoals ik had voorspeld, miste hij een onderarm. Sindsdien hangt hij hier rond. Ik bood hem een baantje aan, want ik kan wel iemand gebruiken, tegen een éénarmstarief natuurlijk, maar hij negeerde me. Hij lijkt op iets te wachten. Die heeft nog niet genoeg geleden, dacht ik, wacht maar tot hij echt honger krijgt! Ik heb goed betaald voor het paard dat hij me verkocht, al zal hij van dat geld niet lang rondkomen.'

'Waar zei hij dat hij overvallen was?'

'Hij kwam uit de richting van Emesa, maar het moet nog vóór Emesa zijn geweest, want hij was al drie dagen onderweg met die wond. Misschien had hij reden om de steden te mijden? Het is trouwens maar de vraag of hij daar goede dokters gevonden zou hebben. Daar staat Antiochië toch om bekend.'

'Ik moet gaan,' zei Dido, maar de man was nog niet klaar. 'Als je hem wilt spreken, moet je snel zijn,' ging hij verder, 'vandaag reist hij met een groep handelaren mee, juist naar Emesa. Ik heb geen idee wat hij daar moet.'

Dido begreep het heel goed. 'Ik wil hem niet spreken,' zei hij. 'Vertel hem niets over mij!'

Hij verzekerde zich ervan dat zijn hoofdbedekking goed zat, leidde zijn paard in een boog om Axylus heen, en vertrok toen in grote haast. Laat Axylus maar denken dat ze nog in Emesa waren, dat zou hem een tijdje ophouden. Nee, als Dido Swintharik zou zijn – en Swintharik kende hier de weg – dan had hij vóór Emesa de grote weg verwisseld voor de kustweg naar Tartus of Laodicea. Waarschijnlijk zou hij kiezen voor een kleine haven.

Ditmaal dwong hij zichzelf om het rustig aan te doen. Mogelijk was hem eerder in de haast iets ontgaan.

Twee dagreizen van Emesa vond hij het spoor terug. Bij het verkennen van de kleinere wegen die kustwaarts leidden kwam hij bij een tweesprong tussen de heuvels, waarvan de zuidelijke hellingen bedekt waren met wijnstokken. Hij steeg af bij een hutje waar men plaatselijke producten sleet aan reizigers. Hij kocht voedsel en vulde zijn wijnvoorraadje aan, want drinkwater is niet te vertrouwen in Syrië. Het was een wijn die naar het hoofd stijgt als een plotselinge verliefdheid en hij wilde al een rustplek zoeken voor de nacht, toen de vrouw die de handel beheerde hem aansprak. Zij, een donker en rondborstig schepsel met smachtende ogen, vertelde dat ze de dochter was van de wijnbouwer van wie de velden zich hier op de hellingen uitstrekten. Het wijngebied liep helemaal tot aan de havenstad Laodicea, en sommige van de wijnbouwers wier villa's langs die weg lagen, beriepen zich op voorvaderen die eeuwen geleden tot de elite van Alexanders leger behoorden.

'U hebt zelf ook iets Macedonisch,' zei Dido vriendelijk, want de paar slokken deden zijn gewone terughoudendheid vervliegen als de ochtenddauw na een glorieuze zonsopgang. De vrouw lachte achter haar hand, en haar gezicht kleurde nog donkerder dan het al was.

'Ik ben Amantha,' zei ze. Ze schonk bij, nam zelf ook een kroes en kwam toen zomaar naast hem zitten. Dido schrok zo dat hij zijn kroes in één teug leegdronk en naarstig naar een gespreksonderwerp zocht. 'Bent u niet bang hier, alleen langs de weg?' vroeg hij toen maar. 'Er moet hier toch veel vreemd volk voorbijkomen.'

'Welnee,' antwoordde ze, zich naar hem toe draaiend. 'Er zijn hier genoeg mensen aan het werk. Over een uurtje komen mijn broers mij ophalen.'

Het bankje was eigenlijk te smal voor een man en vrouw samen, haar borsten drukten zich tegen Dido aan en zij vervolgde: 'Gekken zie ik trouwens genoeg.'

'Vertel eens,' zei hij. Hij durfde niet op te vliegen en te vluchten. Ze legde een arm om zijn middel, vlijde zich wat tegen hem aan, en begon: 'Een paar weken geleden had ik er één die zo dorstig was dat hij een wijnzak meedroeg die was gemaakt van een geitenbok. Die moest ik helemaal voor hem vullen. Hij heeft hier twee dagen rondgehangen, mét die oude vrouw die hij bij zich had, omdat hij een gat moest repareren dat in die zak zat. Het schijnt dat iemand er onderweg een mes in had gestoken. Ik moet zeggen dat die man dat reparatiewerk erg goed deed. Maar gek was hij wel. En die vrouw ook, trouwens.'

'Een oude vrouw?' vroeg Dido. Dat klopte niet. Toch moest het over Swintharik gaan. Een golf van opwinding sloeg door zijn lijf, zijn moeheid was verdwenen.

'Ze leek een oude vrouw,' ging ze verder. 'Ik dacht aanvankelijk dat het zijn moeder was. Na een tijdje merkte ik dat hij geen belangstelling had voor mij, zoals alle mannen die hier komen.' Ze drukte zich nog dichter tegen Dido aan en zoende hem zachtjes in de nek. 'Naar die oude vrouw keek hij wel, en niet met de blik van een zoon. Ik ging op haar letten en volgde haar toen ze ging baden in een bevloeiingskanaaltje waar ik mijzelf ook was – ik ben een schone vrouw! – en het lichaam dat daar uit die ouwewijvenkleren tevoorschijn kwam, was dat van een vijfentwintigjarige, zeker niet ouder. Ze was beeldschoon en haar gezicht, eenmaal gewassen en ongesluierd, was dat van een engel, niets minder. Toen ik een kreet slaakte van verbazing, vloog ze op me af, zette me een sikkelmes op de keel en zei dat ze me zou doden als ik haar geheim verried. Ik ben nooit eerder zo bang geweest. Diezelfde avond moest ik die geit volgooien en ik dankte God dat ze eindelijk...'

Ze verstarde in Dido's armen. Realiseerde ze zich dat ze net had gedaan waarvoor de vrouw haar had gewaarschuwd? Hij streelde haar nek, hoezeer het hem ook tegenstond en ze begon zachtjes te kreunen. 'Ga door,' zei ze, 'ga door!'

Hij haalde diep adem, zocht kracht bij de vogels die om hen heen zongen en bij de rode avondzon. Niemand schoot te hulp. 'Die man en vrouw,' fluisterde hij, 'waar gingen die heen?'

'Ik heb u al te veel verteld,' mompelde ze gesmoord, met haar gezicht tegen zijn borst. Ze trok zijn tuniek halfopen en begon zijn hals te zoenen. Hij deed een laatste wanhoopspoging en legde alle kilte en gemeenheid die hij kon opbrengen in zijn stem toen hij zei: 'Zeg het me, of ik zal je meer pijn doen dan zij ooit zou kunnen. Ik zal je martelen.'

Ze duwde hem achterwaarts tegen de wand van het hutje en kwam schrijlings op een van zijn knieën zitten. 'Ja,' zei ze. 'Doe me pijn, doe met me wat je wilt, ik ben van jou!'

Dido vloog overeind. 'Ik moet weg,' zei hij.

In de deuropening versperde een man hem de weg. 'Wat is hier verdomme aan de hand?' vroeg hij, tastend naar het mes in zijn gordel.

De vrouw was overeind gekrabbeld en ze keek Dido boos aan. Even dacht hij dat zijn laatste uur had geslagen, dat ze hem zou beschuldigen van verkrachting – niets is giftiger dan een afgewezen vrouw – toen verzachtten haar trekken en ze zei: 'Niets, broertje, deze vriendelijke reiziger kocht een kruikje wijn en we hebben fijn zitten praten.'

De man boog in Dido's richting en negeerde hem verder. De vrouw deed hem uitgeleide en fluisterde in zijn oor: 'Goed dat u hem op tijd in de gaten had. Hij ziet mij niet graag met mannen. Als u terugkeert zal ik alle tijd voor u nemen.'

Dido, reeds te paard, wilde haar nogmaals de vraag stellen, maar ze was hem voor. 'Ga naar Laodicea,' zei ze. 'U moet deze heuvelrug oversteken, dat is een pittige rit, maar vergeleken bij de Libanon is het niets. Kijk in het laagland uit voor de moerassen. Die mensen waren hier al weken geleden, maar u zult ze van ver herkennen. Een man in de kracht van zijn leven, een vermomde kween en de derde ruiter is een geitenbok zonder kop.'

'Dank u, de volgende keer zal ik uw gastvrijheid alle eer aandoen,' beloofde Dido, wetend dat hij nooit zou terugkomen. Hij wilde haar vragen om met niemand te spreken over de mensen die ze gezien had, want Axylus zou haar met plezier martelen, maar het had geen zin. Hij kon alleen maar hopen dat Axylus nooit de weg zou vinden naar dit eetstalletje.

In volle galop reed hij de heuvels in. Toch Laodicea, zou Swintharik na al die jaren zijn scherpte kwijt zijn?

De twee hadden dus al een confrontatie gehad met Vitalis' afgezant. Dido kon zich geen reden voorstellen waarom zijn oude mentor zijn rechterhand – hij lachte grimmig bij de gedachte aan die rechterhand – achter Swintharik aan zou sturen. De hele weg naar Laodicea probeerde hij zich te verplaatsen in Vitalis; wat was zijn belang om tegen het bevel van de keizer in te gaan? Hij kwam er niet uit.

Laodicea, een stomvervelende stad, vooral als je geen rust kunt vinden. Hij hing er een week rond en vroeg mensen uit. Weer was het geluk met hem. Een visser had de twee gezien in zijn dorp, dat iets verder naar het oosten lag. Ze waren scheep gegaan naar Cyprus, dat overigens nog niet hun bestemming hoefde te zijn.

'Naar welke haven van Cyprus?' vroeg Dido.

'Cyprus, of Kreta,' zei de visser, fronsend. Opeens wist hij het niet meer zo goed. Meer kreeg Dido niet uit hem.

Hij bekeek de stad, bezocht het hippodroom en herinnerde zich waarom hij nooit naar hippodromen ging – massa's schrikten hem af, hij verkoos verlatenheid. Uiteindelijk liep hij de visser weer tegen het lijf. Hij was in de stad met zijn twee zonen, het was een ruig drietal. 'Een schip vind je niet in deze tijd,' zei de oude man, toen Dido hem en zijn zoons in een taveerne wijn aanbood.

'Als hij betaalt, vader, dan brengen wij hem toch?' zei een van de zoons.

'Nu nog?' de oude man schudde zijn hoofd, stak zijn vinger in de lucht en peilde de wind.

'Ik zou het ook niet durven,' zei de andere zoon lachend.

'Natuurlijk durf ik het!' De oude spuugde op de grond. 'Maar waarom zou ik?'

Dido noemde een bedrag en verschafte hem daarmee een goede reden. De oude stemde toe, hij weigerde echter het paard mee te nemen. Het vaartuig was te klein en een paard dat in paniek raakte, kon een klein vissersscheepje grondig vernielen. Dido verkocht het en wachtte met zijn nieuwe vrienden op gunstig weer.

Toen de wind na drie dagen draaide, staken ze af. De vissers hesen het zeil en gingen om beurten lui op het roer hangen. Het was een buitenkansje voor hen. Het weer was prachtig, ze kregen betaald en hoefden niets anders te doen dan voor de wind naar Cyprus te reizen.

Voor Dido was de reis minder ontspannend. Hij kende zijn Syriërs en sliep nauwelijks, uit vrees dat ze de nacht zouden aangrijpen om hem de keel af te snijden. Maar de dagen gingen voorbij zonder dat dit gebeurde; ze aten samen en vermaakten zich met de spelletjes die zeelieden spelen. Dido's wantrouwen verdween, het waren vriendelijke, eenvoudige mensen. De gedachte aan een roofmoord was waarschijnlijk niet in hen opgekomen; hij schaamde zich voor zijn voorbarige oordeel.

De reis duurde lang.

Misschien waren de vissers nooit ver uit de kust geweest, misschien konden ze niet navigeren, want toen de wind uit een andere hoek begon te waaien, dreef het schip een eind terug naar het oosten, en de vissers meenden dat ze in Klein-Azië zouden landen. Uiteindelijk bleek het toch Cyprus, alleen kwamen ze niet aan in Constantia, dat een generatie eerder nog Salamis heette, maar in Paphos, aan de westkant van het eiland en dat betekende extra oponthoud, want nu moest Dido over land naar Constantia.

Dat had hij tenminste steeds aangenomen. Er was echter geen reden waarom Swintharik en zijn gezellin niet naar Paphos konden zijn gevaren. De bestemming lag natuurlijk niet in hun hand; zo'n schip had een reisdoel en zij hadden zich aan te passen. Of hadden ze genoeg geld om de koers te bepalen? In dat geval konden ze overal zijn.

Zo liet Dido zijn gedachten gaan en hij gunde zichzelf geen rust tot ze veilig de haven binnenvoeren. Ook dat duurde langer dan nodig, want de vissers gooiden op enkele mijlen van de haven de netten uit, tot ze de boot vol hadden gevist. Zo hoefden ze de haven niet aan te doen zonder koopwaar.

Stinkend naar vis nam hij afscheid van de goede Laodiciërs, die hem omarmden en kusten alsof hij een van de hunnen was. Hij negeerde de ingewanden die nog aan hun ruwe kleren hingen en beantwoordde hun hartelijkheid op gepaste wijze. Daarna ging hij de stad in om een gasthuis te zoeken voor de nacht. Hij wist dat de eilanders niet zomaar bereid waren om inlichtingen te verschaffen aan een vreemdeling. Dat ging beter in de avonduren, als ze aten en dronken en uitrustten van de arbeid. Eenzaamheid, verveling en een slok wijn konden wonderen doen.

Hij nam een kamer die meer kostte dan redelijk was, maar het reisbudget was nog maar nauwelijks aangesproken en hij verlangde naar een gerieflijk verblijf, al was het maar voor één nacht. Hij waste de reis van zich af, sliep een paar uur en tegen het invallen van de schemering ging hij terug naar de haven. Vreemd genoeg was het schip van de vissers al verdwenen; zij moesten de aflandige wind hebben benut. Hoe hadden ze zo snel een scheepslading vis kunnen verkopen? Misschien voeren ze naar Constantia, of ze gooiden nogmaals hun netten uit.

Dido had met hen mee kunnen gaan naar Constantia, maar zijn vertrouwen in hun navigatiekunst was beperkt en het leek hem beter om eerst wat rond te vragen en, als het moest, over land verder te reizen.

En toen, terwijl hij daar uitkeek over de zee en nadacht over de volgende stap, zag hij een grote hoeveelheid dode vis in de haven drijven. Het moesten er honderden zijn die daar in een massa waren samengeklonterd en tegen de kademuur op klotsten. Het was vrij verse vis, want hij rook ze nog nauwelijks. In iedere haven drijft wel wat, maar zo veel had hij nog nooit gezien. Eerder waren er geen vissersboten geweest, zij waren de enigen die met vangst waren binnengelopen. Wat had die mannen ertoe gebracht hun rijke vangst in de haven te gooien en ijlings te vertrekken? Hadden de autoriteiten, of de plaatselijke vissers hen het land uitgezet om hun eigen nering te beschermen?

Dido kocht een kruik wijn en ging op een muurtje zitten, bij een paar oudjes die netten boetten en druk roddelden. Dat waren altijd en overal de mensen wie niets ontging. Hij probeerde zijn gehoor aan te passen aan hun dialect, want als niet-Griek had hij altijd wat moeite met alles wat afweek van *koine*, de omgangstaal. Ondertussen peinsde hij hoe hij zich in hun conversatie kon mengen, zonder dat ze meteen als oesters zouden dichtklappen. Tenslotte was hij een buitenstaander. Hij besloot zo lang mogelijk te wachten. Uiteindelijk hoefde hij hun alleen maar een slok te bieden, dat was beter dan enig gespreksonderwerp.

Opeens besefte hij waarover ze het hadden – nooit eerder was zijn intuïtie trefzekerder geweest, wat een geluk! Hij spitste al zijn zinnen, want het ging over een man die helemaal uit Salamis was komen lopen met een geit op zijn rug.

'Het mooiste vond ik nog dat ouwe wijf dat bij hem was,' zei er een. 'Bij de liefdesgodin, wat kon die kijven, daar kan mijn vrouw een puntje aan zuigen.'

'Als je dat een oud wijf vindt, Aristeides, dan heeft het glaucoom je voorgoed de blik vertroebeld,' zei een ander. 'Zeker als ik kijk wat jij thuis gewend bent. Nee, hoe oud ik ook ben, die zou ik best op mijn strozak willen aantreffen.'

'Het was een goed wijf,' beaamde een derde, 'en ze had het goed bekeken want zij zat op de ezel, terwijl hij de last te dragen had. Reken maar dat die geit zwaar was.'

'Niet toen ze aankwamen,' zei Aristeides weer. 'Dat dier was zo plat als een papyrusvel. Hij heeft hem op de markt laten vullen.'

Ze begonnen over het bekende verhaal van de twee ezels. De een kiest voor de strobalen, de ander voor het zout. Bij het doorwaden van een rivier zuigen de balen zich vol, maar het zout lost op en verdwijnt. Een van de boeters kwam met de variant: een ezel draagt het voedsel, de ander draagt zijn baas. Na weken reizen heeft de voedseldrager een leeg pakzadel, terwijl de baas nog even vet is als voorheen.

'Hier draagt de ene ezel een wijnzak, en drinkt die zelf leeg. De andere draagt de vrouw, maar wie is beter af?' De mannen lachten en boetten en lachten nog harder.

Dido besloot op dit punt in te breken en vroeg: 'Is dit lang geleden gebeurd? Ik had dat wel eens willen zien.'

Ze keken op van hun werk, terwijl de handen gewoon verder gingen. Ze zwegen, tot hij ze zijn kruik toestak. Een voor een deden ze hem eer aan, en toen er geen druppel meer in zat, zei een van hen, de man die Aristeides werd genoemd: 'Jammer voor je, baas, maar die lui zijn vanmiddag vertrokken in die vissersboot.'

'Waarmee je zelf gekomen bent,' vulde een ander aan, knipogend naar zijn makkers. Niets ontging deze kerels.

'Die vissers hadden zo veel haast, dat ze hun hele lading overboord gooiden,' zei de derde. 'Met een beetje pech stinken we hier over twee dagen de haven uit. Dat is minder lollig.'

'Maar waarom hadden ze zo'n haast?' vroeg Dido, terwijl de moed hem in de schoenen zonk.

'Wat denk je, baas, voor het geld natuurlijk.' Ze begonnen alle drie te lachen.

'Weten jullie waar ze naartoe zijn?' vroeg Dido wanhopig. 'Naar Constantia soms?'

'Als je soms Salamis bedoelt, nee. Daar kwamen ze net vandaan. Maar ik hoorde dat ze naar Cnidus wilden, via Rhodos, de gekken. En die kant gingen ze ook op.'

Hij dacht niet dat hij ooit eerder in zijn volwassen leven zo veel pech had gehad.

'Zijn er nog vissers die mij die kant op zouden kunnen brengen?' vroeg hij ten slotte. Ze keken hem een tijdje aan en toen zei een vierde, die tot nu toe niets had gezegd: 'Alleen zo'n vervloekte Syriër is gek genoeg om daarheen te varen op dit moment. Zeelieden zijn het niet.'

'Wat bedoel je?' vroeg Dido.

'Die mensen wilden rechtstreeks, dus niet langs de kust. Dat is met een vissershulkje al onverstandig genoeg, maar uitgerekend vandaag... Voel je niet wat er in de lucht hangt, baas?'

'Ik voel niets,' zei Dido.

Ze schudden hun hoofden, besloten kennelijk dat het geen zin had om een buitenstaander iets uit te leggen, en hervatten zwijgend hun werk.

Dido deed nog een poging. 'Wie van u weet of er nog iemand die kant op gaat, de komende dagen?'

Ze haalden hun schouders op, op één na, die zei: 'Niemand, eigenlijk. Maar als je het niet erg vindt om een stuk over land te reizen, kun je altijd met Lambros de Ciliciër meevaren, die brengt wel vaker reizigers naar het vasteland, hij gaat wel eens naar Anemurium, en dan nog een eind verder langs de kust, maar nooit verder dan Xanthos, want daar heeft hij een vrouwtje zitten.'

'Waar kan ik die Lambros vinden?' vroeg Dido.

'Het is een eindje lopen; ik dacht dat hij nu in Arsinoë is,' zei de oude visser. Hij keek naar zijn makkers. 'Was dat niet gisteren, toen hij ons kwam opzoeken? "Overmorgen ga ik weer naar het vasteland," dat zei hij, is 't niet?'

De anderen knikten. 'Precies zo zei hij 't.'

'Dan ben ik dus alweer te laat?'

Aristeides schudde zijn hoofd. 'Ben je gek. Het is helemaal niet ver, luister niet naar Phaidon, die ouwe sok. Toen ik nog jong was, liep ik iedere dag heen en weer naar Arsinoë.' Hij wuifde in de richting die Dido moest ingaan. 'Vooruit, opschieten!'

Dido bedankte de mannen en spoedde zich naar zijn gasthuis. Hij rekende af, verzekerde de verbaasde eigenaar dat hij die nacht niet zou blijven en ging op weg naar Arsinoë.

Uren later, het was allang nacht, liep hij nog steeds, zwetend en bestoft, op een eindeloos stijgende weg, en geen spoor van Arsinoë. Hij vervloekte zijn goedgelovigheid en besloot nooit meer naar seniele grijsaards te luisteren. Wat was die man vroeger geweest, renbode? Of had hij het te paard gedaan? Ergens na middernacht bereikte hij, na een lange klim, een heuveltop en vandaar ging het bergafwaarts. Hij ging steeds sneller lopen, om de verloren tijd in te halen en omdat terugkeren ondenkbaar was. Bij het allereerste ochtendgloren zag hij Arsinoë in de diepte liggen. Hij wilde niets liever dan een slaapplek zoeken, maar dwong zichzelf naar de haven te gaan. Daar lag een tiental schepen onrustig te bokken. Bij een ervan gooide net een jongetje de lijnen los. Dido riep van ver: 'Is dit schip van Lambros de Ciliciër?'

'Jazeker!'

Hij gooide zijn bagagetassen op het dek en sprong erachteraan. 'Ik wil graag meevaren tot Xanthos, als je het goedvindt.'

Lambros, een zware man met een lange baard, grijnsde vriendelijk. 'Als u betaalt, bent u welkom.' Hij vertelde dat hij alle kustplaatsen onderweg zou aandoen. Dido ging zitten, hij was blij. Zo zou hij overal navraag kunnen doen. Veel later pas zou hij beseffen dat te veel navraag ook niet verstandig is; wie een moeilijk spoor volgt, laat zelf ook een spoor na.

Ter zake deed dit allemaal niet, want tegen de avond van diezelfde dag, uitkijkend over de zee, meende hij in de verte al de wazige contouren van de kust te onderscheiden, maar toen het weerlichtte in de donkere massa, besefte hij dat het donderwolken waren. Hij draaide zich om en zocht met zijn ogen de Ciliciër, die eveneens naar de donkere formaties staarde en opeens druk in de weer ging met zijn zeil alsof hij onheil verwachtte.

En opeens kantelde de wereld en het volgende moment stond de waterspiegel als een muur voor hem. Het dek verdween onder zijn voeten; hij voelde zich opgenomen door hoge golven en meegezogen in de diepte.

Hij verloor niet zijn verstand, maar hield zijn lichaam ontspannen, want door een worsteling, wist hij, zou hij korter profiteren van de lucht in zijn longen. Na enige tijd duwde de zee hem weer naar de oppervlakte; hij zag alleen donkere golven om zich heen, minder hoog dan hij had verwacht in die plotselinge orkaan. En toen besefte hij dat ze snel afvlakten en in de laatste zonnestralen was de zee weer glad als voorheen. Vlakbij zag hij het scheepje, dat zich moeizaam leek op te richten van een slagzij. Hij riep zo hard als hij kon om Lambros' aandacht te trekken. Niemand antwoordde, was de man overboord geslagen?

Nogmaals riep Dido en nu zag hij het silhouet van de grote man die overeind kwam en leunde tegen de mast.

'Hier ben ik!' riep Dido. 'Help me!'

'Je brengt ongeluk, christen!' De stem van Lambros klonk zwak. Het silhouet was in de weer met een scheepslijn en opeens rees het zeil, een vuilwitte driehoek in het duister.

Dido was even sprakeloos, toen riep hij: 'Ik ben geen christen!'

Lambros antwoordde niet meer, en toen Dido vlak daarop hoorde hoe de wind vat kreeg op het zeil, kon hij het scheepje al niet meer zien.

Hij riep nogmaals. Hij riep twee, drie keer en uiteindelijk begreep hij dat er geen hulp zou komen, en ontdeed zich van zijn zware kleren. Hij had het niet veel langer kunnen volhouden en ook zonder zijn kleren, wist hij, zou hij niet lang overleven. Het insigne dat hij om zijn nek droeg, behield hij, zodat zijn dood kon worden gemeld, als zijn lichaam op een strand zou aanspoelen. Hij besloot niet te zwemmen. Met deze weersgesteldheid in een zee die de warmte van een vriendelijker seizoen had bewaard, kon hij een hele nacht blijven drijven; hij wentelde zich op zijn rug en probeerde door het reguleren van zijn adem zijn drijfkracht te vergroten.

Zo lag hij daar te kijken naar de sterren en net als in zijn kindertijd, toen hij op straat leefde, voelde het of de diepten tussen de sterren hem opzogen tot er niets meer van hem over was. Hij droomde en dobberde op die vlakke zee en langzaam daagde het besef dat het geen storm was geweest, maar dat hem hetzelfde was overkomen als op die dag van verschrikkingen, die hij liever was vergeten.

* * *

In zijn vroegste herinnering leefde Dido op straat, hij moest drie of vier jaar zijn geweest en was voor zijn voedsel afhankelijk van bedelen en van wat anderen weggooiden. Bedelen was gevaarlijk. Hij wist dat slavenhandelaren joegen op zwerfkinderen en dat hun waarde steeg naarmate ze ouder waren en beter konden werken. Soms zag hij kindslaven en hoewel die elke dag te eten kregen, wilde hij niet eindigen als zij. Hij had geen idee wat hij wel wilde, afgezien van overleven. Van de wereld buiten de stegen en van de haven had hij geen weet.

Soms stal hij het eten van een woeste kettinghond, die de schrik was van de buurt. Die kreeg meer te vreten dan hij op kon en als hij lag te slapen, griste Dido de resten uit zijn bak. Dat lukte niet altijd. Er kwam een dag dat hij zich op een half ingestorte muur in veiligheid moest brengen. Van zijn vodden was niet veel meer over, en een beet in zijn linkerbovenbeen liet een litteken achter dat nooit meer zou verdwijnen.

Maanden, misschien jaren later – hij was al wat groter – had hij zich moeten verdedigen tegen een paar kinderen die in dezelfde situatie zaten als hij. Hij sleep een tentharing, die hij op een verlaten legerkampplaats had gevonden, lange tijd op een gestolen wetsteen, tot het ding zo scherp was dat hij de haartjes van zijn arm ermee kon afscheren.

Die avond zocht hij de hond op die hem destijds gebeten had. Hij klom op het platte dak boven de plek waar het beest zijn eten kreeg, wachtte op voedertijd en toen de slaaf die de bak vulde zich had verwijderd, liet Dido een zware muursteen recht op de hondenkop vallen. Hij besprong het verdoofde beest en sneed het de keel door. Hij had niet nagedacht hoe hij hem van de ketting los moest krijgen. Na een korte aarzeling hakte hij in op de nek totdat uiteindelijk de kop loskwam van de romp en hij sleepte het slappe, hevig uit de stomp bloedende lichaam naar de steeg waar hij achter een berg afval woonde. Het villen en in stukken snijden van de hond kostte veel tijd en moeite, maar Dido leerde snel. Hij sneed een dunne lange riem van de afgestroopte huid en knoopte de stukken aan elkaar; vervolgens spande hij de riem in zijn steeg.

Toen alles klaar was, nodigde hij de andere kinderen uit om met hem te eten. Ze braadden de brokstukken op een vuurtje, aten zich zat, en voor even had Dido vrienden, al wist hij dat de grootsten onder hen hem evengoed aan een handelaar zouden verkopen, als dat zo uitkwam. Na het eten vroeg hij hun aandacht: 'Ik wil dat jullie mijn vrienden zijn, maar hier woon ik, en wie over die riem heen stapt, zal het vergaan als die hond.'

Niemand zou hem meer te na komen. Hij ging tijdelijke allianties aan en bedelde met zijn spitsbroeders langs de achterdeuren van huizen; bij de keukenslaven van rijke families viel genoeg te halen, maar op straat was hij voorzichtig, want de zwerfkinderen kwamen en gingen. Veel van hen verdwenen zonder een spoor achter te laten, anderen eindigden op de vuilnisbelten. Er gingen geruchten over wat die kinderen was overkomen en als de helft daarvan waar was, hadden ze alle reden om het daglicht te schuwen.

Iedere avond trok hij zich terug achter zijn grens en sliep met zijn mes in de hand op een hoop vodden. Hij had altijd stenen onder handbereik om de honden van zich af te houden, maar als ze vriendelijk waren, gaf hij ze te eten. Aan de ratten was hij gewend, hij deelde zijn brood met hen. Ratten waren fijne dieren, betrouwbaarder dan honden of mensen, daarvan was hij nog steeds overtuigd.

Op een dag miste hij de ratten. Misschien deden ze zich tegoed aan een dood kind in een nabije steeg, zoals ze dat eens met Dido zouden doen. Hij legde zich te slapen; ze zouden terugkomen, daaraan twijfelde hij niet.

Hij zou ratten noch honden ooit weerzien, want die nacht schrok hij wakker van een donker gerommel, en terwijl hij in paniek overeind kwam, begon de grond onder zijn voeten te golven en te schudden, zodat hij plat op zijn gezicht viel. Hij wilde opkrabbelen en de steeg verlaten, want hij wist dat de gebouwen om hem heen konden instorten, maar het lag al tot op manshoogte vol stenen en terwijl hij nog keek, wankelden de muren en vielen over hem heen. Hij zag niets meer, toch was hij niet bedolven.

Tastend in het duister voelde hij puin overal om zich heen. Bij gebrek aan mogelijkheden ging hij weer liggen en gaf zich over aan de slaap. Later werd hij wakker en het was nog altijd donker. Hij probeerde op de tast een uitweg te vinden, maar overal stuitte hij op steenplaten en balken die hem de doortocht belemmerden. Hij vond een korst brood en at. Weer sliep hij, ontwaakte en sliep opnieuw. Uiteindelijk, vier dagen na de beving hoorde hij stemmen en opeens brak een straal licht door in zijn duisternis.

'Is hier iemand?' riep een stem. Dido zweeg en overwoog zijn kansen. Toen riep hij terug, want alles was beter dan de hongerdood sterven. Vele handen werkten samen aan het wegruimen van de obstakels en spoedig vond hij zich omringd door een groep mannen, waarvan de leider zich voorstelde als Vitalis.

'Wat is dit hier?' vroeg hij. 'In welk huis woonde jij?'

Dido zweeg, hij wilde niet dat de ander wist dat hij op straat woonde. Toen zag de man zijn hondenhuid, die nog altijd onbeschadigd in een cirkel Dido's kleine territorium aangaf.

'Wat is dit?' vroeg hij verbaasd.

'Dat is mijn huis,' antwoordde Dido nors. 'Wie daaraan voorbijkomt, zal het bezuren.'

De mannen barstten in lachen uit. Vitalis sprak: 'Zien jullie dat?

Hij heeft een koninkrijk gemaakt van een huidriem – net als Dido! Hoe heet jij, jongen?'

Dido haalde weer zijn schouders op, want al had hij verschillende bijnamen op straat, zelf had hij nooit over een naam nagedacht.

'Dan zal het Dido zijn,' zei de man. 'Besef je dat er een wonder is gebeurd, Dido?' Hij wees om zich heen. 'Er staat geen huizenblok overeind in deze buurt, en er zijn talloze doden te betreuren, maar jouw kleine koninkrijk is gespaard gebleven. De muren zijn zo ingestort dat ze in een boog over je territorium hingen. En alles binnen die gespannen hondenhuid is gespaard gebleven, je moet wel een machtige beschermengel hebben!'

Dido had geen idee waarover Vitalis het had, maar toen hij vroeg of Dido mee wilde, aarzelde hij niet lang. Hij was niet gewend aan vriendelijkheid en hij wist dat hij hier geen toekomst had. Ze vertelden over de reis die ze wilden maken langs de kust, en daarna dwars door Italië. Uiteindelijk zouden ze naar de keizerstad Constantinopel gaan. Onderweg zou Dido alles leren wat een mens nodig had. Het belangrijkste was: ze boden hem de keus. Waren het slavenhalers geweest, of enge mensen die kinderen gebruiken voor bizarre orgieën, dan hadden ze hem wel op het hoofd geslagen en in een zak gestopt.

Natuurlijk zei hij ja.

Als het water al koud was, dan voelde Dido het niet. Hij dreef op zijn rug en ademde hoog zodat zijn longen grotendeels vol bleven. Dat kon hij dagenlang volhouden, zijn enige inspanning waren de armbewegingen waarmee hij zijn evenwicht regelde. Hij dacht niet aan zijn nabije dood, maar genoot van de rust onder de wemelende sterrenkoepel en de grote deining waarvan hij deel uitmaakte.

Uren eerder had hij aanvaard dat zijn krachten het uiteindelijk zouden begeven; in een lange luie spiraal zou hij naar de diepte zinken, tot vreugde van hongerige vissen en krabben. In een halve droom overdacht hij zijn leven. Hoewel hij waarschijnlijk nog geen dertig was, voelde hij zich oud. Hij had, zoals de dichter zegt, meer herinneringen dan een duizendjarige. Het begin was vaag geweest, de gruwel altijd aanwezig. In Constantinopel was hij pas gelukkig geweest nadat Swintharik de erfenis van de heidense gebruiken ter discussie had gesteld. Swintharik was ook degene geweest die Dido had leren zwemmen en drijven.

Waar was Swintharik nu? Dido betreurde dat hij onmachtig was om de moord op zijn oude vriend te verhinderen, al kende hij hem als iemand die zichzelf kon redden. Zijn nieuwsgierigheid was niet bevredigd. Waarom wilde Vitalis Swintharik dood hebben? En hoe zat het met die keizersmoord?

Spoedig zou hij zelf dood zijn. Zeelieden leren nooit zwemmen, omdat ze een snelle dood verkiezen boven een urenlange doodsworsteling. Dido lachte daarom, zou hij het zelfs merken als de doorwaakte nacht overging in een nacht van eeuwige slaap?

Hij zag het ochtend worden en hoorde de zeemeeuwen krijsen. Hij kantelde zijn lichaam en watertrapte om voor de laatste keer te genieten van de dageraad, maar tot zijn verbazing ging die grotendeels verborgen achter een zwarte berg, een oprijzend silhouet achter een rotswand, die zo dichtbij was, dat hij het breken van de golven kon horen en zelfs het bruisen van de branding. En net toen hij besloot om te gaan zwemmen, voelde hij zand onder zijn voeten.

Een uur later liep hij, naakt en koud, een dorp binnen. Zijn voeten en enkels bloedden van de stenen en het lage struikgewas. Hij maakte zich bekend als imperiaal boodschapper bij het dorpshoofd en eiste op barse toon kleding en een paard. De man wilde tegenwerpingen maken, maar bij het zien van het insigne veranderde hij van gedachten. Dido gaf hem geen adempauze. 'Eerst een maaltijd, een onderkomen en een bed graag. Hoe heet het hier?'

'Palaia,' antwoordde de man kruiperig. 'Dit is een gehucht, maar dertig mijl naar het noorden vindt u een garnizoen. Daar zijn ze beter toegerust dan wij om een belangrijk man te ontvangen.'

'Ik slaap in het gasthuis dat u me biedt.'

Evengoed barricadeerde Dido even later de deur, hij had genoeg levenservaring om te weten dat een mens juist daar het onveiligst is waar hij zich geborgen waant. Waar kon hij nu het spoor oppakken? Moest hij op zoek naar Axylus of naar Swintharik? De eerste zou Dido vanzelf bij de laatste brengen – als hij hem niet al had vermoord. Dido rilde bij de gedachte dat hij misschien een confrontatie aan zou moeten gaan met Axylus, die eens zijn vriend was geweest – ook al had hij nu nog maar één arm.

Hij sliep slecht die nacht.

* * *

Nog altijd kan ik nachten wakker liggen als ik denk aan die tijd in Massilia en aan wat daarna gebeurde. En juist nu, nu mijn kroniek de episode nadert die ik het liefst zou vergeten, maakt een grote onrust zich van mij meester. Mijn vrouw heeft al aangeboden het schrijven van mij over te nemen, tot het verhaal een nieuwe wending neemt; tot we bij vrediger momenten van mijn leven komen. Maar ik zeg haar: ik zal mijn demonen zelf onder ogen moeten zien. En wat betreft die vrediger momenten; voor zover onze levens die al kenden, zijn ze voor het verhaal niet van belang.

Wij reizen op dit moment door Gallia – onze huidige verblijfplaats is Parijs en mijn vrouw heeft nooit gebrek aan werk. Ze brengt kinderen ter wereld en zet gebroken botten. Ze geneest de zieken, troost hen die lijden en ze maakt het de stervenden gemakkelijk te sterven. En ik – mijn naam blijve Niemand – ik probeer mijzelf los te maken van de jongen die ik was en ik schrijf voort.

13

Het versteende woud

(Moesia Inferior, winter 376-377)

Eleutherius had de stemming in het kamp voelen omslaan en de vijand die zich in hun gelederen ophield, viel niet te onderschatten: verveling. Als de mannen wilden vechten, het zij zo, hij hield ze graag scherp. Ze verdrongen zich om tegen hun commandant te mogen strijden en hij genoot van hun tegenspel.

'Houten zwaarden?' Een heethoofd had zijn minachting niet kunnen verbergen. Die zou het niet lang maken als de echte strijd aanbrak; misschien leerde hij tijdig bij. Eleutherius was streng. 'Echte wapens zijn voor de echte strijd. Ik zou me eens kunnen vergissen en iemand in stukken hakken.'

Ze hadden gelachen, want niemand toonde in het gevecht zo veel beheersing als Eleutherius. Geen houw van zijn zwaard raakte iets onbedoeld, geen slag ging verloren; voor de omstanders leek het of hij in gedachten verzonken stond en veel trager bewoog dan zijn rondwervelende tegenstander, maar dat was slechts schijn. Met zijn bedachtzame, bijna verveelde zwaardstijl was hij onverslaanbaar en niemand verwachtte hem in een oefengevecht aan te kunnen. Het bleef bij oefenzwaarden, hij wilde geen mannen verspelen in speelse tweegevechten. Ruzies mochten ze alleen op de vuist uitvechten.

Tevreden stelde Eleutherius, die zijn veertigste jaar al enkele winters achter zich had, vast dat hij zich ook wat uithoudingsvermogen betrof nog altijd kon meten met de besten. Drie mannen had hij al verslagen en de vierde wilde het nog niet opgeven; hij brieste en zwoegde, hij hakte als bezeten, en het zou niet voor het eerst zijn dat er een oefenzwaard versplinterde, al waren die van het hardste eiken en verstevigd met lood en repen ijzer.

Eleutherius had zich zelfs nog niet werkelijk hoeven inspannen. Terwijl zijn reflexen het zwaard bestuurden en hij tegenslagen pareerde, dwaalden zijn gedachten af. Hoe zou het zijn als al het leven op deze plek plotseling versteende? Wat als hij, mét al zijn makkers, zou verstenen? Eens in de duizend jaar gebeurde dat, vertelden de boeren over deze plaats, die bekendstond als 'het versteende woud'.

Enkele weken eerder, op de weg van Marcianopolis naar Odessus, had Eleutherius hier een basiskamp laten inrichten, zodat er een open verbinding bleef met de zee. Als alle andere aanvoerwegen waren afgesloten, konden er nog altijd voorraden binnenkomen vanuit Odessus. Misschien zou keizer Valens daar zelf in de haven arriveren. Wanneer hij kwam was nog niet bekend.

Eleutherius glimlachte, terwijl hij een stoot pareerde; hij dacht aan Lupicinus, die hem hierheen had gestuurd, juist op het moment dat Eleutherius' mannen hem het meest van dienst hadden kunnen zijn. Na het verraad van Marcianopolis bleven de Goten de stad aanvallen, maar uiteindelijk waren ze, vermoeid, slecht bewapend en door honger gedreven, over de hele provincie uitgezwermd. De Romeinse troepen waren in de steden gebleven, ze deden af en toe een uitval als de plunderende bendes te dichtbij kwamen, maar konden niet verhinderen dat boerderijen en villa's in vlammen opgingen in de weken na de mislukte conferentie. Niemand wist waar Fritigern was en de Greuthungi hielden zich nog altijd schuil in de bergen.

Op een avond was Catualda in het kamp komen aanlopen. Hij kon geen inlichtingen geven over de verblijfplaatsen van zijn volk, had hij gezegd. Hij was tenslotte een neutrale waarnemer.

Het aan Eleutherius toegewezen gebied was snel onder controle gebracht. De Goten deden nog een paar pogingen om de verst afgelegen boerderijen te plunderen, maar de ruiters sloegen hen hard af en de overlevenden verdwenen naar de andere kant van de afgeplatte berg ten noordwesten van Marcianopolis. Daar, op minder dan tien mijl van de stad, had Lupicinus uiteindelijk de confrontatie gezocht met de Gotenmassa.

Eleutherius, die zich door zijn verkenners op de hoogte liet houden, was met Quintus, Catualda en een klein escorte langs de glooiende kant omhoog gereden en vanaf het plateau hadden ze de strijd gadegeslagen die plaatsgreep aan de schaduwzijde. De Goten vielen aan als de rusteloze golven van de zee en overspoelden de geordende troepen, sloegen ze uiteen en verpletterden ze. De Romeinse cavaleristen vluchtten alle kanten uit, voor zover ze niet in het nauw zaten en onder pijlenregens neergingen.

'Dit kost ons zeker zesduizend man,' zei Eleutherius zonder zijn onverstoorbaarheid te verliezen. 'De infanterie is weggevaagd.'

'Moesten wij daar niet bij zijn?' vroeg Quintus tussen twee vloeken door, want vanaf hun positie konden ze de slachtpartij duidelijk waarnemen.

'Oorlog is mooi, maar alleen op het juiste tijdstip,' had Eleutherius gezegd. Daar kwam bij: tegen stommiteit valt niet te vechten. Lupicinus was te snel geweest met zijn expeditie, hij had niet op versterkingen willen wachten en liet zich steeds verder van de stad weglokken. De Goten kregen hem waar ze wilden; ze omsingelden hem en dreven zijn leger de vallei in, waar nauwelijks vluchtwegen waren. Lupicinus wist zich met een honderdtal cavaleristen in veiligheid te brengen; vleugellam trok hij zich terug in de stad.

Ook de Goten hadden grote verliezen geleden, maar zij waren lang niet op volle sterkte en nog altijd slecht bewapend. Dat veranderde na de slag, want elk van de dode Romeinen liet een wapen achter op het slagveld; paarden vielen in barbaarse handen en de dode dieren waren als bron van voedsel net zo waardevol als de levende. Na de strijd vertrokken ze in groepen over de vlakte en die avond bloeiden hun kookvuren als sterren aan de nachthemel. De toeschouwers, die de nacht doorbrachten op een heuvelrug, meenden zelfs dat ze de braadlucht konden ruiken.

Later hoorde Eleutherius dat de regimenten in de andere garnizoenssteden hadden geweigerd om Lupicinus te hulp te schieten bij een vervolgcampagne. De troepen aan de Hister ondertussen, konden niet weg; de grensbewaking was al tot een minimum teruggebracht. In de hele provincie, behalve tussen Marcianopolis en Odessus, waren boeren en landheren gevlucht of ze hadden zich verschanst in afwachting van het onvermijdelijke. Koeriers spoedden zich naar de beide caesaren, met een verzoek om versterking, maar Gratianus, de caesar van het westen, had nog altijd de handen vol aan de Alamannen en Valens zat nog altijd vast in Armenië waar hij de Perzen bevocht.

En nu gebeurde er al weken niets meer.

Het vechten moe, draaide Eleutherius zich soepel weg uit de richting van de wanhoopsaanval die zijn tegenstander inzette, zodat deze zijn evenwicht verloor en, nog versneld door een formidabele trap tegen zijn achterste, hard tegen de grond sloeg, waar hij met bebloed hoofd bleef liggen. De mannen, die onder de rotsstaketsels toekeken, betuigden hun instemming. Een van hen stond al op om het over te nemen, maar Eleutherius sloeg de uitdaging af. 'Genoeg voor vandaag,' zei hij. 'Ik zie vier van jullie met kneuzingen en wonden. Ook de meest ervaren krijger kan zichzelf verliezen in het vuur van de strijd, zelfs al betreft het een oefening. Ik kan niet voorkomen dat we kameraden verliezen in de oorlog, maar het is zinloos om ze te verliezen aan vrede en verveling.'

Quintus en Catualda hingen rond bij de 'troon', een natuurlijke rotszuil van vier manslengten hoog, die aan de onderkant de vorm had van een zetel met een zeer hoge rugleuning. Eleutherius zat er graag als hij moest nadenken.

Aanvankelijk hadden zijn makkers zich verzet tegen Eleutherius' locatiekeuze: te veel open veld, te weinig beschutting om een permanent kamp te vestigen. Zij wilden een plek zoeken met natuurlijke begrenzingen of met de mogelijkheid voor een omwalling of palissade. Hier bestond de bodem uit harde rots of anders moeras, een tussenvorm vonden ze niet. Eleutherius had alle kritiek van zich af laten glijden. 'Van veiligheid worden de manschappen week, ze moeten in beweging blijven, patrouilles rijden, de wijde omtrek in de gaten houden. Een versterking kan ook een gevangenis zijn; dat zie je aan de steden.'

En dan waren er de boeren van de streek, die morden nog altijd, maar dat deden boeren nu eenmaal; hoe hoog de prijs ook mocht zijn die ze betaalden voor hun bescherming, er was er niet één die de voorkeur gaf aan de barbaren, zelfs niet de kolonisten van Gotische afkomst die hier al een generatie woonden.

De zon stond al laag; de eerste vuren vlamden op en wierpen hun licht-en-schaduwspel tegen de verweerde rotszuilen.

'Je bent het nog niet verleerd,' zei Quintus. 'Het is een genoegen om je te zien vechten, je zou het goed doen in een arena.'

Catualda was het met hem eens. 'Ik beklaag de vijand die het tegen een titaan als Eleutherius moet opnemen,' zei hij. 'Hoe kan een man met zijn gestalte verliezen?'

'Dat is niet moeilijk,' zei Eleutherius. 'Een grote man heeft meer kans te worden geraakt door zwaard of projectiel. In de strijd heeft hij zelden één man tegenover zich; hij moet altijd beducht zijn voor groepjes die hem omsingelen en doorsteken.'

'Je gaat ons toch niet weer je littekens laten zien?' vroeg Catualda, en ze lachten allemaal, want Eleutherius had gevochten zonder pantser en hoewel hij nog bezweet was van het gevecht, was zijn huid zo gehavend dat hij nooit zou glimmen zoals een ongeschonden man, ook al kleurde de late zon zijn spieren rood, alsof *hij* het was die bloedde.

'Je bent net zo verweerd als die stenen boomstammen die hier staan,' merkte Quintus op. Eleutherius grijnsde en gooide een deken over zijn schouders, want hij wist dat een opstekende bries venijniger kon steken dan een lans.

'Dit is geen woud,' zei Catualda. 'Zulke bomen groeien hier niet, daarvoor moet je naar Gallia of naar Germania.'

'Toch was het hier in vroeger tijden dichter bebost,' wist Quintus te vertellen.

'Dit is mensenwerk, maar het zijn geen zuilen,' zei Catualda. 'Je kunt zelfs de vormen nog herkennen: een meisje, een moeder met kind, omhelzende geliefden, een lege troon, een man, diep in zijn mantel gehuld... dit zijn de goden van een oud volk, ze zijn misschien al duizend jaar geleden uitgehakt.'

Eleutherius betwijfelde dit. Lang geleden stond hij aan de voet van de ruïnes van wat ooit Troje was. 'Zelfs duizend jaren kunnen stenen beelden niet zo doen vervallen,' zei hij. 'Dit is veel ouder. En die zuil daar? Je ziet toch wel wat die voorstelt?'

Ze hadden deze discussie vaker gevoerd.

'Een lul,' zei Catualda. 'Een grote stijve lul, klaar om te neuken.'

'Iets anders kan het niet zijn.' Eleutherius lachte. 'Welk volk aanbidt nu een lul?'

Allen zwegen en probeerden het zich voor te stellen. Rufinus, een legionair die het vlees vanavond toebereidde, verbrak de stilte. 'In het oosten, voorbij het land van de Parthen, aan de Indus,' zei hij, 'schijnen volken te leven die de lul als afgod hebben.'

'En die is zeker getrouwd met de Heilige Kut?' Catualda walgde van zo veel ketterij. 'En dan noemen ze mij een barbaar!' Hij tastte om zich heen in een gewoontegebaar, want Eleutherius had de wijn streng gerantsoeneerd.

'Je krijgt straks je portie,' stelde de grote soldaat hem gerust. 'En die Heilige Kut... waarom eigenlijk niet?'

Hij negeerde de vragende blikken van zijn metgezellen en stond op om het kamp te inspecteren. Eleutherius vond dat je het best alle goden te vriend kon houden en er zouden er genoeg zijn van wie zelfs hij nooit gehoord had. Deze steenformaties als oude goden, hij kon het zich voorstellen. Het was een van zijn motieven om de plek te kiezen, want in het late licht, in het flakkeren van de vuren, leken de knoestige zuilen tot leven te komen, leken er gezichten verscholen in de oneffenheden en draaiden er ogen mee met nietsvermoedende voorbijgangers. Goten, wist Eleutherius, waren stoer en woest in het daglicht; viel echter de nacht, dan waren ze als bange kinderen, die samenklonterden binnen de lichtkring van hun vuren, waar ze hun angst verzopen en luidkeels lofliederen brulden op hun eigen moed, in de hoop dat ze die daarmee in leven konden houden. Bij nacht zagen ze monsters en demonen en er was geen Goot die het kamp in het donker zou durven naderen; geen bende die zou aanvallen. Ja, de Hunnen, die schenen niets te vrezen, maar voor zover hij wist, zaten die nog altijd aan de overkant van de Hister.

Hij dwaalde wat tussen de vuren en praatte hier en daar met de mannen om de stemming te peilen en hij aanvaardde een lamsbout, het vlees zo gaar dat hij het met twee handen moest vasthouden om te voorkomen dat het van het bot zou glijden. De aanvoerder greep al naar de tekenplank waarop hij de troepenverplaatsingen bijhield, maar Eleutherius schudde zijn hoofd. Je moest een soldaat niet van zijn maaltijd halen. 'Ik zie je straks wel bij de vergaderplaats; eet eerst!'

Dat de Goten weer in beweging waren gekomen, was al dagen duidelijk, de bendes verschoven langzaam naar het zuiden en vermeden angstvallig het kamp in het versteende woud. Voorlopig was hier weinig te beleven.

Eleutherius ontstak een harsfakkel in het vuur, liep naar het schaalmodel van het land om hen heen, en hurkte neer bij de bergen en kloven die hij zelf uit klei, zand en stenen had gevormd. Aanvankelijk hadden de mannen gelachen om wat zij zagen als een kinderspel, maar gaandeweg zagen ze het nut in van het schaalmodel. Nu werkte iedereen mee, wagentjes vormden barricaden, bladeren werden tentenkampen. Een riviertje kreeg water via een stelsel van doorgestoken rietstengels en de steden, dorpen en villa's waren aangegeven, waarbij ze niet vergaten om de geplunderde boerderijen ook in hun geminiaturiseerde versies af te branden, zodat ze tot in hun verkoolde resten een getrouwe afspiegeling vormden van de werkelijkheid. Zelfs de rotsstaketsels stonden daar, uit klei geboetseerd, en op een dag had Eleutherius tot zijn genoegen een houten poppetje ontdekt dat erg veel op hemzelf leek, gezeten op de troon, met een spijker als geheven zwaard. Catualda had niet kunnen lachen om zijn eigen beeltenis, die bont was als een exotische vogel, maar de gelijkenis was onbetwist.

De legers waren zo simpel mogelijk gehouden.

'We moeten het doel niet uit het oog verliezen,' had Eleutherius gewaarschuwd. 'Dit is geen spel en we hoeven niet iedere soldaat of barbaar afzonderlijk uit te beelden. Ik moet de stukken snel kunnen verplaatsen om een overzicht te houden.' Daarbij kwam dat één storm of regenbui alles kon wegvagen.

Vooralsnog bood het een goed overzicht van het terrein. Het was allemaal zo waarheidsgetrouw dat hij, als hij zijn ogen wat samenkneep, zich kon voorstellen dat hij vanaf een hoge positie naar het werkelijke landschap keek. Dagelijks werkte hij alles bij aan de hand van de verhalen van verspieders en verkenners en op grond van zijn eigen waarnemingen.

Hij hief zijn hoofd. Donkere gedaanten naderden in het maanlicht over de weg. Het moest de patrouille zijn van zijn beste verspieder, de Thraciër Vaio; een man met een groot talent voor talen, die zich kon voordoen als lid van om het even welke volksgroep. Eleutherius hurkte weer neer en wachtte tot hij het hoefgetrappel hoorde van de paarden die stilhielden bij de vuren; begroetingen over en weer – één paard kwam recht naar hem toe.

'Je hebt nieuws,' constateerde hij, hij hoefde niet op te kijken om de opwinding te voelen die in de lucht hing.

'God ja!' hijgde Vaio, die al naast zijn paard stond. 'Er is opstand uitgebroken onder de garnizoenstroepen in Adrianopel. Het zijn de eenheden van Colias en Sueridas.'

'Bij het bloed van de martelaren... dat zijn de Gotische hulptroepen.' Eleutherius keek op. 'Lopen ze over?'

'Dat zou ik denken!' zei Vaio. 'De magistraat van de stad had ze opdracht gegeven om oostwaarts te marcheren, naar Armenië.'

'Is hij gek geworden? Hij weet toch hoe hard we onze troepen hier nodig hebben; wij wachten op versterkingen en hij stuurt zijn mannen weg?'

'Ik hoorde geruchten.' Vaio grijnsde vrolijk, want in zijn stiel leefde een man van geruchten. 'Naar 't schijnt hebben Gotische bendes een van zijn buitenverblijven geplunderd. Hij vervloekte alle Goten en kreeg een woordenwisseling met zijn commandanten. In de ontstane sfeer van wantrouwen besloot hij toen dat hij zijn Gotische garnizoen niet kon inzetten om tegen hun broeders te vechten. Sueridas en Colias vroegen bedenktijd, ze bezwoeren hem dat ze loyaal waren – en dat was ook zo, want voor hen valt er niets te winnen bij die haveloze landverhuizers, maar toen de magistraat volhardde, vroegen ze hem om betaling, en voorraden voor de reis. Hij weigerde en wilde van geen uitstel weten.'

'Ja, dan krijg je een opstand.' Voor Eleutherius was het duidelijk. 'En de stad?'

'Grote gevechten. Er is een wijk in de as gelegd, velen zijn gedood. De muiters hebben de stad inmiddels verlaten en trekken al plunderend rond. Veel volk sluit zich bij hen aan, slaven, mijnwerkers, kolonisten die niet meer vertrouwen op hun bevoorrechte status... Het lijkt wel of de vogels het nieuws verspreiden, de muiters stromen van alle kanten toe om zich met de Goten te verbinden.'

'Welke kant gaan ze op?'

'Voor zover ik weet, trekken ze nog altijd langzaam naar het noordwesten. Ik ben dagenlang in de buurt gebleven en probeerde hun bewegingen te voorspellen, maar op het moment lijkt er geen plan achter te zitten.'

Eleutherius wist beter. 'Als dit al een tijdje gaande is,' zei hij, 'dan zijn de Goten van Fritigern ook op de hoogte. Die trekken al dagen zuidwaarts en het heeft er alle schijn van dat ze elkaar ergens willen ontmoeten.' Hij stond op en liep in gedachten verzonken naar zijn vrienden.

'Ondervinden ze geen tegenstand?' vroeg Quintus, nadat Eleutherius hem het nieuws had verteld. Eleutherius schudde zijn hoofd. 'Iedereen wacht op versterking; de garnizoenen komen hun steden niet uit. Er gaan al tijdenlang oproepen naar de keizers, maar zij zijn elders gebonden. Het ziet er slecht uit en er is voorlopig geen uitzicht op verbetering.'

'En wat doen wij?'

De grote soldaat ging op de troon zitten en hij keek naar de sterren waarin het antwoord te lezen moest zijn, althans, voor wie dat schrift kent. 'Wij hebben twee opdrachten,' zei hij toen langzaam. 'Eén: houd de Goten bij elkaar. Dat doen ze zelf al; na de verstrooiing die Lupicinus veroorzaakte, trekken ze nu weer langzaam samen, maar dat kan nooit voor lang zijn – in de winter is verspreiden een betere strategie. We weten niet waar de Greuthungi verblijven, maar ik twijfel er niet aan of ze staan in verbinding met hun broeders. Onze tweede opdracht was de weg naar Odessus vrij te houden; dat zal geen moeite kosten, zelfs niet als de hele massa hierheen komt.'

'Wat doen we dus?' vroeg Catualda.

Eleutherius wilde antwoorden, maar opeens begon alles te wankelen en schudden; hij viel van de troon op zijn gezicht en instinctief bedekte hij zijn hoofd met zijn handen. Mannen schreeuwden en het hoge gehinnik van de paarden klonk vreemd dichtbij. Elk moment kon de hoge zuil instorten en dan zouden ook Eleutherius' handen hem niet redden. Nog danste alles om hem heen en hij hoorde zware ploffen op de grond.

Even plotseling als het begonnen was, kwam alles weer tot rust.

Hij stond op, nam de omgeving op en constateerde dat zijn vrienden ongeschonden waren. Ook de pilaar stond nog overeind. Hij riep naar de nabije vuren: 'Alles goed, mannen? Zijn er gewonden?'

De antwoorden stelden hem gerust. Enkele paarden waren losgebroken, het zou niet lang duren voor die waren gevangen. Hij herinnerde zich Catualda's vraag en antwoordde: 'Niets, wij doen niets. De Goten hebben de hele provincie in hun macht en er komen dit jaar geen versterkingen meer.'

Hij keek nog eens omhoog naar de grillig gepokte zuil en nam toen weer plaats op zijn troon. Een aardbeving van niets, vond hij. Het bonken van zijn hart weet hij aan de lange periode van rust; hij was niets meer gewend. De oorlog liet nog op zich wachten, maar onherroepelijk zou hij komen, daar durfde Eleutherius zijn linkeroog onder te verwedden; en mocht hij die weddenschap verliezen, ook met één oog viel nog goed te vechten.

In de daaropvolgende weken kreeg Eleutherius gelijk. Aanvankelijk trokken de Goten van Fritigern mét de opstandelingen naar Adrianopel om de stad te bestormen, maar ze moesten het snel opgeven en de massa viel uiteen in kleine benden die alle kanten op zwermden om voedsel te zoeken en te plunderen. Eleutherius' schaalmodel spoelde niet weg, het bevroor.

Het voorjaar zou duidelijkheid scheppen.

Boek III

Een verloren jaar

14

De tegenstrever

(Italië-Constantinopel, 361-362)

Wij geloven in één God, de almachtige Vader, de Schepper van al het zichtbare en onzichtbare.

Wij geloven in één Heer Jezus Christus, de Zoon van God, die als eniggeboren Zoon is geboren uit de Vader, dat wil zeggen: uit het wezen van de Vader, God uit God, licht uit licht, ware God uit de ware God, geboren, niet geschapen, één in wezen met de Vader, door wie alles geschapen is in de hemel en op de aarde, die omwille van ons, mensen, en omwille van ons heil is neergedaald en vlees en mens werd, die geleden heeft en op de derde dag is opgestaan, die opgestegen is ten hemel en terugkomen zal om levenden en doden te oordelen.

En in de Heilige Geest.

Wie echter zegt: 'Er was een tijd dat Hij niet bestond,' en: 'Voordat Hij verwekt werd, bestond Hij niet,' en: 'Uit het niets werd Hij geschapen,' en wie beweert dat de Zoon van God uit een wezen geschapen of onbestendig of veranderlijk is, verwerpt de katholieke kerk.

(Eerste Niceense geloofsbelijdenis, 325)

Dido vergat nooit de eerste maaltijd in een taveerne even buiten Massilia, waar zijn redders logies hadden geboekt. Alles was nieuw voor hem: lam met pruimen in een kom gerst, druiven bij trossen tegelijk, gevogelte met garumsaus, wijn! Hoe lang kon deze overvloed voortduren? Hij verwachtte elk moment dat er een handelaar zou binnenkomen om hem mee te slepen naar de slavenmarkt. Het kon niet zo zijn dat hij al dat voedsel voor niets kreeg, zoveel wist hij al van de wereld. Hij at wat hij kon en wilde net een voorraadje in zijn lompen verstoppen, toen ze hem meestuurden met een oude vrouw die hem naar een wastobbe bracht. Het water was warm en Dido kermde van angst; mensen aten in kwade tijden kinderen, wist hij. Hij had nog te kort geleefd om te beoordelen of de tijden kwaad waren. En wat deden kwade mensen in goede tijden?

Het was geen kookvocht. De vrouw schrobde hem en sneed zijn verwilderde haren bij. Ze gaf hem een kleed; het was eenvoudig, maar schoon en heel. Hij kreeg een reismantel en een dekenrol om schuin voor zijn borst te dragen. Dit moest wel een misverstand zijn. Het was vast bedoeld voor iemand anders, er deed zich een persoonsverwisseling voor. Zo gingen zijn gedachten, maar hij zei het niet hardop. Hij keek uit naar een vluchtweg.

In de loop van de avond legden ze zich in een zaaltje op strozakken. Dido's maag was niet gewend aan overvloedig eten, hij lag wakker met maagkrampen en het kostte hem moeite niet te kreunen. Vitalis, de leider van het groepje, die naast hem lag, legde een hand op zijn buik. Uiteindelijk sliep hij in.

De volgende dag begonnen ze te lopen, oostwaarts over de Aureliaweg, die de kust volgt. Dido maakte kennis met zijn reisgezellen. Er was een jongen van een jaar of vijftien, die Axylus heette – hij week nauwelijks van Vitalis' zijde en Dido verbaasde zich over zijn toewijding voor de oudere man. Toen de weg begon te stijgen en Axylus merkte hoe zwaar het Dido viel, verdween hij, om even later weer op te duiken met een mooie gevorkte reisstaf, een verse tak die hij voor de jongen had afgesneden en geschild. 'Ik zal je leren hoe je hem met een mes kunt bewerken,' zei hij, 'het loopt veel gemakkelijker met een stok, zeker in de bergen.' Axylus miste een paar vingers aan zijn rechterhand.

Van ongeveer dezelfde leeftijd als Axylus was de stotteraar Lucifer, die twee weken eerder bij de groep was gekomen. En de grijsaard Akakios leek meer kracht in zijn ledematen te hebben dan wie van de anderen ook.

's Avonds zetten de mannen op het strand een paar tenten op van eenvoudig grauw doek; de reisstaven dienden tot tentstokken. Ze verzamelden zich om een kampvuur en aten samen. Later begonnen ze te zingen en Dido zat gehuld in zijn deken te knikkebollen, half wegdromend op het veelstemmige gezoem en het bruisen van de branding.

Vitalis bracht hem tot de werkelijkheid, hij vroeg of Dido een stukje wilde wandelen langs de zee. Dido stond op en volgde de man. Hij had moeite om hem bij te houden. De zee sloeg over zijn sandalen en trok zich schuimend terug. Vitalis legde een zware hand op zijn schouder en vertelde over vroeger tijden. Over de kunst van het opvoeden en over onderwijs.

'In die tijden,' zei hij, 'zocht iedere man die kennis bezat en die ervaren was in de strijd, zich een jongen op wie hij zijn kennis kon overdragen, een makker die hem bijstond, een wapenbroeder in de strijd. Dat was onze zede. De jongen deelde tent en bed met zijn onderwijzer; hij bezorgde hem liefdesgenot en behoedde hem voor de eenzaamheid.'

Dido begreep niet zo goed wat hij bedoelde, hij knikte, maakte instemmende geluiden.

'De tijden zijn anders, de oude gewoonten en goden hebben wij achter ons gelaten,' ging Vitalis verder. 'Dat neemt niet weg dat sommige oude gewoonten goed werkten. Ik heb altijd het standpunt gehuldigd dat we niet álle oude zeden overboord moeten zetten. Niet altijd is het nieuwe beter; het is verstandig om het beproefde te behouden – een overeenkomst als deze strekt immers beiden tot voordeel.'

Het werd Dido in één keer duidelijk toen de man bleef staan, zijn grote mantel om hem heen sloeg en vertelde wat hij van hem verwachtte. Het vuur was gekrompen tot een vlammetje, de tenten waren van daaruit niet te zien. Over de wederdiensten die Dido die avond bij vooruitbetaling leverde aan zijn meester Vitalis, zou hij de rest van zijn leven zwijgen. Het bevreemdde hem, en vervulde hem met schaamte; tegelijkertijd wist hij zo weinig dat hij aannam dat dit werkelijk gebruik was bij beschaafde mensen. Hij was de buitenstaander. Het gebeuren was hem zo vreemd, dat hij geen weerzin voelde, die kwam pas later. Hij nam alles waar als van grote afstand. Aan vluchten dacht hij niet meer; hij kende nu de prijs die hij moest betalen voor een leven zonder honger.

Hij durfde niemand in de ogen te kijken toen ze later terugkwamen en neerzaten bij het vuur. Hij had het koud en omhulde zich weer met zijn deken; ondertussen luisterde hij naar de conversatie. Veel van wat hij hoorde was hem onduidelijk; het was echter op die avond dat hij voor het eerst hoorde spreken over de Afvallige.

De Afvallige was een monster dat de wereld in duisternis wilde storten. Hij had sinds kort grote macht verworven in het westelijke rijk en Dido's metgezellen twijfelden er niet aan of hij zou die macht aanwenden om het kwaad tot in de verste uithoeken te verbreiden. De eerdere duistere tijden, begreep Dido, hadden vele eeuwen geduurd en nog niet zo lang geleden was het licht doorgebroken, aarzelend, maar allengs sterker, om nu, minder dan een mensenleven later, volop te branden over de wereld.

'Maar,' sprak Vitalis, aan de overkant van het vuur, 'elk licht werpt schaduwen, of het moet van alle kanten schijnen.'

'Is dat ooit gebeurd, presbyter?' vroeg Axylus, die voor hem hurkte en met grote ogen naar hem opkeek.

'Nooit helemaal.' Vitalis woelde met zijn hand door Axylus' haar. 'Vanaf het begin waren er tegenkrachten en het is aan ons, aan jullie allen, om die te bestrijden. Ons leger heeft krachtiger wapens dan enig ander in de geschiedenis. En de Afvallige is de tegenstrever waarvoor al eeuwen gewaarschuwd is, het veelkoppige beest, gifsprekend en vuurspuwend, dat niet zal rusten tot ieder van ons is verdoemd tot eeuwige martelingen.'

Dido huiverde, ondanks het vuur en zijn bedekking. Hij ging in gedachten hun gangen van die dag na en probeerde alle zonovergoten beelden in zijn geest terug te roepen, maar hij had geen andere wapens gezien dan de stokken, en zelfs hij, schurftige straathond uit Massiliaanse stegen, wist dat er machtiger wapens bestonden dan reisstaven. Hoe konden ze zich ooit tegen dit monster verdedigen?

Vitalis zei zijn naam en Dido keek op. Vitalis hield zijn hoofd diep in de kap van zijn mantel verborgen. 'Ben je bang, Dido?' vroeg hij. 'Dat is niet nodig, we kunnen het monster aan, zolang we geloof hebben. Als je moe bent kun je alvast naar de tent gaan, je slaapt in de rechtse tent, bij mij.' Hij wees, maar Dido wist al welke tent de zijne was.

Axylus draaide zich naar hem om, even lichtten zijn ogen wit op. 'En ik dan?' vroeg hij verbaasd, zonder dat hij zijn ogen van Dido afwendde.

'Jij slaapt bij Akakios,' zei Vitalis. 'Je hoort nu bij de volwassenen, Axylus, en kunt zonder mijn bescherming.' Hij keek toe hoe Dido zijn deken uitsloeg en oprolde. Toen de jongen naar zijn tent liep, zei hij: 'Ik kom zo hoor, blijf nog maar even wakker.'

Hoe kon Dido slapen? Hij luisterde naar het geraas van de branding en naar het stemmengemurmel vlakbij, en heel in de verte klonk het rommelen van onweer boven zee. Of was dit het gruwelijke beest dat zich al rondspeurend uitrekte, tot zijn hoofd de wolken raakte en dat brulde van woede omdat het hen nog altijd niet had gevonden? Had híj soms die aardbeving veroorzaakt? Verstijfd lag Dido op zijn deken en hoopte dat Vitalis zou komen, want de man had onbevreesd geklonken toen hij over het monster sprak. Hij bezat krachten en vaardigheden die Dido's verstand te boven gingen. Vitalis had een plan en hij was niet alleen. Op een dag zou hij het monster verslaan, zoals Dido de hond had verslagen. Hij besefte nu hoe onwetend hij was geweest in zijn steegje – wat had hij een geluk gehad!

Hoewel de dagmarsen hem in het begin zwaar vielen, kreeg hij geen genoeg van de ontzagwekkende zee en later, toen ze de kust verlieten en de heerweg naar Placentia namen, van de heuvels en vlakten, van de immense rivieren die de vlakten doorsneden en van de doorkijkjes naar wazige bergkammen.

In de loop van de tocht hoorden ze over oorlogsdreiging en weer ging het over de Afvallige. Ooit had hij, wiens werkelijke naam Julianus was, aan de goede kant gestaan en omdat het rijk zo groot was dat één keizer het moeilijk kon besturen, besloot Augustus

Constantius de macht te delen. Zijn neef Julianus had als caesar van het westen grote successen behaald in Germania en Gallia, maar dat was hem kennelijk niet genoeg. Zijn barbaarse troepen hadden hem een jaar eerder op het schild geheven en tot Augustus uitgeroepen, waarop Constantius, die in het oosten de Perzen bevocht, zijn handen vrijmaakte om de strijd met zijn neef te kunnen aanbinden.

Het was deze Julianus die de Afvallige werd genoemd.

Het conflict was iets langer dan een jaar eerder begonnen en niemand wist wanneer en waar de grote confrontatie zou plaatsvinden, maar dat het niet lang meer zou duren was duidelijk. Geruchten gingen bij de rustplaatsen, verhalen die Vitalis en Akakios snel doorprikten, omdat zij ze al kenden uit andere tijden en landen – het waren de verhalen die aan alle oorlogen voorafgaan, of die erop volgen. Dido maakte zich minder zorgen dan in het begin; hij begreep inmiddels dat de Afvallige een mens was. Een buitengewoon ontaard en kwaadaardig mens weliswaar, maar een mens kon zijn geest bevatten. Een mens was sterfelijk, mes of steen konden hem doden.

Er viel veel regen dat jaar, de vroege herfst bracht overstromingen in de vlakten en ze zochten hun toevlucht in een schaapskooi tegen een heuvelflank. Het lekte er, maar omdat ze de tenten binnen opzetten, zaten ze droog. Aan eten was geen gebrek, want boeren en dorpelingen kwamen in processie naar de kooi om hun vee en kinderen te laten zegenen door de heilige mannen. Ze brachten voedsel en giften mee en Vitalis kreeg een schaap voor de slacht. Diezelfde avond braadden ze het vlees in gedeelten op een stenen stookplaats in het midden van de kooi, en ze aten met een paar aanzienlijken, die wijn en lekkernijen hadden meegebracht. De boeren spraken zachtjes met elkaar in hun dialect en ze gaven snel hun wijnzakken door. Dido was nog niet gewend aan zulke overvloed en besloot een paar ronden over te slaan.

'Moge het jullie wel bekomen, presbyters,' zeiden de bezoekers steeds weer. De schapen blaatten achter hun afscheidingen, Axylus draaide het spit en Dido genoot van de aanblik van het wentelende karkas in de rode gloed. Het ruisen van de regen op het dak mengde zich met het geknetter van de vetdruppels die in het vuurtje dropen. Dido liet zich achteroverzakken op zijn dekens en luisterde naar de mannen om hem heen.

'Toch gaat er niets boven voetreizen,' vond Vitalis. Hij opende zijn mond en spoot een straal wijn in zijn keelgat. De oude Akakios humde instemmend. 'Nu nog wel. Reizen met de postwagen maakt slap en lui, ik weet dat nog van vroeger. Maar het blijft niet zo. Tot dusver mochten wij ons gelukkig prijzen met het weer en nu zijn we blij met ons onderkomen en met de gastvrijheid van de streekbewoners. Gezondheid, en honderd jaren, goede mannen! Maar we zijn nog lang niet op onze bestemming! Nu al zijn de wegen onbegaanbaar en over een paar weken kan het al vriezen! Valt de winter dit jaar vroeg, broeders, dan wil ik jullie nog wel eens horen wanneer we langs de Hister trekken.'

'Akakios, bij Aquileia houden we halt voor een lange rustpauze en als we weer op krachten zijn, nemen we toch de postwagen!' zei Vitalis lachend.

'Wat is toch die Hister waarover jullie het steeds hebben?' vroeg Dido.

'Dat is een grote rivier, die we gedeeltelijk zullen volgen,' zei Axylus. 'Hij wordt ook Danubius genoemd en hij mondt uit in de Zwarte Zee tussen Azië en Europa, waaraan ook Constantinopel ligt.'

'Het kan heel koud zijn in dat vervloekte binnenland,' ging Akakios door.

Vitalis schudde zijn hoofd. 'De winters zijn niet meer zo koud als in jouw tijd.'

'Aangezien ik nog niet dood ben, is dit mijn tijd.'

'Akakios was er destijds bij in Nicaea,' vertelde Vitalis aan Dido, 'dat is meer dan dertig jaar geleden.'

Van Nicaea had Dido al gehoord, want Vitalis had zijn opleiding met grote voortvarendheid ter hand genomen. In Nicaea was de grote kerkvergadering gehouden, onder leiding van Constantijn de Grote zelf, waar men een poging had gedaan om de tweedeling in de christelijke kerken op te lossen. Dat dit uiteindelijk mislukte, kwam door de wankelmoedigheid van de keizers, die het daar geformuleerde standpunt in later jaren niet meer wilden handhaven, en natuurlijk door de verstoktheid van de ketters.

'Aan welke kant staan wij dan?' had Dido gevraagd.

'Aan de goede k...k...kant!' riep Lucifer met volle mond.

'Aan de kant van Athanasius,' zei Vitalis en hij verduidelijkte: 'Presbyter Athanasius, de patriarch van Alexandrië, verdedigde in die dagen het katholieke standpunt. Wat de twee geloofsrichtingen inhouden, zal ik je later vertellen.'

Dido leerde niet alleen over de geschiedenis en betekenis van de christengodsdienst; als Vitalis klaar was voor de dag – zijn lessen bestonden vooralsnog uit vertellingen – nam een ander het over en vertelde over de geschiedenis van het rijk en over de mannen van het verleden. Velen van hen waren heidenen geweest, maar hun verdiensten waren zo groot dat ze zichzelf hadden gevrijwaard van het hellevuur.

Tijdens rustpauzes leerde Axylus Dido schrijven en lezen. De jongen oefende met een wastafeltje en las de woorden voor die Axylus opschreef. Axylus had ook een schoolboekje met dierenverhalen en Dido leerde snel; na twee weken beheerste hij de kunst zo goed dat Vitalis hem na het avondmaal liet voorlezen bij het licht van een olielamp.

'We moeten je nog dopen,' zei Vitalis. Hij was al een paar keer teruggekomen op dit onderwerp en Dido wist dat het noodzaak was, wilde hij zich wapenen tegen het kwaad. 'Dan doen we dat binnenkort maar eens. Stel dat jou iets overkomt en je sterft ongedoopt.' Vitalis pakte zijn hand. 'Het kan hier, maar ik doop je liever in de eerste rivier die we tegenkomen.'

'Volgende week zijn we in Aquileia,' zei de oude man. 'Daar is een mooie kerk.'

'Helaas, Aquileia is afgesloten van de buitenwereld,' zei een herenboer die stil had zitten luisteren. 'Constantius' mannen belegeren de stad al maanden en ze doden iedereen van wie ze denken dat hij de Afvallige steunt.' Het begon opeens veel harder te regenen, zodat hij halverwege zijn stem moest verheffen.

'Zoiets hoorde ik,' zei Vitalis. 'Laten we hopen dat die situatie zich heeft opgelost als we in de buurt komen. Misschien moeten we een omtrekkende beweging maken.'

Axylus protesteerde. 'Maar wij steunen toch de Afvallige niet? Waarom zouden ze ons dan iets aandoen?'

'Daarvan moeten we ze dan weten te overtuigen,' zei Vitalis, 'hoe kunnen de Aquileërs weten dat we zijn wie we beweren te zijn? Alleen al het feit dat we uit Gallia komen, maakt ons verdacht.'

'Verdacht waarvan?' vroeg Dido.

Axylus vertelde het nog eens: 'De Afvallige heet niet zo omdat hij zich tegen zijn neef verzet, maar omdat hij sinds kort het christendom afvalt en openlijk offers brengt aan heidense goden. Alleen God weet wanneer de keizers elkaar treffen; de heiden maakt geen haast om zijn straf te ondergaan en intussen kan hij veel schade aanrichten.'

'Constantius zal hem verpletteren,' zei Akakios. 'Onder het teken van het kruis zal hij zijn vijanden verslaan, net als zijn grootvader Constantijn. Het zal zeker de volgende lente gebeuren, in de Histerdelta, of anders bij de stad. En de schade die de Afvallige aanricht, zullen mensen als wij herstellen, daarvoor zijn we op aarde.'

'Het valt nog te bezien of God met Constantius is,' zei Vitalis. 'Hij is van de ketterse richting en ik weet niet of dat hem veel beter maakt dan een heiden.'

'Welke stad?' vroeg Dido.

'Als mensen zeggen "de stad",' zei Vitalis, 'dan bedoelen ze Constantinopel. Alle andere steden noemen we bij hun naam.'

'Behalve Rome,' zei Akakios. 'Dat is "de eeuwige stad".'

'Ach, Rome...' Vitalis schudde zijn hoofd. 'Dat had het stralende centrum moeten zijn van ons geloof, maar wat stelt ze nog voor? Het is een wolvin die vele welpen zoogt.'

Dido wist in die tijd nog niet dat wolvin een ander woord was voor hoer.

Axylus had een vraag: 'Waarom heeft Constantius, ook al volgt hij niet de Niceense belijdenis, een heiden tot caesar gemaakt? Hij had toch een ander kunnen kiezen?'

'Julianus veinsde vroomheid,' zei Vitalis. 'Jarenlang deed hij zich voor als geloofsgenoot van de keizer, tot hij voldoende macht had om zijn masker te laten vallen.'

Akakios nam het over: 'Constantius had geen familie meer over en Julianus is ondanks alles een kundig man. Hoewel hij zichzelf graag ziet als filosoof, is hij een briljant strateeg en generaal.'

Een van de boeren kwam overeind. 'Wij moeten terug naar onze hoeven,' zei hij. 'We hebben een gedeelte van de weg al in bootjes moeten afleggen, omdat de wegen overstroomd zijn. Als ze wegspoelen, moeten we naar huis waden.'

Ze lachten allemaal en stonden op om afscheid te nemen. En terwijl ze daar vanuit de poort uitkeken over het dal, waar inderdaad geen weg meer te onderscheiden was, zagen ze uit het westen een donkere massa naderen, een duister, vormeloos schip leek het wel, het had enorme afmetingen. Dido dacht aan de ark van Noach, waarover ze hem hadden verteld, maar toen de massa vlakbij was, viel ze uiteen in bekende vormen.

Het waren ruiters te paard, soldaten, cavaleristen, ze moesten met duizenden zijn. Sommigen zaten in kleermakerszit op hun zadels om geen natte voeten te krijgen, terwijl het water de paarden bijna tot schofthoogte reikte. De reizigers zagen de stoet het water van een overstroomd weggedeelte ingaan, om er een halve mijl verderop weer uit te komen. De standaarddragers hielden hun last fier rechtop, de commandanten keken somber voor zich uit, en namen geen notie van de toeschouwers. Onder de druipende mantels droegen sommigen maliën, ze hadden hun speren en zwaarden voor hun borst gehangen, om ze te beschermen tegen het water.

Een verkenner maakte zich los van de troep; hij verliet de weg, waar ter hoogte van de schaapskooi nog maar een handbreedte water stond, en reed in snelle galop de heuvel op. Voor het groepje hield hij in. 'Wie zijn jullie?' vroeg hij uit de hoogte.

'Geestelijken. Mannen Gods, die schuilen voor de regen,' zei Vitalis.

'Niemand uit de streek?'

Een van de boeren kwam naar voren. 'Ik ben van hier, heer. Wat wilt u weten?'

'Is de weg verderop begaanbaar?'

'Als u het hier begaanbaar vindt,' zei de man, 'zult u verderop geen grotere problemen ondervinden. De komende vijftig mijl loopt het terrein langzaam op en krijgt u steeds minder last – verder ben ik nooit geweest.'

De soldaat groette met zijn hand en hij draaide zijn paard al om weg te rijden.

'Hebt u nog nieuws over de komende strijd?' vroeg Vitalis. 'We willen niemand voor de voeten lopen.'

'Caesar Augustus Julianus heeft zijn troepen gesplitst,' zei de man, 'hij trekt op door Raetië, en wij nemen de cis-Alpijnse route. Niets kan onze keizer tegenhouden, zelfs geen overstroming. De slag zal plaatsvinden in het oosten, in Dacië of Pannonië, wie zal het zeggen?' En nog voor hij was uitgesproken, had hij zijn paard al aangezet en het stormde de heuvel af, in een lange schuine bocht, zodat het zijn eerdere plaats in de colonne kon innemen. Nog altijd was het einde van de stoet niet in zicht.

'U hebt geluk,' zei Vitalis tegen de boeren. 'Ze hadden ook uw kudden en vee kunnen vorderen voor de troepen.'

'Geluk m'n reet,' zei de boer, die even vergat dat hij met mannen Gods van doen had. 'Dit is pas de voorhoede. De bevoorradingstroepen komen als de hoofdmacht voorbij is.'

Ze overlegden snel en namen toen knikkend en buigend afscheid. Een paar herders bleef weifelend staan. 'Neemt u nog maar een schaap, presbyter,' zei een van hen. 'Neem wat u wilt, want we zien liever dat u ze krijgt dan de troepen van de Afvallige.'

'Kunnen jullie ze niet in veiligheid brengen?' vroeg Vitalis.

'Kijk om u heen – we zijn door water omgeven. Het zijn geen paarden! Zwemmen kunnen ze niet, schaapsvachten zuigen zich vol, en ze verdrinken. Er is niets aan te doen.'

Ze boden aan om ze voor de bezoekers te slachten, en die aanvaardden hun gift.

'De hemel zal jullie belonen, wees daarvan verzekerd,' zei Vitalis.

Omdat er verder niets te doen viel, keerden ze terug naar het vuur en legden zich op hun dekens.

De volgende ochtend stond Dido in de poort van de schaapskooi. De zon was al op en het overstroomde land schitterde in het licht. Een eindje van de kooi stond Axylus, met zijn rug naar hem toe, zich te wassen. Dido zag littekens op zijn rug, alsof hij zweepslagen had gehad. Opeens draaide Axylus zich om en riep: 'Wat sta je daar te kijken?'

Dido richtte zijn blik snel op de weg beneden. De regen was opgehouden, en het water stond lager dan eerst. Nog altijd passeerden er groepjes: sombere barbaarse hulptroepen, voetsoldaten, zwaarbeladen wagens en haveloos volk uit de legertros. Het was een heldere dag en zover je kon kijken kronkelde het leger als een slang door het heuvelland. Hogerop in het noorden reden eenheden die sneller en beweeglijker waren. Ze bleven min of meer evenwijdig aan de grote massa.

'Het water staat al lager,' zei Vitalis, die achter Dido kwam staan en een arm om hem heen sloeg. 'Vannacht kwam ook infanterie langs, ik hoorde ze vloeken en spetteren. Als het zo blijft, gaan we morgen op pad. Ik wil niet te dicht achter het leger reizen.'

Uit de donkere kooi kwam de stem van Akakios. 'Er zal niet veel voedsel overschieten in het voetspoor van zo'n grote legermacht, jongen. Had je daar al aan gedacht?'

Dido dacht even dat hij de jongen was, maar Akakios had het tegen Vitalis gehad, want deze antwoordde: 'We hebben nog de schapen. Verder vertrouwen we op God.'

* * *

Vitalis drong aan op spoed, ze zouden bij een poststation bij Aquileia de wagen nemen naar het oosten. Ze vertrokken elke dag voor het ochtendgloren en zochten rond de schemering een kampplaats, want in het donker is een kamp opbreken gemakkelijker dan het te betrekken. De rustperioden werden korter, eten ging op rantsoen.

Het weer verbeterde en ze schoten goed op. Ze vermeden Placentia en Verona, want reizen door steden houdt reizigers op, en zo bereikten zij het laatste vlakke stuk Noord-Italië, waar ze groepjes vluchtelingen ontmoetten, die de Julische Alpen waren overgestoken, onderweg naar het noorden. Zij vertelden dat Julianus was langsgetrokken met zijn leger en dat Constantius' getrouwen zijn komst niet hadden afgewacht. Ook de prefecten Taurus en Florentius waren vanuit Raetië de Alpen over gevlucht.

'Jullie willen nog naar Constantinopel?' vroeg een vluchteling ongelovig. Hij lachte, zwaaide en ging zijns weegs.

Op één dagreis voor Aquileia zagen ze een lijk langs de weg liggen. Het was niet het eerste lijk en het was achteraf niet duidelijk wie van hen ontdekte dat er nog leven in het lichaam zat, maar als christenen konden ze hem niet laten sterven zonder troost te bieden. Hij leek een wildeman, een halfmenselijk dier uit de bergen en Dido kreeg de opdracht om hem te wassen. Dat was niet eenvoudig, zijn gezicht was één grote bloedkorst, zodat zelfs zijn ogen dichtzaten. Dido voerde hem pap en stukjes vlees en de jongeman opende eenmaal zijn ogen, om meteen weer in een diepe slaap weg te zakken.

Nadat de vreemdeling gewassen was, kwamen ze allemaal kijken. Spreken deed de jongen nog niet en de belangstelling luwde snel bij iedereen, behalve bij Lucifer. 'Maar ik ken hem!' riep hij opeens. 'Zijn naam is S...s...Swintharik!'

De gekwetste opende één oog en keek Lucifer aan, hij kreunde van pijn – of was het woede? Dido stuurde Lucifer weg. 'Spreek later met hem. Laat hem eerst rusten.'

Deze daad van barmhartigheid kostte de groep twee kostbare dagen.

Op de tweede avond zaten ze allen om Swintharik heen en stelden hem vragen, terwijl hij zich te goed deed aan de koeken die Dido in de as van het kampvuur had gebakken. Onder het uiterlijk van een wildeman bleek een jongeman te zitten van dezelfde leeftijd als Lucifer en Axylus. Inmiddels was hij weer mens en hij droeg nieuwe kleren.

'Waar kom je vandaan?' vroeg Vitalis.

'Uit T...t...t...' riep Lucifer. Vitalis maande hem tot stilte.

'Uit Augusta Treverorum,' antwoordde Swintharik. 'Ik ben de Alpen overgestoken bij Vindonissa, er kwam geen einde aan.'

Vitalis en Akakios keken hem verbijsterd aan.

'Om vanaf die hoogte hier bij Aquileia terecht te komen,' zei Akakios, 'moet je het hooggebergte haast in de lengte zijn overgestoken. Waarom nam je de passen niet?'

'Welke passen?'

De jongen uit Augusta Treverorum leek aanvankelijk niet een van de snuggerste. Hij vertelde dat hij met een slaaf, of een knecht van zijn vader, op reis was geweest naar... Hij leek wat verward, noemde wat namen, alsof hij niet echt had geweten waarheen zijn weg leidde. Aquileia, Constantinopel, Milaan.

'Wie is je vader?' vroeg Vitalis.

'Hij heet Leontius, hij was paardenfokker,' zei de jongen. 'Hij overleed vlak voor mijn vertrek uit de stad.' Hij wierp een duistere blik op Lucifer, die geschrokken leek door deze mededeling. Het ontging Vitalis niet, niets ontging de leidsman. 'Heb je daar nog familie?' vroeg hij. De jongen dacht even na, schudde toen zijn hoofd. 'Ik weet het niet.'

Axylus wilde weten wat er met de slaaf was gebeurd, maar hierover wilde de jongen niet praten.

'Wij gaan naar Constantinopel,' zei Vitalis. 'Sluit je bij ons aan.'

'Ik wil graag met jullie meereizen.' Het was of er een last van zijn schouders viel.

'Vitalis,' zei Lucifer, 'deze jongen hielp mij uit Augusta Treverorum ontsnappen!'

'Dat was een dappere daad van je, Swintharik,' zei Vitalis.

'Is dat zo?' vroeg Swintharik. 'Had ik een keus? Mijn vader heeft het niet geholpen.'

'Hoe is je vader gestorven?' vroeg Lucifer gespannen.

Swintharik vertelde hoe Leontius de paardenfokker zijn eigen huis in brand had gestoken, liever dan zich te laten berechten door zijn stadsgenoten. 'Ik weet niet wat de rol van mijn grootvader is geweest in die beschuldigingen,' besloot hij. 'Misschien kan Lucifer klaarheid brengen?'

Lucifer schudde zijn hoofd. 'Het spijt me dit te horen. Albavis heeft geprobeerd hem en jou te redden, hij kon niet openlijk partij kiezen voor Leontius.'

'Als christen bedoel je?' vroeg Swintharik bitter. 'Alsof die niet achter de beschuldigingen zaten!'

Lucifer schudde heftig zijn hoofd. Hij probeerde iets te zeggen, maar hij verviel in een van zijn ergste stotterbuien tot nu toe. Uiteindelijk kregen ze het te horen. Lucifer was in de maanden die voorafgingen aan zijn ontsnapping, verschillende malen verhoord door ambtenaren van de prefectuur.

'Het waren niet de christenen van de stad,' zei hij. 'Die probeerden het juist te voorkomen! Dit onderzoek was ingesteld op verzoek van de keizer zelf.'

'Je bedoelt Julianus?' vroeg Vitalis.

'Die bedoel ik.'

Akakios knikte. 'Dat kan kloppen, ik heb gehoord dat Julianus schoon schip maakt in Gallia, nadat de corrupte prefect Florentius de vlucht nam en zich achter Constantius schaarde.'

Swintharik wilde nog iets weten. 'Hoe ben je bij deze groep terechtgekomen?'

'Met het escorte dat je grootvader had geregeld.'

Swintharik vertrok zijn gezicht en kreunde van pijn omdat zijn wonden dat niet toelieten. 'Was je erbij in Bocht, toen ze me opwachtten?'

Lucifer knikte.

'Dus als de opzet was geslaagd, en ze Syrdon hadden gedood, was ik toch wel bij hen gekomen!' Swintharik schudde zijn hoofd in verbijstering. Tegen Vitalis ging hij verder: 'Jij moet dus mijn grootvader kennen?'

'Ik ken hem niet,' zei Vitalis. 'Lucifer kwam naar onze gemeenschap in Massilia, waar wij op dat moment verbleven. We hebben knooppunten en tussenpersonen, maar we kennen niet iedereen. Je grootvader heeft jou misschien naar een ander knooppunt willen sturen – Mediolanum, Aquileia, misschien wel naar Constantinopel – en hoewel je de weg kwijt was, kwam je ons tegen.'

Swintharik schudde zijn hoofd, hij leek uitgeput.

'God heeft je op onze weg geleid,' zei Vitalis. 'Is dit geen bewijs van Zijn macht? Alle pogingen van Zijn tegenstanders hebben niet kunnen verhinderen dat je bij ons kwam!'

Dido was net zo onder de indruk als alle anderen die daar bijeen waren. Zijn ontzag voor de God van Vitalis groeide.

Hoewel hij blijk gaf goed met wapens om te kunnen gaan en erg sterk was voor zijn leeftijd, viel het de reisgenoten in de loop van de weken steeds weer op hoe bang hij was, deze Swintharik. Hij was altijd alert, keek steeds over zijn schouder. Lucifer en Axylus maakten een draagbaar van takken en dekens voor hem; hij zou echter snel herstellen.

Op de avond van de derde dag was het weer bijna zwoel. Ze hadden de hele dag gelopen en ook toen de toppen van de Alpen rood kleurden in de ondergaande zon, besloten ze het invallende duister te negeren en verder te trekken.

'Voor middernacht kunnen we in de stad zijn,' zei Vitalis.

Hij vergiste zich, spoedig keken ze uit over een schemerige vlakte die bezaaid was met dicht opeengepakte tenten. In de windstilte reikten de rookkolommen van duizend kookvuren tot aan de wolken. Krijgsvolk krioelde tussen de tenten, patrouilles gingen af en aan en oorlogsmachines schokten als ze hun lading afschoten op de stadsmuren. Het kamp lag in een halve ring rond Aquileia, dat donker en dreigend uit de vlakte oprees; de daken gloeiden donkerrood, en op de muren roerde zich niets. Ook uit de stad stegen rookpluimen op.

'Het klopt, jongens,' zei Vitalis. 'Hier komen we niet binnen.'

'En nu?' vroeg Dido.

'We gaan een eindje terug en slaan een bivak op tegen de heuvelflank, uit het zicht van de troepen. Morgen trekken we om de belegeraars heen naar het poststation, dat ligt verderop langs de weg.'

Later zaten ze bijeen, maar niemand had zin om te praten. Allen voelden ze de teleurstelling, want hoewel het reizen aangenaam was, hadden sommigen graag de stad bezocht. Vitalis vertelde dat er voorlopig geen steden meer kwamen waar hij mensen kende. 'In

Aquileia hadden we bij vrienden kunnen logeren. Nu zijn we op onszelf aangewezen.'

'In oorlogsgebied is het altijd moeilijk om voedsel te vinden,' wist Akakios, die een leven van reizen achter de rug had. 'Behalve als je als geestelijke met het leger meetrekt.'

'Jij wilt geestelijke diensten verlenen in de legers van de Afvallige?' vroeg Vitalis.

Akakios schudde zijn hoofd. 'Natuurlijk niet. Ik sprak in het algemeen.'

'Maar is de afvalligheid van Julianus geen voorwendsel om de Gallische troepen aan zich te binden?' vroeg Axylus.

'Dat kan best,' zei Akakios. 'Keizers zijn vooral uit op politiek voordeel.'

'Ik vrees dat Julianus anders is.' Vitalis deelde de laatste stukken brood uit en ging verder: 'Over hem heb ik al veel gehoord; hij groeide op onder verkeerde invloeden en schijnt zelfs te zijn ingewijd in de Eleusische mysteriën. Ik betwijfel trouwens of de Galliërs iets geven om zijn religie, welke dat ook mag zijn.'

Swintharik wilde zelf lopen. 'Het is mijn laatste kans om te oefenen voor we bij het poststation zijn,' zei hij. 'Daarna moeten we dagen, weken zitten.'

De weg was vrij, soms kwamen ruiters vragen naar hun identiteit en bestemming.

'Wij zijn pelgrims, onderweg naar Constantinopel,' zei Vitalis. 'We gaan naar het poststation voorbij Aquileia.'

Met sommige ruiters hadden ze zelfs geen taal gemeen. Een man in een wapenrusting met meer gaten dan maliën, blafte wat in barbarentaal en op Vitalis' schouderophalen reageerde hij met een lang onverstaanbaar verhaal. Daarna lachte hij, duwde Vitalis een wijnzak in de hand en wachtte tot ze allemaal een slok hadden genomen, voor ze door mochten.

De groep trok langs rijen vuren waar slaven en vrouwen soldatenkost klaarmaakten. De rook steeg niet meer dan een paar manslengten en bleef boven de belegeraars hangen als een tentdak. De schraalte van het voedsel stond hun tegen. Zelfs Dido was inmiddels beter gewend dan de grove, in melk gekookte graanpap, maar toen een paar vrouwen hen aanhielden en vroegen of de presbyters hun pasgeboren kinderen wilden zegenen, deelden zij hun karige voedsel met hen. Vitalis zei streng dat zijn gezellen niet in een positie waren om voedsel te weigeren, het kon allemaal nog veel erger worden.

Het kostte hun een dag om bij het poststation te komen. Ditmaal was er een wegblokkade, pal voor het station.

'Wat zoekt u hier?' vroeg een wachter.

'We moeten de postwagen hebben,' zei Akakios, die de hele dag al had geklaagd over zijn knieën. 'We hebben een *evectio*, een permissie om te reizen met openbaar vervoer.'

De soldaat lachte spottend. 'Dat zal niet lukken, mannen. Het is geestelijken niet meer toegestaan om vrijelijk te reizen met de postdienst. Alle privileges zijn ingetrokken. Orders van de keizer!'

'Welke keizer?' viel Vitalis uit.

'Julianus Augustus!' snauwde de man.

Vitalis liet zich niet intimideren. 'Het valt nog te bezien wie de Augustus is; de strijd is nog niet beslecht!'

De soldaat grinnikte. Hij keerde zich tot zijn kameraden en zei iets, waarop allen lachten. Toen zei hij: 'Presbyters, de burgeroorlog is voorbij. Vanochtend kregen we bericht dat Constantius in Klein-Azië is overleden. Op zijn sterfbed riep hij Julianus uit tot keizer over het hele rijk. Latere koeriers hebben het bevestigd; Aquileia heeft zich vanmiddag overgegeven, en zijn burgers zweren trouw aan de keizer. Dat neemt niet weg dat de stad gestraft zal worden.'

De mannen stonden een tijdje zwijgend tegenover elkaar. Toen liep Vitalis langs de wachtcommandant en de groep volgde hem de baan op, voorbij het station. De soldaten weken uiteen en lieten hen door. Zo gingen ze lange tijd voort. Aan weerszijden van de weg rezen hoge bomen op, die het schaarse licht nog verder wegnamen. Ze leken op spoken, met lange armen waaraan zwarte flarden stof hingen. Op een teken van Vitalis zetten ze hun tenten op onder een van die woudreuzen.

Ze hulden zich in hun mantels, want het was koud die avond. Dido zat bij Swintharik en deelde zijn mantel met hem. Niemand maakte vuur, ze hadden niets te eten. Praten durfden zij niet, iedereen wist dat er een ramp was gebeurd en ze wachtten tot Vitalis zou spreken. Hij kon de spanning breken met een grap, of verklaren dat het allemaal niet zo erg was als het leek. Aanstonds zou hij een strijdplan onthullen en hij zou nog eens bevestigen dat zij, de rechtvaardigen, in de meerderheid waren, ten opzichte van de volgers van de tegenstrever.

Ieder van de groep moet die avond hetzelfde hebben gedacht, terwijl de opstekende wind zachtjes huilde in de boomtoppen, onzichtbare voeten in de verte takken lieten kraken en uilen weeklaagden: als God aan hun kant stond, waarom had hij dan die kleine usurpator, die heidense pretendent, zozeer begunstigd? Waarom had hij toegestaan dat de vijand zo'n onmetelijke voorsprong kon krijgen?

Het was uiteindelijk Akakios die de stilte verbrak: 'Julianus is een mens zoals alle anderen. Nu hij de macht heeft zal hij, knap strateeg die hij is, inzien dat hij niet zonder de steun van de christenen kan. Dat hij de postdienst tijdelijk wil vrijhouden, lijkt me een normale zaak in tijden van oorlog. Hij zal het verbod snel opheffen.'

'Wie zegt dat het tijdelijk is?' vroeg Vitalis met trillende stem. 'Dit is niet tijdelijk, broeders... Julianus is geen windvaan, geen politicus. Hij is een man van grondbeginselen en hij heeft in Vienna zijn masker laten vallen. Hij is een dromer en dat zijn de gevaarlijkste mensen; ze willen de wereld herscheppen naar hun droombeeld en zijn bereid tot het uiterste te gaan.'

'Dat zijn wij toch ook?' riep Axylus, woedend opeens. Hij keek met grote ogen op naar Vitalis.

'Ik hoop het maar, jongen,' zei Vitalis. 'Het begint met de postdienst, maar uiteindelijk zullen we al onze rechten en voorrechten kwijtraken. Moeten we ons straks verschuilen? Zal het priestergewaad ons niet meer beschermen, zal het ons juist tot doelwit maken?' Hij ging staan en trok met beide handen aan zijn gewaad dat het kraakte. 'Maar we zijn nog niet verslagen en we zijn overal – de tijden van onderdrukking zullen niet terugkeren.'

'We gaan verder,' zei Akakios, 'we zien wel hoe het zich ontwikkelt.'

Vitalis knikte. 'We reizen te voet en vertrekken voor het eerste licht.' Hij greep Dido bij de schouder. 'Geef je mantel vannacht aan die nieuwe jongen,' zei hij, 'je slaapt toch bij mij.' Hij trok Dido ruw mee, alsof deze ergens voor moest boeten, maar Dido herinnerde zich geen vergrijp.

Tegen de verwachting in ontmoetten ze weinig soldaten in Pannonië. De hoofdmacht van Julianus moest allang voorbij zijn. Dit was een land van bossen en weinig volk.

Akakios had in het begin de vraag uitgesproken of ze wel een nieuweling, een gekwetste, moesten opnemen; was de reis al niet zwaar genoeg? Was hun geld toereikend om het doel te bereiken? Hij vergiste zich, want al snel, terwijl ze oostwaarts trokken, bewees Swintharik zijn waarde. Hij raapte stokken op en bewerkte ze onder het lopen. Bij de eerste stroom die ze tegenkwamen wist hij tot aller verbazing met een aangepunte staak een grote vis te verschalken. Ze aarzelden geen moment en legden vuur aan, de laatste maaltijd was twee dagen daarvoor geweest. Tegen de tijd dat het vuur brandde, had hij er nog twee gespietst. Diezelfde avond schoot hij een haas met een zelfgemaakte pijl-en-boog.

'Je bent een vindingrijke gast,' zei Vitalis, terwijl ze aten. 'Waar heb je dat geleerd?'

'Ik joeg veel in de bossen rond mijn stad.'

Swintharik leek weinig zin te hebben om over zijn verleden te praten.

'Kun je het mij ook leren?' vroeg Dido. Voedsel verzamelen zat hem nog altijd in het bloed, en dit was een begerenswaardige vaardigheid. Lucifer wilde het ook leren. Swintharik toonde hoe ze met een boog moesten omgaan. Hij vertelde hun hoe ze sporen moesten zoeken van verschillende dieren en hoe ze te vangen met strikken en pijlen. Onderweg, als Axylus naast Vitalis liep voor zijn godsdienstlessen, leerde Swintharik Lucifer en Dido bewegende voorwerpen te raken en speren te slingeren. Ondertussen was het rustige wandeltempo van de eerste weken voorbij, zij liepen met grote stappen, ze marcheerden als soldaten, en soldaten voelden zij zich.

'Een snelle pas is minder vermoeiend dan geslenter,' zei Akakios, die steeds voorop ging. Hij wilde tonen dat hij, als oude man, geen moeite had om de rest voorbij te streven. De reisstaven dreunden op de straatstenen, het ritme van hun looppas was aanstekelijk en gaf hun moed en kracht. Af en toe, als de jagers te lang draalden om een duif of eend te schieten, moesten ze rennen om weer bij de groep te komen.

Vitalis liet het onderwijs aan Dido tijdelijk rusten, hoewel Axylus hem schrijf- en leesles bleef geven. Tijdens de rustpauzes ondervroeg Vitalis Swintharik over zijn educatie. Hij was opgetogen over de antwoorden. 'In Constantinopel gaan we verder met jullie studie,' zei hij. 'Een gestudeerd man is beter in staat om de wereld naar zijn hand te zetten en een groep geleerden met een vastomlijnd doel is onverslaanbaar. Eenmaal in de stad kunnen we ons ontwikkelen en invloed uitoefenen op de gang van zaken.'

Zoals veel oude mannen sprak Akakios dikwijls over het verleden. Als er één onderwerp terugkwam, was het wel Nicaea, dat hij destijds had bezocht, samen met zijn vriend Nikolaos, een bisschop uit Myra die hij had ontmoet langs de stoffige wegen van Klein-Azië.

'Hij kwam mij achteropgelopen,' vertelde hij. 'Een grote stoffige kerel, zo'n dertig jaar ouder dan ik, die me groette in het voorbijgaan. Later die dag zag ik hem terug onder een olijfboom, waar hij in gebed verzonken zat. Omdat ik aan rust toe was, zette ook ik me onder die boom. Hij opende zijn ogen en sprak: "Ik ben net klaar. Helpt u mij maar om mijn leeftocht op te krijgen, want u zucht en blaast van inspanning en daarbij ziet u er hongerig uit."

Willen jullie wel geloven dat ik een dikke jongen was? Ik had moeite met bewegen en eten was mijn geliefde bezigheid. Als jong diaken zonder middel van bestaan was ik op weg gegaan naar de Stad, dorstig naar onderricht, maar Nikolaos bracht me die middag op andere gedachten. Hij vroeg niet waar ik vandaan kwam of wie mijn ouders waren, hij begon meteen over het concilie. "Ben je niet op weg naar Nicaea in Bithynië?" vroeg hij. "We zullen daar elke medestander nodig hebben!" Hij keek me aan met een felle blik en hief zijn reisstaf. "Ben jij van mening dat de Vader en de Zoon van gelijke substantie zijn in hun goddelijke natuur?"

"Beide zijn God," zei ik, want ik was niet zo jong, of ik kende de waarheid.

Hij liet zijn staf vallen en sloeg me op de schouders. "Ik wist het dat je geen *hairetikos* was, die herken ik op een mijl afstand! Ga mee, dan reizen we naderhand naar Constantinopel. Ik ben daar goed bekend en kan je bij de juiste mensen introduceren."

"Ik heb geen uitnodiging voor het concilie," protesteerde ik zwak, want hij leek geen man die tegenspraak duldde.

"Ik ben je uitnodiging. Je begeleidt mij, en ik bezoek het concilie op verzoek van de keizer en van bisschop Athanasius van Alexandrië."

Ik kan jullie wel vertellen dat ik sidderde van ontzag. "Wat zijn de onderwerpen?" vroeg ik.

"Het voornaamste vraagstuk betreft juist datgene waarover we al spraken: de stellingname omtrent het wezen van Christus – al kan daarover geen twijfel bestaan – en hoe om te gaan met de heresie van de Afrikaan Arius, een dwaas, die beweert dat Christus zelf een schepsel is van God. Dit idee moet de kop worden ingedrukt!"

Ik at van het brood en de vijgen die hij me had gegeven en mijn kracht keerde terug. Toen hij vroeg of ik snel kon lopen, antwoordde ik vol jeugdige zelfoverschatting: "Ik pas mij aan, presbyter. Ik volg u naar Bithynië!"

Ik wilde al opspringen, maar hij wees me terecht. "Rust nu, na het eten is lopen niet goed. Neem een slok wijn en slaap wat, we hebben een lange tocht voor ons."

Ik legde mij neer en keek omhoog naar de zonnediamanten die in een razend tempo versprongen in de rusteloze bladerkroon en even keerde de onzekerheid terug: ik was een slappeling, een gulzigaard en wist dat van mezelf. Terugkomen op mijn besluit kon altijd nog. Met dat voornemen viel ik in slaap.

En nu komt het: in de dagen die volgden, verging mij de honger en de goddelijke kracht vervulde mij, zodat het vet verdween van mijn lichaam. Bij aankomst in Nicaea, aan de vooravond van het concilie, was ik mager als een asceet en sterk als een ros van de zware cavalerie. En dat ben ik gebleven tot in deze dagen van mijn ouderdom.'

De groep protesteerde, Akakios was pas vijftig.

Ze liepen wekenlang door een land waar niets meer te merken was van de eerdere oorlogsdreiging. Ook nu sliepen ze in schaapskooien en bij boeren, en ze aten wat de burgers konden missen van hun voorraden.

De winter viel vroeg in dat jaar, en was strenger dan de winters die Dido gekend had. Volgens Vitalis was kou in de stad minder voelbaar dan op het land. Hij vertelde over dit gedeelte van de wereld, waar het duistere jaardeel korter duurde dan in het Westen. En warmden zij zich niet allen aan het vuur van hun geloof?

'De stormwind die over de stad komt, zal een zware aanval doen op dit vuur,' meende Akakios en hij doelde op de keizer, die zijn intocht in Constantinopel reeds moest hebben gehouden.

'Die zal het vuur juist aanwakkeren.'

Vitalis ging voor in gebed, zelfs onder het lopen, en hij liet de reisgenoten zo hard en lang bidden dat ze gloeiden van bezieling.

Zo gingen ze voort, dag na dag. En op de laatste dag verhevigden de stormen en de onbetreden sneeuw leek bij elke stap hoger te liggen. Ze vreesden te verdwalen, wat onder deze omstandigheden een zekere dood zou betekenen. Af en toe ging de wind even liggen en opeens konden ze de sombere baaien zien en de grauwe, woelige baren van de Propontis.

'Houd moed, mannen,' riep Akakios. 'Het is niet ver meer.'

Ze konden niet anders dan achter hen aan sjokken, achter de besneeuwde presbyters die hen als geesten voorgingen door deze onderwereld. In later jaren zou Dido het nog voor zich zien: Vitalis, de onvermoeibare, zweeft voort in de witte nacht met zijn staf als baken voor zijn volgelingen en achter hem Akakios, die bij elke pas zijn voeten hoog optilt; een vleugellamme kraanvogel, voortstappend op dunne stelten, onder een krachteloos neerhangend vlerkenpaar.

Een voor een wilden ze opgeven. Vitalis en Axylus spraken hen moed in of scholden, al naar gelang het uitkwam. Ze aten onder het lopen, stilstaan was gevaarlijk. Aanvankelijk lette Dido op Swintharik, maar spoedig was hij zelf de uitputting nabij. Bij zijn vijfde struikeling wilde hij alleen nog neerliggen en slapen, maar zover kwam het niet. Tot zijn verbazing tilde Swintharik hem van de grond en zette hem op zijn schouders. Op Dido's protest zei hij: 'Als ik jou draag, voel ik geen kou.'

Dido had zelfs niet gemerkt dat ze in de stad waren aangekomen. Hij ving wat flarden op van gesprekken en opeens zag hij de gebouwen, een paar smalle straten die samenkwamen. Een vreemde man vertelde hoe vele bezoekers de stad in waren gekomen toen de keizer twee weken eerder zijn triomfantelijke intocht had gehouden.

'Die stroom is al lang opgedroogd,' zei hij. 'Niemand is zo gek om met dit weer te reizen.'

'Het was een zware tocht.' Dat was Vitalis.

Swintharik zette Dido op zijn voeten en hij stond even te wankelen. Opeens wreef iemand Dido een hand sneeuw in het gezicht. 'Nog even wakker blijven,' zei Akakios. 'We zijn bijna thuis.' Dido zag een zwarte muur voor zich, een dak dat volhing met ijspegels. Hij draaide zich om en daar was een kade, een breed water en zelfs door de sneeuw zag hij de donkere massa van de overkant.

'De Bosporus,' vertelde de onbekende die zich bij hen had aangesloten. En terwijl ze nog uitkeken over de zee-engte, hield het op met sneeuwen. Ze liepen verder en nu zag Dido muren en huizen, de kerken, alles onder die witte deken. Vitalis volgde zijn blik. 'Zie,' zei hij somber, 'de keizerin van het Oosten in haar doodskleed.'

Constantinopel, het nieuwe thuis. Dido werd warm, alleen al bij de gedachte aan een huis, een haard. Ze hielden halt bij een heel klein hutje dat tegen een pakhuis aan was gebouwd en Vitalis bonkte op de deur. Een jongen schoof een huid opzij en nam wantrouwig het groepje op. Zijn gezicht klaarde op. 'Vitalis,' zei hij. 'Je bent terug!'

'Ik ben blij je weer te zien, Leandros,' zei Vitalis. De jongen kwam naar buiten en omhelsde hem. 'Wacht,' zei hij. 'Ik ben zo terug.' Hij rende geluidloos door de sneeuw en verdween tussen de huizen.

'We zullen worden opgehaald,' zei Vitalis.

Nu Dido weer op zijn benen stond, met zijn bepakking op de rug, de dekenrol voor zijn borst, kreeg hij het koud en hij begon heen en weer te lopen. De sneeuw dempte alle geluid. Een paar mensen liepen voorbij, diep in hun mantels gehuld en niemand besteedde aandacht aan het groepje.

Net toen de vertwijfeling toesloeg, stond er opeens een wagen met tweespan voor hen; ze hadden zelfs geen hoefslag gehoord. De voerman bleef op de bok terwijl de groep in de wagen klom. Leandros hielp en bleef achter toen ze in beweging kwamen.

Dido viel meteen in slaap; hij werd wakker in een ruime kamer, waar vuur brandde in een grote haard. Iemand voerde hem stukjes brood, het was Swintharik. Dido nam een paar slokken wijn en begon te gloeien; weggezakt in de kussens luisterde hij naar de volwassenen.

'Dit is onze kleine Dido,' zei Vitalis. Zijn hand aaide over Dido's gezicht.

Dido kromp ineen.

'Welkom jongen,' zei de man. 'Dit is een gelukkige gemeenschap en die zal voortaan je huis zijn. Hier zul je leren en werken, zoals iedereen.'

Later zat Vitalis in diep gesprek verzonken met Akakios en een kleine man met een voornaam, maar diep gegroefd gezicht. Hij moest ouder zijn dan Methusalem. Lucifer, Axylus, Swintharik, ze sliepen allemaal. Als ze hier gingen wonen, dacht Dido, hadden ze weinig te klagen. Hij stond zichzelf toe om weg te dromen.

* * *

Het huis van voormalig senator Theodoulos, een senator van de oude stempel, was een verzameling vervallen gebouwen die in de loop van de jaren aan elkaar waren gegroeid en die bekendstond als het Rankenpaleis. Naast de verwilderde tuinen en half dichtgeslibde vijvers bezat deze aristocraat, die zijn geslacht eeuwen kon terugvoeren, uitgestrekte stukken van de Aziatische en Europese ommelanden.

Het landgoed was jarenlang verwaarloosd geweest; afgedankte

slaven, zwervers en pariahonden hadden de gebouwen betrokken en gedeeltelijk vernield, taaie klimplanten en bomen hadden vloeren opgebroken en muren overwoekerd.

De ongelukkige Theodoulos was een *lapsus*, een christen die onder dwang en marteling zijn God had verloochend. Tijdens de laatste ronde christenvervolgingen was hij zijn bezittingen verloren. Dat gebeurde tijdens de regering van keizer Galerius, bijna een halve eeuw voor de groep van Vitalis in zijn huis kwam wonen. Theodoulos was gearresteerd en zijn hele familie met hem. Wekenlang doorstond hij de folteringen van de ondervragers, die eisten dat hij aan de oude goden zou offeren en afstand zou doen van zijn geloof. Hij brak toen ze zijn vrouw en kinderen voor zijn ogen dreigden dood te martelen. Op dat moment wist hij nog niet dat hij de laatste van zijn familie was die nog leefde. Zijn vrouw en kinderen hadden volhard in hun weigering en waren na foltering op de brandstapel gekomen.

Theodoulos vernam het nieuws van hun dood pas na zijn vrijlating, op de dag dat Galerius, misschien wel de wreedste van alle vervolgers, in zijn sterfbed-edict pleitte voor godsdienstvrijheid en amnestie voor de geloofsgevangenen.

In de jaren na deze tragedie leefde de ellendige als kluizenaar in een kelder van zijn eigen huis, hoewel hij wat bedienden overhield die probeerden alles draaiende te houden. Toch verwilderden de tuinen en brachten de landerijen geen tiende meer op van wat ze ooit hadden opgeleverd.

Aan het einde van de regering van Constantijn kreeg Theodoulos, aan wie vanwege zijn afval de communie werd geweigerd, bezoek van een paar geestelijken, onder wie Akakios en een van de toenmalige bisschoppen. Op hun verzoek stelde hij zijn huis en bezittingen beschikbaar aan een gemeenschap die op christelijke grondslag leefde en die zorg zou dragen voor de huizen en het bewerken van het land. In ruil kreeg hij absolutie en werd hij weer opgenomen in de kerk.

Dit was inmiddels twintig jaar geleden. Theodoulos had onder invloed van zijn nieuwe vrienden een positie verworven in de senaat, maar nog altijd was het huis niet in zijn oude luister hersteld.

In het warme jaargetijde werkten de broeders op het land; 's winters knapten ze de woonverblijven op en probeerden het huis te verfraaien. Theodoulos had een nieuwe familie gekregen en ondanks zijn hoge leeftijd nam hij zelf deel aan het werk waarvoor hij vroeger slaven had gehad.

Die eerste ochtend wekte Swintharik Dido en gaf hem een gerimpelde appel en wat zwart uitgeslagen walnoten uit de voorraadkelder. 'Kom mee, dan gaan we het huis verkennen!' zei hij opgewonden. Dido rolde zijn deken op; de anderen sliepen nog. Vitalis was die nacht niet bij hem geweest; misschien zou hier alles anders zijn.

Ze verlieten het huis aan de achterkant, waar de sneeuwbedekte wijnstokken in rijen heuvelopwaarts stonden als een leger haveloze soldaten. Ze beklommen de heuvel en volgden een pad dat overging in traptreden. Ze kwamen langs huizen, gebouwen en voorraadschuren van de wijngaard. Uit een huisje op de top van de heuvel krinkelde rook. Ze lieten zich daar hijgend neerploffen in de sneeuw en keken uit over de stad. De opkomende zon zette het water bij de Gouden Hoorn in een rode gloed en de stad schitterde en fonkelde door de ijspegels, want hoewel de sneeuw er nog lag, begon het al te dooien.

Het Rankenpaleis, Theodoulos' woning, was zelfs in de winter en onder de sneeuw nog een bizar bouwsel dat altijd gehuld leek in een ruige vacht, want zelfs op het platte dak groeiden de ranken door, over wat ooit een terras was geweest, maar inmiddels was alles opgenomen in de begroeiing.

'Begrijp jij waarom ze dat huis niet vrijhouden?' vroeg Dido.

Swintharik vond het mooi. 'Dit is het middelpunt van de wereld. Ik had echt niet gedacht dat ik hier zou terechtkomen. Het is zo anders dan Augusta Treverorum.'

'Wat is dat voor stad? Had je daar ook vrienden?' vroeg Dido.

'Ik had een vriend, maar die zal ik nooit weerzien,' zei Swintharik. Hij zuchtte.

Dido durfde niet direct te vragen wat er was gebeurd. 'Vertel je me over je leven daar?' vroeg hij dus maar.

Swintharik lachte. 'Ik zal je alles vertellen. Zie je die paardenstal beneden? Mijn vader had ook zulke stallen. Ik heb alles van hem geleerd over paarden en als je wilt, zal ik het jou leren. Dan werken we samen in de stallen. En jij zult me ook vertellen over jouw leven in Massilia.'

'Dus je blijft bij ons!' Dido was erg gesteld geraakt op de oudere jongen.

'Ik heb geen plek waar ik heen kan, en het bevalt me bij jullie,' zei Swintharik. 'Vitalis wil me onderwijzen en hij zal me helpen om mijn leven in te richten. Hij zegt dat ik een rol van betekenis kan spelen in deze stad.'

Zelfs toen al vroeg Dido zich af, terwijl ze daar in de sneeuw zaten, hoe Vitalis dit wilde bewerkstelligen, nu juist de christenen hun invloed dreigden te verliezen.

Het Rankenpaleis was de thuisbasis van de groep van Vitalis en Akakios. Ook Axylus woonde er al enkele jaren. Hij had, met veel andere kinderen, zijn scholing ontvangen in deze leslokalen. Sommige waren hier ondergebracht door hun ouders, die belang hechtten aan gedegen godsdienstonderricht; andere waren wezen, of gewoon opgepikt van de straat, zoals Dido. In een aparte, voor de jongens verboden vleugel verbleven een paar jonge vrouwen.

Vitalis gunde zijn pupillen geen dag rust, want toen zij die eerste dag de heuvel afdaalden en in het hoofdgebouw terugkeerden, stond hij hen al op te wachten en hij ging hun voor naar de gewelfde kelderruimte waar ze zouden werken. Het was niet echt een kelder, het gebouw was half ingegraven in de heuvel en het vertrek had alleen een paar kleine hoge ramen met opgespannen blazen tegen de koude.

Niet alleen was Dido de jongste, hij wist slechts wat hij op reis had geleerd. Voor aanvang van de lessen nam Vitalis hem apart. 'Onderweg merkte ik al dat je een snelle geest hebt,' zei hij. 'Je zult het ver brengen als je zo doorgaat.'

Zo warm als in de gemeenschapsruimte, zo koud was het in het ongestookte leslokaal.

'K...k...kou is goed voor een s...s...student,' zei Lucifer, die Dido's eerste les voor zijn rekening nam. 'Warmte maakt slaperig, maar een koud lichaam is ontvankelijk voor kennis. We gaan verder met lezen en schrijven.'

'Dat kan ik toch al?' vroeg Dido. Hij was trots op zijn vorderingen en wist dat er geen woord was dat hij niet kon lezen. Lucifer gaf hem een dichtbeschreven papyrusvel om te lezen. Dido staarde naar het onbegrijpelijke kriebelschrift. Dit was niet wat hij had geleerd! Toch kwamen sommige tekens, vreemd vervormd, hem bekend voor.

'Het is Grieks,' zei Vitalis vanuit de deuropening. 'Dat is de taal die we hier spreken. Lucifer zal de grondbeginselen behandelen en twee weken na nu tolereer ik geen andere taal in dit huis. Swintharik, dat geldt ook voor jou.'

Swintharik antwoordde in het Grieks, maar Vitalis lachte en zei: 'Je hebt nog veel te leren!' Hij verliet het vertrek.

Lucifer gaf Swintharik een boek. 'Vitalis wil dat je dit leest voor vandaag.'

'Vertel me niet dat jij ook al Grieks kent,' zei Swintharik nors.

Lucifer lachte. 'Ik heb hard moeten studeren, als gijzelaar. Evengoed kom ik nog niet veel verder dan het alfabet en wat kinderverhaaltjes. Ik kan Dido de grondbeginselen leren, maar jij bent verder dan ik. Je zult voorlopig aan zelfstudie moeten doen.'

Het was Dido's tweede alfabet dat jaar en ditmaal leerde hij nog sneller dan tijdens de reis, want halverwege de middag kende hij tientallen woorden en kon hij langzaam een Griekse tekst voorlezen. Hij realiseerde zich dat hij de taal al dikwijls had gehoord in Massilia.

'Je doet het goed,' zei Lucifer. 'Het zal je geen moeite kosten om over te schakelen. Ik stel voor dat we meteen beginnen met Grieks praten. Ik moet ook nog veel leren. We zullen de anderen versteld laten staan van onze vorderingen.'

'Ik vind het goed,' zei Swintharik in het Grieks. Hij vertaalde het nog even voor Dido.

Lucifer schudde zijn hoofd. 'Augusta Treverorum!' zei hij. 'Het is nauwelijks te geloven dat jij, met jouw uitspraak, uit de stad komt waar Constantijn de Grote leefde.'

'Ik geloof niet dat jij Constantijn hebt gekend,' zei Swintharik. 'Je kunt dus niet weten hoe hij sprak. Misschien is mijn uitspraak wel de juiste.'

Lucifer stak zijn handen in de lucht. 'We moeten allemaal leren. Anders zullen de mensen nog denken dat de barbaren zijn binnengevallen.'

'Wie is hier nou de barbaar?'

Dido begreep zonder vertaling wat Swintharik had gezegd en antwoordde voor Lucifer: 'Hier zijn wij allemaal barbaren.'

Ze staakten het geredetwist en hielden een eenvoudige dialoog, om te oefenen, tot ze de heldere, vérdragende klank hoorden van een hamer op een bronzen klankschaal – de etensbel. Dido volgde zijn vrienden en herhaalde in zijn geest nog de Griekse woorden, opgetogen met de nieuwe taal die al in hem leefde, al was het pas een vonkje.

Na een eenvoudig avondmaal verdeelde Vitalis de kamers. De schikking was vastgesteld. Tot op dat moment had Dido gedacht dat ze in de gemeenschapsruimte bij de haard zouden slapen, dat bleek echter alleen voor die eerste nacht te zijn geweest. Vitalis zei: 'De jongen blijft onder mijn hoede.'

Axylus deed een stap in zijn richting. 'En ik?' vroeg hij. 'Heb ik u niet altijd trouw gediend?'

Vitalis glimlachte, omhelsde hem en streek hem door de haren. 'Jij betekent alles voor me, dat weet je, maar je moet kunnen delen.' Hij maakte zich los, pakte Dido bij zijn schouder en duwde hem zachtjes voor zich uit, terwijl hij zijn kudde een goede nacht wenste.

Dido had een groeiende weerzin gekregen tegen de nachtelijke handtastelijkheden; hij meende nog altijd dat dit erbij hoorde, maar vroeg zich tegelijkertijd af waarom hij zijn last niet met de anderen kon delen. Liever dan bij de presbyter zou hij bij de andere jongens slapen, al veronderstelde hij dat zij in hun slaapvertrekken dezelfde handelingen verrichten, en dat ook van hem zouden verwachten. Hij schikte zich in het onvermijdelijke.

Uit de afkondigingen van de keizer en de geruchten die door de straten gonsden, kon de groep weinig koerswijzigingen afleiden. Zij wisten dat Julianus het grootste deel van het hof had ontslagen en er was niemand die daar rouwig om was, of het moesten de hovelingen zelf zijn. Aan die eunuchen was volgens Vitalis niets verloren.

Een ander onderwerp dat de gemoederen in die dagen bezighield, was het proces in Chalcedon, waar de keizer een aantal tegenstanders liet berechten voor misdaden die zij tijdens de regering van zijn voorganger Constantius hadden gepleegd. Vooral Axylus leek zich druk te maken over dit tribunaal. Iedere keer als het ter sprake kwam, nam Vitalis hem apart en dan spraken ze heftig, maar net buiten het bereik van de anderen.

De jongens vroegen zich af waarom Axylus zo opgewonden was. Alleen Akakios liet iets los. 'Iemand die hij vroeger kende staat terecht in Chalcedon.'

Voorzitter van het tribunaal was de nieuwe pretoriaanse prefect Secundus Sallustius en elke dag bracht nieuwe geruchten en feiten. Dan weer was Florentius bij verstek veroordeeld, dan weer iemand verbannen... Sommige namen wekten de woede op van de ouderen in het Rankenpaleis, andere deden ze af met een schouderophalen. Niet alle vijanden van Julianus waren kennelijk hun vrienden.

Eén naam kwam steeds terug: Paulus Catena.

Swintharik meende de naam te kennen en ook Lucifer wist over wie het ging. Onder de les begon Swintharik erover. 'Vanochtend was het weer mis met Axylus,' zei hij. 'Toen Leonidas vertelde dat Paulus Catena ter dood veroordeeld was, rende hij de tuin in.'

'Ik hoorde dat hij als kind bij P...P...Paulus woonde,' zei Lucifer. Hij stotterde meer dan gewoonlijk.

'Waarom heet hij Catena, "de ketting"?' vroeg Dido.

'Hij was de beruchtste agent van Constantius,' zei Swintharik. 'Ook in mijn stad hoorden we zijn naam. Overal waar de keizer verraad vermoedde, ging Paulus op onderzoek uit. Hij liet grote groepen mensen aaneenketenen en vorderde dan een gebouw, dat hij voor de tijd van zijn verblijf inrichtte als martelkamer.'

'Hij is de wreedste man van het rijk,' wist Lucifer te vertellen.

'Mensen pleegden al zelfmoord uit angst als ze wisten dat hij voor hen zou komen.'

'Ik hoorde dat hij een tijdlang een jongen bij zich had,' zei Swintharik. 'Dat was tijdens zijn verblijf in Britannia. Een slavenjongetje, van een jaar of acht, dat hij aan een ketting met zich meevoerde. Het kind moest op handen en voeten lopen en zich gedragen als een huisdier.'

Lucifer kende dat verhaal ook. 'Hij verwende de jongen met lekkere hapjes, terwijl hij zijn gevangenen martelde. Als de jongen zich te menselijk gedroeg, ranselde hij hem af.'

Dido prees zich gelukkig dat hij de slavenhalers had weten te ontlopen, en nooit was gezwicht voor de verleiding van dagelijkse maaltijden. 'Wat is er met die jongen gebeurd?' vroeg hij.

Swintharik haalde zijn schouders op. Lucifer zei: 'Die zal wel dood zijn.'

'Wie zal wel dood zijn?' Vitalis stond in de deuropening.

Swintharik ging snel over in Grieks, want ze waren onbewust teruggevallen op Latijn. 'We hadden het over Paulus Catena, die had vroeger een jongen aan een ketting, zeggen ze. We vroegen ons...'

'Zwijg!' onderbrak Vitalis hem. Hij hief zijn handen alsof hij Swintharik te lijf wilde gaan. Ze keken hem geschokt aan. Hij liet zich zakken op een bankje naast Swintharik en zei: 'Ik ga een paar dagen met Axylus naar Chalcedon. Dit is een moeilijke tijd voor onze vriend, ik heb hem destijds vrijgekocht omdat hij het anders niet zou hebben overleefd. Beloof me dat jullie dit onderwerp verder laten rusten.'

De volgende dag waren de leidsman en Axylus verdwenen en toen ze enkele dagen later terugkeerden, zong de geruchtenstroom al dat Paulus Catena direct na zijn 'veroordeling' levend was verbrand.

Axylus trok zich na die dagen terug. Hij leek somberder geworden, harder.

Op een avond, in de beslotenheid van hun slaapvertrek, vroeg Dido aan Vitalis waarom hun vriend niet opgelucht was, na de executie van zijn kweller. Hij greep elk onderwerp aan om het onvermijdelijke uit te stellen.

'Ik weet het niet,' antwoordde Vitalis. 'Hij heeft de hele verbranding toegekeken, tot het lichaam van Paulus verkoold was en zijn gezicht was nat van de tranen. Nooit eerder had ik hem zien huilen.'

Een hond net als ik, dacht Dido. Maar wel *iemands* hond.

15

Iunx

(vroege lente 377)

Het dorpshoofd had Dido wat vodden gegeven en zelfs dat was hem niet gegund, want Dido hoorde zijn vrouw schreeuwen in het huis, of hij gek was geworden, dat hij de filantroop uithing? 'Hebben we niet genoeg te lijden gehad van die aardbeving?'

Een paard hadden ze niet en voor de aftandse ezel bedankte Dido. 'Geef me een dekenrol en leeftocht voor zes dagen, dan ben je van me af.'

'Lopend is het drie dagreizen,' zei de man en hij wilde zijn huis al weer ingaan, maar Dido had nog een vraag: 'Zijn hier nog vreemdelingen geweest?'

Hij schudde langzaam zijn hoofd.

'Geen man en vrouw samen, of een man met maar één arm?'

'Alleen u, heer. Verwacht u iemand?'

'Ik ben op zoek naar vrienden,' zei Dido. 'Misschien hebben ze schipbreuk geleden, net als ik.'

'Geen vreemdeling gezien,' zei de man. 'Moet ik een boodschap doorgeven als er iemand komt?'

'Doe maar niet.' Waarom zou hij Axylus wijzer maken? En Swintharik was zelf op de vlucht, die zocht niet naar Dido.

Hij begon aan zijn lange wandeling, haast maken was zinloos; hij wist niet eens of de mensen die hij zocht voor of achter hem waren, als ze nog leefden tenminste. Hij vreesde dat het een verloren zaak was, dat hij ze niet zou vinden en net zo goed terug kon naar Durostorum. Hij zou Vitalis vertellen dat hij had gefaald en dat hun oude vriend en huisgenoot was verdwenen.

Maar zou Axylus opgeven? De Axylus die Dido kende, gaf nooit op.

Hij liep 's nachts door omdat hij geen vermoeidheid voelde. Pas tegen de ochtend rolde hij zich in zijn deken onder een afhangende rots, waar de zon de eerste uren niet zou komen. Ondanks de kou viel hij meteen in slaap.

Het was al klaarlichte dag toen hij wakker werd van het geluid van paardenhoeven in een stapvoets tempo. Hij kwam overeind en bekeek de naderende ruiter die een doek over zijn hoofd droeg tegen de zon. Het was een koerier. Dido stond op en riep hem aan. De man hield zijn paard in en groette wantrouwig. Dido besefte dat hij eruitzag als een vagebond. Hij stelde zich voor en toonde zijn zegel. 'Ik heb schipbreuk geleden,' zei hij.

'Je bent niet de enige,' zei de man. 'Er zijn er heel wat omgekomen. Mijn naam is Leo. Waar ga jij heen?'

'Side.'

Leo begon te lachen. 'Dat is zes dagen lopen,' zei hij. 'Maar als je bij de volgende splitsing de landinwaartse weg volgt, kom je na twee dagen bij een wisselstation en daar zullen ze je verder helpen.' Hij steeg af en kwam bij Dido zitten. 'Waar kom je vandaan?' vroeg hij.

Dido vertelde het hem, terwijl hij vuur maakte.

Leo was onderweg naar Constantinopel; hij kwam van Antiochië; de keizer was nog in het oosten en onderhandelde met Shapur. 'Altijd weer die Perzen!'

'Weet je iets over de toestand aan de Hister?' vroeg Dido, want de situatie daar ging hem meer aan het hart.

'In Moesia zijn honderdduizenden barbaren op drift geraakt. Ze plunderen het land aan onze kant van de rivier en men verwacht dat de keizer volgend jaar tegen hen optrekt.'

Dido at zijn brood en vroeg zich af of zijn missie enige zin had. Zijn opdracht leek niet meer dan een gebaar naar de keizer, die, anders dan Vitalis, geloof hechtte aan orakelpraat. Als het rijk in crisis verkeerde, zou men Dido's diensten nodig hebben. In plaats daarvan was hij op zoek naar iemand die in een andere tijd een rol had gespeeld in een ander conflict. Dido vroeg zijn nieuwe vriend of hij een man en een vrouw was tegengekomen die samen reisden, en beschreef ze.

'Niets gezien,' zei Leo lachend. 'En die zouden me wel zijn opgevallen.' Hij stond op. 'Spring achter op mijn paard,' zei hij. 'Je bent niet groot. Ik breng je tot de tweesprong, daarna ga ik mijn eigen weg.'

Tegen de avond namen ze afscheid. Dido keek Leo na terwijl hij in het late licht wegreed. Ook in overdrachtelijke zin stond hij nu op een tweesprong. Kon hij niet beter vanaf het wisselstation teruggaan naar het noorden? Hij besloot om langs de weg te slapen en dan in één keer naar het wisselstation te lopen; hoorde hij ook daar niets, dan zou hij richting Constantinopel reizen, dat leek hem het meest waarschijnlijke reisdoel van de twee die hij zocht. Misschien zou hij ze onderweg tegenkomen. Hij at een stuk kaas en zocht een plekje in de berm, waar een bemoste steen hem tot kussen diende.

Ergens in de nacht ontwaakte hij door hoefgeklepper. Over de maanverlichte weg naderde een ruiter. Hij hield in voor de tweesprong en keek om zich heen. Hij kwam tot een besluit, dreef toen zijn paard zo ruw de kustweg op dat het dier steigerde en hij moeite had om in het zadel te blijven. Zwaaiend met een veel te korte arm, hervond de man zijn evenwicht en hij schold op het paard. Als Dido hem al niet had herkend aan die gehalveerde arm, dan was het wel aan de stem geweest.

Dido keek hem na en toen hij niets meer zag of hoorde, rolde hij zijn deken op. Axylus had haast en was nog altijd op jacht. Dido wilde hem achterna, maar zonder paard leek dat zinloos. Hij besloot het uiterste van zijn lichaam te vragen en begon te rennen over de weg die landinwaarts leidde. Uren achtereen rende hij en hij hield een enkele keer halt bij een brug om te drinken. Bij het ochtendgloren sliep hij even en rende toen verder tot hij omstreeks het middaguur het wisselstation in zicht kreeg. Hij haalde net de poort, toen liet zijn kracht hem in de steek en zakte hij door zijn knieën. Later hoorde hij van de mensen die hem vonden, dat hij om een paard had gevraagd. Zij herkenden het keizerlijke insigne om zijn hals en legden hem op een rustbank te slapen.

'Wat is er toch met jullie aan de hand?' vroeg de beheerder, een zware man met een rode baard. 'U bent al de tweede binnen een paar dagen die halfdood komt binnenvallen.'

Iunx schonk onversneden wijn omdat Dido, zoals hij zei, moest aansterken. Zijn vrouw bracht een schaal geitenvlees en Dido at terwijl hij naar Iunx luisterde.

'Drie dagen geleden was het en de man beweerde dat hij zijn paard had doodgereden. Hij zou een opdracht hebben van Valens zelf. Hier sliep hij, op dezelfde bank waar u hebt geslapen en gisteravond vertrok hij zonder afscheid te nemen. Hij nam een goed paard mee en voor ik kon protesteren was hij weg. Gaat u dat ook doen? Is hij uw vriend?'

'Waarom denk je dat?'

'Hij draagt hetzelfde insigne als u,' zei de man.

Dido keek hem geschokt aan. Sinds wanneer was Axylus imperiaal koerier? Of had hij het onderweg gestolen? Opeens moest hij denken aan de vriendelijke Leo, die hem een eind op weg had gebracht. Een rilling ging over zijn rug. 'Zei hij niet waar hij heen ging?' vroeg hij.

'Nee. Hij vroeg of we hadden gehoord over een vreemdeling die met een vrouw reist. Ze zouden herkenbaar zijn aan een wijnzak ter grootte van een geit.' De man barstte in lachen uit en zijn vrouw lachte mee. 'Die man was gewoon krankzinnig,' zei ze. 'Hij vertelde dat hij in de woestijn van Syrië was gemarteld door barbaren, die hem een arm hadden afgehakt. Mijn man is altijd weekhartig waar het verminkten en kreupelen betreft.'

'Daar heb ik een goede reden voor,' zei Iunx. 'Het probleem is dat wij niet weten aan wie we een paard hebben meegegeven. Ik moet ieder dier verantwoorden en dit zal ik zelf moeten betalen.'

'Ik heb ook een paard nodig, en een uitrusting,' zei Dido. 'Het is van groot belang; ik zal tekenen voor beide paarden, ook voor die man. Hij is geen vriend van me, maar wij werken voor dezelfde dienst. Hier hebt u mijn insigne.'

Iunx bestudeerde het en knikte. 'Ik zal u geven wat u verlangt,' zei hij. 'Ik hoef zelfs uw naam niet te vragen, u bent immers Dido van Massilia?'

Dido besefte dat hij hem als een idioot aanstaarde.

De man lachte: 'Wij ontmoetten elkaar zo'n dertien jaar geleden bij de Tigris, op weg naar Ctesiphon. Jij hoorde bij dat groepje geestelijken dat rond de keizer hing. Ik raakte gewond bij een schermutseling in de chaotische dagen na de dood van de keizer, toen de terugtocht al in volle gang was. Ik heb twee dagen gekrópen om weer bij de hoofdmacht te komen, maar het merendeel van de troepen en wagens was al weg. Jullie zaten in een van de laatste wagens. Als ik me goed herinner, wachtten jullie op vrienden, die waren verdwenen in de chaos.'

Dido wist het weer.

Ze hadden niet eens hun doden kunnen begraven, omdat het slagveld al niet meer te bereiken was. Drie van de groep ontbraken: Swintharik, Axylus en Vitalis. Niemand wilde aannemen dat ook zij waren gestorven. En waar was Lucifer? Hij verdween toen de grote terugtocht begon. Dido had aangenomen dat hij ergens op een andere wagen meereisde.

Nu herkende Dido de man die tegenover hem zat. Ouder, baardiger maar gezond.

Destijds had hij geijld van koorts. Dido had zelf aangedrongen de gewonde mee te nemen, nu ze plaats hadden in de wagen. De cavaleristen hadden geen belangstelling voor hun gewonde kameraad. 'Gewonden ophalen hebben we direct na de slag gedaan,' zei een van hen. 'Dit is jullie probleem.'

Dido's reisgenoten maakten bezwaar, waarom zouden ze vreemden meenemen op de lange thuisreis?

'Onze broeders zijn nog zoek,' had Dido gezegd. 'Moeten we een gewonde landgenoot dan niet verzorgen? Misschien zijn ook onze vrienden overgeleverd aan de barmhartigheid van vreemden...'

'Dan mag jij dat doen,' zei Akakios. 'Leg hem maar in de wagen.'

Dido verpleegde de man onder de huif van de reiswagen en de nachten waren vervuld van zijn gekerm; de stank die van de voet af kwam, was overweldigend.

Op de avond van de vijfde dag, toen ze stilhielden voor de nacht, kwam Axylus hen achterop, hij was verwilderd en uitgehongerd.

Op alle vragen van zijn vrienden bleef hij zwijgen, wel vroeg hij wie die lawaaiige man was in de wagen.

'Ik ken zijn naam niet,' zei Dido. 'Hij is stervende.'

'Haal hem eruit,' zei Axylus. 'Ik wil kijken wat ik kan doen.'

Een paar man tilden de ongelukkige uit de wagen en legden hem op een plank. Axylus had ergens gereedschap gevonden en op zijn aanwijzing gingen de mannen op de armen en benen van de zieke zitten, zodat hij niet kon bewegen. Dido mocht er niet bij zijn, maar omdat hij Axylus wantrouwde, glipte hij onder de handen door en keek vol afgrijzen hoe Axylus het been afbond met een riem en het daarna met een timmermanszaag een eind onder de knie afzaagde, terwijl de vreemdeling een bloedstollend gebrul uitstootte. Dido schreeuwde mee en wilde Axylus tegenhouden, maar iemand greep hem vast en hij kon niet anders dan toekijken.

Akakios reikte Axylus een roodgloeiende pook, waarmee hij de afschuwelijke wond dichtbrandde.

Die geur van schroeiend vlees!

'Die zullen we voorlopig niet horen,' had Axylus gezegd. Hij knipoogde naar Dido en duwde hem het rottende onderbeen in de hand. 'Gooi jij dat even weg?'

Dido gaf over en kroop weg tussen de benen van de aanwezigen. Iedereen lachte. De soldaat, die ze van tevoren een blinddoek hadden voorgebonden, gaf geen kik meer, hij was buiten bewustzijn. Axylus gaf Dido een drankje waardoor de man een paar dagen stil zou zijn. Toen de jongen nogmaals naar zijn vrienden vroeg, reed Axylus lachend weg. Dido zat weer in de wagen bij zijn gekwetste en verwachtte dat de man zou sterven, maar in de daaropvolgende dagen trad langzaam genezing in.

Axylus verdween kort daarna. Dido zou hem pas jaren later terugzien, in dezelfde tijd dat ook de dood gewaande Vitalis weer opdook.

Tegen de tijd dat ze Antiochië bereikten, kon de gewonde een gesprek voeren. Ze brachten hem naar een lazaret, want ze wisten zelfs niet of ze nog een thuis hadden, nu hun leidsman was verdwenen in het grote Mesopotamië en de groep uiteengevallen. Lucifer was ook in Antiochië niet opgedoken.

'Ik herkende je meteen toen je gisteren kwam aanwankelen,' zei Iunx lachend. Hij stond op en toonde Dido zijn houten been. 'Hoe kon ik je niet herkennen! Je bent een man geworden, maar tegelijkertijd ben je nog de jongen van toen. Zeg me wat je nodig hebt; ik ben je mijn leven verschuldigd.'

Dido's hele lichaam begon inmiddels pijn te doen van het langdurige rennen. Hij probeerde op te staan, maar zijn spieren weigerden dienst.

'Je kunt zo niet weg,' zei Iunx. 'Je moet goed eten en nog een nacht goed slapen. Ik zorg voor een uitrusting en geef je mijn beste paard. Denk maar niet dat die ander dat heeft; hij is geen kenner.'

'Ik dank je,' zei Dido. 'Maar ik moet vandaag nog weg. Ik wil je nog iets vertellen. Herinner jij je Axylus niet?'

'De naam zegt me wel iets.'

'Hij was er destijds ook bij en hij is de man die je eerder bezocht.'

'Is dat zo? Ik kan me hem niet herinneren.'

Dido schudde zijn hoofd. 'Hij was degene die je leven heeft gered en die je been afzaagde.'

De man klopte op zijn houten been. 'Dus het was toch een goeie knaap?'

'Ik vrees dat hij dat niet is,' zei Dido. 'Hij is op een moordmissie. Tenzij ik hem kan tegenhouden.'

Iunx knikte. 'Naar de hel met hem! Ik zal mijn vrouw vragen om leeftocht in te pakken. Ga rusten, dan maak ik alles klaar.'

Dido legde zich te rusten en probeerde te berekenen hoe ver Axylus op hem voor lag. Hij had een voordeel, Axylus wist niet dat Dido zijn plannen wilde verijdelen en hij wist zelfs niet dat hij hem op het spoor was.

16

De galli

(Constantinopel, winter 361-362)

Neem de bever, een dier dat toch veel lager staat dan het paard. Men gebruikt wel bevertestikels om de geslachtsdrift op gang te krijgen, want naar het schijnt krijgen sommige mannen met het klimmen van de jaren de zaak niet meer op gang. De bever, die weet om welk orgaan men hem bejaagt zal, als hij in het nauw is gedreven, zijn eigen ballen afknagen en ze de jager voor de voeten smijten, zodat deze de jacht staakt.

Op een dag had ik er een tussen de rotsen gedreven en ik stond klaar om hem met een pijl neer te leggen, toen het dier zich naar me omdraaide. Het ging op zijn achterpoten staan, rekte zich uit en stak zijn voorpootjes omhoog, zodat ik duidelijk kon zien dat hij zichzelf al bij een eerdere gelegenheid had gecastreerd. Er viel niets meer te halen, dus liet ik hem leven.

(Leontius' lessen, opgetekend uit de mond van zijn zoon)

Omdat het buitenwerk stillag door de winter, nam Axylus Swintharik en Dido mee naar de basiliek die gewijd was aan de goddelijke wijsheid, en die men in de wandeling de 'Grote Kerk' noemde. Dido maakte sprongetjes van opwinding, want nooit eerder had hij zo'n gebouw betreden. Hij voelde zich duizelig onder de donkere bogen, de zware zuilen en de immense ruimte onder dat zwarte dak. Swintharik bleef er nuchter onder, hij kwam dan ook uit de belangrijkste stad in Gallië.

Ze volgden het voorbeeld van Axylus, die voor het altaar knielde en bad. Dido was niet zo devoot in die tijd, hij zou daar nooit veel talent voor ontwikkelen. Vanbuiten kwam weinig licht, maar in de diepe schaduwen van de kerk, tussen zuilen en colonnaden, zweefden trossen dansende lichtjes. Swintharik had zijn ogen dicht, zijn lippen bewogen en Dido voelde dat men van hem verwachtte dat hij meebad. Ook onderweg hadden ze zich gehouden aan vaste gebedstijden. Hij probeerde niet op zijn pijnlijke knieën te letten en zich te concentreren op het gebed. Uiteindelijk kwam Axylus overeind en ook Swintharik stond al weer, maar Dido merkte tot zijn schrik dat zijn benen te stijf waren geworden van het knielen op de koude vloer. Axylus hielp hem overeind en zei: 'Het went als je het vaker doet.'

In het voorportaal ontmoetten ze een jonge, zwaargebouwde diaken, die Axylus begroette als een vriend. Hij heette Storax en woonde in het oostkwartier aan de overkant van de Gouden Hoorn. Storax was een prater. 'Goed om te horen dat jullie terug zijn in het Rankenpaleis!' zei hij. 'Ik vreesde al dat jullie in de oorlog zouden terechtkomen.'

'Veldslagen zijn er niet geweest,' zei Axylus. 'We hebben een rustige reis gehad, alleen duurde het wat langer omdat de keizer de privileges van de geestelijkheid introk.'

Storax knikte heftig. 'Het getreiter is meteen begonnen,' vertelde hij. 'Je had hem moeten zien toen hij de stad binnentrok, die ezel. Een triomfator aan het hoofd van zijn troepen, maar hij droeg nog altijd zijn potsierlijke filosofenmantel en zijn belachelijke baardje. En dan die barbaarse horden die hem begeleidden! Ooit waren zij onze vijand, nu zijn het handlangers van schertskeizers. Het zal me benieuwen wanneer de vervolgingen beginnen.'

'Vitalis zegt dat hij dat niet verwacht,' stelde Axylus hem gerust. 'Julianus weet ook wel dat hij het tij niet meer kan keren. Wij zijn met velen en we zijn overal.'

Storax was er niet zeker van. 'Het zal niet snel gaan,' zei hij. 'We zijn, zoals je weet, hopeloos verdeeld. Als Julianus de kans krijgt en als de heidenen hun posities versterken, kan er veel ten kwade veranderen.'

'Ik had ook niet gezegd dat we passief blijven,' zei Axylus. 'God staat aan onze kant.'

'Je hebt gelijk, maar waarom moest hij ons zo beproeven; waarom liet hij Julianus leven terwijl hij Constantius zo plotseling wegnam?'

'Constantius was een ketter en als zodanig gevaarlijker dan een die openlijk het heidendom aanhangt.'

Al pratend waren ze langzaam de kerk uit gelopen en ze moesten hun stemmen verheffen omdat de wind vanaf de Bosporus rond de hoge gebouwen huilde. Het sneeuwde alweer en de kerk van de heilige Irene, een eindje verderop, droeg een witte wade.

'Gaan jullie daar nog naar binnen?' vroeg Storax.

Axylus schudde zijn hoofd. 'We gaan naar huis,' zei hij. 'Waar kan ik je vinden? We moesten maar eens bijeenkomen om te praten over de veranderingen. Vitalis zal blij zijn om je te zien.'

Storax pakte Axylus' handen en wilde afscheid nemen, maar zijn woorden gingen verloren in een plotseling opstekend gejoel. Een vrolijk gezelschap in een ossenwagen hield stil voor de kerk en van alle kanten sprongen mensen van de wagen, als vlooien die een rat verlaten op het moment dat hij zijn laatste adem uitblaast. Ze klopten de sneeuw van hun kleren en begonnen op en neer te springen om warm te worden. In hun handen hielden ze bellen en vingercimbalen, tamboerijnen en trommeltjes, waarmee ze een groot kabaal maakten.

'Vervloekte *galli*!' riep Storax. Zijn metgezellen schrokken van zijn woede. Ze volgden zijn voorbeeld, verstevigden de greep op hun staven en hieven die, maar de galli, wie dat ook mochten zijn, leken hen niet te zien; zij renden naar de kerk en stelden zich op langs de muur aan weerszijden van de grote deuren. Als op commando lichtten ze hun kleurige kleden op en hurkten neer om te plassen.

'Wie zijn dat?' riep Dido, want hoewel hij ze eerst voor mannen had aangezien, begreep hij nu uit de manier waarop ze plasten, dat het vrouwen waren. Zijn vrienden antwoordden niet, ze keken verstijfd naar de ronde witte billen en de waanzinnige ogen van de galli, die, terwijl ze de urine als geiten lieten spuiten, doorjoelden en ratelden met hun vingerinstrumentjes.

'Het zijn eunuchen,' zei Axylus. Hij stapte naar voren en zwaaide zijn staf naar de voeten van een van de pissers, zodat deze omviel in zijn eigen gele vlek in de sneeuw. De eunuch krabbelde kreunend op en aarzelde. Kennelijk was hij nog niet uitgezeken, maar hij durfde niet weer in zijn oude houding te gaan zitten. Uit het voorportaal van de Grote Kerk kwamen diakenen, acolieten en priesters aanrennen, sommigen gewapend met stokken.

Nu rezen de eunuchen op uit hun hurkhouding, ze schommelden met hun heupen om de christenen te bespotten, trokken hun mantels en tunieken recht en kwamen op hen af. Dido was doodsbang; hij had alles meegemaakt: wilde honden, soldaten, stadswachten, maar hierop was hij niet voorbereid.

Opeens brak de betovering, misschien waren de aanwezigen geremd door het feit dat hun tegenstanders geen mannen waren, of omdat het slaan van hurkende plassers niet getuigt van grote moed, maar nu gingen ze het tuig te lijf.

'Dood aan de heiligschenners!'

De eunuchen dansten en sprongen als krankzinnige bonte vogels om hen heen, doken onder de stokken door en omhelsden de diakenen, die schreeuwden van afgrijzen; een van hen greep Swintharik beet, trok bliksemsnel zijn kleed op en greep hem met beide handen bij de billen, terwijl hij door de knieën ging, om zijn kruis te kussen of erger – Dido kon het niet langer aanzien. Keek toen toch weer.

Swintharik probeerde de gallus af te schudden, maar twee, drie anderen scheurden hem de kleren van het lijf en terwijl hij tegen de grond ging, kropen ze over hem heen, grepen naar zijn geslachtsdeel en betastten hem wellustig op plekken die doorgaans het daglicht schuwden.

Dido zocht naar een wapen, maar nu kwam Axylus zijn vriend ontzetten. Hij mepte een gallus van Swintharik af, wrikte zijn staf achter het hoofd van een ander en dwong de halfman tegen de grond. Terwijl Swintharik opkrabbelde en een eunuch een schop gaf, ging Axylus op de armen van zijn slachtoffer zitten zodat de eunuch zich niet kon bewegen. Hij nam het kale hoofd in een vreemde greep, en draaide het met een ruk dat het kraakte. De eunuch verslapte en Axylus sprong op om verder te vechten. Ondertussen grabbelde Swintharik zijn kleren bij elkaar.

Nu verschenen er stadswachten op het plein.

'Naar binnen!' riep Storax.

Ook de eunuchen begonnen te rennen. Axylus en Swintharik trokken Dido de kerk in en voor de wacht hen kon bereiken hadden ze zich al verschanst achter de zware deuren. Ze renden de trap op, naar de kleine vensters van de bovengalerij, en trokken de leren tochtlappen opzij om te zien hoe twee soldaten een lijk op de kar gooiden en de voerman, een besneeuwde schim op zijn bok, bevalen om het weg te brengen. Even later restten alleen de sporen, die al weer dichtsneeuwden.

Swintharik vloekte hartgrondig. Zijn gezicht was rood van schaamte en nat van tranen. Na een tijdje zei hij: 'Je hebt die gallus gedood.'

Axylus haalde zijn schouders op. 'Soms is dat nodig.'

'Ik ben blij dat je het gedaan hebt.'

'Dit is de godsdienstvrijheid die de Apostaat heeft afgekondigd,' zei Storax somber. 'En ze worden met de dag brutaler.'

'Is dit een van hun feestdagen?' vroeg Axylus.

'Maar wie zijn zij dan?' vroeg Swintharik.

'Het zijn de priesters van Kybele,' zei Storax. 'Dat is een oeroude duivelin die haar volgelingen dwingt zichzelf te castreren. En in antwoord op jouw vraag, Axylus: nee, hun feest is in de lente. Ik neem aan dat ze vannacht een van hun bacchanalen hebben gehouden, waar ze zich volgieten, met geen andere bedoeling dan het bezoedelen van onze gebedshuizen. Waar anderen woorden gebruiken om hun minachting en wrok jegens de enige God uit te drukken, verkiezen de galli daarvoor hun verminkte geslachtsdelen.'

'En het gezag begunstigt hen?' wilde Swintharik weten. 'Sinds wanneer laat het Romeinse gezag ongecontroleerde bendes hun gang gaan?'

'Het gezag tolereert het. Als wij hierover een klacht indienen, zullen zij zeggen dat de galli net zo veel rechten hebben om hun godsdienst uit te oefenen als wij. De galli op hun beurt zullen verklaren dat er geen heiliger sacrament is dan het urineren in maagdelijke sneeuw, of om het even wat van toepassing is. Voor hen is godsdienst geen serieuze zaak, het zijn narren en potsenmakers; liederlijke wezens die geen schaamte kennen en steeds de grenzen van het onbetamelijke overschrijden.'

Ze draaiden zich om en keken neer in de duistere diepten van de kerk, naar de honderden, duizenden vlammetjes die nu stil brandden omdat de grote deuren dicht waren.

Axylus zei rustig: 'Het is onvoorstelbaar dat zovelen volharden in dwaling, alsof de waarheid niet voor de hand ligt. Kan een eunuch een goed christen zijn?'

'Christen kan hij zijn,' meende Storax, 'maar een goed christen? Zij zullen zich niet snel bekeren, al was het maar omdat hun verminkingen onomkeerbaar zijn. En alleen een echte man kan een herderlijke functie vervullen.'

'Is dat zo?' Swintharik lachte grimmig.

Axylus knikte. 'In het verleden hebben sommigen – zelfs een groot kerkvader – zichzelf ontmand om niet in verleiding te worden gebracht. De kerk veroordeelde dit in de felste bewoordingen. Een eunuch of een zelfcastreerder plaatst zich buiten de gemeenschap.'

Swintharik maakte zich los van het gezelschap, hij daalde de trap af en liep weer naar het middenschip. Dido ging hem achterna, omdat hij zich zorgen maakte over zijn vriend. 'Hebben ze in Augusta Treverorum ook zulke mooie kerken?' vroeg hij, om maar wat te zeggen.

'Je hoeft niet te praten,' zei Swintharik. Zwijgend maakten ze een rondgang.

Na de ontmoeting met de galli bij de Grote Kerk verdween Axylus met Vitalis naar de tuin, waar ze diep in hun mantels gedoken heen en weer liepen. Vitalis hield zijn armen over elkaar, Axylus sprak, wild gesticulerend en zijn verhaal was bijna te volgen aan de hand van zijn gebaren. Later zou hun conversatie zich uitbreiden naar het avondmaal in de eetzaal van de oude Theodoulos.

Ze zaten bijeen en aten uit schalen die op robuuste driepoten stonden. De vrouwen en meisjes waren er die avond bij. Ze spraken niet en keken de mannen nooit rechtstreeks aan; Dido wist niet beter of het hoorde zo, zelf zou hij ook geen meisjes in de ogen kijken.

Swintharik was anders.

Aurelia was misschien een jaar jonger dan hij en ze wierp hem heimelijke blikken toe, sloeg zelfs een tipje van haar sluier weg, zodat hij ook haar blik zag, een blonde lok – om zich meteen weer terug te trekken. Aurelia, toen nog een half verborgen gezicht, een schuw dier dat zich onttrok aan onbeschaamde blikken. Bij Dido was de vermaledijde demon die mannen doet veranderen in redeloze dieren nog niet tot leven gewekt, maar hij zag hoe mooi ze was.

'Ik hoorde van jullie confrontatie bij de Grote Kerk,' zei Vitalis, terwijl hij zijn jongste pupil een in vet gedoopt stuk brood in de mond stopte. 'Jullie hebben je kranig gehouden. De galli zijn een plaag.'

'Waarom zijn het zulke liederlijke wezens, vader?' vroeg Axylus. De vraag diende ter lering van de aanwezigen.

'Ze zijn liederlijk,' zei Vitalis, 'omdat ze geen leven kunnen verwekken. Tegelijkertijd evenaart hun wellust die van een aap. Het is een wellust zonder doel, een onvruchtbare bespotting van de gezonde mens.'

'En Julianus...' vervolgde Axylus, maar Vitalis sneed hem de pas af: 'Al is Julianus een heiden, soms geeft hij blijk van gezond verstand. Hij heeft alle paleiseunuchen ontslagen.'

De jongens hadden al gehoord van de reorganisatie aan het hof.

'Waren dat galli,' vroeg Swintharik, 'waren zij allen paleisfunctionarissen?'

Vitalis schudde zijn hoofd. 'Nee, eunuchen zijn zo gemaakt door de slavenhandelaren of door hun meesters. Ze vervullen nuttige functies, omdat ze betrouwbaar zijn, ook in de buurt van vrouwen. Omdat ze zich niet voortplanten missen ze dynastieke aspiraties. En al zijn ze weerzinwekkend met hun kale lijven en hun hoge piepstemmetjes, galli zijn erger: het zijn zelfcastreerders die hun vruchtbaarheid offeren aan een bloeddorstige godin. Nu ze zich niet meer hoeven te verstoppen, kruipen ze uit hun holen om ons te provoceren en te beledigen. We zullen het verdragen in de overtuiging dat de toekomst aan ons is.'

Akakios snoof luidruchtig.

Vitalis schonk hem een boze blik en vervolgde: 'Kuisheid is een grote deugd, die wortelt in een permanente strijd tegen verleiding. Het is niet de kuisheid zelf, maar de worsteling die ons kracht geeft en die onze blik en oordeelsvermogen scherpt.'

Het woord was aan Akakios. 'Ik weet,' zei hij, 'dat we uiteindelijk zullen overwinnen, maar ik ben een oude man en wil de ondergang van de Afvallige meemaken. Onze beproevingen kunnen decennia duren. De toekomst mag van ons zijn, het kan geen kwaad als we de zaken naar onze hand zetten.'

'Dit spreekt vanzelf, broeder,' zei Vitalis glimlachend. 'Wij zijn instrumenten in Gods hand en ik twijfel er niet aan of jij zult leven om te getuigen van Julianus' val.' Hij richtte zich tot allen: 'Samen zijn we sterker dan enig legioen. Wij strijden voor geld noch roem, maar voor de waarheid. Ieder van ons zal zijn plaats hebben. Het is mogelijk dat de omstandigheden in deze oorlog ons dwingen tot handelingen die we in vredestijd als ondeugdelijk beschouwen. In het licht van de hogere zaak zullen die handelingen hogere deugden belichamen, en we zullen overeenkomstig geoordeeld worden.

Wat een prachtig visioen! Een wereld zonder afvalligen of heidenen – dat is de wereld die ik nastreef. Hoe schraal het aardse bestaan ook mag lijken, het is in die schraalheid dat wij ons het koninkrijk Gods waardig betonen.' Hij stond op en liep tussen zijn vrienden door, terwijl hij in het voorbijgaan ieder een hand oplegde. 'Voor sommigen is kuisheid de beste manier om Christus te dienen,' zei hij, 'anderen zullen hiervan afzien, omdat de worsteling met het monster geen ruimte laat voor andere worstelingen. Beter is het om de strijd tot één front te beperken.'

Alle aanwezigen zouden zich het moment jaren later herinneren. Ze zwegen en dachten aan het sluipende gevaar dat hun wereld bedreigde. Zij wisten dat een mens van vlees en bloed het keizerlijk purper droeg, maar veel maakte dat niet uit. Vitalis' woorden maakten diepe indruk. Dido begreep dat ook Vitalis' nachtelijke handelingen noodzakelijk waren; dit was zijn offer, zijn rol: Vitalis te ondersteunen in zijn grote strijd.

De lente viel vroeg en zij hardden zich in de buitenlucht. Ze wiedden het snel opschietende onkruid en plantten gewassen; de lessen waren nu beperkt tot een paar uur in de ochtend en avond.

Dido was graag in de tuin, de geuren van bloemen en kruiden bedwelmden hem en hij gaf zich gemakkelijk over aan dagdromen. Soms beklom hij de heuvel en keek naar het Rankenpaleis, dat nu gekleed ging in een groen gewaad, doorschoten met witte bloemen. Met de vormen zo afgerond en verzacht leek het nauwelijks een huis. Rondom hun woonstee stond hoog en kleurrijk onkruid en niemand vond het nodig om het weg te halen zolang het geen voedselgewassen verstikte. Het bood bescherming tegen blikken, nu de christenen in een kwaad daglicht kwamen te staan.

In kleine groepjes werkten ze, mannen en vrouwen door elkaar. Ze wiedden de groentenbedden op hun knieën, hun handen werden ruw en eeltig en als de zon op z'n hoogst stond, kwam een meisje met het eten en iedereen kreeg een paar teugen kelderkoele wijn. Daarna rustten ze, soms met geen andere schaduw dan die van hun strohoeden, of ze zochten de koelte van een appelboom of kromme olijf.

Dido kon zijn ogen tijdens die pauzes nooit afhouden van Swintharik en Aurelia, tussen de distels en wilde bloemen. Bijen zoemden om hun hoofden en ze leken het niet op te merken. Steeds zochten ze elkaars gezelschap en werkten naast elkaar. Dido kon hen nauwelijks volgen, want zijn Grieks was nog niet zo goed. Als hij probeerde mee te praten, keken ze hem glimlachend aan, zich nauwelijks bewust van zijn aanwezigheid.

Op een dag, toen hij de twee gadesloeg, viel de schaduw van Vitalis over hem heen. Hij schrok en voelde zich betrapt, niet wetend waarom.

'Die twee brengen nogal wat tijd met elkaar door,' zei de man. Dido wist niet of het een vraag was en zweeg. Vitalis zag de verwarring van de jongen, en zei: 'Je hoeft niet bang te zijn, het is geen misdaad. Het is niet iedereen gegeven om kuis te zijn, sommigen kunnen beter trouwen en hun kinderen opvoeden tot goede christenen.' Hij streelde Dido's haar en deze moest zich bedwingen zijn hoofd niet terug te trekken, hij kon weinig doen tegen de weerzin die de man bij hem opwekte.

'In jou zie ik een geestelijke, mijn beste Dido,' zei Vitalis. 'Je leert vlug en ik heb grote plannen met jou. Kom na het avondeten naar mijn studeervertrek.'

Terwijl hij rustig naar het huis terugliep, vroeg Dido zich af of enige toekomst, hoe groots ook, de prijs waard was die hij betaalde. Hij vreesde dat hij te lang op straat had gewoond om nog te kunnen wennen aan de zeden van gewone mensen.

Diezelfde avond, toen ze samen waren en wijn dronken, sprak Vitalis voor het eerst over het keizerschap zoals hem dat voor ogen stond. 'Deze wereld is maar een schil,' zo zei hij, 'en het eeuwige leven de vrucht. Wie verkiest de schil boven de vrucht?'

'Een e...e...ezel,' zei Lucifer lachend.

Vitalis negeerde hem en vervolgde: 'Tot dusver was het zo dat keizers naar willekeur christenen vervolgden of begunstigden, of erger nog, verdeeldheid zaaiden onder de verschillende geloofsrichtingen, om de partijen in evenwicht te houden. Dit opportunisme moet stoppen, het kan niet zo zijn dat politieke overwegingen bepalen of de rechtvaardigen dan wel de ketters de overhand hebben. Nu zijn het de legers die keizers kiezen, maar zou het niet wenselijker zijn als een opperpriesterschap het rijk bestuurde en keizers koos uit de gelederen van de rechtvaardigen? Een geestelijk leiderschap kan de keizers ondersteunen in plaats van andersom, zodat de kerk verschoond blijft van politieke compromissen. Gods woord zal heersen, en niet de mens in al zijn onvolkomenheid. Het mag toch niet zo zijn dat één afvallige keizer ons vijftig jaar terugzet in de tijd?'

'En dan is het nog de vraag hoe lang hij aan de macht blijft,' merkte Akakios op. 'Voor ieder jaar dat hij regeert, zullen we vijf tot tien jaar nodig hebben om het verloren terrein te herwinnen.'

Lucifer twijfelde nog. 'Julianus lijkt onze partij te begunstigen, moeten we daar dan geen profijt van trekken?'

‘Nee,’ zei Vitalis. ‘Wij moeten elke beslissing van de Afvallige afwijzen, ook als die in ons voordeel is. Hij begunstigt niemand, maar tolereert om evenwicht te scheppen tussen tegengestelde krachten. Het kan hem niet schelen wie er gelijk heeft. Ons daarentegen gaat het om het enige ware geloof. Wij steunen alleen een keizer die onvoorwaardelijk de rechte weg bewandelt en die het rijk van God boven zichzelf stelt.’

Axylus schonk nog eens in. ‘Wie,’ vroeg hij toen, ‘is op dit moment een betere kandidaat voor het keizerschap?’

Niemand had een antwoord, de verhoudingen aan het hof waren onduidelijk. Vitalis suggereerde wel eens dat hij er ooit een geziene gast en raadgever was geweest, maar niemand had dit ooit bevestigd gezien.

‘Wat het opperpriesterschap betreft: het is duidelijk wie dit op zich moet nemen,’ zei Axylus. ‘Niemand minder dan jijzelf, Vitalis.’

De man schudde zijn hoofd. ‘Nee,’ zei hij. ‘Ik ben niet waardig, beste vriend, stel je voor… Ik ben zelfs geen bisschop.’

‘Niemand is bekwamer dan jij, Vitalis,’ zei Akakios. ‘Bisschoppen zijn gebonden aan hun bisdom. En zelfs een van de eersten onder hen, Liberius van Rome, heeft zijn onbetrouwbaarheid bewezen, hij zit verstrikt in politieke belangen. Als er iemand in aanmerking komt om alles onder één gezag te verenigen, ben jij het wel.’

De anderen vielen hem bij, ook Dido.

‘Verleid mij niet, broeders,’ sprak Vitalis streng, maar hij greep hun handen en drukte ze een voor een.

Na de bijeenkomst ging Dido, draaierig van de wijn, de tuin in op zoek naar zijn vriend, die hij gemist had bij de bijeenkomst. Hij zwierf rond in de invallende schemering en stuitte op Aurelia en Swintharik, die stil onder een boom zaten.

‘Wat doen jullie?’ vroeg Dido. ‘Jullie hoeven niet te werken hoor!’

Swintharik glimlachte. ‘We hadden een gesprek over de deugd, Dido,’ zei hij vriendelijk. ‘Ga naar binnen, wij komen zo.’

Aurelia knikte hem ernstig toe en reeds leken ze hem vergeten.

De jongen liep langzaam terug en bedacht dat hij zijn pas verworven vriend al weer kwijt was, net nu hij begon te geloven dat er ook betrouwbare mensen waren.

Dido mocht zijn voorbestemd voor een geestelijk leven, de theologie kon hem maar matig boeien. Hoewel hij snel Grieks leerde, las hij liever de epische en lyrische poëzie uit de boekerij – iedereen wist dat scholing in taal en retorica nauwelijks mogelijk was zonder studie van de oude schrijvers. De teksten van de Bijbel met hun vele herhalingen en commentaren waren Dido een gruwel en menig namiddag viel hij boven zijn lessenaartje in slaap.

Swintharik daarentegen dronk alles in als zoete wijn. Hij debatteerde met Vitalis en met Axylus, en ook Aurelia, die vol vuur aan de discussies deelnam, voerde verrassende stellingen aan. De twee wedijverden in kennis en spitsvondigheid, en leken verheugd om te worden overtroefd. Ze gebruikten het standpunt van de ander om het eigen gezichtsveld te verruimen. Leerde Aurelia dertig Bijbelverzen uit haar hoofd, Swintharik kwam met vijftig, waarop zij dan terugsloeg met honderd.

Schermutselingen met galli deden zich niet meer voor en het bleef die lente en zomer rustig in Constantinopel. Af en toe hoorden ze iets over incidenten, maar het waarheidsgehalte van verhalen is moeilijk te achterhalen, vooral als er grote belangen op het spel staan. Veel opportunisten en baantjesjagers zwoeren Christus af en bekenden zich tot de oude goden en gebruiken. In de andere metropolen van het rijk was dit nog erger dan in Constantinopel.

De nachtelijke handelingen in Vitalis' legerstede werden ondraaglijk, ze strookten ook niet met wat Dido overdag leerde. Vitalis zei hem dat hij de interpretatie van morele voorschriften het best aan hem kon overlaten, Dido was immers te jong om de complexe materie te doorgronden. Sprak hij Vitalis tegen, dan vroeg deze verdrietig of hij de jongen nu werkelijk moest straffen voor zijn halsstarrigheid. Dido wist niet welke straf erger kon zijn dan Vitalis' dwingende aandacht. Keuken- of tuindienst? Dido maalde er niet om; opsluiting in de kelders? De ratten waren altijd zijn vrienden geweest.

Hij was wel bang dat hij weer op straat zou komen te staan. Soms dacht hij aan vluchten, maar het idee om weer buiten te slapen, achter voedsel aan te moeten en schuilen voor slavenhalers, vervulde hem met paniek. Hij kon zich nauwelijks meer voorstellen hoe hij er ooit in was geslaagd om te overleven. Daarom doorstond hij alles.

Jaren later, toen Dido zijn herinneringen boekstaafde, was hij niet in staat te beschrijven welke handelingen hij moest verrichten. Het leek alsof Vitalis in de loop van de maanden veeleisender werd en ruwer, zeker als hij veel wijn had gedronken. Hij ging steeds verder en er waren dagen dat Dido nauwelijks kon zitten van pijn. Swintharik was niet zo in beslag genomen door Aurelia, of het viel hem op. Dido had wel op zijn vragen willen antwoorden, maar hij had er de woorden niet voor.

Alles veranderde op een dag aan het begin van de zomer. De groep hield een feest in de olijfboomgaard. De gelegenheid: Swintharik en Aurelia hadden een kuisheidsgelofte afgelegd. Zij hadden in lange gesprekken besloten dat Gods werk voorging en dat ze pas aan trouwen zouden denken als de strijd voor het geloof gestreden was. Vitalis prees hun standvastigheid en hij stelde hen tot voorbeeld voor de anderen.

Aan het spit wentelde een fors lam en de leden van de groep aten hun buiken rond en dronken meer dan ze gewend waren. Geen wolk vertoonde zich; de krekels zongen met hen mee. En of het nu door de zon kwam of door de wijn, Vitalis was die dag luidruchtiger dan anders en na verloop van tijd kondigde hij aan dat hij was uitgeput door de hitte en zich wilde terugtrekken voor de middagrust.

Er was niets onzekers aan de greep waarmee hij Dido bij de bovenarm pakte om hem mee te voeren naar zijn klamme vertrek. Ook Dido had gedronken en misschien verzette hij zich daardoor voor het eerst tegen Vitalis' dwang. Hij zag de blikken van de anderen in de plotselinge stilte en meende dat hij zich had misdragen. Vitalis gaf hem een klinkende oorvijg, waardoor zijn blik even verduisterde. De man moest hebben uitgehaald voor een tweede klap, want toen Dido zijn zicht herwon, zag hij hoe Swintharik Vitalis' geheven hand tegenhield. Vitalis keek zijn vriend in de ogen en Swintharik trotseerde hem. Zo stonden ze enkele ogenblikken tegenover elkaar, geen van beiden bereid om te wijken.

Opeens begon Vitalis te lachen. Hij ontspande zich en zei: 'Dan slaap ik wel alleen.'

Hij bedoelde waarschijnlijk dat hij die middag alleen zou slapen, maar Swintharik zei, tegen Vitalis' rug: 'Ik zal zorgen dat Dido een bed krijgt in het jongensverblijf.'

Vitalis struikelde bijna, rechtte zijn rug en vervolgde zijn weg naar het Rankenpaleis, waar Dido voortaan ongestoord zou slapen, bij zijn echte vrienden.

* * *

In de dagen dat de paniek die ontstond na de eerste maatregelen van de keizer nog niet was weggeëbd, kwam een aantal mensen bijeen vlak bij de grote kerk in een crypte onder een van de stadshuizen van Theodoulos, de lapsus, die ook de fondsen had geleverd om de bijeenkomst te organiseren. Nog was hij niet verlost van de grote schuld die hij met zijn afvalligheid op zich had geladen, hoe kortstondig die ook was geweest. Hij had rijtuigen en schepen gehuurd, koeriersdiensten en ijlboden bekostigd, om alle betrokkenen terzelfder tijd op die plek bijeen te krijgen. De jongens van het Rankenpaleis begonnen pas in die dagen te begrijpen welke banden hun beschermers smeedden.

Het keizerschap zelf was de vijand. Ze hadden het goed gehoord, ze hadden het al eerder gehoord. Veel van Vitalis' woorden waren in hun geesten gebrand. Toch zou Dido in later jaren de herinneringen wantrouwen van het kind dat hij was, daarom baseerde hij zich gedeeltelijk op de geschriften van Akakios, die als geheimschrijver de gebeurtenissen vastlegde. Als een marmeren beeld zat de grijsaard achter zijn lessenaartje en alleen zijn pen kraste als een razende over het papyrus. Godzijdank was Vitalis in al die jaren nooit zo in het nauw gedreven dat hij zijn bibliotheek moest vernietigen. Zo kon Dido de namen achterhalen van de aanwezigen: uit het hele rijk waren ze gekomen en de reissnelheden waarmee de, vaak oude, mannen zich verplaatsten, waren zelden vertoond.

Vitalis, Theodoulos en Akakios vertegenwoordigden Constantinopel. Arianen waren er niet, deze eerste vergadering was echter niet rechtstreeks tegen hen gericht, maar tegen de dubbelhartige politiek van de Afvallige, die de gelederen van de rechtschapenen wilde verzwakken.

Vitalis had dit erover te zeggen: 'Wij maken ons geen zorgen over de heidense bevoorrechting die de Afvallige doorvoert; hij is een man die de tijd niet aanvoelt, verblind als hij is door zijn haat tegen de katholieken. Evenmin hoeven wij te vrezen dat hij door zijn edicten de diversiteit onder de christenen bestendigt, want uiteindelijk zullen ook de dwalenden terugkeren op de rechte weg.'

Hij schetste de toestand waarin de hardnekkigen verkeerden die de oude goden nog aanhingen. Was het geen meelijwekkende verzameling van bedelaars, potsenmakers en verlopen toneelspelers, dronken van nostalgie naar een half herinnerde droom? Ook Julianus was het slachtoffer van een hersenschim, hij verlangde naar een tijd die hij noch gekend, noch doorgrond had. Eerder dan het oude te herstellen, zou zijn restauratie het juist de genadeklap geven. De huidige fase was slechts een overgang, die met Gods hulp en een grote inspanning van de gelovigen het streven van de gelovigen zou consolideren. Die fase mocht niet te lang duren, want dan zou de verwarring te groot worden. Gelijkwaardigheid van alle stromingen zou, als ze te lang duurde, een ernstige verstoring van de krachten opleveren.

'Onderdrukking is me liever dan tolerantie,' eindigde hij zijn betoog. 'De leer groeit tegen de verdrukking in, terwijl keizerlijke begunstiging altijd leidt tot schisma en broedertwist. Het is dan ook niet tegen de arianen of heidenen dat we ons richten, maar tegen het keizerschap zelf. Niet de politiek van mensen zal de kerk tot instrument maken, maar de kerk zal de politiek gebruiken. De keizer wil verdelen en heersen; de kerk zal heersen in eenheid.'

De jongens hadden de ruimten voorbereid op de komst van de hoge gasten.

'Het is niet de bedoeling dat jullie hierover spreken,' had Vitalis gewaarschuwd. 'De Apostaat heeft zich nog maar net geïnstalleerd en vrijwel het hele hof is ontslagen, maar ook hij zal zijn toevlucht nemen tot spionnen. Wij beschouwen ons recht om te vergaderen als een godgegeven feit; dat wil niet zeggen dat er ook maar iets naar buiten mag komen. Daarom vertrouw ik alleen op jullie. Alles moet schoon, nissen en hoeken zullen worden verlicht en gaten in muren gedicht. Geen luistervink zal doordringen tot deze bijeenkomst!'

Later, toen het begon, stuurde hij de groten weg en alleen een doofstomme grijsaard en Dido mochten blijven; men achtte de jongen even risicoloos als een doofstomme.

Vijftien man sterk waren ze, de gastheren van Constantinopel inbegrepen. Klein als Dido was, begreep hij, terwijl hij zich haastte met schalen en bekers, wat het doel van de vergadering was. Nooit meer zou de godsdienst een speelbal zijn in de handen van keizers, ambtenaren of eunuchen. De politiek zou een zaak worden van God.

Dido strooide wierookkorrels op de kolen van een kleine brander om de vochtige stank te verjagen uit de crypten; lange tijd staarde hij daar in de rook, terwijl hij af en toe blies, en hij luisterde vol bewondering naar de plannen die rondgingen. Deze mannen gaven vorm aan een wereld die in chaos verkeerde en hij, de straathond Dido, was erbij en maakte deel uit van het grote plan!

In de rook zag hij de marmeren straten van een stad in een nieuwe wereld; ze waren schoon en er liepen vriendelijke mensen die alles deelden en die bedelaars in hun huizen zouden onthalen, ware het niet dat er geen bedelaars bestonden in de wereld die Vitalis schetste. En eten, overal was voedsel in overvloed! Voor altijd zou geluk voor Dido verbonden blijven met de aanwezigheid van voedsel, al bleef hij een matig eter.

Zeven dagen en nachten kwamen zij de crypte niet uit. Ieder had er zijn slaapnis; Dido sliep in de keuken en elke ochtend kwamen zijn vrienden aan de poort om de voorraden aan te vullen uit de kelders van Theodoulos.

Hij hoorde de conciliegangers spreken over de maatregelen die nodig zouden zijn na de machtswisseling en was ervan overtuigd dat goddelijke inblazing hun al had ingegeven hoe en wanneer die wisseling zou plaatshebben. De vreugde die heerste in die donkere vertrekken, alsof het vrederijk van hun beschermer al een feit was!

Dido was een van de laatsten die het huis verlieten. Alleen de oude man bleef, hij was de huismeester. Lopend door de straten van Constantinopel besefte Dido dat het nog de oude wereld was. Christenvrouwen lieten zich door eunuchen vervoeren in draagstoelen, wantrouwige handelaren schermden hun koopwaar af voor de bedelaars en paupers die van nature worden aangetrokken door markten en neringen. De priesters van goden wier naam hij niet eens kende, trachtten met bekkens en tamboerijnen, met gongen en schalmeien, met ratels en invocaties de aandacht te trekken van lusteloze stedelingen, die ofwel te gehaast waren om hen op te merken, of lui rondhingen bij bomen en fonteinen. Galli paradeerden in groepjes, trots op hun pas verworven zichtbaarheid, die ze nog overdreven met protserige kleding; hoeren boden, al dan niet in naam van een hogere macht, hun diensten aan.

Dido had een paar handenvol noten bij zich gestoken en deelde die uit aan straatkinderen. Een van hen, een vuile jongen van zijn leeftijd, gaf hem een duw en zei: 'Geld wil ik, laat die noten maar zitten.' Hij sprak zelfs de taal van de stad niet, maar Dido begreep de strekking van zijn woorden. Hij gebaarde dat hij niets had en vluchtte weg, hij drong zich tussen slaven die op hun dooie gemak door de straatjes dromden want slaag kregen ze toch wel, langs dikke vrouwen die de weg versperden, zoals dikke vrouwen dat gewoonlijk doen, druk met hun roddelpraat, waaraan het daglicht extra geloofwaardigheid moest verlenen.

In het voorbijgaan wilde hij hun wel toeroepen: 'Vrees niet, alles zal anders worden. Deze stad, dit hele rijk zal van grens tot grens gedijen in vrede en voorspoed. Gods liefde zal heersen door zijn goede stadhouders, spoedig is ons lijden voorbij!'

Dat alles zei hij niet hardop, want hij wist dat niemand hem zou geloven en dat zijn woorden de bezieling niet konden overbrengen die hij tijdens de vergadering had gevoeld.

Ze zouden het merken, allemaal. Ze zouden keren op hun schreden en de rechte weg gaan. En zo, duizelig van vreugde en vervuld van hoop, liep hij naar het Rankenpaleis, waar zijn vrienden hem duizend vragen stelden, maar hij lachte en liet niets los. Dat had hij immers de grote Vitalis beloofd.

* * *

In de zomer van dat jaar liet het hof verkondigen dat de toestand met de Perzen onhoudbaar was geworden. Julianus, de held en pacificator van Gallia en Germania, had van het veroveren nog niet genoeg, want hij zou zelf optrekken tegen de vijand, die maanden eerder Singara en Bezabde had veroverd. De noodkreten van de oeverbewoners langs de Eufraat waren niet onopgemerkt gebleven.

Bij de groep van Vitalis kwam het nieuws niet als een verrassing. Vitalis had vaak beweerd dat de Afvallige, ondanks zijn houding van filosoof en stoïcijn, in het diepst van zijn ziel oorlogszuchtig was. 'Die man heeft zich door zijn boeken het hoofd op hol laten brengen en hij ziet zichzelf als een nieuwe Alexander!' riep hij eens uit en hij voorspelde dat hun verblijf in de stad van korte duur zou zijn. Om redenen die zijn leerlingen pas later zouden begrijpen wilde hij in de buurt blijven van de man die hij zo verafschuwde. Via een relatie die toegang had tot het hof, regelde hij voor Lucifer een baantje als schrijver; dat gaf hem geen toegang tot de hoogste kringen, maar hij zou dicht bij de geruchtenstromen zitten die als tocht door paleizen trekken.

Dat Julianus tegen de Perzen optrok, had Vitalis niet voorzien. Hij had gedacht dat de keizer de Goten zou aanpakken, omdat een overwinning in het hart van het rijk zijn prestige bij het volk zou doen stijgen. Naar het scheen had de keizer Galatische kooplieden zover gekregen dat ze uit eigen middelen een expeditie financierden naar de Gotische territoria, waarna ze de overwonnenen als slaven mochten verkopen. De grenstroepen zouden hierbij ondersteuning bieden, zodat voor het expeditieleger de weg naar de Eufraat openlag.

Ook onvoorzien, want wie had ooit gedacht dat hij de brutaliteit zou hebben, was de onderwijswet, die Julianus een paar weken eerder had laten afkondigen. Voortaan waren alle leraren verplicht een bewijs van goed zedelijk gedrag af te leggen. De jongens begrepen niet meteen wat daarvan de consequentie was. Lucifer kwam met het bericht op een zomermiddag, toen ze onder de bomen zaten te eten.

'Goed zedelijk gedrag?' vroeg Vitalis. 'Ik weet wel wat dat is, maar dat komt vast niet overeen met wat de keizer bedoelt.'

Lucifer ging door: 'Het is niet meer toegestaan heidense schrijvers te doceren en tegelijkertijd hun leerstellingen als dwalingen voor te stellen.'

'Mogen we dan alleen nog christelijke schrijvers bestuderen?' vroeg Vitalis.

'Zo heb ik het begrepen.'

Akakios, die al een tijdje had zitten snuiven, riep uit: 'En de tolerantie, waarvan hij zo hoog opgeeft?'

'Hij is gewoon tolerant voor zover hem dat uitkomt,' zei Vitalis. 'Daarin verschilt hij niet van vroegere keizers. Het is de invloed van zijn raadgevers, Maximus, Chrysanthes en die retor Priscus. Het maakt onze school illegaal.'

Lucifer lachte. 'Alleen als iemand erachter komt,' zei hij. 'Wij zijn een godvrezende gemeenschap van hardwerkende boeren.'

'En wat zijn de straffen?' vroeg Axylus. 'Als hij nu zijn ware gezicht laat zien, zal niemand meer geloven in zijn beroemde mildheid.'

'Het betekent opstand, overal in het rijk,' voorspelde Vitalis.

Hij had het weer mis. Het nieuws van de veldtocht hield de mensen meer bezig dan het onderwijs en alles bleef rustig. En dat terwijl de maatregel een stap in de richting was van wat misschien wel zou uitmonden in een volledig verbod op de leer van Christus.

Ook Vitalis en de oudsten beraadslaagden over de mogelijkheden om onder de wetten uit te komen: aanpassing van lesboeken, maskeren van onderwijsinstellingen – allerlei termen doorvlochten de conversaties. Dido begreep het fijne er niet van, wel besefte hij dat hij zijn geliefde schrijvers niet meer mocht lezen, althans niet binnen de school. En waar anders kan een mens lezen?

Vitalis rekende erop dat de handhaving van de onderwijswet niet streng zou zijn. 'Het zal Julianus niet licht vallen om én het onderwijs te controleren én een oorlog in het oosten voor te bereiden.'

Ondertussen begonnen ook de presbyters zich te bemoeien met de komende campagne in het Tweestromenland. Vitalis probeerde via zijn contacten in het leger een aanstelling te krijgen als zielzorger, maar dit moest zijn mislukt, want de groep hoorde er later niets meer over. Ze zouden op eigen gelegenheid naar Antiochië reizen, waar ook de keizer heen ging. In die stad, waar ze veel geestverwanten hadden, zouden ze een nieuw hoofdkwartier vestigen.

17

Het zwijgen van de orakels

(Constantinopel-Delphi, zomer 362)

Julianus stak rond de zonnewende de Bosporus over om zijn troepen te verzamelen. Lucifer had verwacht dat hij zou meegaan, maar van hogerhand kreeg hij bevel zich te melden in de haven, voor een opdracht. Hij zou zich pas later in het jaar bij de keizer in Antiochië voegen.

'Dat is slecht nieuws,' zei Vitalis. 'Wat is de opdracht?'

'Dat hoor ik pas als ik me heb g...g...gemeld.'

Vitalis was bezig met voorbereidingen voor het vertrek van de groep uit het Rankenpaleis; ze zouden snel reizen en nog voor de keizer in Antiochië aankomen. 'We zullen je daar in de herfst ontmoeten,' zei hij tegen Lucifer. 'Ik geef je de namen van onze vrienden, zodat je ons kunt vinden. Het is jammer dat ik nu geen bron aan het hof meer heb, maar ik wil erg graag weten wat je opdracht inhoudt.'

Zo nam Lucifer afscheid, terwijl de anderen nog bezig waren met inpakken. Vitalis en Theodoulos hadden paarden gekocht en een reiswagen, want op gebruik van publieke reismiddelen hoefden ze niet te rekenen.

Vitalis nam Dido apart. 'Ik wil dat jij Lucifer begeleidt naar het schip,' zei hij. 'Klein als je bent val je niet op en je kunt goed waarnemen. Het is van belang dat we weten in welk gezelschap onze vriend zich begeeft, en wat het reisdoel is. Verzamel inlichtingen; kijk het schip na zo lang als het zichtbaar blijft en vertel me welke kant het uit vaart. Ik zal je Axylus meegeven. Hij zal op je wachten en je thuisbrengen als Lucifer is vertrokken.'

Zo liepen zij gedrieën naar een stil gedeelte van de haven. Lucifer had niet meer bij zich dan zijn reismantel en de knapzak waarin hij papieren, mondvoorraad en schrijfmaterialen bewaarde. Het was een gewone Constantinopelse zomeravond; ze kwamen langs de hijsinstallaties en langs schepen die zachtjes wiegden op de deining, terwijl het tuig, door de wind bewogen, tegen de masten tikte.

'Die wind is een goede aanleiding om achter de bestemming te komen,' zei Axylus. 'Misschien kun je voor het uitvaren navraag doen naar de moeite die het al dan niet zal kosten om de haven uit te komen.'

'Dat geldt alleen als het geen galei is,' zei Lucifer.

Het was een galei. Hij lag op ruime afstand van de andere schepen.

'Je kunt niet verder dan hier, Axylus,' zei Lucifer.

Met tegenzin liet Axylus hen gaan. 'Ik wacht hier,' zei hij.

Ze slenterden naar het schip, waar niets wees op een aanstaand vertrek. Aan boord waren geen mensen te zien en hoewel het al schemerde, verlichtten fakkels noch olielampen het dek; ook de havenpier was gehuld in de schaduwen van het tweeduister. De voetstappen van de jongens op de steiger klonken hol in de stille avond. Bij het schip bleef Lucifer besluiteloos staan. 'Is dit wel het juiste?' vroeg hij.

'Daar komen we vanzelf achter als we gaan kijken,' zei Dido. Er zou toch wel iemand aan boord zijn? Een bewaker op z'n minst? Dido wilde even aan boord gaan om alles in zich op te nemen. Vitalis kon uit een paar aanwijzingen een wereld opmaken. Ze liepen de loopplank over en stapten aan dek.

Een stem sprak uit het duister. 'Compleet... trossen los!'

Om hen heen kwamen de schaduwen tot leven en voor ze beseften wat er gebeurde, voer er een schok door het schip. Zo snel ging het, dat Dido zijn evenwicht verloor en languit op het dek viel. Lucifer hielp hem overeind en trok hem mee, terwijl hij aan deze of gene gestalte vroeg: 'Wie is hier de kapitein, ik moet hem spreken! Mijn vriend gaat niet mee...'

De mannen voerden hun taken uit zonder op hem te letten. Een van hen gaf de jongens een duw omdat ze in de weg liepen. Riemen sloegen in het water en sneller dan mogelijk leek draaiden de verre fakkels van de haven achter hen weg, de lichtjes van de stad weken en, terwijl Dido in groeiende wanhoop probeerde aanknopingspunten te vinden voor zijn blik, zakten ze langzaam weg in de diepzwarte nacht.

Ze hadden een plekje gezocht waar ze niemand tot last waren; nog altijd kwam het enige licht aan boord van een paar oliepitjes, maar het bootsvolk werkte alsof ze gewend waren hun taken op de tast uit te voeren. Een mannenstem zette een lied in en het roeierstempo versnelde op geen ander ritme dan hun eigen geseling van de golven. Op de achterplecht stond een gestalte met een olielamp. Dido voelde zich misselijk door de toenemende deining en liet zich achterover zakken tegen een baal.

De ochtend bracht een puts koud zeewater in zijn gezicht, zodat hij op handen en voeten wegkroop. Het zoute water paste wonderwel in zijn schipbreukdroom, die nu ineenfrommelde als een zijden lap in de handen van een gauwdief.

Hij keek in de gezichten van grimmige zeelieden die in een kring om hen heen stonden. Lucifer zat verdwaasd in een plas water om zich heen te kijken.

'Ik ben kapitein Judas,' zei een van de mannen. 'Wie zijn jullie?'

'Ik ben ontboden in opdracht van de k...k...keizer,' zei Lucifer.

'Dan ben jij zeker Euthymis,' zei de man schamper en hij stak Dido een hand toe om hem op zijn benen te zetten.

'Mijn naam is Dido,' zei de jongen. 'Ik probeerde gisteren te vertellen dat ik hier niet hoor. Ik begeleidde Lucifer naar het schip en wilde juist afscheid nemen toen jullie van wal staken.'

De man keek hen een voor een aan. 'Ik had opdracht bij het vallen van de avond te vertrekken,' zei hij. 'Er zouden twee orakelboden komen, Euthymis en Lucifer.'

'Euthymis ken ik niet,' zei Lucifer. 'Die zal dan nog wel staan te wachten.'

De kapitein vloekte. 'Had dan niemand van jullie, ezels, kunnen luisteren naar wat die jongens te vertellen hadden?' riep hij. 'Nu heb ik een orakelbode en een verstekeling die nog een kind is. En terug kunnen we niet.'

'Waarom kan dat niet?' vroeg Lucifer. 'Je verliest hooguit een dag.'

'Twee dagen,' zei de kapitein. 'En Euthymis opsporen kost nog meer tijd.'

Een ander, een woesteling met een vervilte haardos die leek op de mantelkap van een asceet, vulde aan: 'Daarbij komt dat Vogelvlucht niet omkeert, nooit! Met één orakelbode kunnen we wel toe, maar die verstekeling gaat overboord!'

De mannen betuigden hun instemming en echoden: 'Verstekelingen overboord!'

Kapitein Judas stak zijn hand op. 'Dat is onze regel, heer Lucifer. Iedere grein overbodige ballast zal ons vertragen; onze postdienst garandeert het snelste vervoer.'

Lucifer maakte zich zo lang mogelijk. 'Ik ben keizerlijk b...b...b...,' begon hij.

'Keizerlijk wát?'

Lucifer probeerde nog een paar b's, toen viel hij stil. Het was geen verlegenheid, Dido dacht dat hij de man zou aanvliegen, en hij zag al hoe zijn leven hem ontvlood. Hij had rondgekeken of er nabije stranden waren waar hij zijn toevlucht kon zoeken, maar voor het eerst van zijn leven zag hij niets dan water om zich heen. Kon hij in de mast klimmen om aan de ruwe handen van de scheepsgasten te ontkomen?

Lucifer begon aan een nieuwe zin: 'Ik benoem Dido bij deze tot orakelb...b...b...'

'Bode!' Kapitein Judas lachte hard. 'Je verdoet mijn tijd, hij is een verstekeling.'

'Nee!' Lucifer haalde diep adem, riep toen: 'U hebt hem ontvoerd; hij is de zoon van de opperk...k...k...'

'Kamerheer!' vulde Dido aan, in een desperate poging zijn leven te redden. Het was een vergissing, hij las het in Lucifers ogen. De mannen begonnen door elkaar te praten, Dido voelde een hand op zijn schouder. Lucifer had een schrijfplankje tevoorschijn gehaald en Judas gebaarde de mannen dat ze moesten wachten.

Hij schreef iets op, en gaf het vervolgens aan Dido. Deze las hardop voor wat er stond: 'Ik benoem Dido tot orakelbode in plaats van Euthymis: er zijn er twee nodig.'

Hij moest het herhalen want de manschappen roezemoesden en sloegen weinig acht op de boodschap. Judas had wel geluisterd. Hij pakte het leitje af en bestudeerde het. Ten slotte zei hij: 'Goed dan, ik stel de beslissing uit. Allemaal aan het werk, we verliezen tijd. Straks denken de roeiers ook nog dat ze mogen stoppen.'

De mannen zochten morrend hun taken op en de kapitein wees de jongens een hoek van het dek waar ze hun mantels en dekens uitspreidden en neerzaten.

'Zoon van de opperkamerheer,' zei Lucifer na een tijdje. 'De opperkamerheer is altijd een eunuch. En de laatste is door Julianus ontslagen.'

'Dat mag zo zijn,' zei Dido, 'maar ze geloofden het wel.' In die tijd begreep hij nog niet welke consequenties het eunuchenschap heeft voor een man.

'Alleen maar omdat ze net zo onwetend zijn als jij.'

Zo vloeiend als hier weergegeven sprak hij niet, het kwam er hakkelend uit.

'Wist je dat dit een orakelmissie was?' vroeg Dido.

Lucifer schudde zijn hoofd. 'De missie was geheim. Ik zou hebben geweigerd! Orakels – het is godslasterlijk!'

'Wat doet een orakelbode dan?' Dido had wat vage voorstellingen in zijn hoofd en geruststellend waren die niet. 'Waar is het?'

Lucifer haalde zijn schouders op. 'We varen niet langs een kust, ik heb geen idee welke richting we uit gaan,' zei hij en verder zweeg hij, verzonken in gepeins.

Na een tijdje durfde Dido op te staan; hij liep naar de voorplecht en wilde zich meteen weer omdraaien, omdat het zicht op de golven hem niet beviel, maar kapitein Judas kwam op hem af. 'Kom hier jongen,' zei hij, 'je hoeft niet bang te zijn.'

Dido ging bij hem staan.

'Is dit je eerste zeereis?' vroeg Judas.

Dido knikte.

De man ging verder: 'Weet je al waar we heen gaan? Jullie weten nog van niets, is 't niet?'

'Ik weet alleen dat we orakelboden zijn.' Onwetendheid veinzen is altijd een goede strategie. Dido veinsde niet.

'Wij zijn ijlboden en brengen boodschappen of goederen zo snel mogelijk naar hun bestemming. Orakelboden vervoeren we zelden, de vorige keizers deden niet aan wichelarij.'

'Welk heiligdom wordt het?' vroeg de jongen.

'Delphi,' zei de man. 'Ik kan het je nu vertellen. We varen naar Hellas en wees er maar zeker van dat zo'n snelheid niet meer is gehaald sinds Daedalos van Kreta vluchtte.' Hij lachte en zei: 'Nee, vleugels heb ik niet. Daar staat tegenover dat ik niet naar drenkelingen hoef te vissen, zelfs al betrof het de zoon van de opperkamerheer, die deze ongetwijfeld gewonnen heeft bij een maagdelijke paleisdeerne.'

Dido keek hem verward aan.

'Galileeërs geloven werkelijk alles,' zei Judas.

Dido besloot zich op de hoogte te laten stellen over de hoedanigheden van opperkamerheren, eunuchen en paleisdeernen. Hij begreep inmiddels wel dat zijn leugen was doorzien. 'Hellas,' zei hij en hij proefde de klank van het woord. 'Is dat verder dan Massilia?'

De kapitein lachte. 'Veel dichterbij,' zei hij. 'Wij maken nooit omtrekkende bewegingen, daarom heet onze dienst "Vogelvlucht". Wij kiezen de rechte weg, over land of zee, over bergen en door moerassen.' De organisatie, zo vertelde hij, was een ongebonden groep koeriers die werkte met galeien, renboden en paardenestafette; ze hadden eigen poststations en kenden geheime middelen om boodschappen snel over te brengen.

Dido knikte, hij was nog niet over zijn angst heen. 'Wat is die donkere massa daarginds?' vroeg hij.

'Dat is het land. De man in de mast houdt alles in de gaten. Het is een mistige ochtend en we varen bijna blindelings tussen twee uitgestrekte landtongen door. Binnen een halve dag zullen de uitlopers elkaar zo dicht naderen dat het lijkt of we door een kanaal varen. In het donker zullen signaalvuren ons de weg wijzen en na middernacht bereiken we volle zee.'

Dido begreep nu hoe hij de wereld om zich heen moest zien. Achter hen kleurden de mistbanken goud in de opgaande zon en terwijl hij nog rondkeek begonnen de plooien van het zeil, dat losjes op een ra gebonden zat, te klapperen. Judas pakte hem bij de schouder. 'Nu je toch hier bent,' zei hij, 'kun je je net zo goed nuttig maken. Blijf hier staan en kijk recht vooruit. Als je iets ziet wat lijkt op een schip of een rots, roep dan zo hard je kunt.'

Dido tuurde vooruit bij een zicht van misschien drie scheepslengten. Niets zou aan zijn aandacht ontsnappen. Hij vergat de uitkijk in de mast en meende dat het lot van galei en opvarenden in zijn hand lag. Achter hem klonken bevelen; hij durfde niet te kijken, zelfs niet toen hij een knal hoorde en vreesde dat het schip geramd werd door piraten. Het was opeens donkerder en killer en het duurde even voor hij begreep dat het zeil was gehesen, waardoor hij in de schaduw was komen te staan.

Judas kwam terug. 'De mist zal snel optrekken,' zei hij. 'Bewaar je ontzag voor de zee maar tot morgenochtend, en ook dan zal het van korte duur zijn. Hellas is niet ver, iemand vergeleek deze zee eens met een regenplas waar de volkeren als kikkers omheen zitten.'

Dido bleef kijken, ook toen de zon hoog stond en de landmassa's in de verte leken samen te komen.

Later bracht hij Lucifer op de hoogte. Deze kwam nog slechter uit zijn woorden dan anders. Moest hij daarvoor weg van zijn vrienden? 'Voor een h...h...heidens orakel! En w...w...wie zegt dan dat het geen d...d...demon of d...d...duivel is, die ons l...leugens influistert?'

In de eerste uren van die nacht lag Dido wakker van angst, terwijl de signaalvuren angstwekkend dichtbij laaiden. Vogelvlucht hield nooit stil. De trom van de keleustes was gefloerst omdat de roeiers in ploegen werkten en sliepen; hij zou later vernemen dat ze niet meer konden slapen zonder dat vertrouwde geluid. Zelfs in hun dromen roeiden zij, mannen met machtiger spieren dan hij ooit eerder zag. Ze waren geselecteerd op kracht, kregen goed eten en loon naar werken. In die dagen werd Dido's latere loopbaan als koerier geboren – Vitalis' inspanningen ten spijt. Hier vond hij zijn roeping: in snelheid, in het verbinden van mensen en de garantie van rappe aflevering van berichten.

De wind was hun gunstig gezind. Af en toe meende Dido in het noorden contouren te zien van land, maar het echte Griekenland lag vooruit. Zij voeren langs kapen en tussen landtongen tot ze op een avond aankwamen in een baai aan de kust van Malis. Judas wees naar de bergen aan hun linkerhand en zei: 'Daar is Thermopylae!'

De uitkijk stond op een dwarshout in de mast, en terwijl hij zich met één hand vasthield, schetste hij met een harsfakkel vreemde patronen in de lucht.

'Het is een taal, een code,' zei Lucifer. Hij kreeg gelijk, want toen het voorschip het strand op schoof, stonden er al twee ruiters gereed. Judas ging met ze praten.

'Ze wegen niets,' zei een van hen. 'We nemen ze voor ons op het paard.'

De mannen dwongen hun paarden tussen de jongens in, bogen diep zijwaarts om hen op te pakken. Dido schreeuwde, maar de ruiter snoerde hem vast met zijn riem en zonder zelfs maar een groet stoven ze weg. De groene heuvels van Phthiotis schoten voorbij. Er was geen pad en het kon niet anders of het dier onder hen zou struikelen en over de kop slaan. Hij probeerde achterom te kijken, maar de man zat in de weg. Pas in een bocht zag hij de tweede ruiter, een tiental paardlengten achter hen. Zwaaide Lucifer, of fladderde hij met zijn handen, in een wanhopige poging om zijn evenwicht te bewaren?

Langzamerhand wende hij aan de snelheid. Na een tijdje begon hij zelfs om zich heen te kijken, naar de heuvels in de invallende schemering en naar de bergen, waarvan één een besneeuwde kap droeg. De ruiter riep: 'Dat is Parnassus!'

De angst vervloog. Dit was de beroemdste berg van de wereld, op de Olympus na, waar de heidense goden wonen. Vol bewondering keek Dido naar de sneeuwkap die een laatste zonnestraal ving en hij verlangde ernaar daarboven te zijn. Was het mogelijk om zo'n berg te beklimmen? De weg lichtte wit op in het maanlicht. Dido sliep in, ondanks de vaart. Hij schrok wakker toen ze halt hielden bij een poort. De ruiter trok aan een bronzen bel en riep: 'Paardenwissel!'

Hij liet Dido neer, steeg af en sprak met zijn makker. 'Daulis in Boeotië,' riep hij toen. 'Jullie mogen even rusten en eten.' Hij gaf de jongens een stuk brood uit een leren tas die hij op zijn rug droeg. Ze zegen neer waar ze stonden en hadden nauwelijks nog kracht om te kauwen.

'Dido,' zei Lucifer na een tijdje, 'als ik dit niet overleef, breng jij dan de boodschap over aan de keizer?' Hij zag er zelfs in dit zachte maanlicht beroerd uit.

'Ben je ziek?' vroeg Dido. Lucifer haalde zijn schouders op en ging liggen. Dido rolde zich in zijn mantel en keek hoe de poort van het wisselstation openging en slaven de paarden binnenhaalden. Even later zat hij weer op een paardennek. Het terrein verruwde, spoedig reden de paarden stapvoets naast elkaar terwijl de ruiters een gedempt gesprek voerden. Dido begreep dat ze in enkele uren zouden aankomen.

Langzaam verschoof de Parnassus naar rechts. Ze reden afwisselend in maanlicht en nachtschaduwen; spookachtige bomen zwaaiden zachtjes met hun tentakelarmen. Ze kwamen door een kloof, en allengs werd ook links van de weg de sterrenhemel van onderen weggevreten door de rotsen.

In de ochtend bereikten ze Delphi; ze betrokken een gasthuis buiten het complex, waar de jongens een brits kregen en direct insliepen.

Dido zat op een steenbrok die een goed uitzicht bood op het ommuurde Delphi. De zon rees, de grote zang van de cicaden zwol aan. Lucifer kwam aanlopen, de slaap nog in zijn ogen. Dido kon zijn gemopper nauwelijks verstaan en onderbrak de jeremiade. 'Kijk toch eens naar die tempels.' Hij wees naar de fonkelende daken die boven de muur uitstaken.

'Mijn hoofd doet pijn van dat gezoem,' klaagde Lucifer. 'Is het de bedoeling dat we die duivelin gaan opzoeken om haar raad te vragen? En waar zijn onze begeleiders?'

Het veinzen viel hem inmiddels zwaar. Dido wilde hem tot voorzichtigheid manen. Hij hoefde niet lang te wachten op antwoord.

Een kuch achter hen. Een man met lange grijze haren, maar nog jong van gezicht, was hen ongemerkt genaderd. Hij droeg een dure toga en een reisstaf, waaraan nog levende twijgjes met groene bladeren zaten. 'Ik begeleid jullie op je missie,' zei hij.

'Wie bent u?' vroeg Lucifer.

'Ik ben Oribasius, lijfarts van caesar Julianus.'

Lucifer kwam snel uit zijn ingezakte houding. 'Ik had u niet herkend, heer,' zei hij. 'Vergeeft u mij.'

'Ik hoorde je vraag,' zei de man, terwijl ze hem naar de poort van het tempelcomplex volgden. 'Ik zou de Pythia hier geen duivelin noemen; de Delphiërs hebben groot ontzag voor hun zieneressen. Wij gaan de goden vragen om haar een spreuk in de mond te leggen. Er is één probleem. Ik bezocht het heiligdom al tweemaal op de voorgeschreven dag. Ik kwam met rijke giften en pleng dagelijks – in geen eeuw heeft men hier zulke overvloedige wijgeschenken gezien. Waar het Delphi betreft, kent Julianus geen zuinigheid. Hij heeft gezworen dat hij het heiligdom in de oude luister zal herstellen. Tot dusver heeft het echter gezwegen.'

De poortwachters bogen voor hen. Dido bleef staan om de bronzen stier te bewonderen.

'Die is gemaakt door Theopropis van Aegina,' zei de arts. 'Dat zegt men tenminste. Het beeld zou hier al achthonderd jaar staan, alle plunderaars hebben het ongemoeid gelaten. Laat ons verdergaan, anders komen we pas vanavond bij de Pythia.'

De jongens volgden hem over de heilige weg en luisterden naar zijn woorden.

'Het zal jullie bekend zijn dat de orakels een paar eeuwen geleden zijn opgehouden met spreken. De keizer meent dat de oude goden zich hebben teruggetrokken omdat de mensen hen verwaarlozen; op den duur zullen ze zich laten vermurwen.'

Lucifer leek iets te willen zeggen, maar hield zich in. Dido wist wat hij dacht. Volgens Vitalis waren het de orakelpriesters zelf die de valse goden woorden in de mond legden, om de loop der gebeurtenissen en de politiek te beïnvloeden en om henzelf tot voordeel te strekken. Dido was daar niet zo zeker van. De plek beklemde hem en vervulde hem met ontzag.

Oribasius stapte ondertussen voort, zijn gezicht naar de grond gericht, en hij negeerde de beeldengroepen die indrukwekkend waren, al ontbraken er ledematen en schoot onkruid hoog op tussen de sokkels. 'Natuurlijk horen we dikwijls spreken van orakels,' ging hij verder. 'Wij weten ook dat de priesters en Sibillen die soms verzinnen omdat het zwijgen hen in verlegenheid brengt. Soms beschouwen ze hun eigen gedachten als een goddelijke ingeving, het is niet altijd kwade opzet. Mij verbaast het niet dat de goden zich niet meer geroepen voelen om de mensheid met raad bij te staan, zoals in de oude tijd.'

Hij bleef plotseling staan en greep beide jongens bij de schouder. 'Maar dit moeten jullie weten jongens,' zei hij. 'Ooit spraken de orakels werkelijk en ieder die aanwezig was, kon het horen. Ik zie het ongeloof in jullie ogen – het is niet erg; zelfs bij de priesters heerst sinds lang dit ongeloof. Maar juist daarom zwijgen de orakels!'

Lucifer liet zijn veinzerij varen. 'Wat nu als die goden nooit hebben bestaan?'

Dido vulde aan: 'Wat als ze dood zijn?'

Zijn vriend gaf hem een boze blik, want een eengodenleer erkent geen dode goden. Als die Ene aan het begin en einde der tijden staat, hebben er nooit andere goden bestaan.

Oribasius nam de vraag serieus en antwoordde: 'Van één god, Pan, werd de dood driehonderd jaar geleden luid verkondigd aan een groep mensen die zeilden onder de noordelijke Peloponnesos. Zou dit niet eveneens gebeuren als de andere goden sterven? Pan was de minste van de Olympiërs. Overigens zijn de goden in principe onsterfelijk, de dood van Pan blijft een raadsel.'

'Als de Pythia zwijgt,' vroeg Lucifer gemelijk, 'waarom zijn wij dan hier?'

'Julianus verwacht een teken van de goden,' zei Oribasius. 'Ik geef hem een goede kans, nu hij het tij mee heeft. De keizer heeft grote plannen en hij wacht op goedkeuring. Mijn opdracht is te wachten tot het orakel spreekt, hoe lang het ook mag duren.'

'Dus als ze vandaag niet spreekt, moeten we een maand wachten!' riep Lucifer.

'Zeker. Laten wij hopen dat zij spreekt.'

Lucifer ziedde van woede, maar hij hield zich in. Dido had al bedacht dat hij die tempels en schatkamers eens goed wilde bekijken. Van hem hoefde de Pythia voorlopig niet te spreken. Het ontging hem ondertussen niet hoezeer de tempels in verval waren, het leek alsof er in geen eeuwen aan gewerkt was.

In een bocht van de weg lag de schatkamer van de knidiërs, die net als alle andere leeg was. Op nauwelijks drie manslengten afstand aan de overkant bevond zich die van de Siphniërs, waar twee marmeren maagden de voorhang op hun hoofden ondersteunden.

'Na de plunderingen door Romeinen en barbaren,' zei Oribasius, 'nam men niet meer de moeite om ze bij te vullen. Hellas' rijkdommen zijn verdampt, weggesleept door overwinnaars en bandieten, en helaas heeft de grote Constantijn de mooiste kunstwerken meegenomen om zijn stad mee op te sieren. Zo is Delphi afgeroomd en zelfs door de goden verlaten.'

'Zou het dan niet rechtvaardig zijn als Julianus de schatten aan Delphi teruggeeft?' vroeg Lucifer vilein. Hij doelde op Julianus' wet voor restitutie van tempelschatten aan de oorspronkelijke eigenaars. Oribasius leek de spot niet op te merken.

'Maar dat zal hij ook doen!' riep hij uit. 'De restitutie is in voorbereiding. Op ditzelfde moment stellen de Delphiërs een lijst op van alle geroofde zaken. De bekendste beelden, die waarover geen twijfel bestaat, zullen al volgend voorjaar worden verscheept.'

Voor hen uit, op de knie van de weg, lagen al weer tempels, een hal, een bouleuterion; dit alles aan de voet van een allesoverschaduwende tempel, het einddoel van zoekers, datgene waar de heilige weg naartoe leidde: de tempel van Apollo. Het beeldenterras stond zo vol dat niet één van de marmeren gestalten de aandacht op zich vestigde. Links, geïsoleerd van de rest, stond een beeldengroep van een man geflankeerd door twee vrouwen – Apollo, Artemis en Athene. De geneesheer wees en noemde namen, maar hij sloeg veel over en Dido bedacht later dat in zo'n oeroud en overladen heiligdom vaak namen en herkomst verloren moesten zijn gegaan. In die lange eeuwen was veel overwoekerd door verhalen en mythen.

Hij ergerde zich aan Lucifers minachtende gesnuif en ook Oribasius keek verstoord naar de jongen. Verdienden dan de verrichtingen van mensen in heden of verleden minder bewondering vanwege hun overtuigingen?

Oribasius vertelde dat de Delphiërs in de afgelopen jaren van onzekerheid veel beelden hadden opgeslagen. 'Sommige van de schatkamers zijn er al niet eens meer,' zei hij. Hij wees naar een hoop stenen waar balken uitstaken die verkoold waren, of zwart van ouderdom. Na de lege schatkamer der Atheners kwam het bouleuterion, met vlak daarvoor een vreemde, wigvormige rots van enkele manslengten hoog, die overwoekerd was met klimop en wingerdranken.

'De rots van de Sibille,' vertelde de arts. 'Meer dan vijftienhonderd jaar geleden stond hier de profetes en zong haar voorspellingen.'

Dido bleef staan om te kijken. Was het een zwaar verweerde sokkel, waarvan het marmer nog nauwelijks als zodanig herkenbaar was; had de tijd elke polijsting tenietgedaan? Of was het rots? Niets houdt stand, zelfs niet de stenen.

'Vooruit nu, we zijn hier niet voor ons plezier,' zei Oribasius. 'Waarschijnlijk zullen jullie de komende weken genoeg tijd krijgen om alles te zien.' Ze liepen snel achter hem aan, negeerden verder de altaren en monumenten en beklommen de trap naar de grote tempel van Apollo, waar ze wachtten onder de colonnaden. Een delegatie kwam Oribasius ophalen, een oude man in wit gewaad, begeleid door enkele jongens. De pelgrims liepen mee, maar in het voorportaal hield Oribasius zijn metgezellen staande. 'Wacht hier op mij,' zei hij.

Hij draaide zich om en volgde het gezelschap naar binnen.

Lucifer keek hem verbijsterd na. 'Waarom zijn wij er dan bij?'

'Om het bericht naar de keizer te brengen,' zei Dido, al even teleurgesteld als de ander. 'Je wilde toch niets te maken hebben met die heidenen?'

Lucifer schudde zijn hoofd en liet zich op een stenen bankje zakken.

'Ik zou best willen weten hoe een orakelraadpleging in zijn werk gaat,' zei Dido toen ze een tijdje hadden gezeten.

'Het is bedrog!' Lucifer schudde driftig zijn hoofd. 'Wat valt er te weten?'

Dido zweeg, maar na een tijdje kon hij het toch niet laten. 'Wil je dan niet weten hoe het bedrog in zijn werk gaat?'

'En als ze je betrappen? Denk je niet dat ze ons zullen bestraffen?'

Dido lachte, hij wist dat zijn vriend ook nieuwsgierig was. 'Straffen? Ons? We zijn afgezanten van de keizer! Als de Delphiërs ooit hun oude glans willen herwinnen, moeten ze de keizer niet tegen zich innemen!'

Lucifer stond op. 'Misschien kunnen we ongezien in de zaal komen.'

Ze namen de gang die Oribasius had genomen en schuifelden achter elkaar aan, want geen fakkel verdreef hier het aardedonker en ze vreesden op een wachter te stuiten. Dido botste tegen Lucifer op, die opeens bleef staan. Een onwerelds gezoem, een veelkoppig koor murmelde hun tegemoet en hoewel niemand hen tegenhield aarzelden ze enkele ademtochten lang voor ze verder durfden. Langzaam begon Dido de omgeving waar te nemen. Hier was het duister niet volkomen, de gang kwam tot een einde en in de verte zagen ze de zachte gloed van kaarsenvlammetjes. Lucifer trok aan Dido's mouw en wees op een zwaar gordijn. Ze glipten erachter en vervolgden tastend hun weg, terwijl het gemurmel aanzwol. Dido greep Lucifers schouder en duwde hem op de hurken. Door een spleet tussen de gordijnen konden ze de zaal zien. Dido had moeite om te focussen, wist niet waarop hij zich moest richten.

En toen zag hij het.

Op een afstand van misschien dertig ellen, in een fletse kegel groen licht, zat een vrouw op een hoge zetel. De Pythia droeg niet meer dan een eenvoudig wit kleed en haar zwarte haren waren zo lang dat ze afhingen tot onder de zetel van de hoge drievoet waarop ze zat. Met afgrijzen besefte Dido dat ze haar gezicht in zijn richting draaide. Hij wist dat ze hen zag, zo niet met haar ogen, dan wel met haar geest. Zij wist wie ze waren, waar ze vandaan kwamen. Ze kende hun diepste gedachten, keek hen recht aan en haar verschrikkelijke ogen gloeiden hun tegemoet, terwijl haar lippen zich plooiden in een spottende glimlach.

Lucifer moest hetzelfde ervaren als Dido, want het gordijn ontglipte zijn krachteloze hand en ze zaten in het donker; ze hadden geen keus dan terug te keren naar de wachtruimte.

De gnomon op het plein had een kwartcirkel beschreven toen ze eindelijk de tempel verlieten. Oribasius' gezicht vertelde het al: het orakel had wederom gezwegen. Lucifer was in een slechte stemming. Was hij de ervaring met het orakel al vergeten, of probeerde hij zich nu te wapenen, door te volharden in zijn ongeloof?

'Wat had u dan verwacht?' vroeg hij Oribasius. 'Het is alles wichelarij, illusie, waanzin, wat ons wordt voorgespiegeld!'

'Als het bedriegers zijn, zou je dan niet eerder verwachten dat wij wel een orakelspreuk hadden gekregen?' vroeg Oribasius. 'Is niet juist het zwijgen van de orakels bewijs van hun integriteit? Niets zou voor hen gemakkelijker zijn dan ons een voorgekookte uitspraak te geven die de Delphiërs voordeel brengt. Dat de goden desondanks zwijgen en hun dienaren machteloos staan, zegt voldoende.'

'Tenzij de enige oorzaak achter alles, de ene God, hun tongen heeft verlamd, opdat wij geen valse berichten verspreiden in deze zware tijden voor de kerk!' Lucifers gehakkel rekte zijn argument tot tienmaal de tijdsspanne die Oribasius nodig had gehad voor het zijne. Ziehier het nadeel voor de hakkelaar; zijn tegenspeler heeft alle tijd om een repliek te formuleren en daarnaast verliest een argument aan kracht wanneer het niet kort en bondig is.

'Is het geen armzalige wereld waarin alles teruggaat op één oorzaak?' vroeg Oribasius. 'Jouw monomanie is als een ziekte, die ik vaker in jonge mensen waarneem. Je zou veel moeten bewegen in een gymnasium, gerst eten in plaats van tarwe; vis in plaats van vlees.'

Lucifers uitbarsting versplinterde in syllaben. 'Ka...ka...ka... b...b...g...g...g...!'

Oribasius onderbrak hem: 'Stop kiezels in je mond, en ga dan preken. Preek tegen de golven, zoals Demosthenes – dan hebben wij er geen last van!'

Lucifer zweeg en stapte driftig de treden af van de heilige weg, maar lang voor de bocht verliet hij het pad en verdween tussen de doornstruiken. Tegen de tijd dat de anderen bij de rots van de Sibille kwamen, zagen ze dat hij deze aan het beklimmen was. Hij bereikte de top en richtte zich op. Hoog boven zijn metgezellen nam hij spottende houdingen aan, als was hij een heidens godenstandbeeld.

'Idioot, wat doe je?' riep Oribasius. 'Kom direct naar beneden!' Hij keek om zich heen en inderdaad was Lucifers spotternij niet onopgemerkt gebleven. Een functionaris die net de weg op kwam schreeuwde waarschuwend, hij riep om wachters – bezoekers bleven staan om te kijken naar de dwaas op de Sibillenrots.

'Zeg hem dat hij ophoudt,' zei Oribasius, alsof Dido er iets aan kon doen. 'Wij hebben ons te gedragen in het heiligdom. Als hij zich zo openlijk blasfemisch gedraagt, zal de keizer hem niet kunnen beschermen.'

'Lucifer!' riep Dido. Een paar bewakers kwamen zwaaiend met knuppels de weg op rennen. Lang geleden hadden de Delphiërs Aisopos van een rots gegooid, wist Dido. Waarom zouden ze met Lucifer niet hetzelfde doen? De jongen staakte zijn schertshoudingen en keek lachend naar beneden. Hij maakte een geruststellend gebaar en leek al aanstalten te maken om af te dalen.

Plots verstarde hij, als getroffen door een pijl. Hij begon te praten, in vloeiend Grieks, zonder ook maar één hapering en terwijl hij sprak, met onnatuurlijk luide stem, die weergalmde tussen de schatkamers en zuilengalerijen – terwijl hij zo sprak, zwegen de vogels en krekels; de cicaden vielen stil, als op bevel van hogerhand en alle mensen die die kant op kwamen, stokten in hun beweging.

* * *

Dertig jaar later, nu ik deze gebeurtenis aan mijn kroniek toevoeg, voel ik nog altijd de ontzetting van dat moment, toen mijn vriend Lucifer, in zijn bezetenheid, sprak met een vrouwenstem, alsof de Pythia, die ons eerder had toegegrijnsd, bezit van hem had genomen. Ik heb het altijd onthouden; het was een boodschap aan de keizer en er zullen maar weinig mensen zijn die dit orakelvers niet kennen.

'Zeg de keizer: Het welgebouwde huis is in verval.
Niet langer heeft Foibos Apollo er zijn toevlucht,
noch de lauwerkrans der profeten;
noch de sprekende bron;
opgedroogd is ook het sprekende water.'

Toen Lucifer uitgesproken was en in plotselinge verwarring om zich heen keek, keerden de geluiden een voor een terug en spoedig heerste weer de schrille reizang van het gedierte en ongedierte. De tempelbewakers aan de voet van de wigvormige rots bleven besluiteloos staan.

'Het was een goddelijke bevangenheid,' zei de Delphiër die hen geroepen had, en niemand sprak hem tegen. Zelfs wie niet wist dat Lucifer een stotteraar was, begreep dat dit geen kwajongensstreek kon zijn. Oribasius had een schrijfplankje uit zijn mouw gehaald en haastig krabbelde hij de orakelspreuk neer.

De wachters begeleidden hen tot buiten de muren en toen Oribasius de weg naar het gastenverblijf wilde inslaan, zei een van hen: 'Geeft u dat schrijfplankje maar aan mij. Deze spreuk is niet geldig. Het gebeurde buiten de tempel en hij is niet door priesters geautoriseerd. Wij vrezen dat deze voorspelling is ingefluisterd door onze politieke tegenstanders.'

Oribasius weigerde. 'Uitspraken zijn niet eenduidig,' zei hij. 'Ze zijn dus beperkt toepasbaar in de politiek.'

'Integendeel,' zei de man. 'Het maakt ze daar juist bij uitstek voor geschikt! Bovendien was deze uitspraak verre van cryptisch; hij voorspelde de ondergang van Delphi en het afsterven van de goden. Een absurde en blasfemische gedachte! De keizer zal het met ons eens zijn.'

'Ongetwijfeld,' zei Oribasius. 'Maar dat is aan de keizer. Ondertussen is de uitspraak gedaan ten overstaan van zijn orakelboden. Ruim baan dus, Julianus Augustus wacht op antwoord!'

De wachters keken elkaar aan, draaiden zich toen om en gingen in grote haast door de poort. Oribasius leek vijftien jaar aan zijn leeftijd te hebben toegevoegd. 'Wij moeten ons haasten,' zei hij.

'Kom mee, dan halen we onze spullen op.'

Binnen korte tijd graaiden ze alles bij elkaar en volgden de arts die met grote stappen voortging. Het doel scheen een klein huis te zijn, even buiten het dorp, maar ze kregen niet de kans er binnen te gaan, want een viertal mannen kwam aanrennen en posteerde zich voor de deur. Hun leider, een magistraat in toga, zei tegen Oribasius: 'De Delphiërs willen weten wat uw beschermeling vanaf de Sibillijnse rots heeft verkondigd.'

'Hebben de wachters het dan niet gehoord?'

'Gedeeltelijk,' zei de man. 'U hebt het genoteerd en we hebben reden om aan te nemen dat men u valse informatie verschafte om het orakel in diskrediet te brengen.' Hij richtte zich tot Lucifer. 'Jij daar, die de rots hebt ontheiligd,' zei hij streng. 'Ben je een volgeling van Christus?'

Lucifer begon te stotteren en schoof naar Oribasius voor bescherming. De arts nam het woord. 'Hij is een afgezant van keizer Julianus, die uw stad en uw heiligdom begunstigt. Maar zelfs Julianus' geduld is niet oneindig.'

'Ik moet de voorspelling kopiëren,' zei de man. 'Elke voorspelling gaat in de tempelarchieven. Verder zullen wij u niets in de weg leggen, noch zullen we deze heiligschenner straffen, ook al zijn wij hiertoe bij wet gerechtigd.'

Oribasius haalde het schrijftafeltje tevoorschijn en las voor. Een functionaris, die zijn schrijfspullen al klaar had, noteerde. Nadat Oribasius het tafeltje zorgvuldig had weggestoken, vervolgde hij: 'Deze jongeman heeft geen benul van politiek, zijn spraakvermogens zijn beperkt. Daarnaast is zijn kennis van de Griekse taal onvoldoende om deze tekst te reciteren. Gaat u er maar van uit dat het Apollo was die sprak, al gebruikte hij de stem van een vrouw. Dat Apollo onheil voorziet voor uw stad en heiligdom, daar zult u mee moeten leven.'

Achter de Delphiërs ging een deur open. Kapitein Judas stapte naar buiten. 'U hebt wat u wilde,' zei hij tegen de Delphiërs. 'Laat de orakelboden gaan, de keizer wacht.'

De woordvoerder wilde nog niet opgeven. 'Wij verzoeken u deze spreuk te negeren, Oribasius,' zei hij. 'Wij erkennen haar niet als authentiek en bieden u bij wijze van hoge uitzondering een nieuwe raadpleging aan. Nog voor middernacht zal de Pythia spreken, dat hebben de priesters me verzekerd.'

Oribasius lachte. 'Als de Pythia nu ineens spreekt, bevestigt dat voor mij alleen maar dat u de loop van de gebeurtenissen probeert te manipuleren.'

Op dat moment kwamen twee ruiters aangalopperen en hielden bij hen stil. Ze hadden extra paarden bij zich, en zonder acht te slaan op de Delphiërs stegen Oribasius en Judas op. De jongens namen ze voor zich in het zadel en zonder talmen gingen ze op weg. Dido kreunde bij de gedachte aan de lange rit, maar ditmaal ging het de andere kant op. Ze reden door groen akkerland waar hier en daar een boer met zijn hand boven zijn ogen stond te kijken naar het gezelschap dat zo veel haast had. De stofwolken die ze opwierpen reikten tot in de hemelkoepel. Lang voor avondval bereikten ze Itea aan de Golf van Korinthe, waar het schip wachtte dat die ochtend was aangekomen. Op zee vertelde de kapitein hoe ze bij gunstige wind om de landmassa's heen waren gevaren. 'De goden steunen onze missie,' zei hij. 'Op naar Tarsus.'

Lucifer was stil, hij bereidde zich voor op een nieuwe periode van veinzerij, want binnenkort zou hij weer aan het hof leven. Oribasius nam afscheid in Korinthe. Daarna ging het naar Klein-Azië.

Na een voorspoedige reis voer het schip, een etmaal nadat Julianus en zijn gevolg daar waren aangekomen, de haven van Tarsus in Cilicië binnen. Dido had gehoopt dat hij als mede-orakelbode bij de keizer ontvangen zou worden en Lucifer probeerde hem bij zich te houden, maar functionarissen die geen andere functie leken te hebben dan het afschermen van de keizer, haalden hen uit elkaar en brachten Dido onder bij een familie die hem zou meesturen met een legeronderdeel dat later arriveerde.

Het hof ondertussen, met Lucifer, reisde snel verder.

18

Stephanos

(lente 377)

Swintharik zou zich van de periode die volgde later weinig herinneren. Alêtis gaf hem dranken om nog heviger te transpireren. Er leefden nauwelijks dieren op het eiland, de plantengroei was uitbundig en ze vond al snel kruiden die Swintharik's kwaal konden versterken – Alêtis wist dat een verheviging van de verschijnselen de duur van de ziekte zou bekorten en ze wilde niet wekenlang voor ziekenverzorgster spelen. Hoe eerder ze weg konden, hoe beter.

Tussen een paar rotsen had ze een onderkomen gebouwd, met een afdak van plaggen; een grote hoeveelheid zeewier diende tot bed en als ze het moe was bij de trappelende zieke te liggen, ging ze naar het strand en sliep daar, ondanks de nachtkou, als een vorstin. Van twijgen, riet en bladeren had ze een soort ruwe deken gemaakt die haar wonderwel warm hield.

De eerste dagen had ze dorst geleden. Ze voedde zich met wat wrange vruchten en vis, in de overtuiging dat Swintharik op zijn verkenningstocht een volledig beeld had gekregen van het eiland. Toen ze zelf op onderzoek uitging, zag ze al van veraf aan de begroeiing dat er in het midden van het eiland een zoetwaterbron moest zijn. Het kwam maar op drie plekken, en dan nog in geringe mate, aan de oppervlakte, maar na een halve ochtend graven had ze een onuitputtelijke bron blootgelegd. Hoe had Swintharik dat over het hoofd kunnen zien? Had hij soms gezocht naar amforen wijn? Ze begreep eens te meer dat ze niet blindelings moest vertrouwen op een man die beweerde de moordenaar van de Afvallige te zijn.

Ze probeerde hem te haten; als hij werkelijk achter die moord zat, dan was hij degene die destijds haar leven, en dat van alle anderen bij de tempel, had verstoord. Ze kon echter geen moordenaar in hem zien. Misschien zou ze hem kunnen haten als ze zekerheid kon krijgen over die moord. Wat was het dan wat ze voelde, nieuwsgierigheid, medelijden? Waarom wekte hij haar voortdurende boosheid op, kwam dat door zijn ezelsgedrag, zijn slapheid? En dan die Axylus die als een hellehond zijn spoor volgde – wie was hij?

Toen ze merkte dat Swintharik in zijn slaap praatte, besloot ze weer bij hem te gaan liggen om niets te missen van wat hij zei. Als ze maar genoeg stukjes verzamelde, dan zou er vanzelf een herkenbaar mozaïek ontstaan. En zo bleef ze zelfs in haar slaap alert, om niets te missen. Het was duidelijk dat deze man met grote demonen te kampen had, daar was geen dipsaslang voor nodig.

De eerste naam die ze hoorde was Dido en ze herinnerde zich de man in het publiek bij de zuil, maanden eerder, die zichzelf zo had genoemd. Wie was hij? Het kon niet dezelfde zijn als Axylus. Die Dido was te jong en moest in de tijd van de moord nog een kind zijn geweest. Waren ze verwanten? Ze wist zelfs nog wat die jongeman had geroepen, daar bij die zuil: 'Ik ben het, je vriend Dido... Wij leefden samen in het huis van presbyter Vitalis, in Constantinopel!'

Wat kon dat voor gemeenschap zijn geweest, een weeshuis, een armenhuis? Ze had nooit gehoord van een presbyter Vitalis, maar het klonk naar christenen, hoewel Swintharik daar nooit op had gezinspeeld.

Nog een naam kwam bovendrijven in de ijlkoorts: Aurelia. Had hij een vrouw, had hij ooit een geliefde gehad? Op een nacht, toen de woordenstroom erg onsamenhangend was, probeerde ze hem te leiden. Ze streelde zijn haren en fluisterde toen: 'Wat heeft Axylus gedaan?'

Hij verstijfde even en het gemompel hield op.

Geleidelijk aan werden de nachten rustiger, de kreten van de zieke verstomden en vaak bewogen alleen nog zijn lippen. Later in de nacht kon hij dan gruwelijk tandenknarsen, alsof hij waarheden wilde binnenhouden die niet te bevatten waren.

Op een koude nacht, waarop ze dicht bij hem kwam om zijn gefluister te verstaan, sloeg hij een arm om haar heen. Ze schrok, het was eerder gebeurd, maar ditmaal wist ze intuïtief dat hij wakker was, dat zijn gebaar opzettelijk moest zijn. Ze drukte zich dichter tegen hem aan en het was of haar lichaam een eigen wil had, want toen hij haar begon te strelen, gaf ze hem tot haar eigen verbazing tegenspel en ze genoot ervan. In de dagen dat hij in de geest afwezig was geweest, had ze haar verdediging laten zakken en nu hij haar verraste, wist ze niet zo snel haar oude houding terug te vinden.

Toen het voorbij was en hij weer wegzakte in wat nu een rustige slaap leek, bleef ze bij hem liggen. Ze besefte dat ze eraan gewend was geraakt om zijn lichaam tegen zich aan te voelen, dat ze 's nachts zijn geur wilde ruiken, zijn ademhaling horen.

Maar het kon niet, hij was een vijand, ook al kon ze dat niet laten blijken voordat ze zeker wist wat zijn rol was geweest. Ze repeteerde in gedachten het verhaal dat ze tegen hem zou afsteken als hij wakker werd. Het veranderde echter steeds en het overtuigde haarzelf ook al niet.

De volgende dag had ze al een ontbijt gemaakt toen hij ontwaakte. Hij ging overeind zitten en lachte naar haar. 'Hoe lang zijn we hier eigenlijk al?' vroeg hij.

'Ik ben de tel kwijt,' zei ze. 'Weken, maanden...'

Omdat hij niet begon over hun nachtelijk samenzijn, vond ze het niet nodig een en ander te verduidelijken. Als hij zich al iets herinnerde, zou hij die gebeurtenis verwarren met de koortsdromen die hem hadden geteisterd. Ze zei dat hij zich rustig moest houden, de komende dagen. De koorts was nog maar net geweken. Hij zette niet meer dan tien stappen die eerste dag.

's Avonds vroeg ze zich af wat hij verwachtte, zou ze zich weer bij hem neerleggen? Ze wandelde een stukje langs het strand in het maanlicht en toen ze het koud kreeg ging ze terug naar het hutje tussen de rotsen waar ze Swintharik in diepe slaap vond onder haar grasdeken. Ze bleef even naar hem zitten kijken en ging toen bij hem liggen, want het was te koud om alleen te slapen.

Pas twee nachten later begonnen zijn liefkozingen weer, maar ditmaal hield ze hem tegen. Ze loog om hem niet te kwetsen: 'Ik wil geen kind krijgen.'

In werkelijkheid was ze bang dat ze hem, als de waarheid aan het licht kwam, niets meer zou kunnen aandoen. Ze had het al te ver laten komen en toen het in de daaropvolgende dagen warmer werd, zocht ze weer haar plekje op het strand op en sliep alleen, zoals ze dat altijd al had gedaan. Ergens had ze gehoopt dat Swintharik haar zou vragen om terug te komen. Dat zou ze dan weigeren, natuurlijk.

Swintharik mocht hersteld zijn, hij hield zich maar zelden bezig met de voedselvoorziening; hij zwierf over het eilandje en liet haar met rust. Soms zag ze hem dagenlang niet, en dan opeens zat hij gehurkt op een boomstam naar haar te kijken. Vaker nog zat hij op het strandje, net buiten bereik van de branding, over de golven te turen.

Alêtis wist dat het niet lang meer kon duren of de scheepvaart kwam weer op gang. Ze nam niet eens de moeite om uit te kijken. Swintharik had meer haast om te vertrekken dan zij. Ze wilde niet nadenken over zijn motief, over de reden van zijn rusteloosheid, want dan voelde ze haar woede weer groeien.

Op een dag verscheen er een klein zeil aan de horizon. Alêtis zag het als eerste. Ze liet zich in het zand zakken en vroeg zich af of ze blij moest zijn met deze verschijning uit de beschaafde wereld. Eigenlijk beviel het haar best op het eiland. Swintharik kreeg het zeil in zicht toen het al veel groter was en allang niet meer een silhouet aan de horizon.

'Wat doe je daar?' vroeg hij. 'Waarom trek je hun aandacht niet?'

'Dat wilde ik net doen,' zei ze.

Hij begon te zwaaien en te schreeuwen en ook zij sprong heen en weer op het strand en de flarden van haar tuniek vielen bijna uit elkaar. Het schip naderde snel. Nu zagen ze dat er maar één persoon in de boot zat. Hij roeide een stukje, liet het zeil toen neer, roeide weer een paar slagen en hield op enige afstand van het strand stil.

'Wat willen jullie?' riep hij.

'Naar het vasteland.'

Weer roeide hij enkele slagen om niet te dicht onder de kust te komen, het scheepje rees en daalde. Toen riep de visser: 'Ik heb maar plaats voor één van jullie.'

'We willen allebei mee,' schreeuwde ze. De man sloeg zijn riemen weer in de golven. 'Eentje kan mee,' riep hij. 'Alleen jij.'

Ze keek naar haar lichaam, naar de flarden die niets te raden overlieten. Daarna keek ze weer naar de visser en meende dat ze de grijns op zijn gezicht kon zien. 'Kom me maar halen dan,' riep ze. 'Mijn vriend blijft toch liever hier.'

De visser antwoordde: 'Ik kan daar niet landen, dat kost me mijn boot. Kun je zwemmen?'

'Ik kom eraan,' riep ze en ze liep de branding in.

'Laat je mij alleen? ' vroeg Swintharik ongelovig.

'Klets niet,' zei ze tegen hem. 'Ga je spullen pakken, als je nog iets hebt.'

Ze zwom met snelle slagen naar het scheepje en liet zich door de visser aan boord helpen. Swintharik was gaan staan en keek toe hoe ze ging zitten op het voorplechtje, terwijl de visser haar de rug toekeerde en zijn riemen in het water sloeg.

'Alêtis!' riep hij. Ze zwaaide naar hem, kwam overeind en hing even over de visser heen. Even later was deze verdwenen en had Alêtis de riemen overgenomen. Ze roeide naar het strand. Swintharik, die sprongetjes maakte van vreugde, bedacht zich opeens, rende naar de rotsen waar ze hadden geslapen en pakte zijn podeoon, die hij zorgvuldig had hersteld.

'Neem liever dekens mee voor de koude nachten,' zei Alêtis, die tot haar middel in het water stond en de boot met moeite in bedwang hield.

'Noem je dat dekens? We vinden wel wat beters,' zei Swintharik. 'Heb je die visser gedood?'

'Was dat niet de bedoeling?'

Swintharik schudde zijn hoofd en waadde naar de boot. 'Alleen als hij je aanvalt en je niet anders kunt.' Hij gooide de windbuil in de boot en hees zichzelf aan boord. Op de bodem van het vaartuig lag de bewegingloze gestalte van de visser tussen de glinsterende lijven van zijn laatste vangst, waarvan sommige nog naspartelden. Alêtis was al in de boot geklommen. Ze trok de riemen aan en in enkele ogenblikken waren ze in rustiger water. Swintharik kon zijn ogen niet van haar afhouden, haar krachtige slanke lichaam, de natte tuniek die tegen haar lichaam plakte.

Ze lachte naar hem en zei: 'Je maakt je nogal druk om een onbeduidend leven, jij, die een keizer hebt vermoord!'

Hij negeerde haar woorden, wees op het lichaam. 'Moet hij niet overboord? Je denkt er toch niet aan om hem op te eten?'

Alêtis stak de riemen op, knielde bij het lijk, ze nam haar lange loshangende haar dat nog droop van het zeewater en zweepte de visser ermee in zijn gezicht. 'Wakker worden,' zei ze. De man kwam kreunend overeind in een zithouding.

'Dood me niet!' zei hij, toen hij de nieuwe situatie kon overzien.

'Natuurlijk niet,' zei ze. 'Ik mag je van mijn metgezel alleen doden als je me aanvalt, en ik laat je liever leven, want er zal toch iemand moeten roeien.'

'Bij het bloed van de martelaren,' zei de man. 'Dan val ik u niet aan, want uw metgezel heeft gelijk. Maar roeien zal ik niet.'

Alêtis zuchtte. 'Dat ontbrak er nog aan, een christen die hunkert naar martelaarschap. Zullen we hem eens een uurtje folteren?'

'Folter mij zo lang als u wilt, ik zal niet toegeven,' zei de visser. Hij keek haar uitdagend aan, een jonge man, donker en getaand door de zon, zijn ogen een tint lichter blauw dan de zee. Alêtis moest lachen om zijn dwaze moed. 'Hoe heet je?' vroeg ze.

'Stephanos,' zei hij.

'Is het ver naar Kreta, Stephanos?'

De jongen keek haar stomverbaasd aan. 'Heel ver,' zei hij. 'Het vasteland is een dag of drie, als tenminste de wind goed staat.'

Swintharik kreeg er genoeg van. 'Als je eens het zeil hees, Stephanos,' zei hij, 'dan hoeft niemand te roeien. Wij willen alleen maar terug naar de bewoonde wereld. Daarna laten we je met rust.'

Stephanos stond op en begon aan zijn tuigage te morrelen. Af en toe keek hij steels naar Swintharik, maar veel vaker keek hij naar Alêtis.

'Voorzichtig met die spriet,' zei ze. 'We houden je in de gaten, Stephanos! Ik zal je niet doden, maar als je wat probeert mag je zwemmend naar huis. En kijk niet zo naar me, ik weet wel wat je wilt, maar dat zit er echt niet in.'

'U hebt al begrepen dat ik een christen ben,' zei de jongen nors. 'Dan zult u ook op de hoogte zijn van het feit dat het mij niet is toegestaan om te doden of echtbreuk te plegen. Ik oefen mij in zachtmoedigheid.'

Alêtis lachte luid. 'Hoor je wat hij zegt Swintharik?' Ze zag dat haar metgezel aan het speuren was onder de bankjes. 'Wat zoek je, dwaas?' riep ze boos.

'Niets,' zei hij. Hij ging zitten op het voorplechtje en keek somber over de golven. Even later begon hij zich te ergeren aan de blikken die Stephanos over zijn schouders wierp naar de vrouw die het zich gemakkelijk had gemaakt bij het roer. Hij haalde uit en gaf de jongen een oorvijg. 'Kijk voor je, stommeling!' grauwde hij, maar zijn woede gold vooral haar, die tempelhoer, die zichtbaar genoot van het effect dat haar uitdagende vormen hadden op de eenvoudige dorpsjongen.

Daarnaast roerde de dipsa zich alsof ze nooit was weggeweest.

19

Op weg naar Cnidus

(nazomer 377)

Dido zette zijn paard tot haast aan. Hij had een aanknopingspunt: Swintharik en zijn raadselachtige metgezellin waren naar Cnidus gegaan, via Rhodos, zo hadden de Cypriotische vissers gezegd. Was Axylus hier ook van op de hoogte? Kon hij op tijd komen om zijn vriend te redden?

Als Swintharik niet al dood was. Had het vissershulkje waarin ze reisden de plotselinge waterverplaatsing kunnen doorstaan? Misschien waren ze al ver verwijderd geweest van de beving. Dido herinnerde zich – naast de ramp in Massilia – de allesverwoestende aardbeving die in het eerste jaar van Valens' regering alle steden op Kreta had vernietigd en die de stranden en kuststeden van Afrika en Azië had overspoeld. Hoewel hij op het moment van die ramp in Cappadocië was geweest, waar de schok nauwelijks voelbaar was, had hij later de verhalen gehoord van de overlevenden en hij zag de verwoestingen met eigen ogen toen hij in de daaropvolgende maanden als koerier door de kustgebieden kwam.

Vergeleken met die catastrofe was de beving die hij op zee had meegemaakt te verwaarlozen.

Nog voor hij Side bereikte sprak hij een herder die klaagde dat zijn schaapskooi van gestapelde stenen was ingestort, waarbij een paar ooien waren gedood, maar in Side zelf was van schade weinig te zien.

Hier begon Dido rond te vragen, hoewel hij het onwaarschijnlijk achtte dat ze er aan land waren gegaan. Hij bewoog zich zo voorzichtig mogelijk, om niet de aandacht te trekken van Axylus, die misschien ook in de stad was. In Antiochië was hij hem al bijna in de armen gelopen. Hij hing rond in de haven, ervoor zorgend dat zijn insigne niet zichtbaar was, want hij moest rekening houden met de lokale onderwereld die zich bezighield met piraterij en slavenhandel; het kon wel eens gevaarlijk zijn om vragen te stellen. Hij bezocht een slavenmarkt en bekeek de verse aanvoer op de plankieren, hij probeerde het bij herbergen, bij de halte van de *cursus publicus* en bij het plaatselijke wisselstation van de posterijen. Geen spoor van zijn vriend en ook niet van Axylus.

Hij reisde verder westwaarts, verspilde geen tijd en onderzocht de dorpen en uitspanningen onderweg alleen vluchtig en steekproefsgewijs, want wat als Axylus meer wist dan hij?

Ook in Cnidus geen spoor van het tweetal.

Ze konden overal zijn. Als ze niet op zee waren omgekomen, waren ze misschien wel lopend het binnenland in gegaan om geen aandacht te trekken. Tenslotte wisten ze waarschijnlijk dat er een moordenaar achter hen aan zat.

Het probleem was dat ze vanuit iedere haven over een afstand van honderden mijlen hadden kunnen vertrekken. Hij maakte willekeurige dagreizen naar het binnenland, keerde dan weer terug naar de kust. Zou hij naar Rhodos gaan? Maar ze konden op elk willekeurig eiland voor de Ionische kust zijn, in elke stad. En waarom niet in Constantinopel, zouden ze niet naar de stad onderweg kunnen zijn? Hij liet de beheerders van de poststations uitkijken en gaf als contact het station van Chalcedon op, want daar zou hij spoedig langskomen als hij zelf op weg ging naar de stad.

Uiteindelijk gaf hij het zoeken op. Het was hoogzomer en hij kon net zo goed naar de stad reizen en van daaruit naar het gebied waarop alle aandacht nu gevestigd was, want als hij Swintharik noch Axylus kon vinden, dan kon hij nog een verklaring eisen van Vitalis. Was hij degene die de moordmissie had bevolen? Zou Vitalis in staat zijn Axylus te bereiken, kon hij hem nog stoppen?

Daarnaast was Dido te lang uit de roulatie geweest, hij had ook zijn werk nog.

Efeze deed hij als laatste aan, toen wendde hij zijn teugel noordwaarts, hij maakte geen gebruik van wisselpaarden omdat hij graag een rijdier had dat hij goed kende, maar hij deed de stations onderweg aan om te eten en vragen te stellen. Sporen vond hij niet, ook niet in Constantinopel, waar hij zich van geld en nieuwe kleren voorzag en waar hij een week bleef hangen. In de stad maakte men zich nog niet druk over de naderende oorlog. En waarom zouden ze ook, hoe zou een stel haveloze barbaren Constantinopel kunnen schaden?

Hij vond Thracië verlaten; als er nog volk was, hield het zich schuil. Hij zag verwoeste velden en afgebrande boerderijen, akkers waar het onkruid manshoog stond, maar ook akkers waar onlangs was geoogst, en veel boerderijen waren nog intact. Hij sprak de soldaten van een ruiterpatrouille die hun avondmaal met hem deelden en hij vernam dat er nog altijd groepjes barbaren rondzwierven, al hield de grote massa zich op aan de westkust van de Zwarte Zee. De afzwervers hadden zich over een groot gebied verspreid om voedsel te zoeken.

Dido vervolgde zijn weg met grote omzichtigheid, maar barbaren kwam hij niet tegen.

De zomer was al voorbij toen hij in Durostorum aankwam. Wat hij ook had verwacht, zeker niet de totale rust die daar heerste. Er was weliswaar sprake van een oorlogssituatie, maar de focus had zich zo'n honderd mijl naar het oosten verplaatst. De lokale commandanten waren vervangen door andere en bisschop-zonder-bisdom Vitalis was al een maand of twee afwezig. Het huispersoneel kon Dido niet wijzer maken omtrent zijn huidige verblijfplaats. Hij kon wel gastvrijheid genieten in het huis, zoals hij vaker had gedaan en ditmaal maakte hij daar graag gebruik van, want bij afwezigheid van zijn vroegere mentor was het een aangename plek. Hij besloot een paar dagen uit te rusten en over zijn volgende stappen na te denken.

Misschien moest hij naar het oorlogsgebied, om te zien of zijn diensten nodig waren, want hier was op dit moment voor een ijlbode niets te doen. Misschien zou hij, onderweg langs de rijkswegen, het spoor van Swintharik terugvinden. En terwijl hij daar zo zat te peinzen, onder een afdak van wijnranken in Vitalis' tuin, vond het spoor hem.

Een ijlbode diende zich aan en vroeg naar Vitalis. De man was lang onderweg geweest, hij zat onder het stof en zijn paard leek uitgeput. Dit was geen officiële koerier.

'Vitalis is er niet,' zei Dido. 'Kan ik je helpen?' Hij toonde zijn insigne en nodigde de man uit om te gaan zitten. En terwijl de nazomerzon gouden munten van licht strooide door het bladerdak, vertelde hij de man dat hij een vriend en vertrouweling was van presbyter Vitalis. En dat hij over enkele dagen een ontmoeting met hem zou hebben in de stad.

De koerier aarzelde. 'Heer Axylus,' zei hij. 'De man die me stuurt, heeft gezegd dat ik het bericht persoonlijk moet overbrengen aan Vitalis.'

Dido liet wijn komen.

'Axylus is ook een vriend van mij,' zei hij vriendelijk. 'Je moet het zelf weten, maar wij behoren allemaal tot dezelfde gemeenschap en hebben geen geheimen voor elkaar. Is zijn hand nog goed genezen?'

De man aanvaardde een beker wijn en keek toen Dido bevreemd aan. 'Zijn hand moet al lang genezen zijn. Je bedoelt zijn been?'

Dido zei niets. Had hij een fout gemaakt?

'Dat been is eraf!' zei de koerier. 'De stomp geneest voorspoedig, dat wel, maar heer Axylus zit nog steeds vast.'

'En daarom vraagt hij om hulp,' constateerde Dido.

'U weet ervan? Als u mij betaalt wat Axylus me beloofde, zal ik u de boodschap doorgeven.' De man leek opgelucht dat hij zijn opdracht tot een goed einde kon brengen.

Dido vroeg naar de prijs en de man dacht net te lang na voor hij antwoordde.

'Ik geef je de helft,' zei Dido, want veel meer had hij niet bij zich.

De koerier knikte gretig en zei: 'Axylus laat dit zeggen aan Vitalis: "Help me, ik zit gevangen in Smyrna, op verdenking van moord op een koerier. Ik ben onschuldig."'

'Dat is duidelijk,' zei Dido onbewogen. 'Het is goed dat je het aan mij vertelt, want dit is urgent. Ik zal Vitalis zo snel mogelijk in kennis stellen.'

Hij nam niet eens de moeite om de man uitgeleide te doen, hij liet hem daar zitten in de tuin, met zijn wijnbeker, en graaide zijn reisbenodigdheden bij elkaar. Axylus in de kerker, hij kon zich geen betere wending wensen. En wat een geluk dat hij het bericht had onderschept voor Vitalis ervan hoorde. Axylus verwachtte natuurlijk dat hun oude meester zijn invloed zou aanwenden om hem vrij te krijgen.

Verdacht van de moord op een koerier. Dat moest die Leo zijn geweest, die Dido op weg had geholpen op de weg voor Side. En Axylus was vast niet zonder reden in Smyrna geweest, misschien had hij een spoor gevonden van Swintharik. Axylus de moordenaar, ooit was hij een vriend geweest van hen beiden. De gedachte dat Swintharik zijn schaduw inmiddels maanden vooruit moest zijn vulde hem met vreugde. Hoeveel tijd hij ook had verloren, het was niets vergeleken met de vertraging die Axylus nu ondervond en hij, Dido, zou er persoonlijk op toezien dat de moordenaar zijn straf niet zou ontlopen.

20

Een heel jaar verkloot

(Moesia Inferior, najaar 377)

Ze hadden lente en zomer van het tweede oorlogsjaar besteed aan het bij elkaar houden van de Goten en het saboteren van aanvoerlijnen. Inmiddels was de situatie kritiek geworden.

'De grenzen liggen open,' zei Eleutherius op het heetst van de dag. 'In de delta wemelt het nu van de barbaren, we weten zelfs niet meer welke volken het zijn – en nog altijd steken nieuwe groepen de rivier over om zich bij hen aan te sluiten: Taifali, Alanen en naar 't schijnt zelfs Hunnen.'

'Hunnen?' Catualda was ontzet. 'Werken die nu samen met mijn volk?'

'Niet de hoofdmacht, neem ik aan. Het zijn kleine groepen gelukszoekers en vrijbuiters, die zich tijdelijk met hun vijanden verbinden, zoals jullie dat ook voortdurend doen. Tijd dat we eens de echte strijd gaan voeren.'

Terwijl de troep halt hield bij een paar hoge schaduwbomen, waar de paarden konden rusten, dreven Eleutherius en Catualda hun rijdieren een heuvel op, om te kijken naar de Armeense legers van Profuturus en Trajanus, de langverwachte versterkingen die in het noorden samentrokken.

'En daar verderop, dat moeten de troepen van Richomeres en Frigeridus zijn,' wees Eleutherius. Hij doelde op de donkere slang die langzaam vanuit het westen kwam aankronkelen over de weg langs de rivier. Het waren Gallische hulptroepen, gestuurd door de keizer van het westen, Gratianus, die het net als zijn neef Valens niet nodig vond om zelf te komen.

'De keizers onderschatten nog steeds de bedreiging,' zei Eleutherius. 'De Goten zijn ver in de meerderheid; ze zullen vechten met de zee in de rug en honger in het lijf. Ze verschansen zich in de wagenburcht en als het tot een directe confrontatie komt, zijn onze troepen in het nadeel.'

'Wij zijn er nog!' schertste Catualda. 'Ik blijf geloven dat er met Fritigern valt te praten. Hij heeft nog altijd de meeste baat bij de naleving van het verdrag van vorig jaar. Als we hem maar te spreken kregen!'

Eleutherius schudde zijn hoofd. 'Zelfs dan kunnen we hooguit garanderen dat hij niet te maken krijgt met Lupicinus en Maximus. Die verraders zijn uitgespeeld en in de nieuwe situatie zijn alle verdragen vervallen. We kunnen alleen iets bewerkstelligen als we een mandaat hebben van de keizer en steun van de commandanten. En wie zijn wij? Waar zijn de keizers? Nee, vriend, dat kun je vergeten. Op dit moment rest alleen de strijd.'

'Ik vraag me ook af hoevelen van mijn volk Fritigern nog volgen,' zei Catualda, somber opeens.

Ze tuurden naar de donkere massa's, maar door de wazige verten en de schittering van de zee was het moeilijk om iets te onderscheiden. Terwijl ze hun paarden naar de hoge bomen stuurden, waar Eleutherius' mannen kriskras door elkaar in het gras lagen te slapen, kwam Quintus hun tegemoet. Hij hield een maliënhemd omhoog.

'Van wie is dat?' vroeg Eleutherius.

'Van een lijk dat al een week of wat hier ligt. Ik heb het even in de beek gelegd zodat de ergste stank eruit is. Het is voor Catualda.'

'Dank je,' zei de Goot. 'Ik was al van plan om er een te ritselen voor de komende slag. Ik betwijfel of de diplomatieke onschendbaarheid van mijn gezicht te lezen is als het erop aankomt. Als je twee kanten te vriend wilt houden, riskeer je dat beide kanten je als vijand zien.'

'Dat kan al sneller gebeuren dan je denkt,' meende Eleutherius. 'Zij, de commandanten, hebben haast om aan te vallen en vanavond zullen ze op volle sterkte zijn. Meer versterkingen hoeven we voorlopig niet te verwachten.'

'Zou jij dat dan niet doen?' vroeg Catualda. 'Aanvallen?'

Eleutherius was daar stellig over: 'Ik zou de vijand uithongeren, aan alle kanten plaagstootjes geven om ze gek te maken, en rustig wachten tot er tweedracht ontstaat onder de hoofden. Als er dan uitbraken volgen, kunnen we ze groepje voor groepje afmaken.'

'Hoe weet je dat de vier commandanten het zo niet zullen doen?'

'Lange ervaring. Zo gaat het altijd, die lui kunnen niet wachten en willen ieder voor zich de eer krijgen van een verpletterende overwinning.'

'En hoe weet je dat ze niet zullen winnen?' vroeg Quintus.

'Dat weet ik niet. Maar zoals het er nu uitziet, zullen de verliezen aan beide kanten enorm zijn. Het zal hoe dan ook een pyrrusoverwinning worden.'

Eleutherius vergiste zich. Bij een pleisterplaats die 'Het Wilgenbos' heette, hadden de Goten hun wagens in een kring opgesteld en de Romeinse veldheren gunden de barbaren geen rust. Ze lieten de wagenburcht met brandpijlen bestoken en vielen voortdurend aan, om meteen weer terug te trekken. Losse groepjes barbaren probeerden op buitgemaakte rijdieren de hoofdgroep van Fritigern te bereiken om hun broeders te hulp te schieten en hoewel sommigen erin slaagden binnen te komen, onderschepte de cavalerie de meesten van hen.

Ook de eenheid van Eleutherius maakte zich verdienstelijk. Na drie dagen intensief patrouilleren en een twaalftal schermutselingen had hij maar twee man verloren. Uiteindelijk waagden de Goten, de aanvallen moe, een uitbraak. Er volgde een slag waarbij beide kanten grote verliezen leden. Tegen de avond, toen de partijen de strijd staakten zonder dat er een duidelijke overwinnaar was, had Eleutherius vijf doden te betreuren. De Goten, nog altijd een formidabele strijdmacht, trokken zich weer terug achter hun wagens en de belegeraars handhaafden een minimale bezetting. De rest waaierde uit om passen en aanvoerwegen te blokkeren.

Tegen de zin van zijn manschappen keerde Eleutherius niet terug naar Durostorum; hij wist niet wie de nieuwe commandanten waren en had weinig vertrouwen in lokale machten. 'Wij kunnen ons gemakkelijk bewegen tussen de partijen,' hield hij zijn vrienden voor. 'We zijn aan niemand verantwoording schuldig dan aan de keizer, en blijven gewoon trouw aan onze opdracht. We verplaatsen ons snel en vallen de kleinere bendes aan waar we maar kunnen. Wie van jullie terug wil naar zijn oorspronkelijke standplaats, mag weg.'

Er was er niet één die terug wilde naar de grenstroepen.

Laat in de zomer en gedurende de herfst kwamen er nieuwe versterkingen. Gratianus leverde een eenheid, Valens stuurde vanuit het oosten de cavalerie van Saturninus. Ondertussen kreeg Fritigern nog altijd steun van over de rivier. Taifali, ruiters uit het noorden en Sarmatiërs; ook de Hunnen waren vertegenwoordigd met hun lichte cavalerie en hun boogschutters die nooit misten. Toen ook de Greuthungi van Alatheus en Saphrax over de Danubius kwamen om Fritigern te helpen, werden de Romeinse posities onhoudbaar.

Eens te meer vielen de Goten massaal Thracië binnen. In losse benden zwierven ze die herfst rond en plunderden en brandschatten boerderijen en dorpen. Frigeridus probeerde zich aanvankelijk met zijn nieuwe versterkingen staande te houden, maar hij zag zich omsingeld en trok in allerijl zijn legers terug naar het westen, waar hij vandaan kwam. Hij leed zware verliezen onder de aanvallen van Greuthungi en Taifali die daardoor vrij spel kregen.

Keizer Gratianus kon nog altijd niet te hulp schieten omdat de Alamannen honderden mijlen westwaarts opnieuw het rijk binnenvielen, alsof ze hun kans roken. De winter brak aan en de toestand leek hopeloos. Alleen keizer Valens kon uitkomst bieden. Hij moest toch onderhand de ernst van de situatie inzien?

'Een heel jaar verkloot,' zei Eleutherius. 'Als dit zo doorgaat, zullen we hele provincies verliezen.' Hij zag geen andere mogelijkheid dan een nieuw winterkwartier te kiezen. 'Maar alleen als uitvalsbasis,' verzekerde hij zijn mannen. 'Ze zullen nog altijd op voedseljacht gaan en we zullen ze deze winter geen moment rust gunnen.'

Boek IV

Julianus' oorlog

21

Het huis Arachnion

(Daphne, najaar-winter 362-363)

Dido kwam met een achterhoede van Gallische en Gotische hulptroepen in Antiochië aan. Hij had het goed met hen kunnen vinden, ze lachten als hij hen nasprak, maar toen ze merkten hoe snel hij leerde, lachten ze niet meer. Vitalis en de groep moesten al weken eerder zijn aangekomen en ook Julianus had zich al geïnstalleerd in het paleis van de gouverneur. Dido hielp bij het opzetten van een kamp buiten de stadsmuren en net toen hij zich begon af te vragen hoe hij zijn vrienden kon terugvinden, kwam Swintharik hem halen. 'Je lijkt twee jaar ouder!' zei hij.

Dido voelde zich ook ouder. Swintharik omhelsde hem, schertste en lachte, maar hij leek elders met zijn gedachten; hij was mager en bleek geworden.

'Gaan we niet naar de stad?' vroeg Dido, toen ze de weg langs de rivier opgingen.

'We wonen in Daphne, een stadje op twee uur gaans van Antiochië,' zei Swintharik. 'Vitalis vindt Antiochië geen geschikt woonoord.'

Hij vertelde dat rijke burgers en magistraten hun buitenverblijven hadden in Daphne, tempels en landvilla's lagen er verspreid tussen de hoge bomen. 'Antiochië zou ons afleiden en ons moreel ondermijnen. Niet voor niets draagt ze de bijnaam "Hoer van het Oosten". Volgens Vitalis komt dat door het temperament van de volkeren aan de rand van de beschaafde wereld. We zijn hier op een oud kruispunt, waar stammen en volken botsen of samensmelten en waar ze vele meesters dienen. Die liederlijkheid zal pas verdwijnen als ze een eenduidige keuze maken voor het ware geloof.'

Ze volgden de rivierloop, rondden een bocht en daar, half verborgen achter papyruskragen, voorbij de wuivende dadelpalmkruinen, lichtte het marmer van Daphne op in de late zon. Dido kende de sombere straten van Massilia en de luisterrijke lanen en kunstwerken van Constantinopel. Hij had meer dan een glimp opgevangen van Hellas' schoonste landstreken; te voet had hij de vruchtbare vlakten van Italië en Pannonië doorkruist en hij kende een stuk van Klein-Azië. Alle schoonheden meende hij te hebben gezien – tot hij in Daphne kwam.

Het lieflijke landschap, de heuvels en de steile bergen in het oosten, die 's avonds scherp gebeeldhouwde schaduwen dragen; de flonkerende watervallen, die sluiers van nevel opwerpen en zich op zonnige dagen bekransen met regenbogen. Het is een lustoord dat de oude goden voor zichzelf moesten hebben gebouwd. Dat althans, zo troostte hij zichzelf in een vroege aantekening, zou niet vergaan. De natuur is onverwoestbaar. Natuurlijk moest hij nog ouder worden om zijn vergissing in te zien.

'Waarom heeft de keizer zijn hoofdkwartier niet hier ingericht?' vroeg Dido.

'Te klein,' zei Swintharik. 'Hier kan hij zijn lijfwacht niet huisvesten, daarnaast zouden de communicatielijnen met ambtenaren en bevelhebbers te lang zijn.'

'Is hij al lang in Antiochië?'

'Ik heb zijn intocht meegemaakt, een week geleden. Hij kwam later dan verwacht. De stadsautoriteiten hadden de straten versierd en het volk verzamelde zich langs de hoofdstraten, nieuwsgierig naar de nieuwe Augustus.'

'Jij ook?' vroeg Dido.

Swintharik snoof. 'De Afvallige toejuichen? Ik was er om de stemming te peilen, met Vitalis en Axylus. De keizer zelf kregen we niet te zien.'

Julianus was laat in de middag de stad binnengereden, als een triomfator aan het hoofd van zijn leger. Hij had een maand gedaan over een afstand die Dido jaren later in enkele dagen zou afleggen.

Het aantal mensen was niet gering, toch moest het voor Julianus een grote teleurstelling zijn geweest, want het waren niet zijn aanhangers die hier stonden.

Aanvankelijk hadden de toeschouwers gezwegen terwijl de stoet voorbijtrok. Uit kleding en attributen bleek dat de meesten volgelingen van Christus waren, die kwamen om de hoogmoedige te zien die tegen alle redelijkheid in de Allerhoogste weerstreefde en bespotte.

Het geklepper van de paardenhoeven had de straat gevuld en toen het applaus begon, zette het aarzelend in, als het geluid van regendruppels op een tentdak. Waarschijnlijk hadden vooruitziende magistraten betaalde toejuichers op strategische posten in de menigte geplaatst om een schijn van goedgezindheid te wekken. Maar het geklap stierf snel weg; misschien wilden de ingehuurde krachten niet de aandacht op zich vestigen. Doodstil waren de straten toen, afgezien van het holle geklepper tussen de gebouwen.

En dan klonk opeens een hoog, veelstemmig gejoel, dat aanzwol en kromp als een windvlaag in een toren. Het was niet bestemd voor Julianus, het was noch gejuich, noch de vreugdejubel van de woestijnvolken. Het waren de jammerklachten om de dode Adonis, want juist de heidenen, op wie de keizer zijn hoop had gevestigd om zijn trotse en hoogmoedige droom te verwezenlijken, herdachten die dag, zoals ze ieder jaar doen, de slachting van hun dode god.

Het effect was verschrikkelijk. Heidenen, christenen, soldaten – iedereen, tot de keizer toe, versteende; de paarden stokten in hun tred en wagens kwamen piepend tot stilstand. De omstanders namen het gejammer over, want de orakels mochten dan zwijgen, als ooit een slecht voorteken een campagne had ingeluid, was het nu. De onderneming van de keizer was gedoemd.

'Toen hij eindelijk onze positie had bereikt,' vertelde Swintharik, 'droegen zowel keizer als ruiters hun mantelkappen over het hoofd, want de lijfwachten, die een aanslag verwachtten, wilden de caesar onttrekken aan de blikken van het volk. Ze stormden voorbij als jagende onweerswolken aan een zojuist nog heldere hemel.'

Hij wees naar de villa's en landerijen aan weerszijden van de weg. 'Daphne.'

Onder hoge, ritselende populieren zaten mannen en jongens bijeen, ze kwamen overeind en liepen hun tegemoet. Het waren zijn vrienden, gebronsd door de zon. Sommige gezichten waren nieuw. Lucifer bestookte Dido met medeklinkers als een pijlenregen, hij woonde weer aan het hof, maar bezocht de groep wanneer hij kon. Axylus pakte hem net iets te hard bij de schouders vast en kuste zijn wang. En de oude Akakios sloeg hem op de rug, zeggend: 'Wat een reis was dat, Lucifer heeft het ons allemaal verteld!'

Dido was zelfs blij om Vitalis te zien. De man begroette hem als een verloren zoon, omhelsde hem en daar bleef het bij.

'Het is hier zo mooi, Dido,' zei Lucifer. 'Het zal je zeker bevallen.'

Vitalis knikte. 'Lucifer kan je rondleiden. Swintharik moet studeren, hij heeft al te veel tijd verspild.'

Anders dan in Constantinopel, liepen hier in de boomgaarden slaven af en aan met volgeladen korven en handkarren en zelfs met de nieuwelingen erbij kwamen ze handen tekort om de takken te ontlasten van hun zware vruchten. De jongsten van de groep hadden in dit jaargetijde een licht studieprogramma, zo vertelde Lucifer. Met een goede wintervoorraad konden ze later in het jaar des te harder leren. Axylus en Swintharik waren vrijgesteld van lichamelijke arbeid, hun taak was te belangrijk.

'Waar zijn de vrouwen eigenlijk?' vroeg Dido.

'In de stad,' zei Lucifer. 'In het huis Arachnion wonen alleen mannen.'

Het huis Arachnion, de nieuwe woonstee, behoorde toe aan een familie in de stad die de goede zaak aanhing. Lang dacht Dido dat de organisatie van Vitalis naar dit huis was genoemd, maar dat bleek niet het geval. Pas een week voor zijn komst hadden Swintharik en Axylus de naam op de gevel aangebracht. Vitalis en de zijnen werden in die tijd brutaler; steeds openlijker voerden ze oppositie tegen de Afvallige.

's Avonds, bij het feestmaal onder zware druiventrossen, sprak Vitalis met Dido. 'Je hebt het goed gedaan, jongen,' zei hij. 'Kennis is ons machtigste wapen tegen de krachten der duisternis. Lucifer werkt weer voor de keizer en we krijgen jou ook wel in zijn buurt.'

Hoe verontwaardigd hij ook was geweest over de onderwijswetten, die hadden geen invloed gehad op het lesprogramma. Vitalis foeterde op de Afvallige met zijn intolerante edicten, maar ondertussen leek geen mens geïnteresseerd in de lessen en leerstellingen van zijn instituut. Nooit kwam een staatsbeambte het zedelijk gehalte van de leraren ter discussie stellen, nooit bekeek iemand van buiten de lesstof. Wellicht griefde dat Vitalis nog het meest: niemand zag zijn groep als een bedreiging, de hoogste machtssferen waren zich zelfs niet bewust van hun bestaan.

Dido's lessen waren nog altijd gericht op taalverwerving en het lezen van retoren en dichters uit het verleden. Christenen maakten daar geen deel van uit. Volgens Vitalis kregen ze die pas als ze een basis hadden – ze zouden het simpelweg nog niet begrijpen. Dido was boos dat hij lessen moest volgen met kinderen, maar volgens Vitalis mocht hij trots zijn dat hij het niveau bezat van kinderen die al vijf jaar onderwijs kregen, terwijl hij zelf nog geen jaar eerder had leren lezen en schrijven. 'Je bent voor ons een voortdurende bron van verwondering en vreugde.'

De leraar, Korax, was een magere, onvermoeibare Antiocheen met vooruitstekende boventanden, waardoor alle geaspireerde klinkers gepaard gingen met kleine erupties. Hij geloofde niet in leslokalen en maakte met zijn klasje lange wandelingen door de bergen en heuvels. Ze probeerden hem wanhopig bij te blijven, terwijl ze luisterden naar zijn verhalen en uiteenzettingen, zijn vragen beantwoordden, en – als ze ertussen kwamen – zelf vragen stelden.

En steeds als Dido dacht dat hij echt niet meer verder kon, stond Korax opeens stil en wees naar een waterval die in lange sluiers neerkwam, een vreemd gevormde rots of een panorama dat zich ontvouwde. Dan gingen ze zitten en aten, en Korax sprak door, zelfs als hij de mond vol had, zodat Dido strategisch plaatsnam buiten bereik van rondsproeiende broodkruimels.

Volgens Korax zou lesstof beter beklijven als die al lopende wordt toegediend. Hij had een fenomenaal geheugen en haalde moeiteloos uren achtereen voorbeelden aan uit de literatuur. Tegelijkertijd maakte hij gebruik van wat er maar op zijn pad kwam om zijn stellingen te illustreren. Zagen ze een adelaar overvliegen, dan meldde hij dat de koning van de hoge lucht pas aan zijn voedsel kwam als hij bereid was te vallen; ging het over beknoptheid van stijl, dan kwam de bergweide van pas, waar schapen om de bloemen heen graasden. 'Of ze nu giftig zijn of geen volwaardige voeding vormen,' zei hij dan, 'bloemen leiden af van het grazen en het is juist gras dat we zoeken in een betoog.'

Op een dag opperde Dido, wellicht door Homerus geïnspireerd, dat het stadje Daphne zou zijn gebouwd door de goden van weleer. Vitalis wees hem terecht: 'Die goden zijn producten van de verbeelding van een groot man,' zei hij. 'Een man die leefde vóór de openbaringen en die, onwetend als een kind, niet in staat was tot godslastering.'

'Het was een metafoor,' zei Dido. 'Daphne lijkt afkomstig uit een lied en toch is het echt.'

'Besef je wel hoe bevoorrecht je bent?' hield Vitalis hem voor. 'Aan jou, een kind nog, zijn waarheden bekend die de grootsten uit vroeger eeuwen nooit hebben gekend! Zij vermoedden veel, maar kwamen nooit tot de kern.'

Lucifer maakte een toepasselijker vergelijking: 'Een aards p... p...p...'

'Paradijs,' vulde Dido aan.

'Dat is geen vreemde gedachte,' meende Vitalis. 'Het eerste mensenpaar leefde niet ver hiervandaan.'

'Zoekt, en vindt de ingang,' schertste Axylus. 'Kijk wel uit voor het zwaard van de cherubijn!'

Vitalis' blik legde hem het zwijgen op. Over sommige dingen maak je geen grappen.

Het was geen toeval dat in Daphne een Apollotempel stond. Hier welde eeuwenlang het sprekende water op van een heilige bron, die de orakelpriesters zou bezielen. Ook dit orakel zweeg al meer dan honderd jaren, al offerden priesters en volgelingen er nog altijd.

Eens nam Vitalis Dido, Akakios en Axylus mee om te tonen hoe de Afvallige de oude goden begunstigde. Onderweg stelde Dido de vraag die hem al in Delphi kwelde: 'Als de afgodenpriesters hun spreuken verzonnen en als het allemaal bedrog is, hoe komt het dan dat de orakels zwijgen? Zijn die priesters opgehouden met bedrog plegen?'

Vitalis begon al te knikken voor Dido was uitgesproken en hij gaf Akakios een teken.

'Dat is goed te verklaren,' zei deze. 'Zoals de grote mannen uit het verleden, zonder het zelf te beseffen, hun goede werken verrichtten onder invloed van God en daarmee de mensheid rijp maakten voor Christus' geboorte, zo heeft vanaf het begin der tijden de Tegenstrever zijn gif gebruikt om de mensheid bij voorbaat doof en blind te maken voor de komende Boodschap.'

'De Tegenstrever?' vroeg Dido bevreemd. Voor zover hij wist, was Julianus niet al werkzaam sinds het begin der tijden.

'Die andere,' zei Akakios glimlachend. 'De Grote Tegenstrever, van wie de Afvallige een instrument is: Satan, die de mens met zijn sluwe tong in de afgrond stort.'

'Dat is geen antwoord,' zei Dido. 'Als die priesters ooit onder invloed van Satan de mensen bedrogen, waarom doen ze dat nu dan niet meer?'

'Omdat,' antwoordde Vitalis, 'heidenen niet de intentie hebben om te bedriegen. Zij geloven werkelijk dat hun kwalijke inblazingen afkomstig zijn van de afgoden die ze dienen. Daarom moeten wij hen niet haten, maar helpen om hun dwalingen in te zien, zodat ze kunnen kiezen voor de juiste weg.'

Akakios knikte. 'Helaas is het kwaad hardnekkig, hier in Daphne zo goed als elders. Constantinopel is een bolwerk van christenen, al zijn er genoeg die zelfs als christen nog dwaalwegen volgen. Antiochië is erg, maar in heidense dwaasheid spant Rome de kroon.'

'Wij richten ons op Daphne en Antiochië,' zei Vitalis. 'Onze bondgenoten werken elders. Maar als wij de troepen die hier verblijven, weten te overtuigen, zullen zij thuiskeren als inspiratiebron voor hun stamgenoten.' Hij wees. 'Daar is de tempel van Apollo.'

Al geruime tijd werkten de heidenen aan de renovatie van het verwaarloosde heiligdom. Het Apollobeeld, dat was gemaakt door de beroemde Bryaxis, mat veertig voet en paste ternauwernood onder het hoge tempeldak. Het chryselefantiene inlegwerk bevatte meer goud dan een ezel kon dragen en voor het ivoor was een kudde olifanten geslacht.

'Een god die niet eens zijn hand in de lucht kan steken zonder door het dak te breken,' spotte Vitalis. Een priester die rondging om de lampen bij te vullen, ving zijn woorden op en zei: 'Uw Christus' handen zijn vastgenageld. Dat geeft nog minder bewegingsvrijheid.'

Vitalis negeerde hem. 'Parels voor de zwijnen,' ging hij verder. 'Als de keizer zo doorgaat, komt alle weelde in handen van niet-bestaande goden. Maar Julianus heeft niet het eeuwige leven en eens slaat de slinger terug. Christus' bloed werkt voor de armen en verdrukten; laat de keizer en zijn goddeloze bende ons maar martelen en vervolgen, ons bloed zal het zaad zijn van de kerk. De levende Christus is sterker dan de dode goden met hun stille orakels.'

'Het orakel zwijgt omdat eerdere keizers deze aarde hebben ontheiligd,' zei de priester. 'Een eeuw geleden is de bron dichtgegooid; enkele jaren geleden nog liet caesar Gallus het gebeente van uw heilige Babylas op dit terrein begraven. Gebeente ontwijdt de heilige grond; uw God daarentegen gedijt, tegen alle rede in, op de kadavers van zijn martelaren.'

Vitalis knikte. 'Gallus, de broer van Julianus, wilde door het verplaatsen van Babylas het werk van de boze dwarsbomen. Maar het is een leugen dat het orakel sindsdien zwijgt. Het was al eeuwen niet meer in staat om de heidenen zijn laster in te blazen. Zelfs de meest verstokten onder de dwaalleraren horen hem niet meer.'

De priester glimlachte. 'Dwaas!' zei hij. 'Ikzelf heb het orakel gehoord. Uw leerlingen zullen nog ondervinden wie de dwaalleraren zijn!' Hij draaide zich om en vervolgde zijn ronde, voor zover de steigers dat toelieten.

Vitalis was woedend.

'Ze voelen zich onaantastbaar,' zei Axylus. 'Wacht maar.'

'Was Nikolaos nog onder ons,' mompelde Akakios, 'hij had die vlegel afgeranseld met zijn staf!'

Vitalis legde een hand op zijn schouder. 'Rustig vrienden,' zei hij. 'Hebben jullie in Gallia gezien hoe de machtige zee opkomt en weer wijkt? In hun ogen is dit een opkomend getij, maar wat is dat voor vergelijking? Als het ware geloof en de veelkoppige slang van het heidendom elkaar in trage regelmaat zouden afwisselen, zou dan ons getij niet ook duizend, tweeduizend jaar de tijd krijgen, zoals dat van hen? Hoeveel tijd is dit bewind beschoren?'

'Daar hangt alles van af,' zei Axylus. 'Als Julianus vijftig jaar aanblijft, gaat al het gewonnen terrein verloren.'

'Zo lang zal het niet duren.' Vitalis had genoeg van de tempel, hij duwde een slaaf opzij die met een mand specie in de weg liep, zodat hij een komisch dansje moest maken om in evenwicht te blijven. Zijn metgezellen volgden hem naar buiten en hoorden hem zeggen: 'God zal het niet toestaan, het tij kentert nog maar net. Nee, ik laat het niet gebeuren!'

* * *

Op een middag in de herfst vroeg Axylus Dido mee naar de markt in Antiochië. 'Ik wil ook Lucifer spreken,' zei hij. 'En het wordt tijd dat je de stad eens leert kennen.'

Vitalis knikte. 'Ik kan jullie niet altijd weghouden van het kwaad, jongens. Daarbij, als je er nooit mee in aanraking komt, zul je het ook niet herkennen als het je in haar verleidelijke gestalte tegen het lijf loopt. Zolang je maar niets doet wat ik niet zou doen.'

Dido dacht het zijne over wat Vitalis wel of niet zou doen, maar zei niets. Axylus' verering voor Vitalis was op het blasfemische af.

Ze rustten halverwege op een platte steen naast een stroompje, waar ze hun voeten in het water lieten bengelen. Axylus vertelde over de plannen van Julianus om de ontwijding van de Apollotempel ongedaan te maken en Dido herinnerde zich de orakelspreuk van Delphi. 'Hij wil het welgebouwde huis herstellen,' zei hij. Hij vertelde over de tocht, want alleen Vitalis wist hoe de orakelmissie was verlopen. Axylus zweeg een tijdlang, zei toen: 'Wat een paradox. Een valse god kondigt zijn eigen dood aan! Gunstig orakel of valse voorspelling?'

Dido had geen antwoord. De keizer nam het serieus, daaraan twijfelde hij niet.

Axylus roerde met zijn staf door het water om een donsveertje dat voorbijkwam te beïnvloeden in zijn koers. Het danste om de stok en verdween snel uit het zicht.

'Hoe kun je zo een groot rijk regeren!' barstte hij opeens uit, 'handelen naar de influisteringen van opportunistische priesters en bezeten gekken. Wat een dwaasheid, om de oude tijden terug te willen halen.' Hij sprong op en reikte Dido de hand. Zo kuierden ze verder door de zwoele avond. Nachtzwaluwtjes maakten razendsnelle duikvluchten – of waren het vleermuizen, de kinderen van de nacht?

Antiochië, een stoffige stad, was minder druk dan Dido had verwacht. Ze liepen naar de markt, maar toen ze er aankwamen vonden ze alles verlaten, hoewel stinkende vuilhopen bewezen dat de boeren en handelaren hier pas nog hadden gestaan.

'Misschien is het geen marktdag?' opperde Dido.

'In Antiochië is het altijd marktdag,' snauwde Axylus. 'Er moet iets gaande zijn, het is veel te stil. Waar zijn de overvolle straten, waar het geratel van de karren, het lawaai van de dieren, het hoerengekrijs en protserig vertoon?' Hij keek om zich heen, maar er was niemand in de buurt aan wie ze het konden vragen. Aan de overkant bewogen wat soldaten, ze liepen niet in het gelid, maar zwierden langs de huizen, zwaaiden met fakkels als jongleurs. Gezang, flarden van een ruig lied.

'Bezopen,' zei Axylus walgend. 'En wat is dat in godsnaam voor barbaars gebrabbel?'

Dido had het al herkend, het waren de troepen van Julianus. 'Het is Gallisch.'

'Die zullen ons niet verder helpen.'

Een vrouw kwam hun richting uit, met de statige tred van een kraanvogel die door ondiep water waadt.

'Die woont vast in de buurt,' zei Dido. 'Vraag het haar.'

Axylus riep haar aan. '*Kyria*!'

De vrouw keek op en glimlachte. Dido meende dat ze lonkte. Ze had haar gezicht geblanket en was zorgvuldig opgemaakt met ogenzwart en lippenverf. Ze droeg een gewaad in laagjes rood en zwart en goud.

'Heilige Moeder, het is een hoer,' mompelde Axylus. Het was al te laat om te vluchten. Ze bereikte de jongens in een wolk van reukwater en Dido begon te hoesten, zodat hij met moeite verstond wat Axylus zei. Hij bleef beleefd. 'Edele vrouwe, weet u waarom er geen markt is? Is het een dag van vreugde of rouw?'

De vrouw schraapte onvrouwelijk haar keel en zei toen, met onverwacht zware stem: 'Rouw voor de één kan vreugde betekenen voor de ander. Er is geen markt omdat er niets te verkopen valt. De mensen zitten thuis en lijden honger, er is geen voedsel in de stad en de voorraadhuizen zijn leeg. Alleen de goden zijn verzadigd.'

'Ik begrijp het niet...' Axylus staarde haar aan.

Dido begreep al dat dit geen vrouw was, maar een gallus, een ontmande. Het wezen ging verder: 'De keizer is waanzinnig geworden. Hij offert stieren en koeien met kuddes tegelijk; hij slacht varkens en geiten en ganzen voor de goden, terwijl de burgers van Antiochië hun kinderen niet kunnen voeden.'

'Uw goden!' stootte Axylus uit.

De gallus lachte spottend. 'De goden moeten hun deel krijgen, maar waarom welvaart en overvloed afsmeken als die onszelf niet ten goede komt? De oogsten waren slecht, het graan is deze zomer verdroogd op de velden. Hij is geen haar beter dan die vervloekte Jezusbende!'

Ondertussen was de Gallische dronkenmanstroep vlakbij. Door hun rauwe gezang kon de gallus zich moeilijk verstaanbaar maken. Fakkelzwaaiend kwam de bende langswaggelen en een rabauw leunde tegen een muur. In een hand hield hij een grote ham, die hij op de grond liet vallen, zodat hij de kruik in zijn andere hand met beide handen kon beschermen. Hij boog diep en een stroom braaksel gulpte over de straatkeien. Weer overeind, schudde hij verbaasd zijn hoofd en vervolgde zijn slingerende weg.

De gallus deed een snelle stap en pakte de ham op. Met een doekje uit zijn mantelzak veegde hij het braaksel af, daarna stak hij de ham onder zijn buikriem. 'Dat is het voordeel van honger,' zei hij grijnzend. 'Het maakt slank, zodat er weer plaats is onder de riem.'

'Hoe komt het dat zij wel voedsel hebben?' vroeg Axylus.

De opgeverfde keek hem geringschattend aan. 'Waar denk je dat het vlees van de offerandes naartoe gaat? Dat krijgt het soldatenschorem, nadat keizer, priesters en volgelingen zich te goed hebben gedaan. Die barbaren nemen het ervan... Overal van. Ze verkrachten de vrouwen en kinderen – en niemand die iets doet. Daarom blijven de mensen binnen, tot ze niets meer te verliezen hebben. Eens zullen ze de keizer ter verantwoording roepen.'

'Ben jij niet bang voor verkrachting, edele dame?' vroeg Axylus spottend.

Het goudhaantje knipoogde naar hem en lachte, opeens met een hoge vrouwengiechel. Hij wierp nog een wulpse blik over zijn schouder en schreed toen weg.

'Niks hoer, het was een gallus,' zei Dido.

'Een verdomde hoer én een gallus,' zei Axylus. 'Moge ze eeuwig knisperen op een laag vuur! Kom, we gaan naar Lucifer!'

Ze troffen hun vriend bij de rivier. Lucifer vertelde dat de keizer maximale graanprijzen had vastgesteld. 'Dat werkte averechts. De prijzen stijgen snel en niemand wil onder de marktprijs verkopen, met als gevolg dat de handelaren, álle handelaren, ook die in stoffen en reukwaren, zich niet meer op de markten wagen. De pakhuizen zijn nog niet leeg, maar er komt geen korrel graan op de markt.'

'En de offers? Waar haalt hij het vee vandaan om de tempels te voorzien?' Axylus' stem beefde, al had Dido hem nooit kunnen betrappen op mededogen met het lijdende volk.

'Van overal. Met al die bloeddorstige en hongerige goden zal er spoedig geen vee meer over zijn in Klein-Azië en Africa. Hij offert *hecatomben*! Kun je 't je voorstellen? Dat was toch iets van het verleden? En gaf hij nu nog het vlees aan het volk – alles gaat naar zijn barbaren!'

'Dat zijn offers van honderd runderen tegelijk,' zei Axylus tegen Dido. 'En hij zal doorgaan tot de goden luisteren, wat natuurlijk nooit gebeurt.'

'Tegelijkertijd eist hij meer offers van het volk,' vervolgde Lucifer. 'Het moet zijn goden eren, en heeft niets meer te offeren. Hij beloofde voor graan te zorgen, maar niemand weet hoe lang dat zal duren.'

'In Daphne zullen we geen honger lijden,' zei Axylus. 'We gaan vanavond nog terug, Vitalis moet weten hoe de stemming is in de stad.'

'Het volk lijdt honger en de volgevreten barbaren staan te kotsen op hun stoepjes,' zo vatte Vitalis het samen. 'Dat wordt alleen maar erger als de eerste graantransporten Antiochië bereiken. De handelaren zullen niet toestaan dat de markt instort door gratis voedseluitdelingen.'

Het leek erop dat hij gelijk kreeg. In de daaropvolgende weken groeide de onvrede in alle lagen van de bevolking. Men maakte Julianus belachelijk in vlugschriften, grappen deden de ronde over zijn baard, over zijn excessen en zijn belachelijke ascese. De kerken liepen weer vol.

'Antiochië is nog lang niet verloren,' constateerde Vitalis tevreden.

Rond die tijd ook vernamen ze dat Athanasius, bisschop van Alexandrië en hoeder van de katholieke orthodoxie, slechts acht maanden na de amnestie opnieuw zijn bisdom moest verlaten. Als iemand al had getwijfeld aan de intenties van de keizer, dan was dat nu voorbij. Athanasius had niet de verdeeldheid gebracht die Julianus met zijn amnestie had beoogd; hij probeerde de christenen te herenigen. Ongetwijfeld zou hij de grotten van Syrië opzoeken om het verloop van de gebeurtenissen af te wachten.

'Ditmaal zal de ballingschap niet lang duren,' voorspelde Vitalis.

Enkele dagen later kwam de keizer naar Daphne om te offeren en te bidden in de tempel van Apollo. Vitalis had zijn jongens 's ochtends op een bergwandeling gestuurd, omdat ze hun lichamen niet mochten verzwakken door louter studie. Ze gingen gevieren; Axylus en Lucifer hadden hun sandalen uitgedaan en waren in een beekje gestapt dat ze stroomopwaarts volgden; Swintharik en Dido worstelden zich een tijdje door doornig struikgewas en brandnetels, maar ten slotte stapten ook zij blootsvoets in het koele water om de brand op hun enkels te blussen en de anderen in te halen. Ze waren weinig samen geweest in de laatste weken, Swintharik leek steeds in gedachten verzonken.

'Waar denk je aan?' vroeg Dido toen de stilte hem beklemde. Swintharik stootte zijn voet tegen een steen in de bedding. Hij uitte een halve vloek, hield zich toen in. En terwijl hij zijn wandelstaf op het water sloeg zodat het hoog opspatte zei hij: 'Hoeveel voedsel zullen ze vandaag weggooien? In de stad sterven al kinderen van de honger.'

Axylus had hem gehoord. 'De toestand is onhoudbaar,' zei hij. 'Hoewel er graanschepen worden uitgeladen, komt er niets op de markt! Als de mensen protesteren, slaan de Galliërs of het garnizoen de samenscholingen uiteen. Ondertussen zingen de burgers spotliedjes en schilderen ze groteske afbeeldingen van de keizer op de muren. Ze hebben genoeg van zijn buitenissigheden; zelfs de cynici, die toch heidenen zijn, keren zich tegen Julianus.'

'De cynici zijn toch tegen alles?' waagde Dido te vragen. Lucifer grinnikte en streek met een vinger langs zijn hals. Axylus sprak voor hem: 'Wacht tot de strijd begint. De keizer treedt als veldheer in de voorste linies en wil alles in eigen hand houden. Hij heeft veel vijanden, ook in het leger. We zullen zien of hij net zo veel succes zal hebben als destijds in Gallië en Germanië.'

'De Galliërs zullen hem niet afvallen,' wist Dido. 'Al laat iedereen hem in de steek.'

'Zij krijgen vandaag voedsel in overvloed,' zei Axylus. 'Het wordt weer een liederlijke verspilling.'

'Ik had het wel willen zien,' zei Dido. 'We moeten toch onze vijanden kennen?'

Achteraf had Vitalis spijt van zijn besluit. 'Mijn God, wat was ik slecht van vertrouwen!' riep hij die avond uit. 'Het zou zo leerzaam zijn geweest voor jullie, om hiervan getuige te zijn. Het was een nederlaag voor de heidenen. Jullie hadden het moeten zien...'

Ze waren allemaal komen opdraven om te offeren in de Apollotempel: de hielenlikkers, pluimstrijkers en mooipraters die Julianus in het openbaar prezen en steunden, maar hem achter zijn rug uitlachten. De Antiocheense huichelaars – ze stroomden toe in hun ceremoniële gewaden, zodat de voorhof van de tempel nauwelijks aan allen plaats kon bieden. Wierook walmde, de lucht was zwaar. Vitalis en Akakios hadden zich onopvallend in de massa begeven. En hoe ze ook rondspeurden, offerdieren zagen ze niet.

De keizer zat op een eenvoudige houten zetel, volgens Vitalis een ostentatief vertoon van nederigheid, ingegeven door hoogmoed en superioriteitswaan. Naarmate de hof volliep, verduisterde het keizerlijk gezicht. Na lang wachten, waarbij het geroezemoes langzaam overging in een pijnlijke stilte, was hij, Julianus, opgestaan en de schrijn binnengegaan. Enkele priesters vergezelden hem; de Gallische lijfwachten bleven buiten.

Iedereen verwachtte dat de keizer lang binnen zou blijven, maar nauwelijks twee ademtochten later kwam hij naar buiten en schreeuwde: 'Waar zijn de dieren? Waar de zangkoren en bloemen? Is er dan niemand die een offer heeft? Ben ik de enige die de god wil danken voor zijn goede gaven? Jullie, magistraten – jullie rijken, die het meest in de gunst staan van de goden!'

Waren er meer christenen aanwezig? Ze hielden zich op de achtergrond, net als Vitalis en Akakios. Julianus ging verder: 'Zijn jullie dan allemáál volgelingen van de Nazareeër, julie huichelaars, die meewaaien met elke nieuwe wind? De goden verlangen een offer. Nogmaals, waar zijn de dieren?'

Doodstil bleef het. Niemand durfde te ademen.

Toen trad een oude priester naar voren, die een gans aan een touw meevoerde. Hij zei zachtjes, maar duidelijk verstaanbaar: 'Ik heb een gans meegenomen, keizer!'

Alsof een aardbeving Daphne deed beven, zo luid daverde het gelach tussen de gebouwen, bij de aanblik van de grijsaard en zijn rafelige gansje. De Galliërs staarden stom in de mensenmassa, ze hadden hun zwaarden al half uit de schede getrokken. Julianus stond als versteend en het gelach luwde snel. Men herinnerde zich misschien verhalen over wreedheden van eerdere keizers, geruchten over Julianus' vervolgingen. Uiteindelijk knikte hij. 'Ik zal spoedig mijn maatregelen bekendmaken. Het orakel zal weer spreken.'

Was hij zich bewust van het belachelijke tafereel dat hij bood, toen hij zich met de priester én de schamele gans in de schrijn begaf? 'Hij verdween als een geslagen hond,' beëindigde Vitalis zijn verslag, 'met in zijn kielzog de norse Galliërs.'

Ze lachten en waren het eens: God was met hen.

* * *

De mislukking van zijn offerfeest had Julianus alleen maar gesterkt in zijn streven. Een stroom werklieden kwam naar Daphne om het herstel van de tempel te bespoedigen. Ze openden ook de bron die al zo lang was afgesloten en op zekere dag vertelde Akakios dat hij het water had zien opwellen. Weldra stroomde het overvloedig en vormde een beekje.

Wie van hen dacht niet aan de voorspelling? Dido opperde dat Julianus toch nog het lot naar zijn hand zou zetten, maar corrigeerde zichzelf direct. Er bestond natuurlijk niet zoiets als een lot en Julianus' speelruimte was hem slechts vergund door God, die hem een mogelijheid bood om het goede te kiezen – een kans die hij steeds weer vergooide.

'Het zal hem geen steek verder brengen,' zei Vitalis. 'Gesneden beelden zwijgen en uit de bron zal geen andere stem klinken dan het gemurmel dat waterstromen eigen is.'

Lucifer bracht een paar dagen later het nieuws. Hij kwam al voor het middaguur gesticulerend de tuin in rennen en Vitalis had moeite hem te kalmeren. Toen hij echter het bericht hoorde, ontstak hij in woede. 'De heilige Babylas? Een miasma?' riep hij, terwijl hij zijn staf schudde in de richting van de stad. 'Dat zullen we verhinderen. Nu is het uit met de dwaasheid!'

Dido vroeg wat een miasma was. Akakios vertelde met trillende stem over de heidense riten die een als onrein beschouwde plek moesten reinigen van zaken die de goden onwelgevallig waren. 'Meestal gaat het om doden,' zei de oude man. 'De Afvallige wil het gebeente van Babylas, de martelaar die in Daphne rust, laten opgraven en naar een kerkhof in Antiochië overbrengen.'

'Lucifer keert terug naar de stad,' zei Vitalis. 'Wij zullen naar het graf gaan.'

Ze lieten hun schrijftafeltjes en stiften liggen en haastten zich naar het graf van de heilige, waar ze een tiental soldaten aantroffen die hen, op hun speren geleund, spottend begroetten. Ze stonden bijeen voor de ingang van de kapel waar het gebeente rustte; een bos bloemen hing slap en verwelkt tegen de deur.

'Wat is hier gaande?' vroeg Vitalis bars.

De soldaten haalden de schouders op.

'Wij wachten tot iemand het ons vertelt,' zei Vitalis vastberaden en hij ging in het gras zitten, zijn armen over elkaar. Allen volgden zijn voorbeeld. Na een tijdje zei een van de soldaten: 'U mag hier zitten, presbyter, maar als straks de werklieden komen, moet u ze de ruimte geven om de boel op te ruimen.'

'Het is hier netjes,' antwoordde Vitalis. 'Die bloemen zullen we zelf vervangen.'

'Het graf wordt geruimd,' zei de soldaat. 'Daar kunt u niets aan veranderen.'

'U daarentegen, hebt een keuze,' zei Vitalis. 'U kunt weigeren medewerking te verlenen aan het voornemen van de Afvallige. Waarschijnlijk zijn jullie allemaal christenen. Waarom voeren jullie de bevelen van de keizer uit?'

'Omdat hij de keizer is?' zei de soldaat. Zijn makkers lachten en stampten met hun speerschachten op de grond.

'Als u wegloopt, zal God u belonen,' zei Akakios. 'U weet, volharden in het kwaad leidt tot straf, zo niet in dit leven, dan in het leven erna. Uw standvastigheid zal uw ziel redden.'

De soldaat haalde zijn schouders op. 'Als het een zonde is wanneer ik mijn keizer gehoorzaam, dan zal ik die boeten. Vooralsnog voel ik niets voor het martelaarschap.'

Ook toen de avond viel en muggen hen kwamen kwellen, bleven ze zitten. Ze droegen lichte zomerkleren en waren niet voorbereid op de nacht, die gonsde van de insecten. De soldaten ontstaken fakkels en trokken mantels aan, grinnikend om de wilde handgebaren van de jongens. Spoedig gaven die het op en ze bleven met afhangende schouders zitten, ten prooi aan de kleinste knechten van het kwaad.

Dido kreunde zonder het te willen, zijn benen brandden en staken. Vitalis keek om. 'Bidden, jongen,' fluisterde hij. Dido begon te bidden, met zo veel vuur dat hij de pijn vergat.

In de loop van de nacht voegden zich meer mensen bij hen. In het eerste daglicht bleken ze deel uit te maken van een zwijgende mensenmassa. De soldaten leken niet meer zo zeker van zichzelf. Ze hielden hun speren op het volk gericht en ontspanden pas toen de regelmatige tred van marcherende soldaten klonk. Een stem riep: 'Mensen, maak plaats voor de werklieden.' Dido keek over zijn schouder en zag hoe de massa week. Een colonne soldaten baande zich een weg en in hun kielzog een ossenkar en een stoet werkers met gereedschappen.

Ze keken naar Vitalis om raad, want nu was het tijd voor verzet, maar hij stond op en, hoewel hij zelf nauwelijks op zijn benen kon staan, hielp hij ook Swintharik overeind. Getweeën liepen ze weg. Akakios gebaarde de rest om te blijven. 'Wees getuige,' zei hij hardop. 'Met deze heiligschennis zal de Afvallige zijn eigen graf graven.'

Een soldaat hoorde hem en haalde uit, zodat het bloed uit zijn mond en neus stroomde, maar Akakios bleef staan en lachte naar zijn aanvaller, alsof die hem een dienst had bewezen.

Niemand kon zeggen hoevelen er toekeken bij het opgraven van de sarcofaag van Babylas, maar ze moeten met duizenden zijn geweest en toen de kist eenmaal op een wagen richting Antiochië hobbelde, volgde het volk in processie. Vlak voor de stad keek Dido om en het leek wel of de hele weg vanaf Daphne vol was van gelovigen die, hymnen zingend, in ossengang meehobbelden. Ook in de stad stonden de medestanders rijen dik aan weerszijden van de weg. Soms namen ze spontaan de gezangen over, dan weer klonken kreten: 'Schande! Vervloekt die Afvallige – weg met de beeldaanbidders!'

Onder de golvingen van beurtelings scanderende en zingende koren bereikte de wagen uiteindelijk het kerkhof. Het gebeente kreeg alsnog een begrafenis die een heilige waardig is.

Geen moment had de keizer zich laten zien, het was alsof hij door zijn afwezigheid nog eens extra zijn minachting wilde tonen voor de Antiocheense christenen, die, in tegenstelling tot hun heidense stadsgenoten, wel bereid waren hun heilige en hun god te eren.

Het was 's avonds de eerste vraag die Vitalis stelde: 'Was de keizer er ook?'

Akakios antwoordde raadselachtig: 'Nee, jullie hadden net zo goed kunnen blijven.' Hij voegde eraan toe dat de manifestatie van heidense bezetenheid was omgeslagen in een indrukwekkende getuigenis van geloof.

'Julianus vreet zijn baard op van ergernis,' zei Vitalis lachend.

Ze praatten lang na die nacht en hoorden van een getuige dat Apollopriesters reinigingsriten hadden uitgevoerd met gerst en water en vuur – zo schenen ze dat te doen. Sommigen van de toehoorders moeten geïmponeerd hebben gekeken toen de getuige uit het blote hoofd enkele van de goddeloze regels citeerde die waren uitgesproken door Julianus' magiërs, maar Vitalis lachte hen uit. 'Het is allemaal theater,' verklaarde hij. 'Dit komt uit Aischylos. Meer hebben ze niet. Ze doen of een ononderbroken traditie hen verbindt met hun voorouders van duizend jaar geleden, maar niets is minder waar. Het is een samenraapsel van slecht begrepen citaten, meer niet!'

Hij bewees het later die dag toen hij soortgelijke regels reciteerde uit de bescheiden huisbibliotheek van Arachnion. 'Mooie woorden,' zei hij. 'Uit fragmenten en herinneringen knutselt hij iets onsamenhangends. Onze keizer is een warhoofd en een dwaas. De werkelijke smet die moet worden uitgewist, is zijn goddeloze regering.'

Axylus lachte bitter: 'Gerst zal er na vandaag wel niet meer te vinden zijn,' zei hij. 'En het zal mij niet verbazen als iemand Julianus zelf aangrijpt met vuur en water.'

Zijn woorden bleken profetisch: spoedig zou Julianus zijn ware gezicht tonen.

Niet lang na de blasfemische botverplaatsing hielden de christenen een bidstonde in de grote kerk om Gods zegen af te smeken over de stad. Niemand twijfelde er nog langer aan dat de regering van de Afvallige een ramp was; zelfs de heidenen verafschuwden inmiddels de wereldvreemde filosoof die zich in zijn paleis verschool.

De wierooklucht kon noch de stinkadem van de hongerigen noch de walm van de talgkaarsen verbloemen. Dido viel in slaap, al stootte Axylus hem steeds wakker. Op een zeker moment gleed hij bijna van zijn bankje. Axylus was verdwenen en Dido veronderstelde dat hij gehoor moest geven aan een lichamelijke behoefte. De anderen zaten verzonken in gebed, Dido moest wel de enige zijn die geen nacht kon waken, zoals de discipelen in Gethsemane. Hij keek naar het kruis en verwachtte half dat Christus bloed zou wenen, maar door de walm was de gekruisigde nauwelijks zichtbaar. De nacht vergleed als een halfdroom. Hij schrok wakker van Axylus, die hem in de neus kneep. 'Je snurkt,' fluisterde hij lachend. Dido zag zweetdruppels op zijn gezicht, misschien van concentratie. Hij rook paarden en doezelde weer weg, droomde over Constantinopel, waar hij met Swintharik in de stallen had gewerkt.

Bij het morgengloren brachten ze Lucifer naar het paleis en namen daarna de rivierweg naar Daphne, nog onkundig van wat hun daar wachtte. Op de heerbaan in de verte was het een drukte van paarden en karren en zelfs meende Vitalis het keizerlijk escorte te zien, dat in grote haast richting stad reed.

'Er is iets gebeurd in Daphne,' zei Swintharik, wijzend naar de rookpluim boven het stadje. Iedereen vreesde voor het huis Arachnion. Waren de vervolgingen nu echt begonnen? Angstig haastten ze zich, om te ontdekken dat alles was zoals ze het hadden achtergelaten.

'Het is de Apollotempel,' zei Akakios.

Ze vonden een menigte op de rampplek, sommigen waren nog bezig met nablussen van de resten van de vernieuwde tempel.

'Die is reddeloos verloren,' zei Vitalis en hij zei het zonder triomf, want niemand verheugt zich over een afgebrand gebouw. Er stonden nog wat muren overeind, maar het dak was verdwenen en het beeld lag in brokken op de grond. Julianus' oom, de *comes orientis*, die eveneens Julianus heette, liep rond met zijn lijfwachten en een aantal vigiles, die op hem in praatten.

'Zo vergaat de praal van valse goden,' zei Akakios. 'Weg is het chryselefantijn en de juwelen; vergaan het dure hout en de reukstoffen uit Arabië.'

'En de priesters?' vroeg Dido, 'hebben die het overleefd?'

Later die dag hoorden ze van stadsgenoten dat de priesters ter ondervraging waren meegenomen. Ondertussen onderzochten de vigiles de oorzaken van de brand.

Dido staarde lang naar de ruïnes en voelde spijt en afkeer, omdat hij wist hoe het was geweest. Wie deed zoiets? Zij genoten toch ook van de schoonheid van heidense poëzie? Swintharik leek ontdaan, maar Axylus maakte grappen en toen ze thuiskwamen, sloeg Vitalis een arm om hem heen, zodat hij straalde van vreugde.

Ze hoorden in de dagen daarna dat de autoriteiten de Apollopriesters lieten folteren. De keizer was ervan overtuigd dat de brand was aangestoken. In zijn razernij gaf hij de christenen de schuld, maar hij kon niemand in het bijzonder aanwijzen.

De groep van Vitalis had die nacht in de kerk doorgebracht, dat zou hen vrijpleiten, al dacht niemand eraan hen te beschuldigen. Om de gemeenschap van 'Galileeërs' te straffen, gaf de keizer opdracht om de grote kerk van Antiochië te sluiten en kerkschatten en bezittingen te confisqueren. Wekenlang gingen de verhalen rond over de pesterijen die priesters en gelovigen moesten ondergaan. Aan de beroemde tolerantie van de Afvallige was een einde gekomen, hij probeerde zelfs niet meer de schijn op te houden.

Dido sliep slecht die nacht na de brand. Hij herinnerde zich dat Axylus buiten was geweest tijdens de bidstonden. Had hij heen en weer kunnen gaan naar Daphne? Waren er anderen weg geweest die nacht? Niets was zeker, dus hij zweeg. Veel tijd om na te denken kreeg hij niet, want de volgende dag vertelde Vitalis dat hij zich moest klaarmaken voor een karavaanreis naar Samosata. 'Daar wordt de vloot uitgerust voor de grote veldtocht,' zei hij. 'Jij bent de eerste van ons die een taak krijgt in die oorlog.' Dido wilde protesteren, maar Vitalis schudde zijn hoofd. 'Zo heb ik het besloten. Later zul je je bij ons voegen; wij reizen mee in de legertros.'

22

De vissers

(377)

De gunstige wind hield niet aan en omdat ze vreesde dat ze naar het eiland terug zouden drijven, nam Alêtis zelf de riemen op en ze roeide uren achtereen, zodat een beschaamde Stephanos uiteindelijk aanbood om het van haar over te nemen. Swintharik lag te slapen, de podeoon als een kind in zijn armen en ze drapeerde een stuk stof over zijn hoofd, niet uit zorgzaamheid, zo vertelde ze zichzelf, maar omdat ze niet weer met een zieke wilde zitten.

'Vertel over je dorp, hoe heet de provincie of landstreek waar het ligt?' vroeg ze ten slotte aan Stephanos, die nog altijd niet op haar was uitgekeken.

'Lycië,' zei de jongen. 'Het dorp is gesticht door mijn grootvader en zijn broers, toen ze tientallen jaren geleden moesten vluchten uit Isaurië.'

'En nu zijn jullie vissers? Of zeerovers?'

Hij lachte. 'Gewoon hoe het uitkomt. We zijn met weinigen, niet meer dan dertig mannen.'

'En hoeveel vrouwen?' vroeg Alêtis. 'Ik heb dringend nieuwe kleren nodig!' Ze voelde zich onbehaaglijk onder zijn blikken, temeer daar ze gewend was om voor oude vrouw door te gaan.

'Geen, vrees ik.' Opeens stond zijn gezicht somber. 'Vorige zomer is ons groot onheil geschied. Terwijl we op zee waren hebben, naar we aannemen, slavenhalers onze vrouwen en meisjes geroofd. De oude vrouwen hebben ze gedood, zodat die de overvallers niet konden identificeren.' Hij begon harder te roeien, alsof hij de verloren vrouwen nog kon achterhalen.

'En wat doen jullie nu?' vroeg Alêtis. 'Hoe komen jullie aan vrouwen?'

'Er gaat geen dag voorbij of ze praten erover,' zei de jongen. 'We hebben nauwelijks nog voedsel omdat vrijwel niemand vist. Het is onoplosbaar. We kunnen geen vrouwen schaken in naburige dorpen want dan krijgen we een garnizoen achter ons aan. En onze vloot is niet geschikt om een rooftocht te ondernemen op lange afstand. En ook de natuurlijke uitwisseling tussen de dorpen is verstoord, want geen vrouw uit de provincie wil de eerste zijn in een dorp met slechts mannen.'

'Ik begrijp het,' zei Alêtis. Ze zag dat Swintharik inmiddels wakker was en ging verder: 'Ik ga nu even rusten.'

Ze kon beter haar krachten sparen voor later.

Naarmate het bootje naderde, kwamen een voor een de dorpelingen het strand op. Swintharik roeide inmiddels, Alêtis stond bij de voorplecht en nu klemde zij de podeoon aan haar borst, zodat ze nog enigszins bedekt was. Maar het leek of de vissers de geur van een vrouw hadden opgevangen, want ze dromden samen langs de branding en toen het bootje dicht genoeg was genaderd, waadden ze de golven in en hielpen om het binnen te halen en het strand op te slepen. Terwijl Swintharik nog bezig was de riemen uit hun dollen te lichten, hadden ze Alêtis al uit de boot getild en vele handen hielpen haar het strand op. Ze wrong zich los en riep: 'Ik ben vereerd door jullie hoffelijkheid, goede vissers, maar we zijn moe van de reis en ik vroeg mij af of jullie me kleren kunnen verschaffen.'

'Ik heb wat voor je,' zei er een, die nog taniger was dan de anderen. Hij grijnsde zijn rotte tanden bloot en hield haar een visnet voor. 'Dat zal jou wel staan, schatje. Trek het aan en doe een dansje voor ons.'

Ze stapte naar voren en nam het net aan. Het was een gewoon visnet, met verzwaarde randen en uitstekend geschikt voor haar doel. Ze liet de podeoon vallen en gooide het net in een snelle beweging over het opdringende groepje. Daarna trok ze het mes uit haar gordel dat ze een uur eerder bij zich gestoken had.

'Dus jij hebt mijn mes!' riep Stephanos, die nu pas uit de boot stapte. 'Ik zocht het al.'

Alêtis wierp een snelle blik op hem, toen weer op de vloekende vissers, die zich probeerden van het net te ontdoen.

'Laat mij maar,' zei Stephanos. Hij nam een roeiriem op, hield het ding dwars voor zijn borst en ramde het groepje zo hard dat de mannen omver gingen en nog verder in het net verstrikt raakten. 'Rennen!' riep hij, achteromkijkend naar Alêtis en Swintharik.

Alêtis nam nog een ademtocht de tijd om hem op zijn mond te kussen. 'Ik heb me in je vergist,' zei ze. Swintharik had in dezelfde ademtocht zijn podeoon opgenomen en samen renden ze over het strand, tot ze achter zich geen mannen meer konden onderscheiden.

23

Zomereik

(Moesia Inferior, winter 377)

Een paar gardisten die Dido over de rivierweg tegemoet reden, hadden hem gewaarschuwd dat de route die hij wilde gaan niet meer veilig was.

'Ik ben er onlangs nog doorgekomen,' riep hij vanaf zijn paard. 'Geen Goot gezien!' Hij wilde verder rijden, maar ze kwamen achter hem aan.

'De situatie is veranderd,' zei een van hen, de leider. 'Ze stropen het kustgebied af en verder naar het westen trekken de Taifali en Greuthungi rond. Als je naar Constantinopel wilt, volg dan de rivier stroomopwaarts, die weg wordt tenminste constant bewaakt. Je buigt af naar Nikopolis, neemt een van de bergpassen door de Haemus en reist van daaruit naar Beroea of Philippopolis. Daar neem je gewoon de heerbaan naar Constantinopel.'

Dido vloekte, dit was een omweg van een paar honderd mijl, maar hij schikte zich want een halve maand vertraging was minder erg dan een voortijdige dood, die aan elke missie een einde zou maken. De wetenschap dat hij Swintharik waarschijnlijk nog levend kon achterhalen, had hem vleugels gegeven. Hij bedacht dat hij zelfs naar Smyrna kon gaan om Axylus uit te horen en om de autoriteiten te vertellen dat de keizer zeer ontstemd zou zijn als ze een moordenaar zouden laten gaan.

Hij volgde de rivier en maakte onderweg gebruik van de poststations, waar men hem verzekerde dat alles nog rustig was aan deze kant van de Haemusbergrug. Bij fort Iatrus nam hij de zuidelijke route naar Nikopolis aan de Hister, maar hij vermeed de stad zelf.

In de poststations hoorde hij dat de westelijke route naar de heerbaan veiliger was dan de kortere weg over Kabyle. 'Over de bergen schijnt het minder rustig te zijn,' wist zijn zegsman te vertellen. Dus hij nam een westelijker pas en trok door een donker, winters Haemusgebergte, waar hij achter elke rots, in iedere kloof een barbarenhorde vermoedde, maar alles bleef rustig. Wat had een verstandig mens daar ook te zoeken?

Hij kwam de bergen uit en ging het heuvelland in, waar hij ook geen mens tegenkwam. Eén keer kwam hij langs een villa en die was afgebrand. Dat verontrustte Dido. Hij besloot extra op zijn hoede te zijn.

Op de tweede dag zag hij een groepje barbaren op minder dan een halve mijl afstand. Zij hadden hem ook gezien, maar maakten geen aanstalten om achter hem aan te komen. Hoewel ze zich ver van de hoofdmeute bevonden, hadden ze geen rijdieren. Dido nam aan dat ze die hadden opgegeten. Ze zwaaiden en riepen naar Dido, maar die zwaaide terug en vervolgde zijn weg. Twee dagen later kwam er nog een groep op zijn weg. Terwijl hij in de schemering zijn vermoeide paard aan de teugel meevoerde, kwam hem de rook van een houtvuur tegemoet. Hij maakte het paard vast bij een dichtbemoste rots en sloop naar de heuveltop, van waaruit hij de barbaren kon zien die verderop in het dal bivakkeerden, tussen de bomen langs de weg. Het waren misschien twintig mannen, die zich rond twee vuren hadden geschaard. Ze waren zo dichtbij dat Dido een stem hoorde zingen, het was een Gotisch lied dat hij eerder had gehoord, jaren geleden bij de Gotische hulptroepen. Hij keerde op zijn schreden en zocht zijn paard, maar dat was niet meer waar hij het had gelaten. Hij liep om de rots heen en plotseling hoorde hij een voetstap achter zich. Hij wilde zich omdraaien, maar op dat moment voelde hij een lanspunt in zijn rug. 'Verroer je niet!' zei een ruwe stem in het Gotisch. 'Lopen, naar het vuur.'

'Wat is het nou, lopen, of niet verroeren?' vroeg Dido in dezelfde taal.

'Lopen, hoerenzoon.' Ditmaal had de stem Latijn gesproken, gewoon legerkamplatijn.

'Wie zijn jullie?' vroeg Dido onder het lopen. De man achter hem gromde wat. Hij kwam binnen de lichtkring van het grootste vuur en opeens begonnen verschillende stemmen te roepen.

'Dido.'

'Dido!'

'Bij de zogzusters van Kybele... Dido!'

De man met de lans pakte hem bij de schouder en draaide hem om. 'Ben je een Romein? Je ziet eruit als een barbaar!'

'Dat kan ik ook van jullie zeggen,' zei Dido, terwijl hij naar het groepje mannen liep.

'Ik ben een barbaar,' zei Catualda.

'Al heeft hij een Griekse moeder,' zei Quintus.

'En is hij niet vies van de herenliefde,' vulde Eleutherius aan. 'Wat doe jij hier, Dido? Je hebt geluk dat we dit gebied gepacificeerd hebben. Een week geleden had je hier niet zo gemakkelijk kunnen rondwandelen.'

Dido begroette de mannen en omhelsde zijn oude reismakker Catualda. 'Ik ben onderweg naar Constantinopel, ik kom uit Durostorum. Ze hadden me verteld dat ik beter deze route kon nemen dan de zeeweg.'

'Welke idioot heeft dat verteld?' Eleutherius lachte. 'De kustweg hebben we al in de herfst schoongeveegd. Nu bewaken we de passen.'

'Je bent hier nogal ver van de passen,' zei Dido. Iemand stak hem een kom toe en hij nam een paar happen. Het was gruwel met vlees en het smaakte vreemd.

'Vraag maar niet wat voor vlees dat is,' zei Catualda behulpzaam.

'We maken af en toe een klein uitstapje naar het laagland,' beantwoordde Eleutherius Dido's eerdere opmerking. 'Ik wilde mijn vrienden deze plaats van herinnering tonen.' Hij wees naar de eik waar hij met zijn rug tegenaan zat.

Dido zag niets bijzonders. Een eik van enkele tientallen jaren oud misschien. Er zaten nog wat blaadjes aan. 'Wat is hier gebeurd?' vroeg hij. 'Een veldslag in het verleden?'

'Integendeel,' zei Quintus. 'Hier heeft Eleutherius zijn maagdelijkheid verloren, zo vertelde hij, net toen jij eraan kwam.'

'Maar we hebben het hele verhaal nog niet gehoord,' zei Catualda. 'Vertel verder, dan kan Dido ondertussen rustig eten.'

'Het was op een lentedag in het zevende jaar van Constantius' regering,' zei Eleutherius. 'Ik was nog een jongen, maar kon al doorgaan voor een man.'

De jonge Eleutherius was op zoek geweest naar een afgezworven schaap van de kudde waarvoor hij verantwoordelijk was, en spoedig was hij zelf verdwaald. Hij had geen idee waar hij was, toen drie vrouwen hem over het pad tegemoetkwamen.

'Waar ga jij naartoe, jongen?' vroeg de oudste van de drie, die misschien tien jaar ouder was dan Eleutherius.

'Ik zoek een schaap,' zei Eleutherius. 'En ik weet niet meer hoe ik thuis moet komen. Misschien kunnen jullie de weg wijzen?'

'Wij zijn niet uit deze streek,' zei een andere vrouw die de volwassenheid nog maar net had bereikt. 'Ben jij een christen?' Ze kwam dicht bij de jongen staan en liet haar boezem wiebelen.

'Ik weet niet wat dat betekent,' zei Eleutherius, want hij wist niet welk antwoord het gewenste was. En dan kon hij zich het best van den domme houden.

'Weet je niet van het verwoesten van de tempels?' vroeg de oudste. 'Heb je niet gehoord dat de aanhangers van de godin zijn verjaagd?' Ze veranderde van houding zodat haar kleed openviel en een lang been zichtbaar werd.

'Tempels? Godin?' vroeg Eleutherius en hij trok zijn schaapachtigste gezicht. Het ging hem goed af, want de vrouwen keken elkaar aan en begonnen te lachen. 'Het is een onnozele,' zei de jongste, die zo mooi was als de liefdesgodin zelf. 'Zal ik eens kijken of hij geschikt is?' En zonder op toestemming te wachten, trok ze Eleutherius' tuniek omhoog en voelde eronder. Ze slaakte een kreetje. 'Het is al een stiertje,' zei ze, zonder hem los te laten. 'Een jonge hengst, klaar voor de fok. Hoe oud ben jij, jongen?'

'Veertien,' loog Eleutherius. Hij was pas elf, maar nog niet zo jong of hij begreep al wat ze van hem wilden. En ook al had hij willen ontkomen, dat was er nu niet meer bij, want ze trokken zijn tuniek over zijn hoofd en schudden hun eigen kleren af.

'Kom hier, dan maken we het ons gemakkelijk onder de pijnbomen,' zei de oudste van de vrouwen. 'Weet je welk spel we nu gaan spelen?'

Eleutherius schudde zijn hoofd, maar toen ze hem naar zich toe trok, bleek hij een natuurtalent te bezitten voor dit spel.

Ze hielden hem de hele middag bezig en toen ze eindelijk verzadigd waren en lagen te soezen in het mos, vlijde ook Eleutherius zijn hoofd op zijn opgerolde tuniek en viel in slaap. Het was al donker toen hij de vrouwen met elkaar hoorde praten. Ze spraken gedempt om hem niet te wekken en omdat hij nog geen zin had om op te staan, luisterde hij naar het gesprek. Het ging over hout sprokkelen, en over vuur en pijnbomen. En toen ging het opeens over hem. 'We binden zijn handen met zijn eigen gordel achter de boom, dat moet afdoende zijn. Tegen de tijd dat het vuur zijn handen bereikt, is hij al dood.'

Eleutherius begreep dat de vrouwen een mensenoffer wilden brengen; hij had ervan gehoord, maar dacht dat deze praktijken tot het verleden behoorden. Misschien was het een wanhoopsdaad van de verdreven priesteressen, om hun godin redding af te smeken, maar Eleutherius kon weinig begrip opbrengen voor hun problemen. Toen hij dan ook hun gestalten zag naderen tegen het donkerrood van de avondhemel, rolde hij buiten het bereik van de graaiende handen en hij pakte zijn herdersstaf waaraan hij onlangs nog een scherpe punt had gesneden om wilde dieren van zich af te houden. Hij stak in het wilde weg naar de vrouwen. Hij miste een keer, een tweede keer was raak. De vrouw viel zwaar reutelend voorover op de stok en hij moest wrikken en trekken om hem los te krijgen. De twee anderen krijsten en zetten het op een lopen. Eleutherius stond klaar met zijn stok, maar ze kwamen niet terug.

Hij wist niets anders te doen dan te wachten op de dageraad, hij was nog altijd de weg kwijt. In de ochtend onderzocht hij de dode vrouw. Het was de oudste van de drie. Hij had haar gestoken in het kuiltje onder de keel en tussen de sleutelbeenderen. Het was niet de eerste keer dat hij een lijk zag en het beangstigde hem niet meer dan een dode kip. De vrouw had hem willen offeren, maar hij vatte dat niet persoonlijk op. Op een open plek in de rulle bosgrond groef hij een gat en legde haar lichaam erin, want dat leek hem de juiste handelwijze. Hij bedekte haar met aarde en markeerde de plek met een kring van witte stenen. Daarna plantte hij een eikel midden in de kring als nagedachtenis aan de eerste vrouw die hij had liefgehad, hoe kortstondig ook en hoe onfortuinlijk ook de afloop.

'En het schaap?' vroeg Catualda.

'Dat heeft zelf de kudde teruggevonden,' zei Eleutherius. 'Die boom is flink gegroeid in die achtentwintig jaar die sindsdien verstreken.'

'Waar zijn dan de stenen?' vroeg Dido, die enigszins sceptisch stond tegenover sterke soldatenverhalen. Hoe kon Eleutherius hier anders zo gemakkelijk over praten? Hij wilde niet denken aan zijn eigen tijd bij Vitalis, maar hoe kon hij dat vergeten? Was het anders als het om vrouwen ging?

Eleutherius wees de stenen aan. 'Ze zijn bemost, half weggezakt in de bodem; ieder jaar vallen de bladeren en toch zijn ze nog zichtbaar. Ik ben hier eenmaal teruggeweest, tien jaar geleden heb ik ze vrijgemaakt. Dat zal ik nu weer doen.'

'We drinken op de eik, Eleutherius,' zei Catualda. 'Dat hij duizend jaren mag blijven staan.'

Na de dronk – oorlogswijn, zwaar aangelengd – vroeg Eleutherius naar Dido's bestemming.

'Ik ben op weg naar de stad, en met enige haast.'

'Heb je de moordenaar van de Afvallige al achterhaald?' vroeg Catualda.

Dido schudde zijn hoofd. 'Het probleem is dat hij zelf op de vlucht is voor een moordenaar. Die zit op het moment vast in Smyrna, maar hij is uiterst gewiekst en hij zal zich vroeger of later weten te bevrijden.' Hij vertelde er niet bij dat de man inmiddels een arm en een been moest missen. Ieder ander zou onder zulke omstandigheden zijn moordmissie opgeven – Axylus niet.

'We zullen je begeleiden naar de heerbaan,' zei Eleutherius. 'We gaan mee tot Kabyle, dan kunnen we ons daar opnieuw bevoorraden voor de Haemuspassen.'

24

Veldtocht langs de Eufraat

(lente-zomer 363)

Niemand had het nodig gevonden om Dido te begeleiden van Daphne naar Antiochië, maar in de stad, onder de colonnaden, wachtte Lucifer hem op. Buiten de noordelijke poort stond de karavaan klaar voor het vertrek, regen zweepte over mens en dier. Lucifer bracht Dido naar een dikke man met een druipende grijze baard. De man drukte Dido een stok in de hand en zei: 'Die ezels!'

Hij kreeg drie ezels te leiden. Lucifer tilde hem op en zette hem met knapzak en al op de pakken van het voorste dier. 'Maak het jezelf gemakkelijk,' zei hij.

Dido betwijfelde of de dieren naar hem zouden luisteren, maar toen de karavaan in beweging kwam, volgden ze gedwee. Voor hem uit schommelden de bepakte ruggen, jongens zaten op de bagage, een enkeling liep ernaast. Drie cavaleristen, weggedoken in hun mantels, kwamen uit de tegengestelde richting. Aan de kant van de rivier keken twee ruiters toe, hoog op hun dromedarissen. Ze droegen wijde zwartwollen mantels en ineengedraaide hoofddoeken in dezelfde kleur.

'Wie zijn dat?' vroeg Dido.

'S...skenieten, of S...Sarakenen,' zei Lucifer. 'Zij gidsen en beschermen tegen rovers.'

'Zij zijn zelf de rovers,' zei een cavalerist. 'Hun loon is eerder afkoopsom dan honorarium.'

Dido vroeg naar een uit de rots uitgehouwen vrouwengestalte, drie manslengten hoog. Lucifer haalde zijn schouders op. 'Een heidens idool,' zei hij. 'Die hoeren zijn inwisselbaar. Astarte, Kybele... misschien Allat, een plaatselijke teef.'

'Voorzichtig,' zei de cavalerist. 'Begrijp je niet dat jullie tijd voorbij is?'

'Onze tijd begint pas,' zei Lucifer onversaagd.

De soldaat lachte en reed verder. Lucifer klopte Dido op zijn voet. 'Ik kan je niet omhelzen, broeder,' zei hij. 'Over een paar maanden zie ik je in vijandelijk gebied.'

Dido keek om. Lucifer in de modder, midden op de weg. Dido huiverde zo hard dat hij vreesde van zijn hoge plaats te vallen. Hij wrong zich tussen de pakken in de hoop dat hij kon slapen.

Als hij niet sliep, liep Dido lange einden naast zijn ezels. De stok bleef tussen de pakken liggen. De Sarakenen kwamen vaak langsrijden en spraken hem toe in hun onbegrijpelijke taal, terwijl ze hem vanaf hun mehari's zoetigheden toestaken. Aanvankelijk weigerde hij, bevreesd dat het verplichtingen zou scheppen; hij was Vitalis nog niet vergeten. Er gebeurde echter niets dat het vertellen of verzwijgen waard is. Het land was eentonig groen in dit jaargetij en 's nachts was hij te moe om te dromen. De Sarakenen sliepen nooit. Soms werd Dido wakker in de nacht en dan hoorde hij hen zingen en zoemen, of ratelen op vreemde instrumenten. De ezels die hun wijnzakken droegen waren de gelukkigen, want hun lading slonk snel.

Na een dag of tien, waarvan ze het laatste gedeelte langs de bovenloop van de Eufraat trokken, zagen ze de versterkingen van Samosata op de westoever. Honderden galeien in de grote rivierhaven; zwaarbeladen ossenkarren kropen stadwaarts over een oostelijker toegangsweg, terwijl legionairs in fonkelende uitrustingen in tegengestelde richting marcheerden.

Dido kreeg een brits op de werf waar burgers voorraadpramen fabriceerden. Aanvankelijk was hij verantwoordelijk voor het aanjagen van een loodverzwaard karrenwiel, dat gemonteerd was op een verticale as, en met een hefboom werd opgetild en neergelaten. Een in de wielnaaf bevestigde boor kon op die wijze snel gaten maken in vooraf door timmerlieden gemaakte markeringen op de zware planken. Een doofstomme, naamloze Nubiër hielp Dido.

De opzichter, Ariston, droeg zijn zweep alleen om te dreigen. De mannen met de planken scholden onafgebroken en dikwijls was de rotatie niet toereikend om in één keer een boorgat te maken. Sommige gaten gingen dwars door de plank, andere hadden een vooraf bepaalde diepte, die ze instelden met latten die de daling van het wiel beperkten. Omdat ze verschillende talen spraken ging het vaak fout. Meestal kreeg de doofstomme een oorvijg, ook als hij niet aan het wiel stond.

’s Avonds na het werk viel Dido op zijn brits tussen de stellages. Net toen hij eraan gewend raakte en zijn spieren geen pijn meer deden, werd hij overgeplaatst naar een werkplaats waar ze pennen zaagden en in gelijke dikte draaiden. Dido bracht zakken vol pennen naar de werf, waar mannen de planken samenvoegden tot pramen; ze sneden de pennen bij en sloegen ze vast. Daarna legden ze de pramen onder water zodat de kieren tussen de planken konden dichttrekken.

Later moest hij mee, oefenen op de pramen. Een galei nam er een aantal op sleeptouw, waarbij de jongens met vaarbomen obstakels zoals rotsuitsteeksels en drijvende stammen moesten vermijden. Dido bewoog zich snel over de smalle gangboorden en lachte om de jongens die in het water vielen. Ook de Nubiër met wie hij de praam deelde, had weinig moeite met de manoeuvres. Na een paar dagen viel niemand meer. Ondertussen was de bevoorrading van de schepen in volle gang.

Op een koude lentedag kwam het bevel tot vertrek. Als laatste ging de levende have aan boord, de hoenders en schapen, de paarden en ten slotte de soldaten die het transport zouden beschermen. Een voor een kwamen de galeien in beweging, terwijl de riemen rezen en daalden en de kabels van de pramen straktrokken. Dido’s schuitje voegde zich als laatste in de keten.

In die eerste dagen was het werk eenvoudig en zelfs saai. Af en toe moesten ze bomen om een rietkraag of een oever te vermijden, maar meestal kon er één slapen, terwijl de ander een oog hield op de rivier. Op een van de pramen vielen de bomers in slaap, zodat hun praam vastliep, waardoor de kabel brak en de vloot een uur oponthoud had. De daders kregen alleen een geseling, men had hen nog nodig. Ze waren gewaarschuwd, het was al te gemakkelijk om weg te dromen op de deining, met de groene velden aan weerszijden en soms wat kegelvormige huizen van gedroogde klei, een wuivend palmbos, of een groepje nomaden in wijde gewaden die naar de vloot keken vanaf hun dromedarissen. Soms renden kinderen mee langs de oever en stortten zich in het water om naar hen toe te zwemmen, maar de vloot trok voorbij, de oorlog wachtte.

Overdag moest Dido zich beschermen tegen de zon, en 's nachts, als de galei voor anker ging en ze de pramen aan elkaar sjorden, was het zo koud dat ze een hol maakten tussen de pakken en zich bedekten met mantels. De doofstomme grijnsde in zijn slaap. De sterren als stofgoud tegen het zwart.

Op een nacht verdween zijn makker. Dido hoorde blote voeten op het gangboord, het klateren van urine in de stroom en daarna niets meer. Hij sliep in en toen hij ontwaakte, daagde het al. Hij zocht de jongen, maar die was weg. De jongens van de nabije pramen haalden hun schouders op en gooiden rivierwater in hun gezicht. Een soldaat kwam aan de reling van de galei met leeftocht.

'Mijn maat is verdwenen,' riep Dido hem toe.

'Hij zal verdronken zijn,' zei de soldaat. 'Je kunt het wel alleen. Losgooien!'

De trom begon te bonzen, de langgerekte oproep van de keleustes ging over in een roeierslied. Dido liet de lijn vieren en keek hoe alles in beweging kwam, de galei die het midden van de rivier zocht, het trage omhoogkomen van de riemen en de logge klap waarmee ze het water raakten. En terwijl de lijnen zich verlengden en de een na de andere praam met een ruk in beweging kwam, zocht hij zijn vaarboom op. Die van de doofstomme was verdwenen. Dido klom op de lading en keek in het slaaphol. De mantel van zijn scheepsmaatje was er niet meer. Ze hadden vlak onder de oever voor anker gelegen en de jongen moest zijn gevlucht, misschien naar zijn moederland. Dido zette zich vrolijk aan het bomen.

Bij Zeugma voegden zich nieuwe schepen bij de vloot en ze voeren gezamenlijk onder de hoge houten brug door. De stedelingen van Apamea op de linkeroever gooiden vruchten en lekkernijen in de schepen en pramen om hen te bedanken dat ze het land kwamen bevrijden van de Perzen, al waren die nog niet tot hier doorgedrongen.

Dagen later, ter hoogte van Hiërapolis, hoorden ze dat Julianus al voorbij was, hij had zijn leger in tweeën gesplitst. Een gedeelte was onder de aanvoerders Procopius en Sebastianus op weg naar de bovenloop van de Tigris; de hoofdmacht trok, met de keizer aan het hoofd, stroomafwaarts langs de Eufraat.

Uiteindelijk, bij het naderen van Callinicum, kwam de riviervloot Julianus' leger achterop. Hoe kon Perzië ooit zo'n armada weerstaan? Aan wal en in de schepen klonk het gejuich zo hard, dat de echo's over de wateren rolden. Trompetten schalden en iedereen verdrong zich om de intocht van de schepen te zien. Het was een indrukwekkend gezicht, vijftig galeien, vijftig pontonschepen en nog een duizendtal pramen, die als kleine eendjes hun trotse ouders volgden. Hoe breed de Eufraat ook was, die hier met een kleinere rivier samenvloeide, spoedig lag het zo vol dat een man de rivier zou kunnen oversteken door van boot naar boot te springen.

De jongens kregen opdracht om op de pramen te blijven. Ze konden alleen maar de nieuwtjes die de ronde deden doorvertellen. Het zou niet lang meer duren of ze kwamen in vijandelijk gebied. De keizer ondertussen was aan het palaveren met Sarakeense stamhoofden, die hulptroepen zouden leveren. Ook zij vreesden opdringende Perzen. Of ze wilden de plunderingen niet missen.

Legers en vloot bereikten Circesium, op het punt waar de Eufraat samenkomt met de oostelijker rivier Chaboras. Terwijl de keizer zijn posities in de stad en op de oevers versterkte, bouwden de pontonniers een schipbrug over de Chaboras, zodat de opmars langs de Eufraat kon worden voortgezet. Nieuwe geruchten kwamen door. Kwade voortekenen: een brand in Rome, een instortende tempel; Julianus zou het advies hebben gekregen om een verdrag te sluiten met Shapur.

Ze vertrokken de volgende ochtend, de legers waren 's nachts al overgestoken. Terwijl ze langs de samenvloeiing gleden, zagen ze hoe de bruggenbouwers de pontons afbraken. Verderop had zich een troepenmacht verzameld rond een heuvel waar een ruiter hen toesprak.

'Het is de keizer, de keizer!' ging het langs de boten. Ze konden het geratel horen van de soldaten, die op hun schilden sloegen. Het leger kwam in beweging en hoewel het een brede opmars was, strekte de trein van manschappen en cavalerie zich rond de middag zowel voor als achter hen uit over mijlen. Langs de oever ging generaal Nevitta, voorafgegaan door verkenners; aan de rechterflank Arintheus en Hormisdas de overgelopen Pers, die de cavalerie aanvoerden. De infanterie, onder commando van Julianus zelf, liep in het midden. Steeds kwamen nieuwtjes door.

'Daar is de achterhoede!'

'Het is Dagalaif... en daarachter komt Victor!'

De vloot ging gelijk op met het oprukkende leger. Dido kon maar niet ontdekken waar de gedeelten zich bevonden die niet aan gevechtshandelingen deelnamen; achteraf hoorde hij dat de keizer ze tussen de legioenen had geplaatst om de indruk te versterken van een enorme overmacht. Zelfs in deze brede opstelling was de stoet zeker tien mijl lang.

Twee dagen later bezetten de troepen een stadje en de voorhoede vermaakte zich met de gazellenjacht. De bomers volgden alles vanaf de bootjes en riepen aanmoedigingen. Veel dieren wisten te ontsnappen en zwommen de rivier over. Ze kwamen tussen de boten door, heftig snuivend, de horentjes in de nek. Aan de overkant hergroepeerden ze en verdwenen snel tussen de heuvels.

Voorwaarts. Ruïnes op de rechteroever. Een versterkt eiland waarvan de bewoners zich na onderhandelingen overgaven. Troepen sloopten de versterkingen en brandden de stad plat. Zo ging het steeds: steden vielen ten prooi aan plunderingen en gingen dan in brand. Bij Ozagardana vonden de eerste schermutselingen plaats. De vijanden vluchtten en ze hervatten de tocht langs door kanaaltjes doorsneden boomgaarden en velden.

Bij de versterking Pirisabora ondervond Julianus opnieuw weerstand. Hij belegerde de stad en schepen legden aan om oorlogswerktuigen uit te laden. Ook Dido's lading moest de wal op. Zijn diensten waren niet meer nodig.

Omdat hij zijn vrienden niet kon vinden ging Dido een kijkje nemen bij de stad, waar de keizer een belegeringstoren had laten opstellen. Een stadsmuur was gedeeltelijk ingestort door de stormrammen. Nadat de bestuurders de stad overgaven, en na de gebruikelijke plundering, ging de vlam erin. Dido keek ernaar zonder het te begrijpen. Waartoe diende verovering als je alles vernietigde? Wilde Julianus de bewoners niet als onderdanen? En terwijl hij zo dacht, voelde hij een hand op zijn schouder en hij wist zonder te kijken dat het Vitalis was. Vitalis in soldatenkleding; zijn haar was kortgeknipt en hij leek jonger. Bij hem waren Lucifer en Axylus, de laatste in cavaleristentenue. Dido kreeg omhelzingen tot hij bijna stikte.

'We zitten in de centrale tros, bij de infanterie,' zei Vitalis. 'Ik sta de troepen bij in hun geestelijke nood.'

Ze hadden rijdieren meegenomen uit Daphne en een reiswagen die dienstdeed als school. Een gedeelte van de groep reisde, met een eigen wagen, mee met de legioenen van Dagalaif.

'En Swintharik?'

'Hij heeft les,' zei Lucifer. 'Hij neemt zijn studie erg serieus. Had je die gazellenjacht gezien? Axylus deed mee, maar Swintharik, onze beste jager, had het te druk.'

'Swintharik weet wat belangrijk is,' zei Vitalis. 'Hij heeft geen tijd om te spelen. Kom mee.' De rook van de brandende stad golfde over hen heen en ze liepen zeker een mijl gaans stroomopwaarts. Axylus legde uit waarom Julianus de steden verbrandde. 'Zo heeft de vijand er niets aan als hij terugkeert,' zei hij. 'Je hebt geen idee van de omvang van het achterland. Ze zitten overal en als je alles intact laat, blijf je over je schouders kijken.'

'En de gevangenen? Wat gebeurt er met hen?'

'Die worden tot slaaf gemaakt. Er reizen handelaren mee die afspraken hebben met de keizer over de prijs en die het slaventransport verzorgen, zodat het leger de handen vrijhoudt.'

Ze kwamen bij een drietal tenten aan de rand van een infanteriekamp. Onder de half weggeslagen huif van de wagen zat Swintharik te lezen, terwijl Akakios tegen hem sprak. Dido wilde hem niet storen, maar Swintharik keek op en zei zijn naam. Hij sprong uit de wagen en kreunde. 'Mijn benen zijn stijf van het lange zitten!'

Hij omhelsde Dido. 'Hoe is het je vergaan?'

'Niets bijzonders,' zei Dido. 'Spelevaren in een bootje. Blij dat ik weer vaste grond onder mijn voeten heb.'

De anderen kwamen erbij. Aurelia zei: 'In de vrouwentent is nog plaats voor je!'

'De vrouwentent!' riep Dido uit. Hoe lang zouden ze hem nog zien als een kind, dat bij de vrouwen kon slapen zonder schandaal te verwekken?

'Wees blij,' zei Swintharik. 'Aurelia zal goed voor je zorgen. En je reist dan met de groep van Dagalaif.'

'Ik wil bij jullie blijven! Ik ben geen klein kind meer!'

Vitalis lachte. 'Je hebt gelijk, jongen. We zoeken wel een plaatsje voor je.'

Dido had niet bedoeld dat hij bij Vitalis wilde zijn, maar zijn vrienden zouden niet meer toestaan dat hun patroon hem bij zich in de tent nam, dus hij verheugde zich over de hereniging. Ze dronken wijn en aten beter dan de soldaten, want Axylus kende de weg in het kamp en wist overal aan te komen. Het feestje duurde niet lang, Swintharik trok zich snel terug om in de wagen te lezen bij een zwak oliepitje. En Lucifer moest naar de keizerlijke tenten.

'Ik hoopte al dat jij je snel bij ons zou voegen,' vertrouwde Vitalis Dido toe. 'Ik zal een mooie functie voor je regelen bij de keizer.'

Dido knikte maar eens, hij had zijn twijfels over de invloed van zijn patroon, maar later die avond kwam een ruiter op bezoek, die kennelijk zo belangrijk was dat Axylus en Swintharik zich snel bij hen voegden. De man, een hoge militair, steeg af en groette Vitalis als een broeder. Hij was een reusachtige man, hij moest buigen om Vitalis in de ogen te kunnen kijken. Op korte afstand hielden een paar lijfwachten alles in de gaten.

'Dit is de *primicerius domesticorum* Jovianus,' zei Vitalis. 'En dit is onze kleine Dido, die op de vloot van Samosata is meegekomen.'

Jovianus glimlachte naar Dido. 'Je bent nog te klein voor de strijd,' zei hij. 'Maar er is genoeg te doen voor slimme jongens zoals jij.' Swintharik en Axylus sloeg hij op de schouders. 'Ik verlang naar de dag dat ik een paar schutters en ruiters als jullie aan mijn manschappen kan toevoegen.'

'Ik laat het weten als ze er klaar voor zijn, Jovianus,' zei Vitalis.

'Al dat studeren! En dat terwijl je in de praktijk kunt leren bij het beste leger van de wereld!' Jovianus lachte luid, dronk een slok met de groten – onder wie hij de allergrootste was – en haastte zich weer verder, want hij was niet het soort man dat bij rustpauzes op zijn lauweren ging zitten, vertelde Vitalis. 'En hij is onze directe connectie met de keizer,' zei hij knipogend naar Dido, alsof hij de eerdere twijfel van diens gezicht had kunnen lezen.

Ze trokken door moerassig land, dat door de Perzen onder water was gezet, maar de pontonniers rooiden palmen en legden die over leren drijfzakken. Na deze waterlinie ging het door landstreken met wijnstokken en boomgaarden, waar de cavaleristen met hun speren de vruchten van hun takken sloegen. De legers graasden het land af als sprinkhanen en er was voldoende om de mijlenlange colonne te voorzien en iedereen te verzadigen.

Dido ontwikkelde een vaardigheid die later van pas zou komen. Het marstempo was zo hoog dat hij alleen rennend kon bijblijven. Uren achtereen rende hij en als hij moe was, legde hij zich te slapen in het gras langs de weg. Niet zelden schrok hij wakker omdat iemand hem een schop gaf om te zien of hij nog leefde. Soms kwam de achterhoede al voorbij als hij wakker werd, Dagalaifs soldaten gooiden de laatste vruchten in voedselkarren en lastmanden en uiteindelijk staken de troepen van Secondinus van Osrhoëne de boomgaarden achter hen in brand, zodat ze steeds een rookkolom achter zich hadden.

Na het afbranden van het joodse Bitha beval Julianus de belegering van Maiozamalcha. De machines stonden al opgesteld terwijl de legers nog aankwamen; reeds beukten stormrammen op torens en muren. Dido wilde het van nabij zien en hij liep in de richting van de katapulten en schorpioenen. Een centurion greep hem bij de schouder. 'Jij daar, bij wie hoor je?'

'Ik was bij de vloot, tot ze me niet meer nodig hadden.'

'Je bent hier nodig. Kom mee.' De man greep een groot schild en hield het boven hen. 'Blijf dicht bij me als je geen pijl in je buik wilt,' zei hij. Hij begon te rennen, recht op de muur af en Dido rende mee, doodsbang dat hij met een gek te maken had. Hij hoorde de pijlen op het schild neerkomen en opeens stond er een trillend voor zijn voeten. Bij de muur duwde de legionair hem onder een schuilhut waar mannen bezig waren. 'Hier is nog een zandjongen,' zei hij.

Een halfnaakte kerel, kaal, bezweet en zwart van zand en stof, knikte naar Dido. 'We graven onder de muur door,' zei hij. 'Jij en Nivika brengen zandmanden naar buiten.' Hij duwde hem het gat in: 'Lopen, je hoort wel wat je moet doen.'

Dido moest bukken om niet zijn hoofd te stoten. Al na drie passen stuitte hij op iemand, zodat hij het uitschreeuwde. Een stem maande hem tot stilte. 'Ik ben Nivika.' Het klonk als een kwakende eend. Hij trok Dido mee naar twee mannen die hakten bij het licht van een walmend pitje. Dido zag dat Nivika nog kleiner was dan hijzelf. 'Als je een mand krijgt, breng je die snel naar buiten,' zei de dwerg. 'Roept iemand om stutten, dan ga je er meteen twee halen.' De stem was die van kind noch man. Dido had nooit een dwerg gezien die zo klein was als deze. Hij haastte zich naar buiten met een mand, gaf die over en rende terug de tunnel in.

Zo draafde hij en verloor alle besef van tijd. Soms mocht hij rusten, dan sliep hij op de rotsgrond tot ze hem wakker porden. In de verte bonsden de stormrammen. Vanuit de schuilhut zag hij de duizenden vuurtjes van de belegeraars. Toortsen verlichtten de slingeraars aan hun machines en soms hoorden ze zelfs in de tunnel gejuich. Dan was er weer een stuk muur neergehaald.

De gravers waren even opgehouden.

'Stil!' zei Nivika. Een man krabde met een mes tegen het tunneldak, draaide zich om en hield zijn vinger op zijn lippen. Toen duwde hij tegen het dak en het week voor zijn handen. Boven hun hoofden viel iets om. Een vrouwenstem stelde een vraag en opeens verscheen haar gezicht boven het gat. De graver greep haar razendsnel bij de haren en voor ze een kik kon geven, had hij haar al in de tunnel getrokken. Haar angstige gesteun ging over in gereutel, gevolgd door een lange zucht. 'Sleep weg dat lijk,' zei de graver en hij trok zich op in het gat, terwijl zijn kameraad al klaarstond. 'Roep de anderen,' riep hij hen na en hij stak een mes tussen zijn tanden voor hij zich eveneens optrok.

Nivika en Dido sleepten de vrouw naar buiten, Dido voelde haar warme bloed over zijn handen en armen, haar ledematen sidderden nog. Hij was misselijk.

'Ze zijn erdoor,' riep Nivika, toen ze in de schuilhut waren. 'Zoveel mogelijk mensen erachteraan.' Tegen Dido zei hij: 'Ren naar de middelste katapult daarginds, zeg tegen Hero dat de tunnelaars binnen zijn en dat de poort zo opengaat.'

Dido begon al te rennen maar de dwerg greep zijn arm. 'Gebruik een schild, stommeling!'

Het schild was nauwelijks te torsen, hij voelde geen pijlen neerkomen. Bij de katapult gaf hij de boodschap door aan de dichtstbijzijnde toortsdrager.

'Hero!' riep de man. De aangeroepene hoorde het bericht onbewogen aan. 'Goed,' zei hij. 'Jij blijft hier.' En tegen de toortsdrager: 'Laat iedereen doorgaan alsof er niets aan de hand is. Ik zorg dat de manschappen klaarstaan voor de inval.'

Dido leunde tegen de katapult, en knikkebolde. Opeens ging er een enorme schok door het ding heen, zodat hij opvloog en schreeuwde. De mannen om hem heen lachten. 'Dat zal je leren,' zei er een. 'Wees blij dat het geen onager is, die terugslag slaat je in één klap dood.'

Iemand bracht hem naar een stapel huiden van het soort waarmee ze belegeringswerktuigen beschermen tegen brandpijlen. Ze waren gelukkig nog niet natgemaakt. Hij ging liggen en keek vanuit de beschutte plek naar de stadsmuren en naar de poort.

Lange tijd gebeurde er niets. Toen tuimelde opeens een lichaam van de muur en kwam met een doffe klap neer op de rotsbodem. Tussen de poortdeuren verscheen een kier die zich langzaam verbreedde. De soldaten kwamen in beweging, zetten een geruisloze stormloop in en pas toen er een vijftigtal binnen was begonnen de strijdkreten, begonnen de doodskreten.

In later jaren zou Dido twijfelen of hij het bloedbad moest beschrijven dat binnen plaatsvond, terwijl de soldaten zich nog verdrongen voor de poort, in hun haast om de plunderingen en verkrachtingen niet te missen. Al was hij er niet bij, aan de verhalen achteraf viel niet te ontkomen. Hij had het kunnen vertellen vanuit het oogpunt van de deelnemers, die er later over opschepten bij de kampvuren, toen de wijn van de overwinning vloeide en de onderscheiding was uitgedeeld aan de eerste die de vervloekte stad was binnengegaan. Maar voor zijn verhaal was slechts van belang dat de keizer de tunnelaars kwam prijzen.

Ze stonden op een rij en waren voor de gelegenheid snel van het meeste vuil ontdaan. De dwerg Nivika had een komische muts opgezet gekregen en Dido was als enige niet schoongewassen omdat hij zich pas later bij zijn werkploeg had gevoegd. Hij was de jongste krijger die de generaals ooit hadden gezien.

Voor het eerst stond Dido oog in oog met het monster Julianus. Na het uitreiken van de onderscheiding kwam de Augustus bij hem en luisterde naar het verhaal van zijn heldendom. 'Hoe heet je, jongen?' vroeg de keizer.

Dido fluisterde zijn naam.

'Dido! Een ongebruikelijke, maar roemruchte naam voor een jongen – je bent toch een jongen?'

'Natuurlijk!' antwoordde Dido verontwaardigd. Er ging een gemompel door het gezelschap om de impertinentie, maar de keizer lachte. 'Je hebt het goed gedaan, Dido,' zei hij. 'Oorlog is echter geen kinderspel en ik wil je belonen. Jij wordt mijn tentjongen.'

Dido keek in een vriendelijk gezicht met een vlasbaard en vermoeide ogen. Hij knikte, vond geen woorden. Een dienaar schoot toe om hem bij de hand te nemen, het was Lucifer. 'Kom, dan breng ik je naar *palatinus* Lycopersikon,' zei hij. 'Je bent net zo smerig als op de dag waarop we je vonden.'

Lycopersikon had een hoogrood gezicht, alsof hij voortdurend woedend was, maar hij bleek een vriendelijk man. Hij wees Dido een slaapplaats, de keizerlijke tent zou hij nog niet betreden. Dido wilde echter niet rusten en ging met Lucifer op stap. Ze wrongen zich tussen de toeschouwers langs de weg, toen de meisjes en vrouwen van Maiozamalcha in een stoet naar buiten werden geleid; sommige huilden, maar de meeste schenen verdoofd, ze keken strak naar de grond en leken het geschreeuw van het soldatenvolk niet te horen, terwijl de handelaren hen wegvoerden naar hun slavenkotten.

'Er zijn geen mooiere vrouwen dan de Perzische,' zei Lucifer, die al net zo opgewonden was als de andere toeschouwers.

'Dat is waar, jongen,' zei een secretaris. 'Maar besef wel dat ze alleen de mooisten ongeschonden hebben gelaten.'

Dido keerde zich af. Hij ging naar de tent en viel daar in een onrustige slaap, nog niet bekomen van de lange tunnelnacht.

Daags daarna vonden verkenners een omheind jachtgebied, waar wilde dieren leefden. Op bevel ging de lichte cavalerie het wild opjagen en afslachten. Naast de dieren die vlees leverden, schoten ze beren en leeuwen, waarvan de leerbewerkers de huiden afstroopten, om te prepareren en later te kunnen verkopen.

De daaropvolgende namiddag reed de keizer met een escorte naar de ruïnes van het nabijgelegen Seleucia aan de Tigris, die daar de Eufraat zeer dicht naderde. Het leger bivakkeerde bij een verlaten dorp met een galgenheuvel, waar de halfvergane krengen van gehangenen een macabere reidans opvoerden in de wind. Nadat de keizer was teruggekeerd, en zijn tent binnenging, kreeg Dido opdracht om hem een verfrissing te brengen.

De gardisten lieten de jongen door en hij liep voorzichtig met zijn dienblad de ruimte in, waar Julianus in gesprek was met een oude man in een filosofenmantel. Ook Oribasius was erbij, hij knikte Dido vriendelijk toe. Herkende hij de jongen die hij maanden eerder in Delphi had ontmoet? Ze bekeken papyrusvellen, die uitgespreid lagen op een schrijftafel.

Voordat Dido het blad kon neerzetten, ontstond buiten rumoer. Een gardist kwam vertellen dat de verslagen garnizoenscommandant generaal Hormisdas in het gezicht had gespuwd en hem een verrader had genoemd.

'Zijn er getuigen?' vroeg de keizer rustig.

'Ikzelf, Sire,' antwoordde de man. 'En honderden met mij.'

'Dan zal hij sterven op de brandstapel,' zei Julianus. 'Ik zal rechtspreken, ik wil geen tijd verliezen.' Hij stond op en liep naar buiten, gevolgd door Oribasius. Dido wist niet wat te doen met het dienblad, hij trilde inmiddels zo, dat hij bang was dat hij alles zou laten vallen. De oude man zag zijn ontreddering en zei: 'Zet dat blad maar hier neer, jongen. En wees niet bang. De Augustus is een mild man, al moet hij soms harde beslissingen nemen.'

Het schemerde al toen de garnizoenscommandant naar de brandstapel werd geleid. Het hout was hoog opgestapeld, want iedereen moest het zien, zodat niemand eraan kon twijfelen dat een belediging van de generaals tot zware straffen leidde. De jongens in het keizerlijk gevolg konden het schouwspel van nabij meemaken, al wilde Dido het niet zien.

'Je kunt niet weglopen,' zei Lucifer. 'Dat lijkt op minachting voor de rechtspraak.'

'Hoe lang duurt het voor hij dood is?' Dido had het nooit meegemaakt, het levend verbranden van een mens. Het moest een vreselijke dood zijn.

'Hij stikt door de rook,' zei Lucifer. 'Hij is dood voor het vuur hem bereikt.'

Lucifer had het mis. Toen de man aan de paal gebonden stond, en de beulsknechten hun trapje waren afgedaald om de brandstapel rondom aan te steken, stond er nog steeds een straffe wind, die vanaf de rivier kwam aanwaaien, zodat het vuur snel om zich heen greep en in korte tijd de voeten van de ongelukkige bereikte. Door de wind verwaaide de rook en de man begon te roepen. Later hoorde Dido dat hij vervloekingen uitriep over de Romeinen en de volksverrader en ook toen zijn kleren al vlam vatten, toen zijn onderlijf brandde, riep hij door. Plotseling was het over, zijn bovenlichaam kromde zich en bleef roerloos in die houding hangen, tot het vuur alles aan het gezicht onttrok.

De geur zou Dido niet vergeten. Later, toen iedereen aan het avondmaal zat, hurkte hij op de rivieroever en braakte met lege maag, tot zijn gal zich vermengde met het water.

Bij het verbindingskanaal Naharmalcha begonnen specialisten met het vrijmaken van de doorgang, zodat de weg naar de Tigris openlag. De Perzische troepenmacht onder generaal Surena lag aan de overkant, zij moesten verwachten dat Julianus de stad Ctesiphon zou aanvallen.

Vitalis had de palatinus overgehaald om zijn jongens vrijaf te geven.

'Zorg dat ze over een uur terug zijn,' zei Lycopersikon, die Vitalis bleek te kennen. 'Ik wil iedereen hier hebben als de keizer straks een bespreking houdt met zijn generaals.'

Ze bezochten een met cipressen begroeide heuvel waar de huizen van de gevluchte rijken stonden. Vanaf de top zagen ze het Perzische leger op de linkeroever. Het leek wel of ze duizenden paarden hadden en Dido zag... 'Wat zijn die grote dingen die daar bewegen?' vroeg hij.

'Olifanten,' zei Vitalis. 'Ontzagwekkende beesten in de oorlog, maar onze soldaten weten hoe ze die onschadelijk moeten maken.'

Ze gingen binnen in een van de kleine paleizen, de muren waren verfraaid met dier- en jachttaferelen.

'Ze kunnen wel schilderen,' zei Dido.

Vitalis haalde zijn schouders op. 'Heidense nonsens. Frivoliteiten, zonder ziel.'

Lucifer vroeg naar Axylus en Swintharik.

'Die bereiden zich voor op de strijd,' zei Vitalis. 'We kunnen ons niet onttrekken als het zover komt. Ik zal erbij zijn, juist op het slagveld zijn onze diensten nodig.'

Lucifer begreep het niet. 'En de studie van Swintharik dan? Dat was toch belangrijker?'

'Swintharik heeft zijn taak,' zei Vitalis.

Dido was bang. 'Moet ik ook vechten?'

'Jij bent te klein,' zei Vitalis. 'Het is knap dat je in de tent van de keizer wist door te dringen. God schiet ons te hulp en laat zo weten, dat ons plan gerechtvaardigd is.'

'Wat ís dat plan?' vroeg Lucifer.

'Daarover hoef jij je geen zorgen te maken,' zei Vitalis. 'Kom, weg uit deze protserige krocht. Hou je ogen en oren open bij die vergadering, Dido.' Hij bracht hen terug en onderhield zich even met palatinus Lycopersikon, waarna hij groette en verdween.

'Ga maar even rusten,' zei de palatinus tegen Dido. 'Je zult vanavond draven tot je geen benen meer over hebt.'

Dido bediende bij de grote krijgsraad: de generaals waren Nevitta, Arintheus, Dagalaif, Victor en Hormisdas. Verder was er de primicerius domesticorum, Jovianus, die hij al kende en natuurlijk de keizer zelf. Hij, de straatrat Dido, verkeerde in één tent met de beroemdste mannen van de wereld, die beslisten over de grote gebeurtenissen van zijn tijd. Hij had al zijn aandacht nodig om het voedsel rond te brengen, bij te vullen, af te ruimen. Gelukkig maalde de keizer niet om ingewikkelde maaltijden met vele gangen.

'Dido, maak dat even schoon.'

'Jongen, haal nog een kruik, en breng nieuwe kaarsen.'

Dido wist niet waarom hij alleen bediende. Pas later zou hij begrijpen dat ze geen luistervinken wilden bij het bespreken van de strategie. Ook de Perzen zouden gebruikmaken van overlopers en verraders. En wat begreep een kind?

Achteraf herinnerde hij zich toch één ding van het besprokene.

'Paardenrennen?' vroeg Axylus ongelovig.

'Paardenrennen.' Dido wilde naar bed, maar Axylus had de hele avond gewacht op zijn verslag. 'Je wilt me vertellen dat de keizer, aan de vooravond van de grote aanval op Ctesiphon, paardenrennen organiseert – hier, in vijandelijk gebied, terwijl de vijand staat te dringen aan de overzijde van de Tigris?'

'Dat is wat ik hoorde.'

'Waarom zouden ze dat doen, als ieder uitstel Shapurs leger dichterbij brengt?'

Dido haalde zijn schouders op. 'We vallen aan, maar eerst houden we paardenrennen – dat is wat de keizer zei. De generaals zullen morgen aankondigen dat de beste ruiters wedijveren om kostbare prijzen!'

'En verder?'

'Verder niets... laat me slapen. Als het straks licht wordt, moet ik weer dienen.'

Axylus lachte. 'Lycopersikon is een van ons – hij zal je morgen ontzien. Alleen dit wil ik weten: zijn de generaals nog bij de keizer?'

'Enkele zijn al weg. Dagalaif, Arintheus... en commandant Jovianus.'

'Jovianus ook?' Hij sloeg Dido op de schouder. 'Dat is mooi. Tot spoedig, kleine vriend!' En weg was hij, één met de schaduwen.

* * *

'Paardenrennen!' Vitalis keek hoofdschuddend toe hoe Swintharik een voederzak vulde voor zijn merrie, die stond vastgebonden aan een vervallen schuurtje.

'Het is echt waar,' zei Axylus.

'Ik geloof je.' Vitalis dacht na. 'Het moet een afleidingsmanoeuvre zijn,' zei hij toen. 'Julianus is niet dom. Aan de overkant staat Surena klaar om de aanval het hoofd te bieden.'

'Hoe dan ook,' zei Axylus. 'Swintharik en ik doen mee. Zo kunnen we onze vaardigheid tonen, zodat jij je vriend kunt overhalen om ons toe te laten in de strijd.'

'Daarvoor is het te vroeg,' vond Vitalis. 'Over een paar dagen vindt de confrontatie al plaats en jullie zijn niet geoefend in het oorlog voeren.'

Swintharik kwam ertussen: 'Te paard kunnen we ons met de besten meten, met boog of lans.'

Vitalis trok hem de voederzak uit de hand. 'Ben je gek geworden? Axylus kan gaan, jouw tijd komt nog!'

Swintharik wilde protesteren, maar de oudere man pakte Axylus bij de arm en trok hem mee, een schrale wei in, waar nog flarden mist hingen. Swintharik haalde zijn schouders op en ging door met het verzorgen van de twee paarden. Even later kwam Axylus terug. 'Vitalis heeft gelijk,' zei hij. 'Ik doe mee en jij houdt je erbuiten. Het is beter zo.'

'Maar waarom in godsnaam?'

'Wat hij zegt: jij hebt belangrijker taken.'

Swintharik maakte een halster los om het leer in te vetten, maar Axylus hield hem tegen. 'Dat doe ik wel,' zei hij. 'Vitalis wil dat je naar de wagen komt. Jullie gaan straks naar de wedrennen kijken, maar hij wil je eerst aan je boeken zetten.'

Swintharik gaf hem een duw. 'Ik rijd beter dan jij!'

Axylus greep de ander bij zijn tuniek en duwde hem hard tegen de wit uitgeslagen planken. 'Kijk uit, Swintharik,' zei hij, 'je doet niet mee vandaag – Vitalis heeft een goede reden om jou niet te sturen. Alles is onderdeel van een groter plan!'

Swintharik wachtte zwijgend tot de ander hem losliet, toen draaide hij hem de rug toe en liep weg, recht naar de tenten. Akakios zei dat Vitalis er niet was. 'Hij moest Jovianus spreken,' zei de oude man. 'Het ging over de wedstrijd waar Axylus aan meedoet. Hij zei al dat je zou komen voor je onderricht.'

'Nee!' riep Swintharik. 'Vandaag geen onderricht!'

Hij keerde zich om en liep het kamp in, dat zich uitstrekte langs het verbindingskanaal waar de schepen in rijen tegen elkaar lagen. Deze dag was er een van rust en spelen, van offers en dankzeggingen. Verderop zat een groepje arianen te redetwisten, de groep met wie Vitalis elk contact vermeed. Een thaumaturg kuierde met zijn armen op de rug; vrouwen scharrelden rond hun kookvuren en een enkele soldaat was bezig met zijn uitrusting.

Swintharik besloot de waterloop te volgen en richtte zijn schreden naar de vrolijke muziek die hij hoorde; trommels, rinkelende tamboerijnen, een overslaande fluit. Hij dwaalde tussen de tenten tot hij bij de dansers terechtkwam. Hij vloekte, het waren halfnaakte galli, die bij een vuur rondsprongen en obscene gebaren maakten in hun bonte flarden.

'Kom erbij, Adonis!' Ze grepen hem van alle kanten en trokken aan zijn kleren. Swintharik rukte zich los en zocht een opening om weg te komen. Hij struikelde over een tentkoord en viel op zijn elleboog. Terwijl hij zich probeerde op te richten, stortten enkele van de weerzinwekkende wezens zich op hem, handen graaiden onder zijn tuniek. Hij wist overeind te komen, schopte een van zijn belagers op de plek waar bij gewone mensen de geslachtsdelen zitten en gaf een ander een duw, zodat hij achterover in het vuur viel. De eunuch begon te krijsen en zijn vrienden haastten zich om hem te redden. Swintharik glipte tussen een paar tenten door en rende weg, schreeuwend van afschuw.

Hoe kon dit hem weer overkomen? Hoe kon een keizer, zelfs een heidense keizer, zulk menselijk afval toelaten in zijn legertros? Meende hij werkelijk dat er goden waren die hem daarvoor zouden begunstigen? En wat dacht Vitalis te bereiken met die eeuwige studie, hoe kon dit nu het einde bevorderen van de sinistere heerschappij?

Naakte Gallische hulptroepers waren aan het baden tussen drijvende rieteilandjes. Julianus' elite! Op de wal zegende een drietal priesters een kleine brandstapel, een hurkend afgodsbeeld van beschilderd hout keek onbewogen toe en verderop stonden de spitten waaraan straks de offerdieren zouden wentelen, die nu nog nerveus aan hun touwen rukten. Een os, een jonge vaars en een paar schapen. De goden zouden hun deel krijgen: de tongen en de levers – dat goede vlees ging dan naar de soldaten, die zich bij iedere rust overgaven aan een zwelg- en zuippartij.

Een van de mannen riep iets naar Swintharik. Hij liep verder. Dat afgodsbeeld – het leek wel of het daar op zijn hurken zat te schijten! Hoe konden die barbaren hun eetlust behouden onder de ogen van zo'n monstruositeit! Weg hier!

Nog altijd boomden schepelingen langs de rij vaartuigen, zodat vooraan, waar het kanaal uitkwam op de Tigris, de schepen al over de hele breedte van de waterweg lagen. Inmiddels was Swintharik gevorderd tot het punt waar honderden nutteloze pramen lagen, nu door sommigen gebruikt als slaapplaats. Daarachter wiegden een paar voorraadschepen op de deining, ze waren gedeeltelijk ontmanteld voor het hout. Op een enkel dek leunde een bewaker op zijn speer en als Swintharik achteromkeek, naar de Tigris, kon hij nog altijd de donkere massa's zien van de Perzen, die wachtten op een aanval. Olifanten onderscheidde hij niet meer.

Opeens had hij er genoeg van om hier werkeloos rond te wandelen. Het tentenkamp strekte zich nog verder uit naar het noorden, maar Swintharik bleef staan, tuurde weer naar de vijand en liet vandaar zijn blik dwalen over de glooiende helling, die evenwijdig aan de rivier lag, tot aan het schuurtje waar hij de paarden had ondergebracht.

Hij zou zich niet langer als kind laten behandelen. Het was oorlog, veel soldaten waren nog jonger dan hij. En hij zou niet mogen meedoen met een wedstrijd? Hij begon te draven, hij nam de lange, hellende strook waar niemand zijn tent had willen zetten en tegen de tijd dat hij het schuurtje bereikte, hoorde hij al het juichen en stampen van de soldaten. De rennen waren begonnen.

Hij vond zijn merrie die hem begroette met gehinnik en hij dankte God dat Axylus te weinig inzicht had om het beste paard te nemen. Hij reed snel naar de wedstrijdplaats, waar wachters hem met gekruiste lansen de weg versperden. Jovianus' mannen.

'Alleen deelnemers,' zei een van hen.

'Ik hoor bij de ploeg van Jovianus,' zei de jongen. 'Ik ben een van jullie.'

'Dat kan kloppen,' zei een ander. 'Hij hoort toch bij die priester? Laat maar door.'

'Je maatje is op het veld,' zei de eerste. 'De tweede ronde begint zo. Zorg dat je wint!'

* * *

Dido stond met Vitalis en Lucifer vlak bij het podium waar de keizer zat met zijn naaste medewerkers en generaals. Het stof van de eerste wedstrijd trok langzaam weg in de richting van de Perzen, die van veraf konden meekijken. Ze hadden Axylus te paard zien binnenkomen. Als vaandeldrager van de gardisten was hij naar het podium gereden, had daar de teugel gewend en zich bij de wachtende deelnemers gevoegd.

'Hoe komt hij aan dat vaandel?' riep Dido in Lucifers oor.

'Vitalis heeft hem aanbevolen bij J...j...j...'

'Bij Julianus?'

'Nee, bij Jovianus,' verbeterde Vitalis lachend. 'Hij rijdt mee in de derde ronde en dat is nog maar het begin.'

Op het podium was de keizer in druk gesprek met Dagalaif en Libanius; Sallustius zat te knikkebollen. De generaals die zich op de achtergrond hielden, kende Dido niet van naam. Op het veld stelden de deelnemers zich ondertussen op voor de tweede ronde. Het rumoer zwol aan en door de poort kwam een nieuwe ruiter. Na wat een korte woordenwisseling leek, wezen ze hem een plek.

Opeens zag Dido het.

'Dat is Swintharik,' riep Vitalis. 'Is hij gek geworden? Ik had het verboden!' Hij zocht een doorgang, maar de opdringende menigte duwde hen tegen het houten hek aan. Op dat moment klonk een trompetsignaal en de ruiters gingen ervandoor. Ditmaal was de stofwolk groter dan bij de eerste ronde, het gejuich en de aansporingen zwollen aan. Dido keek weer naar het podium. De keizer was verdwenen, Sallustius stond nu rechtop, geflankeerd door Jovianus en Libanius. Ook de generaals waren weg.

Vitalis boog zich naar Dido. 'Waar is de keizer?' riep hij.

Dido haalde zijn schouders op. De ruitergroep had een grote cirkel beschreven en kwam terug. Terwijl het volk schreeuwde, doken de voorsten hun eigen stofwolk in en kwamen verderop weer tevoorschijn, maar in de chaos gingen er een paar onderuit. Van alle kanten schoten soldaten toe om de baan vrij te maken. Een paard kwam zonder ruiter uit de wolk en liep aarzelend in de richting van de tribune. Een knecht ving het dier op, trok het in veiligheid.

Dido merkte dat Vitalis niet naar de wedstrijd keek. Hij speurde de rivier af, tuurde weer naar de tribune en richtte zijn blik opnieuw naar de rivier. Dido volgde zijn blik, er viel hem niets ongebruikelijks op. Aan de overkant leken zelfs de Perzen in de ban van de wedstrijd, ze zwaaiden met vaandels en wapens. Dido miste bijna de finale, de mannen om hem heen scandeerden een naam die hij niet verstond en de winnaar, zwart van het stof, maakte een ererondje. Sallustius salueerde, alsof hijzelf het keizerlijk purper droeg.

Een functionaris maande het publiek tot stilte. Het lawaai luwde en hij riep: 'We gaan het veld natmaken om verdere ongelukken te voorkomen. Geduld!'

Het boegeroep verstomde snel. De massa werd losser, ze kregen weer lucht. Vitalis leek tot rust te komen. 'Laat hem meedoen,' zei hij. 'Het is in Gods hand.'

Een ossenspan trok een kar met watertonnen over het veld en een paar jongens gooiden emmers water over het zand. In de invallende schemering schuifelden ze over de baan, terwijl slaven fakkelhouders neerzetten om het parcours aan te geven.

'Het is bewolkt,' zei Vitalis. 'Daar hebben ze geluk mee.'

'Wat bedoel je?' vroeg Dido. Vitalis haalde zijn schouders op.

Terwijl de fakkels een voor een opbloeiden, kwamen de ruiters naar hun startplaatsen. Axylus was onder hen en ook Swintharik. Dido voelde hoe de opwinding op hem oversloeg. Opeens wenste hij vurig dat Swintharik zou winnen.

De ruiters kregen bevel zich klaar te houden; het trompetgeschetter deed pijn aan de oren. Na deze ren zouden de winnaars van de drie groepen tegen elkaar rijden. Dido klom op het hek en schreeuwde zijn keel schor; ook Lucifer riep, zonder stotteren. En weer viel het Dido op dat Vitalis naar de rivier keek en naar de Perzen die zwaaiden met fakkels. Ditmaal meende hij iets te zien op het wateroppervlak. Vitalis pakte zijn pols beet en zei: 'Het begint, let op!'

Donkere schimmen hadden zich losgemaakt van de scheepsmassa aan het begin van de waterloop en gleden langzaam naar het midden van de Tigris. Dido stootte op zijn beurt Lucifer aan. Lucifer klom ook op het hek om te kunnen kijken.

'Julianus gaat aanvallen,' zei Vitalis. 'Dit was de opzet.'

Misschien waren zij op dat moment de enigen onder de aanwezigen die niet meer naar de wedstrijd keken, maar even later, toen de galeien de oever bereikten, de Perzen alarm bliezen op hun bazuinen en het fakkels en brandpijlen begon te regenen op de donkere schepen, die even leken terug te deinzen van de oever – toen wendden alle blikken zich naar de rivier, het gejuich verstomde en sloeg om in een gehuil uit duizend kelen.

Dido zag nog net hoe Swintharik als eerste over de eindstreep ging, maar er kwam geen ererondje, want nu overdekten de schepen de Tigris en krijgstrompetten echoden over het water. Hij besefte dat de menigte rond het veld maar een klein groepje was geweest, vergeleken bij de enorme macht die nu de rivieroever bestormde. Sommige schepen brandden al, het verloop van de strijd was onduidelijk.

'Kom,' zei Vitalis. 'We halen onze vrienden op.'

Vanaf de rivieroever volgden ze de strijd, hoewel ze weinig anders konden onderscheiden dan fakkels, brandende tenten, en de vurige pijlen die op de schepen neerdaalden. Meer schepen vlogen in brand en de opvarenden sprongen in de rivier, zodat de verlaten wrakken stroomafwaarts dreven en spookachtige schaduwen wierpen op de vluchtenden. Ze hoorden het schetteren van de olifanten die de krijgstrompetten leken te imiteren, ze hoorden de krijgstrompetten zelf en de angstaanjagende *barritus*, de strijdkreet van de legioenen, die bij ieder offensief over het water rolde.

Axylus en Swintharik, nog opgewonden en verhit van de rennen, wilden naar de overkant om mee te doen, maar Vitalis stond het niet toe. 'Op dit moment lopen jullie alleen maar in de weg,' zei hij. 'Jovianus zal Axylus spoedig opnemen in zijn wacht.' Hij liet hen knielen in de modder om de overwinning af te smeken.

Rond middernacht, toen het strijdgedruis verstomde, kwam het bericht dat de linkeroever weliswaar bezet was, maar dat de strijd in de heuvels voortduurde. Omdat er niets meer te zien was legden zij zich te slapen. Pas in de middag van de daaropvolgende dag, toen de achterblijvers het kamp al hadden opgebroken, vernamen ze dat Surena zijn legers had teruggetrokken naar Ctesiphon. De Romeinen achtervolgden hem niet, ze plunderden het vijandelijke kamp.

De volgende ochtend zetten pramen iedereen over naar de andere oever, waar de leiders krijgsraad hielden. Vitalis had gehoord dat Julianus tien stieren had geofferd. 'Het ging mis,' vertelde hij. 'Eentje zakte door zijn poten voor hij kon worden gedood, een andere wist weg te komen. Slechte voortekenen!'

Ze zochten een plek voor de tenten op een kale heuvel, daarna ging Dido met Lucifer een kijkje nemen bij het slagveld, waar soldaten, velen nog met het geronnen bloed van vijanden in hun haren, vlees braadden op vele vuren. Ze bezichtigden een enorm, al grotendeels ontvleesd olifantenkarkas. Iemand had de kop afgehakt en de slurf verwijderd. De ingewanden lagen op een hoop, vliegen en wespen zwermden er in wolken omheen.

'Over een paar uur is het hier niet meer te harden,' zei Lucifer. 'Het stinkt nu al.'

'Zo ver laten ze het niet komen.' Dido had al gezien hoe mensen afval verzamelden en in de stroom gooiden. Een soldaat bood hun een lap vlees aan, vers van het spit. 'Neem het ervan, jongens, alles wat nu niet op gaat, gooien we weg.'

Het was hun eerste maal van de dag en het smaakte goed.

'Is dit olifant?' vroeg Lucifer.

'Proef je dat niet?' de man lachte. 'De slurf is het beste stuk, maar die hebben de hoge heren al meegenomen.'

Ze liepen verder, langs een groep Galliërs die een paard offerden, terwijl ze nog schransden van een eerder offer en verderop sleepten slaven de lijken van de vijand naar de oever om ze in pramen te stapelen.

'Wat gebeurt daarmee?' vroeg Dido aan een van hen.

De man grijnsde met een tandeloze mond en vertelde in moeizaam Grieks dat ze die pramen later aan de stroom zouden toevertrouwen, maar niet voordat de ontbinding had ingezet. 'Bij Ctesiphon zullen ze tegen de wrakken blijven hangen die nu al de toegang versperren bij de brug.'

'Dat is voor het moreel van de vijand,' verduidelijkte Lucifer. 'Zo zal de stad al sidderen voor we haar belegeren.'

Later, bij de tent, hoorden ze dat er haast was geboden bij een belegering. 'Het leger van Shapur is in aantocht,' zei Vitalis. 'We willen niet tussen hamer en aambeeld komen.'

De krijgsraad besliste echter anders.

Terwijl het leger zich klaarmaakte voor het vertrek, brandden de troepen van Arintheus boomgaarden en graanvelden rond de stad plat en ze doodden al het vee, zodat er niets overbleef voor de Perzen. Julianus gaf bevel de vloot in brand te steken, op een tiental kleine boten na, die hij op wagens liet laden om later als brug te kunnen gebruiken.

'Hij is gek geworden,' meende Lucifer. Ze keken vanaf een rots hoe de eerste schepen vlam vatten. Door de wind zou het vuur zich snel verspreiden naar de rest van de vloot.

'Hij imiteert Alexander,' zei Vitalis. 'Alle schepen achter zich verbranden om de terugweg af te snijden. We raken steeds verder van huis.'

Opeens ontstond paniek onder de troepen. De halve vloot stond al in brand, toen soldaten aan boord van de onaangetaste vaartuigen klommen om ze te blussen en los te maken van de rest. Akakios siste tussen zijn tanden en zei: 'De idioot was te haastig, hij komt terug op zijn besluit.'

De wind nam toe, de soldaten gaven hun bluspogingen op en verlieten snel de schepen. Spoedig laaiden en brulden de vlammen en sloegen hoger op dan de scheepsmasten. De landvasten verteerden en de brandende massa dreef met de stroom mee in de richting van de stad, die vaag zichtbaar was door de rook van de brandende bomen en velden.

Op bevel van hogerhand brak men het kamp weer op en Vitalis' mannen rolden zich in hun mantels op het gras.

Julianus bleek niet van plan de rivier te volgen. Ze namen een weg landinwaarts en trokken urenlang in de brandende zon langs stenig braakland, afgewisseld met uitgestrekte velden rijpend graan. Dido liep naast de wagen en verlangde naar de schaduw van de huif, maar binnen waren Akakios, Axylus en Swintharik bezig met hun lessen.

De keizer verkoos in deze kritieke fase van de veldtocht het eenvoudige leven van een legionair. De diensten van de jongens waren niet vereist.

Jovianus kwam langsrijden met een paar gardisten. Vitalis, op de bok, groette hem en vroeg: 'Weet jij waarom de keizer de Tigris niet volgt?'

'Die volgt hij wel, hij wil alleen een grote bocht afsnijden,' zei Jovianus. 'De verkenners hebben de Tigris al tot op veertig mijl stroomopwaarts verkend en niemand getroffen. We hopen, door snel door te stoten naar de volgende bocht, Procopius en onze Armeense bondgenoten eerder te treffen, om samen te kunnen optrekken tegen Shapur. Na de overwinning keren we huiswaarts via Corduene.'

'En die stofwolken daar voor ons?' vroeg Axylus. 'Zijn dat de Perzen al?'

'Dat is waarschijnlijk een kudde wilde ezels,' zei een van Jovianus' adjudanten.

'Glinsteren ezels dan in het zonlicht?'

De gardisten tuurden in de verte, reden toen snel terug naar de kop van de colonne. De stofwolken bleven urenlang aan de horizon zichtbaar en af en toe zagen ze het schitteren van harnassen. Uiteindelijk trokken de legers samen in een klein rivierdal waar de soldaten in allerijl een verdedigingswal opwierpen. De groep betrok een glooiing, waar ze uitzicht hadden over de vlakte. Daar zaten ze op hun mantels in het duister, te moe om nog een tent op te zetten, al wolkten de muggen om hun hoofden.

'Dat gezoem, ik word gek!' zei Lucifer.

Akakios, die een doek om zijn hoofd had gewikkeld in Sarakeense stijl, zei: 'Dit is een goed moment om te bidden.'

'Kijk daar!' Swintharik wees. Ze kwamen overeind en zagen hoe in het oosten en zuiden op regelmatige afstanden van elkaar vuurtjes opbloeiden, die uitwaaierden, tot een breed front van vuur in hun richting trok.

'Wij zijn niet de enigen die alles platbranden,' zei Akakios. 'Overal zwerven groepjes Perzen en Sarakenen rond. We zullen reizen over zwartgeblakerde vlakten waar niets te halen valt. Als het vuur ons maar niet bereikt!'

Het bericht verspreidde zich snel en de Galliërs van de achterhoede, die gedeeltelijk op de weg tussen de graanvelden bivakkeerden, braken op en zochten een veiliger plek. Die nacht wisten ze zich omringd door horizonten van vuur en het ademen viel hun zwaar.

'Ze hebben ons een dienst bewezen,' zei Lucifer. 'De muggen zijn weg!'

Maar Dido hoorde nog altijd dat helse gezoem, het had zich in zijn hoofd vastgezet.

Vitalis tekende met houtskool een overzicht van het tweestromengebied op een platte steen, terwijl Swintharik hem bijlichtte, en allen begrepen hoe uitzichtloos de situatie was; het land langs de Eufraatroute hadden ze zelf verwoest; nu was ook het land langs de Tigris verschroeid. Dido zag de angst in de ogen van zijn vrienden. Hoe konden ze dit overleven?

'We komen snel weer bij de Tigris,' zei Vitalis, om de moed erin te houden. 'We zullen altijd water hebben en misschien redden we het met de voorraden.'

Ondertussen ontstonden er nieuwe vuurlinten, verder weg, alsof de vijand de brandhaarden steeds noordelijker stichtte en overliet aan de wind.

'Ze zullen uiteindelijk op het andere leger stuiten,' meende Akakios. 'Procopius en Arsaces kunnen toch niet ver meer zijn?'

De eerste zonnestralen toonden op enige afstand het enorme Perzenleger met zijn schitterende harnassen en ronde schilden, waardoor de vlakte bedekt leek door een schubbige monsterhuid. De voorhoede raakte die dag vele malen slaags met Sarakeense overvallers, zonder dat dit het tempo vertraagde. Af en toe zagen de jongens de gevechten op de flanken en in de zinderende hitte boven het geblakerde land leken de strijders zich te verheffen in de lucht, waar ze vochten als de goden en helden van oude tijden. De groep was voorlopig veilig in de legertros tussen de bagagewagens, geflankeerd door infanterie, terwijl beweeglijke cavaleristen de schermutselaars afsloegen, die als stofwervels uit het niets leken op te duiken.

De Tigris kwam maar niet in zicht en iedereen begreep dat Julianus was verdwaald. Voedsel en drinkwater gingen op rantsoen en zij sleepten zich voort met droge kelen en zware ledematen. Op de derde dag trokken ze voorbij een paar rokende olijfboomstronken waaraan twee Sarakeense gidsen waren gekruisigd in hun lange mantels, met de capuchons over het hoofd getrokken. Naast de weg lag een kapotte wagen op zijn kant, een disselboom en een bodemplank waren gebruikt voor de dwarshouten.

'Ze leven nog,' zei Akakios, 'zonder die mantels zouden ze snel dood zijn.'

'Weer een fout,' zei Vitalis. 'Als die gidsen ons in de armen van hun stamgenoten hebben gelokt, dan moeten ze ons ook naar de rivier kunnen leiden.'

'Maar dat deden ze toch juist niet,' merkte Lucifer op.

'Het is niet zo moeilijk om die inlichtingen uit hen te persen,' meende Axylus. 'Waarschijnlijk hebben ze een derde gids, die inmiddels de juiste weg wil wijzen.'

Op een ochtend kwam het leger werkelijk oog in oog met de Perzische overmacht, met de lansiers in hun ondoordringbare harnassen en de feilloze boogschutters die met hun pijlen de hemel konden verduisteren. De non-combattanten verschansten zich tussen de wagens en wachtten angstig de uitkomst van de strijd af. Vitalis had steeds geweigerd Swintharik en Axylus te laten meevechten, maar toen Jovianus vertelde dat de garde tijdens een zware aanval was gehalveerd, en vroeg waar de ruiters bleven die zo veel indruk hadden gemaakt, wilde hij hen niet langer tegenhouden.

Die avond, toen de vijand zich hergroepeerde, kwamen de verhalen. Axylus bivakkeerde met de garde, maar Swintharik bracht vlees dat uit dode paarden en olifanten was gesneden. Ze braadden een gedeelte en Vitalis sneed de rest in dunne plakken, die hij boven een laag vuur rookte, voor later.

'Je had het moeten zien,' zei Swintharik. 'De vlakte leek met ijzer bedekt, zelfs de olifanten dragen harnassen. Zoals die steigeren en iedereen op hun weg vermorzelen!'

'Zijn ze niet te verslaan?' vroeg Dido.

'Natuurlijk wel. Anders zouden we toch hun vlees niet eten?' Swintharik reikte hem een stuk aan. 'Soms, als ze voor ons terugschrikken, dan stampen ze even gemakkelijk over de Perzen heen. De drijvers op hun nek houden altijd een mes klaar om hen te doden als dat gebeurt.'

'Heb je de keizer gezien?' vroeg Vitalis.

'Natuurlijk. Hij is overal tegelijk om de strijders aan te moedigen.'

Vitalis vroeg door. 'Hoe zag hij eruit?'

'Ik zie alleen zijn helm, zijn mantel. Hij is, ondanks alles, een formidabel aanvoerder.'

'Je zou hem niet herkennen als hij hier bij ons zat,' zei Vitalis. 'Hij ziet eruit als een klerk. Die moedige, hoogmoedige dwaas zal ons allemaal meeslepen in de dood.'

Akakios lachte bitter. 'Hoe kan het anders, als je valse goden te hulp roept, terwijl je de ware God verloochent?'

'Hij is een bezetene,' zei Vitalis. 'Iemand moet hem stoppen voor het te laat is.'

Swintharik stond abrupt op en greep zijn mantel. 'Ik ga slapen, het was een lange dag!'

Die nacht werden ze allemaal ziek. Het vlees had op het slagveld urenlang in de zon gelegen, bedekt met vliegen en ander ongedierte, dat zich niets aantrekt van gevechten. Braakgeluiden van alle kanten.

25

Dodenmars

(zomer 363)

De vijand had zich ver teruggetrokken en de legerleiding besloot om rust te nemen in de veilige arm van een riviertje. De laatste voorraden waren op strikt rantsoen.

Vitalis bezocht met Axylus en Swintharik de gardisten om afspraken te maken over een gebedsdienst; Dido en Lucifer meldden zich bij Lycopersikon, want de keizer hield krijgsraad. Laat in de avond moest Dido hem een kom gestampte bonen brengen. Julianus Augustus zat aan zijn werktafel te lezen, de retor Libanius was bij hem. Dido zette de kom neer, boog en liep achterwaarts de tent uit. Buiten ontmoette hij Oribasius.

'Kom mee,' zei de arts. 'Ik heb je even nodig.'

Dido volgde hem naar zijn tent waar hij op een tafel glazen potjes en kruiken had uitgestald. Hij gaf Dido een vijzel en een stamper en vroeg hem kruiden fijn te wrijven. Dido roerde en maalde tot zijn armen pijn deden. Oribasius voegde het mengsel bij kokend water dat even hoog opbruiste, maar een scheut wijn temperde het effect. 'Nu moet het afkoelen,' zei de arts.

Ze keken een tijdje zwijgend naar de vloeistof, daarna schonk Oribasius een beker vol; de witte schuimrand streek hij af met een spatel. 'Breng naar de keizer,' zei hij. 'Hij moet slapen, de oorlog vergt veel van zijn kracht.'

Ditmaal was Julianus alleen. Hij zat rechtop in zijn bed, dat hij naar de wijze van zijn soldaten op de grond had uitgespreid en keek met grote ogen naar Dido. 'Zag je dat?' vroeg hij. Dido bleef staan met de beker in zijn hand en vroeg: 'Wat bedoelt u, majesteit?'

'Die jongeman die de tent verliet, vlak voor jij binnenkwam!'

Dido had niemand gezien, maar durfde niet tegen te spreken. De keizer wachtte, dus ten slotte antwoordde hij: 'Oribasius stuurt deze drank, voor uw nachtrust.'

Julianus wees naar een tafeltje, zei toen: 'Mijn geluksgeest heeft me verlaten, zag je hem echt niet?'

Dido bekende dat hij niemand had gezien.

'Des te erger,' zei Julianus dof. 'Hij was gesluierd en desondanks zag ik zijn diepe droefenis.' Hij keek om zich heen. 'Waar is Libanius?'

'Ik weet het niet, majesteit.'

'Laat hem roepen!'

Dido ging naar buiten en zei tegen een wachter: 'De keizer wil Libanius zien.'

Terwijl de man op zoek ging, vroeg Dido aan de andere wachter: 'Kwam er iemand de tent uit, vlak voor ik er binnenging?'

'Er is het afgelopen uur niemand in- of uitgegaan, of we hadden hem gezien.'

Dido ging vlak bij de tent van Lycopersikon zitten op de stronk van wat een paar dagen eerder een boom was geweest. Hij zag de filosoof de tent binnen gaan en hoorde een incantatie maar kon niet uitmaken wie er zong. Meer mannen gingen de tent binnen en een van hen kwam even later naar buiten en vroeg Lycopersikon om een offerdier.

'Waar moet ik dat vandaan halen?' vroeg de palatinus vertwijfeld.

'Dat is mijn zaak niet.'

'Wat willen ze, gevogelte? Een geit? Wie heeft er nog levende have?'

Ze spraken zachtjes en de man ging het kamp in om een dier te zoeken. Dido dommelde even, tot het gezelschap de tent uit kwam. Wachters met fakkels volgden, en ze verdwenen in de richting van een groepje bomen dat de branden had overleefd.

'Wat doen ze?' vroeg Dido aan Lycopersikon.

'Ze gaan een reiniging uitvoeren en proberen de goden gunstig te stemmen,' zei Lycopersikon met duidelijke minachting. Een christen als zovelen. 'Je mag gaan slapen.'

Dido bleef nog even en keek naar de figuurtjes in de verte en naar de dansende lichtjes van de fakkels en opeens zag hij iets oplichten, hoog aan de nachthemel.

'Kijk nou, een vallende ster!' zei Lycopersikon. Kort daarop kwam het gezelschap terug. Een wachter liep op hen af. 'De keizer ontbiedt de Etruskische waarzeggers!' zei hij.

Lycopersikon knikte. 'Ik zorg ervoor,' zei hij. 'Dido, naar bed!'

Dido keerde terug naar de personeelstent en wat er zich die nacht ook verder afspeelde, hij miste het. Voor zijn gevoel was er nog geen uur voorbij, toen de palatinus hem wakker schudde. 'Je moet bedienen in de keizerstent,' zei hij.

'Kan Lucifer dat niet doen?'

'Lucifer!' zei Lycopersikon, 'die heeft belangrijker taken. Trek dit aan!'

Hij gooide Dido een schoon kleed toe en, zich afvragend wat belangrijker kon zijn dan de keizer en zijn raadgevers, haastte de jongen zich in het eerste daglicht naar de stroom, stroopte zijn tuniek af en waste zich, want hij stonk naar zweet en houtvuren. Het nieuwe kleed was iets te groot. Terwijl hij zich naar de tent spoedde, leek het bij iedere stap groter te worden.

In de schemer van de tent zat de keizer gebogen over zijn schrijftafeltje, het hoofd steunend in zijn handen. Een van de grijsaards voerde het woord. De slaapdrank stond nog onaangeroerd bij het legerbed. Op zijn tenen liep hij erheen en nam het weg, daarna begaf hij zich naar de grijsaards, die boekrollen raadpleegden en de keizer bezwoeren hun raad niet in de wind te slaan.

'...u onder deze omstandigheden altijd afzien van risicovolle ondernemingen...'

'...negatie van de hemelse tekenen, in het bijzonder...'

'...de Tarquinische boeken niet negeren om een onbezonnen campagne te...'

Libanius onderbrak de laatste: 'U noemt Caesar Augustus onbezonnen?'

'Als retor bent u kennelijk niet gewend te lúísteren, Libanius,' zei de aangesprokene, die wel honderd jaar oud leek. 'Ik sprak over de campagne. Hoe dient men een jongeman anders van advies dan met de waarheid, ook al is die u niet welgevallig?'

'Majesteit...' begon Libanius verontwaardigd, maar Julianus stak zijn hand op. 'Mijn vriend,' zei hij, 'als ik een wijs man om raad vraag, staat het hem vrij om mij onbezonnen te noemen. Ook jij hebt die vrijheid. En het staat de keizer vrij om alles naast zich neer te leggen en zijn eigen *daimon* te volgen.'

Iedereen zweeg nu en Julianus richtte zijn blik op Dido. 'Wat sta je daar te kijken?'

Dido besefte dat hij als een idioot had staan luisteren. Snel begon hij op te ruimen. 'Wacht op de volgende delegatie voor je nieuwe wijn brengt,' vervolgde de keizer. 'Libanius en ik zullen nu de maaltijd gebruiken.'

De waarzeggers begrepen dat de raadpleging was afgelopen. Ze verzamelden hun boeken, staken die onder hun mantels en begonnen aan een aftocht, onder het mompelen van ceremoniële frasen. Dido haastte zich de tent uit. Hij keerde terug met brood, kaas en gedroogd vlees en maakte dat ter plekke klaar. De keizer en zijn vriend sloegen geen acht op hem, ze waren in een druk twistgesprek gewikkeld.

'Ik blijf van mening dat we de strijd moeten staken en wachten op de rest,' zei Libanius.

'Op wie wil je wachten – op de Sarakenen? Die hebben zich al tegen ons gekeerd. Procopius en Arsaces treffen we stroomopwaarts als ze niet in een val zijn gelopen. Ik heb gezworen dat ik Shapur zal verslaan.'

'En de andere voorspellers?'

'Ik zal hun raad in overweging nemen.'

'Majesteit, ik raad u aan te onderhandelen,' zei Libanius dringend. 'Shapur heeft vaak laten weten dat hij bereid is om te praten!'

Een functionaris kondigde een nieuwe delegatie aan en Dido stapte opzij om ze binnen te laten: een vrouw in een geel gewaad met gevlochten gouddraad geweven in haar lange, loshangende zwarte haartressen – geen vrouw, besefte Dido –, het moest de archigallus zijn. Hij was in gezelschap van vijf priesters van wie Dido kleding noch attributen herkende. Ze droegen twijgen en dennenappels, een van hen had een ketting om zijn nek, van wat Dido aanzag voor mensenschedeltjes, al waren ze veel te klein. Eentje droeg zelfs een hertengewei als hoofdtooi. Dido zag geen christenen; die had hij ook niet verwacht. Toen iedereen binnen was, glipte hij weg; ze maakten hem doodsbang, al wist hij niet waarom.

Lycopersikon gaf hem vrij voor die dag. 'Ga maar naar de mis, hier kun je toch niet helpen.' Hij spreidde zijn handen in wanhoop. 'Offerdieren vragen ze! Wie heeft er nog offerdieren?'

Dido bleef op enige afstand van de massa die was samengetrokken voor de openluchtmis. Vitalis preekte, een acoliet die Dido niet kende, assisteerde hem. Een duizendtal soldaten luisterde in doodse stilte. Dido verstond slechts flarden, want er stond een stevige wind, die woestijnzand en asdeeltjes aanvoerde uit de verwoeste vlakte. Veel aanwezigen hoorden bij de garde van Jovianus. Opeens zag Dido Akakios' lange gestalte. Bij hem waren Swintharik en anderen van de groep; ook de mensen die in de tros met Dagalaif meereisden. Voor het eerst sinds die avond na Dido's hereniging met de groep bij Pirisabora, was Aurelia weer bij Swintharik.

'Te ver gingen we het pad van goddeloosheid,' sprak Vitalis. 'Te ver volgden we de verdoolde en nu zijn we zelf verdoold geraakt. Is het geen dwaasheid een afvallige te volgen? Zal er redding zijn voor onze zielen als we doorgaan tot de laatste is vernietigd? Wie zal ons naar huis leiden, broeders, wie?'

Dido hield zijn adem in. Was dit geen hoogverraad? Hij wist al dat een retor van status zich kritiek kon veroorloven die een gewone sterveling niet mocht uiten, maar gold dit ook voor een man van de kerk? Daarnaast ging deze kritiek verder dan een milde terechtwijzing en een suggestie voor een betere koers. Gemompel uit de menigte en Dido verstond het vervolg niet, maar het antwoord was duidelijk: slechts God kon nog redden. Het geroezemoes stierf weg.

'...dat ook onze lichamen, die spoedig vertrapt, gemarteld zijn... achteloos in het zand geworpen, niet meer zijn dan dat. Stof dat zich mengt met het zand en wegspoelt in de regen. Maar onze ziel zal vrij zijn van smetten.'

Dido bewoog zich voorzichtig langs de massa en kwam Axylus

tegen. 'Over stof gesproken,' zei Axylus. 'Kijk daar!' In het oosten kleurde de lucht donkerrood en de wolkenformatie groeide zienderogen. 'Een stofstorm,' zei Axylus grijnzend. 'Dat zal de schrik erin jagen. Er is één voordeel, het komt opzetten uit de zoutwoestijn.'

Dido begreep dat hij een vraag verwachtte en stelde die dus maar.

'Zo worden onze lichamen gepekeld voor ze kunnen wegrotten,' zei Axylus. 'Heb ik al verteld dat ik verkenningstochten maak? Ik ben net terug. Bij de Tigris vonden we geen spoor van de andere legers. En de vijand blijft achter de horizon.'

Vitalis ging door: 'Nu smeken ze hun valse goden, nu zoeken ze offerdieren en...' Zijn stem brak af en opeens was de storm overal om hen heen. Mensen begonnen te schreeuwen en vluchtten voor de zandvlagen. Dido proefde zout op zijn lippen.

'De idioten,' riep Axylus. 'Ze zien er vast een kwaad voorteken in – des te beter dan!'

Ze bereikten hun vrienden, die waren blijven zitten. Aurelia huilde, het fijne stof vermengde zich met haar tranen en trok zwarte sporen op haar wangen. Swintharik zat er ongemakkelijk bij en stak een hand uit om haar te troosten, maar hij maakte zijn gebaar niet af.

'Ruzie?' vroeg Axylus opgewekt.

Akakios schudde zijn hoofd. 'Ze is uitgeput en bang, zoals iedereen.'

Aurelia luisterde niet naar hem. 'Wanneer stopt dit?' stootte ze uit. 'Waarom gaat Vitalis niet praten met... hém!'

'Hij zal niet luisteren, mijn kind,' zei Akakios. 'Iedere poging om Julianus tot rede te brengen sterkt hem in zijn waan.'

'Hij zal niet rusten voor hij ons allemaal in het verderf heeft gestort,' zei Axylus. Het klonk alsof hij genoot van het vooruitzicht.

'Stil toch,' zei Swintharik.

Er kwam een grote schaduw aanzeilen, een losgeslagen tent sloeg over hen heen, verduisterde voor een moment alles en verdween weer in de wervelingen. Een paar legionairs kwamen op hen af. Ze hadden stukken doek voor hun gezicht geslagen. 'Gardisten naar het verzamelpunt!'

Swintharik wilde wat vragen, maar de soldaat gaf hem de kans niet. 'Ze verwachten een aanval in het oosten,' riep hij tegen de wind in, en gedempt door zijn gezichtsbescherming.

Dido hield zijn handen voor zijn gezicht en probeerde door de spleetjes tussen zijn vingers door te kijken. Akakios riep iets tegen Swintharik en Dido verstond zijn woorden niet, maar toen de wind even afnam zag hij dat Akakios wegliep met Aurelia, beiden hielden hun mantels over hun hoofd en ze verdwenen. En hij zag hoe Swintharik, die zijn strijdmakkers al volgde, nog achteromkeek in de richting die Aurelia was gegaan, maar zij en haar begeleider waren vervaagd tussen de stofwervels. Nu verdwenen ook de jonge gardisten in een rood halfduister, alsof ze al door de poorten van de hel waren gegaan.

En waar was Vitalis? Dido had geen mantel, hij beschermde zijn gezicht met zijn handen want zijn ogen en neus zaten vol. Hij worstelde zich in de richting van de tenten en toen hij die bereikte, begon de storm al af te nemen. Hij kroop in de tent waar hij zijn legerstede had en probeerde te slapen, maar de geluiden om de tent heen hielden hem wakker. Het was misschien een uur later, dat Akakios langskwam. 'Dido,' zei hij. 'Heb jij Aurelia gezien?'

'Ze ging toch met jou mee?' vroeg Dido.

'Ik raakte haar kwijt in het gedrang, het zand onttrok alles aan het zicht. Ik zocht haar bij de wagen in het gevolg van Dagalaif en bij ons eigen kamp, maar niemand had haar gezien.' Hij haalde zijn schouders op. 'Misschien is ze bij Swintharik.'

'Dat denk ik niet,' zei Dido. 'Hij en Axylus zijn op patrouille met Jovianus.'

Akakios schudde zijn hoofd. 'Ze zijn al terug. Axylus zag ik net nog bij de wagen. Hij had haar ook niet gezien.' Hij maakte aanstalten om terug te keren en Dido liep een stukje met hem mee.

Overal hurkten mensen bijeen in de stofschemer. Af en toe bleven ze even staan om te luisteren. De heidenen, de katholieken en arianen, iedereen sprak over hetzelfde. En hoewel de storm niet krachtig genoeg was geweest om het kamp schade te berokkenen, bleef het gebeuren van die dag aanleiding geven tot speculaties over de betekenis. De verstandigsten zagen er niet meer in dan een zandstorm.

Een lange aanroeping in de verte. Gieren cirkelden rond, misschien hadden ze een voorgevoel van de grote slag die aanstaande was. Een groepje zong een hymne, maar niet aan de Ware God. Dwars daaroverheen een extatische kreet – of was het een woestijndier?

'God zij ons genadig,' mompelde Akakios.

Dido nam afscheid en liep terug, hij verlangde naar slaap. Een paar ruiters kwamen hem tegemoet. Het waren gardisten van Jovianus die zo te zien van een lange tocht terugkeerden. Swintharik was bij hen, hij zag Dido niet en de paarden stormden aan hem voorbij.

De keizerstent en de tenten die er als paddenstoelen omheen stonden, waren donker van het stof en ook de lucht was verduisterd in de invallende schemering. Dido wilde zich te rusten leggen, toen Oribasius hem kwam vragen om de keizer zijn slaapmiddel te brengen. Hij wist niet dat Julianus het eerder onaangeroerd had gelaten.

De keizer was alleen, hij zat achter zijn schrijftafeltje voor een leeg blad.

'Wat is dat, Dido?' vroeg hij.

'Uw slaapdrank, majesteit.'

Julianus zuchtte en leunde achterover. 'Ik ben al zo moe,' zei hij. 'Waarom zou ik een slaapdrank willen? Ik wil mijn ideeën opschrijven over de voorspellende kracht van dromen.'

'Zal ik het hier neerzetten?' vroeg Dido.

Julianus negeerde zijn vraag, hij vroeg: 'Geloof jij in dromen?'

Dido wist niet wat hij moest antwoorden.

Julianus lachte. 'Gooi die drank maar weg en zeg tegen Oribasius dat ik het heb opgedronken. Maar alleen als hij ernaar vraagt. Het is een slimme vos.'

Dido geloofde al niet meer in dromen of voorspellingen; toch groeide die nacht in zijn borst een gevoel van naderend onheil, terwijl zijn ogen schrijnden en het allesdoordringende zand nog knarste tussen zijn tanden.

Bij het eerste daglicht kwam Swintharik Dido wekken, hij had Lucifer bij zich en hij leek in paniek. 'Aurelia is nog altijd zoek,' zei hij. 'En ik hoorde net dat de marsorder is gegeven voor vandaag, in plaats van morgen. Door de voedseltekorten willen ze geen tijd meer verspillen.'

'Ik zoek mee,' zei Dido. Zijn zicht was nog altijd slecht door het stof van de vorige avond en hij wilde zich wassen voor de reis begon, maar hij begreep dat Swintharik haast had.

Lycopersikon kwam erbij. Hij schudde zijn hoofd. 'Ik heb jullie eigenlijk nodig,' zei hij tegen Dido en Lucifer. 'De keizer is al vertrokken met zijn protectores en met de infanterie. Ik ga nu beslissen wat we achterlaten; ook Oribasius heeft hulp nodig.'

'We hebben nog wel even,' zei Swintharik. 'Ik zorg dat ze binnen een uur terug zijn. Langer heb ik zelf niet de tijd, want Jovianus rijdt straks ook uit en daar moet ik bij zijn.'

Hij besteeg zijn paard en reed alvast vooruit, langs het riviertje, want daar waren nog veel mensen watervaten en -zakken aan het vullen, of ze wasten het stof van zich af.

'Het zou me niets verbazen als zij daarbij is,' zei Lucifer. 'V...v...vrouwen zien er graag g...goed uit, vooral als ze de aandacht willen trekken van zo'n knappe gardist.' Hij leek zich geen zorgen te maken.

Dido knielde op de oever en gooide water in zijn gezicht. Voor meer had hij geen tijd. Hij bekeek de mensen bij het water en vroeg zich af of het zin had, want hier was Swintharik net al geweest. Axylus kwam hun achterop, ook hij was al te paard. Hij negeerde Dido en Lucifer en riep iets naar Swintharik. Hij wees op het water, juist bij een stuk oever waar geen mensen waren, alsof ze die plek vermeden. Swintharik keerde om en ze stegen allebei af op de aangewezen plek om beter te kunnen kijken.

Ze zagen hoe Swintharik zonder verder na te denken het water in rende en iets naar zich toe trok. Axylus was al bij hem, hij hield Swintharik vast, die schreeuwde en zich verzette. Dido en Lucifer zetten het op een rennen.

Toen ze hun vrienden bereikten, hadden die hun last al op de oever gesleept. Het was een grote rieten mand, van vers rijshout.

Een kooi was het, met grote mazen, waardoor ze duidelijk het lichaam konden zien. Aurelia's gezicht lag tegen de mazen gedrukt, haar huid was blauw en haar ogen waren nog open. Swintharik probeerde woest een gat te maken in het vlechtwerk, maar dat was sterker dan het leek. Axylus duwde hem opzij en hakte de kooi open met zijn zwaard. Swintharik maakte het gat groter en tilde het lichaam eruit.

'Het is een offer,' zei Axylus. 'Ze zochten al naar dieren gisteren en toen ze die niet vonden, moeten ze haar hebben gegrepen. Zo doen die barbaren dat. Een verdrinkingsoffer in een kooi van rijshout. Vervloekte beesten.'

'Ga opzij,' zei Swintharik. Hij droeg haar hogerop en liet haar neer in het gras. Hij knielde en veegde voorzichtig het sliertende blonde haar uit haar gezicht. Toen drukte hij haar ogen dicht.

'Als je haar wilt begraven moet je het nu doen,' zei Axylus. 'We kunnen elk moment het bevel krijgen om uit te rijden.'

Swintharik zei niets, hij stond op en ze begonnen te graven, want deze plek was zo goed als elke andere. Axylus gebruikte zijn zwaard om de diepere grond los te maken en Dido en Lucifer groeven met hun handen, wat niet moeilijk was, want hier begon al het rulle woestijnzand. Swintharik leek versteend, zoals hij daar stond.

Een ruiter kwam aanrijden, hij hield in op gehoorsafstand en blies een hoornsignaal.

'Het is tijd, Swintharik,' zei Axylus. 'We moeten weg.'

Lucifer stelde zich voor hem op. 'Ik ga wel in Swinthariks plaats,' zei hij. 'Ik ben een goede ruiter en schutter en ik denk niet dat Swintharik in staat is te gaan.'

Nu kwam Swintharik in beweging. 'Ik ga zelf,' zei hij. 'Dit is oorlog, ik ga doen wat ik moet doen. Het gat is groot genoeg en jullie kunnen haar erin leggen.'

Hij kuste de dode lippen en slingerde zich toen op de rug van zijn paard.

'Ik zorg dat Vitalis een gebed uitspreekt,' zei Lucifer, maar hij sprak tegen een stofwolk, want Swintharik was al weg.

'Ik heb medelijden met de barbaren vandaag,' zei Axylus. Hij grijnsde naar de achterblijvers en steeg toen op om zijn vriend achterna te gaan.

De jongens legden het lijk voorzichtig in de kuil en bedekten het met zand. Daarna zochten ze stenen om het te beschermen tegen aaseters. Toen dat klaar was, ging Lucifer op zoek naar Vitalis. Dido haastte zich naar Lycopersikon, want die zou wel woedend zijn ondertussen.

De hele legerslang was zich al aan het afrollen op de weg. De tros was in beweging gekomen en volgde de hoofdmacht, terwijl de achterhoede hielp met het inventariseren en opladen van de bagage. Veel ging op de brandstapel. Lycopersikon had gehoord wat er was gebeurd, hij had zijn woede ingeslikt en wees Dido zijn taken toe. Dido werkte als een ezel en hij was daar dankbaar om want hij wist niet wat hij zou doen als het anders was. Hij bleef Swinthariks gezicht voor zich zien.

Ook Lucifer meldde zich hij had Vitalis naar de plek des onheils gebracht en deze zou verder zorgdragen voor een goede begrafenis.

'En de keizerstent?' vroeg Dido.

'De grote tent blijft ook hier,' zei Lycopersikon, terwijl hij een paar zetels aan de vlammen prijsgaf. 'We laten achter wat de opmars vertraagt. Zo kunnen ze de zwakste lastdieren slachten voor ze bezwijken.'

'Bij schermutselingen blijven altijd dieren liggen,' zei Lucifer. 'Daarom is het beter als we in beweging blijven. En als er niets anders is, kunnen we Perzen roken en pekelen.'

'Daar zullen we weinig aan hebben, jongen,' zei Oribasius. 'Perzen zijn taaie, pezige mannen, met weinig vlees aan de botten.'

'Ik maakte maar een g...g...grapje, heer.' Lucifer was zo iemand die in de donkerste uren grappen gaat maken.

'Het zal je verbazen wat mensen eten als ze echt honger krijgen,' zei Oribasius. 'En jij daar, hoe heet je ook weer?'

'Dido, heer.'

'Kom mee, Dido. Ik heb hulp nodig.'

Op dat moment kwam een ruiter aanstormen en hield halt bij Oribasius in een stofwolk die hen meteen omhulde. 'De keizer...' begon de man. 'Hij is gekwetst geraakt in de strijd. Hij is onderweg hierheen.'

Oribasius bewaarde zijn kalmte. 'Waar is hij gewond, wat voor wond is het?' vroeg hij.

'Een buikwond van een speer of pijl, naar ik begreep.'

'Kom van dat paard en help ons,' zei Oribasius. 'Dido, roep Lycopersikon.'

Lycopersikon kwam aanrennen, Lucifer volgde. Zij namen een behandeltafel die al klaarstond voor het vuur en sleepten die naar de keizerstent.

'Wijn, haal wijn,' zei Oribasius. 'De sterkste die je kunt vinden.'

En terwijl de palatinus zich haastte om nog een kruik te vinden en Dido de geneesheer hielp om de juiste medicijnen te verzamelen, hoorden ze de cavalcade naderen. Julianus zat nog te paard, twee gardisten reden naast hem en hielden hem overeind; het waren Axylus en Jovianus. Ze hielpen de keizer met afstijgen.

'Het gaat al, het gaat al beter!' zei Julianus, met vertrokken gezicht. Hij probeerde te glimlachen, duwde Jovianus weg. 'Geef me mijn zwaard, ik moet terug! De strijd is...' Zijn hand rood van het bloed. Hij zakte ineen en de primicerius domesticorum wist hem nog net op te vangen. Op aanwijzing van Oribasius legden ze hem op de behandeltafel. 'Waar is de wijn?' riep de medicus. Dido vond Lycopersikon, redetwistend met wachters. 'Oribasius wil die wijn nu hebben,' zei hij. Hij griste het kruikje uit de handen van de palatinus en glipte naar binnen. Inmiddels had Oribasius het kleed van de keizer weggesneden. De korte afgebroken schacht van een lans stak nog uit zijn zij.

'Maak ruimte,' zei de lijfarts tegen de opdringende soldaten. 'Ontruim de tent!'

Een aantal mensen bleef, de rest verliet schoorvoetend de tent. Oribasius vroeg Dido een doek op de open wond te houden zodra hij de lans had verwijderd. Dido wilde het liefst zijn ogen sluiten, maar hij keek toe hoe Oribasius voorzichtig de punt uit de wond trok en drukte er toen de doek op. Een donkere vlek trok door het weefsel, hij voelde hoe het doorweekte onder zijn hand.

'Een Lakhmidenspeer,' zei iemand. 'Die komt van de Perzen, gelukkig.'

'Gelukkig?' vroeg een ander.

'Iemand suggereerde dat de aanslag uit onze eigen gelederen kwam.'

'Het zijn twee wonden,' zei Oribasius. 'Ze zitten vlak naast elkaar.'

Oribasius liet Dido de doek weghalen en hij tastte met een vinger in de grootste wond, waar nu nog maar een klein straaltje bloed uit sijpelde. Er moest ook excrement uit komen, want opeens hing de tent vol met een doordringende strontlucht. Een zucht ging door de aanwezigen, verbazing, dat een keizer zo menselijk kon zijn.

'Dido, hou die wond open... zó,' zei Oribasius en hij liet zien hoe de jongen de randen moest opensperren. Terwijl Dido, rillend van afgrijzen, deed wat de arts vroeg, waste Oribasius de wonden met wijn. Vervolgens richtte hij zich op en zei: 'Iedereen behalve deze jongen, verlaat nu de tent. Gun de keizer zijn waardigheid!'

En zo was Dido als getuige en assistent aanwezig toen de arts Caesar Augustus een koperen buis in de anus stak, die was verbonden met een bolstaande varkensblaas. 'Hou die buis op z'n plaats,' waarschuwde Oribasius, terwijl hij de wond waar de speer uit was gekomen, dichthield en tegelijkertijd de blaas langzaam leegdrukte. 'Dit is zout water, om de buikholte te reinigen.'

Het water kwam desondanks tussen zijn vingers door naar buiten, vermengd met smerigheid, maar Oribasius ging door en toen hij klaar was, haalde hij de buis weg en schoof een bak onder de keizer, zodat alles daarin kon lopen. Hij nam een nieuw kruikje, en smeerde een stroperige vloeistof in de wonden, die hij vervolgens met wijn draineerde. Tot Dido's ontzetting haalde hij een naald en draad tevoorschijn, en maakte snel en handig een stiksel binnen in de wond. Daarna stikte hij de buitenste randen dicht, met slechts drie steekjes, zoals iemand dat met een kledingstuk doet, om het tijdelijk te beschermen tegen verder inscheuren.

'Deze speer is niet gegooid,' zei Oribasius, meer tegen zichzelf dan tegen Dido. 'Dit zijn twee steken, kort na elkaar toegebracht. De dader moet vlak bij de keizer zijn geweest.'

'Hoe staat het ervoor, mijn vriend?' vroeg de keizer opeens. 'Zal ik sterven?'

'Dat weten de goden alleen, majesteit,' zei Oribasius. 'Ik doe alles om u te redden.'

'Daar twijfel ik niet aan.' Julianus kreunde, voor het eerst. 'Ik wil mijn vrienden bij me hebben, Oribasius. Roep Priscus, Libanius en Maximus.'

'Voorlopig ben ik klaar,' zei de geneesheer. 'Ze kunnen komen, maar ik wil dat u zich rustig houdt. Als het te vermoeiend wordt, moeten ze weg.'

'Ik heb dorst,' fluisterde Julianus.

'U kunt nu niet drinken, majesteit.'

Oribasius droeg Dido op om in de buurt te blijven, terwijl hij zijn instrumenten ging schoonmaken. Even later kwamen de vrienden en raadgevers van de keizer binnen. Dido ging op het keizerlijke bed zitten, zonder zich af te vragen of dat gepast was en hij keek toe. De keizer was lang aan het woord, de bezoekers namen zetels en gingen bij hem zitten. Oribasius kwam weer binnen. Maximus richtte zich tot hem: 'Wat doet die jongen hier?'

'Hij is mijn assistent,' zei Oribasius. 'Hij heeft kleine handen, die geen schade aanrichten en hij staat nooit in de weg. Ik zal hem nog nodig hebben.'

Tegen Dido zei hij: 'Ga wat eten en drinken, maar blijf beschikbaar.'

Zonder dat Dido het gemerkt had, was het nacht geworden. Buiten vond hij Vitalis die, nog steeds in misgewaad, stond te praten met Jovianus en enkele gardisten. De generaals hurkten bij de ingang en spraken zachtjes met elkaar. Vitalis kwam meteen op Dido toe. 'Hoe gaat het met de keizer?'

'Oribasius heeft hem behandeld. Hij praat nu met zijn raadgevers.' Dido was verbaasd om zijn bezorgdheid om Julianus, het monster dat de wereld in het ongeluk zou storten. Hij besefte zelf opeens hoezeer hij vreesde voor het leven van de keizer.

Vitalis zag zijn blik en zei: 'Al verafschuw ik zijn overtuiging, ik ben beschikbaar voor wie bijstand behoeft. In het uur des doods keren veel dwalers op hun schreden en hun zal worden vergeven.' Hij ontblootte zijn hoofd. 'Laten wij bidden voor het zielenheil van Caesar Augustus.'

Nauwelijks was Dido erin geslaagd een gebed te formuleren, of Oribasius kwam hem halen. 'Ik heb je nodig, het gaat slecht,' zei hij. 'En Jovianus, de keizer vraagt om u.'

'Laat mij meekomen,' riep Vitalis. 'Ik kan hem de sacramenten toedienen.'

'Bid voor hem – doe het hier,' antwoordde Oribasius, hem tegenhoudend, 'de keizer kan nu de hulp van alle goden gebruiken.'

Vitalis protesteerde niet eens.

De wond was weer gaan bloeden en de omstanders, nu ook de generaals, keken stil toe hoe arts en assistent het bloeden probeerden te stelpen.

'In godsnaam, geef me water,' zei Julianus.

Oribasius gaf het hem. De keizer dronk, slaakte toen een lange zucht. De geneesheer greep Julianus' pols en sprak: 'Zijn levensgeesten hebben hem verlaten.'

Pas later hoorden ze hoe de strijd in volle hevigheid was losgebarsten, nadat de soldaten hadden begrepen dat hun keizer gewond was weggevoerd. Wat begon als een schermutseling in de achterhoede en de flank van de infanterie, liep uit op een grote slag tegen een Perzische overmacht, die uit het niets opdook met zijn boogschutters, zijn cavalerie en olifanten. De verliezen aan beide kanten waren enorm geweest en iedereen wist dat de opvolging snel moest worden geregeld, want de Perzen zouden spoedig terugkomen. Tegen de avond hadden alle troepen zich teruggetrokken rond de resten van het kamp.

Pretoriaans prefect Sallustius, die ondanks zijn gevorderde leeftijd fel gestreden had die dag en die het geronnen bloed van de vijanden nog op zijn gezicht droeg, had de aanwezigen aan het doodsbed van de keizer gevraagd om het kwade nieuws vooralsnog binnen de tent te houden.

De generaals stemden in en verlieten een voor een de tent om naar hun onderdeel terug te keren, met de afspraak om de volgende ochtend bijeen te komen om de nieuwe Augustus te kiezen. Hun ondergeschikten kregen te horen dat de toestand van de keizer de voorgenomen mars niet verhinderde, zodat iedereen klaar zou staan voor het vertrek.

Vitalis trok Dido mee toen deze naar buiten kwam. 'Is er nieuws?' vroeg hij.

Axylus, Lucifer en Akakios waren bij hem. Axylus zag bleek, hij had donkere randen onder zijn ogen. Ook hij had een verwonding opgelopen, zijn rechterhand was in verband gewikkeld. Het speet Dido zeer dat hij niet mocht praten. 'Geen nieuws,' zei hij, terwijl hij naar de grond keek.

'Wat gaat er morgen gebeuren?' vroeg Vitalis.

'We gaan op weg, volgens plan – maar eerst komen de generaals bijeen.'

Vitalis keek hem strak aan. Toen zei hij: 'Ga slapen; morgen zul je erbij zijn.'

'Kan ik niet met jullie mee?' vroeg Dido.

'Wij blijven hier,' zei Vitalis. 'Niemand mag vanavond de afgezette ring rond de hoftenten verlaten en we weten allemaal wat dat betekent. Er is plaats genoeg in de tent van het personeel en Lycopersikon heeft al voorzieningen getroffen.'

Het was lang geleden dat Dido in één ruimte had geslapen met Vitalis en hij zorgde ervoor dat hij niet naast hem kwam te liggen. In het donker probeerde de jongen niet te denken aan zijn begindagen met dit groepje mensen, dat hij ondanks alles als zijn familie was gaan beschouwen. Hij besefte opeens dat hij iemand miste. 'Waar is Swintharik eigenlijk?' vroeg hij. Een tijdlang kreeg hij geen antwoord; hij vroeg zich af of ze al sliepen, maar aan de ademhalingen om hem heen merkte hij dat dit niet het geval was.

'Hij wordt vermist sinds de eerste schermutseling,' zei Vitalis toen. 'Onze dierbare vriend is in een beter oord, Dido.'

Dido stond zichzelf niet toe te huilen, want hij vreesde dat iemand hem zou troosten, maar desondanks vloeiden de tranen over zijn gezicht. Hij dacht terug aan de laatste keer dat ze allemaal samen waren, toen Aurelia nog leefde. En hij zag weer hoe Swintharik pratend en gesticulerend wegliep met Axylus en vervaagde in de stofsluier, alsof zijn verdwijning uit deze wereld toen al een aanvang had genomen.

* * *

Uit een afschrift van de aanwezige geheimschrijver zou Dido jaren later noteren wie aanwezig waren bij de vergadering over de opvolging.

Allereerst was daar de grijze Sallustius, pretoriaans prefect van het oosten en de enige consul – de andere was immers net overleden. Nevitta, de brute Frank en *magister equitum*, ex-consul en een trouwe strijdmakker van Julianus. Dagalaif, ook een medestrijder van Julianus' eerste uur en *comes domesticorum*; Victor, de *magister peditum*, die – zo had Vitalis dikwijls benadrukt – een strenge volgeling was van de Niceense belijdenis, net als Arintheus, een reusachtige man met titanenkracht en aanvoerder van de linkervleugel. En dan was er Jovianus, het hoofd van de keizerlijke lijfwacht.

Ze kwamen voor de dageraad bijeen en Sallustius liet weten dat niemand de tent mocht verlaten en dat ze niets zouden drinken dan water, tot de nieuwe keizer was verkozen. Er zouden geen volwassen bedienden aanwezig zijn.

Iedereen was zich bewust van de noodzaak van een snelle verkiezing; een groot deel van het leger stond al opgesteld voor vertrek en hoewel de gardisten nog altijd een kordon onderhielden rond de vergadertent, verzamelden zich vele soldaten in de nabijheid in afwachting van een uitslag. Het nieuws moest al zijn uitgelekt.

De ingang werd streng bewaakt. Dido en Lucifer droegen zorg voor de karige rantsoenen van de vergaderaars. Vitalis pakte in het voorbijgaan Dido beet en kuste hem. Hij fluisterde: 'Hou me op de hoogte!'

Ze traden binnen en zetten kommen neer voor de mannen. Victor was aan het woord. 'Geen kandidaat is beter dan u, consul! U hebt het recht niet om te weigeren. Als u het purper niet wilt dragen, kunt u afstand doen als we terug zijn in beschaafd gebied.'

'Mijn gezondheid laat het niet toe,' zei de oude man. 'We zijn op veldtocht, ver van huis. Een oorlogvoerend keizer moet sterk zijn. De kans is groot dat ik eveneens sneuvel, ieder van u zou een betere keuze zijn.'

Het lichaam van Julianus lag nog altijd op de tafel, al was die verplaatst, zodat de vergaderaars in het midden konden zitten. Oribasius stond bij het lijk, misschien had hij het gewassen of gebalsemd, voor de reis. Ze zouden de keizer niet in de woestenij begraven. Jovianus liep, de armen voor zijn borst gekruist, heen en weer tussen het opgebaarde lichaam en de tafel.

'Dan zijn we weer terug waar we waren,' zei Dagalaif. 'Sallustius heeft gelijk, de nieuwe Augustus moet een ervaren legerman zijn.'

Nevitta sloot zich bij hen aan. Zou hij, de barbaar, zichzelf als keizer zien? Dido nam de anderen op. Arintheus, die nu het woord nam, was in alle opzichten een ontzagwekkend man. 'Wij moeten verder kijken dan de huidige situatie,' begon hij. 'Sommigen van ons, onder wie ikzelf, hebben onder Constantius gediend. We zijn ervaren in de strijd en ook in andere zaken die de aandacht van een keizer vragen.'

Nevitta onderbrak hem. 'Er gaan geruchten dat Julianus door iemand uit de eigen gelederen is gedood. Ik eis een onderzoek, we mogen geen moordenaar op de troon zetten!'

'Voor zulk onderzoek is geen tijd,' zei Arintheus. 'Ik ga ervan uit dat hier alleen eerbare mannen aanwezig zijn. De koers van Julianus heeft diepe verdeeldheid veroorzaakt in het rijk. We moeten iemand nemen die boven de facties staat en de verschillen overbrugt.'

Nevitta sloeg met zijn vuist op de tafel. 'Dat is van later zorg,' riep hij. 'Een man die ons leger thuisbrengt, zal ook in staat zijn de mindere geschillen op te lossen. Bij de hoeren van Massilia, ik verga van de dorst.'

Lucifer stond al klaar om hem water bij te schenken. De cavalerist sloeg hem de kruik uit de hand. 'Niet die rotzooi, idioot!' Hij haalde uit, maar Lucifer dook onder de hand door.

Jovianus trad op Nevitta toe. 'Blijf rustig,' zei hij, 'dit leidt tot niets. Wij moeten ons nu niet druk maken over water of wijn.'

Nevitta snoof. 'Wiens onzalige idee was het dat wij niet konden drinken?'

'Als we tot overeenstemming komen, kunt u drinken wat u wilt. Dan nemen we een heildronk op de nieuwe Augustus.'

Dido verzamelde de scherven van de grond en toen hij de grootste stukken had, liep hij naar buiten om ze weg te gooien. 'Laat de wijn klaarmaken,' riep Jovianus hem na.

Zijn stem moest buiten te horen zijn geweest, want zodra Dido de tent had verlaten, klampte Vitalis hem aan. 'Ze willen wijn?' vroeg hij. 'Wie is het geworden?'

Alle blikken waren op Dido gericht. Hij schudde zijn hoofd. 'Jovianus droeg me op om...'

Vitalis trok hem tegen zich aan, zodat hij geen woord meer kon uitbrengen. 'Horen jullie dat?' zei hij tegen de gardisten in de onmiddellijke nabijheid. 'Het is Jovianus.'

De mannen keken hem twijfelend aan, maar Vitalis maakte zich zo lang mogelijk en riep het toen met luide stem, zodat iedereen het kon horen: de gardisten die de massa op afstand hielden, de soldaten die vol ongeduld wachtten op nieuws en al het trosvolk dat zich in de buurt ophield. 'Het is *Jovianus*... Jovianus Augustus!'

Nog voor hij was uitgeroepen, viel Axylus in. 'Jovianus Augustus!'

Meer aanmoediging hadden de gardisten niet nodig; hun commandant, de primicerius domesticorum Jovianus, was uitverkoren. Zij namen de kreet over: 'Jovianus Augustus!'

Binnen enkele ogenblikken verspreidde het nieuws zich over de hele marsorde die zich al over mijlen uitstrekte. Zo luid was de bijval, dat Dido zijn handen tegen zijn oren moest houden. Trompetten begonnen te schetteren, trommels roffelden en het kordon hield niet langer stand, de soldaten verdrongen zich rond de tent.

Na de acclamatie moesten de aanwezigen in de tent hebben begrepen dat er geen weg terug was. De roep om Jovianus werd al luider en het duurde niet lang of hij stapte naar buiten en stak zijn handen op. Men had hem in allerijl omhangen met het keizerlijk purper; de mantel was te klein voor hem, maar het maakte hem des te indrukwekkender; de verrassing was nog niet verdwenen van zijn gelaat. Hij nam de toejuichingen in ontvangst en opeens stond Vitalis voor hem en knielde. De nieuwe Augustus pakte zijn hand, hielp hem overeind en omhelsde hem.

Dido keek met open mond toe, van de keizer naar zijn patroon, in wiens invloed hij steeds minder was gaan geloven. Zo jong als hij was, begreep hij welk hoog spel de man speelde en hoe handig hij zichzelf in een gunstige positie had gedraaid, als geestelijke naast de nieuwe keizer.

Lycopersikon schudde hem door elkaar. 'De heildronk, schiet op!' Hij duwde Dido een kruik in de handen en de jongen wilde naar binnen gaan, maar de ingang was versperd door de vergaderaars die naar buiten kwamen. Nevitta griste de kruik uit zijn hand en gaf hem een schop, zodat hij over de grond rolde. Dido kroop buiten zijn bereik en bleef zitten, terwijl de toejuichingen doorgingen.

Uiteindelijk luwde het rumoer.

Jovianus sprak de menigte toe. Hij dankte het Romeinse volk voor de eer die hem te beurt was gevallen en hij deed voorkomen als had de vergadering hem gekozen, want wie durfde dat nu nog te ontkennen? Hij eerde de nagedachtenis van Julianus, zijn voorganger. En toen zei hij iets merkwaardigs. 'Ik aanvaard het purper, maar nu ik hier voor u sta, zeg ik u dit: ik zal niet regeren over heidenen!'

Het bleef even stil.

Toen riep iemand: 'Sire, wij zijn christenen!'

De kreet werd overgenomen. Dido begreep dat ze op dat moment alles zouden hebben geroepen, want zo gaat het dikwijls met menigten. Een laatste mededeling had Jovianus alvorens men de reis zou hervatten: 'Ik laat onderzoeken of de moordenaar van Julianus er een van ons was en als dit zo is, dan breng ik hem op de brandstapel, want ik zweer u: geen keizersmoord blijve onbestraft!'

Al in de eerste uren van Jovianus' keizerschap vielen de Perzen met grote felheid de rechterflank aan en het leek of ze ditmaal alles in de strijd hadden gegooid. De olifanten lieten de aarde dreunen en mensen en paarden vluchtten in paniek alle kanten op, voor zover ze niet werden vertrapt. Dankzij een snelle tegenaanval moesten de Perzen zich terugtrekken en de hongerige Romeinen stortten zich als aasvogels op de paarden die waren blijven liggen en op de gedode olifanten. Spoedig schoot er niets over dan skeletten.

Er was zelfs geen tijd om de gesneuvelden in massagraven te leggen. In wanorde kwam de hele stoet op gang. Om zich onderweg te reinigen van het bloed van dieren en mensen, stond de overlevenden niets anders ter beschikking dan zand.

In de nacht bleef het rustig afgezien van een schermutseling met Saraceense ruiters die even snel verdwenen als ze waren opgedoken.

De ochtend daarop, vlak voor het begin van een nieuwe dagmars, was Dido op zoek naar Lucifer. Wel kwam hij Axylus tegen, die op weg was naar de reistent van de keizer. Hij zag er moe uit en had een veeg bloed over zijn tuniek. Hij zag Dido en zei: 'We hebben ze ervan laten lusten, vannacht.'

Vitalis kwam erbij. 'Hoe ging het?' vroeg hij gespannen.

'Wat moest gebeuren is gebeurd,' zei Axylus.

'Waar hebben jullie het over?' vroeg Dido. 'Hebben jullie Lucifer gezien? We staan op het punt te vertrekken en hij is nergens te vinden.'

Axylus klopte de jongen op de schouder en hij volgde Vitalis naar de keizer die zich nog onderhield met een paar krijgstribunen, hoewel de bazuinen voor de afmars al klonken. Dido klom op de reiswagen van Lycopersikon. Hij keek hoe zijn vrienden de keizer eer brachten en probeerde het gesprek te volgen.

'Ik heb een eed afgelegd,' zei de nieuwe Augustus kwaad tegen een tribuun. 'Het is mijn plicht.'

De man sprak hem tegen. 'Majesteit, we zullen iedereen nodig hebben en kunnen niet wachten. Ik heb al melding gekregen van overlopers. Shapur zal horen hoe hopeloos we ervoor staan en dan zal hij zijn aanvallen met grote felheid voortzetten.'

Een ander sprak: 'Misschien is het nu tijd om te onderhandelen, majesteit!'

Axylus deed een stap naar voren. 'Laat ons zoeken naar de moordenaar, Sire,' zei hij. 'Ieder uur dat we wachten wordt het moeilijker om hem te achterhalen. Ik breng u zijn hoofd!'

'Weet je dan wie het heeft gedaan?' vroeg Jovianus.

'Zijn naam ken ik niet, maar ik ving een glimp van hem op. Hij vluchtte in de richting van de rivier.'

Jovianus schudde nadenkend het hoofd. 'Het zal moeilijk zijn om hem te vinden. Hoeveel man heb je nodig?'

'Alleen Vitalis en ik zullen gaan,' zei Axylus. 'Ik ben een ervaren spoorzoeker. We volgen hem tot aan de riviermonding als het moet; later voegen we ons weer bij u.'

'We zullen reizen als een geestelijke met zijn leerling,' zei Vitalis. 'We hoeven ons niet anders voor te doen dan we zijn – geen Pers zal ons aanraken.'

Jovianus keek om zich heen. 'Waar is jullie vriend Swintharik eigenlijk?' vroeg hij. 'Ik heb hem al dagen niet meer gezien.'

Vitalis schudde zijn hoofd. 'Hij is gesneuveld, in dezelfde slag die Julianus fataal werd,' zei hij.

'Dat spijt me. Hij was een dappere jongen.' Jovianus schudde zijn hoofd en greep Vitalis' handen. 'Presbyter,' zei hij. 'Ik weet hoeveel ik aan u te danken heb. Ik laat jullie gaan in de wetenschap dat God met jullie is. Wij zien elkaar spoedig terug.'

Hij liet in allerijl twee rijdieren brengen en voorraden voor een week.

Dido zocht het hoogste punt op van de wagen, die al in beweging was gekomen. Hij keek de twee ruiters na tot ze stipjes waren in de geblakerde vlakte.

Het zou jaren duren voor hij Vitalis weerzag.

* * *

Weken later, bij de intocht in Antiochië, kregen de haveloze, half uitgehongerde krijgers geen heldenontvangst, al had Jovianus boodschappers vooruit laten gaan die hem als grote overwinnaar moesten afschilderen. Hij had bij de vredesonderhandelingen stukken van het rijk moeten prijsgeven aan de Perzen. De Antiochenen dreven de spot met hem in vlugschriften, muuropschriften en zelfs openlijk, in spreekkoren die opstegen uit de menigte.

Ondertussen werd overal de naam en beeltenis van de overleden Afvallige weggebeiteld.

Dido was onderweg al zijn vrienden kwijtgeraakt, ook Lucifer was al sinds het begin van de terugtocht verdwenen. Maar onderweg maakte Dido nieuwe vrienden en hij had veel werk aan een gewonde die meereisde in de wagen, waardoor hij niet te veel kon stilstaan bij zijn verlies.

Veel mensen uit de legertros verlieten de troepen bij Antiochië, de helpers en werkers werden verstrooid over het land. Akakios bleef achter in Antiochië, Dido volgde het hof. Hij werkte voor Lycopersikon, maar hij was niet meer degene die de keizer bediende. Hij reisde mee naar Ancyra en in de zevende maand van zijn regering, laat in de winter, stierf Jovianus in Bithynië, hij stikte – naar men zegt – in de uitwasemingen van het kacheltje in zijn tent.

De nieuwgekozen keizer, Valentinianus, arriveerde op de schrikkeldag en op diezelfde dag besloot Dido terug te keren naar Constantinopel. Hij kreeg leeftocht mee van Lycopersikon en legde de afstand grotendeels rennend af.

In de stad trof hij niemand van vroeger. Ook het huis van Theodoulos leek verlaten, de tuinen waren overwoekerd door onkruid. Dido zwierf wat rond over de markten en langs de havens en hoorde dat de nieuwe keizer zijn broer Valens tot medekeizer had gemaakt. Maar Dido zou de intocht van de broederkeizers in Constantinopel niet meemaken, want op een dag liep hij een paar matrozen tegen het lijf die hij nog kende van zijn reis naar Delphi. Zij brachten hem bij kapitein Judas en via hem kreeg hij een baantje bij Vogelvlucht. Hoewel hij nog altijd klein van stuk was, zou niemand hem meer voor een kind houden; hij werd een bereden koerier en als het terrein dat niet toeliet, werkte hij als renbode, want Vogelvlucht maakte nog altijd geen omwegen.

Hij genoot van zijn nieuwe rol en meende al dat hij zijn roeping had gevonden, toen de leiders van de koeriersdienst Vogelvlucht werden opgepakt en van de aardbodem verdwenen. Keizer Valens, die het oostelijk deel van het rijk bestuurde, had in de herfst van het jaar van zijn kroning te maken gekregen met een tegenkeizer, een usurpator. Het was niemand anders dan Procopius, de oom van Julianus, die het bevel had gevoerd over het Tigrisleger. Omdat Procopius veel steun genoot in het oosten, kostte het Valens acht maanden om zijn gezag te herstellen.

Dido die, toen zijn werkgevers werden gearresteerd, op een missie was in de buurt van Ravenna, begreep achteraf dat Procopius veel gebruik had gemaakt van hun diensten. De imperiale postdienst was immers verregaand vervlochten met de *agentes in rebus*, de spionnen van Valens. Het was het einde van Vogelvlucht.

Dido vreesde een tijdje dat ook hij gevaar liep, maar niemand scheen op de hoogte te zijn van zijn bestaan. Hij besloot om terug te gaan naar Constantinopel en op zoek te gaan naar een betrekking.

* * *

Mijn vrouw wil weten wat er verder met Akakios gebeurde.

Ik moet haar het antwoord schuldig blijven. Akakios bleef achter in Antiochië, waar ik hem jaren later, ten tijde van Valens' regering, ontmoette. Dat was die keer dat hij mij het bericht gaf voor Vitalis en zei dat hij ook naar Durostorum zou komen. Was dat gebeurd?

Helaas, dit heb ik nooit kunnen achterhalen. Akakios verdween, misschien stierf hij ergens langs de weg van ouderdom, misschien leefde hij zelfs nog toen de barbaren de Hoer van het Oosten plunderden en iedereen op hun weg doodden. Ook wij verbleven vlak daarvoor in de stad voor mijn onderzoek. We behoorden tot de gelukkigen die de stad op tijd konden verlaten en ik heb Akakios niet gezien in die woelige dagen. Sommige verhalen, vrees ik, hebben gewoon geen einde.

Boek v

Vagebonden

26

Alêtis in Efeze

(377)

Alêtis had Swintharik achtergelaten buiten de stadsmuren en ze liep zo snel haar vodden het mogelijk maakten naar de stad waar ze een paar jaar geleden een praktijk had gehad als vroedvrouw. Op dit uur lag Efeze nog in de ochtendschaduw van een berg, die zich in het zuiden uitstrekte als een eeuwig slapend reptiel.

Swintharik had meegewild, maar Alêtis was onverbiddelijk geweest. 'Ik wil niet opvallen,' had ze gezegd. 'Zolang we niet weten wie er achter je aan zitten, blijf je uit het zicht.' De podeoon had ze niet eens genoemd; hij wist zelf ook dat hij voor gek liep met dat ding op zijn rug en desondanks bleef hij het meeslepen. En hoewel ze niet duldde dat hij tijd verspilde aan zijn wijnzak, wist hij het ding steeds weer bij te vullen. Ze hadden al genoeg oponthoud gehad en ze verlangde ernaar Tettix terug te zien. Maar eerst moest ze dringend geld hebben voor nieuwe kleren en voorraden. Ze had zich onderweg weer oud gemaakt; as in haar haren om ze grijs te maken; haar gezicht was vanzelf besmeurd geraakt met het stof van de wegen.

In de stad zocht ze snel haar weg tussen de mensen die al door de straatjes krioelden.

'Moedertje, wat een haast!' protesteerde een man, met wie ze bijna in botsing kwam. Omdat hij geen aanstalten maakte om opzij te gaan, gaf ze hem een duw en liep verder, zonder te letten op de lachende omstanders. Nu had ze toch weer de aandacht op zich gevestigd! Op een driesprong van stegen bleef ze staan, het was veranderd in vijf jaar. Een huis was half ingestort, een ander uitgebreid en zelfs het stratenpatroon leek niet meer dat van voorheen. Opeens zag ze het bekende wisselkantoor. Het was dicht. Aan die mogelijkheid had ze niet gedacht. Wat als Jefta niet meer leefde? Zouden zijn opvolgers haar aanspraken erkennen zonder stortingsbewijs? Was het kantoor verlaten?

Ze klopte met beide handen op de zware deur en ergens boven haar schoof een luik open. Een stem zei: 'Het is sabbat...'

'Maak maar een uitzondering.'

Een hoofd stak ver uit, verdween meteen weer en even later knarste de deur open. Jefta omhelsde haar en ze begroef haar gezicht in zijn lange grijze krullen.

'Alêtis, kom je voorgoed bij me?' vroeg hij terwijl hij haar naar binnen trok.

'Helaas.' Ze dook lachend onder zijn arm door. 'Je weet wel beter.'

'Wat zie je eruit!'

'Ik heb onderweg wat oude vodden opgepikt; ik kwam vrijwel naakt aan land na een schipbreuk en verblijf op een eiland.'

Jefta vroeg niet verder. Alleen het grijze haar verried zijn leeftijd. Aanvankelijk was hij haar zaakwaarnemer in Efeze, daarnaast waren ze een tijdlang minnaars geweest. Ze had zich aangetrokken gevoeld door zijn woeste kracht en luidruchtige vrolijkheid, maar na twee intense maanden was ze gevlucht, ze kon geen blaadje zijn in een wervelstorm. Daarnaast telde hij het dubbele van haar jaren.

Hij manoeuvreerde haar naar een geweven zitkussen met complexe motieven, riep om wijn en ging tegenover haar zitten. 'Waar ben je geweest?' vroeg hij. 'Ik dacht dat je dood was.'

'Nergens,' zei ze. 'Ik reis zonder doel.'

'En nu?'

'Mijn reis is nog niet ten einde. Ik heb geld nodig.'

Een jonge vrouw kwam binnen met een kruik en een paar stenen wijnkroezen, zette alles neer en trok zich terug.

'Ik zal morgen een lijst voor je maken van je bezittingen,' zei hij. 'Je landerijen renderen, je zult versteld staan. Het is...'

Ze onderbrak hem. 'Ik moet zo weer weg,' zei ze. 'Er wacht iemand op me buiten de stad. Ik moet wat handgeld hebben om de komende maanden te overleven.' Ze maakte haar gordel los. 'Een paar solidi, een handvol zilverlingen. We spreken elkaar een andere keer.'

Hij stond op. 'Ik vraag Alya om het erin te naaien,' zei hij. 'Heb je meer nodig?'

'Kleren, dekens en een ezel,' zei ze. 'Leeftocht voor een paar dagen; ik wil me liever niet te lang op markten en pleinen begeven.'

'Geef me een uur.'

Swintharik bekeek de beladen ezel en Alêtis' nieuwe mantel. Ook voor hem had ze een reismantel, en verder dekenrollen en een voorraad voedsel.

'Niets te drinken?'

Ze haakte een wijnkruik los en stak hem die toe. 'Het schemert al,' zei ze. 'Ik had bij nacht willen rijden, maar het ziet ernaar uit dat het gaat regenen. We zoeken een schuilplaats voor de nacht. Ik wil voorlopig de mensen mijden.'

'Hoe kom je aan al die spullen?'

'Ik heb hier een oude vriend wonen.'

Ze vertelde hem niet van het geld en hij vroeg niet verder. Hij goot de kruik leeg in de podeoon en gooide die op de bepakking van de ezel. 'Voorwaarts dan,' zei hij, terwijl de eerste spetters begonnen te vallen.

'Je verbaast me,' zei ze. 'Slaapt de dipsa?'

'Die slaapt nooit. Maar ik hoef niet altijd naar haar te luisteren.'

Ze verlieten de weg en volgden een geitenpad. Alêtis vervloekte haar haast, ze had rustig bij Jefta kunnen slapen, Swintharik kon zich wel een nacht alleen redden. Spoedig gutste de regen en het pad veranderde in een kolkende modderbeek. Swintharik trok de ezel dicht tegen de rotswand en begon wat struikgewas weg te buigen. Achter de begroeiing werd een donkere spleet zichtbaar. 'Hier schuilen we,' zei hij.

'Hoe wist je dat daar een grot was?'

'Ik zie het aan de plantengroei.' Hij stak zijn hoofd naar binnen en snoof de lucht op. 'Het is hier veilig,' zei hij toen. Hij bracht de ezel uit het zicht, ontdeed hem van zijn bepakking en bond hem vast aan een boompje. Alêtis kroop het hol in en hij volgde, met bagage en podeoon.

'Kom hierheen,' zei ze. 'Het is hier droog en warm. We zullen eindelijk goed slapen.'

Hij probeerde te staan, maar de zoldering was te laag. In gebogen houding vond hij de plek waar ze al een deken had uitgespreid. Hij hurkte in het aardedonker en tastte voor zich uit.

'Je hebt me gevonden,' zei ze. 'Die hand kun je weghalen.'

Hij had zijn hand op haar buik gelegd en liet hem daar en opeens wilde ze niet meer dat hij hem weghaalde. Toen hij tegen haar aan lag, sloeg ze een arm om hem heen. Het moest niet te ver gaan, dacht ze. Maar er was al geen weg terug, haar handen zochten zijn lichaam, terwijl hij haar gordel losmaakte en haar kleed opschortte zodat zijn handen vrij spel kregen. Ze beantwoordde zijn kussen en draaide zich op hem.

'Maak me niet zwanger,' fluisterde ze, al had ze zelf het voortouw genomen. Naderhand boog ze zich naar hem toe, drukte haar lippen tegen de zijne en vlijde zich tegen hem aan. In het aardedonker lagen ze daar tegen elkaar uit te hijgen en geen gedachte had zich nog in hun hoofden gevormd, toen opeens een mannenstem vlakbij vloekte. Terwijl ze verstijfd toeluisterden, kwamen er stemmen bij, ontspon er zich een conversatie.

'Wat was dat?' Een bange jongensstem.

'Wat was wat, Exacustodianus?' Deze sprak korzelig, hij moest iets ouder zijn.

'Ik werd wakker, ik dacht dat ik een vrouwenstem hoorde!'

'Je zult gedroomd hebben.'

Een derde stem kwam ertussen. 'Exacustodianus heeft gelijk, ik hoorde het ook!'

Een vierde stem: 'Het was Serapion. Als hij de hand aan zichzelf slaat, komen de vrouwen van zijn fantasie vanzelf tot leven.'

'Heel grappig, Dyonisius,' zei een vijfde. 'Zijn we nu allen wakker?'

Iemand maande de anderen tot stilte. 'Vergeet niet dat we op de vlucht zijn.'

'Onzin,' meende een ander, 'deze grot is veilig, hij is nauwelijks te vinden.'

De allereerste stem begon weer: 'En wat als ik het goed hoorde, als hier werkelijk een vrouw is?'

'Dan sturen we haar weg,' zei er een. 'Wij hebben een kuisheidsgelofte afgelegd. Het heeft geen pas dat we met een vrouw in dezelfde ruimte verkeren.'

Alêtis maakte zich los van Swintharik. 'Waarom gaan jullie zelf niet weg?' vroeg ze. 'Ik heb geen kuisheidsgelofte afgelegd, dus het is jullie probleem.'

Het bleef even stil.

'Wie ben jij?' klonk het toen van verschillende kanten.

'Ik ben een reizigster, die hier met haar metgezel schuilt voor de regen.'

'Het regent niet meer,' zei iemand meteen. 'Ga weg, reizigster!'

'We willen verder slapen.'

'En wij waren hier het eerst.'

'Zijn jullie criminelen?' vroeg Alêtis, 'dat jullie op de vlucht zijn?'

'Integendeel!' Ze kon de stemmen niet meer uit elkaar houden. De spreker ging verder: 'Wij zijn broers, die geen andere misdaad begingen dan het volgen van de levende Christus.'

Alêtis had genoeg gehoord. 'Goed dan,' zei ze. 'We gaan al. Als het niet meer regent, kunnen we net zo goed weer op pad gaan. Ik mag dan geen kuisheid beoefenen, ik slaap niet graag in één ruimte met christenen.'

De mannen maakten wat minachtende geluiden en vreemd genoeg lieten ze niets meer horen, terwijl de reizigers hun spullen bijeenpakten en de uitgang opzochten. Maar voor ze achter Swintharik aan naar buiten kroop, bleef Alêtis nog even zitten en spitste haar oren. Ze meende dat ze de regelmatige ademhaling hoorde van slapende mannen. 'Ik wens jullie een goede nacht,' mompelde ze en maakte dat ze buiten kwam.

Daar vond ze Swintharik, die zachtjes in zichzelf stond te praten. 'Waar is dat stomme beest nu? Ik had hem toch goed vastgemaakt?'

'Is de ezel weg?' vroeg ze. 'Dat meen je niet!'

Hij scharrelde wat rond in het maanlicht, onderzocht de bodem tussen de rotsen en kwam toen weer overeind. 'Hier ligt hij,' zei hij toonloos. 'Hij is dood, en er is alleen een skelet over.'

Ze deed twee stappen en onderzocht toen de plek. 'Het is inderdaad een skelet,' zei ze toen. 'Maar je vergist je, dit ligt hier al lang. De huid is hard en oud, volkomen uitgedroogd.'

'Uitgedroogd? Na die lange regens? Dit is onze ezel.' Swintha-riks stem klonk als vanuit het graf. 'Het tuig zit nog om de schedel, het leidsel zit vast aan de boom waar ik hem zo-even heb vastgebonden. Dit is mijn knoop.'

'Hoe kan dat? We zijn nog geen uur binnen geweest!' Tot haar eigen ergernis begon Alêtis te beven, terwijl het niet koud was. 'We moeten verder,' zei ze in plotselinge paniek.

'We moeten heel snel weg,' beaamde hij.

Ze namen de ezelspakketten op en kozen het geitenpad, in de richting van de grote weg. Alêtis keek enkele malen over haar schouder, maar er kwam niets achter hen aan. Pas mijlen verder klopte haar hart weer normaal. Ze hadden niet gesproken, maar Swintharik nam af en toe een grote teug uit de podeoon.

'Geef mij ook wat,' zei ze ten slotte, al had ze zich voorgenomen om nooit met hem mee te drinken. Ze zette de hals aan haar mond en gulpte de wijn naar binnen, die haar lichaam in een aangename gloed bracht en alle spoken verjoeg.

En hoe warm was de nacht voor het jaargetijde!

27

De Nacht van de Dipsa

(Tweestromenland, zomer 363)

Een bijzondere slang is de dipsa, waarvan we weten dat de beet onlesbare dorst veroorzaakt. Hoewel men beweert dat haar beet dodelijk is, kan een getroffene de dood afwenden door de regelmatige inname van wijn, bier of andersoortige geestrijke dranken.

Soms is de dipsaslang zo klein of zo snel, dat de dipsalijder zich niet bewust is geweest van de beet. De enige aanwijzing dat de getroffene daadwerkelijk werd gebeten, ligt dan in de symptomen zelf.

(Leontius' lessen, opgetekend uit de mond van zijn zoon)

Blind van het slangengif had Swintharik op de rivieroever rondgekropen en ten slotte was hij uitgeput neergezegen. Net toen hij zich begon af te vragen of zijn blindheid blijvend was, zag hij hoe het zwart van de nacht verkleurde tot rafelig grijs. Hij bekeek zijn gezicht in een poel en schrok van degene die hem vanuit de diepte aanstaarde. Wanneer was hij zichzelf kwijtgeraakt? Hij probeerde zijn herinneringen te ordenen. De slangenbeet, dat was het laatste. En toen dacht hij aan het verhaal van de dipsaslang. Was er een tegengif?

En waarom kwamen zijn vrienden hem niet ophalen? Axylus wist waar hij was, ze hadden samen deze schuilplaats uitgezocht. Hij probeerde te bidden, maar het kwam hem voor dat zijn God hem had verlaten, de aanwezigheid die hem had bezield, was verdwenen. En hoe hij ook zocht, de zekerheid van zijn geloof was hem ontglipt en hij kon zich er zelfs geen voorstelling meer van maken. De herinnering leek nu een kinderfantasie, een waanvoorstelling die ineenschrompelde en vervaagde als een nauwelijks herinnerde droom.

Naar de hel ermee!

Hij sprong overeind. De rivier kabbelde nog aan zijn voeten en hij besloot haar te volgen. Voor Perzen was hij niet bang, hij vreesde de dood niet en als het vlietende water al lokte, dan was dat niet omdat hij ervan wilde drinken. De razende dorst versterkte zijn doodsverlangen. Was het een wijnstroom geweest, hij had zich erin laten glijden. Hij probeerde zijn gedachten op iets anders te richten, zag Aurelia voor zijn geestesoog, maar het was niet de levende lieflijke Aurelia die hij gekend had, alsof haar beeld was uitgewist in zijn herinnering en vervangen door dat allerlaatste, dat hij niet kon kwijtraken.

Hoeveel draaglijker zou de reis zijn als hij maar één slok kon drinken!

De wolken trokken weg. In de zinderende middag rondde Swintharik een rivierbocht en lang voor hij het slagveld in het oog kreeg, rook hij het al. Hij zag de aasvogels stijgen en dalen op de winden, de onreine vogels cirkelden boven de overvloed.

Dit was niet het strijdperk dat hij was ontvlucht, hier was een etmaal geleden nog gevochten. De vogels weken geen duimbreed toen hij, de stank trotserend, rondliep tussen de krengen van de eens zo trotse legionairs, ze hielden hun ogen op hem gericht, terwijl ze doorhakten met hun sterke snavels en flarden rottend vlees losrukten van de botten der gevallenen.

Aan de riem van een legionair vond hij een ongeschonden wijnzak. Even was zijn dorst gelest. Hij wierp de lege zak naar een gier en keek om zich heen. Nu pas kon hij zijn omgeving aandachtig beschouwen. De lijken waren die van Romeinen en hulptroepen, gedeeltelijk al ontvleesd. Een paard lag op z'n zij, een kolossale gier wroette rond in het uitgeholde karkas. Swintharik schrok van drie jakhalzen die hem, overmoedig door hun aantal, van achter een half uitgebrande wagen tegemoet traden. Hij wrong een zwaard uit een dodemanshand en de lafaards slopen weg, achteromkijkend en met ontblote tanden grommend. Waren er gewonden of stervenden geweest, deze krengeneters zouden niet hebben gewacht op het breken van de ogen.

De legers hadden geen tijd gehad om hun doden op te ruimen; dat wees op een verloren strijd. Ver weg in een rivierbocht dacht hij even een donkere massa te zien op de weg, maar het waren oeverbossen, de terugtrekkende legerschare moest hem dagen vooruit zijn, misschien joegen de Perzen hen na.

Hij liep naar de hoge rivieroever waar de resten van een tentenkamp stonden, hopend op een teken, een boodschap van zijn vrienden. Waren ze ter dood gebracht, was hun rol in de keizersmoord uitgelekt? Die gedachte vervulde hem met diepe wanhoop. En was de keizer echt dood? Hij merkte dat hij op zijn knieën lag, zijn krachten weggevloeid. Twee gieren hipten naderbij en bestudeerden zijn gezicht. Met uiterste krachtsinspanning kwam Swintharik overeind, schopte naar ze en sleepte zich de helling op. Nu niet verzwakken, want hoewel zijn leven hem onverschillig liet, wenste hij niet te sterven door aasvogels die hem het levende vlees van de botten scheurden.

Op de hoge oever lag maar één lijk en hij herkende de dode aan zijn kleren die besmeurd waren met bloed. Lucifer lag op zijn buik en toen hij hem voorzichtig probeerde om te rollen, zag hij dat zijn keel was doorgesneden. Donkere vlekken in het verder zo bleke gezicht. Hij schreeuwde, liet de jongen los zodat zijn stijve lichaam in de oude positie terugschoot. Hij kromp ineen. Vervloekte Perzen! Lucifer had niet eens deelgenomen aan de strijd. En wie waren er nog meer gedood?

Hij stond op en wankelde verblind door zijn tranen weg van het kadaver. Hij struikelde, rolde een paar keer om en stortte toen in de rivier.

In grote ademnood worstelde hij zich naar boven en klampte zich vast aan een boomwortel die afhing uit de steile oever. Van daaruit werkte hij zich van wortel naar wortel, tot er een afbrak en de stroom hem greep en meesleurde. Verderop sloeg hij tegen een boomstam die in de rivier hing. Nu kon hij zich op het droge trekken. Lang bleef hij daar zitten, hij viel zelfs in slaap en ontwaakte door het gekef van een vosje. Hij herinnerde zich, schreeuwde in woede en machteloosheid naar de gloeiende sterrenhopen.

Later raapte hij het zwaard op dat hij eerder had gebruikt. Hij rende naar het paard waar de gieren nog bezig waren en hakte op ze in. Eentje wist hij te onthoofden, het beest sprong weg, al zonder kop, klapperde nog drie, viermaal met zijn grote vleugels en viel toen om. De andere gieren verlieten schoorvoetend de krengen en waggelden naar een veiliger plek of verhieven zich moeizaam in de lucht. Swintharik bleef hakken, ook toen er niets meer leefde.

Uiteindelijk gooide hij het zwaard weg en begon systematisch ransels en zadeltassen te doorzoeken. Hij vond wat broodhompen, vulde een tas en ging terug naar de weg. Hier aarzelde hij. Moest hij zijn vriend niet begraven? Hij zocht het lijk weer op, probeerde het nogmaals om te draaien en hij ontdekte tot zijn afschuw dat het inmiddels slap was geworden. Nu pas besefte hij dat Lucifer nog niet zo lang dood kon zijn als de gesneuvelde soldaten die vlakbij lagen, zijn lichaam stonk nog niet eens. Hij bleef besluiteloos staan, uiteindelijk besloot hij het lichaam in de rivier te gooien. Hij sleepte het erheen en gaf het een duwtje. Hij wist niet meer te zeggen dan: 'Vaarwel vriend.' Een gebed, ja, maar aan wie?

En wat stond hem nu verder te doen?

Als hij snel liep, kon hij de legertros binnen twee, drie dagen inhalen, ze zouden niet sneller reizen dan de wagens toelieten. Hij wist alleen niet welk lot hem daar wachtte. Toen pas herinnerde hij zich de wijnzak die hij in de grot had laten liggen. In de dagen na de moord had hij niets door zijn keel kunnen krijgen; inmiddels overvleugelde de dorst alles.

Terug in zijn eigen voetspoor bedacht Swintharik dat hij nogmaals de slang kon treffen, een vooruitzicht dat hem beangstigde. Of was het ondier ook gevlucht? Hoe het ook zij, hij kon de voorraad niet laten liggen, want de weg terug zou lang en dorstig zijn. Als hij de grot in kroop met een steen in de hand, kon hij het serpent de kop verpletteren. Een nieuwe beet zou hem niet meer dorst bezorgen dan hij al had.

Toch aarzelde hij toen hij eenmaal de grotopening had bereikt. Hij hurkte neer bij de donkere mond van de spelonk, het was ondenkbaar dat hij de reis zou aanvaarden zonder de wijnzak. Hij stond op en liep besluiteloos heen en weer voor de ingang. De dorst was verschrikkelijk, toch besloot hij eerst wat te slapen in de schaduw. Straks, in de avondkoelte, zou hij helderder denken. Hij drapeerde zijn mantel op een koele plek over het rulle zand en binnen drie ademtochten sliep hij.

Een stem.

De sterren hingen boven hem als een verre nevel en hij spitste zijn oren. Ja, daar sprak iemand, vlakbij. 'Hij zal toch niet achter het leger aan zijn gegaan?'

'Dan hadden we hem wel gezien. Misschien hebben de Perzen hem afgemaakt.'

'En als hij de verkeerde weg heeft genomen?'

De stemmen waren die van Axylus en Vitalis. Swintharik wilde opspringen en zich tonen, maar Vitalis' woorden deden hem verstijven. 'We moeten zeker weten dat hij dood is. Als hij het leger bereikt en praat, komen we allemaal op de brandstapel. Tegelijkertijd zal het doden van een vriend zwaar wegen op mijn geweten.'

'Maak je geen zorgen,' zei Axylus. 'Ik zal het doen. Ik heb ook niet geaarzeld bij Aurelia en Lucifer, dat weet je. Ik kon het opbrengen omdat het noodzakelijk was.'

Swintharik kon niet anders dan toehoren.

Vitalis schraapte zijn keel, zei toen: 'Dank je, lieve vriend, God heeft je gezonden om me bij te staan in mijn zwakte. We hebben echter een probleem: hij kan verschillende wegen hebben genomen. We moeten ons splitsen.'

'Ik laat je niet alleen,' zei de jongen.

'Dat hoeft nu nog niet. Later zal het waarschijnlijk niet anders kunnen.'

'Maak je geen zorgen,' herhaalde Axylus. 'Hij zal Antiochië niet levend bereiken.'

Swintharik kwam half overeind om het tafereel in zich op te nemen. Ze zaten met hun rug tegen een rots en Axylus dronk uit de wijnzak die Swintharik had achtergelaten. Swintharik kroop in de schaduwen en toen hij uit het zicht was, liep hij naar de weg en probeerde zijn gedachten te ordenen. Axylus had Aurelia vermoord, en ook Lucifer. En hij was de volgende, zodat de waarheid nooit aan het licht zou komen.

Ze hadden hem gebruikt. Hadden ze hem niet van meet af aan, al sinds Italië, uitverkoren? Was alles bedrog geweest? Wist Aurelia ervan, had zij hem plooibaar en gewillig moeten maken? En Dido? Nee, niemand zou er een kind bij betrekken.

Hij moest zich beheersen om niet te schreeuwen van woede. Om het verraad, om de leugens die hem hadden doen geloven dat hij streed voor een rechtvaardige zaak. Om Aurelia wilde hij schreeuwen.

Maar bovenal – en hij bloosde van schaamte – omdat ze zijn wijn opdronken.

Een gerucht in een palmbos trok zijn aandacht. Twee bepakte paarden stonden aan een boom gebonden. Hij maakte de leidsels los, nam zadel en tassen van het kleinste paard af en joeg het weg. Hij verspilde geen tijd, want de mannen moesten al hebben gehoord dat er iemand bij hun rijdieren was. Hij besteeg het andere paard – Axylus had boog en speer voor hem achtergelaten – en reed in volle galop weg. Luid klepperden de hoeven over de stenen en toen Swintharik na een halve mijl inhield en zijn ros wendde, zag hij achter zich de gestalte van Vitalis op de maanbeschenen klinkers. Hij liet het paard steigeren, zwaaide naar zijn vroegere meester en vervolgde toen zijn weg.

Die groet was zijn laatste opflakkering van moed geweest. Nu hij voortstormde over de straat, kreeg zijn angst de overhand, hij vergat alles wat hij over paarden had geleerd en kwam pas bij zinnen toen het dier onder hem bezweek en hij over de keien rolde. Kreunend kwam hij overeind en knielde bij de merrie, die hem had gedragen. Ze moest al dood zijn geweest toen ze de grond raakte.

In Vitalis' bagage vond hij brood. Wijn had de geestelijke niet bij zich gehad. Hij wilde zijn weg al vervolgen, toen hij bedacht dat zijn achtervolgers dit vlees niet zouden negeren als ze hier langskwamen. Hij ontdeed het kadaver van huid en ingewanden en sneed repen vlees af, die hij over zijn schouder kon dragen zodat ze droogden in zon en wind. Wat overbleef, sleepte hij naar de rivier en terwijl hij daar in enkeldiep water stond, voelde hij zich door zwakte overvallen. Hij zakte op zijn knieën, haalde diep adem en zette zijn tanden in de paardenlever die hij had willen prijsgeven aan de stroom. Nu niet kieskeurig zijn. Met moeite wist hij een paar happen naar binnen te werken. Hij nam het nog warme orgaan mee naar het karkas, pakte zijn mes uit zijn gordel en ging aan het werk.

De lessen van Syrdon kwamen van pas. Hij spande de paardenhuid aan de binnenkant met een raamwerk van takken en twijgen, knoopte hem aan voor- en achterkant dicht met dunne huidrepen van poten en kop; aan de bovenkant deed hij hetzelfde, met een uitsparing in het midden. Hij vulde de huid met rietbundels en zorgde dat er ruimte bleef om erin te zitten. Andermaal zou het paard hem als lastdier dienen. Het was grotesk, maar het was een boot. Hij bespande een getwijnde tak met kopleer, daarna stortte hij de resten in de rivier, voor de vissen.

Hij wiste zijn sporen uit, bracht het bootje naar de stroom, perste zich tussen de papyrusbundels en stak van wal. Hij voelde water naar binnen komen, door het papyrusriet bleef alles drijven. Het was een worsteling om stroomopwaarts te komen. Al hadden ze maar één paard, als de moordenaars hem inhaalden, zouden ze hem zien dobberen op de brede rivier. Hij zou de nacht afwachten en pas verdergaan als ze voorbij waren, hij kon beter áchter zijn achtervolgers blijven. Hij peddelde naar de overzijde, en verstopte de boot in een rietkraag.

Lange tijd keek hij of er mensen over de weg kwamen en hij kon niet meer goed uitmaken waar hij precies vandaan kwam. Was hij afgedreven ten opzichte van zijn vertrekpunt of juist stroomopwaarts gevorderd? Pas toen hij besloot om zijn bootje in het water te duwen, zag hij een eindje stroomafwaarts een vlam opbloeien. Hij verroerde zich niet maar bleef kijken. Het vuurtje groeide en hij onderscheidde twee gestalten. Dat moest de plek zijn waar zijn paard was bezweken. Axylus zou zich niet laten misleiden door uitgewiste sporen, zelfs niet bij nacht en misschien zaten ze er al uren. Ze hadden vast al begrepen dat hij op de rivier zat.

Terwijl hij daar in het riet stond, bedacht Swintharik een list. Het kostte hem weinig tijd om een stropop te maken en die in de boot te zetten. Hij wachtte tot het eerste daglicht en duwde toen het bootje in de stroom. Met spijt keek hij hoe het zich, langzaam wentelend, van hem verwijderde. Dat zou hen wel even bezighouden.

Hij voelde niet langer de noodzaak om bij nacht te reizen, zijn achtervolgers waren afdoende op een dwaalspoor gezet. Honger hoefde hij niet te lijden, hij had een boog en het kostte hem weinig moeite om aan wild te komen. Vuur maken was gevaarlijker. Hij deed dit bij voorkeur overdag, met droog sprokkelhout dat hier moeilijk te vinden was. Wat hij vond liet hij verder drogen in een bos op zijn rug, zodat het wat schaduw bood in de middaghitte. Raakte hij desondanks verhit, dan was de rivier altijd vlakbij.

Zijn dorst was niet te lessen. De beet van de dipsaslang maakte hem half waanzinnig van verlangen naar een slok, een kroes, een zak wijn. Een rode fonkelende rivier – daarvan droomde hij in zijn onrustige nachten.

Hij vond een fort op zijn weg en trok eromheen. Mensen kwam hij niet tegen. Een keer kwam hij langs een uitgebrand landhuis. Wie had hier bevoorraad? Was de oorlog voorbij, had die zich verplaatst? Het leek er nog steeds op dat de Perzen terrein hadden gewonnen. Dat betekende dat hij achter de vijandelijke linies zat.

'Volg de rivier,' had Vitalis gezegd. Hij zou vanzelf in beschaafd gebied komen.

Na ongeveer een week ontmoette hij een Perzische ruiter, die pijl-en-boog droeg. De man had lang krullend haar en een baard en hij sprak gebroken Grieks: 'Wat doe je hier, Romein? Je mensen zijn allang weggetrokken. Ben je een spion?'

'Ik zoek de weg terug,' zei Swintharik, zijn hand op het gevest van het mes in zijn gordel. Als hij deze man wist uit te schakelen, had hij een paard. Hij liet het idee meteen weer varen, dit was een geharde krijger.

'Kom je uit Nisibis?' vroeg de man. 'In dat geval moet ik je doden.'

'Uit Nisibis kom ik niet en de dood vrees ik niet,' zei Swintharik, die het dorstige reizen moe was. 'Je zou me een dienst bewijzen.'

'Mijn opdracht is vluchtelingen uit Nisibis te doden,' zei de man. 'Die mogen maar één kant op en dat is niet deze. Het spijt me, ik kan je niet helpen. Waar is je huis?'

'Gallia Transalpina,' zei Swintharik. 'Ik wil niets meer weten van keizers en oorlogen.'

'Gelijk heb je,' zei de vreemdeling. 'Van dat land heb ik nooit gehoord, weet je zeker dat je goed gaat?'

'Ik ga in de juiste richting.'

De Pers lachte. 'Je zult alleen gevaren ontmoeten in die richting. Hoewel ik je niet zal doden nu het vrede is, zullen velen daar anders over denken. Als je de dood zoekt, zul je die vinden.'

'Is het vrede? Wie heeft de oorlog gewonnen?' vroeg Swintharik tegen beter weten in.

'Jullie hebben verloren. Jouw keizer heeft het land ten oosten van de Tigris opgegeven. Nisibis moet ontruimd, Singara en Bezabde blijven onderdeel van het Perzische Rijk.'

Swintharik knikte. Het kon hem ook niet schelen. 'Heb je wijn?'

De man lachte weer. 'Jullie Romeinen zijn onverbeterlijk. Wijn behouden wij voor aan de goden. In veel van onze gebieden is het op straffe des doods verboden voor stervelingen om gegiste sappen te drinken, maar stroomopwaarts wonen mensen van je eigen volk, als die tenminste niet zijn gevlucht. Bij hen maak je meer kans.' Hij groette en verdween tussen de bomen.

Diezelfde avond kwam Swintharik voorbij een steigerdorp dat gedeeltelijk in de rivier stond. Ook de huizen op de vaste grond stonden op palen, want rivieroevers zijn beweeglijk. Nergens zag hij trappen, hij probeerde een mens te ontdekken. Het schemerde al en uiteindelijk riep hij: 'Is hier iemand?'

Een stem van boven: 'Ga heen, wij zijn arme vissers en hebben al belasting betaald. Hier valt niets te halen.'

'Ik zoek wijn.'

De stem, angstig nu. 'Wijn is verboden onder het nieuwe gezag. Onze voorraad is voor de goden. Als dat is wat u zoekt, kunt u het krijgen.'

De dorst van de goden kon niet groter zijn dan die van Swintharik. 'Dat is precies wat ik zoek.'

Een tijdlang bleef het stil, toen hoorde hij gerucht boven zich. Onzichtbare handen lieten een juk neer, met aan weerszijden een amfoor. 'Nu hebben we voldaan aan de wensen van koning en goden,' zei de stem. 'Laat ons verder met rust werken voor de belastingen van volgend jaar.'

'Voorlopig is dit voldoende,' zei Swintharik met barse stem. Tot zijn verbazing kwamen er nu meer kruiken naar beneden, enkele of gejukte kruiken, uit vijf, zes huizen.

'Wacht eens even,' riep hij verschrikt. 'Hoe moet ik dat vervoeren?'

'Neem een boot,' riep een nieuwe stem. 'Jullie hebben er zo veel van ons gedood dat de helft geen eigenaar heeft.'

Swintharik sleepte alles naar een boot, terwijl hij de goden dankte om hun dorst. Hij liet de visnetten erin liggen, die konden van pas komen en weldra sloeg hij de riemen door het water. Hij worstelde zich tegen de stroom op en na een honderdtal slagen opende hij een kruik, dronk tot hij op knappen stond en gooide zich toen met hernieuwde kracht tegen de stroom in. Na die lange dorst vervulde de overvloed hem met kracht en vreugde. Hij zou die rivier bedwingen, bij alle goden, ze zouden hem niet klein krijgen! Hij besloot tot een uiterste krachtsinspanning en zou niet meer drinken dan één... nee, een halve kruik per dag tot Antiochië. In beschaafd gebied zouden zijn problemen voorbij zijn.

Zo zweepte en ranselde hij het water en niemand zal ooit weten hoe snel hij de afstand aflegde, maar nauwelijks tien dagen later, met nog vier volle kruiken en een halve, zag hij, tegen de schemering, aan zijn linkerhand de stad. 'Antiochië!' riep hij, 'zoete Hoer van het Oosten, hier ben ik!'

Dagenlang had hij gezien hoe de dorpen en boerderijen talrijker werden en niet langer waren de wegen langs de rivier verlaten. Hij meerde af, bedekte zijn kruiken en liep in de richting van de stad. Al snel besefte hij dat er iets mis was. De mensen die hij tegenkwam en die hem verbaasd aankeken, waren vreemdelingen, gekleed in lange gewaden en hun haardracht deed denken aan die van de Pers die hij was tegengekomen in de moerassen. Was Antiochië nu ook al veroverd? Hij bekeek de stad nog eens goed, en begreep opeens niet meer hoe hij deze had kunnen aanzien voor Antiochië. Was hij nog altijd in het Perzenrijk?

'Hoe heet deze stad?' vroeg hij aan een dromedarisruiter die hem wantrouwig opnam. De man antwoordde niet maar reed door, terwijl hij over zijn schouder bleef kijken. Een sjouwer schudde zijn hoofd. 'Dat is Bezabde,' zei hij lachend en in het Grieks. 'Je bent ver afgedwaald, broeder. Wie hoor jij toe?'

Swintharik keek hem ongelovig aan, dankte en liep snel terug naar zijn bootje. Hij vervloekte zijn domheid, hij had de hele lange opmars van het leger in de huifwagen zitten studeren en had geen idee van de route die ze gegaan waren. Hoe ver was hij van Antiochië? Hij was al weer ver tegen de stroom op, toen hij ruiters zag bij de plek waar hij eerder aan land was gegaan. Ze reden wat heen en weer, toen keerden ze onverrichter zake terug naar de stad.

De rivier was hier breed en al snel verdween de stad uit het zicht. Swintharik probeerde zich de weg te herinneren die ze eerder waren gegaan. Antiochië lag aan de Orontes! En was Bezabde niet diep in het Tweestromenland? Vitalis had het toch niet fout gehad? 'Volg de rivier en je komt vanzelf weer in beschaafd gebied,' had hij gezegd. Opeens besefte hij dat hij geen moment door geblakerd gebied was gekomen. Herstelde alles zich hier zo snel? Terwijl hij zo dacht maakte de rivier een bocht. Dat was goed, zo kwam hij dichter bij huis. Vannacht zou hij doorroeien, weg van dit land.

Tegen de ochtend legde Swintharik aan bij een eilandje om een paar uur te slapen. Hij had nog drie kruiken, de nacht had zijn tol geëist. Hij sliep tot de avond en toen hij later een van de kruiken opende om een welverdiende slok te nemen – hij had de hele dag beheersing betracht, al was het slapend – viel zijn oog op een platboomde schuit, waarop een lange gestalte zijn vaartuigje stroomopwaarts wrikte.

'Schipper!' riep Swintharik, 'verstaat u mij?' Misschien kon hij voedsel kopen.

De man stuurde zijn schuitje recht op hem af. Hij droeg een ascetenmantel en op nauwelijks drie bootlengten van het eilandje, legde hij zijn vaarboom neer, greep een lans en gooide die naar Swintharik. De lans sloeg dwars door het hout van het bootje. Geschrokken keek Swintharik naar het wapen en toen naar de man. De boot ramde de oever en de vreemdeling sprong eruit. 'Nu heb ik je!' riep hij.

Het was Vitalis.

Swintharik dook in elkaar, greep de speer en probeerde de oudere man op het hoofd te slaan. Hij miste, stuitte Vitalis in zijn vaart, en wist hem een maagstoot te geven met de stompe kant van de speer. Vitalis klapte dubbel terwijl zijn handen nog naar Swintharik graaiden. De jongen trapte hem tegen het hoofd, nam zijn kruiken en wapens en gooide ze in Vitalis' boot. Met de vaarboom wrikte hij zich snel van de oever.

Vitalis kwam overeind. 'Kom terug,' riep hij. 'Ik kom je redden, ik breng je thuis!'

Swintharik negeerde hem. Waarom had hij de man niet gedood toen hij de gelegenheid had? Te laat. Hij boomde naar het midden en wrikte zich stroomopwaarts tot hij de kreten van zijn vroegere leraar niet meer kon horen. Laat hem verhongeren.

Twee dagen na deze ontmoeting besloot hij lopend verder te reizen. Hij laadde twee kruiken op zijn rug, denkend aan de fabel van de twee ezels en begon te lopen. Het leek alsof het water hem niet meer kon missen, want een regenbui zoals hij zelden had meegemaakt barstte los.

Hij liep die nacht en de volgende dag, vaak kon hij zich met zijn speer ternauwernood uit de modder redden. Zelfs de halfvolle kruik die hij tegen de ochtend overhad, woog als lood op zijn rug. Hij zette zich te rusten op een stukje rotsbodem en daar besloot hij de kruik in één genotvolle zitting leeg te drinken. Dat zou de reis bespoedigen.

De dipsa was van later zorg.

De gloed kwam op en hij tuurde naar de contouren van een bergketen; kon dat de Taurus zijn? Een van de toppen droeg een sneeuwkap. Hij viel in slaap en herleefde in een droom de verschrikkingen van de Alpen. Een hoefslag bracht hem terug naar zijn rotsbed. Op korte afstand kwam een ruiter voorbij, de maan verlichtte het gezicht van Vitalis. Hoe kwam die hier zo snel? Swintharik wachtte tot hij uit het zicht was, stond toen op zo snel als zijn verstijfde ledematen toelieten. Als Vitalis de weg naar het noordwesten volgde, dan zou hij de weg verlaten voor een noordelijker route. In de heuvels voelde hij zich thuis.

Bij dageraad begon hij te rennen in de langzame comfortabele pas die hij van Syrdon had geleerd. 'Mijn mensen rennen tachtig mijl op een dag,' had deze verteld. 'En dan hebben ze nog tijd om hun tenten op te zetten en te dansen.'

Al kostte het hem weinig moeite, weldra kwelde hem een dorst als nooit tevoren. Met nog meer vastberadenheid ging hij voort.

Na dagen van rennen door heuvels die een opstapje leken te vormen voor een massieve bergketen, uren nadat het land afvlakte tot een steppe en ten slotte overging in verdroogde aarde, kwam hij bij een dorpje. Een tiental eenvoudige huisjes lukraak tegen de heuvel; aan de voet, langs de weg, lag een karavanserai. De veekraal was leeg; paard noch kemel bij de drinkbakken, maar Swintharik kon schaduwrijke binnenplaatsjes zien, waar zwaarbeladen wijnranken afdaken vormden. Het platte dak van het hoofdgebouw was een rustplek voor reizigers, met ligbanken en schaduwranken. Hier zou hij op krachten komen.

Voor hij het gebouw kon binnengaan, stapte een brede man in uitheemse kledij door de deuropening en stelde zich voor hem op.

'Edele heer,' begon Swintharik, 'waar vind ik de heer des huizes, want ik sterf van dorst en heb lang geen maaltijd gehad.' Omdat de man niet antwoordde, maakte hij een drinkgebaar – dat hij nu weer een vreemdeling moest treffen, dit kon toch niet meer het Perzenland zijn?

De man sprak een woord in een vreemde taal en meteen kwam een slaaf aanlopen met een stenen beker die tot de rand was gevuld. Swintharik proefde en spuwde het vocht vol afschuw uit. 'Wijn, in godsnaam!' riep hij, 'ik kan niet tegen water!'

De vreemdeling liet de slaaf nogmaals lopen, ditmaal kwam deze met een kroes wijn. Swintharik dronk diep en reikte de slaaf de lege beker. 'Nogmaals,' zei hij.

De vreemdeling hield de slaaf tegen. Hij maakte het gebaar voor geld. Swintharik diepte wat muntjes op uit zijn gordel. 'Ik begrijp dat u de eigenaar bent,' zei hij. 'U doet er goed aan de taal van het land te leren en dan bedoel ik Koine of Latijn. Mij is het om 't even, maar gezien uw handelsbelangen...'

De man gebaarde de slaaf nogmaals naar de wijnkelder. Hij keerde terug met een kruik die de winterkou had vastgehouden. Swintharik ging de stenen trap op naar het dakterras, waar hij plaatsnam op een ligbank. Daar zat hij onder het bladerdak in de wind, die vanuit de vlakte stof en zand meevoerde. Hij meende even dat hij in de invallende schemering achtervolgers zag, maar het waren slechts stofduivels die grillige paden volgden, alsof ze het spoor bijster waren. 'Mogen mijn moordenaars evenzeer dwalen – tot het einde der tijden,' sprak hij en hij stak zijn kroes op. Even weerstond hij de aandrang om te plengen. Aan wie in godsnaam? En hij wist niet wanneer hij weer zo'n dronk zou krijgen.

Paardenhoeven in de nacht. Wat het ook was, het geluid stierf langzaam weg. Nu was Swintharik klaarwakker. Hij probeerde tevergeefs een paar druppels aan zijn kruik te ontworstelen, zocht toen zijn laatste muntjes op en ging op zoek naar de uitbater. Alles was stil, zelfs de wind was gaan liggen. Hij zag niemand in de schaduwen van het binnenplaatsje, alleen de slaaf lag op een matje voor de wijnkelder. Gedreven door naastenliefde besloot Swintharik om over hem heen te stappen en zelf een kruikje te halen. Hij zou de rekening overdag voldoen.

Hij passeerde de man en drie treden lager, in een dieper duister dan voorheen, tastte hij naar de kruiken, die in een rij stonden. Zuchtend om zo'n overvloed, zeeg hij neer en verbrak een zegel. Zo zat hij lange tijd, dronk, en liet zijn gedachten de vrije loop.

Hoeveel dagen duurde zijn vlucht nu al? Hij voelde aan zijn ribbenkast en aan de kuil van zijn buik, die, ondanks de wijn, aan zijn ruggengraat leek vastgekleefd. Waarom was hij nog altijd niet bij de grote steden van het oosten? Waar was hij veilig? Constantinopel was niet langer een toevluchtsoord. Het beste kon hij naar Gallia terugreizen, als hij maar eerst wist waar hij was. En wanneer kwam hij eindelijk eens bij de zee?

Een kreet deed hem opschrikken. Hij kwam overeind en sloop naar de trap waar hij in het vage licht van de opening de slaaf zag, die met gebogen hoofd voor zijn meester stond. Swintharik begreep dat zijn afwezigheid was opgemerkt, wellicht verwachtte de eigenaar nog geld voor logies. De slaaf sprak, wees in de kelderopening en schudde zijn hoofd. Hij vertelde waarschijnlijk dat hij de hele nacht de voorraden had bewaakt. Een derde stem mengde zich in het gesprek, nog altijd in de barbaarse taal. Toch herkende Swintharik de stem van presbyter Vitalis.

De sprekers verwijderden zich en Swintharik, nu tollend op zijn benen, greep een onaangebroken kruik, liep naar boven en sloop door de hal waar nu een kleine fakkel brandde in een muurhouder. Geen mens te zien, al hoorde hij stemmengemurmel. Hij verwijderde zich van de stemmen en kwam door een verlaten gelagzaal. Hij griste een ham van de zoldering en verliet het vertrek door een deurtje dat naar buiten openging. Zich richtend naar de sterren, besloot hij de weg te vermijden en de heuvels in te trekken, onzichtbaar tussen de olijfbomen, de cipressen en rotspartijen. Hij was al ver van de karavanserai toen hij zag hoe een ruiter zich losmaakte en de weg opging, in de richting die hij aanvankelijk had willen gaan. Als Vitalis niemand vond, zou hij terugkeren, hij wist immers dat Swintharik geen paard had.

En zijn wapens lagen nog op het dakterras.

Hij begon te rennen om afstand te scheppen. Later op de dag kon hij zich verschuilen en als het moest zou hij de oudere man de schedel verpletteren met de kruik. Die moest dan wel leeg zijn.

28

Verbond der Vagebonden

(nazomer 363)

Hij kwam geen sterveling meer tegen. Hij had zijn leeftocht al opgemaakt en reisde bij nacht. De kruik, zijn enige wapen, liet hij achter, want iedere grein gewicht telde. Hij hield zich in leven met bittere veldvruchten en een keer het rauwe vlees van een slang. De tel van de dagen was hij allang kwijt; onmenselijk de dorst die zijn binnenste verschroeide. Toen, op een heldere nacht het breken van rusteloze golven. Hij volgde het geluid en even later keek hij uit over een zeevlakte, de spiegeling van een versplinterde maan. 'Thalatta, thalatta!' stamelde hij, want de oude ontroering was nu de zijne. Hij daalde af naar het strand, viel daar op zijn knieën en dankte de naamloze goden die hem hadden geleid. Al moest hij nog zeker duizend mijl lopen, de weg naar Europa lag open. Van bovenaf had hij een paar bootjes gezien, die ondersteboven in het zand lagen. Hij liep erheen en probeerde ze om te kiepen omdat hij wist dat vissers vaak leeftocht en aas onder hun boten bewaarden, maar kreeg er geen beweging in. Hij keek uit over de zee en zag silhouetten van zeilboten. Hij begon te lopen waar het water uitbruiste en wegtrok, te uitgeput voor het rulle zand.

Bij een vissershutje stak hij zijn hoofd naar binnen. Uit de voorraad gedroogde vis aan een dakbalk maakte hij op dat het bewoond moest zijn. Hij verplaatste een vochtige stromatras en vond onder de platte steen die een keldergat afsloot een schaal met een vloeistof. Hij rook eraan. Het was bier, niet zijn voorkeur. Toch dronk hij alles op, veegde zijn mond af, pakte zoveel vis als hij kon dragen en liep kauwend verder.

Later sliep hij in het zand, met het aangaan van de branding als wiegelied. Hij schuilde met Aurelia voor de regen in de tuin van het Rankenpaleis en zij leidde zijn handen naar haar heupen. Opeens begon ze te schateren. De kuisheidsgelofte! Hij ontwaakte en merkte dat hij, op zijn buik liggend, zijn onderlijf in het zand duwde als bedreef hij de liefde. Om hem heen lachende mannen, hij zag hun voeten, die in viltlaarzen staken. Hij kende die laarzen, maar dat konden er nooit meer zijn dan twee. Voor hij kon opkijken en een vraag stellen, kreeg hij een klap op zijn hoofd.

In een onderaards hol kwam hij tot leven. Hij onderscheidde een vaag lichtschijnsel boven zijn hoofd en omdat hij in een plas water lag, kwam hij overeind. Naast hem giechelde iemand.

'Wie is daar?' vroeg Swintharik. Geen antwoord. Hij tastte en voelde een mensenarm. Weer stelde hij zijn vraag.

Een stem zei: 'Je bent gevangen, dwaas. Je bent in handen van de barbaren.' De stem van Vitalis. Swintharik deinsde terug en stootte zijn hoofd tegen een balk.

'Wat zoek je hier ook!' ging Vitalis verder. 'Waarom kwam je niet met me mee?'

'Ik was op de vlucht voor een stel moordenaars.'

Even was het stil, toen vroeg Vitalis: 'Waarom denk je dat? We wilden je terughalen. Naar de groep, naar huis – het Rankenpaleis!'

Swintharik nam niet de moeite om te antwoorden. 'Waar zijn we?' vroeg hij.

'We zijn bij een volk dat Hephthalieten genoemd wordt. Ze beweren broeders te zijn van de Perzen, maar hun taal is anders. Sommigen zeggen dat ze Scythen zijn, wat ik betwijfel.'

'Zijn we gevangenen?'

Vitalis zuchtte. 'Slaven, zonder twijfel. We mogen blij zijn als we er afkomen zonder brandmerk of verlies van edele delen.' Omdat Swintharik bleef zwijgen, ging hij verder: 'Me dunkt, dat onze eerdere geschillen geen grond meer hebben. Ik stel voor dat we samenwerken om zo snel mogelijk uit deze situatie te komen.'

'Ik heb nooit gehoord van zo'n volk in Klein-Azië,' zei Swintharik.

‘Klein-Azië?’ De presbyter klonk oprecht verbaasd. ‘Dit is de oostoever van de Zwarte Zee!’

‘Maar je zei zelf...’ begon Swintharik.

‘Wat zei ik?’

‘Toen wij bespraken waar we heen zouden gaan. Je zei dat ik alleen de rivier hoefde te volgen om in Antiochië te komen!’

Vitalis zweeg een tijdje, toen begon hij te grinniken en uiteindelijk lachte hij luid. ‘Ik bedoelde de Eufraat, ezel! Heb je dan helemaal niet opgelet tijdens de veldtocht?’

‘Daarom kon ik het niet vinden!’ stamelde Swintharik.

‘Vond je het niet vreemd om langs Perzische steden te komen? En die bergen? Die Armeniërs?’

‘Ik dacht dat het vreemdelingen waren,’ zei Swintharik. Vitalis barstte opnieuw in lachen uit. Swintharik deed er verder het zwijgen toe. Na een tijdje hield hij het niet meer uit. ‘Waarom moest ik dood, waarom Aurelia, Lucifer?’

Vitalis aarzelde niet. ‘De keizer moest dood,’ zei hij. ‘Daarover valt niet te twisten en jij, onze beste jager, was de aangewezen kandidaat. Axylus dacht altijd dat je te zwak en te menslievend zou zijn om het te doen. Het was zijn idee om die vrouw te doden.’

‘Die vrouw,’ herhaalde Swintharik. ‘En waarom deed Axylus het zelf niet, als hij niet terugdeinst voor moord?’

‘Hij heeft een andere rol. En hij hield zich klaar als reserve, voor als het jou niet zou lukken. Daarna moest ik de sporen uitwissen. Dat was noodzakelijk voor het doel dat we nastreven. Wij wilden voorkomen dat er ooit weer een afvallige keizer zou opstaan, of zelfs een keizer die zich bemoeit met kerkelijke aangelegenheden. Stel je voor wat er had kunnen gebeuren als de verdenking op ons was gevallen. Stel je de vergelding op de christenen voor!’

Swintharik probeerde het zich voor te stellen. ‘Een aangename gedachte,’ zei hij toen. ‘En wie is “wij”? Ik dacht dat ik daar ook bij hoorde?’

‘Dat was ook zo.’ Vitalis’ stem klonk rustig, alsof hij geen last op zijn geweten droeg. ‘Jij had je rol, jouw vriendin de hare. Weet je met hoevelen wij zijn? Wij, de groep van Arachnion, hebben aanhang in vele steden van het rijk. Sinds de regering van Constantius ijveren we voor het voortleven en overwinnen van de rechte leer en bestrijden we wie ons weerstreeft. Hoe meer betrokkenen, des te groter de kans op onthulling. Je moet dit niet persoonlijk opvatten, maar dat had de rechte geloofsovertuiging voorgoed kunnen wegvagen. Jovianus, die het purper kreeg, wilde een grote wraakactie tegen de moordenaars. Overigens kwamen wij, Axylus en ik, al snel tot de conclusie dat we jou niet hoefden te doden. Het leger was inmiddels ver weg, de vrede getekend. De keizer zal zich niet meer hebben bekommerd om de moordenaar van zijn voorganger. Ik sprak boodschappers in Armenië, die me vertelden dat de rust wederkeerde, nadat de christenen hun rechten hadden hernomen. In Antiochië vierden ze feest, omdat Julianus dood was.'

'En Axylus?' vroeg Swintharik. 'Waar is hij?'

'Hij ging je zoeken langs meer voor de hand liggende wegen. We konden niet vermoeden dat je de hele weg langs de Tigris zou reizen, steeds dieper Perzengebied in. Ik bleef je spoor volgen omdat ik je wilde terughalen. Ik zag een nieuwe rol voor jou.'

'Wat dan?'

'Je kunt een van de jongste bisschoppen ooit zijn.'

'Heb je die macht?' vroeg Swintharik, vooral uit belangstelling. Hij bisschop, dat nooit!

'Die macht heb ik,' zei Vitalis. 'En mijn voorstel om hier samen uit te komen?'

Swintharik lachte bitter. 'Het zal hier niet erger zijn dan in jouw wespennest,' zei hij. 'En ik zie je graag zuchten in slavernij, zelfs als dat betekent dat ik je lot moet delen.'

Daar bleef het bij. Hij zocht een droog plekje om verder te slapen.

Niet veel later ging er een luik open, stemmen schreeuwden, sterke armen trokken de gevangenen in de felle zon. Vitalis wilde praten, maar een klap bracht hem tot zwijgen. Ze moesten, met geboeide handen, achter een kar aan lopen. Geen spoor meer van de zee. Over een holle zandweg met zware sporen van regenerosie, zodat de huifwagen waaraan ze vastzaten dikwijls gevaarlijk naar één kant overhelde. De leren vellen van de huif waren met grove steken aaneengenaaid.

'Wat voor taal sprak je tegen die lui?' vroeg Swintharik, nadat ze een tijdje zwijgend hadden meegesjokt.

'Armeens, mijn moedertaal.' Vitalis' gezicht was gehavend door de klap.

Na een mijl of tien hield de karavaan halt. In de bocht had Swintharik kunnen zien dat hij bestond uit een achttal wagens, begeleid door tien ruiters op ongezadelde paarden. Ze droegen hun rossige en blonde haren lang en hun baarden en snorren hingen, net als het hoofdhaar, neer in viltige slierten. Een jongetje bracht korsten brood, die waren weggeworpen door kieskeuriger eters. Swintharik ging liggen rusten, maar Vitalis liep rondjes, voor zover zijn leiband dat toeliet. Na een paar ronden vroeg hij: 'Heb je over mijn voorstel nagedacht?'

'Jawel,' zei Swintharik zonder zijn ogen te openen, 'ik zal je doden bij de eerste gelegenheid, dan ben je verlost van de slavernij. Als jouw God bestaat, zal hij je sturen naar waar je thuishoort.'

Vitalis schudde verdrietig zijn hoofd. 'Het is niet goed om wrok te koesteren,' zei hij. 'Haat holt een mens uit. Ons geloof leert liefde, zelfs voor vijanden.'

'Ik zal je met liefde doden.' Swintharik sliep tot ze opbraken en weer sjokten ze achter de wagen aan. Vitalis deed geen pogingen meer om te praten.

Spoedig na het vertrek ging de achterste flap van de huif voor hen open en twee jongens die in de wagen zaten, bekeken hen ernstig. Achter hen een vrouw in grootmoederleeftijd en een veel jongere, waarschijnlijk de moeder van de twee. De jongens, die rond de tien jaar moesten zijn, haalden steenslingers tevoorschijn. Swintharik begreep meteen wat ze van plan waren. Een van hen legde een kiezel in, zwaaide tweemaal en liet los. Swintharik kreeg hem tegen zijn borst, echt pijn deed het niet. De schutter juichte en de jongste vrouw prees hem. De andere jongen had gemist, maar bij het tweede salvo begon Vitalis te schelden. Hij wreef zijn dijbeen en hinkte. Nu juichte de andere jongen en slingerde nogmaals. Swintharik wendde zich af om zijn ogen te beschermen. Hij kreeg een steen tegen zijn hals en nog een tegen zijn schouder. Hij glimlachte tegen de dader en negeerde het getier van Vitalis, dat veel pret veroorzaakte bij de jongens. De grootmoeder moedigde haar kleinzonen aan. Swintharik lachte nog eens naar de jongen die hem raakte. 'Goed gemikt,' zei hij. De speeltjes hadden nauwelijks kracht. De jongen lachte terug, mikte op Vitalis' hoofd en raakte weer.

Swintharik wilde hem aanraden zijn mond te houden, want een schreeuwend doelwit is veel grappiger om op te schieten dan een stoïcijns voortstappende man, maar hij bedacht zich. Waarom zou hij helpen? Hij gaf ze een knipoog en toen Vitalis een dreigende stap zette, gaf Swintharik hem een schop voor zijn kont. De jongens juichten toen de presbyter struikelde en in het stof beet, de vrouwen klapten. Een jongen stak Swintharik een korst brood toe. Swintharik nam die aan en maakte een drinkgebaar. Ze lachten alleen maar. Vitalis, die meteen was opgekrabbeld, had bijgeleerd; niet langer reageerde hij op de plagerijen en de jongens hielden het voor gezien.

Die avond kwam de jongen van de vorige avond Swintharik een beker brengen. Hij verwachtte water, maar het was iets anders, het smaakte afschuwelijk. Toen ontdekte hij dat het een roesverwekkende drank was, veel krachtiger dan wijn. Hij had moeite om het binnen te houden, toch ledigde hij de beker en stak hem de jongen toe. Deze lachte en liep naar het vuur waar de volwassenen muziek maakten.

'Dat was bedorven merriemelk als 't je interesseert,' zei Vitalis. 'Weiger het de volgende keer.'

'Ik weet het beter,' antwoordde Swintharik, 'als jij het ook krijgt, geef je portie dan aan mij, dan gun ik je een zachte dood als het zover is.'

Vitalis zuchtte. 'Waarom zo haatdragend? Kun je niet boven jezelf uitstijgen en het grotere belang zien? Wijzelf zijn niets, God en het eeuwig leven alles.'

'Als dat zo is,' zei Swintharik, 'waarom heb je dan niet zelf de Afvallige gedood?'

'Omdat ik een andere taak heb in 't goddelijk plan,' zei Vitalis.

Swintharik lachte kort. 'Eigenlijk moet ik je dankbaar zijn dat ik mijn geloof ben kwijtgeraakt. Als Hij al zou bestaan, zou ik Hem bestrijden.'

Vitalis liet zijn stem dalen. 'Dat doet me meer verdriet dan al het andere,' zei hij. 'Een man die van zijn geloof valt, is erger dan een die nooit heeft geloofd.'

Swintharik wees op de barbaren, die nu om het vuur dansten. 'Als je zo graag wilt bekeren, is daar een goede kudde voor je: barbaars en fris, niet door de beschaving verpest.'

Vitalis keek naar de dansers. 'Daar is die jongen weer,' zei hij. De jongen kwam nu met twee bekers, één gaf hij aan Swintharik, die hem in dankbaarheid aanvaardde. De andere beker stak hij Vitalis toe, maar toen deze hem wilde aanpakken, smeet hij hem het drankje in het gezicht. Van onder de wagen klonk geproest. Andere kinderen waren ongemerkt naderbij gekropen. Vitalis beheerste zich, maar hij stikte bijna in zijn woede.

'Ze brengen ons steeds noordelijker,' zei hij later. 'God mag weten welk lot ze voor ons in gedachten hebben.'

'Slavernij, zonder twijfel,' meende Swintharik. Het liet hem onverschillig, maar het kon geen kwaad om Vitalis' zwaarmoedigheid te voeden. Hij ging liggen. Wie weet hoe kort de nacht nog zou duren. Die merriemelk beviel hem. Als dat de slavenkost was, dan gaf hij zich over aan het slavenbestaan.

De mannen kregen ze tijdens hun reis alleen van veraf te zien, vrouwen en kinderen brachten hun voedsel. Af en toe zagen ze aan hun linkerhand de zee en één lange dag reed de karavaan met wagens en al over het strand. Na twee weken kwamen ze bij een rommelig dorpje, met hutten in uiteenlopende vormen en omgeven door palissaden die bij een aanval weinig nut zouden hebben. De reizigers werden met gejuich begroet door een massa vrouwen en kinderen.

Een barbaar bevrijdde de slaven van hun boeien en dreef ze, met zachte tikjes als betrof het kleinvee, langs ruwvilten hutten die breed en rond waren en aan de buitenkant omgeven door opgestapelde plaggen. Aan de bovenkanten hadden ze rookgaten. Hij sloot de twee gevangenen op in een kooi, midden in het dorp, alsof ze voedseldieren waren voor de markt. De hele middag kwamen mensen zich vergapen.

Swintharik merkte dat hij veel van hun woorden begreep, het was de taal van zijn oude vriend Syrdon. Hij zag niet veel gelijkenis tussen Syrdon en deze mannen met hun haren als rattenstaarten en hun lange sliertbaarden. Hij schaamde zich als hij terugdacht aan de jongen die zo lang voor hem had gezorgd.

Zo ruw en onverzorgd als de mannen, zo mooi waren de vrouwen. Ze droegen kleurige gewaden, die soms van zijde waren gemaakt. Vitalis leek zijn gedachten te raden. 'Dit tuig leeft van overvallen op karavanen uit het oosten,' zei hij. 'Als we al weg konden komen, dan zouden we het nog niet halen, langs al die barbaarse horden. In dit land vormen moordenaars en rovers coalities om volkeren aan te vallen, en ze deinzen niet terug voor sodomie en kannibalisme. Hier kan één vrouw vele mannen hebben.' Hij rilde bij de gedachte.

'Wat kan dat jou schelen?' vroeg Swintharik, die zich goedmoedig liet prikken door een klein meisje dat een takje door de tralies stak. 'Jij houdt toch niet van vrouwen?'

'Ik ben een man Gods,' zei Vitalis waardig. Hij griste het stokje uit de meisjeshand en brak het in stukken. 'Hoe kun je toelaten dat ze zo met je sollen?' vroeg hij. Het meisje begon met wijd open mond te huilen en direct stonden er mannen bij de kooi. Een van hen greep Vitalis bij zijn baard, trok hem met zijn gezicht zo hard tegen de tralies dat ze galmden en gaf hem toen een vuistslag. Onder de mannen ontstond ruzie. Vitalis kwam overeind, veegde zijn gezicht af en zei: 'Er zijn hier tenminste nog mensen met beschaafde opvattingen over de behandeling van gevangenen.'

'Ik denk dat ze boos zijn dat de koopwaar wordt beschadigd,' zei Swintharik lachend.

Later, bij donker, hurkten de mannen en jongens bij een klein vuur en begonnen aan een eindeloos spel waarbij dobbelstenen en botjes een belangrijke rol speelden.

'Wat doen ze toch?' vroeg Vitalis zenuwachtig.

'Ze gokken, met ons als inzet,' zei Swintharik, blij dat hij weer een jobstijding kon brengen.

De dorpelingen ondertussen, die uit houten bekers met handvaten van touw dronken, werden steeds luidruchtiger. Het eindigde ermee dat er een groot gevecht uitbrak. Nu kwamen de vrouwen uit de tenten, ze hadden spatels, spanen en houten lepels meegenomen en sloegen de dronkenmannen om de oren, tot die hun strijd staakten en mopperend het spel voortzetten. Toen Swintharik in slaap viel, speelden ze nog altijd. Hij werd wakker omdat iemand hem porde. Dezelfde jongen die hun eten had gebracht, opende het hok en wenkte Swintharik naar buiten. Hij was stijf van de nachtkou en blij dat hij weer wat kon bewegen. Hij zag niet wie er met Vitalis was verblijd, maar volgde de jongen zonder om te kijken.

Boven de bergen lichtte het al. Het was een lange wandeling tussen de bouwsels en tenten en vaak leek het alsof ze op punten kwamen waar ze eerder waren geweest. De jongen stapte echter doelbewust voort en Swintharik besloot zich nergens druk om te maken. Uiteindelijk kwamen ze bij een paardenkraal. De jongen wees naar een merrie en maakte een kammend gebaar. Hij gaf Swintharik een kam, zei iets en liep weg. 'Kam dat paard!' had hij gezegd en al lag dat voor de hand, Swintharik had hem duidelijk verstaan.

Paardenknecht! Het kon erger. Hij begon te werken en bedacht dat dit een ideale gelegenheid was om te ontsnappen. Tegelijkertijd twijfelde hij er niet aan of dit volk zou hem achterhalen. Levend villen was misschien nog de mildste straf die ze zouden bedenken. Hij stond onverschillig tegenover de dood, maar er waren sneller manieren. En terwijl hij nog zo stond te roskammen, hoorde hij in de verte de tonen van een rietfluit, ijl, maar allengs winnend aan kracht. Hij verstijfde. Het was de melodie die gebruikt werd bij het dekken van de paarden. 'Syrdon!' riep hij luid, 'is het nu de bedoeling dat ik die merrie dek of had je een andere in gedachten?'

Het fluitspel brak af en hij verwachtte dat zijn oude begeleider uit de schaduwen zou treden, maar er gebeurde niets. Hij roskamde voort en vroeg zich van alles af. Na verloop van tijd had hij alle merries gekamd. Wat verwachtte men nu van hem? Had hij een eigenaar, was hij gemeenschapsbezit? Hij besloot een slaapplaats te zoeken. Onder een afdak vond hij een voorraad hooi. Hij schopte een rat opzij en ging liggen. De dorst hield hem wakker. Die vreselijke drank was hem goed bevallen.

Later op de dag ging hij het dorp in want nog altijd had zich geen slavendrijver of eigenaar gemeld. Hij liep tussen de tenten en knikte vriendelijk naar vrouwen en kinderen. Omdat hij geen centrale plek vond en geen gezagsdragers tegenkwam, besloot hij een vrouw aan te spreken die voor een tentopening gehurkt naar hem zat te kijken. 'Ik wil drinken,' zei hij, 'en wat eten, als het kan...'

De vrouw begon te praten, ze draaide zich om en riep er een andere vrouw bij. Deze had rossig, wijduitstaand haar en droeg een mand vol smerige wortelen. 'Wat wil je?' vroeg ze in gebroken Grieks. Swintharik wees op de wortels: 'Mag ik er een?' Zij gaf hem een wortel. Hij veegde de aarde eraf en vroeg: 'Ben je een van hen? Of ben je ook een gevangene?'

De vrouw schudde haar hoofd. 'Geen gevangene. Een van hen... Ja, ik geloof het wel.'

Ze was een stuk ouder dan hij, maar Swintharik kon zien dat ze mooi was geweest. Omdat ze zich al wilde omdraaien, vroeg hij: 'Heb je wat van die drank, die ik gisteren proefde?'

Ze stelde een tegenvraag: 'Wat krijg ik ervoor terug?'

'Ik heb niets,' zei hij.

Ze keek hem aan alsof hij een slachtlam was. 'Je hebt iets wat ik wil,' zei ze toen. 'Kom mee.'

Hij volgde haar naar een hut aan de rand van het dorp. Onderweg keek hij naar haar bewegingen onder de versleten kleren en hij meende dat ze haar gang aanpaste. In de deuropening bleef ze staan en wierp hem een blik toe. Het rosse haar was piekerig en vies, maar haar ogen hadden de kleur van de bospoelen waarin hij als kind steentjes gooide. Ze wenkte hem binnen, toonde hem een open kruik.

'Je mag drinken, maar eerst wil ik dat je me gerieft,' zei ze eenvoudig. Ze verschikte wat aan haar kleed. Swintharik keek weer naar de kruik. 'Laat me eerst drinken,' zei hij, want een paar slokken zouden het hem gemakkelijker maken om zijn taak te vervullen. Ze schudde haar hoofd. 'Een nuchter man heeft meer kracht, eerst gerief je me.'

Hij keek haar besluiteloos aan, dit was niet de manier waarop hij zaken regelde. Ze zuchtte. 'Wacht,' zei ze. 'Ik roep je zo, dan kun je drinken wat je wilt.'

Swintharik deed twee stappen en stond buiten. Elke stap was een steek van pijn, want door de nabijheid van de kruik nam zijn dorst sprongsgewijs toe. Ze liet hem lang wachten. Hij draaide wat rond de hut en een paar keer moest hij zich onzichtbaar maken voor langslopende krijgers. Hij probeerde zich haar voor te stellen zonder kleren en zijns ondanks voelde hij begeerte. Ten slotte hoorde hij haar roepen: 'Romein, kom binnen!'

Hij schoorvoette de tent in en wilde zijn ogen aan het schemerduister laten wennen, maar ze trok hem neer op haar beddenzak en hielp hem uit zijn vodden. Zelf was ze naakt en Swintharik raakte in een wilde vervoering van haar geur, die hem deed denken aan de Gallische bossen. Hij liet zich meeslepen in haar woeste ritme en begroef zijn gezicht in haar dikke haar.

Toen hij naast haar lag uit te hijgen, besefte hij dat hij even zijn dorst was vergeten. De vrouw kwam overeind en gaf hem een stenen beker. 'Mijn naam is Rhotia,' zei ze. 'Je mag me vaker gerieven.' Ze schoot in haar kleren en liep de hut uit. Swintharik dronk en vulde zichzelf bij, want hij kon het haar terugbetalen.

Waar zou Vitalis zijn? Hij was niet van plan hem op te zoeken, hij ging weer op zijn rug liggen, de handen onder zijn hoofd en terwijl hij zich voorstelde hoe de valse presbyter onder aanmoediging van zweepslagen een ploeg voorttrok, viel hij in slaap, met een glimlach op het gezicht. Een por van Rhotia maakte hem wakker. Ze wees op een kom vleessoep. 'Eet,' zei ze, 'je zult je krachten nodig hebben.'

Swintharik at vlug, hij had lang geen voedsel binnengekregen. Daarna duwde ze hem terug op de beddenzak, schortte haar kleed op en besteeg hem als een amazone. 'Ben jij ook ontvoerd?' vroeg hij. Ze legde hem met een hand het zwijgen op en ging een tijdlang op in haar bezigheid. Uiteindelijk liet ze zich grommend op hem neer en zei: 'Wat vroeg je?'

'Waar kom je vandaan?'

Ze schudde haar hoofd. 'Ik weet het niet. Ik herinner me een lange tocht door een woestijn naar een slavenmarkt – de stad was Eudaimona. Daar stond ik als kind te koop, ik weet nog dat ze me hoofdschuddend beknepen en betastten. Ik zal geen mooi kind zijn geweest. Ik werkte lange tijd in een ververij. Op een dag kwamen deze mensen me halen. Ze doodden de mannen die toezicht hielden en namen de vrouwen mee als buit.'

'Wat deden ze met jullie?' vroeg Swintharik.

'Wat doen ze in jouw land met buit?'

'En nu werk je voor hen?'

Ze schudde haar hoofd. 'Ik geloof niet dat ik werk,' zei ze. 'Af en toe heeft een man me tot vrouw genomen, of misschien andersom – maar toen ik kinderloos bleef, verloren ze hun belangstelling. Ik ben hier al lang; mijn jeugd is voorbij en ik probeer geen aandacht te trekken met mijn vrouwelijkheid.'

Hij bekeek haar eens goed en wat hij zag beviel hem. 'En ik, van wie ben ik de slaaf?'

Ze wist het niet. 'Je werkt toch bij de paarden? Dan ben je van de hoofdman. Eigenlijk ben je van iedereen. Je mag bij me wonen, zolang je maar...'

'Ja,' zei Swintharik, 'zolang ik je gerief.'

De volgende ochtend liep hij weer naar de paarden. Niemand had hem gemist, niemand vertelde hem wat te doen. Als hij al mannen tegenkwam, leken die hem niet op te merken. Hij begreep dat Rhotia verder gevrijwaard zou blijven van mannelijke aandacht. Als een vrouw hier een man tot zich nam, ook al was het maar een slaaf, dan gold ze als bezet.

Het duurde drie dagen voor hij Vitalis tegenkwam. De man stond hem op een avond op te wachten, toen Swintharik de paardenkraal verliet. 'Dat is een mooi baantje,' zei de presbyter zuur. 'Ik ben de hele dag bezig met het verzamelen van brandhout en het stoken van die smerige drank; ze geven me niet eens een ezel om de last te dragen!'

Swintharik negeerde het gepraat en liep naar de hut waar hij woonde.

'Jij bent in een goede positie om te ontsnappen, besef je dat?' ging Vitalis door. 'We zouden samenwerken, weet je nog? Ons verbond?'

Swintharik bleef staan en keek de man even aan. Hij schudde zijn hoofd en ging naar binnen, waar Rhotia al op hem lag te wachten. Vitalis, die hem was gevolgd, zag de naakte vrouw op de matras en hij begon te stotteren.

'Verdwijn, idioot,' zei ze. Hij boog, maakte rechtsomkeert en verdween. Swintharik zette zich aan zijn plicht, zuchtend van genoegen, ook door het vooruitzicht van de beloning die wachtte.

Swintharik liet het idee los dat hij bij een stam terecht was gekomen. Steeds als hij dacht dat hij de taal begon te begrijpen, liep hij iemand tegen het lijf die een andere sprak. Hij verbaasde zich over de grote verschillen. De families die zich hier hadden gevestigd, kwamen uit alle windstreken, er waren kleine tanige mensen met een donkere huid en schuine ogen, en grofgebouwde reuzen met stroblond haar, dat afstond van hun hoofd. Sommigen waren geboren ruiters, andere verplaatsten zich in de merkwaardige pas van volkeren die in een week honderden mijlen afleggen. Ze hoedden schapen en geiten; hele families verdwenen om na weken weer op te duiken. Er waren er die met pijl-en-boog joegen, andere gebruikten slinger of werpspies; vogelvangers, strikkenzetters en slangeneters, hier was iedereen zo vreemd dat niemand zich vreemdeling hoefde te voelen. Tegelijkertijd liepen er geen strakke grenzen tussen de clans en families, ze huwden onderling en de kinderen voelden zich thuis in verschillende clans. Wat ze gemeen hadden was armoede, haveloosheid.

En toch kon hij spoedig met de meesten praten. Wat een stam had geleken, bleek een verbintenis van vagebonden te zijn, uitgestotenen die hun geboortegrond hadden verlaten op de vlucht voor invallers, of die waren verstoten door de eigen groep. Zwervers waren het, vogelvrijen, ze leefden van het land, van jacht, roof en van hun kudden. De vrouwen waren roofbuit, anderen waren komen aanlopen: ontsnapte slavinnen, ontheemden op de vlucht voor overweldigers en zelfs vrije vrouwen die de zedenmeesters waren ontvlucht. Hier, ten oosten van de zee, kwamen ze samen, als ongelijksoortige herfstbladeren die zich op één hoop hebben verzameld.

'Ben ik vrij om weg te gaan?' vroeg hij eens aan Rhotia.

Ze haalde haar schouders op. 'Is het elders beter? Je bent gewonnen door iemand bij de verdeling van de buit, maar er is weinig verschil tussen vrijen en onvrijen. Op een dag is men vergeten hoe je hier kwam.'

29

TH.E.O.D.

(winter 377-378)

Vroeg in het derde jaar van de Gotische crisis bereikte Dido uiteindelijk Constantinopel, maar hij voelde geen behoefte om naar de stad te gaan en liet zich overzetten naar Chalcedon om daar bij het poststation te controleren of er berichten waren. Hij wilde ook een nacht in de herberg slapen, want de lange reis in het donkere jaargetijde had hem afgemat. Hij liet zijn paard in de stal achter, gooide zijn reiszak over een schouder en liep het posthuis in. Misschien kon hij iets oppikken over Smyrna of enige van de steden waar hij langs zou komen.

De postmeester moest hem teleurstellen, er waren geen berichten. Dido bedankte hem en meldde dat hij de volgende dag naar Smyrna zou afreizen. 'Als je een opdracht voor me hebt, dan hoor ik het graag,' zei hij.

Er was niets te doen. Een paar mannen stonden wat te dralen bij de ingang en toen Dido naar buiten liep, kwamen ze achter hem aan. 'Dido van Massilia,' zei een van hen. 'Wilt u met ons meekomen?' Hij pakte Dido bij de schouder. Een van hen trok de reiszak uit zijn handen.

Dido rukte zich los. 'Wat wilt u? Wie zijn jullie?' Maar hij had ze al herkend. De agentes in rebus, de staatsagenten, waren maar al te bekend bij de poststations en de openbare vervoersdienst, waar ze controleerden of reizigers rechtmatig gebruikmaakten van de reiswagens. Maar deze taak was niet meer dan een voorwendsel voor veel omvangrijker taken.

'U weet wie we zijn,' zei de man. 'Blijft u vooral rustig, vrees niet; iemand wil met u praten.'

Dido begreep dat hij geen keuze had en hij volgde de agenten naar een gebouw waarvan hij wist dat de kanselarij er een kantoor had. Ze brachten hem naar een eenvoudige kamer, waar maar één man aanwezig was, hij droeg een zwart kleed en stond met zijn rug naar Dido toe. Het vertrek was leeg, afgezien van een schrijftafel en twee zetels.

De begeleiders trokken zich terug en Dido wachtte. Toen ze alleen waren, zei de man – zijn stem niet meer dan een fluistering: 'Gaat u zitten.'

Dido voelde zich opeens zwak worden in de knieën. Hij had de stem herkend van notarius Larva, die hij eerder had ontmoet bij de keizer in Antiochië. De man draaide zich om en zijn ogen, achter het masker, richtten zich op Dido. Hij knikte nauwelijks merkbaar en zei: 'U ziet er afgetobd uit. Hebt u een zware reis achter de rug?'

'Ik was in Durostorum,' zei Dido. 'Ik wilde naar de stad en vandaar naar Smyrna reizen, maar ik moest een grote omweg maken.'

'Vanwege de instabiele situatie in Thracië,' vulde Larva aan. 'En wat gaat u in Smyrna doen?'

Dido dacht snel na. 'Ik ben koerier,' zei hij, om tijd te winnen.

'Ik weet dat u koerier bent. Had u geen opdracht uit Durostorum?'

'Ik was daar om een vriend te zoeken,' zei Dido kortaf. 'Ik hoef u ook niet te antwoorden over mijn opdrachten, ik val niet onder uw bureau, maar onder de prefectuur.'

De ogen achter het zijden masker bleven ondoorgrondelijk. 'Dat mag zo zijn,' zei de man, 'maar als uw handelen niet in overeenstemming is met de wet, komt u onder mijn jurisdictie, zoals iedereen.'

Hij nam plaats tegenover Dido, steunde met zijn ellebogen op de tafel en hield de vingertoppen van zijn eveneens in zwartzijden handschoenen gestoken handen tegen elkaar. 'U moet mij niet kwalijk nemen dat ik fluister,' zei hij. 'In de ramp die mij als kind in een monster veranderde, ben ik ook mijn stem verloren.'

Dido wist niet wat de man van hem verwachtte. 'Dat spijt me voor u,' zei hij.

Larva stootte een kort lachje uit. 'Het heeft zijn voordelen,' zei hij. 'In mijn functie is het niet slecht als mensen bang voor me zijn. En wie is er niet bang voor een monster? Daarnaast zal niemand het wagen om niet naar me te luisteren, hoe zacht ik ook spreek.' Hij boog zich naar voren. 'Dido, u was op zoek naar uw oude vriend Vitalis.'

Dido schudde heftig zijn hoofd. 'Zeker niet.'

'Mijn inlichtingendienst vertelt me dat u een week in zijn villa aan de Hister hebt doorgebracht de afgelopen herfst.'

'Dat ontken ik niet,' zei Dido. 'Ik ontken dat hij mijn vriend is. Hij heeft me weliswaar gered toen ik een kind was, maar alleen om misbruik van me te maken. En nu probeert hij een vriend van me te vermoorden. Ik vervloek iedere ademtocht van zijn bestaan. Kon ik hem op uw brandstapel krijgen, dan zou ik het doen. Hij was trouwens niet thuis.'

'Ik weet dat hij niet thuis was.' Larva's ogen lieten die van Dido niet los. 'Hij is in Milaan en beraadslaagt daar met zijn vrienden van Arachnion. Zij vergaderen veel de laatste jaren. Deze zomer komt hij naar Constantinopel.'

Dido hield zijn gezicht in de plooi. Hij herinnerde zich Arachnion maar al te goed.

'U weet waarover ik het heb,' constateerde Larva.

'Ik vrees dat ik u niet kan volgen,' zei Dido met vaste stem.

'Wilt u beweren dat u niet van Arachnion hebt gehoord?'

Dido deed of hij even moest nadenken. Toen zei hij: 'Ik woonde in een huis dat zo heette, lang geleden, in Daphne. Ik was nog een kind. "Het huis Arachnion". Ik heb het altijd een vreemde naam gevonden. Een huis dat spinnenweb heet.'

Larva schudde zijn hoofd. 'En u weet niets van de organisatie?'

'Ik heb het woord destijds wel eens gehoord. Het was tijdens de regering van de Afvallige, het was iets uit het verleden. Ik geloof dat het met religie te maken had.' Hij wilde nog meer zeggen, maar Larva onderbrak hem. 'U weet het wel,' zei hij, 'maar u wilt het zich niet herinneren. Theodoulos. Zegt die naam u iets?'

Dido begreep er niets meer van. 'Leeft hij nog?' vroeg hij. 'Hij had een huis in Constantinopel, ik woonde daar in het eerste regeringsjaar van keizer Julianus, voor we naar Daphne gingen.'

Larva knikte en fluisterde: 'Kleitos.'

Van achter Dido kwam een man tevoorschijn, een zeer brede, kale man, die een leren schort droeg en daaronder alleen een soort lendendoek.

'Dit is mijn medewerker Kleitos,' zei Larva. 'Hij is de man die de sleutel bezit tot de waarheid. Vertel heer Dido je bevindingen omtrent Theodoulos.'

De man boog en zei: 'Theodoulos was hier zeven jaar geleden voor ondervraging over de naamkwestie. Ook na weken van marteling brak hij niet. Hij was een oud man, zoals u weet. Oude mannen breken minder snel dan jonge.'

Larva nam het over. 'Als jonge man was Theodoulos al eens gemarteld om zijn geloof. Toen hebben de tortuurmeesters hem gebroken, mede door zijn gezin te bedreigen. Jonge mannen hebben veel te verliezen. Als je een jonge man met verminking dreigt, dan weet hij dat hij dit zijn leven lang zal meedragen. Bedreig je zijn geslachtsdelen met een gloeiende castratietang, dan zal hij, behalve voor de pijn, vrezen voor de lange jaren zonder liefdesgenot. Maar wat heeft een oude man te vrezen van marteling? Misschien kwijnt ook het vermogen om te lijden met de jaren. Een oud man zal de dood verwelkomen, zijn uiterlijk is slechts een herinnering, zijn geslacht is verwelkt en hij verlangt naar de dood.'

'Daarnaast had Theodoulos al zijn nakomelingen overleefd,' zei Kleitos, 'toen ik hem martelde, was zijn enige fout dat de eerste letters van zijn naam TH.E.O.D. waren en u weet dat een paar verraders bij een magisch ritueel de voorspelling hadden gekregen van een onreine geest, dat de naam van de opvolger van keizer Valens begon met die vier letters: TH.E.O.D.'

'Theodoulos kreeg de vraag voorgelegd of hij de keizer wilde vervangen,' zei Larva. 'Het was slechts een formaliteit, want het is een absurde gedachte, dat zo'n oude man de macht zou willen grijpen. Hij had alleen hoeven ontkennen en hij was vrij geweest. Maar hij verkoos te zwijgen. Alsof hij duizend geheimen had en vreesde dat het beantwoorden van één irrelevante vraag zou leiden tot een stortvloed van bekentenissen.'

Dido haalde diep adem. 'Of hij heeft zich zijn leven lang zo vreselijk geschaamd voor zijn vroegere afval, die hem tot lapsus maakte, dat hij het ditmaal ten koste van alles wilde volhouden.'

Larva lachte en heel even liet hij Dido's ogen los. Hij staarde naar zijn handen en zei toen: 'U kende hem beter dan ik.'

Kleitos was nog niet klaar. 'Op een dag slikte hij zijn eigen tong in en stierf. Een man van karakter, ik denk nog vaak aan hem terug.'

Larva was het met hem eens. 'Kleitos is een gevoelige natuur, hij is ook een mensenkenner. En hoewel wij mannen als Theodoulos graag aan onze kant hebben, was ik er in die tijd nog niet bij betrokken. Ik ben immers niet ouder dan u, Dido.' Hij stond op en ging verder: 'En wat uzelf betreft – samenzweerders bedienen zich dikwijls van schuilnamen. Hoe heet u echt?'

Die vraag had Dido altijd mateloos geërgerd. Vaak had hij overwogen om een andere – nee, om *een naam* aan te nemen. Hij wist hoe idioot zijn verhaal klonk, toch was het raadzaam om de waarheid te vertellen, want dat had hij altijd gedaan en wie wist hoeveel mensen Larva al had ondervraagd?

'Al veronderstelt een bijnaam een hoofdnaam,' zei hij dus maar weer, 'heb ik die laatste nooit gehad. Ik groeide op straat op, zonder ouders. En ik weet van geen samenzwering.'

'Het verworpen kind uit Massilia,' zei Larva. 'We zullen dus nooit weten met welke vier letters uw naam begint.' Hij keerde zich om en ging voor het venster staan zodat de rimpelingen in de zijde glansden in de binnenvallende zonnebaan. Een nauwelijks hoorbare vraag, als een tochtvlaag: 'Wie ben je, Dido?'

'*Ik* draag geen masker,' zei Dido. Hij hield even zijn adem in, geschrokken van zijn eigen vermetelheid. Hij kon ook niet geloven dat Larva hem er werkelijk van verdacht dat hij de keizer wilde vervangen. De notarius knikte en bleef uit het raam staren. 'Wat kunt u vertellen over Swintharik?' vroeg hij toen.

Dido voelde de bodem vallen uit zijn verweer. Hij had niet verder willen praten over Vitalis om Swintharik niet in gevaar te brengen, maar de man leek alles te weten. 'Swintharik is zijn echte naam,' zei hij, hoewel hij al begreep dat het helemaal niet ging om de naam.

Larva's lichaam schokte even. Lachte hij? 'Dat weet ik,' zei hij ten slotte. 'Het was een van zijn vaders dwaasheden en *zijn* moeder maakte geen bezwaar tegen de grillen van die man.'

Waarom die nadruk op *zijn*? 'En uw naam?' vroeg Dido. Een gemaskerde man die zich 'Masker' noemde, het deed hem denken aan een klein kind dat een masker opzet en roept: 'Boe, ik ben een masker!'

'Die doet er niet toe,' zei Larva. 'Degene die ik was, is vernietigd in de vlammen waaruit het monster is geboren.' Hij draaide zich om naar Dido en vouwde zijn armen voor de borst. 'U begreep al dat het niet ging om namen,' zei hij. 'Dat speelde lang geleden. Het gaat me om wie u bent. U zult niet bezwijken onder foltering. Waarom werkt u eigenlijk niet voor ons?'

'Ik ben niet goed in inlichtingenwerk,' zei Dido. 'Berichten overbrengen, dat is mijn specialiteit. De inhoud interesseert me niet.'

Larva lachte. 'Ga,' zei hij. 'Vind de man die u zoekt, voor het te laat is. U krijgt een *evectio* mee voor het publieke transport, zo kunt u onderweg bijkomen van uw reis.'

Dido stond op en knikte naar de gemaskerde. Hij draaide zich om en liep het vertrek uit. Kleitos, die inmiddels bij de deur stond, boog licht en zei: 'Het was aangenaam om u te leren kennen, al was het van korte duur, heer Dido. Misschien komen wij elkaar later weer tegen.'

Buiten in de prille voorjaarszon wachtten de agenten die hem hadden aangehouden Dido op. Een van hen overhandigde hem de reiszak. De ander gaf hem een evectio. 'Het is een diploma met open bestemming,' zei de man. 'Uw reiskoets staat klaar voor vertrek, onderweg zal niemand instappen, dus maak er goed gebruik van.'

Omdat Dido nog geen aanstalten maakte, sloegen de mannen aan weerskanten de armen om Dido's schouders en zo, met zachte dwang, dirigeerden ze hem in de richting van het *cursus* station.

Nauwelijks een week later arriveerde Dido in Smyrna, waar hij hoorde dat de vogel gevlogen was. Hij ondervroeg de magistraat en toonde zijn diploma en insigne; hij noemde de beruchte namen van magister Sophronius en diens notarius Larva, hij vergat niet zijn eigen baas Modestus, de pretoriaans prefect, die in wreedheid niet onderdeed voor Sophronius en hij kreeg het volledige verhaal.

Axylus had klaarblijkelijk de rafels van zijn kleed gevlochten tot een wurgkoord, waarmee hij een bewaker wist te doden. Op de vlucht had hij nog eens twee mensen vermoord. Dat was tien dagen geleden gebeurd. Weer had Axylus een voorsprong.

'U moet weten dat hij een arm en een been mist,' zei de magistraat. 'Wat kan zo iemand nog uitrichten?'

'Hij kan drie van uw mensen vermoorden,' zei Dido. 'Heeft hij een paard?'

De magistraat moest bekennen dat er twee paarden waren verdwenen en dat getuigen de moordenaar hadden zien rijden.

'Waar zagen ze hem? Welke richting ging hij uit?'

Axylus was oostwaarts gegaan, het binnenland in. Dido vervloekte de magistraat en hij ging naar het poststation, waar hij een paard opeiste.

30

Autofaag

(364)

Swintharik vergezelde Rhotia die dag naar de hoger gelegen weiden waar ze haar geiten hoedde. Hij had een jongen overgehaald om op de paarden te passen en torste voedsel en drank met zich mee. Ze lieten zich neer op een bemost plekje tussen drie cipressen en keken over de bloeiende velden ver beneden hen, waar wolkenschaduwen voortgleden als scheepskielen. Het dorp aan de heuvelvoet leek uitgestorven, de meeste mannen waren ver weg op veeroof, of karavanen plunderen.

'Is dat de zee?' vroeg Swintharik. Aan de einder, waar de vormen vervaagden, zag hij een blauw waas, net een tint donkerder dan de lucht.

'Wil je nog steeds weg?'

'Ik weet niet waar ik heen zou moeten,' zei hij. 'Het bevalt me hier. Ik wil wel weten of ik een gevangene ben.'

'Alleen waar het mij betreft.' Ze nam zijn hoofd tussen haar handen. Hij kuste haar en liet zijn handen onder haar kleed glijden. Hij genoot van de bloemengeur en het gesjirp van krekels; het rook hier naar de groene oevers waar hij was opgegroeid en toch was het heel anders. Zou hij zich hier kunnen vestigen? De vrouw kreunde zacht in zijn armen en rekte zich loom uit. Hij trok het koord los dat haar kleed bijeenhield en vergat alles, tot luid gemekker hem deed opschrikken. Ze lachte om zijn blik. 'Niets aan de hand,' zei ze. 'Ik hoor het als ze bang zijn. Dit is het geluid van tevredenheid, het gras is hier beter dan beneden.'

Net wilde hij zich weer over haar buigen, toen hij beweging

zag in de diepte. De paarden, zojuist nog verspreid in hun kraal, stroomden nu allemaal in één opeengepakte massa naar de weg, de meeste hadden de kraal al verlaten. Hij begreep dat het niet zomaar een uitbraak was, want dan zouden ze uitwaaieren over de weidegronden. Nu zag hij een figuurtje op een van de ruggen; het was een grootscheepse diefstal en in het dorp waren alleen een paar herders, vrouwen, kinderen en grijsaards achtergebleven. 'Iemand steelt de paarden,' zei hij.

Ze volgde zijn blik, verstarde. 'Die achterhalen we niet meer,' zei ze. 'We kunnen alleen hopen dat onze mannen onderweg op hen stuiten.' Ze tuurde naar de kudde, die nu westwaarts trok over de weg. 'Het is maar één dief,' constateerde ze. 'Is het niet gewoon de jongen? Maar waarom zou hij ze over de weg leiden?'

Swintharik vloekte. 'Er zitten er twee op dat paard,' zei hij. Een vermoeden kwam bij hem op. Vitalis was een ervaren ruiter en de arbeid van de laatste maanden had hem niet doen verzwakken, integendeel. 'Vitalis heeft de jongen ontvoerd,' zei hij. 'Hij neemt de paarden mee om het achtervolgers moeilijk te maken.'

Ze begonnen haastig met de lange afdaling. 'Die paarden lopen nu nog mee,' zei Swintharik, 'het is moeilijker om ze langdurig bijeen te houden. We maken goede kans om hem in te halen.'

Rhotia riep van veraf naar de herders in de weiden, de meesten hadden het al gezien. Ondertussen maakte het paard met de berijders zich los van de groep. De vormeloze massa vertraagde en begon zich langzaam te verspreiden over de vlakte.

Tegen de tijd dat de herders een paar dieren hadden gevangen, was er geen spoor meer van de vluchteling, zelfs de stofwolk die hij had opgeworpen, verwaaide in de wind.

'Het blijft nog een paar uur licht,' zei iemand. 'Als we nu vertrekken, halen we hem morgen in.'

'Ik ga mee,' zei Swintharik. 'Het is mijn verantwoordelijkheid. Ik heb de jongen alleen gelaten met de paarden.'

De man keek hem aan alsof hij hem nu pas zag. 'Jij was toch de vriend van die dief? Heb jij het niet allemaal zo bedacht? Probeer je ons in de val te lokken?'

Rhotia greep Swinthariks hand. 'De dief is zijn doodsvijand. Je denkt niet na, ezel; samen hadden ze de hele kudde kunnen stelen. Wil je nog meer tijd verkletsen?'

De man gaf Swintharik de leidsels van een rijdier. Een vrouw kwam aanrennen met broden en een waterzak. Rhotia reikte Swintharik, die al in het zadel zat, een pak harsfakkels om hun pad te verlichten. Ze greep zijn enkel. 'Je komt toch terug?'

'Ik kom terug, met de jongen. En met Vitalis, levend of lijk!'

Drie ruiters schoten weg. Swintharik volgde in hun stofwolk. Hij hoestte en dreef zijn paard aan, terwijl hij probeerde zijn dorst te vergeten. Zijn wijnkruik stond nog bij de drie cipressen. Hoe had hij die kunnen vergeten!

Ze hadden het grasland achter zich gelaten en de bomen stonden steeds dichter op elkaar, tot ze bij valavond door bosland reden. De vier achtervolgers verspreidden zich en bleven de toortsen van de dichtstbijzijnde ruiters in het oog houden, drijvende dwaallichtjes die aan- en uitknipperden tussen de donkere stammen. Zo bestreken ze een breed terrein. Geen spoor van een pad, dit was een weinig begane route. Af en toe riep iemand een aanwijzing, dan was een vers spoor ontdekt en pasten ze hun koers aan.

Laat in de nacht verzamelden ze en legden zich op hun reismantels. 'Heeft niemand iets anders te drinken dan water?' vroeg Swintharik aan het duister. Geen antwoord.

Hij sliep als een dode.

Bij ochtendschemer vervolgden ze hun weg, voorzichtig om het spoor niet inderhaast voorbij te schieten. Ze reden de hele dag door bos tot ze de rand bereikten, waar de zee zich voor hen uitstrekte, schitterend in een zon die al groot en rood in het westen hing. Het zou nog even licht blijven; Swintharik hoopte Vitalis snel te vinden, hij verlangde naar huis. Nooit eerder was zijn keel zo droog geweest en water kon de nood niet lenigen.

Toch was dit niet zijn grootste zorg. Hij herinnerde zich Vitalis' voorliefde voor knapen en wilde niet denken aan wat er kon gebeuren. Tegelijkertijd besefte hij dat Vitalis de tijd niet had om af te stijgen en zich over te geven aan liederlijkheden. Zou hij ook deze jongen een opleiding aanbieden in ruil voor hand-en-spandiensten?

Deze gedachten gingen door zijn hoofd terwijl ze over het strand galoppeerden waar het zand nat en stevig was en af en toe, als er een golf stuksloeg, spatte het water hoog op onder de hoeven. Rond het schemeruur ontdekten ze een stip, een donker vlekje tegen het lichte zand en ze zetten de paarden aan tot een laatste krachtsinspanning.

'Hij heeft vannacht niet gerust,' riep een dorpeling. Ze stormden voort, ook toen het al donker was en de oplichtende branding hun tot leidraad diende. Swintharik genoot van de jacht, hij voelde zich een wapen dat kaarsrecht door de grillige, veranderlijke beweging van het water sneed. Hij zou hem doden, bij God! Ditmaal kon niemand hem weerhouden; Vitalis' nut, zelfs als slaaf, was opgebruikt.

Hij viel bijna van zijn paard, toen dat onverwachts stilhield.

Voor hem lag een menselijke gestalte, half in het zand, half in het water, dat zich net terugtrok om een reeks nieuwe aanvallen in te zetten. Swintharik steeg af, hij had de jongen herkend. 'Is alles goed met je?' vroeg hij.

De jongen knikte. 'Grijp hem,' zei hij alleen maar.

Swintharik stond op. 'Is hij ver?' vroeg hij, terwijl hij de jongen overeind probeerde te helpen. De jongen kreunde en Swintharik liet verschrikt los. De andere drie zaten al om hun stamgenoot heen. 'Dat been is gebroken,' zei iemand. 'We moeten hem hogerop dragen.'

'Hoe ver is de slaaf?' vroeg de jongste herder, die desondanks tweemaal zo oud moest zijn als Swintharik.

'Een uur voorsprong misschien,' zei de jongen door samengeklemde tanden. 'Hij duwde me van het paard toen hij jullie in het oog kreeg.'

'Het is een slimme vos,' zei Swintharik, 'met z'n tweeën kunnen we hem pakken, als we zorgvuldig te werk gaan; het spoor blijft niet lang zichtbaar en hij zal het strand verlaten.'

Twee mannen bleven bij de jongen, Swintharik en de herder volgden de vloedlijn waar nog vage putjes waren te zien van paardenhoeven. De maan was nog niet vol, maar geen wolk versluierde haar gezicht en de oneffenheden van het strand wierpen bizarre schaduwen. Na een tijdje hield de herder zijn paard in. 'Hier is hij afgeslagen.'

Swintharik zag het ook: een baan over het zand in een vage boogvorm, die meer geëffend leek dan de grillige heuveltjes, kuilen en windribbels. 'Hij is te voet teruggekeerd om zijn sporen te wissen, ' zei hij. 'Ik zei toch dat het een slimme vos was?'

'Leer je grootmoeder eieren zuigen,' zei de herder.

Ze stegen af bij de bomengrens.

'Luister.' De herder hield een vinger op. Ze luisterden ingespannen naar alles wat afweek van de zeeruis en de zachte ritseling van de boomkruinen. Een hoefslag, gebries. De herder ging voorop en spoedig bereikten ze het paard, dat zwakjes hinnikte bij het zien van de ruiters.

'Het is uitgeput,' zei de herder. 'Hij is te voet verdergegaan. Vooruit, we doen hetzelfde en halen de dieren later op.'

Ze bonden de paarden vast en vervolgden hun weg.

'Heeft het zin om hem in het donker te volgen?' vroeg Swintharik na een tijdje. Hij was al een paar keer gestruikeld. De herder wees. 'Hij ziet net zo slecht als wij. Kijk, een afgebroken tak. Hij zit vlak voor ons.'

Zo gingen ze voort, soms op de tast, steeds even sissend naar elkaar, om hun locatie tussen de schaduwen kenbaar te maken. Ze zagen het lichtschijnsel gelijktijdig. De herder kwam naar Swintharik toe en fluisterde: 'Hij heeft vuur gemaakt, zo dom kan hij toch niet zijn? Ik vrees een valstrik.'

Ze trokken er aan weerszijden omheen zodat ze de vluchteling in een tangbeweging namen. Al snel zag Swintharik een gestalte bij het vuur; het was niet Vitalis, hij was groter en zwaarder gebouwd dan de geestelijke. Dichterbij gekomen ontdekte hij Vitalis, die naast het vuur lag, gebonden en roerloos. Zijn verwarde haren glinsterden van bloed uit een verse wond. Swintharik kroop nog dichterbij. Aan de overkant van de lichtkring glinsterden de ogen van de herder tussen de stammen. Net toen Swintharik besloot om zich bekend te maken aan de gestalte die in de vlammen staarde, sprak deze met een bekende stem: 'Ik vroeg me al af waar jullie bleven. Kom erbij, eet!'

De herder kwam overeind. 'Het is onze hoofdman Syrdon!'

Ook Swintharik stapte in de lichtkring. 'Syrdon,' zei hij.

Zijn vroegere vriend, die breed was geworden en nog ontzagwekkender dan vroeger, stak hem een wijnzak toe. 'Die dipsa moet onderhand op sterven na dood zijn,' zei hij.

'Je bent goed ingelicht,' zei Swintharik. Hij dronk en voelde hoe het wezen in zijn binnenste sidderde, voor het tot rust kwam. Hij liet zich naast Vitalis zakken en onderzocht hem vluchtig.

'Red me, Swintharik,' fluisterde de man. 'Ik maak je rijk en machtig als we terug zijn in de stad.'

'Ik wil niet naar de stad,' zei Swintharik. Afgezien van wat beurse plekken in zijn gezicht, leek Vitalis in orde. Swintharik nam een stuk vlees en begon te eten. Hij was te verlegen om een gesprek te beginnen met Syrdon. Hij schaamde zich, al wist hij niet precies waarom. Of het moesten de gedachten zijn die een paar jaar eerder in hem waren opgekomen. Maar dat waren alleen maar gedachten geweest.

'Ik kwam hem tegen in het bos,' zei Syrdon. 'Hij gedroeg zich zo verdacht dat ik hem heb gevangengenomen. Waarom vluchtte hij?'

Swintharik deed verslag. 'We weten niet wat hij de jongen heeft aangedaan,' zei hij ten slotte. Syrdon knikte. Hij gooide zijn kap naar achteren. 'We vragen het de jongen,' zei hij. 'Later beslissen we over zijn lot.'

'Ik wil hem doden,' zei Swintharik. 'Waarom wachten? Hij heeft zo veel misdaan dat één dood niet genoeg is.'

'Als één dood niet genoeg is, komt hij er dan niet gemakkelijk van af?' vroeg de herder. 'De stam beslist, jij hebt ook een stem.'

Syrdon knikte. 'Dit is een zaak van allen. Het rechtsgevoel van mijn broeders zal gekwetst zijn als we een lijk mee terug nemen. Het is ook eenvoudiger reizen met een levende.'

Swintharik had meteen terug gewild, maar Syrdon schudde zijn hoofd. 'De paarden zijn moe en morgen hebben we een gewonde bij ons – vannacht rusten we.'

'Geef me te drinken,' kwaakte Vitalis. Syrdon pakte een waterzak en spoot hem een straal in de mond.

De twee achtergeblevenen hadden een draagslee gemaakt om de gewonde te vervoeren. Er stond een harde wind vanuit zee. Syrdon was vooruitgereden, zijn paard sloeg fonkelende fonteinen uit de aanstormende golven en het liep nog een eindje door, toen Syrdon er al af was gesprongen en bij de jongen neerknielde. Swintharik, die het paard meevoerde waarop de gevangene lag, moest zijn gezicht beschermen tegen het stuifzand. Syrdon had de twee anderen al weggestuurd; tegen Swintharik riep hij: 'Ik wil hem alleen spreken.'

Ze wachtten in de luwte van de paarden die instinctief beschutting zochten bij elkaar. Af en toe hoorden ze Vitalis kreunen boven het loeien van de wind uit.

'Wacht tot we thuis zijn, dan krijg je wat te kermen,' zei een van de mannen.

Syrdon bleef lang bij zijn neef. Hij onderzocht zijn ledematen, veranderde iets aan de verbanden en spalken en sprak met hem. Toen hij eindelijk naar de anderen kwam, zag Swintharik iets in zijn ogen wat er eerder niet was geweest. Syrdon sneed Vitalis los, zodat deze op de grond viel. 'We gaan naar huis,' zei hij. 'Deze hond trekt de slee met de jongen erop, hij bracht hem hier, hij zal geen rust kennen tot die taak is volbracht. En dan zal hij rusten, ter aansterking voor de straf die hem wacht.'

Vitalis opende zijn mond, zag toen Syrdons blik. Hij verstomde en kroop naar de slee, waar hij zich in het tuigje hees, dat de mannen hadden gemaakt.

'Voor iedere pijnkreet van de jongen krijg je een zweepslag,' zei een herder. Hij voerde zijn paard mee aan de leidsels en hield de zweep klaar.

Twee dagen duurde de terugreis en ze namen geen rust, tot Vitalis in elkaar zakte van honger, dorst en ontbering. Toen pas kreeg hij een rantsoen. Het dorp was al in zicht; de bewoners kwamen hun tegemoet; de vrouwen wilden de kinderdief te lijf, maar Syrdon hield hen tegen. 'Geef hem rust,' zei hij. 'Verscheur je hem nu, dan merkt hij het niet eens.'

* * *

Swintharik had zich een paar dagen teruggetrokken in Rhotia's tent, waar hij de dipsa voedde, want deze was veeleisender dan anders, na de dagen van verwaarlozing. Maar niet veeleisender dan Rhotia. 'Je kunt zonder, dat is duidelijk,' zei ze op de tweede nacht na zijn terugkeer. 'Kun je dat ondier niet uithongeren?'

'Als dat zou kunnen, dan zou ik het doen,' zei Swintharik. 'Maar eerder zou ik mijzelf doden bij het proberen. Het gaat ook niet om honger, het gaat om dorst.' Hij stond op van het bed en wilde haar bij haar arm pakken, maar greep ernaast, struikelde en viel op de grond. Rhotia ging, schouderophalend, naar haar beesten. De avond daarop was ze nog niet thuis en Swintharik moest op zoek naar meer drank. Hij merkte dat de dorpelingen zich verzamelden in de kom waar velen al op de stenen richels en banken van aangestampte aarde zaten.

'Goed dat je er bent, Swintharik,' zei Syrdon. 'Ik wilde je net laten halen.' Hij reikte hem een beker. Aan een spit wentelde een schaap, terwijl kinderen elkaar verdrongen om het te mogen draaien.

'Is het feest?' Swintharik liet zijn blik over de mensen gaan. De mannen waren terug in het kamp, ze hadden kennelijk goede zaken gedaan. Plotseling besefte Swintharik dat hij al dagen zijn plichten had vergeten. Wie lette op de paarden tijdens zijn afwezigheid en dagenlange roes? Syrdon zag hoe hij naar de paardenkraal keek en zei: 'Ik heb het geregeld. Niemand verwachtte dat je aan het werk zou gaan na die rit. Je bent in de achting gestegen.' En alsof hij zich nu pas de vraag herinnerde, ging hij verder: 'Vandaag berechten we je vriend, je mag zelf uitmaken of dat een feest is of niet.'

'Hij is mijn vriend niet,' zei Swintharik. 'Hoe is het met je neef?'

'Hij zit daar.' Syrdon wees. 'Het kost hem moeite stil te zitten, maar hij zal spoedig weer lopen als vanouds.'

De jongen zat in een kring van vrienden en was druk aan het vertellen. Toen hij Swintharik zag kijken, zwaaide hij.

'Heeft hij hem nog andere dingen aangedaan?' vroeg Swintharik. Duidelijker durfde hij niet te zijn, hij kende nauwelijks de woorden om de vraag te stellen.

'We kwamen net op tijd,' zei Syrdon. 'Zijn intenties waren duidelijk.' Hij riep iets naar de kinderen bij het spit en ze stoven als musjes uiteen, hergroepeerden zich bij een kleine kooi en begonnen aan de afsluitbalk te trekken. Een man kroop naar buiten, het was Vitalis. Vuil en haveloos zat hij te knipperen tegen het daglicht.

'Breng hem naar de beek, was hem,' zei Syrdon tegen een paar vrouwen die hadden staan wachten op zijn aanwijzing, want ze hadden de benodigdheden al bij zich. Met zachte dwang namen ze hem mee, de presbyter, die zachtjes tegenstribbelde en onzeker over zijn schouder kijkend Swintharik en Syrdon zocht.

'We zijn toch geen onmensen?' beantwoordde Syrdon Swintharik's stille vraag. 'Hij hoeft niet erger vernederd te worden dan nodig is.'

'Ik begrijp je niet,' zei Swintharik. 'Als wij hem ter dood veroordelen, zal ik graag het vonnis voltrekken.'

Syrdon lachte. 'Jij bent niet in staat om een mens te doden!'

Swintharik gromde en dronk een paar flinke teugen, rechtstreeks uit de kruik. Het was sterker dan wijn. Hij hoestte en voelde hoe het als vloeibaar vuur door zijn ingewanden trok. 'Wat is dat?' vroeg hij, toen hij zijn stem terugvond.

'Het heet *sura* en was bedoeld voor Vitalis. We ruilen het met karavanen.'

'Dat zal me een mooie ruil zijn!'

'Je vergist je, vriend! Als wij alle karavanen plunderden, zouden ze spoedig niet meer komen. Dit is gemaakt van dadels en versterkt door een geheim procedé. Het is kostbaar als zijde of goud. Je hebt zojuist een klein kapitaal naar binnen geslagen.'

Swintharik begreep het niet. 'Waarom geef je een godendrank aan een misdadiger?'

'Laat dat aan mij over.'

Swintharik nam nog een slok, zonder te vragen. Hij verdroeg op dit moment geen nee. 'Ik heb al een mens gedood,' zei hij, toen alles baadde in een warme gloed.

Syrdon wachtte rustig tot Swintharik begon te vertellen.

Hij nam nog een slok, keerde zijn blik naar binnen en deed verslag van het gebeurde, voor zover hij het zich herinnerde; van zijn eenzame Alpentocht en zijn nieuwe vrienden. Hij vatte de maanden in Constantinopel en Antiochië samen, de Perzenoorlog, tot het moment waarop zijn slachtoffer zich naar hem omdraaide in het gedrang, net toen de speer zijn hand verliet.

Zijn regicide. De herinnering leek een gebeiteld krijgsreliëf, een herinnering aan een cruciale gebeurtenis in de geschiedenis. Het moment waarop een opening viel in de vechtende mensenkluwen – allen verstarden in hun handeling en keken beschuldigend naar hem, terwijl het moordwapen nog in volle vlucht was – al moest hij die blikken er later bij hebben verzonnen.

Die lans, die voor de duur van een hartenklop in de lucht hangt en aan de andere kant van de mensentunnel draait de ruiter in het purper zich om in zijn zadel en kijkt zijn moordenaar recht in het gezicht.

Te laat had Swintharik hem herkend.

'Het was de man die we in het bos hadden ontmoet,' zei hij. 'Jij ontstal hem en zijn kompanen een dekdienst. Zijn naam was...'

'Flavius.' Syrdon knikte langzaam. 'Flavius Claudius Julianus, de caesar van het westen, die later Augustus werd.' Zijn blik dwaalde naar de paardenkraal en vandaar weer naar Swintharik. 'En jij hebt hem vermoord? Ik kan het nauwelijks geloven. Wat was de reden?'

'Ik weet het niet,' zei Swintharik. 'Woede, alle leugens waarmee ze me hadden gevoed en die ik pas later heb doorzien. Op het moment dat ik het deed, begreep ik het al niet meer. Tot dan toe had het geleken alsof ik geen keuze had.'

Ondertussen kwamen de vrouwen aanlopen met Vitalis.

'We spreken hier later over,' zei Syrdon.

De vrouwen stelden zich tegenover hem op, Vitalis tussen hen in.

'Presbyter Vitalis,' zei Syrdon vriendelijk. Hij nam de presbyter bij de hand en leidde hem naar een zitplaats bij het vuur. Daar schonk hij hem in en gaf hem een zwarte koek. 'Je zult honger hebben na je afzondering.'

'Als nooit tevoren.'

Swintharik geloofde zijn ogen niet. Vitalis' nieuwe kleed was gekleurd met dure verfstoffen. Beseften de dorpelingen wel hoe duur die kleren waren, die ze ongetwijfeld als krijgsbuit hadden vergaard?

'We zullen rechtspreken,' ging Syrdon verder, 'maar dat wil niet zeggen dat je honger en dorst moet lijden. We beginnen aanstonds.'

Vitalis keek onzeker in zijn beker en speelde wat met de koek. 'Waarom eet niet iedereen?' vroeg hij en hij probeerde Swinthariks blik te vangen, maar die wendde zich af.

'Het is een oeroude gewoonte dat we een beklaagde onthalen op voedsel en drank die hem in de stemming brengen,' zei Syrdon. Zijn toon was veranderd, hij liet geen ruimte voor een weigering.

Vitalis at een stukje koek en nam een slok. Toen sprak hij, met nieuwe moed: 'Gelukkig het volk dat zulke wijn schenkt en zulke spijs bereidt!'

'Het is geen wijn,' zei Syrdon, 'maar het bekome je!' Hij sprak even tot de spitdraaiers en na een tijdje wenkte hij Swintharik, wees hem een zitplaats en zette zijn gesprek voort.

Vitalis zat onaangenaam dichtbij, Swintharik had wel willen opstaan om elders te zitten maar een gebaar van Syrdon weerhield hem. Vitalis, gesterkt door de aanwezigheid van een landgenoot, zei: 'Het lijkt allemaal mee te vallen, geloof je niet? Die barbaarse woestheid heeft ongetwijfeld geprofiteerd van jarenlang contact met de beschaving.'

Swintharik haalde zijn schouders op.

Vitalis vervolgde: 'Ik wilde die jongen niets aandoen. Hij moest me de weg wijzen.'

'Hij heeft zijn been gebroken en de schade bleef beperkt omdat we je snel grepen,' zei Swintharik. 'Wat je van plan was, lijkt me duidelijk, gezien de attenties die mijn vrienden in Constantinopel destijds van jou moesten verduren. Ik vrees dat je er inderdaad goed afkomt. De wreedheid van beschaafde volkeren is deze mensen vreemd. Ik gruw ervan je te zien in die nieuwe kleren, met voedsel en drank – als het aan mij lag ging je op de brandstapel.'

'We hebben nooit over die periode gesproken,' zei Vitalis sussend. 'Ik kan je nog wel tot rede brengen, als je maar wilt luisteren. Je bent het geloof kwijt dat je zo kort geleden nog bezielde en dat is de oorzaak van je wrok. Het grote belang dat je eerder diende heb je niet meer voor ogen, daarom vergeet je dat de dingen niet anders konden lopen dan ze deden. Zonder dit geloof zie je alleen nog maar je eigen, futiele belang.'

Swintharik onderbrak hem en vroeg: 'Kun je 'm niet muilkorven? Het is ondraaglijk om naar deze onzin te moeten luisteren.'

'Als je wilt dat hij zijn mond houdt,' zei Syrdon, 'vraag het hem dan. Hij doet alles wat je zegt.'

'Ik doe alles wat je zegt,' echode Vitalis.

'Zwijg dan,' zei Swintharik en Vitalis zweeg. Hij keek met schichtige ogen naar het toestromende volk. Vrouwen brachten schalen met brood en deelden kommen uit; anderen vulden ze met brood en met het vlees dat de spitdraaiers afsneden. Tot Swintharik's verbazing kreeg ook Vitalis een kom met grutten, groenten en brood. Hij ziedde en snoof, hij keek in de vlammen en vergat te eten. Wat bezielde die lui, hoezeer had hij deze woeste kerels overschat! In al hun borstelige, vervilte ruwheid hadden ze nu meer van vloermatten, van voetvegen. Hoe kon hij hier blijven wonen, in één kamp met een ongestrafte doodsvijand?

Het zou nog erger worden.

Vitalis, die vergat dat hij moest zwijgen, riep boven het geroezemoes uit: 'Hoe zit dat? Ik heb nog geen vlees gehad! Is dat gastvrijheid?'

Swintharik haalde uit om hem te straffen voor zijn onbeschaamdheid, maar Syrdon greep zijn arm. Tegen Vitalis zei hij: 'Wees gerust, presbyter, voor jou bewaren we het beste stuk. Geduld!'

'Dat is goed,' zei Vitalis, 'als het maar niet te lang duurt. Weet je hoe lang ik niet heb gegeten?'

'Zeker weet ik dat,' zei Syrdon. 'Ik gaf zelf bevel om je op rantsoen te zetten, des te beter zal het je straks smaken!'

Vitalis lachte. 'Uiteraard, jij bent hier de grote jongen, is 't niet?'

Inmiddels was het geroezemoes weggestorven. Iemand vertaalde zachtjes wat er gezegd werd, want Syrdon en Vitalis hadden Grieks gesproken. Syrdon was nog niet klaar. 'We willen weten wat je met de jongen van plan was,' zei hij. 'Je nam hem mee in je vluchtpoging, terwijl je alleen te paard meer kans had gehad om te ontkomen. Wat was je plan? Ik gebied je de waarheid te spreken, zonder omhaal van woorden.'

'Ik wilde hem geen kwaad doen,' zei Vitalis. 'Ik houd immers van jongens? Ik wilde hem als schild gebruiken, maar ik zou hem nooit kwetsen. Integendeel, ik verlangde ernaar hem lief te hebben en een christelijke opvoeding te geven, zoals ik dat eerder bij anderen deed.'

'Met dat liefhebben bedoel je zoals een man een vrouw liefheeft?' vroeg Syrdon.

'Bij God, ja! Al heb ik met vrouwen geen ervaring. Hij zou mijn bed hebben gedeeld en geen liefkozing had ik hem bespaard; daartoe immers zijn mooie jongens geschapen?'

Syrdon knikte. De vertaler viel stil en nu was er alleen nog het knisperen van het vuur en af en toe gesis van vetdruppels in de sintels. Ten slotte zei Syrdon: 'Je bent een heilig man bij je eigen volk; wat dat betreft zijn we gelijken. Wil je het hoogste sacrament ontvangen dat onze gasten krijgen?'

'Zeker wil ik dat!' zei Vitalis. 'Maar snel, want ik sterf van de honger en de geur van dat gebraad doet me...'

'Dat vlees is niet goed genoeg!'

Vitalis schrok. Nu begon Syrdon te spreken, nog altijd in het Grieks, maar er was een vreemde klank in zijn stem geslopen. Swintharik meende dat het een gebed was, hij verstond nauwelijks de woorden – een trage droom leek het, waarin een meisje naar Vitalis toe zweefde en hem een klein instrument ter hand stelde. Twee jongens kwamen bij de presbyter staan en hielpen hem bij het opschorten van zijn tuniek. Vitalis prevelde een dankwoord en zonk op zijn knieën. Toen haalde hij zijn halfopgerichte geslacht omhoog, hield het tegen zijn buik gedrukt en terwijl een goedkeurend gemompel opsteeg uit het volk, ritste hij met het zilveren sikkeltje zijn als een walnoot samengetrokken balzak open, zodat de inhoud naar buiten floepte. Hij ving ze bijtijds op in zijn hand en aanschouwde ze giechelend. 'Wat zijn ze groot!' zei hij.

Syrdon knikte glimlachend. 'Je zult er een machtige maaltijd aan hebben,' zei hij. Intussen knielde het meisje neer bij Vitalis en met naald en draad naaide ze in een paar snelle bewegingen de klootzak dicht. Vitalis gaf de bloederige testikels aan de jongens, die klaarstonden met kommetjes marinade. 'Snel,' zei hij, 'mijn honger is gruwelijk!'

De jongens staken de ballen op zilveren tweevorken met weerhaakjes en draaiden die langzaam rond boven de gloeiende sintels. Af en toe viel er iets, vet of bloed, in de gloed, waar het kortstondig siste. De dorpelingen zetten een zoemend lied in en Vitalis leunde vol verwachting naar voren, kwijlend van blijde verwachting.

Swintharik stond op, liep weg van de ontmoetingsplaats en braakte in de struiken. Dit ging verder dan de straffen die hij in gedachten had. Zou het hierbij blijven?

Bij het vuur kreeg Vitalis zijn delicatesse aangereikt. De gebraden ballen zaten nu aan een spies, met groenten en uitjes om en om. Swintharik kon zijn blik niet afwenden; hij keek hoe de man – al geen man meer – zijn mannelijkheid van de spies at, terwijl het vet van zijn kin droop en zijn ogen in verrukking glansden. Hij glimlachte naar Swintharik en stak zijn hand op in een zegening. 'Broeder,' zei hij, 'alles komt goed, alles wordt nieuw! Laat varen die somberheid; verheug je!'

'Ik voel me al beter,' zei Swintharik. 'Sommige misdaden zul je niet meer kunnen plegen.'

'Ik heb je vlees laten opwarmen,' zei Syrdon. 'Je ziet bleek, eet!'

Swintharik keek naar het stuk in zijn kom. 'Dit is toch schapenvlees?'

'Vrees niet,' zei Syrdon lachend, 'Jij bent niet in dezelfde verdwaasde toestand als Vitalis. De zwarte koek die hij at, bracht hem in de gemoedstoestand om deze handelingen te verrichten. Zoals ik zei: we zijn geen onmensen.'

Swintharik zuchtte, zijn honger was opeens diep als de zee en hoog als de hemelkoepel. Het smaakte hem zoeter dan honing. 'Syrdon,' zei hij, 'ik ben nog niet klaar met deze man – deze eunuch, maar voorlopig heb ik vrede met de opgelegde straf.'

'Die straf is niet voltooid,' zei Syrdon. 'Wat je zag, is pas een begin.'

Dagenlang zag Swintharik de presbyter niet verschijnen in het dorp, hij had zijn werk hervat en toen Vitalis hem eindelijk opzocht, kende hij de man nauwelijks terug. Zijn gezicht had een gelige tint aangenomen, zijn dorre haar lag als een plak tegen zijn schedel. Hij kwam bij de paardenkraal en laadde een paar melkemmers op zijn handkar. Daarna bleef hij talmen en draaien; het was geen pijn, maar verlies dat Vitalis' trekken verwrong, besefte Swintharik. Na een tijdje zei hij: 'Denk niet dat je van me af bent, Vitalis.'

De rampzalige keek hem aan. 'Wat wil je dan nog?' vroeg hij dof. 'Ik verlang naar de dood, maar kan dat zelf niet doen zonder me te verdoemen. Dood me, als je dat zo graag wilt!'

'Wat nu?' zei Swintharik. 'Het moet je toch verheugen dat je geen last meer hebt van de verleidingen des vlezes?'

Vitalis schopte tegen de kar, zodat een melkemmer omviel en leegliep in het gras. Hij vloekte, toen greep hij Swintharik bij zijn tuniek. 'Ik weet er niet veel meer van. Het lijkt een half herinnerde droom, maar iedere ochtend bij het ontwaken hoef ik maar te tasten om vast te stellen dat het echt is gebeurd.'

'Zeker is het echt gebeurd.' Ondanks alles voelde Swintharik medelijden en dat maakte hem razend.

Vitalis was nog niet klaar. 'Vertel me, jongen, is het zo gegaan als ik me herinner?'

'Ik kan niet in je herinneringen zien,' antwoordde Swintharik. 'Maar ongetwijfeld verzacht de droomtoestand waarin je verkeerde nog de werkelijkheid.'

Vitalis ademde zwaar, hij verstevigde zijn greep en stootte uit: 'Heb ik het echt zelf gedaan?'

Swintharik keek hem voor het eerst in de ogen en hij besefte dat het geloof van de man diep was en oprecht. Hij besefte ook de zwaarte van de straf. 'Je deed het zelf, presbyter,' zei hij langzaam. 'Je hebt gehandeld als een gallus, als één die bezeten is van de grote, heidense godin Kybele...' Hij wilde genieten van het moment, maar kon het niet. Verlamd van afgrijzen keek hij hoe Vitalis viel en in diepe wanhoop kronkelde in het stof.

Op dat moment besefte Swintharik dat zijn tijd bij de stam voorbij was; hij kon niet verdragen op één plek te blijven met deze man. En hij was niet in staat hem te doden. Hij wendde zich af en vluchtte tussen de paarden.

Het kostte een dag om alles te regelen. De nacht voor vertrek vertelde hij het aan Rhotia.

'Ik weet het,' zei ze. 'Het is goed, ik heb wat ik wilde.'

Hij begreep niet wat ze bedoelde en ze pakte zijn hand, legde die op haar buik. 'Jou is gelukt wat anderen niet voor elkaar kregen.'

Hij wilde het niet begrijpen, begreep het desondanks. 'Heb je dan geen bezwaar tegen mijn vertrek?' vroeg hij.

Ze schudde haar hoofd. 'Jij bent te rusteloos en de dipsa houdt je bezig. Ga. Ik zal andere mannen hebben en respect genieten.'

'Ik kom terug,' zei hij, maar ze lachte. 'Je zult een andere man vinden in mijn bed. Ik wacht niet.'

Hoewel hij bang was geweest voor haar wanhoop en verdriet, stak haar gelijkmoedigheid hem nu. Ook Syrdon was niet verbaasd geweest, eerder die avond. 'Het is goed dat je gaat,' had hij gezegd. 'Je hoort niet hier. Ik had je vader beloofd voor je te zorgen, maar ik besefte al spoedig dat je moest leren op eigen benen te staan, dat was de beste les die ik je kon geven. En ik wilde geen kindermeisje meer zijn voor een jonge volwassene.'

'Het had mijn dood kunnen worden.'

'Dat is waar,' zei Syrdon. 'Maar volgens onze gebruiken kan iemand die niet opgewassen is tegen het leven, beter sterven – zo eenvoudig is het.'

'Je had mij mijn paard kunnen laten!' Ze hadden het er nog niet eerder over gehad. Syrdon lachte zo hard dat mensen kwamen aanlopen, nieuwsgierig naar de grap. 'En dan?' vroeg hij, 'misschien had je het wel opgegeten in je wanhoop en dwaasheid! Ik kom van een volk van paardendieven; ik wilde het je niet te gemakkelijk maken. Neem het mee, ik heb het voor je bewaard en het heeft me twee veulens geschonken.'

'Er waren twee paarden,' zei Swintharik. 'Ze behoorden mijn vader toe, en zijn dus van mij.'

'Hij gaf het mij,' zei Syrdon. 'En ook al had hij dat niet gedaan; het koos mij.'

'Goed dan,' zei Swintharik. Hij was niet vergeten wat hij allemaal aan Syrdon te danken had. 'Je hebt het wel verdiend, na alles wat je voor mijn familie hebt gedaan.' Hij zag weer een oud beeld voor zich. 'Wat weet jij nog van mijn moeder?' vroeg hij toen. 'Ik herinner me alleen nog dat ze groot was en blond.'

Syrdon trok zijn wenkbrauwen op. 'Hoe kom je daar nu bij? Ze was juist klein en had donker haar.'

Swintharik begon te stotteren. Toen viel hij stil.

'Je bedoelt die slavin? Die heette Weofdis... of zoiets.' Hij grijnsde. 'Je weet het nooit met die barbaarse namen.'

Swintharik zweeg een tijdlang. Twee vrouwen zetten maaltijden klaar voor hun hoofdman en zijn gast. Syrdon maakte een uitnodigend gebaar.

'Wat gebeurt er met Vitalis?' vroeg Swintharik, nadat ze een tijdje zwijgend hadden gegeten.

'De veroordeling is *autofagie*: Hij zal bij ieder feestmaal een stuk van zijn eigen lichaam opeten, waarna we zijn wonden dichtschroeien – hij zal zichzelf kannibaliseren tot de romp resteert; daarna gooi ik hem in het varkenskot en krijgen de varkens een feestmaal. Zolang hij echter kan lopen, staat het hem vrij om te vertrekken.'

'Jullie rechtssysteem getuigt van vindingrijkheid,' zei Swintharik. Hij nam een slok, besloot dat hij genoeg had gegeten en legde zijn half afgekloven karbonade neer. 'Weet hij dat dit hem te wachten staat?'

'Van mij krijgt hij het niet te horen,' zei Syrdon schouderophalend. 'Als jij het wilt vertellen, mag je dat doen.'

Swintharik sliep die nacht voor de laatste keer met Rhotia.

Syrdon gaf hem nog een muildier mee voor de bagage, hij had leeftocht laten brengen en drinkzakken; Swintharik was te trots om te vragen wat erin zat. God, laat het geen water zijn...

Syrdon lachte kort. 'Het is toereikend om je ergste worsteling uit te stellen, tot je in beschaafd gebied bent.' Hij draaide zich bruusk om en liep weg, hij droeg een ceremonieel gewaad en het leek of hij Swintharik op afstand wilde houden met zijn barbaarse uitdossing.

'Ik kom terug,' riep Swintharik, maar hij wist dat het niet waar was. Hij legde zijn hand op een van de zwetende drinkzakken en verlangde naar de reis. Rhotia omhelsde hem en gleed toen haar hut in, ook zij wilde hem niet zien vertrekken.

Hij steeg op en reed naar de palissadepoort, maar op het laatste moment bedacht hij zich en reed naar de stal waar Vitalis woonde. Zonder af te stijgen riep hij: 'Vitalis! Ik kom je waarschuwen, ook al verdien je het niet!'

De presbyter kwam naar buiten, verwilderd en dodelijk verschrikt. Hij was naakt en Swintharik meende dat de man een genadeslag verwachtte en hem wilde vermurwen met zijn kwetsbaarheid. Hij wendde zich af en zei, snel sprekend: 'Je berechting is niet voorbij; ze zullen je in fasen ontleden en je dwingen jezelf op te eten. In je verdwazing zul je ze iedere keer dankbaar zijn voor het voedsel, en als er nog slechts een romp-met-hoofd van je over is, zullen de zwijnen je in stukken scheuren, en je hoofd zal nog in staat zijn tot denken als ze het vlees al van je gezicht af vreten!'

Hij reed weg. Vitalis kwam hem achterop en greep zijn voet. 'Neem me mee!' riep hij. 'Waar kan ik naartoe? Als ze je beschuldigen van keizersmoord, zal ik getuigen van je onschuld. Dan kun je terug naar Constantinopel!'

'Ik wil helemaal niet terug naar Constantinopel!' Swintharik schopte zijn hand weg, en zette zijn paard aan tot spoed. Vitalis trachtte hem in te halen, struikelde en viel in de modder. 'Swintharik,' riep hij, 'je was als een zoon voor me, laat me niet alleen! Dood me dan liever!'

Swintharik reed alsof de duivel hem op de hielen zat; het gehuil achter hem had niets menselijks en het zou hem nooit meer verlaten.

Twee dagen later keek hij uit over de zee die hij eerder had aangezien voor de Middellandse. Hij wist dat zijn drankvoorraad niet toereikend was om de dipsa tot aan de grenzen der beschaving in toom te houden. Maar hij wist ook waar hij was en waar hij heen ging, en in zijn hoofd vormde zich een toekomstplan, één dat ruimte gaf aan de dipsa. 'Als ik je niet kan bestrijden,' sprak hij tot het serpent dat opgerold sluimerde in zijn borstkas, 'dan maak ik je tot bondgenoot. Van nu af is het wij twee samen tegen de wereld.'

31

Tettix

(lente 378)

Alêtis begon met haar mesje een tak van bast te ontdoen. Swintharik sloeg haar gade, zoals ze daar zat op het mos. Nadat ze drie takjes had geschild en in de beek gegooid, vroeg hij: 'Waarom doe je dat?' Ze leunde tegen een boomstam en deed haar ogen dicht. Swintharik zuchtte en ging liggen, maar hij bleef de omgeving in zich opnemen.

Het was een warme dag en toch leek het allemaal kil, de witte, zonbeschenen boomstammen, de paddenstoelen in groepjes bij een dode boomstronk, de rotsen en kiezels. Hoe somber was niet de wereld zonder het troostende floers van de wijn? Hoe lang was het geleden? Hij tastte naar de podeoon, triest kadaver van zijn dorst. Wekenlang hadden ze geen dorpen gezien, het was nauwelijks te geloven dat er nog zulke uitgestorven gebieden bestonden, afgezien van de zandwoestijnen van Arabië en de bevroren Hyperboreïsche vlakten.

Hij draaide zich op zijn rug en keek naar een roofvogel die, bijna onzichtbaar door de hoogte, doodstil in de lucht hing. Vlakbij klonk gekras. Een raaf was op een takje neergestreken en zat hem aandachtig te bekijken, alsof hij had gehoopt een lijk aan te treffen om de ogen uit te pikken. Swintharik maakte een werpbeweging, maar het beest bleef zitten.

Alêtis opende haar ogen. 'We moeten verder,' zei ze en ze stond op.

Ze volgden de beek, die zich langzaam verbreedde en na lange tijd kwamen ze aan een traag stromende rivier. Alêtis bleef een tijd naar het water staren en terwijl Swintharik een plekje zocht om te zitten, zag hij de raaf weer. Hij wist dat het dezelfde was, al had hij het niet kunnen uitleggen. De vogel sprong van tak naar tak, fladderde even over het water, streek toen neer op een kegelvormige rots die groen was van de mossen en waterplanten, terwijl op de top een dikke korst vogelstront prijkte, als de sneeuwkap op een berg. De grote vogel bleef roerloos kijken naar de mensen op de oever.

'Wat doen we hier eigenlijk?' vroeg Swintharik.

'We wachten.'

Swintharik vertikte het de vraag te stellen. Hij staarde terug naar de raaf en voelde hoe de slaap aan hem trok. Hij schrok toen het beest opeens met zijn vleugels klapperde. De rots begon langzaam te draaien en Swintharik verkilde, want onder het wier meende hij het gezicht te onderscheiden van een grijsaard.

Het was een man, inderdaad, een man zonder ogen. En terwijl de vogel nog wild klapwiekte op de strontkorst die als een helm het oogloze hoofd bedekte, rees de gestalte op uit het water en kwam op hen toe. Een hand schoot uit de groene massa, greep de raaf en stopte die weg tussen de wieren. Dezelfde hand streek over het gezicht en nu bleek dat de man wel degelijk ogen had. Ze namen Swintharik op zonder te knipperen, zonder los te laten.

Droomde hij?

Swintharik wreef zich de ogen uit en de man stond al tegenover hem op de oever. De blik liet hem gaan, richtte zich op de vrouw. 'Alêtis.' Deze stem had jaren achtereen gezwegen. Ze boog kort voor hem. De man knikte en een stuk strontkorst gleed van hem af. Hij schudde geërgerd zijn hoofd en verloor nog meer. 'Kutvogels!' Zijn stem was al vaster.

'Tettix,' zei Alêtis. 'Mijn metgezel is gebeten door de dipsaslang, althans, zo beweert hij – hij zoekt genezing.'

De kraalogen bleven rusten op de platte podeoon. 'Die geit,' zei de oude, 'die heeft betere dagen gekend.' Hij knikte nogmaals. 'Ik weet niet of er een slang bestaat die zo heet,' ging hij verder, 'maar dat maakt de ziekte niet minder ernstig.'

Hij ging hun voor naar een grote steenhoop, waar hij, in de schaduw van een ruisende populier, een tijdje rondscharrelde – uiteindelijk wees Alêtis hem een spleet tussen de rotsen waar zich een taaie doornstruik had genesteld.

'Als ik het niet dacht,' zei de oude en hij greep de struik stevig beet zonder zich om de doorns te bekommeren. Na enig trekken lieten de wortels los en kwam een smalle doorgang vrij. Nadat ze zich naar binnen hadden gewurmd, stonden ze in een grote binnenruimte, verlicht door een spookachtig schijnsel van de voegloze wanden, die glad en recht waren, alsof de ruimte was gehouwen uit massieve rots, wat in tegenspraak leek met de lukrake indruk die de steenhoop aan de buitenkant had gewekt. Overal stellingen met potten, flesjes, balen en builtjes, van het plafond hingen bossen gedroogde planten en bloemen. Swintharik deed een stap en voelde iets vochtigs – een beekje stroomde dwars door het rotsvertrek.

'Mijn woning is van alle gemakken voorzien,' zei hun gastheer. 'Stromend water! Ik wed dat je dat niet had verwacht!'

'Wat ruik ik toch?' vroeg Swintharik. De zware lucht benam hem bijna de adem, een complexe samenstelling van duizend geuren, die op een alarmerende manier *niet* bij elkaar pasten, maar ieder voor zich om de overhand vochten, zodat een bezoeker zich steeds nadrukkelijk bewust was van hun veranderlijkheid.

'Het went, geloof me,' zei Alêtis.

Tettix wees op een paar vormeloze balen van aaneengestikte runderhuid waar de haren nog aan zaten. Alêtis was al neergezegen; Swintharik bekeek de bonkige meubelen vol wantrouwen.

'Voor mijn laatste schouw heb ik ze met vers stro gevuld,' zei de oude man.

'Wanneer was dat?' vroeg Alêtis glimlachend.

'Ik heb de tijd niet bijgehouden, maar de zwarte populier voor de ingang was nog een zaailing. En dan was er de doornstruik...'

Swintharik haalde zich de boom voor de geest, die hij zojuist had gezien. Die was twee manslengten hoog. Hij wilde protesteren, maar Alêtis gebaarde hem tot zwijgen. 'Je moest eens wat meer thuis zijn, vadertje,' zei ze. 'Het is niet gezond om op jouw leeftijd zo lang in rivieren te staan.'

'Niet gezond? Integendeel!' De grijsaard schudde verwoed zijn haardos, die inmiddels was opgedroogd, zodat hij even een centrum was van middelpuntvliedende mest en plantenresten. 'Zonder de stromen was ik allang gestorven.'

'Misschien ben je wel jonger dan je lijkt, onder al dat vuil,' merkte Swintharik op. Moest deze man hem helpen?

'Misschien wel!' De man pakte een krukje en ging zitten waarbij zijn ledematen hoorbaar kraakten. 'Ik schouw de stromen niet om mijn leven te verlengen, maar omdat alle antwoorden erin besloten liggen. De heilzame werking is een onbedoeld bijeffect.'

'En wat hebben de stromen je tot dusver geantwoord?' vroeg Swintharik gemelijk. De oude man gaf hem een boze blik. 'Vooralsnog niets, ik ben nog bezig met het formuleren van de vraag. De veranderlijkheid van de stromen geeft weinig houvast, steeds als ik halverwege mijn vraagstelling denk te zijn, is de vraag al niet meer dezelfde.'

'Dit klinkt als een bevinding die meer mensen hebben gehad,' zei Swintharik. 'Lang, lang geleden al. Alêtis! Geloof je werkelijk dat deze man bruikbare kennis heeft om mijn ziekte te genezen? Geloof je werkelijk dat hij drie jaar in de rivier heeft gestaan?'

Alêtis knikte. Tettix ging rechtop zitten. 'Ik was lijfarts van een keizer voor ik mij aan belangrijker zaken wilde wijden. Ik ken geen ziekte of er is een kruid voor gewassen.'

'Het is waar, Swintharik,' zei Alêtis. 'Hij diende keizers en genoot grote bekendheid.'

'Swintharik liet zich achterover zakken in het leer, dat hem liefdevol opnam. 'Goed dan,' zei hij. 'Dan zal er een einde komen aan mijn pijn. Welke keizer diende je, oude man?'

'Een van de allergrootsten, ze noemden hem *Heliogabalus*,' zei Tettix trots. Swintharik wilde overeind komen, maar de bank leek hem vast te houden. 'Heliogabalus? Die leefde eeuwen geleden! Dat is een leugen. En zelfs als een mens zo lang kan leven, is het nauwelijks een aanbeveling. Hij was van alle keizers, naar men zegt, de grootste gek.'

'Dat mag zo zijn,' zei de oude, 'maar dat is niets vergeleken met hoe hij zou zijn geweest zonder mijn behandeling. Wat de levensverwachting van een mens betreft: ook jij, vervloekte, zult zeer oud worden. Wanneer je honderdtwintig bent, zul je nog rusteloos de wegen bewandelen van dit vermaledijde imperium en ver eraan voorbij. Je zult je kinderen overleven en je kindskinderen en zelfs hun kinderen.'

'Ik heb helemaal geen kinderen, razende gek!' riep Swintharik.

De oude man giechelde en wiebelde zijn hoofd. 'Het weerzien vervult me met vreugde, Alêtis, mijn kind,' zei hij. 'Heb je mij gemist?'

'Veel meer dan ik kan zeggen,' zei ze. 'Jou en je huis, ik miste de rivier en alle geuren die hier hangen, al is de samenstelling veranderd.'

'Herken je ze nog?' De oude man hield zijn hoofd scheef.

'Ik kan ze lezen als een boek.'

'Lees me dan voor uit dat boek.'

Tettix sloot zijn ogen en Alêtis begon. 'Ik ruik gemalen antilopenhoorn, macer, douaka en costus, ik ruik verschillende lakken... zoals gewone gomlak, *lakkos chromatikos*, storax, kankamon, mokrotou en bdellium; Chiotische mastiek, zoete mirre en libanus en nog een wierook waarvan ik de naam niet ken – ik ruik de stoffige citroenlucht van nardus en...'

Swintharik was overeind gekomen, ditmaal kon de zitbank hem niet vasthouden. Zoals je soms in een menigte het gezicht van een geliefde herkent, zo had hij, terwijl hij met slechts halve aandacht Alêtis' reis door het geurenrijk volgde, een bekend bouquet kunnen onderscheiden. 'Wijn,' zei hij. 'Verdorie, ik ruik wijn!' Hij haalde diep adem en zei toen: 'Salernisch, twaalf jaar oud en bewaard op pijnhout.'

De oude man lachte krassend, schraapte zijn keel en vroeg toen: 'Waarom zou mijn huishouden geen wijn hebben? Je hebt het goed, het overheerst ook nogal. Het verbaast me dat mijn ijverigste studente die over het hoofd zag.'

'Het was natuurlijk de eerste geur die ik rook,' zei Alêtis vinnig. 'Ik verzweeg het omdat ik die dronkenlap niet wilde uitlokken.'

'Is hij je man?' vroeg Tettix geamuseerd.

'Zeer zeker niet!'

'Waar maak je je dan druk over?' Hij keek hoofdschuddend naar de vloer waar zich al een ring van vuil had verzameld. Swintharik hield het niet meer. 'Hou op me te martelen en schenk ons in!' zei hij. 'Man, waar wacht je op? Laten we deze gelukkige hereniging vieren!'

'Waarom zou ik dat doen?' vroeg de oude man verbaasd.

'Omdat deze grote wijn onlangs de hoogste trap van volmaaktheid heeft bereikt. Spoedig zal de kwaliteit verminderen en over zes maanden zal hij er één zijn uit honderden, ofschoon nog altijd voortreffelijk.'

'Dat is een goed argument.' Tettix sprong overeind met jeugdige kwiekheid en verdween in de schaduwen van zijn duistere verblijf.

'Ben je nu tevreden?' vroeg Alêtis, 'als je maar niet denkt dat je nu die idiote zak van je kunt vullen! We zijn hier met een doel en ik betreur al dat ik je help. Alsof wij niets beters te doen hebben!'

'Mijn afscheid van de dipsa moet gedenkwaardig zijn,' zei Swintharik, 'ik sluit deze episode af met het beste wat de aarde te bieden heeft.'

Alêtis opende pas weer haar mond om Tettix' heildronk te echoen: 'Op de dipsa drink ik met deze wijn, die is als poëzie. Laat dit een doodslied zijn voor het serpent met zijn gekkenmozaïek.'

Alêtis protesteerde niet meer, hoe dikwijls hij ook bijschonk. Zij noch Tettix bleven die avond achter bij het opbouwen van een epische roes.

Die ochtend roerde iemand de trom onder Swintharik's schedeldak. Terwijl een braakkramp vruchteloos putte uit zijn lege maag, liet hij zich meevoeren. In de oeverklei was een diep gat uitgegraven en Tettix zei: 'Spring erin!'

'Nooit!' zei de ongelukkige tussen twee krampen door. Alêtis gaf hem een duw zodat hij het nauwe gat in gleed, waarin hij net rechtop kon staan, met alleen zijn hoofd nog boven de grond uit. 'Haal me eruit!' kermde hij. Zo strak omgaven hem de modderige wanden, dat hij zijn armen niet kon bevrijden om zich op te hijsen. Alêtis en de oude vulden de laatste openingen met modder en toen Swintharik werkelijk muurvast zat, zaten ze neer en keken zwijgend naar het vlietende water. Swintharik had de kracht niet om te protesteren. 'Wat doen jullie toch?' vroeg hij zwakjes, en hij herhaalde het tot de oude man zich omdraaide. 'De modder moet inklinken,' zei hij. 'Daarna vullen we het nogmaals bij. Wees stil, kijk naar de rivier en leer!'

'Dit gaat toch geen jaren duren?' vroeg de dipsalijder.

'Het duurt zolang het nodig is,' zei Tettix streng. 'Je hebt er toch ook jaren over gedaan om het op te bouwen.'

'Hoe komt het dat jullie niet ziek zijn?' Swintharik had nog altijd braakneigingen maar hij kon niet meer ineenkrimpen, daarvoor zat hij te strak vast.

'Wij namen de juiste medicijnen,' zei Alêtis. 'Zwijg nu!'

Later die ochtend vulden ze de kuil bij. Tettix zette een kruikje neer bij Swintharik. Hij stak een rietstengel door de wasprop waarmee het was afgesloten en zei: 'Hier is je medicijn, drink als het te zwaar wordt, maar neem kleine beetjes, het is sterk.'

Daarna lieten ze de uitgeputte lijder alleen. Swintharik rekte zijn hals en met zijn lippen greep hij het uiteinde van de rietstengel; hij slurpte in één keer het kruikje leeg en ontdekte toen pas hoe smerig het smaakte. Het duurde een hele tijd voor hij zijn maagspasmen onder controle had.

De lange schaduwen deden vermoeden dat de zon laag boven de horizon hing. Swintharik staarde mistroostig naar de zwarte stronk van een dode boom die half in de rivier lag. Hoe konden ze hem hier zo achterlaten? En wat als Alêtis en de genezer zouden worden vermoord door een rondzwervende bende rovers? Hij zag zijn schedel al boven de klei uitsteken, half ontvleesd en wriemelend van maden, omzwermd door aaskevers en vliegen. Ziek voelde hij zich niet meer; hij had – afgezien van de vorige avond – lang niet kunnen drinken en de verwachte dorst zou niet erger zijn dan gebruikelijk.

De kater had hem verlaten, kort nadat hij Alêtis en de grijsaard had zien weglopen over de oever. Nog altijd had ze haar oudevrouwenkledij afgelegd, al droeg ze nu een strakke riem om haar middel. Ook was haar tred ditmaal niet die van een oude vrouw. Voor zijn geestesoog zag Swintharik haar lichaam zoals hij het had leren kennen. Hij voelde iets groeien waarvoor de compacte modder geen ruimte liet. Daar liep ze: ze leek een jong meisje, met het haar losgebonden, bijna huppelend naast de oude, die met zijn handen op de rug voortschreed.

De dag was vergleden als een droom. Swintharik beschouwde de stroom en dacht aan wat de oude man had gezegd: 'Als de waarheid kenbaar is, en door een mens kan worden gevonden, dan zal ze onvermijdelijk steeds opnieuw worden gevonden.'

Dat was me ook wat! Alsof het niet zinvoller was de boeken van filosofen te lezen dan in een rivier te staren. Hij merkte dat hij schaterlachte, zodat een paar vogels die op lange dunne stelten de modder afzochten, verschrikt opvlogen. Het vlietende altijd verschietende water; wat een mooi excuus voor ledigheid; geen houvast bood het voor de blik, geen greep voor de geest. Was dat niet eenzelfde contemplatie als die van een ezel die kauwend uitkijkt over golvend gras? Tettix had in Augusta Treverorum moeten wonen, hoe zou zijn filosofie hebben geluid bij de aanblik van een bevroren stroom? Hoe weinig gemakzuchtig, hoe rigide zou hij hebben gedacht, als hij in een zware winternacht zou vastvriezen in Mosella of Rijn? Hoe snel zou hij, als hij de koude al kon weerstaan, terugkomen van zijn wijsheden als het kruiende ijs hem eenmaal aan stukken scheurde?

'Panta rhei, m'n reet,' fluisterde hij. Zijn fanatisme lag versteend in de diepste lagen van zijn geest. Nu hield hij zijn lachen in, want hij wilde de vogels niet verjagen, waarmee hij zich verbonden voelde. De schaduwen verdwenen en de lucht trok dicht. Nog was het dag, maar een grauwsluier trok over het brede water en kwam over hem heen als de ijzige ademtocht van een hellehond. Toch stoorde de regen hem niet, die gaf weer een ander beeld van de rivier, het spetterende wateroppervlak verborg nu de stroming en een mist van fijne druppeltjes vlaagde als een geestenlegioen voorbij.

'Ten strijde, ijle cavalerie!' riep hij en hij wilde zijn lans heffen, maar hij vond de daartoe benodigde lichaamsdelen niet, laat staan de lans.

Langzaam daalde de nacht en hoewel maan noch sterren zich lieten zien, leek het water zelf enig licht uit te stralen. Het verbaasde Swintharik dat hij zich ondanks de natheid en regen voelde als in een weldadig bad; dat hij de omgeving waarnam in een warme gloed, terwijl van warmte geen sprake was! Hij begon een lied te zingen, een paardenlied dat hij als kind had gehoord. Een reeks komische coupletten, afgewisseld met een 'Hippaki, hippaia...' Het voedsel van de paardenknecht. Maar hoe hij ook zocht in zijn geest, hij kon zich nauwelijks een woord herinneren. Zo humde hij couplet na couplet, herinnerde zich hier en daar een woord om dan weer opgelucht te belanden bij: 'Hippaki, hippaia!'

Ook het zingen werd hij moe en hij verlangde naar slaap. Graag had hij zijn hoofd neergelegd, maar hij kon alleen maar rechtop staan in zijn bed van modder en klei. Gedachten bestormden hem, langzaam begon hij zich ongemakkelijk te voelen. Vervlogen was de gloed, kou en pijn trokken in zijn botten. Het zachte ruisen was niet langer vriendelijk. De regen klaterde al dichter op zijn onbeschermde hoofd en het leek of de beelden in zijn geest tot leven kwamen. Zijn vader, luid lachend bij een gastmaal, omringd door vrienden en bewonderaars, door zijn hofhouding van barbaren, veteranen en stadse nietsnutten.

'Vader,' zei Swintharik, 'ze komen ons halen, de barbaren komen!'

Nog harder lachte zijn vader en iedereen lachte mee. Zijn moeder, de dienstmaagd, de slaven die de tafel bedienden en de jonge paardenknecht die nog niet zo lang geleden was meegekomen naar de stoeterij; Swintharik wilde hen overstemmen met waarschuwingen maar opeens vatten ze vlam; zijn vader als eerste, daarna breidde het vuur zich uit naar moeder en dienstmeid – naar alle anderen – gelach ging over in gekrijs. Haren, kleren, overal laaide vuur en de monden verstomden, stemmen zwegen en de gemartelde lichamen kromden en krulden zich en verkoolden voor zijn ogen.

Het visioen vervloog, het plenzende hemelwater dat hem de adem benam, viel almaar dichter. Hij probeerde de geluiden om hem heen te begrijpen, maar het geklater overstemde alles. Opeens begreep hij dat de rivier buiten haar oevers moest zijn getreden: een stroming trok langs zijn nek, een ijskoude stroom, van een heel andere orde dan het regenwater. Hoe lang nog tot het zijn lippen bereikte? Hoe ver moest het nog stijgen voor het hem verstikte? Hij boog zijn nek en ontdekte dat hij zijn kin al in de stroom kon dopen.

'Alêtis!' riep hij. 'Tettix!'

Hij vocht tegen de modder en kon zich nauwelijks voorstellen dat hij zich er uiteindelijk niet zou kunnen uitwurmen, maar hij zat onwrikbaar, als een fossiel in een steenlaag. Uiteindelijk gaf hij het op, murw van uitputting en angst. Zijn lijf was weer warm, alsof hij lag te minnekozen.

'Blijf mij me,' had ze gezegd, die dag in de woestijn, toen hij haar voor het laatst zag. 'Ga niet de strijd in.' Had Aurelia ook maar iets geweten van de plannen?

Later zag hij zich geplaatst voor een wijnvat zo groot als een berg. Hij wist dat hij zou sterven als hij het niet leegdronk, dus hij dronk. Het bracht geen zoete vergetelheid, noch bracht het de verlossing van de slaap. Hij sliep immers al – een martelslaap. Hij dronk voort en de inhoud van het vat leek hem te overspoelen. Hij ontwaakte en kon net nog zijn neus boven water houden. Had hij werkelijk geprobeerd de rivier leeg te drinken? Hij dwong zichzelf om zijn mond te sluiten en aan zijn woeste geslok kwam een einde.

Spoedig zou hij verdrinken. Swintharik overwoog om zijn longen vol te zuigen zodat de foltering snel voorbij zou zijn, maar dat was moeilijker dan het leek. Hij zat nog strakker ingepakt dan eerder. Zat hij zo vol water? Of drukte het gezamenlijk gewicht van modder en water op hem? In het eerste daglicht zag hij de kruik, die al onder water stond, de doorgestoken rietstengel was nog altijd binnen bereik.

Opeens zag hij redding. Als hij zijn nek uitrekte kon hij het ding net tussen zijn tanden nemen. Hij rukte het uit de kruik. Nu was het zaak rustig te blijven en te wachten tot ook zijn neus onder water zou verdwijnen.

Terwijl hij zo wachtte, hield het op met regenen. Dat hoefde niet te betekenen dat het stroomopwaarts ook droog was; het water kon nog altijd stijgen. Tegen de tijd dat de opgaande zon het wateroppervlak in een zilveren schittering zette, wist Swintharik zeker dat het water zakte. Net wilde hij het drinkriet laten vallen, toen een donkere gestalte neerstreek op de tak van de dode boom vlak voor hem. Het was de raaf die hij eerder had gezien. Het dier hield een groot stuk kaas in de snavel. Swintharik lachte. Dit verhaal kende hij. Moest hij nu door list de kaas bemachtigen? Hij schudde zijn hoofd zodat het drinkriet heen en weer zwaaide, wel wetend dat hij de kaas toch niet zou krijgen. Het was gewoon een nieuwe koortsdroom. De raaf liet de kaas vallen, maakte een sprongetje en landde op twee handbreedten afstand. Swintharik schudde nogmaals zijn hoofd en de raaf volgde zijn ogen. Opeens besefte hij wat de smerige aaseter wilde, die verkoos zijn ogen boven de kaas. Wild zwaaide hij met het riet, dat hij nog altijd tussen zijn tanden klemde. De raaf deed een uitval en pikte hem in de neus.

'Ik ben nog niet dood,' perste Swintharik tussen zijn tanden door. Weer schoot de snavel uit. Wanhopig schermde hij met zijn rietstengel en hij voelde warmte bij zijn onderlijf, van angst liet hij alles lopen. Hij worstelde om zijn armen los te krijgen en opeens kon hij zich een beetje draaien in de kuil. Dat gaf voordeel in de strijd.

Gelach opeens, vlak bij zijn hoofd. De raaf vloog op en fladderde weg, laag over het water.

Op de zwarte boomstam zat een man die in rafels was gekleed. Over zijn hoofd droeg hij de kap van een woestijnbewoner, zijn ogen scholen in de schaduwen. Swintharik had moeite zijn blik te richten, de man leek op een verwarrende manier incompleet. Bij nader inzien bleek hij een been en een arm te missen.

'Ik ben gekomen om je te doden, Swintharik,' zei de man.

'Je bent veranderd, Axylus.' Swintharik besefte dat hij geen angst voelde, hij had alles opgebruikt. 'Je treft het,' zei hij. 'Dit moet wel mijn kwetsbaarste moment zijn, zelfs een kreupele idioot als jij kan me doden.'

'Dat mag zo zijn,' zei Axylus, 'maar ik heb geen haast. Ik brand van nieuwsgierigheid om te weten wie je in deze positie heeft gebracht.'

'Ikzelf,' zei Swintharik. 'Ik verlang naar de dood en ben in een kuil gestapt in de hoop dat ik zal zinken en verdwijnen.' Het had geen zin om de moordenaar te informeren over de nabijheid van Alêtis en Tettix. Redden konden ze hem niet; wel zouden ze zich in dodelijk gevaar begeven. Het kon beter snel gebeuren. Toch kwelde hem nog een vraag. 'Ik heb je verteld wat je wilde weten,' zei hij. 'Vertel mij dan nu waarom je me nog altijd wilt doden? Ooit wilde je je eigen betrokkenheid bij een keizersmoord verdoezelen, dat begrijp ik, maar wie heeft er nog belang bij een misdaad van zo lang geleden?'

'Het was geen misdaad, maar een weldaad,' zei Axylus, 'en je hebt gelijk, het kan niemand wat schelen. Geen mens maakt zich meer druk om die gek. Ik moet je doden omdat je een gevaar bent voor Arachnion.'

'Arachnion? Bestaat dat nog?'

'Arachnion bestaat nog en Vitalis gelooft dat je hem in de weg staat.'

'Hoe kan ik hem in de weg staan? Ik heb hem in geen vijftien jaar gezien!'

'Meer zal ik je niet vertellen.'

Swintharik was niet overtuigd. 'Vitalis wilde destijds dat ik de keizer doodde. Ik heb dat gedaan. Wat is zijn belang bij mijn dood?'

Axylus liet zich van de boomstam glijden en kwam soepel neer op zijn ene been. In twee hinkstappen was hij bij Swintharik. Hij liet zich zakken, steunend op zijn hand, en bracht zijn gezicht dicht bij dat van de ingegravene. 'Stakker,' fluisterde hij, 'geloof je nu werkelijk dat jij de Afvallige hebt vermoord? Je bent nooit ergens geschikt voor geweest, en toen het grote moment daar was, kon je het niet. Je aarzelde, je week af – jouw speer miste, de keizer ving hem op in de plooien van zijn mantel.'

'Je liegt!'

'Het maakt niet meer uit, vriend.' Axylus had zijn ceintuur losgeknoopt en hij kroop achter Swintharik. 'Over enkele ogenblikken is het voorbij.'

'Dat is een geruststelling.' Swintharik probeerde nogmaals zijn armen los te wrikken.

Axylus legde een lus in de ceintuur en gooide die om het hoofd van zijn slachtoffer. Hij nam zijn kruk en zei: 'Zonder wurgstok kan het niet, ik ben wat onthand, zie je; ik heb geen mes meer, geen zwaard. Maar al moest ik al mijn ledematen missen, dan nog zou ik je doden; ik zou je strot afbijten.'

'Wat een toewijding,' zei Swintharik. 'Een man die niet opgeeft is zeldzaam. Je bent een inspiratie.'

Axylus grinnikte. 'Ben je dronken? Het doet er niet toe; hoewel ik niet terugschrik voor een kermend slachtoffer, geniet ik er niet van. Het genot komt pas achteraf, het is de rust die ik voel na een volbrachte opdracht.'

'Vertel me over wat er gebeurde op dat slagveld bij Ctesiphon,' zei Swintharik. Hij zag Tettix en Alêtis, die in de verte over de oever kwamen aanlopen.

Axylus had ze ook gezien. 'Denk niet dat je tijd kunt rekken,' zei hij. 'Zelfs als ze zouden weten dat ik hier ben, heb ik nog alle tijd. Ik zal je rustig wurgen, daarna zoek ik op mijn gemak mijn paard op. Lang voor die oudjes, die niet eens een rijdier bezitten, achter me aankomen, ben ik een stipje aan de horizon.'

Hij stak de stok door de lus en begon te draaien. 'Denk niet dat dit eenvoudig is,' steunde hij, terwijl hij een voet tegen Swinthariks achterhoofd plaatste om kracht te zetten.

Swintharik hield zijn ogen gevestigd op de verre gestalte van Alêtis. Ademen was al onmogelijk. Hij voelde zijn ogen uitpuilen en probeerde haar beeld vast te houden; zo wilde hij sterven. Het leven vloeide al uit hem weg, zoals olijfolie wegvloeit uit het gootje van de pers. De dood, díe is blijvend, was de gedachte die opborrelde, alsof hij in zijn laatste hartenklop de filosoof wilde weerleggen.

Het moment ging voorbij, hij had weer lucht. Alêtis' beeld was veranderd, zij was Tettix ver vooruit. En de wurger? Swintharik kon zijn nek niet draaien. Hij hoorde Axylus vloeken, hij voelde klappen en schoppen tegen zijn rug, maar ze leken willekeurig en toevallig, als bijverschijnselen van een grotere strijd. De kruk sloeg krachteloos tegen de zijkant van zijn hoofd en boven alles uit klonk het vleugelgeklapper en gekras van de raaf, die neerstreek op de zwarte stronk. Hij kraste, hield zijn kop scheef en keek Swintharik aan. In zijn opengesperde snavel hield hij een menselijk oog, waar nog een bloederige knoedel weefsel aan hing.

Het vloeken achter Swintharik verstomde; Axylus begon te huilen als een kind, maar het weerhield hem er niet van opnieuw de kruk in de lus te steken en strak te trekken. Ditmaal verrichtte hij de handeling, die hij de eerste keer bijna teder had uitgevoerd, met grote ruwheid. Swintharik zocht Alêtis met zijn ogen. Te ver nog, te ver! Geen wonderdoener zou zijn levensgeest terughalen, als die eenmaal verdwenen was. De onvermijdelijke wurging liet op zich wachten; Axylus' gehuil brak af, midden in een wolfachtige uithaal en ging over in een gierend gehijg.

'Zit het tegen, Axylus?' vroeg Swintharik, toen hij weer lucht had.

Op dat moment liet de raaf het oog in de modder vallen en maakte een sprongetje op de stam. Toen vloog hij op. Het oog, half weggezakt in de modder, leek nog te staren naar Swintharik. 'Jij!' hoorde hij Axylus zeggen. Hij keek weg van het oog en volgde de vlucht van de vogel die hoog over Alêtis heen vloog en neerstreek op het hoofd van de oude man. En dan was er die andere stem, Swintharik herkende hem.

'Ik ben het, Axylus. Bereid je voor op de dood.'

'Dido?' vroeg Swintharik, want de stem was dezelfde van lang geleden en toch anders. Het was ook de stem van het ruïneveld.

'Net als vorig jaar in Damascus, toen je ervandoor ging,' zei Dido.

'Ditmaal zal ik niet wegrennen. Laat je zien!'

Dido stapte binnen zijn gezichtsveld, een boog in zijn hand. 'Heeft Axylus je zo ingegraven?' vroeg hij. 'Wat een omslachtige manier om iemand te doden. En dat voor een eenarmige.'

'Geloof het of niet,' zei Swintharik, 'mijn vrienden hebben het gedaan.' Alêtis was nu vlakbij en zwaaide haar slinger. 'Goed volk,' riep Swintharik en hij vervolgde: 'Dat hoop ik tenminste, Dido, dat je niet van Vitalis komt om me te doden?'

'Waarom zou Vitalis twee mensen sturen om jou te doden, die tegelijkertijd elkaar willen doden? Ligt samenwerking dan niet meer voor de hand?'

'Misschien wedijveren jullie nog altijd om zijn gunst!'

'Ik zal je eruit halen en je een paar dagen geven om aan te sterken,' zei Dido. 'Daarna geef ik je een pak slaag. Je weet heel goed hoe ik over de gunsten van Vitalis denk; je hebt mij er zelf destijds van verlost!' Hij keek even naar de vrouw, die hen eindelijk had bereikt en zei toen: 'Overigens kom ik wel degelijk van Vitalis, maar niet om je te doden!'

Inmiddels was Axylus' doodsreutel gestokt.

Swintharik had alleen oog voor Alêtis, die bij hem neerknielde en de modder rond zijn nek weggroef. Ze keek op naar Dido en zei: 'Wat sta je daar als een idioot? Help me!'

'Jou heb ik eerder gezien,' zei Dido, terwijl hij haar begon te helpen. 'Ook toen was je vermomd als oud wijf. Je hielp me ontsnappen.'

'En dat was een wijs besluit, zoals nu blijkt,' zei ze.

Tettix kwam op zijn gemak aanlopen. De raaf zat nog altijd op zijn hoofd. 'Heb ik opdracht gegeven om de behandeling te staken?' vroeg hij. Toen niemand antwoordde greep hij de raaf en stak hem onder zijn mantel. Hij nam een kijkje bij het lijk van Axylus. 'Mooi schot,' zei hij.

Ze hadden toegekeken hoe Dido at – het was, zei hij, zijn eerste maaltijd in dagen. Swintharik had ondanks alle ontberingen geen honger, of het moest zijn naar antwoorden. Uiteindelijk legde Dido het laatste afgekloven bot neer en zei: 'Laat me rusten, daarna vertel ik wat ik weet.' Hij strekte zich uit op het runderleer en sloot zijn ogen.

Het werd stil in de grot, niemand wilde de rust van de koerier en redder verstoren, alleen de kaarsen sputterden verongelijkt in hun zelfgesmolten kratertjes. Tettix wenkte Swintharik en Alêtis naar een krocht, waar hij een kruidenmengsel begon te pletten in een stenen vijzel. 'Je hebt geen moordenaars meer op je spoor, Swintharik,' zei hij. 'Nu rest nog de dipsa. Die uit te roeien zal meer inspanning vergen dan een kortstondige kuur in rivierklei.'

'Ik kan u verzekeren dat ik genezen ben,' zei Swintharik. 'Terwijl ik daar, in die modder, de veranderlijkheden van de rivier aanschouwde, voelde ik hoe de dipsa me verliet.'

Alêtis snoof. 'Zit je ons voor te liegen? Zul je even stoer zijn als je dat serpent weer op je weg vindt?'

'Dat zal ik!' zei Swintharik. 'Bij God, ik zal het monster tegemoet treden met wilskracht en vastberadenheid!'

'Wilskracht is het hoofdbestanddeel van de behandeling,' zei Tettix. 'Bij nader inzien geloof ik dat we de rest achterwege kunnen laten. Die diende om de patiënt te laten beseffen dat zijn leven zo slecht nog niet is, vergeleken bij mijn behandeling.'

'Zijn het dan geen wonderen die je verricht?' vroeg Alêtis.

'Zeker wel!' Tettix hield op met stampen en keek haar verbaasd aan. 'Wie een dipsalijder laat beschikken over zijn eigen kracht, is een wonderdoener!' Hoofdschuddend strooide hij de inhoud van zijn vijzel in een keteltje dat op een vuurplaats pruttelde. 'Dit mag je zo opdrinken,' zei hij tegen Swintharik. 'Het zal je kracht verschaffen.'

Swintharik hoorde hem niet; hij staarde in de gloeiende sintels van het vuur en zei: 'Axylus vertelde me iets waaraan ik maar blijf denken. Hij zei dat ik niet degene was die de Afvallige heeft gedood; zelfs daartoe was ik niet in staat, volgens hem.'

'Je herinnert het je toch?' Alêtis legde haar hand op de schouder van de oude man. 'Zijn je eigen herinneringen niet betrouwbaarder dan de leugens van een misdadiger? Is het mogelijk om iemands geheugen te vervalsen?'

'Alleen als de leugen geloofwaardig is,' zei Tettix. 'In dat geval zijn trucs overbodig.'

Alêtis was niet overtuigd. 'Axylus moet een geboren leugenaar zijn en slecht genoeg om de eer te willen opeisen voor een keizersmoord, ook als hij die niet heeft gepleegd.'

'Zelfs als hij ervoor zou terechtstaan,' zei Swintharik somber. 'Al zouden ze hem vierendelen en kruisigen. Hij had altijd al een diep verlangen naar vernedering en pijn.'

'Was Dido aanwezig bij de moord?' vroeg Alêtis.

'Hij was te jong voor de strijd,' zei Swintharik. 'Hij had zelfs geen weet van de samenzwering; kinderen zijn snel geneigd om mensen te vertrouwen en praten hun mond voorbij. Misschien heeft hij later iets gehoord, hij behoorde tot de kring van Vitalis. Ik denk echter dat hij niets weet. Wie had er belang bij om hem iets te vertellen in die tijd, toen de samenzweerders nog de doodstraf moesten vrezen?'

Het wachten moe legden ze zich te slapen. Ergens in de nacht voelde Swintharik, nog in halfslaap, hoe een warm vrouwenlijf zich tegen hem aan vlijde. Hij herkende haar geur, die elke vermomming ongeloofwaardig maakte. Hij kon haar liefhebben met een kracht die hij lang niet meer had ervaren. Ik ben veranderd, dacht hij later.

Toen hij de eerste stofdeeltjes zag zweven in de lichtbanen van de dag, kwam hij overeind en zocht naar Dido, die al op moest zijn.

Alêtis tastte in haar slaap naar de plek waar hij gelegen had.

Hij vond Dido aan de waterkant. Zijn lange haren waren nat, zijn lichaam was naakt. Bij het zien van Swintharik bedekte hij zich met zijn tuniek. Dido was een flink kind geweest, als volwassene leek hij klein.

'Zo veel jaren zijn voorbijgegaan en je bent nog altijd jong,' zei Swintharik.

'En jij lijkt op een insect dat, opgesloten in Hyperboreïsch elektron, eonen doorstaat zonder te veranderen.'

Swintharik lachte. 'Volgens Tettix word ik honderdtwintig. Hij is een oude dwaas, maar hij verstaat zijn vak.' Hij ging zitten op een platte steen die de zonnewarmte al verzamelde.

'Van het verleden herinner ik me alleen flarden,' zei hij na een tijdje. 'Ik zou graag over vroeger praten, maar eerst wil ik dit weten: waarom zocht je mij?'

Dido zuchtte. 'Het was Vitalis, die wilde dat ik je ophaalde. Pas later begreep ik dat het nooit zijn bedoeling was dat ik je levend zou aantreffen.'

'Anders had hij Axylus niet gestuurd om me te doden. Is het dan niet vreemd dat hij jou de tegengestelde opdracht gaf, op het gevaar af dat de gebeurtenissen zich zouden voltrekken zoals ze deden?'

'Het was allemaal schijn. Ik weet alleen dat de keizer je zoekt en dat Vitalis jou voor hem wilde opsporen.'

'Als hij jou voor het oog van de wereld die opdracht geeft, en tegelijkertijd regelt dat ik word vermoord voor ik bij de keizer kan komen, betekent dit dan niet dat hij iets verborgen wil houden?' zei Swintharik. 'Wat dan? De moord op Julianus interesseert toch niemand meer?'

‘Kennelijk ben jij toch de spil van de gebeurtenissen,’ zei Dido.

Swintharik schudde zijn hoofd. ‘Het maakt ook niet uit, ik laat mij niet voor de kar van welke keizer dan ook spannen. Herinner jij je de dag waarop de Afvallige stierf?’

‘Hoe kan ik die dag vergeten!’

Swintharik keek van hem weg. ‘Wat weet je nog?’ vroeg hij.

Dido vertelde hoe hij de keizer had zien terugkomen bij de tent, geflankeerd door Jovianus en Axylus, die hem rechtop hielden omdat hij zelf de kracht niet had. ‘Hij had diepe wonden in zijn zij.’

Swintharik voelde het sprankje hoop uitdoven. ‘Mijn speer had hem doorboord!’

‘Droeg je een Lakhmidenspeer?’

‘Hoezo? Het was een gewone werpspeer, zoals gardisten die kregen.’

Dido staarde over het water. ‘Ik was erbij toen de keizer stierf, ik hielp bij het afleggen en bij het wassen van zijn lichaam. Oribasius liet zien dat er verschillende wonden waren. Iemand had Julianus van korte afstand gestoken. Hij toonde me de speerpunt, die was, zo zei hij, afkomstig van de Lakhmiden. Twee steken, vlak naast elkaar, dat kan nooit door een worp zijn veroorzaakt.’

‘Weet je het zeker?’ vroeg Swintharik. ‘Twee steken?’

‘Twee steken. Het duurde niet lang voor iemand bedacht dat de moordenaar zich onder onze eigen mensen moest bevinden.’

‘Axylus!’ zei Swintharik. ‘En hij wierp zich op als de redder van de keizer!’

‘Ik heb toentertijd die gevolgtrekking niet gemaakt,’ zei Dido. ‘Maar ik besef nu dat hij het moet zijn geweest. Het was zo opgezet dat Axylus in de buurt bleef, voor het geval jij mocht falen.’

Toen ze later samen waren in de grot van Tettix, bespraken ze hun verdere reisdoelen.

‘Ik zou niet weten waarom ik naar de keizer zou gaan,’ zei Swintharik. ‘Waarvoor kan hij me nodig hebben? Veel goeds zal ’t niet zijn. Ik heb verstand van paarden en van wijn, anders niet. Hoe kan dit bijdragen tot een oplossing van zijn problemen met Perzen en Goten? Laat hij het zelf maar opknappen.’

'Je kunt op z'n minst luisteren naar wat hij te zeggen heeft,' zei Dido. 'Vitalis en Axylus streven hun eigenbelang na, maar de keizer is wat anders. Je hebt rechten als staatsburger; dan moet je ook je plichten tegenover de keizer nakomen.'

'Had je dan andere plannen?' vroeg Alêtis. 'Is het niet alleen al de moeite waard om Vitalis te confronteren met zijn misdaden?'

'Ik ben ook benieuwd naar de rol van Arachnion,' zei Dido.

'Wat is toch dat Arachnion?' vroeg ze. Dido vertelde haar alles wat hij wist, ook wat hij als kind had meegemaakt. Ze luisterde en toen hij was uitgesproken, zei ze: 'Ik heb lang gezocht naar antwoorden over het verleden en vandaag heb ik meer geleerd dan in alle jaren daarvoor. Iemand moet een einde maken aan deze gruwel.'

Tettix had voedsel bereid en hij schonk wijn, maar Swintharik excuseerde zich en ging naar buiten. Hij maakte een wandeling langs de rivieroever en toen hij terugkwam zei hij: 'Morgenochtend vertrekken we naar Constantinopel.'

'Goed dan, je bent genezen,' zei Tettix de volgende dag. 'Je ziekte was hoe dan ook ingebeeld, maar de menselijke verbeelding kan groter gruwelen oproepen dan de ergste ziekte. Als je je iets kunt inbeelden, kun je het je ook ontbeelden. Ga heen, beeld je voortaan het juiste in.'

Hij omhelsde Alêtis en veegde een traan van haar wang.

'Ik kom je spoedig opzoeken,' zei ze en ze slingerde zich op de rug van het enige paard dat ze tot hun beschikking hadden, dat van Axylus.

'Wij zien elkaar niet weer,' zei Tettix. 'Mijn tijd hier is voorbij, ik ga op reis naar het oosten.'

Ze wilde nog wat zeggen, maar de oude draaide zich om en verdween zijn grot in.

'Voorwaarts,' zei Dido.

Later, toen het Swintharik's beurt was om op het paard te reizen, liepen Alêtis en Dido samen op en ze deed hem verslag van de gebeurtenissen die haar ertoe hadden gebracht om met Swintharik een reis te ondernemen. Ook vertelde ze waar zij vandaan kwam en hoe de gebeurtenissen uit haar kindertijd haar beslissing hadden beïnvloed.

Dido op zijn beurt vertelde haar wat meer over zijn eigen achtergrond en zijn relatie met Swintharik, want hij merkte wel dat Swintharik niet veel had losgelaten over hun gedeelde verleden. Ze spraken om beurten en onderbraken elkaar nu en dan om vragen te stellen. Ze hijgden toen het pad heuvelopwaarts kronkelde in de zinderende hitte van de middag en raakten steeds verder achter bij het paard, dat stug voortsjokte, terwijl Swintharik, vooroverhangend in het zadel, leek te knikkebollen.

'Mag ik je een vraag stellen?' vroeg Dido.

'Vanzelfsprekend.'

'Die godin van jullie, eist die echt van mannen dat ze zichzelf castreren?'

Ze lachte. 'Ik heb een wedervraag voor jou: doen jullie christenen werkelijk aan kannibalisme?'

Dido hield zijn pas in en stak zijn hand uit om haar te helpen, want het pad was hier opeens door regenerosie erg steil. 'Ik ben geen christen,' zei hij.

Ze wilde zijn hand pakken maar voor ze die vasthad, struikelde ze en hij kon haar nog net opvangen. Even hield hij haar vast en keek in haar verhitte gezicht. Ze lachte weer en zei: 'Je mag me loslaten, ik heb beide voeten op de grond.'

Hij mompelde wat en ze liepen verder.

'Ik weet eigenlijk niet zo veel van die godin,' zei Alêtis ten slotte. 'Ik was erg jong toen er een einde aan kwam en voelde mij niet geroepen om haar verder te volgen, maar soms is het handig als mensen de gruwelverhalen geloven die de ronde doen.'

Dido ging zwijgend naast haar voort. Hij had net beseft dat dit de eerste keer was dat hij een vrouw in zijn armen had gehad; dat hij zo dichtbij was gekomen, dat hij haar geur kon ruiken, en hij probeerde te begrijpen waarom hij opeens zo verward was.

* * *

Mijn vrouw lachte me uit toen ze het laatste stukje las. 'Waarom zou je zoiets vermelden?' vroeg ze. Ze vindt het al vreemd dat ik me zulke zaken herinner, wat zij details noemt.

En dat terwijl de wereld om ons heen lijkt in te storten. Wij wilden enige dagen in Tyrus verblijven, vanwaar we scheep zouden gaan naar onze volgende bestemming, maar terwijl we nog zochten naar logies begon de stad vol te stromen met vluchtelingen. Antiochië, waar we nog maar twee weken eerder waren geweest voor mijn onderzoek, werd inmiddels belegerd door een barbarenhorde, zo kregen we te horen. De volkeren uit de Kaukasus waren doorgebroken en overspoelden nu het hele oostelijke rijk. Daphne, het prachtige Daphne van mijn jeugd, was al geplunderd en verwoest.

Mijn vrouw wist me ervan te overtuigen dat we meteen aan boord moesten gaan; ze vreesde dat in de paniek en onder druk van de binnenstromende massa's, de schepen voortijdig de haven zouden verlaten, met of zonder vluchtelingen.

We wisten ons schip te bereiken en hoewel wij reeds passage hadden betaald, konden we nog ternauwernood aan boord komen; de regels waren veranderd en wie genoeg geld in de hand van de kapitein legde, kreeg een plaatsje op het dek. We schikten ons en zochten een rustige plek, en nog geen uur nadat we aan boord waren gegaan, vertrok het schip.

Wat anders kan een schrijver doen, onder zulke ellendige omstandigheden, dan schrijven? Mijn vrouw leunde tegen mij aan; de warmte en de deining hadden haar in slaap gewiegd. Ik las eerdere aantekeningen door en maakte nieuwe op mijn schrijftablet. En toen ik mijn blik liet dwalen over onze medevluchtelingen, viel me een man op, een baardige asceet, die te midden van een groepje vrouwen zat voor te lezen uit een boekrol. De vrouwen, die ondanks hun armoedige kleding van aristocratische afkomst leken te zijn, bogen zich naar hem toe om geen woord te missen, en ieder van hen, of het nu de jonge maagden betrof of de al wat oudere vrouwen – misschien hun moeders –, verdiende het om in marmer vereeuwigd te worden.

Ik luisterde, zonder iets te verstaan, naar de stem van de asceet, hij sprak met bezieling en tegelijkertijd ging er een bedwelmende werking uit van zijn zinnen; ook toen hij de boekrol neerlegde en voortging met spreken, hadden zijn zinnen een ritme en stuwkracht zoals je die alleen hoort bij geschoolde mannen.

Ik vroeg me af waarom ik zo veel weerzin voelde tegen deze man, en opeens besefte ik dat hij me deed denken aan mijn leermeester, die ons zo veel jaren geleden had toegesproken zoals deze man de vrouwen toesprak.

Na een tijdje zweeg hij en hij kwam moeizaam overeind; misschien wilde hij zijn benen strekken. Nu pas zag ik enkele jongere asceten die tot dezelfde groep moesten horen, ze leunden op hun reisstaven en hielden vanaf enige afstand de vrouwen nauwlettend in het oog. Ik verloor mijn belangstelling en ging verder met mijn werk.

Later trof ik de man bij de voorplecht waar hij uitkeek over de golven. Aan onze linkerhand waren nog vaag de contouren van het land zichtbaar.

'Ik zag u schrijven,' zei de asceet. 'Bent u een man Gods?'

Ik ontkende en vertelde hem dat ik een kroniek schreef over de gebeurtenissen van onze tijd.

'Van alle aardse bezigheden zijn die van de schrijver de gelukkigste,' zei de man. 'Hij kan het altijd en overal uitoefenen; hij heeft niets anders nodig dan zijn schrijfmaterialen en zelfs als hij die niet heeft, kan hij de zinnen uitbeitelen in zijn gedachten en ze rangschikken in afwachting van het moment dat hij schrijfgerei heeft.'

Wij raakten in gesprek en hij bood aan mij te helpen bij de theologische achtergronden voor zover die noodzakelijk waren in mijn relaas. Ik antwoordde hem dat het hier nu juist niet over ging. 'Als kind kon ik die stromingen en verschillende nuances van woorden al niet onderscheiden,' zei ik. 'Maar ik had een goed begrip van wat er zich afspeelde.'

'Het is ook niet meer van belang,' zei hij. 'Die strijd is gestreden.' Hij hield zijn hoofdhaar en baard in één hand zodat de zeewind ze niet steeds in zijn gezicht waaide.

Hoeveel strijd stond ons nog te wachten? Ik sprak mijn gedachte niet uit en zei: 'Het is een vreemde groep waarmee u reist!'

Hij knikte. 'Ik heb deze groep godgewijde maagden al enkele jaren onder mijn hoede; ik breng ze naar veiliger gebieden, want hun kuisheid moet worden gewaarborgd!'

'Waar komen ze vandaan?' vroeg ik.

'Geen van hen heeft een huis,' zei de man. 'Ze hebben al hun bezittingen verkocht en reizen rond om weldadige arbeid te doen en heilige plaatsen te bezoeken. Sommigen van hen komen uit de hoogste kringen van Rome, wij zijn al enkele jaren metgezellen.'

Ik knikte ten teken dat ik het begreep en nam afscheid. Ik zocht mijn plekje weer op, waar mijn vrouw vredig lag te slapen op haar reisdeken. De jonge mannen in hun ascetenmantels stonden nog altijd onwrikbaar op het dek; met beide handen omklemden ze hun reisstaven en waakten over de kuisheid der godgewijde maagden.

Boek VI

Valens' oorlog

32

Schismatici in het schijthuis

(Constantinopel, zomer 378)

Eleutherius had zijn groepje langs alle rondzwervende benden gemanoeuvreerd en uiteindelijk konden ze de stad binnenkomen via een militaire poort. De barbaarse belegeraars bewogen zich rusteloos over de heuvelruggen en langs de muur, want ze waren met te weinigen voor een blokkade en als ze al een ring wisten te vormen, dan schoot de Sarakeense cavalerie die de stad verdedigde meteen toe en verbrak het kordon.

'Dan ben je eindelijk weer in beschaafd gebied en het eerste wat je ziet zijn die naakte woestijnruiters,' klaagde Catualda. 'Betekent de dienst dan niets meer? Kunnen ze die lui geen fatsoenlijke kleding geven?' Ondertussen keek hij zijn ogen uit naar de glimmende woestijnkrijgers die hen vriendelijk toegrijnsden vanaf hun dromedarissen, terwijl andere al weer uitreden voor een nieuwe schermutseling.

'Die krijgers voelen zich door kledij alleen maar gehinderd,' wist Eleutherius. 'Ik begrijp niet hoe die barbaren kunnen denken dat ze door de verdediging heen komen. Dat zal niet lukken!'

Vitalis, die naast Eleutherius reed, maande hem: 'Klets niet zoveel, laten we voortmaken!'

Eleutherius liet zijn paard vooruitschieten zodat de bisschop haast moest maken om bij te blijven. De soldaat wierp een blik op Quintus, die schuin achter hem reed en grijnsde. Ze wisten dat de bisschop doodsangsten had uitgestaan in de afgelopen uren toen ze door de vijandelijke linies trokken.

'Met tien man!' had hij gezegd. 'Degene die mij mijn escorte toewees besefte niet hoeveel van die roversbenden hier zijn samengetrokken.'

'Integendeel,' was Eleutherius' antwoord. 'Het feit dat hij uitgerekend ons heeft uitgekozen om u naar de stad te begeleiden, betekent dat hij het heel goed wist.' Niet dat Eleutherius de opdrachtgever kende, maar dat maakte ook niet uit. Net als zijn vrienden was hij blij om weer in een stad te komen, na al die maanden van ontberingen en strijd in de heuvels en in de bevroren bergpassen van de Haemus.

Hoe breed ook de straat, op de *mese* was het druk, ossenkarren ratelden over de keien, vloekende mensen sprongen opzij en een enkele keer vlogen rotte appels om hun oren, maar die waren niet voor hen bedoeld.

'Het volk is boos en angstig,' zei Vitalis. 'Ze delen jouw vertrouwen in de stadsverdediging niet, Eleutherius.'

De aangesprokene haalde zijn schouders op. 'Wat heeft dat stadsvolk voor verstand van militaire zaken? Daarbij zien die Sarakenen er nog gevaarlijker uit dan de Goten, dus zo vreemd is het niet dat de mensen bang zijn.'

'En hoe lang duurt het nu al?' nam Quintus het van hem over. 'Het is al twee jaar geleden dat die massa's over de rivier kwamen, maar nog altijd heeft de keizer hen niet aangepakt. Ze beheersen inmiddels het grootste gedeelte van Thracië en Moesië tot aan de bergen. Dat die benden tot hier hebben kunnen komen, dat zal hun grootste grief zijn.'

'De keizer is in de stad,' zei Vitalis. 'Spoedig zal hij handelen.'

'Weet u het zeker?' vroeg Eleutherius. Dat was goed nieuws. Hoewel hij had genoten van de afgelopen jaren, meende hij dat het nu de hoogste tijd was voor een grote slag en een klinkende overwinning.

'Natuurlijk,' zei Vitalis. 'Dat is ook de reden dat jullie me naar de stad moesten brengen.'

'Gaat u de keizer ontmoeten?' vroeg Eleutherius verbaasd.

Vitalis schudde zijn hoofd. 'Ik heb een afspraak met enkele hooggeplaatsten, maar als de keizer mijn advies wil, dan houd ik me beschikbaar.' Hij hield zijn paard in en stak een hand op. 'Ik zal mijn intrek nemen in een gasthuis en ik wil dat jij me vergezelt als lijfwacht. Je manschappen kunnen nu wel naar hun kwartieren.'

Eleutherius hield zijn paard in en overlegde even met Quintus en Catualda. Ze maakten een afspraak voor de avond van de volgende dag en, terwijl hij zijn mannen nakeek, besloot Eleutherius dat hij gehoor kon geven aan een aandrang die hem al uren kwelde. 'Ik ga even naar het schijthuis, presbyter,' zei hij tegen Vitalis. Tot zijn verbazing knikte de bisschop verheugd. 'Ik ga met je mee. Het is ook een goede plek om de stemming te peilen.'

Ze lieten de paarden achter op de daarvoor bestemde plaats en liepen het publieke schijthuis in waar groepjes mannen en een enkele vrouw bijeenzaten op de gemakken. Een van de zitters wenkte hen en hij riep: 'U daar, met de mantel. Bent u van de Niceense belijdenis?'

Vitalis trok zijn wenkbrauwen op.

'Als u een van ons bent, komt u hier zitten,' ging de man verder. 'Dit is de hoek van de homoousiërs, de katholieken. Daar...' Hij wees naar een andere hoek. 'In de zuidhoek zitten de homoïers en in het westen die smerige anomoërs – hun aarzen spreken verstandiger dan hun monden – en daar, in het noorden schijten de homoiousïers, die ezels.'

'Ik ben homoousiër, dat had u goed gezien,' zei Vitalis. Hij schortte zijn kleed hoog op maar bedekte zijn geslacht preuts met zijn handen terwijl hij ging zitten.

'En waar schijten de heidenen,' vroeg Eleutherius, die zijn lachen nauwelijks kon inhouden. Stilte. Hij zag alleen maar boze gezichten om zich heen. Uiteindelijk zei de eerste spreker: 'Heidenen schijten overal, legionair.'

Eleutherius haalde zijn schouders op en ging naast Vitalis zitten.

Vitalis kreunde even, ging toen wat rechter zitten en keek om zich heen. 'Wij zijn hier wel in de meerderheid, broeders,' merkte hij op.

'Dat zijn we meestal,' zei een vrouw die een eindje verderop zat. 'En dat is niet zo vreemd, want wij zijn een meerderheid in de stad, hoeveel moeite Valens ook doet om de homoïers te begunstigen en onze priesters te verbannen.'

'Vormen we de grootste groep onder de vier richtingen, of zijn we zelfs een meerderheid tegenover de andere drie?' vroeg Vitalis.

Dat kon de vrouw niet zeggen.

'Velen zullen zich ook niet hardop uitspreken,' meende een man. 'Hoeveel zullen er niet in hun hart homoousiër zijn terwijl ze in de praktijk de dwaalleer van de homoïers volgen?'

De vrouw was het met hem eens. 'In feite zijn homoïers mensen zonder standpunt, ruggengraatloze opportunisten die een gemakkelijk leven prefereren boven de disciplines van het ware geloof.'

'En dan de homoiousiërs, Lollia!' Een man met een lange zwarte baard wilde al uitweiden over het groepje dat hem van veraf vuil zat aan te kijken, maar Vitalis onderbrak hem: 'Het verbaast me dat jullie onderscheid maken tussen die ketterse groeperingen,' zei hij. 'Is het niet voldoende dat ze in hun verstoktheid de wezensgelijkheid van de Vader en de Zoon ontkennen?'

Eleutherius bedacht dat er veel meer sekten waren en hij vroeg zich af waar die zich dan ophielden. Waren hier geen circumcellionen? Donatisten? Manicheeërs? Hij pakte de sponsstok die voor hem in de watergoot lag en haalde het sponsje een paar keer door het stroompje voor hij zich van onder afsponste. Hij wilde schoon zijn, misschien kon hij vanavond een vrouw verschalken, als die bisschop tenminste vroeg ging slapen zodat hij even de handen vrij had.

'Maakt niemand zich zorgen over de belegering?' vroeg Vitalis.

'De keizer is er toch met zijn troepen,' zei de man met de baard. 'En heb je die Arabieren gezien? Ik denk dat de Goten snel weg zullen zijn.'

De vrouw Lollia riep: 'Wat kunnen ons Goten of Arabieren schelen? Wij willen onze bisschop terug!'

De anderen stemden met haar in. 'Laat hem opdonderen, die boer! Hij mag dan de keizer zijn van het oosten, hier in de hoofdstad laat hij zich nooit zien, of het moet zijn voor een strafexpeditie. Hij spreekt zelfs geen Grieks, maar denkt wel dat hij iets van theologie begrijpt!'

'Wij hebben hem niet uitgenodigd, we kunnen onszelf wel verdedigen.'

'God zal hem straffen, de hond!'

Eleutherius had nog niet eerder zulke taal gehoord. Hij was dan ook niet gewend aan de burgermaatschappij. Evengoed spraken deze homoousiërs met gedempte stem, zodat de andere groepjes, vooral de keizersgezinde homoïers, hen niet konden horen.

'De keizer is niet geïnteresseerd in theologie,' zei een oude man, toen het weer stil was. 'Hij wil vooral rust en overeenstemming onder de christenen. Waarom hij de arianen begunstigt is niet bekend, maar op een dag zullen wij hem ervan moeten overtuigen dat hij beter de Niceense partij kan steunen.'

Vitalis richtte zich op. 'Nee,' sprak hij. 'Zulke oplossingen zijn altijd tijdelijk. De kerk moet niet afhankelijk zijn van keizerlijke begunstiging want er zal altijd een tegenkeizer komen of een opvolger die weer de andere partij steunt. Overeenstemming moet er zijn in de kerk, maar niet voor de keizers. Zij zijn juist het probleem. En wie heeft hen nog nodig als het volk luistert naar zijn bisschoppen?'

Het was opeens stil. Eleutherius keek om zich heen en hij besefte dat ze ook aan de overkant Vitalis' woorden hadden gehoord. De ariaanse schijters zaten te draaien op hun zetels, niemand durfde in hun richting te kijken.

Toen zei Lollia: 'Dit zijn gevaarlijke woorden, presbyter. Maar velen zullen het met u eens zijn. Er wordt gefluisterd in de straten van de stad. Er broeit wat.'

'Zwijg toch, Lollia,' zei de oude man. 'Wij kennen deze man niet, en we kunnen onze stadsgenoten zelfs niet vertrouwen.' Hij wees naar de homoïers, de anomoërs en homoiousiërs die zich nu allen als bij afspraak afsponsten, hun spongia in de goot wierpen en opstonden om te vertrekken. Enkelen van hen keken nog om naar Vitalis en Eleutherius.

Vitalis stond ook op en schikte zijn kleed. 'Vrees niet vrienden,' zei hij tegen het groepje katholieken. 'De geruchten zijn juist, er zijn grote veranderingen op til.' Hij maakte een vreemd gebaar met zijn handen, hij spreidde zijn vingers over elkaar zodat ze een roostertje vormden en toen groette hij en verliet het schijthuis.

Eleutherius volgde hem, zich verbazend. Hij, Eleutherius, mocht dan een legionair zijn en een woesteling, maar – bij de tieten van Moeder Demeter! – die bisschop veegde zijn reet zelfs niet af!

* * *

In de ochtend bezocht Vitalis een bespreking van geestelijken. Eleutherius bracht hem tot aan de deur van een huis in een stinkend achterafstraatje, maar toen hij de bisschop wilde volgen, versperde een heel brede man met een kaal hoofd hem de weg. 'Geen lijfwachten binnen,' zei hij. En Eleutherius kon niets anders doen dan een plekje zoeken in de schaduw van een krom eikje dat zich op een braak terreintje tussen wat muurresten door had gewurmd. Hij ging tegen de muur zitten en probeerde een dutje te doen.

Een paar keer schrok hij wakker van onzichtbare honden die aansloegen aan de andere kant van een muur en uiteindelijk kwam Vitalis weer naar buiten in gezelschap van drie mannen in onopvallende kleding. Ze namen afscheid van elkaar en Vitalis wenkte Eleutherius. Opeens verscheen een man in de deuropening achter hem, een magere man die, op de plaats waar zijn gezicht moest zitten, een nachtzwart gat leek te hebben. Eleutherius verstijfde en bleef staan.

'Goede reis, Vitalis,' zei de man en hij verdween weer in het gebouwtje.

Wat een geheimzinnigheid! Eleutherius had al gezien dat hij een masker droeg en toch, terwijl hij de bisschop volgde naar het hippodroom, waar hij met zijn manschappen had afgesproken, constateerde hij vol ergernis dat de rillingen hem nog altijd over de rug liepen.

* * *

'Wat gaan we hier eigenlijk doen?' vroeg Quintus.

'We gaan naar de spelen; dit is geen opdracht, het is vermaak,' zei Eleutherius, die evengoed dicht bij de bisschop bleef. Je wist nooit wat er kon gebeuren.

Keizer Valens had wagenrennen georganiseerd om het volk te plezieren. Bisschop Vitalis, die voor de gelegenheid zijn priestergewaad droeg, en zijn kleine escorte hadden een plaatsje veroverd op de tribunes aan de westkant en ze bespraken de wagens die werden opgesteld, de paarden die stonden te trappelen van ongeduld en de wagenmenners, al kende niemand van hen de lokale helden van dat moment. Het duurde lang voor de banken zich gevuld hadden, maar toen de mensenstroom begon op te lossen en iedereen zijn plaats had gevonden, schalden de trompetten. Uit een zijgang van de loge kwam de keizer, geflankeerd door enkele plaatselijke hoogwaardigheidsbekleders en geestelijken.

Eleutherius kwam werktuiglijk overeind, om de Augustus toe te juichen, maar nog voor hij een geluid kon uiten, hoorde hij dat het mis was. Een luid geloei klonk uit de massa, als een plots opstekende storm die snel aanzwelt en nadert. Eleutherius gaf zijn mannen een teken en ze stelden zich op rond bisschop Vitalis, die tot Eleutherius' verbazing luid instemde met het loeien. De kudden van Zeus moesten zijn losgebroken, bedacht de soldaat. Wat hij verwachtte gebeurde al, gardisten marcheerden vanuit zijgangen in hoog tempo het veld op, waar ze zich met gevelde lansen opstelden.

Nu begonnen de mensen te schreeuwen, ze riepen leuzen, maar er was weinig lijn in te ontdekken. Sommigen riepen leuzen over bisschoppen, anderen wilden kennelijk dat Thracië werd schoongeveegd. En nog weer anderen riepen dat hij moest opdonderen naar Perzië en niet gewenst was in de stad van Constantijn.

Omdat Eleutherius vreesde dat het uit de hand zou lopen, greep hij Vitalis en duwde hem naar het middenpad dat nu nog vrij was. Als straks de chaos uitbrak en de soldaten zouden huishouden, dan moest hij zorgen dat ze weg waren, hij kende zijn taak. Zo werd Vitalis, heftig protesterend, door zijn kordon naar buiten getroond. Eleutherius had nog net kunnen zien dat de keizer en zijn gevolg rechtsomkeert maakten en verdwenen, waarop de gescandeerde leuzen weer overgingen in geloei, dat even later zelfs buiten het hippodroom te horen was, zodat voorbijgangers verbaasd naar de lucht keken die echter niet minder blauw en wolkeloos was dan op andere julidagen.

'Vervloekt jij, Eleutherius!' zei Vitalis, toen hij zich had losgeschud uit de greep van zijn lijfwachten. 'Eindelijk gebeurt er iets. Eindelijk staan de volgelingen van de homoousios op tegen de tiran, en jij neemt mij het genoegen af om getuige te zijn.'

'U wás getuige,' zei Eleutherius. 'Maar de keizer kan dit protest smoren in bloed. U weet net zo goed als ik hoe hij in het oosten heeft huisgehouden onder zijn religieuze tegenstanders. Duizenden zijn gedood of tot slaaf gemaakt. Mij maakt het niet uit, maar ik ben verantwoordelijk voor u.'

Vitalis draaide hem de rug toe en liep mopperend in de richting van het gasthuis.

'Morgenavond worden we verwacht in Melanthias,' zei Eleutherius tegen Quintus. 'Kom ons halen bij zonsopgang.'

33
Krijgsraad in Melanthias

(zomer 378)

Ze hadden gehoopt het pad van de keizer te kruisen, maar kwamen te laat. Een paar keer raakten ze verdwaald in onherbergzame binnenlanden die zelfs Dido niet kende en toen ze eindelijk de grote weg vonden, vernamen ze dat de garnizoenen uit het oosten dagen eerder in grote haast waren langsgetrokken, want de Gotische kwestie liep steeds verder uit de hand. Langs de pleisterplaatsen gingen geruchten over aanvallen op Constantinopel, al wist niemand of de stad daadwerkelijk was geplunderd. Hoe kon ook een stad van die omvang worden belegerd door groepjes barbaren? De hoofdmacht scheen nog altijd bij de Histerdelta te zitten.

Een ander obstakel was Dido's vrijgeleide. Spoedig nadat ze bij Tettix vertrokken, verloor hij het zegel, dat zelfs een schipbreuk had overleefd. Het gebeurde op een karavaanplaats waar ze voorraden insloegen. Was het een zakkenroller, of was zijn halskoord eenvoudig versleten? In elk geval kregen ze, toen ze eindelijk een wisselstation bereikten, geen paarden mee, hoezeer Dido ook bezwoer dat hij een cruciale missie had voor het imperium. Ze hadden net voldoende geld voor voedsel en zouden pas in de stad nieuwe bronnen kunnen aanspreken. Maar de nachten waren warm en ze sliepen onder de sterren.

Op een zinderende middag lieten ze zich overzetten naar de Gouden Hoorn. Dido en Alêtis hielden een oogje op Swintharik. Het moest moeilijk voor hem zijn om terug te keren in de stad waar hij zijn opleiding tot moordenaar was begonnen.

Swintharik vond het niet veel veranderd. 'Drukker misschien dan vroeger,' zei hij. 'Is het huis van Theodoulos er nog?' Als hij al aangedaan was, dan wist hij het goed te verbergen.

'Het Rankenpaleis is afgebroken,' zei Dido. 'Theodoulos is al een aantal jaren dood.' Hij vond het niet nodig te vertellen over het lot dat hun oude mecenas getroffen had.

Ondertussen bleek uit niets dat er hier gevochten zou zijn; er waren nauwelijks soldaten op straat, en afgezien van de paleiswacht leek het wel een gedemilitariseerde zone. Dido meldde zich bij de autoriteiten en vroeg om audiëntie bij de keizer. De plaatsvervangend commandant schudde zijn hoofd. 'De keizer is naar zijn verblijf in Melanthias,' zei hij, 'waar hij de veldtocht voorbereidt. Hij kreeg in de stad niet het onthaal dat hij verwachtte en nadat het volk hem in het hippodroom uitjouwde, is hij kwaad weggegaan.'

'Waarom was dat?' vroeg Dido. 'Verwijten ze hem de plunderingen?'

De man lachte. 'Niemand maakt zich hier druk om de Goten. Ze probeerden wel binnen te komen, maar Arabische hulptroepen hebben zo onder hen huisgehouden dat ze ijlings zijn gevlucht.'

'Waarom protesteerde het volk dan?'

'Die katholieken weer, ze zijn woedend omdat Valens de ketterse arianen blijft begunstigen. Het volk wil zijn bisschop terug en eist een einde aan de vervolgingen. Ze willen dat de keizer kiest voor de Niceense partij. Valens had zich willen laten bejubelen, maar de asceet Isaac las hem, ten overstaan van troepen en burgers, luidkeels de les. Hij vervloekte hem zelfs! "Vecht niet tegen God, maar maak hem je bondgenoot, want hij was het, die de barbaren stuurde, omdat je een godslasteraar bent en een ketter. Geef ons onze herders terug, of je zult niet terugkeren en je soldaten zullen rotten op het slagveld" – dat riep hij.'

'U kunt erom lachen,' merkte Alêtis op. De man had het verteld als was het een grap.

'Iemand moest Valens de waarheid zeggen,' zei de commandant. 'Hij antwoordde vanaf zijn paard dat hij terug zou komen na zijn overwinning om de valse profeten uit te roeien. Isaac, op zijn beurt, zei: "U mag me doden als de uitkomst mijn voorspelling logenstraft."'

'Dus er is nog altijd godsdienststrijd, net als in de tijd van Julianus,' zei Swintharik.

'Het is nu erger dan toen,' meende de commandant. 'De wartaal van een heiden kan een verstandig mens niet misleiden, maar een ketter die het ware geloof vergiftigt, verwerft dikwijls aanhang onder het volk, zeker als de persoon in kwestie een keizer is.'

'Het verbaast me dat u openlijk uw keizer afvalt,' merkte Dido op. De man schokschouderde. 'Niemand hier verwacht Valens terug te zien. De katholieken zijn in de meerderheid. Maar gaat u toch naar Melanthias, daar kunt u hem zelf spreken.'

Zij zouden de volgende ochtend een escorte krijgen. Alêtis ging op zoek naar een zaakgelastigde en Dido reserveerde slaapplaatsen bij het noordelijke poststation. Omdat ze niet meer presentabel waren, bezochten ze in de avond een markt en kochten nieuwe kleren.

Bij het vertrek kreeg Dido een nieuw zegel, het was niet het gebruikelijke insigne voor een keizerlijke koerier. 'Dit geeft toegang tot de allerhoogste kringen,' zei de functionaris. 'Hiermee heb je zelfs toegang tot de slaapkamer van de keizer.'

Voor het middaguur bereikten ze Melanthias, dat tien mijl ten noordwesten van de stad lag. De troepenopbouw was nog altijd in volle gang. Hier kon keizer Valens het komende campagneseizoen voorbereiden, te midden van zijn legermacht, ver van de verongelijkte stadsmenigte en van de plukharende christenen met hun eeuwige schisma's, dwaasheden en muggenzifterijen.

'Wanneer wil hij de strijd beginnen?' vroeg Alêtis.

De leider van het escorte keek op haar neer vanaf zijn paard en richtte zijn blik daarna op Dido.

'Vertel,' zei deze.

'Hij wacht op versterking,' zei de man. 'Gratianus, de Augustus van het westen, is met een grote macht onderweg. De twee keizers zullen de Goten in de tang nemen.'

'Ik ben benieuwd wat mijn rol is,' zei Swintharik nors. 'Ik zie nog altijd niet wat ik met die oorlog te maken heb.'

'Je hebt kennis die de doorslag kan geven in de problemen van de keizer,' antwoordde Dido. 'Ik heb enige moeite met voorspellende ganzenlevers, maar er moet een reden zijn dat die wichelaar een man noemt die door iedereen vergeten is.'

Alêtis vroeg: 'Heb je nog steeds geen idee wat die kennis kan zijn?'

De escorteleider onderbrak hen. 'Rij langzaam,' zei hij. 'Een overhaaste aankomst kan de indruk wekken van een aanval.'

Bij de eerste tenten keken Arabieren hen brutaal en nieuwsgierig aan. Ze lachten en riepen Alêtis iets toe met hun onverstaanbare keelklanken en toen Alêtis hun wat toesnauwde in dezelfde taal, sperden ze hun ogen wijd en lachten nog harder. Alêtis rechtte haar rug.

'Deze mannen vielen de Goten aan buiten Constantinopel,' vertelde de escorteleider. 'Ze dronken het spuitende bloed warm uit hun kelen. Ik zag ze lopen met bloedkorsten op hun kaken. De overlevende barbaren wisten niet hoe snel ze moesten wegkomen.'

'Valens bestrijdt barbaren met nog bloeddorstiger barbaren,' zei Swintharik. 'Tot die zich op hun beurt tegen hem keren.'

'Dan zal hij, zoals altijd, nieuwe bronnen aanboren,' zei de gids.

Iemand riep Dido's naam, een man zwaaide wild naar hem. Het was Catualda, de Gotische ambassadeur. Bij hem waren twee soldaten die Dido eerder had ontmoet. Catualda riep: 'Heer Dido, drink met ons!'

Dido stak zijn hand op in een groet en hij riep: 'Ik kom jullie later opzoeken!'

En voort ging het, tot de tenten waar keizer en staf verbleven. Soldaten traden naar voren; er volgde een woordenwisseling met een wachtcommandant en ze kregen toestemming om af te stijgen. Een dienaar wenkte.

'Geen strijkages!'

Valens wees de bezoekers een zetel en bleef zelf staan, zijn handen op zijn rug. Zijn tent was er een van de soort die nomaden in het oosten gebruiken, met afgescheiden vertrekken. De keizer nam hen op, zei toen: 'Dido, is 't niet? En is dat de moordenaar van de Afvallige?'

Swintharik schudde zijn hoofd, maar zijn gezicht drukte zo veel schuldbesef uit, dat Dido zich haastte te zeggen: 'Hij was het niet, keizer. Heer Swintharik is een wijnhandelaar uit Damascus. Hij heeft destijds een poging gedaan maar die mislukte. Een ander diende de dodelijke steken toe.'

Valens lachte. 'Hij miste? Een mislukte keizersmoordenaar dus. En kom je mij nu vermoorden?'

'Majesteit,' zei Swintharik. 'Ik ben hier niet uit vrije wil. U gaf opdracht om degene te vinden die een lans gooide naar de Afvallige. De man die mij wilde laten doden, wist waarschijnlijk dat ik de moordenaar niet was. De echte moordenaar van de Afvallige heette Axylus en hij is dood.'

'U lijkt niet zeker van uw zaak,' zei Valens.

Swintharik keek naar de grond.

'Ik kan dit bevestigen,' zei Dido. Valens begon heen en weer te lopen. Na een tijdje stond hij stil en keek Swintharik aan. 'De dood van de Afvallige was een goede zaak,' zei hij, 'maar je begrijpt dat ik niet van keizersmoordenaars houd. Wat was je motief?'

Swintharik keek naar Alêtis, die zijn hand greep, en naar Dido.

De keizer stampte op de grond.

'Ik weet het niet, keizer! Ik was misleid, ik leefde in een groep waar...'

Dido stond op en wilde het overnemen, maar een soldaat duwde hem terug in zijn zetel.

Valens stak een hand op. 'Luister, man – het verleden interesseert me weinig. Ik wil weten waarom ik advies kreeg om jou te zoeken. Wat heb je te maken met deze oorlog en hoe kun je me van dienst zijn?'

Swintharik zweeg en de stilte in de tent werd ondraaglijk. Dido vroeg permissie om te spreken. De keizer knikte.

'Misschien moet heer Swintharik de situatie hier leren kennen en met de betrokkenen praten. Wellicht bezit hij talenten die zich nog niet hebben gemanifesteerd, antwoorden waarvan wij niet op de hoogte zijn, omdat we de vraag niet stellen.'

Valens keek hem spottend aan, hij moest de onzekerheid in zijn stem hebben gehoord. Toen kreeg Dido een ingeving. 'Misschien is het goed als we presbyter Vitalis erbij betrekken, hij weet meer. Hij was het die een moordenaar achter Swintharik aan stuurde, hoewel hij wist dat u hem zocht. Hij is nu in Constantinopel, voor zover ik weet.'

'Ik krijg voortdurend inlichtingen uit alle hoeken van het rijk,' zei Valens. 'Maar zelden hoorde ik zulke onzin als vandaag, van jou en je vriend.'

Op dat moment kwam een hoveling tussenbeide, hij was een oudere man met een fijnbesneden gezicht, geen militair, maar een patriciër, misschien een senator. Hij boog en sprak: 'Majesteit, volgens mijn inlichtingen is Vitalis hier al.'

Valens snauwde: 'Breng hem hier! Misschien kan hij licht op de zaak werpen.'

De patriciër bracht twee gardisten op de hoogte van de verblijfplaats van de bisschop en ze gingen op weg. Het ongemakkelijke afwachten dat volgde, werd onderbroken door een schreeuw vlakbij. Een ratelende, spuwende woordenvloed in een vreemde taal. De keizer lachte en verduidelijkte: 'Dat is een gevangene die we vannacht hebben opgepikt. Een Hun, afgedwaald van zijn troep. Veel Hunnen doen nu mee met de Goten.'

De patriciër, die Themistius heette, zei: 'Hoezeer barbaren onderling ook vechten, tegen de beschaving vormen ze een verenigd front.' Hij kon geen geleerde zijn, want de opmerking was onzinnig en niet gebaseerd op enige kennis van de geschiedenis, zoveel wist Dido wel.

Valens zei: 'Die gevangene zou worden ondervraagd, maar hij spreekt geen bekende taal, of wendt voor ons niet te begrijpen. In dat laatste geval zal tortuur zijn veinzerij aan het licht brengen.'

Swintharik richtte zich op. 'Ik versta hem,' zei hij. 'Ik kan tolken, als u wilt.'

Valens plofte neer in een zetel. 'Je spreekt Huns?' vroeg hij verbaasd.

'Als dat Huns is, dan spreek ik dat,' zei Swintharik. 'Ik was ooit hun gevangene.'

'Prachtig!' zei de keizer. 'Dat is het eerste bruikbare talent.' Hij wenkte om wijn, en een schenker trad naar voren. 'En, wat zei die Hun?' vroeg Valens.

Swintharik begon te hakkelen.

'Spreek op, dwaas!'

'Keizer, hij zei: "Vervloekte kontneukers in jullie zijden gewaden, de honden zullen de ingewanden uit jullie buiken trekken!"'

Valens vond het grappig. 'Ik waardeer zijn moed,' zei hij. 'Hij is jong en zal de martelingen niet lang weerstaan, maar misschien wil hij samenwerken. Wat is er trouwens met die vrouw? Is ze niet goed wijs?' Hij wees naar Alêtis, die Swintharik de drinkbeker uit zijn hand probeerde te wringen. Alêtis liet los en zei: 'Sire, die man is een dronkenlap en een ezel. Als u hem wijn geeft, vervalt hij in oude ondeugden en dan hebt u niets meer aan hem!'

Valens barstte in lachen uit. 'Snel, ontneem die man zijn wijn!' zei hij.

Onder algemene vrolijkheid moest Swintharik de wijn afstaan; hij probeerde nog vlug een slok te nemen, maar de soldaten hielden zijn polsen in een onwrikbare greep. Hij was rood in het gezicht, al had hij niets gedronken. Een hoffunctionaris kondigde aan dat de keizer de vergadering naar de appelplaats wilde verplaatsen, daar was ruimte voor allen. 'Naderhand mag heer Swintharik de gevangene ondervragen.'

'Ik verheug me er al op,' zei Swintharik nors.

Valens grinnikte en zei tegen niemand in het bijzonder: 'Is hij niet grappig? Swintharik, loop toch met mij mee! Ik zie dat u schalmeispeler bent. Misschien wilt u later iets voor me spelen? Maar vertelt u eerst hoe u aan zo'n vreemde naam komt.'

Op de appelplaats zetten dienaren ijlings een paar extra zetels onder een baldakijn. Uit de tentenkampen klonk gehamer van smeden die wapenuitrustingen repareerden. Groepjes infanteristen marcheerden en voorraadkarren laveerden overal tussendoor.

Dido verbaasde zich over de keizer. Hij droeg een verfomfaaide mantel, die hij met één hand nonchalant hooghield als een vermoeide toneelspeler die na de voorstelling naar de kleedkamer loopt; hij was kort en gedrongen en zijn voeten staken in afgetrapte sandalen; een vergrijp waarvoor een legionair zou worden gegeseld. Geen tekenen van waardigheid, helm noch krans op het hoofd – dat was Valens. En hoe hard hij ook lachte om Swinthariks verhaal, dit was de man die tachtig katholieke bisschoppen had laten scheep gaan om, eenmaal op volle zee, het schip in brand te laten steken. Hij had ze niet openlijk durven executeren, tenslotte domineerden de katholieke christenen het oostelijke rijk nog. En sinds kort had hij ook rekening te houden met de caesar van het westen, zijn neef Gratianus, die de katholieken steunde.

Ze namen plaats onder het baldakijn.

'Wijn voor iedereen, behalve Swintharik!' zei Valens plagerig en hij prikte hem met een vinger tussen de ribben. Swintharik keek alsof hij hem een oorvijg wilde geven; gelukkig was hij nuchter genoeg om te weten dat hij zijn leven riskeerde. De keizer knipoogde naar Alêtis en zei: 'Ik denk dat er vanavond veel te bespreken is in de tent van dit koppeltje.'

Een kreet van de gevangene. Valens riep: 'Larva!'

De notarius, die Dido al enkele keren had ontmoet, kwam naar voren uit de schaduwen, het licht verschietend op zijn zijden gelaatsmasker. 'Majesteit?' fluisterde hij.

'Laat hem heel! Doden spreken niet!'

Larva knikte en gleed weg, in het voorbijgaan liet hij even zijn hand rusten op Dido's schouder, het voelde als de klauw van een grote kat, zacht, speels en warm – maar dodelijk voor het speelgoed. Dido goot van schrik zijn kroes in één keer naar binnen. Het was koppige, onversneden wijn. Hij had niet eerder zulke kwaliteit gedronken; hij steeg hem direct naar het hoofd, maar verduisterde zijn denken niet. Terwijl hij de tweede kroes aan zijn lippen zette, zag hij een bekende gestalte die met lange passen kwam aanlopen, tussen twee soldaten in en voorafgegaan door een roedenzwaaiende lictor. Het was Vitalis.

Zoals altijd ging er een rilling over Dido's rug bij de aanblik van zijn oude meester. Hij was nog altijd de indrukwekkende man die hem destijds uit het puin van de aardbeving redde. Indrukwekkender nog, in zijn habijt, met zijn hoofddeksel – zijn staf in de hand, als de patriarch van een metropool. Swintharik vloog op en in een paar sprongen was hij bij Vitalis. Hij greep het gewaad onstuimig vast, zodat het scheurde. 'Jij hebt je bloedhond achter me aan gestuurd!' riep hij. De soldaten in Vitalis' gezelschap grepen hem beet.

'Zit!' riep Valens.

Onder enige dwang liet Swintharik zich terugplanten in zijn zetel. Stotterend van woede zei hij: 'Majesteit, die man is een moordenaar.'

'Zwijg,' zei Valens. 'We zullen aanstonds uitvinden wat hier aan de hand is.' Hij wendde zich tot Vitalis en vroeg: 'Ik heb u nooit ontmoet, presbyter, maar ik ontving veel epistels van u. Wat doet u hier, bij mijn troepen?'

Vitalis had zich hersteld. 'Ik wijd mij aan de zielzorg, majesteit; ik bied troost en kracht aan soldaten die mij om hulp vragen.'

Valens knikte. 'En waarom vroeg u geen audiëntie bij mij, aangezien wij zo veel correspondentie hebben gevoerd? U laat zich dan aankondigen. Of bent u een van die ketterse bisschoppen die ik heb verbannen?'

'Majesteit! Ú bent de ketter,' zei Vitalis streng. Hij toonde de moed die hem ook destijds had vervuld; was het de moed die voortvloeit uit een sterk geloof, of was het een opflakkering van wanhoop? Valens zakte achterover in zijn zetel. 'Ik ga u een paar vragen stellen, presbyter. Ik hou niet van mensen die zich presenteren als katholieken, maar ik laat eenieder de vrijheid zijn eigen godsdienst te belijden.'

Vitalis haalde zijn neusvleugels op bij deze pertinente onwaarheid.

'Waarom negeerde u mijn opdracht om de keizersmoordenaar te zoeken en stuurde u de échte moordenaar achter Swintharik aan? En waarom wilde u Swintharik aanwijzen als de keizersmoordenaar?'

Vitalis leek oprecht verbaasd. Hij zei: 'Niets daarvan is waar, majesteit. Swintharik was mijn favoriete leerling en ik wens hem niet dood. Ik droeg Dido op om hem te zoeken, want hij is wel degelijk degene die de Afvallige doodde. Hij gooide de lans die Julianus fataal werd.'

Valens wachtte, maar Vitalis was uitgepraat.

'En Axylus, de moordenaar die u achter hem aan stuurde?' Valens was bijgepraat door Swintharik. 'Die man was meer dan vijftien jaar uw beste vriend en trouwe dienaar, hoor ik.'

Vitalis schudde droevig zijn hoofd. 'Axylus was een zeer gekwetste jongen die ik onder mijn hoede heb genomen, maar reeds in zijn vroege jeugd had zich een demon in hem genesteld, die ik nooit heb kunnen uitbannen. Helaas, als hij Swintharik trachtte te doden, dan was het zijn eigen initiatief.'

Swintharik vloog weer op. 'Hij liegt. Hij heeft mij zelf talloze malen proberen te doden, met of zonder hulp van Axylus. Meteen na Ctesiphon moest ik al vluchten voor die hond.'

Valens gebaarde Swintharik te zwijgen. 'Geef hem een glas wijn,' zei hij tegen de schenker. 'Dat houdt hem misschien rustig. Dan laat ik hem straks over aan zijn vrouw.' Hij grinnikte en richtte zich weer tot Vitalis. 'Ik hoorde dat u de laatste jaren in Durostorum en Sirmium vertoefde, waar u de plaatselijke commandanten adviseerde, zonder dat ik daartoe opdracht heb gegeven. Wat deed u daar precies?'

'Ik probeerde te bemiddelen tussen de Goten en de plaatselijke commandanten.'

'Dat is je dan niet gelukt,' sneerde de keizer, die opeens zijn geduld begon te verliezen. 'Ondertussen weet ik beter. Jij zweert samen met Maximus en Lupicinus; je hebt hen aangezet tot verraad, waardoor opstand uitbrak onder de barbaren. Je gaat me vertellen wie er achter dit complot zitten en wat jullie plan was. En waarom Swintharik dood moest.'

Vitalis zei niets. Hij bleef de keizer aankijken en Dido waagde het om tussenbeide te komen. 'Met permissie, majesteit; ik denk dat ik licht op deze zaak kan werpen.' De stilte waarin hij sprak, was volkomen. 'Misschien bent u bekend met Arachnion?' Een zucht ging door de menigte die zich om hen heen had verzameld.

'Daar heb ik van gehoord,' zei Valens scherp. 'Het is toch iets van vroeger? Wat heeft dat te maken met deze oorlog?'

Opeens was Larva weer verschenen. Hij stelde zich op achter de zetel van de keizer, kruiste zijn armen voor de borst en hij staarde Dido aan vanuit zijn ooggaten.

'Het ontstond inderdaad jaren geleden,' vervolgde Dido. 'Tijdens de regering van Julianus. Veel van de geestelijken die de Niceense geloofsbelijdenis aanhingen, waren geschokt door de willekeur waarmee de keizers al naar het uitkwam bisschoppen verbanden en benoemden, en de ene groep begunstigde boven de andere – totdat Julianus ten slotte het hele christendom wilde terugdringen. Een groep katholieke geestelijken besloot dat dit nooit meer mocht gebeuren; zij accepteerden niet dat keizers zich bemoeiden met geloofszaken. Zij richtten Arachnion op, een organisatie die, met steun van hooggeplaatste militairen, de keizer wilde vervangen door een die de Niceense zaak was toegedaan. Een van de leiders en initiatiefnemers van Arachnion was presbyter Vitalis, die het Rankenpaleis in Constantinopel gebruikte om jonge mensen te rekruteren en om contacten te leggen tussen katholieken in het hele rijk. Na de dood van de Afvallige verdween hij enkele jaren uit het zicht en niemand weet wat hij in die jaren heeft gedaan. Tien jaar geleden dook hij op in Sirmium, waar zijn aanhangers hem een huis gaven en een nieuwe school. De oude droom was vervlogen, de contacten van toen verbroken.

Alles veranderde toen de Goten over de Hister kwamen, een volk dat grotendeels de ariaanse ketterij aanhangt. Vitalis en Arachnion begonnen aan te sturen op een confrontatie tussen de keizer en de Goten, het had een grote afslachting moeten worden van arianen onderling, want Arachnion had inmiddels haar doelen gewijzigd. Niet langer wensen zij een keizer naar hun keuze, inmiddels willen ze het keizerschap zelf afschaffen en vervangen door een Raad van Herders, een regering van opperpriesters en patriarchen, zodat God zelf regeert via zijn dienaren.'

Valens bleef een tijdje in gepeins verzonken. Opeens zei hij: 'Haal mijn lijfarts.'

Ondertussen was de lijfwacht versterkt. Ze vormde een halve cirkel rond het baldakijn en binnen de ring verzamelden zich de commandanten van de verschillende onderdelen. Vitalis verbrak de stilte. 'De jonge Dido heeft last van te veel fantasie,' zei hij. 'Hij is opgegroeid op straat en bleef altijd vijanden zien, hij...'

Valens onderbrak hem. 'Ik schijn ook dikwijls samenzweringen te zien die er niet zijn,' sprak hij langzaam. 'Ik weet hoe gemakkelijk een man in mijn positie zich laat misleiden door kwade tongen. Daarom zal ik dit tot op de bodem uitzoeken.'

De geneesheer arriveerde, hij droeg zijn kistje met instrumenten. Dido herkende ook na al die jaren de grijze Oribasius. Net als zo veel anderen uit de tijd van Julianus was hij toch weer aan het hof terechtgekomen. Hij boog voor zijn keizer. Valens vroeg, zonder omwegen: 'Weet u wie de moordenaar was van de Apostaat? U was bij hem toen hij stierf.'

Oribasius hoefde niet na te denken. 'Niemand weet het behalve de moordenaar zelf en degenen die hem aanstuurden. Het was een aanslag met verschillende daders. Een geworpen lans in het vuur van de strijd scheurde slechts zijn kleed. Maar een van de mannen in zijn directe nabijheid heeft hem meermalen gestoken met een afgebroken speer, terwijl hij voorgaf de keizer te beschermen. Aan die steekwonden, die vanachter en onderhands waren toegebracht, is hij overleden.'

'Dus heer Dido sprak de waarheid?'

Oribasius keek hem nu recht aan. Hij zei: 'Ik weet niet wat Dido heeft verteld, maar ik heb hem leren kennen als een eerlijk mens.' Hij zette zijn kist op de grond, opende het deksel en haalde er een speerpunt uit. 'Ik heb dit altijd bewaard,' zei hij. 'Het is een speerpunt van de Lakhmiden, zoals u ziet.'

Een gemompel ging op onder de aanwezigen.

'Majesteit,' zei Dido. 'Axylus vertelde in zijn laatste momenten hoe hij die dag de keizer doodde, precies zoals uw lijfarts zegt. Hij deed het in opdracht van Vitalis, die hier voor u staat. Vitalis is direct verantwoordelijk voor de moord, hij heeft die beraamd en liet het vuile werk doen door zijn studenten, zodat hij zelf op de achtergrond kon blijven.'

'Majesteit!' Vitalis deed een snelle stap naar de keizer, maar verschillende handen grepen hem en de lijfwachten duwden hem op zijn knieën.

'Een complot tegen het keizerschap,' zei Valens. 'En nu weer? Ditmaal zouden de Goten het vuile werk moeten opknappen? Hoe had je dat willen bewerkstelligen, presbyter? Al zijn zij met velen, voor mijn legioenen zijn ze geen partij! En die Raad van Herders? Wie heeft ooit zoiets dwaas gehoord! Met jou aan het hoofd, als opperpriester?'

Vitalis' uitdagende blik was een bekentenis van schuld.

'Ik ga dit uitzoeken!' ging de keizer verder. 'Ik zal iedere steen omdraaien om de pissebedden te vinden die hieraan meedoen. Maar ik weet nog steeds niet waarom je Swintharik wilde doden. Is hij betrokken bij dit complot?' Hij wendde zich tot Swintharik.

Deze schudde zijn hoofd. 'Ik zag hem meer dan vijftien jaar geleden voor het laatst, toen we beiden gevangenen waren van de barbaren ten oosten van de Pontus. Ik had niet gedacht dat hij ooit zou terugkeren; zij hadden hem zwaar gestraft voor zijn misdaden en wilden hem langzaam doden.'

'Welke misdaden waren dat?'

'Hij had zich vergrepen aan een knaap van die stam. Zij dwongen hem zichzelf te ontmannen, waarna hij zijn eigen testikels moest opeten.'

'Leugens!' Vitalis stikte bijna van woede.

'Zwijg!' Valens kwam naast Oribasius staan en legde een hand op diens schouder. 'Is deze man een eunuch?'

'Dat is eenvoudig te controleren.'

'Sta op,' zei de keizer tegen Vitalis. 'Je hoeft geen medicus te zijn om dit uit te zoeken, ik doe het zelf!'

Terwijl de soldaten Vitalis op zijn voeten zetten, stak de keizer zijn hand onder het bisschopsgewaad. Hij kneep, gaf een harde ruk, zodat de eunuch piepte van pijn en trok zijn hand terug. 'Platzak,' zei hij tevreden, 'gecastreerd als een varken. Ik vraag me af hoe hij in die toestand nog een herderlijke functie heeft kunnen krijgen – die ambten zijn toch ontoegankelijk voor eunuchen?'

Alêtis zat te draaien op haar stoel. Opeens hield ze het niet meer. 'Dat is het!' riep ze. 'Als eunuch zou hij nooit een geestelijk ambt kunnen bekleden. Daarom moest Swintharik dood! Hij was de enige die wist dat Vitalis was ontmand!'

Dido herinnerde zich de preken en tafelgesprekken van vroeger en viel haar bij: 'Vitalis sprak altijd met de grootste minachting en haat over de Kybelepriesters die zichzelf castreerden. En nu is hij zoals zij – zoals Origenes, gediskwalificeerd voor het priesterschap, want alleen een echte man kan geroepen zijn.'

Valens genoot. Hij pakte Swintharik bij zijn arm en schudde eraan om hem tot een uitspraak te verleiden.

'Wat heb ik aan een helder hoofd, als ik zo'n eenvoudige waarheid niet zelf kon beredeneren?' klaagde Swintharik. 'Geef me wijn!'

Valens gaf zijn schenker een teken en stelde zich toen op tegenover Vitalis, die kermde, omdat de wachters hem hard tegen de grond drukten. 'Je bent geen priester, en zelfs geen christen,' zei de heerser. 'Aangezien er geen aanbidders van Kybele meer zijn, ben jij de laatste, de *archigallus*!'

Vitalis draaide met moeite zijn hoofd om de keizer in het gezicht te zien. 'Onwaardige,' grauwde hij. 'Hoe kan een dwaas het vredesrijk van God besturen? Ketter!' Hij wist zich half los te rukken en spuwde de keizer in het gezicht. 'Ik ben niet alleen... Wij zijn overal!' Hij keek naar de omstanders om hulp, als laatste keek hij naar de notarius die een stap in zijn richting had gedaan. 'Larva,' smeekte hij.

Iedereen leek te verstarren, alleen Valens vloekte en gaf hem een schop dat hij over de grond rolde. Larva ondertussen spreidde zijn armen zoals een baltsende gier zijn vleugels spreidt. Op dat moment kwamen allen in beweging. Zwaarden vlogen uit scheden en voor iemand het kon tegenhouden, doorstaken ze de presbyter van alle kanten zodat hij rochelde en sidderde, terwijl zich onder hem een bloedplas vormde.

'Dood hem niet!' riep Valens.

De aanvallers stapten terug en Oribasius knielde bij Vitalis neer.

'Ondervraag hem,' zei Valens woedend. 'Ik wil weten of mijn neef Gratianus erbij betrokken is. En wie verder? Ik wil een lijst van samenzweerders, geen een zal ontsnappen.'

'Helaas majesteit,' zei de arts, terwijl hij overeind kwam. 'De doden spreken niet.'

34

Doedelzak

(zomer 378)

Valens' lijfwacht vormde een kordon om keizer en gasten. Samengepakt binnen deze voortstampende kraal, waar de speren als een palissade boven uitstaken, bewogen ze zich naar de keizerlijke villa aan de oever van een meer en ze voelden zich krijgsgevangenen zoals ze daar voortliepen, ware het niet dat keizer en hovelingen deel uitmaakten van het gezelschap.

Het meer bleek een baai, een uitgestrekte natuurlijke haven, waarvan de engte die toegang gaf naar zee door vier schepen kon worden afgesloten.

'U bent vandaag mijn gast,' zei Valens.

'En onze bagage en paarden?' vroeg Swintharik, die niet wist hoe je keizers aanspreekt.

Valens wees. 'Die komen achter ons aan. Maar zeg eens, wat is toch dat koploze beest, dat daar zo potsierlijk over die paardenrug hangt?'

'Dat is mijn podeoon,' zei Swintharik trots. Alêtis snoof en brak voorwaarts door het kordon, dat inmiddels een lossere formatie aanhield. Ze stevende in de richting van de villa.

Valens lachte. 'Die wil ik graag eens beter bekijken!' zei hij.

'Let op, majesteit,' zei Swintharik. Hij duwde een paar lijfwachten opzij en liep naar zijn paard, waar hij het opgeblazen ding losmaakte.

'Is dat een geitenbok?' Valens kon het nauwelijks geloven. 'Dat moet een groot dier zijn geweest!'

'Ik heb nooit een groter gezien,' pochte Swintharik. 'Ik moest hem bevechten, want hij was sterk als een duivelbezetene en zijn eigenaren durfden hem niet te benaderen. Gevuld komt hij beter tot zijn recht.'

'Ik zal hem vullen met de beste wijn, als je voor me speelt,' zei de keizer. 'Maar eerst heb ik besprekingen met mijn staf.'

Bij de ingang van de villa wachtte Alêtis hen op, poortwachters versperden haar met gekruiste lansen de weg.

'Die boze vrouw hoort bij de man met de geitenbok,' zei Valens. De lansiers weken en de keizer ging zijn gasten voor.

'Idioot,' fluisterde Alêtis. 'Schertsfiguur! Ik dacht dat je de dipsa had verslagen.'

Swintharik hield de geitenbok beschermend tussen hen in. 'Dat is ook zo,' zei hij. 'Juist daarom kan ik rustig een kroes drinken.'

Dido maande hen tot stilte. Dienaren gingen hun voor naar de gastenverblijven, die losstonden van de keizerlijke villa. Tot haar ergernis ontdekte Alêtis dat zij en Swintharik, op bevel van de keizer, een kamer deelden.

Dido meende nooit een beter verblijf te hebben gehad, al was het naar keizerlijke maatstaven waarschijnlijk een eenvoudige kamer. Een dienaar kwam hem vertellen dat de keizer hem tegen het schemeruur op het terras verwachtte en dat hij tot die tijd kon rusten.

'Is het goed als ik naar het kamp ga om vrienden te bezoeken?' vroeg hij. 'Ik ben op tijd terug.'

'Wilt u een escorte?' vroeg de slaaf.

'Is dit zegel voldoende?' Hij toonde het.

'Zeker,' zei de man. Hij ging iets rechter staan.

In de hal liep Dido Alêtis tegen het lijf. Zij droeg een kleed dat niet misstond in een keizerlijke villa. 'Waar ga je heen?' vroeg ze.

'Een vriend bezoeken.'

'Mag ik mee? Ik kan die dronken ezel niet verdragen op 't moment.'

'Misschien is het onverstandig om in die kleren door het legerkamp te rijden; de legionairs hebben soms maanden geen vrouw gezien.' Hij vertelde haar niet dat hij zelf adem tekortkwam als hij naar haar keek.

Ze lachte. 'Ik zal een oude mantel omgooien en een kap over mijn haar dragen, al schijnen onvervulde verlangens de strijdlust aan te wakkeren.'

Dat kon zo zijn, bedacht Dido, toen ze door het kamp reden, maar hij betwijfelde of het spoedig tot strijd zou komen. De troepen waren niet op volle sterkte en Gratianus' versterkingen uit het westrijk lieten op zich wachten. Ze reden naar de appelplaats omdat hij zich wilde oriënteren op de eerder gevolgde route tussen de tenten. Het is niet eenvoudig om je weg te vinden in een tijdelijk legerkamp dat van uur tot uur verandert.

Ze trokken bekijks. Alêtis zag eruit als een apocalyptische ruiter en dat veroorzaakte meer onrust onder de soldaten dan een mooie vrouw zou hebben gedaan.

'Bij welk onderdeel zit hij?' vroeg Alêtis, wijzend op de opgestelde standaarden.

'Bij geen enkel, vrees ik,' zei Dido. 'Hij is een Gotische afgevaardigde van Fritigern, waarschijnlijk met een missie. Waar ze zo iemand onderbrengen weet ik niet.' En terwijl hij nog zo sprak, zag hij de sombere reus lopen, Eleutherius, die overal boven uitstak. Hij dreef zijn paard erheen en zei: 'Eleutherius, ik ben een vriend van Catualda. Waar bivakkeren jullie?'

De soldaat wierp een snelle blik op de sombere vrouw naast Dido. 'Hij verwacht u. Wij hebben geen tenten, we zijn niet op gevechtsmissie.' Hij wees naar een huifwagen waar een paar gelaarsde voeten uitstak. 'De ambassadeur,' zei hij grijnzend. 'Altijd klaar om te dienen.'

Dido steeg af en hielp Alêtis, al was ze zeker zo'n goede ruiter als hij. 'Hoe lang zitten jullie hier al?' vroeg hij.

'Sinds gisteren. We kwamen naar Constantinopel met een boodschap voor de keizer. Hier konden we niet tot het hof komen, maar een geestelijke uit Durostorum heeft ons bericht doorgegeven. Hij zal een audiëntie voor ons verzorgen.'

'Vitalis?'

'Ja, u kent hem natuurlijk ook,' zei de grote man. 'Hebt u hem gezien?'

'En wanneer heeft hij die boodschap doorgegeven?'

'Hij vertelde gisteravond dat de keizer zich beraadde op een antwoord.'

'Hij loog,' zei Dido. 'Vandaag sprak hij voor het eerst met de keizer. En ook vandaag heeft hij geen boodschap overgebracht; hij is geëxecuteerd wegens hoogverraad.'

De soldaat keek hem verschrikt aan. 'Vitalis?' vroeg hij. 'We hoorden al geruchten over een complot. Er zijn verschillende mensen in het kamp opgepakt voor verhoor.'

Pure willekeur, bedacht Dido. De verrader had geen tijd gehad om namen te onthullen. De staatsagenten lieten mensen arresteren en folteren, in de hoop dat er uiteindelijk één bij zou zitten die wat wist.

'Was hij schuldig?' vroeg Eleutherius.

'Zeker,' zei Dido. 'Hij heeft bekend.'

Uit de wagen kwamen nu verwarde geluiden en de Goot, die alles gehoord moest hebben, klom onhandig naar buiten en landde op zijn achterste in het stof. 'Is hij gedood omdat hij de boodschap bracht?' vroeg hij, opkrabbelend.

Dido schudde zijn hoofd. 'Zoals ik al zei: hij had geen boodschap.' Hij vertelde wat er was gebeurd en bij het horen van de naam Arachnion begon de soldaat te knikken. Nu kwam er nog een soldaat van onder de huif, Dido kende hem van Durostorum.

Catualda, klaarwakker nu, keek zijn makkers aan en vroeg toen: 'Hoe komen we nu bij de keizer? Ik moet me laten aankondigen, voor het te laat is. De strijd kan elk moment losbarsten.'

'Ik breng je,' zei Dido. 'Wat is zo belangrijk dat het de oorlog kan tegenhouden?'

Catualda stond op, pakte een kruik uit de wagen en verbrak het zegel. 'Een vredesvoorstel van Fritigern,' zei hij.

'Dan kunnen we beter geen tijd verspillen.'

Catualda knikte, maar maakte geen aanstalten om te vertrekken. Hij bekeek Alêtis, wier gezicht nog altijd verborgen ging in de schaduwen van haar mantelkap. 'En wie is je spookachtige metgezel?' Zonder op antwoord te wachten, gooide de Goot de kap naar achteren zodat Alêtis' haardos tevoorschijn sprong. 'Kijk nou eens!' riep hij.

Alêtis gaf hem een duw en sprong op haar paard. 'Nog zo één,' zei ze minachtend. 'Vooruit, we gaan terug.' Ze deed geen moeite meer om haar hoofd te bedekken.

Dido en zijn gevolg kwamen moeiteloos binnen met het vrijgeleide. Dido nam de drie mannen mee naar de keizer. De wachters vroegen of zijn interruptie de moeite waard was. 'Als u de keizer stoort voor een kleinigheid, zal zijn woede verschrikkelijk zijn.'

'Ik ga alleen naar binnen,' zei Dido. 'Deze mannen wachten hier.'

Zelfs de tent waar zij de keizer eerder hadden meegemaakt bood meer luxe dan de kale kamer waar de generale staf vergaderde. Het leek op de schoollokalen waar Dido had leren lezen; houten banken, een lezenaar en een zware tafel vol papyrusrollen.

Valens, in gezelschap van enkele hooggeplaatsten, was aan het woord. Hij wierp een blik op de nieuwaangekomene, maar onderbrak zijn verhaal niet. Het ging over de noodzaak om tijd te winnen. Themistius, senator en redenaar, zat achter een lezenaartje te schrijven; in een hoek zat een oude soldaat met zijn rug tegen de muur te knikkebollen. Uiteindelijk wenkte Valens Dido. 'Je moet een goede reden hebben om me te storen,' zei hij. 'Spreek.'

'Majesteit. Ambassadeur Catualda heeft een dringende boodschap van Fritigern.'

Valens knikte en Dido riep de mannen binnen.

Catualda boog voor de keizer. 'Reiks Fritigern wilde van meet af aan het verdrag naleven,' begon hij. 'De omstandigheden en de ontoeschietelijkheid van de lokale machthebbers maakten het hem echter onmogelijk de voorwaarden na te leven. Desalniettemin wil hij opnieuw onderhandelen. Zijn voorstel is u te steunen bij het pacificeren van alle gebied ten zuiden van de Hister en bij het verdrijven van de volkeren die niet in het oorspronkelijk verdrag zijn genoemd. Zijn Tervingi zullen Thracië accepteren als woongebied en ze blijven beschikbaar als rekruten. De huidige toestand was niet Fritigerns keuze.'

Valens liep om de tafel heen en ging zitten. 'Het was nog niet ingewikkeld genoeg. En als het niet de schuld is van jouw *reiks* Fritigern, wie is er dan verantwoordelijk voor de chaos in deze gebieden?' Hij benadrukte spottend de barbaarse titel.

'Met permissie, majesteit,' kwam Dido ertussen. 'Zoals u weet was de geëxecuteerde verrader Vitalis betrokken bij de rampzalige gebeurtenissen bij Durostorum en Marcianopolis. Toen de vluchtelingen de Hister overstaken, adviseerde hij Lupicinus en Maximus in het legerkamp. Wellicht kunnen zijn begeleiders een nieuw licht werpen op Arachnion. Ik vernam zojuist dat Vitalis had willen voorkomen dat het vredesvoorstel van Fritigern u bereikte.'

Valens keek naar Themistius en toen weer naar Dido. 'Dus Arachnion is verantwoordelijk voor deze chaos?'

'Het lijkt erop dat zij deze oorlog hebben gewild, Sire,' zei de oude senator, opkijkend van zijn papieren. 'Als we nu maar wisten wie erbij betrokken zijn!'

Nu trad de soldaat Eleutherius naar voren. 'Ik hoorde eerder spreken over Arachnion. Ik heb gediend onder Maximus en vlak voor het verraad van Marcianopolis was ik op een vergadering waar, naast Lupicinus en Maximus, enkele geestelijken aanwezig waren, en wat hoge heren... Ik kende hun namen niet. Er was een jongeman met een vreemde naam... Pernaculus?'

'Pernaculus!' Valens knikte. 'Dat is uiteraard een schuilnaam. Wij zullen het onderzoeken. Houd u beschikbaar. Uw naam? Wat is uw onderdeel?'

'Eleutherius,' zei de man. 'Voormalig grenstroeper. Ik commandeerde een kleine eenheid die de Goten moest manipuleren op hun plundertochten. Later bewaakten we toegangswegen en verstoorden Gotische aanvoerlijnen. Er resteren nauwelijks tien man van de oorspronkelijke eenheid.'

'Kunnen we die verraders vinden, voor zover ze bij name bekend zijn?' vroeg Valens aan een adjudant. De man antwoordde: 'Maximus en Lupicinus zijn gevlucht, over hun verblijfplaats is niets bekend. Ik zal de naam Pernaculus doorgeven aan Larva.'

'Ambassadeur, ik denk na over het voorstel van Fritigern,' zei de keizer. 'U begrijpt dat het rijkelijk laat komt; hij ziet zich gesteld voor een aanval van twee kanten, door een verpletterende overmacht. Het vredesvoorstel lijkt ingegeven door wanhoop en opportunisme.'

Catualda boog. 'Ik kan u verzekeren dat Fritigern een integer man is.'

Valens lachte. 'Voor barbaarse begrippen is dat misschien zo; ik weet echter niet of die waarden standhouden in de beschaafde wereld. Nu, wij zullen ons beraden. U blijft beschikbaar voor een antwoord. Ik laat een gastenverblijf voor u inrichten.'

Hij knikte, ten teken dat zij konden gaan.

Dido zat al op het terras aan het water toen Swintharik en Alêtis ruziënd kwamen aanlopen. Swintharik zette zijn podeoon in het zicht van wat de keizerlijke ligbank moest zijn.

'Ik zal hem vertellen wat ik ervan denk,' zei Alêtis. 'Hij heeft je geadopteerd als hofnar en als je niet oppast kom je hier nooit meer weg!' Ze nam plaats op een kruk en keek over het water, waar niets te zien was dan geschuimkopte golfjes die werden geranseld door een strakke, aanlandige wind.

'Swintharik, speel voor me!' Valens kwam aangelopen, Themistius en Oribasius begeleidden hem, met een viertal lijfwachten. De keizer liet zich neer en hij sloot zijn ogen. 'Speel,' herhaalde hij, 'deze dag heeft me moe en verdrietig gemaakt.'

Swintharik haalde de schalmei uit zijn foedraal en begon aan een droevige glijdende klankenreeks die bij geen enkel volk voor muziek zou kunnen doorgaan.

'Kostelijk,' zei de keizer, nog steeds met zijn ogen dicht.

Swintharik haalde het instrument van zijn lippen en zei: 'Ik ben pas aan het opwarmen.'

De keizer lachte alsof het een goede grap was en de rest van het gezelschap volgde zijn voorbeeld. Weldra kwam er een melodische lijn naar voren, een kreunend lied, dat deed denken aan boomstammen die in het bos tegen elkaar aanschuren in de wind, waardoor de nachtelijke reiziger vreest voor geesten die in de kruinen schuilen.

Nadat het lied tot een einde was gekomen, vroeg Valens: 'Hoe heette dit?'

'Ik maakte het al spelend,' zei Swintharik. 'Klaaglied van een lege wijnzak.'

Valens' ogen glinsterden. 'Daarmee is die zak al voor een kwart gevuld. Geef hem aan mijn schenker en speel er nog zo een!'

Swintharik pakte de podeoon op, maar voor hij de schenker bereikte, struikelde hij, zodat het blaasinstrument met zo veel kracht in de leren zak gestoken werd, dat die een lange klacht uitstootte, alsof de laatste adem van de zo lang geleden gestorven geitenbok nu ontsnapte.

De keizer hield niet op met lachen. Tranen stroomden over zijn gezicht en terwijl de jammerklacht van de podeoon wegstierf, liet hij zich door een slaaf het gezicht afwissen. 'Het lijkt wel een brute paring tussen mens en geit, met bijbehorende pijnkreten,' zei hij.

'Het was een mannetje,' zei Swintharik. Hij kwam overeind en klopte zijn kleed af. Met gekwetste waardigheid rechtte hij zijn rug, bukte en pakte de podeoon op, om de schalmei eruit te trekken, maar de keizer hief een hand. 'Nee!' riep hij, 'laat het zo. Zie je niet dat dit een nieuw instrument is geworden? Dat klonk prachtig!' Hij knielde neer bij de podeoon. 'Zo krijg je geluid, zie je?' Hij duwde en na een kort gejammer, was de zak echt leeg. 'Blaas op,' beval hij.

Swintharik trok de stop uit de hals en deed wat hem gezegd werd; spoedig wankelde hij op zijn benen van de inspanning, maar de podeoon stond al weer bol.

'En nu spelen,' zei de keizer. 'En blijven blazen!'

Swintharik deed een aarzelende poging. Met de vingers van een hand bediende hij de schalmei en met de andere duwde hij zachtjes op de balg die hij voor zijn borst hield terwijl hij bleef blazen. Het was een ander instrument nu, dat geen ruimte liet voor rusten en stilten tussen de noten. Het vroeg om een andere muziek.

'Die blaasopening kan met een dik stuk riet worden verlengd,' merkte de keizer op. 'Dan hoeft de speler zijn hals niet te verrekken. Zo spelen ze in mijn geboortestreek.'

Het was tijd voor het diner. Dienaren liepen rond met tafeltjes die plaats boden aan één schaal of schotel, zodat het snel vol stond. Verschillende soldaten die eerder in de vergaderruimte hadden gezeten, voegden zich bij hen en ook de oude Themistius nam plaats. Swintharik vlijde zich op de bank naast Alêtis, die zo ver mogelijk van hem af schoof.

Dido probeerde de gerechten thuis te brengen. Hij herinnerde zich een keizer die op veldtocht soldatenvoer at. Maar deze veldtocht moest nog beginnen.

'Wanneer zal ik de gevangene ondervragen?' vroeg Swintharik, terwijl hij met argusogen het vullen van zijn wijnkroes volgde.

'Vanavond nog,' zei Valens. 'Ik heb overlegd met mijn raadgevers wat jouw rol zou kunnen zijn in de strijd – het feit dat je de taal spreekt van de Hunnen, voor wie de Goten zo ijlings zijn gevlucht, is een belangrijke overweging. Ik stuur je als onderhandelaar naar de Hunse hoofdmacht aan de noordelijke oevers van de Zwarte Zee. Er vechten al groepjes Hunnen mee met de Goten en ik wil voorkomen dat ze over een paar jaar allemaal over de Hister komen. De Goten zullen we verslaan, zoals altijd. En dan de kwestie Perzië...'

Het voorstel van de keizer kwam erop neer dat Swintharik de Hunnen moest overtuigen dat ze niet hier, ten westen van de Pontus moesten zijn, maar dat er meer te halen viel aan de oostkant. Valens had bondgenoten nodig, om de Perzen op twee fronten te kunnen aanvallen. 'We kunnen die Hunnen daar goed gebruiken.'

'En het vredesvoorstel van Fritigern?' vroeg Dido.

'Dat komt te laat,' zei Valens. 'Als ik mijn strijdmacht uit Armenië vrijmaak om hier te komen, kan ik niet terugtrekken. Fritigern heeft zijn kans gehad; daarbij hebben de Goten bloed geroken en zijn niet meer te vertrouwen. Ik zal spoedig aanvallen. Gratianus' steun heb ik niet eens nodig, het gaat hier om een paar roversbenden, om hongerige, verzwakte barbaren, zonder discipline of goede bewapening. De Hunnen en Perzen, die zijn gevaarlijk.'

'Hoe komen we in het noorden, als daar al die bendes rondzwerven?' vroeg Swintharik.

'Ik heb al opdracht gegeven om een galei uit te rusten; die arriveert binnen een paar dagen en brengt je naar de Kimmerische Bosporus, waar de Hunnen schijnen te verblijven.'

De keizer keerde zich naar zijn generaal Sebastianus. 'Het zal nog even duren voor ik mijn troepen hier op sterkte heb,' zei hij. 'Jij,

Sebastianus, jaagt de Goten op rond Nike en in Thracië. Uiteendrijven, aanvoerlijnen verstoren, snel aanvallen en terugtrekken.'

'Een wijs besluit, majesteit,' zei Sebastianus. 'Ze zullen geen rust kennen.'

Nu arriveerden een paar soldaten met een geketende gevangene tussen hen in. Het was een jongeman, geen Goot, maar hij voldeed ook niet aan de beschrijvingen van de Hunnen. De keizer maakte een gebaar en bedienden begonnen net zo snel af te ruimen als ze hadden opgediend, hoewel sommige gasten nog aten. 'Ondervraag hem en vertaal,' zei Valens.

Swintharik zei iets tegen de jongeman en deze keek hem verbaasd aan, zette toen een hooghartig gezicht en bleef zwijgen. Swintharik begon aan een lang betoog; en toen hij weer zweeg, sprak de jongen. Swintharik knikte, vertaalde toen: 'Hij is van een volk dat ver weg woont, in het noorden of noordoosten. Hij noemt dit "het volk".'

'Dat doen al die arrogante barbaren,' zei Valens. 'Ga verder. Wat doet hij hier, met wie heeft zijn volk een alliantie, wat is hun aantal... Kom!'

Een snelle uitwisseling volgde. Dido en Alêtis verbaasden zich over het gemak waarmee Swintharik een taal sprak die hij al zo lang niet gesproken moest hebben. De vertaling kon alleen een samenvatting zijn. 'Het volk van deze jongeman – zijn naam is Charatôn – leeft al jaren op dezelfde plaatsen. Het zijn herders en handelaren. Hij is zelf neef van een hoofdman, die zich met een paar jonge stamgenoten bij een groepje plunderaars voegde, waarschijnlijk Hunnen of Alanen. Zijn vrienden zijn gevallen in de strijd en hij wilde zich bij de Goten aansluiten, maar hij verdwaalde en liep in de armen van een patrouille.'

'Vraag hem wat hij weet van de Hunse hoofdmacht; wat is de relatie tussen de volken?'

Swintharik begreep dat het volk van de jongen was onderworpen door hun voormalige vijanden en opgegaan in hun massa, maar hij wist het niet zeker. 'Zoals ik dit volk heb leren kennen, majesteit, waren ze zelf al samengesteld uit verschillende groepen en stammen. Hun eerste confrontaties met de Hunnen gaan jaren terug, deze jongen kan het zich nog herinneren. De kern van de Hunse hoofdmacht zit ten westen van de zee-engte.'

'Voer hem weg, verzorg hem goed,' zei Valens.

Terwijl de soldaten de gevangene afvoerden, zocht Swintharik zijn drinkbeker, maar alles was weggehaald. 'Majesteit,' zei hij. 'Mijn keel is droog van het spreken in gruizige talen.'

Valens lachte en een bediende schoot toe met wijn. 'Vanavond ben je mijn gast en zul je drinken. Die jongeman zal je tot gids dienen op je missie, daarna is hij vrij om te gaan. Dit, en de geschenken die ik meegeef, zal de Hunnen voor ons innemen.'

'En wat als ik niet wil gaan?' vroeg Swintharik. 'Dit is niet mijn oorlog, majesteit.'

'Je hebt geen keuze. Al heb je me vrolijk gemaakt, evengoed zal ik je ondersteboven laten kruisigen en de honden zullen de darmen uit je lijf trekken.'

Dido sprak voor Swintharik iets doms kon zeggen: 'Wij doen allemaal wat u van ons vraagt, majesteit. Het is onze plicht om de keizer te dienen.'

'Juist,' zei Valens. 'En nu is het tijd voor vrolijkheid. Die oorlog kan wel even wachten, Swintharik. Speel voor me, mijn vriend!'

Alêtis stond op en liep naar het gastenverblijf, een schending van het protocol. Dido nam aan dat ze naar bed ging, maar veel later, toen hij langs de lome branding liep, zag hij haar liggen in de luwte van een duinpan, gerold in haar mantel. Hij dacht dat ze sliep, maar ze kwam overeind en zei zijn naam. 'Ik had geen zin om bij hem te zijn,' zei ze. 'De keizer mag het allemaal een grote grap vinden, wij zitten weer met die idioot. Ik dacht dat hij genezen was!'

'Dat is ook zo,' zei Dido. 'Als hij genezen is, moet hij toch juist af en toe kunnen drinken, zoals iedere sterveling?'

Ze schudde haar hoofd.

'Ga je mee met de missie naar de Hunnen?' vroeg Dido.

'Ik twijfel,' zei ze. 'Ik weet niet eens meer waarom ik met Swintharik meeging. Ik zag in zijn daad de oorzaak van de gruwelijke gebeurtenissen uit mijn kindertijd en wilde me wreken, maar het was allemaal anders dan ik dacht. En nu zijn de zaken omgekeerd.'

'Je bedoelt dat je hem bent gaan liefhebben?'

'Ik bedoel, wat moet er van hem terechtkomen als ik niet op hem pas?'

Uit de verte klonk nog altijd het gesnerp van de podeoon-met-schalmei. Er waren instrumenten bijgekomen.

'Wat zingen ze?' vroeg Dido.

'Het is geen lied,' zei ze. 'Dit is gelal.'

Dido keek naar haar, hoe ze huiverend de mantel om zich heen sloeg in een opstekende wind en hij wilde wel bij haar gaan liggen en haar warmte geven, maar hij bleef zitten waar hij zat.

* * *

Swintharik besteedde een groot deel van de volgende dag aan het ondervragen van de jongen en hoewel er geen sprake meer was van martelingen, bleven notarius Larva en foltermeester Kleitos als vertegenwoordigers van de kanselarij aanwezig.

Het was niet geheel duidelijk waar de Hunnen zich nu ophielden, temeer daar de noordelijke hoofdgroep steeds in beweging was. Valens had een geograaf en reiziger uit de stad laten komen, een Armeniër met de naam Musca, in wiens zeilgids de mondingen en kustplaatsen van het noordelijke Pontusgebied waren beschreven. Aan de hand van zijn kennis en de verhalen van de gevangene kregen ze een idee van hun reisdoel; het klopte met de inlichtingen die de keizer kreeg van reizigers en spionnen uit het noordelijk Pontusgebied. Voor zover de Hunnen vaste plaatsen bewoonden, waren dat verlaten dorpen en villa's.

'We gaan door de Kimmerische Bosporus en zullen zoeken ten noordoosten van de istmus die het Chersonessische schiereiland met het vasteland verbindt,' zei Musca tegen de avond.

Swintharik vertelde de bedienden dat Charatôn bij hen zou aanzitten tijdens de maaltijd. 'Als ik je vrij laat rondlopen,' zei hij, 'kan ik er dan op vertrouwen dat je hier blijft? Vluchten heeft geen zin, je komt nooit langs de legermassa's en ze zullen geen genade kennen.'

'Dat gaat zomaar niet,' zei Kleitos, maar Larva legde hem met een gebaar het zwijgen op en fluisterde: 'Het is goed, wij blijven ook in de buurt.'

De jongen grijnsde. 'Ik wil naar huis,' zei hij. 'Mijn gezellen zijn dood, ik heb geen middelen van bestaan en ik kan passage krijgen op jullie schip. Waarom zou ik dan de lange, gevaarlijke voetreis maken door een kaalgeplunderd land, waar hongerlappen rondzwerven op zoek naar iets eetbaars? Straks eten ze elkaar nog op.'

'Zo is het.' Swintharik nam hem bij de arm. Tegen de bewakers zei hij: 'Deze jongen is me toegewezen als gids. Hij krijgt een gastverblijf.'

De bewakers salueerden, maar bleven in de buurt. Een dienaar kwam langs met de kruik. Larva aanvaardde een kroes, hij dronk de wijn door een rietje als een sluipwesp die een rups leegzuigt. Kleitos nam de kruik over en wilde de anderen bijschenken.

'Ik drink vandaag water,' zei Swintharik. Hij wendde zich tot de jonge gevangene. 'Een vriend van mij komt van een volk dat zuidelijker woont, als ze zich niet hebben verplaatst in de dertien, veertien jaar die zijn verlopen sinds ik er was. '

'Hoe is zijn naam?'

'Syrdon.'

'Ik ken die naam,' zei de jongen. 'Hij was van mijn volk. Hij stierf door de hand van een vijand.' En terwijl Swintharik stil luisterde, vertelde de jongen hoe velen van zijn volk tijdens een feestmaal waren vergiftigd door een slaaf, door een gevangene, die naderhand spoorloos bleek te zijn. De sterkste krijgers hadden uit één rondgaande schaal gedronken; even later kronkelden ze van pijn en nog wat later waren ze dood geweest. 'Ik was nog niet eens geboren,' zei hij. 'Mijn moeder vertelde me dit verhaal. Een paar jongens gingen achter de moordenaar aan, maar ze vonden hem niet terug.'

Swintharik vatte het samen voor Alêtis.

'Hij had de dood verdiend en nog duizend doden erbij,' zei ze, want beiden begrepen zij wie de moordenaar was geweest. 'Vraag hem hoe zijn moeder heet.'

Swintharik vroeg het.

'Wie vraagt er naar de moeder van een krijger?' vroeg de jongen. 'Is het niet gebruikelijker om naar zijn vader te vragen?'

'Wie is dat dan?'

'Ik ben de zoon van duizend vaders,' zei Charatôn lachend. Hij bedoelde dat hij het niet wist. 'Mijn moeder heet Rhotia, zij is niet eens van het volk.'

'Verdraaid,' zei Swintharik. Hij vergat te vertalen, nam snel een hap van zijn gruwel en verslikte zich, zodat hij er bijna in stikte. De jongen klopte hem op de rug.

'Ik vond hem al op je lijken,' zei Alêtis; ze had geen vertaling nodig.

Kleitos snoof luidruchtig en ze zagen hoe zijn ogen zich hadden gevuld met tranen; Larva klopte hem met een zijden klauwtje op de schouders.

's Avonds ontmoetten ze Catualda en Dido in de villa. Valens zou later komen.

'Als dit een villa is, wil ik het keizerlijk paleis wel eens zien,' zei Catualda. Hij stapte voorzichtig over de mozaïeken alsof hij bang was ze te vernielen. Als barbaar kende hij de kwetsbaarheid van beschaafde architectuur.

'Wat gaat u doen,' vroeg Alêtis, 'nu de keizer het vredesvoorstel naast zich neerlegt?'

'Niets,' zei Catualda. 'Ik krijg geen vrijgeleide om de boodschap over te brengen en de aanhoudende schermutselingen zijn antwoord genoeg, lijkt me. Ik ben een luxegevangene, een gijzelaar, dus ik kan alleen waarnemen en proberen in leven te blijven.' Hij nam een kleine sprong om niet op een gorgonenkop te trappen. 'Er fladdert van alles in de periferie van mijn blikveld,' ging hij verder. 'Tijd voor een kan wijn.'

'Dat zijn de kinderen van de nacht,' zei Alêtis. 'Die verdrijf je niet met wijn. Vleermuizen zijn hier net zo talrijk als vliegen.'

Swintharik strekte zich uit op een bank en viel in slaap, zijn hoofd op de kussenrol.

'Ha, is de dipsa weer actief?' vroeg Dido.

'Ditmaal niet,' zei Alêtis. 'Het was een zware dag voor hem. Er staat veel op het spel, als je de adviseurs van de keizer moet geloven. Wanneer begint de oorlog?'

'Ik krijg niet alles te horen,' zei Dido, 'maar in zekere zin is de oorlog al bezig. Sebastianus jaagt door Thracië en zal de vijand geen moment rust gunnen. Hij lijkt op die vleermuizen, die vanuit het niets opduiken, een insect wegsnaaien en weer verdwijnen. En dan is er Frigeridus, die vanuit de westelijke bergen de Gotische aanvoerlijnen probeert te blokkeren. De keizer moet tijd winnen; keizer Gratianus is nog altijd vertraagd. De Augustus van het westen heeft zijn eigen demonen, in de vorm van de Alamannen.'

'Het lijkt wel of die barbaren met elkaar in verbinding staan,' zei Themistius, die was komen aanlopen en de laatste woorden had gehoord. 'Ze komen over linies van duizend mijl vrijwel gelijktijdig in opstand, zodat de keizers niet meer weten waar ze moeten aanvallen. Het is tekenend voor keizer Valens' wijsheid, dat hij het juiste ogenblik afwacht. Hij is trouwens klaar met vergaderen en zal zich spoedig bij u voegen.' Hij knikte en gleed weg, zijn geborduurde toga sleepte over de mozaïekvloer.

Een stuk dat verschoven wordt op een speelbord, dacht Dido. Hij zei: 'Senator Themistius diende al onder vier keizers en iedere keer prijst hij de zittende keizer als de wijste die ooit heeft geleefd. In werkelijkheid wil Valens aanvallen en denkt dat hij het alleen afkan. Zijn raadgevers doen alles om hem te traineren.'

Catualda gaf hem gelijk. 'Hij onderschat de aantallen van mijn volk en hij heeft weinig begrip voor hun woede. Het vredesvoorstel zou grote voordelen opleveren.'

'Valens wil dit obstakel snel opruimen, om zich weer te kunnen wijden aan de Perzische kwestie,' zei Dido. 'Als hij dit gebied snel pacificeert, is hij voor de herfst terug in het oosten.'

Valens liet zich niet zien die avond. Terwijl de gasten zich nog afvroegen of ze geacht werden te blijven, kwam een kamerheer aanlopen met de podeoon. Hij hield het ding ver van zich af, alsof het iets vies was, en gaf het aan Swintharik. 'De keizer stuurt u dit instrument; hij heeft het laten aanpassen voor de nieuwe functie. Hij laat zich excuseren, de voorbereidingen voor de veldtocht nemen te veel van zijn tijd. Morgenochtend rijdt u naar het schip dat u naar Chersonessos brengt.'

Swintharik bekeek de wijnzak. Hij probeerde het houten blaasgedeelte dat met groot vakmanschap was gesneden; hij onderzocht de schalmei, die nu niet meer als een dolk door de huid stak, maar stevig was verankerd. 'Het was niet mijn bedoeling,' zei hij. 'Dit was mijn wijnzak en nu is het een muziekinstrument.'

'Dat is toch een vooruitgang?' vroeg Alêtis. 'Zo heb je iets te doen op die lange zeereis, en als je oefent kunnen wij er ook nog van genieten.'

'Wij?' vroeg hij. 'Ga jij mee?'

'Ik heb toch niets te doen,' zei ze. 'Maar wat is dat? Het lijkt of de zon al opkomt.' Ze wees naar de gloed in de verte, in de richting van het legerkamp.

'Het is vuur,' zei Dido. 'Ruik je het niet? De wind is net gedraaid. Het zullen de soldaten zijn, die een vreugdevuur houden.'

Ze bleven op het terras zitten en keken naar de gloed, tot het asdeeltjes begon te sneeuwen binnen de lichtkring van de fakkels. De wacht werd afgelost en Dido vroeg aan de wachtcommandant die een inspectie hield: 'Is het feest in het kamp? Wat vieren ze?'

'Er zijn vanavond wat samenzweerders op de brandstapel gezet,' zei de man. 'Ze hebben allen bekend: vooraanstaande burgers uit Constantinopel, katholieke geestelijken die hun posities terug wilden, gardisten en een generaal. Ze hebben nog niet alle namen, maar de ondervragingen gaan door. Valens wil een zuivering houden tot in de verste uithoeken van het rijk.'

Toen Larva weg was, zei Catualda: 'Naar ik begreep, stuurden Vitalis en zijn groep aan op deze oorlog. Het was de bedoeling dat de ariaanse ketters van beide kanten elkaar zouden uitroeien zodat voor de Niceense groep de weg naar de macht open zou liggen. Dit begrijp ik niet: waarom doet Valens nog altijd precies wat Arachnion wil?'

'Misschien is het als een onbespannen kar die bergafwaarts begint te rollen,' zei Swintharik. 'Er komt een punt waarop niemand hem meer kan tegenhouden en dan dondert hij voort tot hij stukslaat.'

* * *

Ze hadden de avond ervoor al afscheid genomen en nu was het tijdstip van vertrek daar. Ook het leger maakte aanstalten voor de opmars en de keizer had Themistius, Larva en Kleitos gestuurd om hem te vertegenwoordigen. Dido was bij hen, hij omhelsde Swintharik en daarna nam hij Alêtis' handen en drukte ze. Zij kuste hem op het voorhoofd.

Ondertussen haalde het bootsvolk de roeiboot naar het strand, waarmee ze naar het schip zouden worden gebracht.

'Instappen!' zei de kapitein.

Larva boog voor Alêtis en zei: 'Uw moed is opmerkelijk, vrouw, moge Gods zegen rusten op uw missie.' Hij richtte zich tot Swintharik, die de doedelzak op zijn rug had gehangen. 'Wees voorzichtig, broeder,' zei hij. En tot Swintthariks schrik sloeg Larva zijn armen om hem heen en drukte hem tegen zich aan. 'Onze vader zou trots op je zijn,' zei hij. 'Zijn zoon Swintharik als spreker bij de barbaren.'

Swintharik maakte zich los uit de omhelzing en wankelde een paar stappen achteruit.

'Aan boord nu!' riep de kapitein. 'We hebben geen tijd te verliezen!'

Ze lieten zich door sterke handen aan boord helpen en keken naar de achterblijvers op het strand. Kleitos' gezicht was weer nat van de tranen.

'Wat was dat nou?' vroeg Alêtis.

'Niets,' zei Swintharik. 'Een poging tot sentimentaliteit.'

Aan boord begon Alêtis op te schrijven wat ze meemaakte. Het was geen reisbeschrijving van de Kimmerische Bosporus, want niemand zou hen navolgen. Wat heeft het voor zin te schrijven over kusten waar de beschaving is verdwenen? Aan hun linkerhand vergleden de kustlijnen van Thracië en Moesië en de noordelijke kusten voorbij de Histerdelta. Ze bleven op afstand, want hoewel de barbaren nog geen schepen bezaten, was er kans dat ze vanuit de mondingen piraterij bedreven met gekaapte riviergaleien. Barbaren leerden snel en zouden nooit nalaten beschaafde technieken te gebruiken om de beschaving te vernietigen.

Volgens de algemene opvatting bleven veel havens beschermd en was de noordelijke vlakte in handen van barbaren, maar evengoed vermeden ze die havens. Ook bij het ronden van de Chersonessos hielden ze afstand en pas onder de gekartelde bergrug ten zuidoosten, toen de voorraden opraakten, besloot de schipper een kleine haven aan te doen. Ze dreven handel met stedelingen in roeiboten die Grieks spraken en vertelden dat hun stad gespaard bleef – de invallers zochten vooral weidegronden voor hun vee. Verhalen over verwoestingen deden ze af met een lach. Niemand zou hun onoverwinnelijke stad durven aanvallen. De reizigers knikten en verbaasden zich, het onooglijke stadje moest de barbaren zijn ontgaan.

Ze staken weer in zee en na een dag en een nacht zeilden ze voorbij een paar sombere monolieten die ze aanvankelijk aanzagen voor de zwarte zeilen van een onbekende piratenvloot, maar de schipper stelde hen gerust; het waren rotsen als eenzame titanen, versteend en verweerd in oude tijden.

Uiteindelijk bereikten ze, geheel op de wind, de Kimmerische Bosporus. Op de rechteroever was weinig meer te vinden dan rotsen, oranje van de korstmossen, en wat armetierige boompjes.

'Ik was hier vier jaar geleden,' vertelde de schipper. 'Toen kwamen en gingen de schepen en de kust was bezaaid met dorpjes en houten vissershutten. Waar zijn die gebleven?'

'Misschien zijn ze in brand gestoken,' zei Alêtis. 'Als het hier altijd zo hard waait, blijft er weinig van over. Of ze hebben zelf hun dorpen verwoest om de barbaren tegen te werken.'

Hoewel het snel donkerde, voeren ze op de riemen verder en aan weerszijden was geen lichtje te onderscheiden.

'Daar zijn dorpen,' wees de schipper, maar al wat ze zagen waren donkere omtrekken, als van rotsen of bomengroepen.

Later, bij de istmus van het grote schiereiland, waren palissaden en wallen te zien, wat erop kon duiden dat de barbaren tot op de Chersonessos waren doorgedrongen, maar het kon evengoed betekenen dat de ene stam zich beschermde tegen een andere.

Swintharik was neerslachtig geworden. Hij bleef in de schaduw van een dektent, en als hij geen lange gesprekken voerde met Charatôn, blies hij een melancholieke partij op zijn balg. Alêtis sliep bij hem, maar overdag zat ze alleen in de zon en keek uit over het water. Haar huid was donker geworden. Swintharik daarentegen zag nog altijd bleek, daarvoor had hij geen dipsa nodig. Als hij al wijn dronk, dan was het mondjesmaat en sterk verdund.

'*Hij wil nog altijd niet meewerken*,' schreef Alêtis op haar papyrus. '*Hij voelt zich gebruikt, eerst door zijn stadsgenoten en familie, toen door Vitalis en zijn groep, en nu door iedereen. Het is zijn oorlog niet, zegt hij.*' Een dag later schreef ze: '*Maar onttrekken kan hij zich niet. Die soldaten zijn er niet alleen om hem te beschermen, ze moeten ook verhinderen dat hij vlucht.*'

Musca deelde haar zorgen. 'En beseffen ze hoe moeilijk het is om de Hunse hoofdmacht te vinden?' zei hij. 'We kennen de namen van hun leiders niet. Misschien zijn het tientallen losjes verbonden volkeren, verspreid over duizend mijl. Waar moeten we zoeken? Wat weet die jongen van hun organisatie?'

'Misschien kan Swintharik ze bijeenkrijgen met het lied van zijn wijnzak,' zei ze.

Inmiddels voeren ze vlak onder de kust en de bemanning speurde de omgeving af naar barbaarse aanwezigheid. Uiteindelijk zouden ze aan land moeten gaan om ze op te zoeken. De twintig soldaten op het schip waren geselecteerd op afkomst en talenkennis, niet op strijdlust en vaardigheden, dat zou de missie alleen in gevaar brengen. Zelfs een grote strijdmacht had weinig kans tegen de steppenvolkeren. Verhalen genoeg: een soldaat vertelde dat de ruitervolkeren gelooide mensenhuiden aan hun lansen hingen bij wijze van vaandel. Ze tatoeëerden de romp van hun gevangenen om ze, na genezing, levend te villen. Hij had ooit, tijdens een patrouille een achtergelaten groepje van die huidlozen zien rondkruipen als blinde rode larven. Ze smeekten om de genadedood, maar de ruiters hadden schreeuwend van afschuw rechtsomkeert gemaakt.

Op de avond van de derde dag ging het schip voor anker. In het laatste licht zagen ze hoe een paar ruiters hen vanaf een heuvel gadesloegen. De ruiters stonden doodstil en reageerden niet op armgezwaai en kreten. Ze besloten te gaan slapen, met verdubbelde dekwacht.

De volgende ochtend was er niemand meer te zien, waarbij Alêtis aantekende dat het zicht beperkt was door de zware regens die ’s nachts waren begonnen. Met een klein bootje ging een patrouille aan wal, verkende de omgeving waarna ze de boodschappers van de keizer ophaalden. Een paar scheepslieden bleven achter, ze zouden een week wachten.

Alêtis zat tussen de roeiers, haar mantel om haar heen gedraaid, want ondanks de midzomer had ze het koud in de zwepende regen. Ze probeerde een gesprek aan te knopen met de commandant. Hoe spraakzaam hij eerder ook was geweest, nu negeerde hij haar en tuurde naar de kust.

In colonne trok de delegatie over een half weggespoeld pad, waar zelfs de sporen van de ruiters van de vorige dag niet meer te zien waren. Volgden ze de aanwijzingen van de gids, of was het een sprong in het duister? Alêtis wilde het Swintharik vragen, maar haar tanden klapperden zo hard dat ze er geen woord uit kreeg. De jongen Charatôn liep voorop, onvermoeibaar en kwiek, het slechte weer leek hem niet te deren.

Tegen de middag klaarde het op. Ze hadden een stijgend pad gevolgd en terwijl de zon doorbrak, keken ze neer over een zee van gras, waar de wind doorheen speelde. De jongen wees naar een schaapskudde die ver weg voorbijtrok. Geen mensen, de kudde leek onbeheerd.

Opeens zei Alêtis: ‘We hebben gezelschap.’

‘Hou je zwaarden in de schede,’ waarschuwde de commandant.

Zonder dat ze het hadden gemerkt, was een groep ruiters hen achteropgekomen. Ze waren opeens overal om hen heen. De jongen riep iets en hij kreeg antwoord in dezelfde taal. Het waren minstens vijftien krijgers. Ook Swintharik raakte betrokken bij het gesprek. Enkele ruiters stegen af en ze begroetten de jongen en Swintharik als vrienden. Ze hadden geen speren of zwaarden, maar ieder van hen droeg een kleine boog.

‘Zijn dit de Hunnen?’ vroeg Alêtis.

‘Nee, het zijn Alanen,’ zei Swintharik. ‘Bondgenoten van de Hunnen. Ze beweren dat de hoofdmannen van de horde op een dagreis vanhier vertoeven.’

‘Ze lijken niet vijandig.’

Swintharik knikte. Hij stelde een vraag aan een barbaar en die gaf een lang antwoord, terwijl de andere kleden van hun paard haalden en die op de grond uitspreidden. Ze maakten uitnodigende gebaren, namen hun leren mutsen af en gingen met gekruiste benen zitten. De mannen die nog te paard zaten, reden weg, maar op een halve mijl afstand stegen ook zij af en deden hetzelfde. De boodschappers namen plaats op de tapijten zodat ze een kleine kring vormden met de barbaren. Deze mannen droegen geen maliehemden over hun vilten kledij en in plaats van hemden hadden ze mutsen op van leer en vilt.

'Zij zijn niet in oorlog,' zei Swintharik.

Alêtis wees op de lastpaarden. 'Ze hebben helmen en wapenrustingen bij zich.'

'Natuurlijk hebben ze die. Maar voorlopig nodigen ze ons uit om te eten en te praten.' Swintharik lachte. 'Waarom zou je een vijand eerst eten geven om hem dan pas te villen?'

35

De slag

(Adrianopel, zomer 378)

Op de weg naar Philippopolis, een halve dagmars voorbij Adrianopel, lag Eleutherius te slapen in de schaduw van een wagen die met een gebroken as langs de weg was achtergelaten – ook hier overal sporen van de plunderingen. Toen Catualda zijn naam zei, was hij meteen klaarwakker, hij sliep licht, als een waakhond die zijn krachten spaart.

'Sebastianus vraagt naar je,' zei de Goot.

Eleutherius wiste zich het zweet van het gezicht. Ook zijn kleren waren doorweekt en hij was graag even naar de rivier gegaan om verkoeling te zoeken. 'En jij?' vroeg hij, terwijl hij zijn uitrusting in orde bracht en in de volle zon stapte.

'Ik krijg net orders dat ik me afzijdig moet houden, je begrijpt wel waarom.'

'Omdat je een dronken nietsnut bent,' zei Eleutherius. 'Waag het niet op mijn plek te gaan liggen, ik kom zo terug.'

Sebastianus kwam hem tegemoet en hij bracht Eleutherius op de hoogte. 'De situatie is veranderd. Wij keren op onze schreden, want de verspieders melden dat de Goten in beweging zijn gekomen. Fritigern trekt met een grote colonne langs de Tonzos, maar hij beweegt zich in een ruime boog om Adrianopel en lijkt van plan te zijn naar Nike door te steken, waar hij onze aanvoerlijnen kan afsnijden. Ik wil een peloton boogschutters en een cavalerie-eenheid naar de vallei sturen, om hun opmars tegen te houden.'

'Een *turma* cavalerie? Dat is niet veel,' zei Eleutherius.

'De keizer wil snel een confrontatie. Hij stuurt zijn troepen in de richting van Adrianopel en daar moeten we de Goten heen leiden. Een turma is niet veel, maar je hoeft de Goten alleen te vertragen en te verhinderen dat ze áchter ons komen; in een voortgaande colonne, met have, vrouwen en kinderen, zijn ze kwetsbaar. In de passen kun je de opmars stuiten met felle aanvallen en met pijlenregens vanuit hoge posities. Ze weten niet hoe talrijk hun vijand is en Fritigern zal begrijpen dat hij geen keus heeft dan slag te leveren.'

Eleutherius lachte, geen ruitergroep was beter dan de zijne als het op snelle acties en doeltreffende hinderlagen aankwam. 'Mijn mannen zullen blij zijn,' zei hij. 'Dit is beter dan het begeleiden van een trage legertros.'

'Je krijgt zo een volledig overzicht van het terrein en van de posities van de barbaren,' beloofde de magister militum. 'Daarna kun je op weg.'

Er viel nauwelijks iets voor te bereiden. De mannen waren al opgestegen, toen een verkenner verslag kwam uitbrengen van de situatie ten oosten van Adrianopel. Op verzoek van de legerleiding bleef Catualda bij de hoofdmacht, want sommigen meenden nog dat verdere onderhandelingen voordeel konden brengen, al deelde de keizer die mening niet.

En zo, terwijl het ganse leger begon aan de omkeringsmanoeuvre op de weg – waarbij, zoals Catualda citeerde, de eersten de laatsten en de laatsten de eersten zouden zijn – begonnen de boogschutters te rennen over de geplaveide baan in een draf die ze uren konden volhouden, spoedig voorbijgegaan door de ruiters, die iets later waren vertrokken en nu snel schuilgingen achter hun eigen opwolkende stof.

De daaropvolgende dag trof Eleutherius de boogschutters op een afgesproken punt, enkele mijlen ten noorden van de weg. Hij had de rivierdalen laten verkennen en leidde de nieuwaangekomenen in de richting van de vijand, tot tien mijl voorbij Adrianopel, bij de ingang van de passen die een doorgang vormden naar de grote weg. Daar splitste hij de groep.

Tijd voor de gevechtsinstructie.

Eleutherius inspecteerde de manschappen. Een titaan wiens blik hem niet aanstond, haalde hij uit de rij. 'Jij gaat me helpen bij het verklaren van onze strategie.'

De soldaat gehoorzaamde en trad hem tegemoet.

'Ben je bang om klappen te incasseren?' vroeg Eleutherius.

'Als ik dat was, zou ik hier niet staan,' zei de man grijnzend.

Eleutherius knikte en wendde zich tot de boogdragers en zijn eigen cavaleristen die naast hun paarden stonden. 'Wij gaan zorgen dat de Gotische vijand zich verzamelt in het Tonzosdal,' begon hij. 'Het noordwesten is al afgesloten door Richomeres' voorhoede, en ze zullen niet teruggaan naar het noorden. De boogschutters nemen posities in op de beboste heuvelkammen die zich uitstrekken ten westen van de Tonzos, zodat jullie de passen aan weerszijden overzien. Als de legers in zicht komen en een pas kiezen, moeten jullie afdalen onder dekking van de bomen, om ze te onthalen op een pijlenregen. Vragen?'

De boogschutters begrepen het.

'De cavaleristen zullen onder leiding van mij en van Quintus Attipor de passen afsluiten. We moeten misschien dagen in het zadel blijven en snel van positie veranderen. We zullen zijn als een wespenzwerm die een kudde runderen tot waanzin drijft.' Hij stapte naar voren en boog voor de boogschutter, die van gelijke lengte was. 'In het vuistgevecht is het soms nodig om de tegenstander met een reeks tikken uit zijn evenwicht te brengen en in positie te krijgen.' Hij gaf met zijn vlakke linkerhand de soldaat een reeks oorvijgen zodat deze achteruit wankelde en probeerde weg te duiken. Toen sloeg hij de man met een zware rechtse tegen de grond, waar hij kreunend bleef liggen. 'Ik hoef jullie niet te vertellen, dat wij, als klein peloton, het evenwicht gaan verstoren van de naderende colonne,' ging hij verder. 'Als we ze in het Tonzosdal hebben, zal de keizer hen verpletteren.'

Terwijl de pelotons zich opmaakten om op weg te gaan, riep hij: 'Boogschutters, jullie hebben weinig slaap gehad. Rust nu, want als de Goten komen kan het een lange strijd worden. Twee mannen op wacht – wees alert op fakkelseinen. Wij drijven ze jullie kant op.' Tegen Quintus zei hij: 'We splitsen de turma; als we van twee kanten komen, moeten ze wel naar het Tonzosdal. Geen barbaar mag de heerweg tussen Nike en Adrianopel bereiken.'

Quintus knikte. Ze hadden de lange colonne die ochtend al gezien. De legerweg zouden de Goten nooit bereiken, niet zolang nog één van hen in leven was.

Drie dagen later troffen ze elkaar vroeg in de avond op een heuvel ten oosten van de rivier. De mannen en paarden waren uitgeput na dagen van vechten en vluchten in de drukkende hitte. De hemel trok dicht en nog voor ze de top hadden bereikt, begon het zwaar te regenen. Eleutherius steeg af op de plek waar hij de nacht wilde doorbrengen en hij raadde zijn mannen aan zich van wapens en uitrusting te ontdoen. De cavaleristen morden, ze zagen de zin er niet van in.

'Vreest hij de bliksems van Jupiter?' vroeg een soldaat spottend. Eleutherius negeerde hem. Als christenen het wilden afdoen als bijgeloof, was dat hun zaak. 'Zet de tenten niet bij die bomen,' zei hij en hij wenkte Quintus. Ze liepen naar een paar rotsblokken die tegen elkaar aan lagen alsof iemand dat opzettelijk had geregeld, ofschoon geen mens gek genoeg is om enorme stenen een heuvel op te slepen – of het moest zijn om een vijand te verpletteren, maar daarvoor was dit de plek niet. Enkele mijlen noordwaarts bewoog het Gotische leger, als een reusachtige slang die zich langzaam oprolt, tegen de hellingen van het oostelijke rivierdal.

'Ze stellen de wagens weer op in cirkels,' zei Eleutherius. 'En ook de krijgers zullen zich achter wagenbarrières verschansen.'

'Met hoevelen zijn ze?'

'Moeilijk te zeggen. Alles bij elkaar dertig, veertigduizend mensen? Dat betekent tien tot vijftienduizend krijgers, misschien meer, want er zitten veel overgelopen gelukszoekers bij, veel jonge krijgers zonder aanhang.'

Quintus tuurde in de richting van Adrianopel, maar ook daar hingen de onweerswolken zwaar in het dal. De troepen van de keizer moesten inmiddels hun kamp hebben opgezet bij de samenvloeiing van de rivieren.

Later die nacht, toen het droog was geworden, bepaalden ze de omvang van het Gotische kamp aan de hand van de honderden vuurtjes tegen de hellingen. Ook de stad was zichtbaar, de witte huizen en de dansende fakkels rond het kamp die de omgeving moesten verlichten. Eleutherius had laten uitkijken naar lichtsignalen; hij verwachtte een oproep voor de slag, maar toen Quintus hem opmerkzaam maakte op snel opflakkerende lichten, kwamen die niet van de stad of het kamp. Het kwam van ver uit het noordwesten.

'Dat is het weerlicht tegen de bergen!' zei Quintus.

'Nee, het is een sein.' Eleutherius had dit te vaak gezien om zich te vergissen.

'Wie zijn dat? Kan het de vijand zijn? Zitten die ook nog zo ver op de rivier?'

'Ik denk dat het de wachttoren is van Castra Iarba,' meende Eleutherius. 'Misschien de versterkingen van Gratianus? Het is bedoeld voor Valens, ze laten weten dat ze eraan komen. Kwam er geen antwoord uit Adrianopel? Of hebben we seinen gemist?'

Mogelijk werd de signaaltoren aan hun waarneming onttrokken door een boomgroep, rotspiek of laaghangende wolkensluier. Maar was een signaal van Castra Iarba wel zichtbaar in Adrianopel?

Even later leek dat niet meer van belang, want het daagde en de bergketens kleurden oranje hoewel de zon zich nog niet liet zien. Een arend gleed hoog boven hun hoofden en Eleutherius bedacht hoe mooi het zou zijn als je een vogel kon africhten om troepenbewegingen waar te nemen. Maar hoe kon een vogel dat doorgeven?

'Laten we op weg gaan,' zei hij tegen Quintus, die diep in zijn mantel zat te knikkebollen. 'Als we stevig doorrijden zijn we voor de middag in het legerkamp. Ik hoop dat Valens niet al is vertrokken, ik wil het voor geen goud missen.'

Terwijl hij zijn benen strekte, viel zijn oog op een paar stipjes op de oeverweg. Ondanks de regens van de vorige avond wierpen ze een langgerekte stofwolk op.

'Ruiters. Het zijn er maar twee,' zei Quintus, die zijn blik had gevolgd.

'Geen verkenners,' wist Eleutherius. 'Ze onderhandelen nog steeds. Voorwaarts!'

***

Dido drenkte zijn paard bij de rivier en spoelde zich af. Twee ruiters kwamen uit de richting van het Gotische kamp aanrijden. Hij maakte af waar hij mee bezig was en liep terug naar de tenten. Terwijl hij zijn rijdier vastmaakte, riep Sebastianus hem naar de tent waar de hoofdlieden zich beraadden.

'Dat waren Gotische afgevaardigden,' zei magister militum Victor grijnzend. 'Een van hen is een priester. Fritigern wil het verdrag van twee jaar geleden nog altijd naleven.'

'Hij wil tijd rekken,' meende Dido. 'Het was nooit zijn bedoeling dat de zaken zo uit de hand liepen. Misschien is het goed om te luisteren naar zijn voorstel.'

Victor was het met hem eens. 'Ik denk dat we geen strijd moeten leveren als het niet nodig is,' zei hij. 'Het oorspronkelijke verdrag voorziet ook in de levering van recruten voor het leger en we weten allemaal dat de situatie in Armenië spoedig een grote inzet zal vergen.'

Dido ging de tent in, waar de mannen bijeen stonden. Valens zat onderuitgezakt in zijn zetel en hij hield een brief in zijn hand, een papyrusvel met enkele zinnen erop, die in houtskool geschreven leken. Dido boog. Niemand zei iets, ze wachtten op Valens.

Na een tijdje sprak hij, zonder zijn ogen van het papyrus af te halen. 'Als ik nu inga op het voorstel, zullen de Goten het als zwakheid zien. We hebben een grote macht verzameld op deze plek en Gratianus kan elk moment aankomen met versterkingen. Hoe kunnen we hem nu nog een nieuwe kans geven, stel dat die bandieten weer uitzwermen op het moment dat we ze de rug toekeren? We zijn in een positie om ze te verpletteren en na de overwinning kunnen we hen alsnog rekruteren, maar dan onder gunstiger voorwaarden. Dan hebben ze niets meer te winnen dan hun levens. Tijd rekken heeft geen zin.'

'Wijs gesproken, keizer.' Sebastianus gebaarde naar de anderen. 'De aanval moet zo snel mogelijk worden ingezet.'

Dido's ogen waren gewend aan het schemerdonker in de tent en tot zijn verbazing merkte hij Richomeres op, die in de loop van de nacht moest zijn aangekomen. Die sprak nu: ‘Majesteit, ik hou vol dat u beter kunt wachten op Gratianus’ versterkingen. Het is de wens van mijn keizer dat u hem laat deelnemen aan de strijd, al kan de overwinning u niet ontgaan.’

Victor viel hem bij. ‘Het zal niet lang duren voor Gratianus er is. Onze verkenners hebben de Goten bestudeerd, maar kunnen moeilijk schatten hoe sterk ze zijn. Als we wachten, verzwakken we hen, want ze hebben geen aanvoer en hun voorraden lijken beperkt.’

Valens keek Dido aan. ‘En wat denkt u?’

‘Ik ben boodschapper, geen strateeg,’ zei Dido. ‘Dat neemt niet weg dat ik denk dat een grotere troepenopbouw beter is; het is een lange mars en in deze hitte is de aanvaller in het nadeel omdat de vijand kan afwachten in de koelte van de wagens.’

‘Dat is geen argument,’ vond Sebastianus. ‘Dit zijn de beste legers van de wereld en de barbaren zijn een ongeregelde, haveloze bende. Onze mannen zijn gewend aan alle weersomstandigheden. Of het sneeuw is of woestijn, ze passen zich aan.’

Dido wilde iets toevoegen: ‘Misschien is het een goed idee om het oorspronkelijke verdrag te bestuderen. Fritigern is geprovoceerd door de plaatselijke machthebbers, hij was niet degene die het verdrag verbrak. Als u het aanvaardt, vallen er geen doden en u zult een grote hoeveelheid rekruten hebben. De vestiging in Thracië als tegenprestatie is inmiddels een stuk minder waard, nu de Goten zelf de provincie hebben verwoest.’

‘Nu vrede sluiten is eerloos,’ zei Valens langzaam. ‘Dan zou ik met Fritigern moeten afspreken dat we eerst slag leveren met bijvoorbeeld de niet-verwante stammen die hem steunen. Daarna kunnen we zonder gezichtsverlies een verdrag opstellen.’ Hij deed zijn ogen dicht. ‘We zullen dit later bespreken. Laat de priester en zijn metgezel eten en rusten. Tegen de avond sturen we hen terug met een antwoord.’

Sebastianus nam Dido aan de arm mee naar buiten. ‘Het zal dus nog wel even duren,’ zei hij. ‘Evengoed is het tijd om alle pelotons terug te roepen. Dat stadium van de oorlog is voorbij.’

‘Waarom wilde je mij erbij hebben?’

‘Dat was de wens van de keizer. Hij wil getuigen, waarnemers.’

'Welk doel is daarmee gediend?'

Sebastianus maakte zijn borstkuras los en deed dat zo snel dat Dido begreep dat hij het alleen maar losjes had omgehangen voor de korte bijeenkomst. Hij wiste zich het voorhoofd en zei: 'Hij heeft verschillende mensen de opdracht gegeven om een verslag te schrijven over de toedracht van de strijd. Na de overwinning zullen de oratoren het verwerken, zodat het volk kennis kan nemen van de verstandige politiek van onze keizer.'

Zag Dido spot in zijn ogen? Een paar dagen eerder had Sebastianus hem verteld hoezeer de keizer was geschrokken van de vijandigheid waarmee het volk hem in Constantinopel had bejegend. Hij, die het zwaarbeproefde Thracië kwam bevrijden van de barbaarse horden, was uitgejouwd en bedreigd. Het was niet alleen de wrok van de Niceense christenen; men nam hem kwalijk dat hij zo laat kwam, terwijl de confrontaties al twee jaar geleden waren begonnen. Nu moest een grote overwinning zijn populariteit herstellen.

Dido ging voor zijn tent zitten en keek naar de vogels die rondcirkelden boven het rivierdal; vale gieren gaven als geen andere schepselen blijk van een vooruitziende blik. Zonder dat hij het wilde, kwamen de taferelen van Ctesiphon hem voor de geest. De lijken, het onreine gevogelte dat rondscharrelde, snavelhakkend in de kadavers van zijn vrienden.

Waar was Swintharik nu? Maar ook al slaagde zijn missie, de komende slag was niet meer te vermijden. Hij leunde tegen de tentpaal en zuchtte. De beelden in zijn hoofd maakten plaats voor dat van Alêtis. Had hij maar kunnen meegaan naar de Chersonessos, slagvelden had hij al genoeg gezien.

Catualda leek verdwenen; Dido had hem niet meer gezien sinds hij afscheid nam van zijn vrienden die de passen gingen afsluiten. Sebastianus wist ook niet waar de ambassadeur was, hij zei: 'Die zal onder dekking van de nacht naar zijn volk zijn geslopen.' Hij leek zich niet te storen aan het feit dat de Goot informatie had kunnen vergaren over de troepenopbouw en dat bracht Dido op het idee dat Catualda wellicht was betrokken bij de onderhandelingen en dat keizer en staf, zoals vaak gebeurt, een façade optrokken om hun werkelijke politiek te verbergen.

Evengoed keerden Fritigerns onderhandelaars die avond onverrichter zake terug naar hun volk. De commandanten haastten zich naar hun onderdelen met urgente gevechtsinstructies en een marsorder voor de volgende ochtend. De stemming onder de soldaten was uitgelaten, eindelijk kon de lang opgebouwde spanning zich ontladen.

* * *

'En Gratianus?' vroeg Eleutherius, toen Sebastianus naast hem kwam rijden. De zon was nog niet los van de kim, maar het zweet gutste al van zijn gezicht.

Sebastianus haalde zijn schouders op. 'Gratianus is onderweg,' zei hij. 'We zullen hem niet nodig hebben, de vijand is minder talrijk dan we dachten.'

'Ik heb gemeld dat de waarnemingen bedrieglijk zijn,' zei Eleutherius.

'Met jouw waarschuwing is rekening gehouden,' zei de magister militum. 'Maak je geen zorgen, we zijn oppermachtig in open veld. Gratianus komt met weinig troepen en ze zijn lichtbewapend. Hij wil op een goedkope manier de helft van de eer behalen, je zult begrijpen dat keizer Valens dit niet kan laten gebeuren.'

'Hij is misschien niet zo ver stroomopwaarts,' meende Eleutherius. 'We zagen gisteren lichtseinen uit de richting van Castra Iarba.'

'Hij komt niet via de rivier,' zei Sebastianus. 'Richomeres kwam met Gratianus' boodschap over de weg die het westelijke leger zal nemen, en die leidt niet langs de Tonzos.' Hij nam zijn helm af. 'Het is niet gezegd dat we werkelijk slag leveren,' ging hij verder. 'Velen verwachten dat de keizer wel degelijk akkoord wil gaan met het vredesvoorstel, maar pas na wat schermutselingen, zodat de Goten geen gezichtsverlies lijden.' Hij groette en dreef zijn paard langs de voortmarcherende infanterie.

Quintus haalde zijn vriend in en vroeg: 'Heb je Catualda nog gevonden?'

Eleutherius schudde zijn hoofd. 'Ik heb hem gistermiddag gezocht, maar hij is nergens te vinden. Hij ligt vast ergens te slapen.' Hij draaide zich om en riep naar achteren: 'Opgepast met de wagens, de weg is slecht!' Hij reed van de weg af om te kijken hoe de wagens een gat in het wegdek vermeden en nam toen zijn plaats in de colonne weer in.

'Misschien wilde hij niet meemaken hoe zijn volk wordt vernederd,' zei Quintus, en Eleutherius moest even nadenken voor hij begreep dat het nog steeds over Catualda ging.

Vanuit de voorhoede kwam nu een aanzwellend gemompel en iedereen besefte dat het kamp van de vijand in zicht was gekomen. Het gemompel rolde over de hoofden en stierf langzaam weg in de richting van de achterhoede, die het legerkamp zelfs nog niet had verlaten.

Terwijl de troepen van Valens en de infanterie van Trajanus achter hen nog hun posities opzochten, hadden de cavaleristen van de rechtervleugel al de schaduwen van hun paarden opgezocht, want de mars was zwaar geweest. De Goten, die hun wagens in cirkels hadden opgesteld tegen de hellingen, joelden en jouwden naar de nieuwkomers, maar de meesten zaten in rijen voor de wagens en bedekten zich met hun schilden tegen de zon. Hoeveel zich áchter de wagens verscholen was niet te zien, maar Eleutherius vermoedde dat ze mannen in reserve hielden, die zich in de koelte binnen en onder de gehuifde wagens op een uitval voorbereidden.

Hij draaide zich om naar de weg, waarover nog achterhoede-infanterie aankwam, begeleid door Saraceense ruiters, die hun plaats zouden innemen bij Sebastianus' mannen. Eleutherius' peloton had beschutting gezocht bij een paar versterkte boerderijen aan de voet van de helling, waar de bewoners water en voedsel brachten, opgelucht dat ze spoedig zouden worden verlost van de bedreiging op nog geen mijl afstand.

De cavalerie van Sebastianus, waar de groep van Eleutherius onder viel, maakte de linkervleugel uit; ze lieten de achterhoede voorbijtrekken en wachtten op het moment dat ze mochten uitwaaieren over het rivierdal, om de Goten in de westelijke flank aan te vallen. De magister militum, net terug van Valens' veldkwartier, kwam op hem af. 'De Goten rekken tijd,' zei hij, 'en ze tonen een ergerniswekkend gebrek aan angst of waakzaamheid. De keizer heeft nog geen haast, heb ik begrepen. Er zijn net weer onderhandelaars aangekomen.'

'Is het niet eerder zo dat de keizer tijd rekt?' Het leek Eleutherius ook niet raadzaam om aan te vallen na de zware mars, terwijl ze nog bezig waren met het innemen van de posities; het was al in de middag. 'De mannen moeten eten en rusten,' zei hij. 'Ze zijn nu in het nadeel, ondanks hun aantal. De voedselvoorraden hebben onze stellingen nog niet eens bereikt.'

'Dat maakt niet uit,' zei Sebastianus. 'De tegenstander heeft nauwelijks cavalerie. We kunnen er nu meteen een eind aan maken; vergeet niet dat de Goten al maanden hongeren, terwijl onze mannen vanochtend nog hebben gegeten.' Hij nam een stuk brood aan van een vrouw en dronk wat uit een kruikje.

'De onderhandelaars zijn al weer op de terugweg,' zei Eleutherius, die alles in de gaten hield. Nog meer over en weer gepraat? Of had Valens ze weggestuurd?

Opeens zag hij vlammen opschieten in het veld tussen de partijen. 'De Goten hebben het gras in brand gestoken!' riep hij. 'De onderhandelingen zijn voorbij.'

Een ruiter maakte zich los uit de tweede linie infanteristen en kwam hun kant uit.

* * *

Dido hield stil bij de grote soldaat.

'Heb je een boodschap voor ons?' vroeg Eleutherius.

'Ik kom de strijd vanuit een veilige hoek waarnemen,' zei Dido. 'De keizer en Fritigern zijn de façade-optie overeengekomen; het verdrag blijft gehandhaafd maar we zullen wat schijngevechten houden en onze overmacht demonstreren, zodat Fritigerns hoofdlieden de wijsheid van zijn beslissing inzien. Het brandende gras moet de suggestie wekken van grote strijd.'

Eleutherius leek teleurgesteld. Dido had nooit begrepen wat

mensen aantrok in oorlog. Aan de andere kant, dit was zijn vak. Hij keek naar de vlammenzee en naar de Romeinse linies die zelfs op deze afstand in verwarring leken, al wisten ze de discipline te bewaren. Ze sloegen het vuur uit met hun mantels. Een groep ruiters voegde zich bij Eleutherius' mannen, die overeind kwamen en zelf hun rijdieren bestegen. De nieuwaangekomenen aten en dronken zonder van hun paarden af te komen.

'Jij blijft hier?' vroeg Eleutherius.

Dido knikte. Hij maakte zijn paard vast aan een hekje, en nam plaats op een ruwe tafel vanwaar hij toekeek hoe de formatie van de linkervleugel vorm kreeg. Het werd tijd dat de Goten de volle omvang van de Romeinse overmacht zagen. De achterhoede bevond zich een eind achter de twee linies infanterie, zij werden reserve gehouden.

Ondertussen stelden de cavaleristen zich zo op dat ze buiten het brede rookgordijn bleven, hoewel het snel ijler werd en boven de rivier verwaaide. Een man liep alleen over het inmiddels zwartgeblakerde veld tussen de frontlinies – hij leek op weg naar het Gotische kamp, maar terwijl hij daar nog liep, kwam er opeens een aanval van cavaleristen ter rechterzijde. De paarden wierpen veel stof op, desondanks kon Dido duidelijk zien hoe er verschillende met ruiter en al tegen de grond gingen. De boogschutters hadden hun werk gedaan, nu sloegen de Goten terug en de overlevende ruiters trokken snel terug.

Opeens braken de Goten massaal uit en vielen ruiters en infanterie aan. Maar dat verklaarde niet het gedreun dat de aarde deed schudden. Dido stond op om beter te kunnen zien. Door de laaghangende rook in het dal kwam een zwerm barbaarse cavaleristen aanstormen. De linkervleugel kreeg de aanval van achteren en splitste in twee; de linkse groep spoedde zich naar het strijdtoneel terwijl het andere deel op de vlucht sloeg, achtervolgd door vijanden die waren geboren op hun paarden; Hunnen, Alanen en hoe ze ook allemaal mochten heten.

Hoe hadden de verkenners die kunnen missen? Ze moesten zich noordwaarts langs de rivier hebben opgehouden. Nu kwamen de gebeurtenissen in een stroomversnelling, Dido kon moeilijk zien wat er gebeurde door stof en rook, door de enorme chaos die ontstond toen de strijders op elkaar botsten. In een furieuze aanval hakte de Gotische cavalerie in op de rechtervleugel van het leger.

Dido trok zich terug in de schaduw van de boerderij en maakte zijn paard los. Nu de reservetroepen zich ijlings terugtrokken, verkeerde hij in gevaar. Te paard zou hij sneller en wendbaarder zijn. Hij zette zijn paard aan om uit de baan van de langsstormende ruiters te komen en hij zocht de ruimte achter de strijdende massa's. Twee achtervolgers dwongen hem terug naar de rivier, reeds hieven ze hun lansen om hem te doorsteken, maar hij wist ze te ontwijken. Zijn opluchting was van korte duur. Het paard struikelde en Dido schoot halsoverkop in de groene massa van de oever, waar hij wachtte op de genadesteek.

Toen die niet kwam, keek hij voorzichtig in het rond en kroop verder het riet in, zonder zich te bekommeren om de scherpe stelen die in zijn handen sneden. Hij bereikte dieper water en maakte zich los van de begroeiing. Nog altijd klonken de doodskreten en het geroffel van paardenhoeven. Hij ontdeed zich van alles wat hem zou hinderen en zwom, nog altijd onder dekking van het riet, met de stroom mee. Hij durfde niet aan de strijd te denken, de uitkomst stond allerminst vast.

Toen hij zeker wist dat de mannen die over de weg zuidwaarts liepen allemaal vluchtelingen waren, klom hij op de oever en voegde zich in de stoet van verliezers. Het nieuws ging al rond, de keizer was gedood, het machtige leger verpletterd. En het kon niet lang duren of de Goten zouden de stad innemen.

Dido kwam Quintus achterop. 'Waar is Eleutherius?' vroeg hij.

Quintus, die bloedde uit een hoofdwond, haalde zijn schouders op. 'Misschien gesneuveld,' mompelde hij. Ze liepen een eindweegs samen op, tot Quintus in elkaar zakte. Dido knielde bij hem neer en hield hem vast. Nu pas ontdekte hij dat er een afgebroken pijlschacht uit de rug van de soldaat stak. Hij trok de gesneuvelde in de berm. Als alles veilig was, zou hij hem ophalen.

36

Bij de Hunnen

(Chersonessos, zomer 378)

De Raad van Ouden was onverbiddelijk: geen vrouwen bij de vergadering. Alêtis wendde zich tandenknarsend af.

'Je mag luisteren, als je je er maar niet in mengt,' riep Swintharik haar na. 'En trouwens, je spreekt de taal niet.'

Ze negeerde hem en stapte voorzichtig tussen de stamleden door, die zich overal lieten neerzakken. Waarom had ze zich ooit aangewend om zich als oude vrouw te verkleden? Met de juiste uitrusting had ze zich voor een man kunnen uitgeven, ze kon toch ook vechten als een man? Een oude vrouw wenkte haar. Ze was niet van plan geweest om in het oudevrouwenhoekje te gaan zitten, toch deed ze het. Gezien haar vermomming was dat haar plaats. Bij nader inzien kon de vrouw maar een paar jaar ouder zijn dan Alêtis. Een jongen, een kind nog, hield met een hand boven zijn ogen tegen de zon, de vergadering in de gaten. De vrouw wees Alêtis een zitkleedje. 'Ik spreek Grieks,' zei ze. 'Als je wilt, vertaal ik.'

De mannen aten en dronken en fluisterden onderling. Achter het rotsige amfitheater glooide het grasland zover als het oog reikte en hier en daar waren de weiden witgespikkeld van de schapen die van verre op veldbloemen leken. De vrouw zei tegen Alêtis: 'Dank je voor het thuisbrengen van mijn zoon. Ik vreesde dat ik alleen Rua hier zou overhouden.'

'Jij bent Rhotia,' stelde Alêtis vast. De vrouw leek niet verbaasd dat de vreemdelinge haar naam kende. Ze gaf het kind wat kaas en vroeg: 'Ben jij de moeder van Swintharik?'

Alêtis lachte. 'Nee,' zei ze, 'zijn moeder is al lang dood.'

De jongen, hij moest zo'n tien jaar oud zijn, bekeek haar nauwkeurig. Hij leek helemaal niet op zijn broer Charatôn; met zijn hoge jukbeenderen en diepliggende ogen, was hij een steppenkind. Hij wees naar haar en zei iets. Rhotia antwoordde met een enkel woord.

'Wat zegt hij?' vroeg Alêtis.

'Hij stelt een impertinente vraag,' zei Rhotia. 'Ik zal die niet herhalen.'

'Doe toch maar.'

'Hij vroeg zich af waarom je je als oude vrouw vermomt,' zei Rhotia. 'Ik weet niet hoe hij erbij komt.'

'Hij heeft gelijk,' zei Alêtis terwijl ze haar kap naar achteren sloeg. 'Die jongen heeft een scherpe blik.'

'Dat is zo,' zei Rhotia. 'Hij is trots op zijn broer, die met de raad van hoofdlieden mag meepraten. Ik zie nu dat hij gelijk heeft, wat je leeftijd betreft. Ik kan zijn vraag beantwoorden.'

'Leg het hem maar uit,' zei Alêtis. Rhotia sprak, even later vroeg ze aan Alêtis: 'Ben je dan de vrouw van Swintharik?'

Alêtis haalde haar schouders op. 'Ik weet het niet,' zei ze. 'Ik weet niet of ik dat wil zijn.'

'Ik begrijp het,' zei de vrouw. 'Het is de dipsa.'

'Hij is genezen van de dipsa.'

Alêtis keek naar de verzameling hoofdlieden, die nog altijd aangroeide. De mannen murmelden en namen af en toe tegelijkertijd een slok, alsof iemand daartoe een signaal gaf. Het moest een begroetingsceremonie zijn en Swintharik deed geestdriftig mee. Hij riep iets onverstaanbaars; eerst naar de mannen, toen naar het verzamelde volk. Hij gaat zichzelf voor gek zetten, dacht ze.

'Hij drinkt op de gezondheid van de hoofdlieden en hun families,' zei Rhotia. 'En op de goede betrekkingen tussen de vertegenwoordigde stammen. Hij drinkt op de doden van de stam waar hij bij heeft gewoond, op Syrdon. En hij drinkt op Charatôn, die hem hier bracht.'

De mannen beantwoordden de dronk luidruchtig en maakten om beurten hun eigen wensen kenbaar. Rhotia vond het niet nodig alles te vertalen en Alêtis vertrouwde op haar oordeel. De toeschouwers ondertussen, letten nauwelijks op de vergadering; overal liepen mensen rond, kinderen speelden en riepen naar elkaar; mannen en vrouwen hielden vrolijke gesprekken en gaven eetwaren door. Alêtis voelde zich doezelig in de warmte en het geroezemoes wiegde haar en stelde haar gerust, zoals een vriendelijke, kabbelende zee dat doet.

Rhotia zei iets tegen haar zoon en deze nam een bundel rietstaken die op een paar punten met leren riemen aan elkaar verbonden waren. Hij zette ze snel en handig op rondom de vrouwen en overspande de structuur met een saffraangele doek, zodat een zonnewering ontstond, die open bleef aan de kant die uitkeek op het podium.

'Dat is aangenamer, vind je niet?' vroeg Rhotia. 'Mag ik naar jouw missie vragen? De keizer heeft jullie vast niet gestuurd om mijn zoon thuis te brengen?'

'Charatôn wees ons de weg.' Alêtis nam een koek aan. 'Valens wil vriendschap sluiten met het volk aan deze kant van de zee, om ze te overtuigen van de voordelen van een bondgenootschap.'

Eindelijk gebeurde er iets. Swintharik ging staan en hij hield een staf op. 'Ik wil met u spreken over de dapperen,' zei hij. 'De mannen van uw volk die onze streken in het westen en zuiden bezochten en die zelfs de onverschrokken Goten op de vlucht hebben gejaagd.'

De oude mannen knikten. Een van hen zei: 'Zo onverschrokken zijn ze dus niet.' Toen het gelach van de menigte luwde, voegde een ander eraan toe: 'Er is maar een klein deel gevlucht. Er wonen nog genoeg Goten in de buurt.'

Swintharik vervolgde: 'Ik begrijp dat het maar een kleine groep was, die onstuimige jongemannen, die dit stammenverbond verlieten op zoek naar buit en avontuur. Maar ondanks hun aantal hebben ze al twee rijken in beroering gebracht. De volksverhuizing die ze in gang zetten, heeft zelfs de keizers van het Romeinse Rijk genoodzaakt om hun legers naar het gebied ten zuiden van de Hister te verplaatsen.'

'Wij zijn niet verantwoordelijk voor die heethoofden,' zei een

Alaan als een knoestige eik. 'Als de keizers van Rome hen willen bevechten, dan mogen ze dat. Wij hebben er niets mee te maken. Willen de keizers hier komen? Ook goed, we zullen hen verpletteren.' Hij sloeg een vuist tegen zijn borstkas dat de maliën rinkelden en het volk juichte.

'Daar is geen sprake van,' zei Swintharik. 'Dat is ook niet de reden van mijn komst.'

'Waarom vertel je ons niet meteen die reden?' vroeg een kleine, gedrongen man, met de smalle diepliggende ogen van het Hunnenvolk. Er moest een vertaler bij komen.

'Dat is mijn man,' zei Rhotia trots. 'Hij kwam tien jaar geleden, toen we nog een paar honderd mijl verder naar het zuiden woonden.'

Alêtis meende dat Swintharik haar met zijn ogen zocht. Hij grijnsde. Nu komt er een ongeëvenaarde dwaasheid, dacht ze. Swintharik pakte de draad weer op. 'De keizer van het westen heeft me gestuurd omdat hij jullie als bondgenoot wil tegen de Perzen, een hard en gevaarlijk volk, dat ten zuiden van de Kaukasus leeft in een land dat even hard en kaal is als het volk zelf. De keizer kan hen niet verslaan, geen enkele keizer heeft dat gekund.'

'Waarom zouden wij hen bevechten?' vroeg de Hun. 'Wie heeft er belang bij een kaal land? En waarom zouden we elders strijd zoeken als het leven hier goed is? Of zijn er soms grote rijkdommen te vinden?'

'Dat is niet het geval,' zei Swintharik. 'Het mag zo zijn dat koningen altijd een zekere mate van rijkdom verzamelen – daar zijn het koningen voor – maar de keizer wil niets anders dan zijn grenzen beschermen tegen invallers, die het voorzien hebben op zijn eigen rijkdommen en die van zijn onderdanen. Als het gaat om goud en buit, is er geen betere prooi dan dat enorme Romeinse Rijk. Vele eeuwen inmiddels, beheerst het de wereld en overal sleept het de rijkdommen weg. Voorbij de rivieren, in het land waar nu jullie jongemannen vertoeven, zijn de villa's al geplunderd, maar dat is pas het begin. Verder naar het westen ligt het rijke Gallië, waar ikzelf geboren ben; een vruchtbaar, groen land, waar de steden welvarend zijn, maar eenvoudig te overmeesteren – sommige mogen zelfs geen garnizoen hebben. Hier komen vreemde volkeren al eeuwen op af, als rusteloze golven die naar het strand rollen, en geen van hen is er werkelijk in geslaagd zich meester te maken van de rijkdommen. Zuidelijk van Gallië en ervan gescheiden door een gemakkelijk over te steken bergrug ligt het warme en machtige Spanje, en oostwaarts van de Gallische heuvels ligt in een langgerekt schiereiland het oude Italië met de hoofdstad Rome, de bakermat van dat grote rijk. Het is oud, ziek en niet meer in staat om zijn rijkdommen te beschermen. En dan zijn daar Griekenland en het onvoorstelbaar rijke Klein-Azië. Over de zuidelijke kusten van de grote zee die al deze landen met elkaar verbindt zwijg ik vooralsnog, die zullen jullie te zijner tijd weten te vinden.

Ik adviseer: maak geen gemene zaak met de keizers, zij willen hun vijanden tegen elkaar uitspelen. Tref dit rijk in het hart, voor het zich kan herstellen van de voortwoekerende zwakte. Val het binnen, plunder en roof, maak je meester van de schatten. Ik nodig jullie uit, deze boomgaard hangt vol rijpe vruchten en er is niemand die ze beheert.'

Alêtis was in de loop van Swinthariks monoloog rechtop gaan zitten en terwijl hij in vuur geraakte, was ze gaan staan om hem beter te kunnen zien. Ook Rhotia kwam overeind, onafgebroken vertaalde ze de woorden die op het podium klonken. Swintharik keek over de hoofden in hun richting en zijn blik was uitdagend en triomfantelijk.

Alêtis' huid begon te tintelen, dit was hoogverraad – verraad aan keizer en volk, aan de hele beschaafde wereld. Wat als ze zouden luisteren, als ze naar de Hister trokken? Konden de verzamelde legers een nog grotere mensenvloed aan? De oorlog moest inmiddels zijn gestreden en beslist. De orde was hersteld, maar dat zou uitstel zijn; er zouden nieuwe doorbraken komen, steeds weer opnieuw. Ze wilde hardop lachen.

Swintharik was nog niet uitgesproken. 'Het ligt daar, Europa, het ligt klaar voor jullie en jullie kinderen,' ging hij verder. Hij wees naar Charatôn, en wuifde naar de toeschouwers. 'De eenheid van dit rijk is schijn, de leiders zijn aasgieren die aan een kadaver trekken om zoveel mogelijk vlees naar zich toe te halen. Alleen is het geen kadaver, maar een land van overvloed en weelde; de mensen dienen liever vreemdelingen, dan dat ze zich nog langer laten uitzuigen door hun eigen leiders. Europa is weerloos, neem het in bezit!'

Nadat Swintharik was gestopt met praten en het geroezemoes aanzwol, en terwijl Rhotia de laatste woorden in Alêtis' oor riep, ging één oude man staan, het was de Alaan; Rhotia's man kwam bij hem staan. Ze overlegden even en toen nam de oude krijger de staf op. 'U hebt mooi gesproken,' zei hij. 'En u hebt in onze tenten gewoond, dus wij hoeven niet te vrezen dat u een val voor ons zet. Uw beschrijving van dat weerloze rijk is meeslepend en velen van ons zouden graag die tocht ondernemen om hun geluk te beproeven, zoals onze jongemannen dat hebben gedaan. U vergeet echter één ding.' Hij keek over de zwijgende menigte, wendde zich weer tot Swintharik en zei: 'Wie zal onze schapen hoeden, als wij expedities ondernemen?'

Instemmend gemompel door de massa, sommigen begonnen met hun voeten te stampen. Toen het weer stil was, ging de man verder: 'Hoe lang zullen onze vrouwen en kinderen zonder ons zijn? En waarom zouden wij op reis gaan als we hier alles hebben wat we wensen?' Hij maakte een weids gebaar naar de glooiende graslanden. 'Wij hebben belang bij Romeinen noch Perzen. Wij zijn met velen en sinds wij bij deze zee kwamen, sloten volkeren zich bij ons aan, liever dan ons tot vijand te maken. Wij zijn het reizen moe en hebben ons hier gevestigd om een vredig bestaan te leiden.'

Een ander trad naar voren, nam de staf. 'Onze volkeren zijn klein en wij zijn onder gelijken. Als wij ons aansluiten bij het Romeinse Rijk, zullen we de staart zijn van een leeuw. Maar ik ben liever de kop van een muis!'

Gejuich.

Alêtis en Rhotia gingen weer zitten onder hun zonnedakje. Een voor een namen de stamhoofden het woord en Rhotia vertelde dat het herhalingen waren van wat de eerste spreker had gezegd. 'Is het geen vreemd voorstel, wat Swintharik deed?' vroeg ze uiteindelijk.

'Hij heeft een ander verhaal gehouden dan de keizer verlangde,' zei Alêtis. 'Het is goed dat niemand van ons gezelschap begrijpt wat hij hun voorspiegelde, want als dit thuis bekend wordt, zal Valens hem laten doodmartelen. En daarna zal hij hem tot leven wekken en nogmaals doodmartelen. Het is goed dat ze er niet op ingaan.'

Rhotia knikte. 'De wijze oude mannen verwachten niets van de beschaving.'

De jongen vroeg iets aan zijn moeder.

'Hij wil weten hoeveel dagen het rijden is naar de uiterste grenzen van het Romeinse Rijk,' zei Rhotia.

'Ik weet het niet, enkele weken misschien? Het ligt aan de paarden en aan de grootte van de groep. En aan de volkeren die je onderweg tegenkomt; zijn het vrienden, vijanden? Zullen ze je helpen of juist de weg versperren?' Ze glimlachte naar de jongen, terwijl deze naar de vertaling van haar woorden luisterde en ze zag hoe zijn ogen schitterden.

Van het daaropvolgende feestmaal maakte Alêtis geen notitie; ze zou zich er later, toen Dido haar over deze episode ondervroeg, weinig van herinneren, ongetwijfeld door de drank *sura* die ze daar voor de eerste en laatste keer van haar leven dronk.

'Het is mooi dat je niet meer met je laat sollen,' zei Alêtis toen ze hun tent opzochten, 'maar had je werkelijk gedacht dat ze zich zouden laten sturen?'

'Niet meteen,' zei Swintharik. 'Deze nomaden veranderen hun gewoonten niet graag. Maar ze zullen het niet vergeten. De kinderen hebben het ook gehoord en spoedig zullen zij jongemannen zijn, die hunkeren naar avontuur. Als zij eenmaal in beweging komen, zwermen ze uit als sprinkhanen en vreten alles kaal op hun weg.'

'Het is goed dat je je niet laat gebruiken,' zei ze. 'Maar de kans is groot dat je de thuisreis voor jezelf afsnijdt.'

'Welk thuis? Damascus? Augusta Treverorum, mijn geboortestad? Ik heb geen thuis.'

'En je zaken in de wijnhandel?'

'Die lopen ook zonder dat ik me ermee bemoei. Ik stel er geen belang meer in.'

Alêtis bedacht niet voor het eerst dat hij geen dipsa nodig had om zich als een dwaas te gedragen. 'Wat ga je dan doen?' vroeg ze.

'Ik ga naar het oosten, ik heb altijd al willen weten hoe het er daar uitziet.'

'Wil je naar de Perzen?' vroeg ze. 'Dan verbaast het me niet dat je Valens' plannen doorkruist. Ga je hun je diensten aanbieden?'

'Ik zal niemand mijn diensten aanbieden. Ik ga naar Hind, over de grote bergen. Ik heb daarover gelezen; ga je mee?'

'Ik zal erover denken,' zei ze.

Die nacht bedreven ze de liefde en het kwam haar voor dat Swintharik zich nu pas echt had bevrijd van het juk waaronder hij gebukt ging en waarvan de dipsa slechts één aspect had uitgemaakt. De afval van vandaag, al was het een symbolische, had evenwicht gebracht. Zij mee naar Hind? Ze wilde er eerst over praten, misschien kon hij haar overtuigen. Ze sliep lang en vast en toen ze de volgende ochtend naast zich tastte, vonden haar handen hem niet. Nog voor ze haar ogen opende, wist ze dat ze hem niet zou weerzien.

37

Sneeuwbeelden

(winter 378-379)

Alêtis bleef een maand bij het volk, dat onder vele namen en in wisselende samenstellingen voortleefde. Een paar dagen na Swintha-riks verdwijning waren, zonder haar te waarschuwen, ook hun begeleiders vertrokken. Haar maakte het niet uit, ze had genoeg van scheepsreizen. Ze hielp Rhotia, met wie ze een minnaar gemeen had, bij het bewerken van geitenmelk tot verschillende producten die in het Grieks zelfs geen naam hadden. Ze sprak met stamleden en vroeg inlichtingen om haar terugreis voor te bereiden. De mannen, die weinig wisten over de weg naar het westen, behandelden haar met enige vrees, misschien vanwege haar uiterlijke metamorfosen – haar kledingvoorraad was beperkt. Of was het haar houding? Ze gedroeg zich bang noch onderdanig.

De meest bereisde, Charatôn, wist niet welke route hij was gegaan, hoe ver het was en wie hij er was tegengekomen. Hij deed haar denken aan een wild veulen, dat afgedwaald van de kudde, na een lange, vrolijke dag van rondspringen en draven de weg terug niet kan vinden. Als hij niet had geweten dat zijn volk op de Chersonessos leefde, hadden ze het nooit gevonden. Moerassen, rivieren, bossen, wat hij nog kon beschrijven van zijn tocht, had overal kunnen zijn.

Ze wilde onderweg mensen vermijden, het had weinig zin om rondzwervende barbaren de weg te vragen naar de beschaving. En als ze over Romeinen begon zou zo'n groepje rabauwen zich wellicht afvragen wat een oude vrouw daar te zoeken had. Ze zouden haar kleren doorzoeken voor ze haar vermoordden – of erger. Ze gaf niet om de munten die ze in haar kleren verborg, die kleren verhulden echter andere zaken, die zelfs in beschaafd gebied begeerte opwekten en handelswaarde vertegenwoordigden.

En toch kon ze zich moeilijk losmaken van dit volk.

'Waarom blijf je niet?' vroeg Rhotia, toen ze op een avond de schapen naar een kooi dreven. 'Als je jezelf minder onaantrekkelijk maakte, zou je spoedig een man vinden die je kan beschermen en onderhouden. Je zult kinderen krijgen die je oude dag verzekeren, al denk je daar nu nog niet aan.'

'Ik onderhoud en bescherm liever mezelf,' zei Alêtis, 'ook als ik oud ben, kan ik me goed handhaven in de steden.' Ze had zich in gedachten nog niet losgemaakt van de man die was weggegaan. Ze dacht even dat ze zijn geur kon ruiken. 'En zelfs hem wilde ik niet,' zei ze hardop en ze schrok er zelf van, het was niet haar bedoeling geweest om hardop te spreken.

'Waar heb je het over?' vroeg Rhotia.

'Doet er niet toe.' Alêtis duwde de gedachten weg; wat was dit voor zwakte? Ze moest snel zichzelf terugvinden, deze dwaasheid had lang genoeg geduurd.

Rhotia knikte en bleef staan, want de schapenmassa, gewend aan de avondlijke gang, bewoog langzaam naar de open poorten, zoals een wagen die, eenmaal in beweging gebracht, vanzelf een flauwe helling afrolt. 'Hij is weggegaan,' zei ze. 'Wees blij, jij hoefde het niet te doen. Hij is een zwerver, ook ik heb hem destijds gezegd niet terug te komen.'

'Ik ben ook een zwerver.' Alêtis keek naar Rua, die verderop tegen de grashelling met de schaapshond aan het stoeien was, twee gezworen plichtsverzakers. Ze hield van kinderen, maar had ze zelf nooit gewild. 'Sommige zwervers moeten alleen zijn,' zei ze. Had ze het nog over Swintharik? Ze vroeg zich af of ze niet toch op hem wachtte. Als ze wegging, zou hij haar nooit meer terugvinden, de wereld was te groot. Ze kreeg het benauwd als ze eraan dacht. Maar hij zou zich niet bedenken en zelfs als hij dat wel deed, dan was niemand daarbij gebaat. Tijd om knopen door te hakken.

'Ik vertrek morgen, Rhotia,' zei ze.

Het kostte haar weken, misschien maanden om het deltagebied door te komen. Toen ze eenmaal de Chersonessos achter zich had, probeerde ze de kust te volgen; soms kon ze zo dagenlang langs een strand lopen, dan weer begonnen de eindeloze moerassen en moest ze omtrekkende bewegingen maken, wateren oversteken die door de eerste herfstregens aanzwollen en haar leven bedreigden; ze gebruikte zomin mogelijk van haar voorraden, en toen die op waren bezocht ze vissersdorpen in de hoop voedsel te vinden, maar die waren allemaal verlaten. Ook in de wijde omtrek was ze niemand tegengekomen en ze voedde zich met de halfrotte vruchten van bomen die de plunderingen hadden overleefd.

Ze vond een hulkje dat niet was kapotgeslagen door de plunderaars en roeide een eind langs de kust. Met een hersteld net wist ze wat vis te verschalken en die droogde en rookte ze op het strand, hoewel ze bang was dat de rook mensen zou aantrekken.

Later in de herfst kwam ze langs steden, waar ze misschien twee jaar geleden gastvrijheid had kunnen vinden bij mensen die dezelfde taal spraken, maar nu waren ze verlaten, of er huisden hongerige barbaren die het land over honderden mijlen hadden kaalgeplunderd, die beesten en lastdieren hadden opgegeten en misschien niet terugdeinsden om soep te trekken van een uitgemergelde oude vrouw.

En toen op een dag, terwijl het al ijzig koud was en de wind huilde langs de kale stammen van een bos, vond Alêtis zich opeens omringd door een aantal ruiters, Goten en Alanen. Een van hen riep haar iets toe in de Gotentaal en ze antwoordde in het Grieks dat ze hem niet verstond. Een ander vertaalde. 'Moedertje,' zei hij, 'heb je iets te eten bij je?'

'Ik ben je moeder niet,' snauwde Alêtis, want niets is gevaarlijker dan een timide houding. 'Ik heb ook geen bezittingen, noch heb ik verwanten of anderszins die losgeld zullen betalen, dus ga maar iemand anders beroven.'

'Beroven?' De tolk vertaalde haar woorden en zijn vrienden barstten in lachen uit. Een van hen stuurde zijn paard in de richting van de vrouw en reikte haar een brood aan en een stuk kaas.

‘Waarom zouden we je beroven, oude vrouw?’ vroeg de tolk. ‘Het is onze christenplicht om de hongerigen te helpen die langs de wegen zwerven. Wil je een oude reismantel, voor wat extra warmte?’ Hij gooide haar een mantel toe en ze maakte een sprong om hem op te vangen.

‘Hoe oud ben je eigenlijk, moedertje?’ vroeg een ander, in nog krommer Grieks.

‘Oud genoeg om je moeder te zijn,’ kraste Alêtis, want ze wist dat christelijke hulpvaardigheid ruim wordt opgevat. Nooit eerder had ze zo goed de stem van een kol nagedaan, want de man deinsde terug en zijn makkers lachten hem uit.

‘Laat het je smaken,’ riep de tolk en de mannen wilden hun weg vervolgen, maar Alêtis vroeg: ‘Hoe staat het met de strijd? Ik ben lang niet meer in de streek geweest.’

‘We hebben ze flink te grazen genomen,’ zei de tolk. ‘En inmiddels jagen zij ons weer op. Zo gaat dat. Maar van de zomer, bij Adrianopel, was het lot met ons, we hebben een leger verpletterd, en een keizer gedood.’

De mannen joelden en reden zingend weg.

Het grote leger dat in Melanthias had gebivakkeerd, verpletterd? Alêtis dacht aan Dido, hij was meegegaan op de veldtocht. Was hij ook dood? Toen de tolk de naam Adrianopel noemde, had hij in zuidelijke richting gewezen. Het was in elk geval op haar weg; naar Constantinopel kon ze altijd nog, zo veel verder was dat niet. Ze besloot om zuidwaarts te gaan, misschien kon ze achter het lot van Dido komen.

Ze volgde de windingen van de Tonzos terwijl de natte sneeuw dagelijks in haar gezicht vlaagde tot haar gewrichten zo verstijfden dat ze zich werkelijk de oude vrouw voelde die ze voorgaf te zijn. Ze had twee dagen niet gegeten toen ze langs een fort kwam waar ze besloot aan te kloppen om voedsel, hoewel ze bedelen haatte. Ze durfde ook haar geld niet te tonen.

In het dorpje, in de schaduw van de hoge wachttoren, vond ze een gemeenschap van christenen die haar lieten eten en een warme slaapplek boden. Ze bleef tot ze haar krachten terugvond; daarna bezocht ze, op verzoek van de dorpelingen de kerk en om hen niet voor het hoofd te stoten, deed ze mee met de dankdienst. Ze genoot van de donkere kerk; het was een uitgediepte grot, die was uitgebreid met op maat gehouwen stenen en metselwerk; een stille plek waar kaarsenvlammetjes roerloos in het duister zweefden en waar ze een rust vond die zelfs de maanden in de wildernis haar niet hadden gebracht.

Beladen met leeftocht vervolgde ze haar weg, al geselden de elementen haar nog harder dan voorheen. Aan de benedenloop van de Tonzos lag de sneeuw al twee handen dik. Ze kon de weg nauwelijks meer zien, maar oriënteerde zich min of meer op de rivierloop, veel maakte het in deze vlakten ook niet uit. Tegen de middag van de derde dag kreeg ze een boerderij in het oog, maar na de eerste vreugde zag ze dat de gebouwen waren uitgebrand. Ze moesten de vorige zomer zijn geplunderd. Nog voor ze de ruïnes voorbij was, zag ze een man tegen een boom zitten, hij was met sneeuw bedekt en moest al lang dood zijn. Hij had de helm nog op zijn hoofd, al was die scheefgezakt.

Ze knielde bij hem neer en streek de sneeuw van de plek waar zijn gezicht moest zijn, alleen maar om een grijnzende doodskop te vinden. Nu zag ze meer resten van lichamen, her en der verspreid; de meeste hadden kunnen doorgaan voor boomstronken en afgerukte takken, maar nu ze erop lette, zag ze het. Sommige skeletten droegen nog hun pantserhemden; de overwinnaars hadden geen tijd gehad om die mee te nemen, of misschien waren ze al zo zwaarbeladen met buit, dat ze geen belangstelling hadden gehad. Tussen de bomen vond ze meer stille getuigen, sneeuwbeelden van gevallenen. Een soldaat was tegen een boom gespietst en hing nog altijd op de speerschacht zoals op de dag dat hij stierf. Het moest al maanden geleden zijn; de botten waren ontvleesd, door dieren en door rotting. De afwezigheid van geur kwam door de koude en door de witte lijkwade die alles bedekte; bij het inzetten van de dooi zou er waarschijnlijk niets meer over zijn dat kon stinken.

Ze keerde terug naar de weg, voor zover ze die kon zien en ging steeds sneller lopen. Tegen het vallen van de avond bereikte ze de samenvloeiing bij Adrianopel. Ze naderde voorzichtig en tot haar opluchting zag ze de tekens van het garnizoen; de beschaving was nog niet weggevallen.

De poortcontrole bleek zelfs vrij los, alsof men geen gevaar duchtte. Alêtis verspilde geen tijd en zocht een geldwisselaar, om een van haar laatste verborgen solidi te wisselen in handzame valuta; daarna zocht ze een gasthuis. De uitbater, een oude legionair die een diep litteken in zijn wang had, dat hij voortdurend met was dichtstopte om te voorkomen dat de wijn die hij dronk erdoor naar buiten sijpelde, vertelde haar dat het badhuis dicht was. 'Morgenochtend kun je er terecht, moedertje,' zei hij. 'En ik hoop dat je nog wat schone kleren hebt, want zo laten ze je niet binnen.'

Zelf was hij ook niet erg toeschietelijk geweest, tot hij haar geld had gezien.

'Ik hoef me alleen maar een keertje goed te wassen,' zei ze. 'Ik heb maanden gereisd door onbewoond gebied.'

'Zelfs een blinde had dat kunnen vaststellen.' Hij trok zijn neus op, waardoor de wasprop weer uit zijn wang viel. Hij vloekte, riep wat naar achteren en grijnsde naar haar, waardoor een kwijlspoor op zijn wang verscheen. 'Het is hier niet meer zo druk, sinds Gratianus' tribunen de boel hebben schoongeveegd. Maar van de zomer werden we nog korte tijd belegerd.'

Ze vroeg hem uit in de hoop dat hij iets over Dido zou weten. Ze was nog altijd geschokt dat de keizer dood was, al had ze weinig op met keizers en zou een ander de plaats innemen.

De man bevestigde dat, terwijl hij zijn oude wond dichtstopte. 'Binnenkort zal Gratianus in Sirmium de nieuwe keizer van het oosten installeren.'

'Sirmium,' zei ze nadenkend. Dido had eens gezegd dat hij daar een huis had. 'Hoeveel mijl is dat?'

'Een paar honderd. Als je het kunt betalen, is het goed te doen. Er is veel verkeer over de heerbaan de laatste weken. Iedereen in de stad die iets te betekenen heeft, gaat daarheen; je zult er meer moeite hebben om een gasthuis te vinden dan hier.' Met de stad bedoelde hij Constantinopel.

'Is dat een pijlwond?' vroeg Alêtis, wijzend naar het slecht gestopte wanggat.

Hij knikte. 'Een Alamannische pijl, twintig jaar geleden. Kwam binnen in mijn mond en nam toen de zijdeur. Al was die er toen nog niet.' Een nieuwe grijns, weer viel de prop.

'Waarom is het niet dichtgegaan?' vroeg ze. Haar belangstelling als genezeres was gewekt.

'Een legerarts probeerde het dicht te branden. Hij zei dat mijn gezicht anders zou wegrotten; in plaats daarvan brandde hij het open.'

'Ik kan het dichtmaken, als je wilt,' zei ze. 'Ik heb ervaring met geneeskunde.'

'Laat maar,' zei hij, 'ik ben het gewend, maar evengoed bedankt. Ik heb water laten warm maken, voor het moment moet u het daarmee doen.'

Alêtis ploegde door de sneeuw die de straten verstopte en hoog tegen de huizen was opgeworpen bij eerdere pogingen om de weg vrij te houden. De ochtendzon, zette alles in schittering.

Ze wilde zich snel opknappen om vervolgens inlichtingen in te winnen bij het plaatselijke gezag, al weet iedereen dat lokale machthebbers weinig toeschietelijk zijn. Ze voelen zich pas echt machtig als ze de burger inlichtingen kunnen onthouden; of het relevantie heeft voor hun eigen positie is van ondergeschikt belang. En de mate van macht is omgekeerd evenredig aan de wil om die uit te oefenen, althans, dat verzon ze voor de vuist weg, terwijl ze daar voortging met bevroren voeten want haar schoeisel was meer gat dan leer en ze had haar vieze windselen niet om willen doen.

Haar vrees dat het badhuis niet open zou zijn was ongegrond. Het kwam al op temperatuur en ze doorliep in alle rust de gangen, vond zelfs een laconicum, een droge zweetruimte, waar ze langdurig verbleef. Daarna liep ze naar het caldarium, waar zich al een groepje vrouwen had verzameld. Hier liet ze zich begieten met kannen koud water uit de labra.

Een zwaargebouwde vrouw vroeg in slecht Grieks of ze een massage wilde. Alêtis stemde toe, want hoewel ze zich al beter voelde, had ze onderweg vaak gewenst dat ze op een bank lag in een unctorium, onder de vaardige handen van zo'n titane. De vrouw ging haar voor naar de ruimte waar al drie vrouwen op tafels zich, onder vrolijk gekwebbel, en af en toe een wellustige kreun, de spieren lieten kneden.

Niemand nam notie van Alêtis. Ze ging liggen en gaf zich over aan de masseuse. Ze ontspande zich, terwijl ze half meeluisterde met het gesprek. Het ging over een soldaat, een geweldenaar, als je de vrouwen moest geloven. Ieder van hen betreurde dat hij weg was. Alêtis lachte inwendig, was dit niet het lot van alle steden in oorlogsgebieden? Jonge soldaten komen, brengen harten op hol, doen de bedden kraken en verdwijnen naar nieuwe slagvelden. Nooit vlamt het leven feller op dan in het zicht van de dood, bedacht ze en haar gedachten dwaalden al weer af toen ze opeens de naam Eleutherius hoorde. Ze zag de grote soldaat voor zich – toch werkelijk geen jongeman; eerder een die tegen zijn pensioen aan zat. Het ging echt over hem.

'Hij mag nog blij zijn dat hij er zo van afgekomen is,' vond een matrone.

'Een dracht zweepslagen is anders niet niks...' zei een meisje.

'Voor jou is dat heel wat,' wierp de oudere vrouw tegen, 'voor een veteraan is het niks. Zo'n man draagt zijn littekens met de trots waarmee wij onze juwelen dragen.'

'Had hij echt zo veel littekens, Lea?' vroeg het meisje aan de derde vrouw.

'Overal, op één plek na,' zei de aangesprokene giechelend. 'Het deel dat een goed soldaat, na de aanval, altijd op tijd weet terug te trekken.'

'Daarom heb je zeker drie kinderen,' zei de matrone.

Alêtis lachte mee met de rest en toen het even stil was, vroeg ze: 'Waar is die gehavende soldaat nu?'

'Jij bent een vreemdelinge?' vroeg de matrone. 'Welkom in onze stad. Je bent zeker op weg naar Sirmium voor de plechtigheid?'

'Ik denk wel dat ik daarheen wil,' zei Alêtis.

'Die soldaat zal daar ook zijn,' ging de vrouw verder. 'Hij is direct na de slag ingedeeld bij de lijfwacht van keizer Gratianus, maar al in de eerste dagen van zijn functie heeft hij zich schuldig gemaakt aan insubordinatie, toen hij een Gotische gevangene hielp ontsnappen.'

'Interessant,' zei Alêtis. 'Wat had die gevangene misdaan?'

'Niets, voor zover ik weet,' zei de vrouw. 'Hij was een Goot, dat was toch voldoende? Alle Goten tussen Constantinopel en Philippopolis, ook die in actieve dienst, zijn na de nederlaag afgemaakt, uit voorzorg of uit wraak; zelfs de vrije boeren die al decennia op ons grondgebied woonden. Velen waren loyale christenen, maar dat maakte niet uit.'

Lea voegde eraan toe: 'Er was ook sprake van een snelbode, die een spoedopdracht had van Gratianus. Hij was degene die de magister equitum zijn opdracht bracht. Die koerier was betrokken bij de ontsnapping van de barbaar, maar toen Gratianus' ruiters hem probeerden te achterhalen, raakten ze hem kwijt.'

'Dat heb je met snelboden,' merkte het jonge meisje op. 'Ze zijn snel.'

'En toen hij terugkwam van zijn opdracht,' ging Lea verder, 'wist hij de keizer te overtuigen dat de Goot een strijdbroeder was, die de dood niet verdiende. Hij ging mee met het keizerlijk hof, net als die soldaat.'

'Gratianus stelde de soldaat aanvankelijk tot voorbeeld,' zei de oudere vrouw. 'Maar hij was dol op 'm en heeft hem snel vergeven.'

'Wat een titaan,' verzuchtte Lea. 'Van zo'n lijfwacht kunnen de meeste keizers slechts dromen, ook al heeft hij maar één bruikbare arm.'

'En de Goot?' vroeg Alêtis toen ze was bekomen van die laatste opmerking.

'Dat is vreemd,' zei Lea. 'Een paar weken na zijn verdwijning dook hij al weer op. Hij was vertrouweling geworden van de nieuwe magister equitum – die spoedig de nieuwe keizer van het oosten zal zijn.'

'Niets vreemds aan,' meende de matrone. 'Theodosius heeft niet alleen gestreden tegen de Goten, hij moest ook onderhandelen. Logisch dat je er dan een Goot bij wil.'

Het onderwerp was uitgeput, de dames richtten zich op Alêtis. Wie was ze, vanwaar kwam ze? Alêtis vertelde dat ze van de Chersonessos was komen lopen na een diplomatieke missie. Waarom zou ze iets verzinnen? Ze kwam uit Klein-Azië en de dames vonden die aanduiding indrukwekkend genoeg, geen van hen was waarschijnlijk ooit ver van de geboortestad geweest.

'Je ziet er goed uit,' zei Lea, die even op haar ellebogen steunde om Alêtis te bekijken. 'Zit je niet om geld verlegen na al die ontberingen?'

'Kijk uit, vrouwtje,' zei de matrone. 'Als Lea zo begint, heeft ze plannen met je. Of je moet in haar bordeel willen werken.'

'Dat was ik niet van plan,' zei Alêtis. 'Ik heb niets nodig dan nieuwe kleren en vervoer naar Sirmium. En ik kan ervoor betalen.'

'Ik nodig je uit voor een middagmaal in mijn huis,' zei de vrouw. 'En daarna stuur ik je naar mijn kleermaker, hij is de beste en snelste van de stad. Morgenavond vertrekken mijn man en ik naar Sirmium en we hebben nog een plekje vrij in ons rijtuig.'

38

Pernaculus

(Sirmium, winter 379)

Dido voelde zich ongemakkelijk in zijn nieuwe kleren; al te lang had hij in zijn reismantel gewoond. Hij was vroeg in het hippodroom aangekomen, afkerig om zich te laten meevoeren door de massa. Van veraf zag hij Eleutherius al staan. De grote soldaat was in burger, want Gratianus liet zich, zo ging het verhaal op straat, vandaag begeleiden door zijn nieuwe lijfwacht, die uit louter Alanen bestond, ook al hadden zijn tribunen hem gewaarschuwd dat dit onrust kon veroorzaken, zo kort na de verloren veldslag. Waarop Gratianus zou hebben geantwoord: 'Ik was niet degene die de veldslag verloor, ik was het die de barbaren verjoeg.'

Helemaal waar was dat niet, want direct na de slag waren de barbaren weer uitgezwermd over het land. Pas met de komst van Theodosius keerden de zaken ten goede. Hij, die vandaag zou worden gekroond tot keizer van het oosten, had als magister equitum de losse benden aangepakt, dezelfde tactiek volgend die Sebastianus in de lente van het jaar daarvoor zo succesvol had toegepast.

Dido had gehoord dat de populaire generaal een paar jaren uit de gratie zou zijn geweest. Zijn vader, Theodosius de oudere, een Spanjaard, was zelfs in Carthago geëxecuteerd. Niemand wist met zekerheid te zeggen wat hij had misdaan, maar sinds de dood van Valens en van Gratianus' voorganger, Valentinianus, was dat allemaal niet meer van belang.

Eleutherius begroette hem luidruchtig. 'Dido! Blij te zien dat je er weer bent.'

'Hoe gaat het met je?' vroeg Dido, nadat hij zich had losgemaakt uit de omhelzing. Er was iets met Eleutherius' arm.

'Je hebt vast gehoord dat mijn rol is uitgespeeld? Mijn linkerarm is verlamd geraakt door een zwaardhouw die ik opliep in de slag van vorige zomer. Ik kon nog even tot voorbeeld dienen, nu ben ik slechts een invalide soldaat die is afgedankt.'

Dido begreep dat Gratianus geen functie meer had voor de held van Adrianopel. 'Er is vast voor jou nog wel een rol weggelegd,' zei hij.

'Ja, als uitsmijter in een bordeel.' Zijn gezicht klaarde op. 'Wat nog niet zo gek is.'

'Catualda zal nog jaloers zijn,' zei Dido, al betwijfelde hij dat.

Voor de ambassadeur waren gouden tijden aangebroken, nu Theodosius hem in zijn persoonlijke staf had opgenomen. In die eerste panische weken na de verloren slag had de wraakzucht tot een bloedbad onder de Goten geleid. Het waren juist de loyalen onder hen die slachtoffer werden van de wraak: de afstammelingen van barbaren die zich nauwelijks meer hun afkomst herinnerden, die al generaties binnen de grenzen woonden; de hulptroepers en de boeren. Maar ook dat was weggeëbd.

Dido had zijn oude reisgezel een dag na de nederlaag uit de cel gehaald, waar een ijverige functionaris hem in de dagen voor de veldslag had opgesloten – als voorzorgsmaatregel, zo heette het. Het keizerlijk zegel opende de zware deur en Catualda was voldoende geïntimideerd door zijn internering om zijn bonte kleren op een vuilnishoop te gooien en de soldatenplunje aan te schieten die Dido hem bracht. Hij schoor baard en snor af zodat hij, met zijn getekende gezicht, kon doorgaan voor een gehavende veteraan.

Toen twee dagen later Gratianus arriveerde, braken de Goten halsoverkop het beleg af en gingen op zoek naar gemakkelijker prooien.

Dido kreeg een uitnodiging om bij de keizer te komen en nadat Gratianus hem had beloond voor de verrichte diensten, gaf hij hem in één adem een nieuwe, geheime opdracht. Dido moest naar Milaan om een zekere comes Theodosius te halen, die de chaos in Thracië zou kunnen beteugelen. Hij verzocht de keizer om hem een lijfwacht naar eigen keuze toe te staan, want het was nog altijd een gevaarlijke reis.

Hij had zich echter vergist in Catualda. De opsluiting had zijn gemoed bezwaard en bij de eerste halteplaats na Mediolanum ging hij ervandoor. Hij had Dido tijdens de reis al laten weten dat hij op een rustige plek wilde wachten tot de storm zou overwaaien. Dat nam niet weg dat hij, toen de echte storm opstak, weer tevoorschijn kwam en Theodosius zijn diensten aanbood. De magister equitum begreep meteen hoe waardevol de Goot kon zijn bij de herfstcampagne. Maar Catualda zou zich nooit meer kleden als een Goot.

Gelijk de duivel als je over hem praat, dook nu ook Catualda op uit de mensenstroom, gekapt en geschoren als een aristocraat, een rode mantel zwierig over zijn schouder. 'Ik zie dat jullie de beste plaatsen hebben,' zei hij. 'Er is vast nog een plekje voor mij. Blij jullie te zien.'

Dido luisterde half naar de beide mannen die elkaar bleven opzoeken, eerst om op de gesneuvelde kameraad Quintus te drinken, gaandeweg louter om de vreugde. Ze verheugden zich op het komende feest dat alle eerdere drinkgelagen in de schaduw zou stellen. Eleutherius had een plek op het oog en Catualda zou voor vrouwen zorgen, hij had nooit eerder zo veel succes gehad, barbaren waren in de mode geraakt sinds Gratianus zich met hen omringde.

'Dat zal hem nog duur te staan komen,' zei Eleutherius.

'Niet zolang wij waken,' zei Catualda.

'Jij bent zelf een barbaar.'

'Ik heb een Griekse moeder.'

Dido schoot in de lach. Was er enig volk dat zichzelf als barbaar zag? Hij liet zijn ogen over de mensen dwalen en zijn blik bleef hangen op een vrouw die hij meende te kennen, al kon hij niet zeggen waar hij haar eerder had gezien. Ze droeg een kostbaar gewaad en meanderde door de menigte als een gazelle door hoog struikgewas. Ze ving zijn blik en hij besefte dat het Alêtis was. Ze gleed tegen de mensenstroom in en omhelsde hem. Dido's blik zocht al naar Swintharik. Hij stelde meer vragen dan ze kon beantwoorden en vernam dat ze de vorige avond was aangekomen.

'En Swintharik,' vroeg hij, 'is jullie missie geslaagd?'

'Dat zou ik niet zeggen,' zei ze. 'Integendeel: hij heeft de Hunnen verteld dat Europa een vette buit is die ze snel moeten verslinden. Overigens leken ze niet geïnteresseerd; die verhalen over de woeste Hunse horden zijn volgens mij zwaar overdreven. Ik heb wekenlang onder hen geleefd en merkte weinig van hun bloeddorst.'

'Waar is hij nu?'

Ze haalde haar schouders op. 'Naar het oosten. Ik weet niet wat hij zoekt, ik weet alleen dat het mijn bestemming niet is.'

Hoewel de tribunes zich nog vulden en de bezoekers door alle ingangen binnenstroomden, begon de massa in de buurt van de keizersloge te juichen en de vreugde verspreidde zich in golven.

Het was Theodosius zelf die verscheen, de diadeem al op zijn hoofd. Maar belangrijker dan de stem van het volk, waren de grijsaards die aan weerszijden van de loge hadden plaatsgenomen en die nu opstonden en riepen: 'Imperator!' Het gejuich bruiste weer op en iedereen salueerde naar de nieuwe heerser, de barbarendwinger, de grote Theodosius. Deze verroerde zich niet, in tegenstelling tot Gratianus, die naast hem stond en onhandig van het ene been op het andere wiebelde, alsof hij twijfelde of hij de goede keuze had gemaakt – als het al zijn keuze was geweest: Theodosius had zich in korte tijd zeer populair gemaakt.

'Gratianus gaat spreken,' zei Eleutherius. 'Kom, ik wil horen wat hij zegt.'

'We kunnen het middenveld oversteken,' zei Catualda en hij ging ze voor. Alêtis hield haar jurk iets opgetrokken tegen het stof; ze betreurde al dat ze haar reiskleren niet droeg. En terwijl ze daar zo liepen en de stem van de keizer van het westen duidelijker tot hen doordrong, zei Eleutherius opeens: 'Is dat Theodosius?'

'Wil je zeggen dat je hem nog nooit hebt gezien?' vroeg Catualda.

'Ik dacht van niet,' zei Eleutherius. 'Maar ik herken hem.'

Ze bleven staan. Eleutherius ging verder. 'Het was tijdens een vergadering van Arachnion. Hij was daar die dag.'

'Weet je dat zeker?' vroeg Alêtis.

'Heel zeker,' zei Eleutherius. 'Hij was het en Vitalis stelde hem voor aan de andere leden; ze noemden hem Pernaculus. Hij kwam later binnen en ook Maximus en Lupicinus leken hem te kennen.'

'Dat spreekt vanzelf,' zei Dido. 'Theodosius was vijf jaar geleden nog militair commandant van Moesia; daarna viel hij uit de gratie en trok zich terug op zijn landgoed in Spanje.'

'Dan is hij flink actief geweest achter de schermen,' meende Alêtis.

Gratianus zweeg nu en terwijl er weer gejuich opging, maakten de twee keizers rechtsomkeert en verdwenen uit het zicht.

'Dit was de Senaat,' zei Catualda. 'De grote parade gaat straks van start.'

Dido keek Alêtis aan en ze begreep zijn onuitgesproken vraag. 'Wij hoeven daar niet bij te zijn,' zei ze. 'Laten we een rustige plek zoeken, dan kunnen we bijpraten.'

'Helaas, ik heb mijn plaats in de parade,' zei Catualda, 'en het is een prominente plaats, dat maakt het des te moeilijker te weigeren. Hoeveel liever ging ik met jullie in een wijnhuis herinneringen ophalen aan avontuurlijker tijden. Ik voorzie een lange vrede. Nu zal alleen vriend Eleutherius mij vergezellen tijdens de lange trage tocht.'

'Hoe kom je daarbij?' vroeg Eleutherius. 'Ik rij niet mee. Kom naderhand maar naar onze taverna.'

Een rustige plek bleek moeilijk te vinden die dag, door de festiviteiten was de bevolking van Sirmium tijdelijk verdubbeld. Dido en Alêtis baanden zich een weg langs dronken feestgangers en lichtekooien en dat terwijl de soldaten pas in de avond konden meedoen, na de officiële plechtigheden. Reeds waren alle gasthuizen, taveernen en wijnhuizen vol.

'Helaas,' zei Dido. 'Rust zul je hier niet vinden.'

Alêtis hield hem staande. 'Jij hebt hier toch een woning? Kunnen we daar niet heen?'

Dido bloosde, hij was allang geen jongen meer, maar de gedachte dat hij een mooie vrouw zou ontvangen in zijn huis maakte hem panisch. Hij kon echter geen reden geven om daar niet heen te gaan. Niets kon hen ervan weerhouden zoiets eenvoudigs te doen als naar huis gaan en te eten en drinken als vrienden.

Het was een eenvoudig appartement en hoewel hij het al jaren had, was hij er nooit langer dan een paar weken achtereen geweest, soms kwam hij er maandenlang niet. De huismeester, die een oude vriend was, bewaakte zijn weinige eigendommen, zijn boeken en lessenaar alsof het de imperiale schatten waren. Alêtis voelde zich er meteen thuis. Zoals vrouwen graag doen als ze in een vreemd huis komen, maakte ze een ronde en bekeek alles uitgebreid. Ze opende een kleerkist, keek onder het bed, en ging met haar handen door de papyrusrollen die op zijn lessenaar lagen; ze las de woorden die hij die ochtend en de avond tevoren had geschreven en vroeg: 'Je bent een kroniek aan het schrijven?'

'Ik kreeg de opdracht van Valens om de slag te beschrijven en hoewel die opdracht verviel na zijn dood, kon ik het werk niet neerleggen.'

'Heb je na al die maanden nog steeds de slag niet beschreven?'

Dido schudde zijn hoofd. 'Ik heb er steeds meer bijgehaald. Ik bedacht dat ik wilde weten in hoeverre mijn leven en de gebeurtenissen van onze tijd met elkaar in verband stonden en zocht naar de oorzaken en aanleidingen van de rampen die ons overkwamen.'

'Ik zag de naam van Swintharik staan.' Ze ging op zijn bed zitten; er waren geen andere zitplaatsen, of het moest op het platte dak zijn, maar daar zou het feestgedruis even hard rumoeren als in de straten.

'Ik heb veel met hem gepraat,' zei Dido. 'Destijds al, in Constantinopel en Daphne. Ik wilde het vastleggen, omdat alles met elkaar te maken heeft. Ik wilde vastleggen hoe mijn vrienden leefden voor en tijdens onze gemeenschap, en hoe die gemeenschap uiteenviel bij Ctesiphon. En meer dan wat ook wilde ik het verraad van Vitalis onderzoeken, al zullen de meeste sporen zijn gewist.'

'Dan zul je ze er allemaal bij moeten betrekken,' zei Alêtis. 'Weet je nog, hoe gretig alle omstanders instaken op Vitalis, destijds in Melanthias? Wie, afgezien van ons, hoorde er eigenlijk niet bij?'

Dido knikte. 'En dan is er nog Larva, de notarius,' zei hij. 'Weet je wat Eleutherius me vertelde? Tijdens de slag was hij het die Valens meenam om te schuilen in een schuurtje, waar hooi lag opgeslagen, en Eleutherius was degene die met zijn zwaard hun aftocht dekte.'

'En toch hebben de Goten hen weten te bereiken?'

'Nee,' zei Dido. 'Dat is nu zo vreemd. Larva ging als laatste het schuurtje binnen en hij vergrendelde de deur. Even later stond het in brand, terwijl er geen vijand in de buurt was. Eleutherius heeft nog geprobeerd de deur in te rammen, maar het was al te laat om iemand te redden. Ik kom steeds nieuwe feiten tegen, naarmate ik meer mensen spreek.'

Ze glimlachte naar hem. 'Schrijf je ook over jezelf?'

Dido schudde zijn hoofd. 'Ik ben een waarnemer, mijn aandeel is niet van belang.'

'Jouw rol was essentieel. Je hebt Swintharik gered, en Vitalis gestopt.'

'Denk je werkelijk? Vitalis mag van het toneel zijn verdwenen, maar de schimmen van Arachnion, die achter hem stonden zijn er nog. En vandaag zagen we een van hen het purper dragen en de keizersdiadeem.'

'Wat we vandaag hebben gezien is een krijgsheer die keizer is geworden. Ik ken Theodosius niet, maar hij zal de verworven macht niet uit handen geven aan een raad van geestelijken – zelfs als hij hen ooit heeft gesteund. Daarin zal hij niet anders zijn dan de keizers voor hem.'

Ze rilde opeens van de kou en hij vervloekte zichzelf dat hij geen vuur had gemaakt in de haard. Hij haastte zich om zijn verzuim goed te maken. Terwijl hij het vuur aanwakkerde, vroeg ze: 'Denk je dat het veel verschil zal maken, een keizer of een republiek met een raad van herders?'

'Ik denk dat er in het laatste geval geen plaats is voor mensen zoals wij.'

Alêtis was het met hem eens. Ze had een deken over zich heen getrokken en zei: 'Ik heb het nog altijd koud. Kom je me warmen?'

Dido aarzelde, het zweet brak hem uit en hij vreesde dat er vlammen langs zijn slapen lekten.

'Ben je bang voor me?'

'Dat is het niet,' stotterde hij. Er was niets wat hij liever wilde, maar hij kon het niet.

Ze lachte. 'Vind je me afstotelijk?'

'Ik heb nog nooit een vrouw aangeraakt,' zei hij.

'Ik wilde alleen wat van je lichaamswarmte lenen,' zei ze plagend. 'Dat je nooit een vrouw hebt gehad, wist ik al.' Ze hield de deken open. 'Kom nu.'

Hij kon niet meer weigeren; hij schoof naast haar en probeerde haar niet aan te raken, maar ze liet hem geen keus; ze sloeg een arm om hem heen en trok hem tegen haar lichaam aan, dat allesbehalve koud was.

'Ik weet niet goed wat ik nu moet doen,' zei Dido, versteend.

'Je hoeft niets te doen,' zei ze. 'We zijn allebei moe. We blijven hier gewoon liggen tot we gewend zijn aan elkaar en daarna zien we verder. We kunnen praten en elkaar vertellen waarom we zo'n hekel hebben aan de priesters. Ik ga je vertellen wat ze mij hebben aangedaan, en als je wilt vertel jij jouw verhaal. En daarna gaan we over andere dingen praten, of we zullen stil zijn – gewoon hoe het uitkomt.'

En terwijl het feest buiten voortging, spraken zij en hij besefte dat ook haar verhaal deel uitmaakte van de geschiedenis en gaandeweg besloten ze om het samen opnieuw te schrijven, en te beginnen bij de dag dat een vrouw in Damascus een ruïneveld bezoekt omdat ze hoorde dat daar een styliet zat, een heilige, die alle antwoorden heeft, hoewel hij nooit spreekt.

* * *

Alêtis zou gelijk krijgen. In de jaren na de verloren slag bij Adrianopel, verloren de arianen in het oosten snel aan invloed. De katholieke bisschoppen en theologen lieten er geen misverstand over bestaan dat het God zelf was die Valens had gestraft voor de dwaalwegen die hij gegaan was en Theodosius liet de bisschoppen terugkeren naar hun zetels en spoedig waren er al nauwelijks meer ariaanse bisschoppen, maar kreeg de leer die tijdens de laatste jaren van Valens' regering was onderdrukt de overhand. Onder Theodosius werd de Niceense belijdenis de enige rechtmatige en spoedig gebruikte men niet meer aanduidingen als homoousios of Niceense kerk, maar gold alleen nog de naam die al in de oorspronkelijke belijdenis aan de kerk was gegeven: de katholieke.

Epiloog

(395)

Zestien jaren waren voorbijgegaan sinds de kroning van Theodosius.

Met mijn vrouw Alêtis had ik de betrokkenen ondervraagd en we bezochten alle plaatsen van herinnering, voor zover die nog binnen de rijksgrenzen lagen. In Augusta Treverorum ontmoetten we de inmiddels bijna negentig jaar oude Albavis, die ons voor de duur van een winter gastvrijheid bood. Hij wilde alles weten over het leven dat zijn kleinzoon had geleid in de jaren na zijn vertrek uit de stad. Op zijn beurt gaf hij ons een uitgebreid en gedetailleerd verslag van zijn eigen rol in de geschiedenis.

Hij bleek al op de hoogte te zijn van de dood van zijn andere pupil, Ioannis: 'Toen ik vernam dat de halfbroer van mijn kleinzoon de brand had overleefd,' vertelde hij, 'besloot ik hem te adopteren en de geestelijke opvoeding te geven die ik Swintharik had willen geven. Hoewel hij lange tijd ernstige pijnen leed, betoonde hij zich een ijverige leerling. Maar uiteindelijk besloot ook Ioannis om de goede zaak op zijn eigen manier te dienen.'

In Gallië en Italië maakten we mee hoe Theodosius met harde hand orde schiep en een einde maakte aan schisma's en ketterijen. Nog altijd gaf hij de macht niet uit handen aan de priesters en bisschoppen, al scheen hij hen regelmatig te raadplegen. Soms kwam het tot heftige botsingen zoals met Ambrosius, de machtige bisschop van Milaan. Na het bloedbad van Thessalonica, waarbij Theodosius zevenduizend man zonder proces liet afslachten, riep Ambrosius de keizer publiekelijk ter verantwoording, toen deze de mis bezocht in zijn woonplaats Milaan. Uiteindelijk boog Theodosius, inmiddels alleenheerser, het hoofd en beloofde voortaan zijn eigen wetten met betrekking tot doodstraffen na te komen en verdachten een eerlijk proces te gunnen.

Wij woonden in vele provincies, en in de zomer die volgde op Theodosius' dood moesten we Syrië ontvluchten toen de Hunnenstorm over Antiochië raasde. Met een van de laatste schepen die wisten te ontkomen, keerden we terug naar de stad aan de Gouden Hoorn, waar ik, in een villa aan de overzijde van de Bosporus, de laatste hand wilde leggen aan mijn verslag.

Op een van de laatste dagen van datzelfde jaar, tijdens een van onze bezoekjes aan de stad, ontmoetten we Catualda en hoewel de Goot inmiddels een belangrijke positie bekleedde, was hij als een kind zo blij om ons te zien. We spraken over de oude tijd en vernamen dat Eleutherius in het tiende jaar van Theodosius' regering was gestorven – niet in de strijd, al valt daarover te twisten. Een bedrogen echtgenoot, nog niet half zo oud als de inmiddels grijze veteraan, doodde hem met een bijlslag. Hij had Eleutherius op heterdaad betrapt, terwijl deze zijn laatste avontuur beleefde in een echtelijk bed, en de soldaat had zich wellicht tijdig kunnen omdraaien om de hoorndrager het hoofd te bieden, ware het niet dat hij verkoos te vertrekken op zijn hoogtepunt. Hij stierf met het beeld van een wilde vrouw voor ogen.

'En Swintharik?' vroeg ik, want ik wist dat Alêtis het omwille van mij niet wilde vragen, al brandde de vraag haar misschien op de lippen. Maar Swintharik was ook mijn vriend geweest, en nog was zijn verhaal niet compleet.

'Dat is een vreemde geschiedenis,' zei Catualda. 'Ik hoorde jaren geleden vertellen over een man die meereist in het voetspoor van de Hunnen. Soms wordt hij gezien in Klein-Azië, dan weer ten noorden van de Hister. Overal waar zij hun bloedspoor achterlaten, volgt hij. Hij speelt zijn duivelse, snerpende muziek op een vreemde windbuil die de vorm heeft van een koploze geit – hij speelt voor de doden en geen leger of barbarenhorde kan hem raken. Hij spreekt niet en niemand heeft hem ooit zien eten of drinken; nooit slaapt hij, maar hij volgt hen onvermoeibaar overal waar ze gaan en men zegt dat hij niet zal ophouden tot de laatste Hun is verdwenen van het aangezicht der aarde.'

Verantwoording

Dit boek gaat chronologisch vooraf aan mijn debuut *Het oog van de Basilisk*, waarin Swintharik een kleine rol speelt als stokoude blazer die het bloedverduisterde Hunnentij begeleidt met zijn doedelzak.

Ik wil een aantal mensen bedanken: op de eerste plaats Jona Lendering, voor het doorlezen van het manuscript en voor de vele adviezen die ik van hem kreeg. Op de door Jona beheerde website Livius.org. – een rijke informatiebron over het Romeinse Rijk – is ook een uitgebreid Google Earth-bestand te vinden met alle bekende Romeinse plaatsnamen.

Arend Quak, die de (fictieve) spreekwoorden in het Gotisch vertaalde.

Fred Baggen, die mijn werk al meer dan tien jaar volgt en me lange lijsten correcties stuurde voor opeenvolgende drukken van eerdere boeken. Inmiddels is hij mijn vaste externe corrector.

Het NIAS in Wassenaar waar ik een halfjaar als Writer in Residence mocht werken; ik heb in die maanden veel onderzoek gedaan en nagedacht over dit boek en over komende boeken; daarnaast heb ik het contact met de fellows als erg inspirerend ervaren.

Verder wil ik alle mensen bedanken die in de verschillende stadia hebben meegelezen, toegehoord en adviezen gegeven: mijn vader Jan van Aken, mijn zonen Tymen en Xavier.

In de tijdlijn heb ik mij beperkt tot de keizers die van belang zijn voor het verhaal; medekeizers die niet genoemd worden, zijn weggelaten.

Hetzelfde geldt voor de plaatsnamen waarvan ik hiernaast een kort overzicht geef.

Ik wilde, omwille van de begrijpelijkheid, niet al te puriteins zijn bij het hanteren van de topografische namen; hierdoor ontstaan soms anachronismen, zoals dat het geval is bij de Zwarte Zee. In de regel kies ik voor de mooiste oplossing.

Soms zijn gebruikte termen anachronistisch. Een voorbeeld is het woord *ketterij*. Ik verkies dit boven minder bekende benamingen. Ook bij de stromingen in het christendom koos ik voor de bekende aanduidingen. Zo noemde ik in eerdere versies het katholieke standpunt orthodox, maar dat geeft al snel aanleiding tot misverstanden. De aanduiding katholiek wordt overigens ook al gebruikt in de Niceense geloofsbelijdenis.

De dipsaslang wordt genoemd door twee schrijvers die, net als *homoousios* en *homoiousios*, in naam slechts een iota verschillen: Lucanus en Lucianus – het is Swintharik (of zijn vader, die hem het verhaal vertelde) blijkbaar ontgaan dat een beet van deze slang een onlesbare dorst veroorzaakt naar *water*. En een snelle dood.

Het versteende woud is nu Pobiti Kamani in Bulgarije en de zomereik die ontkiemde op de plek waar Eleutherius zijn eerste ervaringen in de liefde opdeed, staat er nog altijd; de eik van Granit in Bulgarije is meer dan 1650 jaar oud en daarmee de laatste nog levende tijdgenoot van Julianus in die regio.

Jan van Aken
Badhoevedorp, januari 2013

Adrianopel	Nabij de stad Edirne, Europees Turkije
Durostorum	Legerplaats aan de Donau ter hoogte van het huidige Silistra
Vienna	Het huidige Vienne, Frankrijk
Vindobona	Wenen
Augusta Treverorum	Trier, Duitsland
Pontus, Pontisch	De Zwarte Zee; het centrale en oostelijke kustgebied van de Zwarte Zee
Antiochië	Het huidige Antakya, Turkije
Ctesiphon	Stad vlak bij het huidige Bagdad, Irak
Samosata	Samsat, Turkije
Philippopolis	Plovdiv, Bulgarije
Colonia Agrippina	Keulen
Confluentes	Koblenz
Mosella	Moezel
Danubius, Hister	Donau

Tijdlijn keizers

361	Dood van Constantius; Julianus wordt keizer
363	Dood van Julianus; Jovianus keizer
364	Dood van Jovianus; Valentinianus keizer (West); Valens keizer (Oost)
375	Dood Valentinianus; Gratianus keizer (West)
376	Goten steken de Donau over
378	Slag bij Adrianopel; Dood van Valens
379	Theodosius keizer (Oost)
392	Dood Gratianus; Theodosius keizer hele rijk
395	Dood van Theodosius

MIX
Papier van verantwoorde herkomst
FSC® C004472
FSC www.fsc.org

Uitgeverij Querido stelt alles in het werk om op milieuvriendelijke en duurzame wijze met natuurlijke bronnen om te gaan. Bij de productie van dit boek is gebruikgemaakt van papier dat het keurmerk van de Forest Stewardship Council (FSC) mag dragen. Bij dit papier is het zeker dat de productie niet tot bosvernietiging heeft geleid.